Richard Phillips
Immun

Zu diesem Buch

Das Rho-Projekt fördert schier Unglaubliches zutage: Nach der Entdeckung der Kalten Fusion soll nun in einem zweiten Schritt eine fremdartige Nanotechnologie der Aliens – die jegliche Krankheit besiegen kann – auf eine sehnsüchtig wartende Menschheit losgelassen werden. Angepriesen wird die zweite Alientechnologie als wahrer Meilenstein in der Entwicklung und als Segen für die Welt, doch der Weg dieser Entdeckung ist mit Leichen gepflastert: Ein Mörder, nur bekannt als El Chupacabra, schlachtet systematisch jeden Gegner des Rho-Projektes ab, der die unkontrollierbaren und unabsehbaren Auswirkungen der neuen Technologie noch stoppen könnte. Die Hoffnung liegt nun bei den Freunden Heather, Mark und Jennifer, deren bekannte Welt jedoch immer weiter aus den Fugen gerät.

Richard Phillips, geboren 1956 in Roswell, New Mexico, schloss die Akademie West Point 1979 als Army Ranger ab und diente mehrere Jahre der amerikanischen Armee. 1989 erwarb er einen Master der Physik und arbeitete in mehreren wissenschaftlichen Labors, die Projekte für die US-Regierung entwickeln. Heute lebt Richard Phillips in Phoenix, Arizona, entwickelt Simulationssoftware für das Militär und schreibt Science-Fiction-Romane.
Weiteres zum Autor unter: www.secondship.com.

Richard Phillips

AGENDA RHO

IMMUN

Roman

Aus dem Amerikanischen
von Birgit Reß-Bohusch

Piper München Zürich

Entdecke die Welt der Piper Fantasy:

Piper-Fantasy.de

Von Richard Phillips liegen bei Piper vor:
Das zweite Schiff
Immun

FSC
www.fsc.org
MIX
Papier aus verantwortungsvollen Quellen
FSC® C083411

Deutsche Erstausgabe
Februar 2015

Titel der amerikanischen Originalausgabe:
»Immune«, 47North, 2009

Umschlaggestaltung und -abbildung: Animagic, Bielefeld
Satz: Tobias Wantzen, Bremen
Papier: Munken Print von Arctic Paper Munkedals AB, Schweden
Druck und Bindung: CPI books GmbH, Leck
Printed in Germany ISBN 978-3-492-26992-6

KAPITEL 1

Der nackte Jugendliche lag flach ausgestreckt in der Luft, als befände er sich auf einem unsichtbaren Untersuchungstisch.

Er hätte gern die Augen bewegt, aber das konnte er nicht. Das Stasisfeld, das ihn vier Fuß über dem Boden in der Schwebe hielt, erlaubte nicht einmal ein Zucken. Stattdessen starrte er zur Decke, unfähig, die Lider zu schließen, unfähig zu blinzeln, in seinem Handeln ganz und gar einem fremden Willen unterworfen.

Das trübe Licht aus den Leitungsschächten, die sich über ihm dahinschlängelten, erhellte einen Raum, in dem ein Wirrwarr von Maschinen zusammengepfercht war. Ein dumpfes Pochen, das ihn von allen Seiten umgab, pulsierte in seinen Ohren. Der junge Mann wusste nicht genau, wie lange er schon so dalag. Sein einziger ständiger Begleiter, von dem Pochen mal abgesehen, war der Schmerz. Über den anderen, gelegentlichen Besucher wagte er nicht nachzudenken.

Ein schwacher Luftstrom umfächelte seinen Körper, eine flüchtige Kühle, die sanft über die Härchen auf seinen Armen strich und den Besucher ankündigte, noch ehe er in seinen Gesichtskreis trat. Die Ankunft des Mannes bestätigte nur eines: Gott hatte sich von ihm abgewandt. Der tiefe Glaube, an den er sich so lange geklammert hatte, war zertrümmert worden, und darunter war die entsetzliche Wahrheit zum Vorschein gekommen. Kein liebender Gott würde zulassen, dass sein Sohn all dies erdulden musste. All dieses Leid.

Das Gesicht von Dr. Donald Stephenson, dem stellvertretenden Direktor des Los Alamos National Laboratory, schwamm in sein Blickfeld. Der Wissenschaftler musterte ihn mit dem kühlen klinischen Interesse eines Leichenbeschauers. Von seinen Fingerspitzen baumelte ein Apparat, der die Größe eines kleinen Schraubenziehers hatte. An einem Ende befand sich ein drei Zentimeter langes Bündel haarfeiner Drähte. Das andere Ende bildete eine seltsam geformte Linse, die auf einem Gelenk saß und sich in alle Richtungen schwenken ließ. Dr. Stephenson beugte sich über den Jungen, hielt das Ding an dessen Gesicht und berührte mit der Linken die Haut um dessen rechte Augenhöhle. Mit einem zufriedenen Nicken legte er den Apparat zur Seite und streifte ein Paar Latexhandschuhe über.

Erneut schwamm sein Raubvogelgesicht dicht über der reglosen Gestalt.

»Guten Morgen, Raul. Können wir anfangen?«

Fest umklammert von den unsichtbaren Kraftlinien, die seinen Körper einhüllten, konnte Raul weder die Lippen öffnen noch einen Schrei ausstoßen, als das Skalpell sein rechtes Lid durchtrennte und wie ein Spatel tief in die Augenhöhle fuhr. Ein einzelner warmer Strahl spritzte über sein Gesicht, ehe die Nanomaschinen, von denen es in seinem Blutstrom nur so wimmelte, den Schwall zum Stillstand brachten. Schneller, als der Heilungsprozess einsetzen konnte, stieß Dr. Stephenson das Ende der künstlichen Linse in die leere Augenhöhle. Die haarfeinen Drähte drehten und wanden sich in Rauls Kopf und gruben sich tief in den freigelegten Sehnerv.

Als Raul merkte, dass sein Flehen um einen gnädigen Tod vergeblich war, verfluchte er in Gedanken den Gott, der seinen Sohn im Stich gelassen und einer neuerlichen, ganz und gar grausamen Kreuzigung preisgegeben hatte.

KAPITEL 2

Seit einer knappen Woche war die Schule aus. Bei Heather hätte sich allmählich dieses herrlich entspannte Gefühl einstellen müssen, das sie immer überkam, wenn sie sich an den Gedanken gewöhnt hatte, dass es keine Hausaufgaben zu erledigen gab. Stattdessen plagten sie zunehmend böse Vorahnungen.

Sie hatte wieder geträumt. Diese seltsamen Träume, an die sie sich nicht mehr genau erinnern konnte, wenn sie zu den ungewöhnlichsten Nachtstunden schweißgebadet aufwachte. Da weder Mark noch Jennifer in der letzten Zeit Albträume erwähnt hatten, schien Heather die Einzige aus dem Trio zu sein, die nicht friedlich schlief und den Tag ausgeruht begann.

Dass sie sich nicht an die Träume erinnern konnte, war merkwürdig. Schließlich besaß sie genau wie ihre Freunde das perfekte Gedächtnis und konnte lückenlos wiedergeben, was sie einmal gesehen hatte. Alle Erinnerungen standen so klar vor ihrem geistigen Auge, als erlebte sie es noch einmal. Aber nicht diese Träume. Mittlerweile zögerte sie das Einschlafen hinaus, weil sie Angst vor den Trauminhalten hatte, obwohl das erst recht keinen Sinn ergab. Erst gegen Morgen übermannte sie der Schlaf, was wiederum ihren gewohnten Frühaufsteher-Rhythmus störte.

An diesem Morgen stahl sich ein lästiger Sonnenstreifen durch die Baumkrone vor ihrem Zimmerfenster, schlüpfte durch das Astwerk, das in der sanften Morgenbrise schaukelte, und stach ihr mehrmals in die Augen, grell wie der Reflex eines dieser Signalspiegel, mit denen die Kavallerie in den alten Western-Filmen Nachrichten übermittelt hatte.

»Okay, okay, ich stehe ja schon auf!«

Zu der Beeinträchtigung, nicht ausgeschlafen zu haben, gesellten sich an diesem Morgen auch noch Kopfschmerzen. Dagegen half auch ihr Gemaule über die Sonnenstrahlen nicht, aber irgendwie fühlte sie sich ein wenig besser, nachdem sie dem Universum ihren Unmut kundgetan hatte.

Heather spielte mit dem Gedanken, einfach in ihren Morgenmantel zu schlüpfen und nach unten zu gehen, um eine Tasse dampfend heißen Tee zu trinken, doch dann siegte die Vorstellung von einer dampfend heißen Dusche. Sie atmete tief durch, wählte die Temperatur knapp unter der Verbrühgrenze und stellte den Strahl der Massagedüse auf volle Härte ein. Dann schickte sie einen Dank an alle alten Häuser, die noch nicht mit einer Drosselblende zur Begrenzung des Wasserdrucks auf ein armseliges Rinnsal ausgestattet waren. Es war eine der vielen Eigenschaften, die sie an ihrem Haus liebte.

Als sie angezogen war und die Küche ansteuerte, fühlte sich Heather beinahe wieder menschlich. Im Wohnzimmer lief der Fernseher in voller Lautstärke und verriet ihr, wo sie ihre Eltern finden konnte, aber ihr Ziel war der Behälter mit den Teebeuteln, und so blendete sie die atemlosen Stimmen der Reporter aus, die in üblicher Sensationsgier ihre Eilmeldungen verkündeten.

»Guten Morgen, Mom«, rief sie über die Schulter, während sie den Becher in die Mikrowelle schob, um das Wasser zu erhitzen. »Guten Morgen, Dad.«

Aus dem Wohnzimmer kam keine Antwort. Komisch. Vielleicht waren ihre Eltern auf die Terrasse gegangen und hatten vergessen, das Gerät auszuschalten. Sie beschloss, das nachzuholen, sobald ihr Tee fertig war, und sich danach ebenfalls nach draußen zu begeben.

Der Gedanke an den Fernseher bewirkte, dass die Worte des Nachrichtensprechers in ihr Bewusstsein drangen.

»... wurden heute Morgen NSA-Direktor Jonathan Riles sowie Dr. David Kurtz, der Chef der NSA-Computer-Abteilung, tot in der außerhalb von Fort Meade, Maryland, gelegenen Riles-Villa aufgefunden. Die Polizei geht von einer tragischen Verquickung aus Mord und anschließendem Selbstmord aus.

Noch sind die Ermittlungen in vollem Gange, aber wie aus hochrangigen Regierungsquellen durchsickerte, hatten sich FBI-Agenten mit einem Hausdurchsuchungsbefehl in der Villa eingefunden und wollten gerade mit ihrer Arbeit beginnen, als sie die beiden Toten im privaten Arbeitszimmer von Admiral Riles entdeckten.

CNN erfuhr ferner, dass die Verzweiflungstat im Zusammenhang mit FBI-Nachforschungen zu illegalen Machenschaften der NSA stehen könnte, die Riles ohne Wissen und Billigung des Präsidenten in Auftrag gegeben hatte.

... Einen Augenblick. Soeben erfahren wir, dass der Vizepräsident der Vereinigten Staaten, ein langjähriger Weggefährte von Admiral Riles, mit dem er einst die Marineakademie besucht hat, für eine Presseerklärung bereitsteht. Wir geben jetzt ab zum Vizepräsidenten ...«

Heather konnte nicht sagen, wann sie die Küche verlassen und sich ins Wohnzimmer begeben hatte, aber nun fand sie sich hinter der Couch stehend wieder, auf der wie festgewurzelt ihre Eltern saßen und auf den Bildschirm starrten. Vizepräsident Gordon blickte über seinen Schreibtisch im Weißen Haus hinweg düster in die Kameras.

»Meine lieben amerikanischen Mitbürger! Zutiefst bewegt wende ich mich heute an Sie. Es ist ein ungewöhnlicher Schritt, aber ich habe ihn gewählt, weil ich die Berichte der nächsten Tage bereits vor mir sehe und mir vorstellen kann, wie das Bild meines guten Freundes in den Schmutz gezogen wird. Im Hinblick darauf halte ich es für wichtig, Ihnen, meine lieben Mitbürger, erst einmal Aufschluss über diesen Mann zu geben und Ihnen zu berichten, wie es zu dieser Situation mit dem tragischen Ausgang kommen konnte.

Ich kenne Jonathan Riles, seit wir uns in Annapolis die Stube teilten. Wir spielten gemeinsam im Football-Team der Militärakademie. Wir studierten im gleichen Raum, als er sich auf das Rhodes-Stipendium vorbereitete. Und ich diente mit ihm und unter ihm, als er bei der Navy in den Rang eines Vizeadmirals aufstieg.

Johnny Riles war der tüchtigste Mann, dem ich je begegnet bin – und ein Mann, dem sein Vaterland über alles ging. Er schien aus einem anderen Zeitalter zu stammen, denn er besaß noch all die Tugenden, die heute so selten geworden sind. Er stellte sich der historischen Herausforderung des Kalten Krieges. Der Kampf gegen das Sowjetreich prägte sein Denken, und am Ende war es wohl dieses Denken, das ihn vernichtete.

Sie alle wissen um die ungeheuren Konsequenzen, die unser werter Präsident mit der öffentlichen Bekanntgabe von der Existenz des Rho-Schiffs ausgelöst hat – und mehr noch mit dem Vorhaben, die segensreichen Technologien der Aliens, die unsere Wissenschaftler bis jetzt enträtseln konnten, Schritt für Schritt der Allgemeinheit zugänglich zu machen.

Ohne Zweifel ist jedem von Ihnen bewusst, dass der Plan, unsere Erkenntnisse allen Nationen zur Verfügung zu stellen, zu den heftigsten Debatten inner- und außerhalb der Regierung geführt hat. Unser geschätzter Präsident hat mit der Freigabe des neuen Wissens den mutigen und, wie ich glaube, richtigen Schritt gewagt, das Wohl unseres Planeten über nationale Interessen zu stellen.

Leider konnte sich mein ältester Freund, der unserem Land so viele Jahre hervorragende Dienste geleistet hatte, nicht dazu durchringen, diese Entscheidung zu akzeptieren. Erst vor Kurzem kam uns zu Ohren, dass Admiral Riles seine Position als Direktor der NSA dazu missbrauchte, die hervorragende Arbeit der Wissenschaftler am Rho-Projekt in Misskredit zu bringen. Damit hoffte er wohl die Veröffentlichung der außerirdischen Technologien zu verhindern, die seiner Meinung nach geheim bleiben und einzig dem Wohl der Vereinigten Staaten dienen sollten.

Als Admiral Riles erkannte, dass seine kriminellen Machenschaften ans Licht gekommen waren, tötete er Dr. David Kurtz, den er für einen Regierungsinformanten hielt, und richtete anschließend die Waffe gegen sich selbst.«

Der Vizepräsident stockte kurz, den Tränen nahe.

»Wir sprechen oft vom Nebel des Krieges. Aber es gibt noch einen anderen Nebel, der all jene in die Irre führen kann, die im Dienst für das Vaterland zu großer Macht aufgestiegen sind. Das ist der Nebel der persönlichen Überzeugungen, der manchmal so dicht wird, dass er selbst jenen strahlenden Leuchtturm verhüllt, der unseren Schiffen den Weg in den Hafen weisen soll – den Leuchtturm unserer amerikanischen Verfassung.

Ich schließe in der Hoffnung, dem Mann gerecht geworden zu sein, den ich so lange kannte. Er war ein guter Mann, ein aufrechter, ehrenwerter Amerikaner, ein tüchtiger Navy-Offizier, der sich im Nebel verirrte und den Leuchtturm aus den Augen verlor, der ihn sicher geleitet hätte.

Möge Gott meinem ältesten Freund vergeben und ihm Seine Gnade und Barmherzigkeit erweisen. Möge Gott seiner Familie in diesen schweren Zeiten beistehen. Möge Gott uns alle schützen.«

Das Bild des Vizepräsidenten verschwand, und einer der zahllosen Fernsehkommentatoren nahm seinen Platz ein. Jetzt erst merkte Heather, dass ihr Tränen über die Wangen liefen. Sie hatte noch nie von Jonathan Riles gehört, aber irgendwie hatte sie das Gefühl, den Mann zu kennen. Die bösen Vorahnungen, die sie in den letzten Tagen gequält hatten, nahmen Gestalt an. Allem Anschein nach war der Versuch, das Rho-Projekt zu stoppen, fehlgeschlagen. In der Küche fiepte unentwegt die Mikrowelle, aber niemand achtete darauf.

KAPITEL 3

Diese Augen.

Sie waren ein Teil der Legende, die ihm zu seinem Beinamen The Ripper verholfen hatte. Wann immer er wütend war, brach sich das Licht in seinen merkwürdig geformten Pupillen, sodass sie von innen heraus zu glühen schienen. Wer immer das rote Leuchten gesehen und lange genug gelebt hatte, um davon zu berichten, glaubte, einen Blick in die Tiefen des Höllenfeuers getan zu haben. Die Flammen hinter diesen Pupillen hüpften und tanzten wie zu einer Melodie, die nur Jack Gregory und der Teufel selbst spielen konnten.

Aber Janet wusste es besser. Während Luzifer der Fürst der Hölle war und blieb, herrschte Jack Gregory als Todesengel über die Erde.

Ein Schauer kroch Janet über den Rücken, als sich ihre Blicke trafen, und hinterließ ein Kribbeln in ihrem Nacken, das an die Nachwirkungen eines Taserschocks erinnerte. Verblüffend. Es gab nichts auf der Welt, das sie mehr in Ekstase versetzte als diese Augen. Gott, machte sie das heiß! Am liebsten hätte sie auf der Stelle die Beine um seine Hüften geschlungen und ihm die langen Fingernägel in die nackte Haut gegraben. Aber das musste warten.

Jack plante etwas Großes, und so hatten sie sich um einen

Tisch in einem gut gesicherten Haus nördlich von Santa Fe versammelt, um die letzten Einzelheiten zu besprechen.

»Dann steht der Ablauf also fest?«, fragte Jack.

Janet nickte. »Ja. Der Kühltransporter verlässt das Speziallabor auf der Kirtland Air Force Base um Mitternacht und fährt über die I-25 direkt zurück nach Santa Fe, bevor er nach Los Alamos abbiegt. Allem Anschein nach wollen sie den Toten irgendwann vor Tagesanbruch in der Rho-Abteilung von Dr. Stephenson hier im Los Alamos National Laboratory abliefern.«

Raymond Bronson beugte sich vor und stützte beide Ellbogen auf den Tisch. »Das ging verdammt schnell. Riles war noch nicht richtig tot, als die Verantwortung für Priests Leichnam schon von höchster Stelle an das Rho-Projekt-Team übertragen wurde.«

Jack zuckte die Achseln. »Sie sind mitten in einer groß angelegten Säuberungsaktion. Deshalb werden wir heute Nacht ein wenig Dreck aufwühlen.«

Bronson runzelte die Stirn. »Jack, Sie wissen, dass ich mich bis jetzt immer auf Ihr Urteil verlassen habe. Aber meinen Sie nicht, dass uns dieses Unternehmen an den Rand des Abgrunds bringen wird?« Janet zeigte sich von Bronsons Warnung nicht sonderlich überrascht. Seine vorsichtige Art bildete oft ein wertvolles Gegengewicht zu Jacks demonstrativer Unbekümmertheit.

»Da befinden wir uns schon länger. Wir sind von nun an völlig auf uns selbst gestellt. Es gibt keine Regierungskontakte mehr, und wir müssen mit allen Mitteln dafür sorgen, dass das auch so bleibt. Irgendwie ist es Jonathan Riles gelungen, uns aus dem Intrigenspiel herauszuhalten. Allem Anschein nach wusste niemand außer ihm selbst und David Kurtz von unserem Mitwirken.

Wenn die beiden dieses Wissen nicht mit in den Tod genommen hätten, müssten wir uns längst gegen Leute zur Wehr setzen, die alles versuchen würden, um uns ebenfalls auszuschalten. Wer immer Jonathan verriet, muss sich im Klaren darüber sein, dass Riles ein Spezialteam im Einsatz hatte, er wird jedoch glauben, dass dessen Mitglieder sofort untertauchen werden.«

Bronson schüttelte den Kopf. »Was ich immer noch für einen verdammt guten Plan halte.«

»Vielleicht, aber so kooperativ wollen wir auch wieder nicht sein.«

Bobby Daniels, ein langer, schlaksiger Typ mit einer Glatze so blank wie eine Billardkugel, trat aus den Schatten in der Nähe des Fensters. »Ich bin dabei, Jack. Wer will schon ewig leben!«

Janet lächelte. Echt Bobby.

Bronson zuckte die Achseln, als Jack ihm einen fragenden Blick zuwarf. »Klar bin ich ebenfalls dabei. Dachte nur, ich sollte Ihnen eine letzte Chance zum Aussteigen geben.«

»Ich bin lieber der Jäger als der Gejagte«, meinte Jack. »Und ich will diesen Leichnam haben.«

Jack beugte sich über den Tisch mit den Militärkarten, auf denen das Einsatzgebiet im Maßstab eins zu fünfzigtausend abgebildet war. Er markierte mit einer Stecknadel eine Stelle auf dem Highway und stach zwei weitere dort ein, wo das Gelände gerade noch eine Sichtverbindung zum ersten Punkt zuließ.

»Bobby, Sie warten hier, genau an dieser Biegung des Highways, etwa eine halbe Meile vor dem Hinterhalt. Bronson, Sie begeben sich auf die andere Seite und blockieren den Highway, sobald Bobby das Signal gibt. Es wird etwa dreißig bis fünfundvierzig Sekunden dauern, bis mich der Kühltransporter erreicht hat und Sie hören können, dass ich ihn stoppe. Nachts um diese Zeit dürfte kaum Verkehr herrschen, aber falls ein Fahrzeug vorbeikommt, müssen Sie es unbedingt aufhalten.«

»Und wenn ein Auto so dicht auf den Transporter folgt, dass mir keine Zeit bleibt, die Polizeisperre zu errichten?«, warf Bobby ein.

»Darum müsste ich mich kümmern. Hoffen wir aber, dass es nicht nötig sein wird.«

Jack wandte sich ihr zu. »Wie weit bist du mit der Aufnahme, Janet?«

Janet spürte bereits einen Adrenalinschub, wenn Jack ihren Namen aussprach. »Ich brauche noch etwa eine Stunde. Ich habe die Sprachaufzeichnungen von Abdul Aziz und benutze viele seiner Formulierungen. Aber teilweise muss ich die Stimmmuster synthetisieren, um die nötigen Extraworte einzufügen, damit die Sätze so natürlich wie möglich klingen. Wenn ich jedoch so weit bin, dass ich die Meldung per Wegwerfhandy durchgeben kann, werden selbst die besten Fachleute auf diesem Sektor nicht mehr sicher sagen können, ob sie manipuliert worden ist oder nicht.«

»Das ist gut, weil heutzutage selbst die kleinsten lokalen Notrufstationen alles speichern. Und wir wollen ja unbedingt, dass der Anruf aufgezeichnet wird.«

»Wie steht es mit dem Helikopter?«, fragte Bobby.

»Ich schnappe mir einen der Vögel von der Forstbehörde, die am Rande von Taos stehen. Janet wird mit an Bord sein. Ihr beide beschafft euch zwei schnelle Geländemotorräder.

Und denkt daran, ihr blockiert die Straße genau fünf Minuten lang, während Janet und ich uns um den Kühlwagen und seinen Inhalt kümmern. Danach steigt ihr in die Eisen und nehmt den Waldweg hier zum Treffpunkt. Lasst die Motorräder im Canyon verschwinden. Wir warten auf dieser Lichtung mit dem Helikopter.«

Jack richtete sich auf und reichte jedem von ihnen eine Kopie der Karte, in der die wichtigsten Stellen markiert waren. »Noch Fragen?«

»Nur die üblichen.« Bronson grinste schräg. »Wie kommt es, dass ich so verdammt gut aussehe?«

»Denken Sie mal drüber nach, wenn Sie mehr Zeit haben«, sagte Jack. »Aber nicht jetzt. Wir geben euch genau fünfzehn Minuten, die Lichtung zu erreichen. Dann heben wir ab.«

»Wir werden uns beeilen«, versicherte Bronson, ehe er und Bobby sich zum Gehen wandten.

Sobald die beiden das Haus verlassen hatten, ging Jack an den Wandschrank und holte eine große Schachtel hervor, in der er die persönliche Habe von Carlton »Priest« Williams und ein paar andere wichtige Dinge aus dessen Hütte verstaut hatte. Zwei große Aktenordner über ihn und Janet Johnson waren dabei, aber die bedachte Jack mit keinem Blick.

Nach einigem Herumkramen fand er, was er gesucht hatte. Er hielt einen Schlüsselring in Form eines Totenkopfes hoch.

»Ich denke, es wird Zeit, dass wir Priests altem Schuppen einen Besuch abstatten.«

Janet nickte. Nur sie beide. Wie immer.

Unbewusst strich sie mit der Rechten über die 9 mm Heckler & Koch Compact, die sie unter der linken Achsel trug. Auf der Hochebene von Los Alamos würde es bald heiß hergehen.

KAPITEL 4

Jennifer nahm nur ungern Zuflucht zu Lügen und schon gar nicht gegenüber Mark und Heather. Aber sie konnte den beiden einfach nicht verraten, dass sie überhaupt nicht geschlafen hatte. Nicht, ohne den Grund für ihre schlaflosen Nächte zu nennen. Und wenn sie den kannten, würden sie total ausflippen.

Jennifer hielt an, betrachtete das nahezu vollkommene Dunkel des Canyons und ließ ihren Blick dann zum Nachthimmel hinaufschweifen. Heute schien kein Mond, und so hoben sich die Scharen von Sternen und Planeten klar gegen die Schwärze ab.

Das nächtliche Firmament, das sich über der Hochwüste von New Mexico wölbte, überwältigte sie stets von Neuem. Das weite, unbewohnte Land und die dünne, trockene Höhenluft bildeten eine imposante Kulisse für Myriaden von Sternen, zwischen denen sich keine größere Lücke auftat.

Jennifer liebte diesen Himmel. Oft lag sie im Freien und stellte sich vor, der Boden wäre so gekippt, dass sie die Gestirne von oben betrachten könnte. Und wenn sie losließe, würde sie fallen, tiefer und tiefer, vorbei an den Planeten und mitten hinein in die Sterne. Mühsam kehrte sie in die Wirklichkeit zurück und spähte den Steilhang hinunter.

Ihre Theorie hatte sich als richtig erwiesen. Das Einzige, was die neuronale Verstärkung begrenzte, die sie alle drei an jenem Tag erhalten hatten, als sie zum ersten Mal das fremde Raumschiff betreten hatten, war das Bild, das sie von sich selbst besaßen. Aber die Grenzen dieses Selbstbilds ließen sich erweitern, wenn der Antrieb, mehr zu erreichen, nur groß genug war. Und ein starker Drang, sich zu verbessern, hatte Jennifer schließlich dazu gebracht, wenigstens einen Teil ihrer selbst auferlegten Beschränkungen zu überwinden.

Allein dieser Drang hatte sie darin bestärkt, lange Strecken zu laufen. Nicht so schnell und kraftvoll wie Mark, aber schnell genug und mit enormer Ausdauer. Allein dieser Drang hatte bewirkt, dass sie ihre Brille ablegte und ihre Augen so trainierte, dass sie im Dunkeln nun fast so gut wie eine Katze sehen konnte. Allein dieser Drang hatte dazu geführt, dass sie Heather, Mark und ihre Eltern belog und sich für ihre nächtlichen Läufe heimlich aus dem Haus schlich.

Sie wusste, dass die Sache auffliegen konnte, wenn jemand genauer hinsah und herausfand, dass sie ihre Bettdecke mit Kissen ausgestopft hatte. Aber der innere Antrieb verscheuchte die Angst, die sie noch vor wenigen Wochen in ein Nervenwrack verwandelt hätte, wenn sie nur daran gedacht hätte, das zu tun, was sie jetzt tat. Sie hatte es satt, die brave Streberin zu geben, hatte es satt, immer im Schatten von Mark und Heather zu stehen.

Jennifer kletterte die Steilklippe hinunter, schob sich lautlos durch das Buschwerk und folgte einem unsichtbaren, aber sehr vertrauten Pfad nach links. Der sanfte Magentaschimmer der Kaverne umfloss sie, ein warmes Licht, das nicht blendete, obwohl sie aus dem nächtlichen Dunkel kam. Geduckt huschte sie unter den gewölbten Ringwulst des Raumschiffs, an die Stelle, wo er die Felswand berührte. Hier befand sich das Loch, das ein Geschoss der Aliens durch den Außenrumpf und sämtliche Decks des zweiten Schiffs gebohrt hatte. Seine Ränder waren so glatt, dass die Beschädigung wie ein Teil der Konstruktion wirkte. Ohne anzuhalten, sprang Jennifer hoch, umklammerte die Kante des ersten Decks und schwang sich mühelos nach oben.

Rasch drang sie in den Raum mit der gekrümmten Arbeitsplatte vor, auf der vier Headsets bereitlagen. Auf einer Schiene davor waren in gleichmäßigen Abständen vier Stühle montiert, mit denen man parallel zum Tisch hin und her rollen konnte. Jennifer warf einen Blick auf die leichten, biegsamen Stirnreife, die in winzigen Kugeln endeten. Es war echt komisch, dass sie, Mark und Heather diese Headsets immer in fast genau der gleichen Position zurückließen, in der sie die Dinger ursprünglich gefunden hatten. Alles andere fühlte sich einfach nicht richtig an.

Jennifer streifte das erste der halb transparenten Headsets über und hielt einen Moment lang inne. Ein leichtes Frösteln überlief sie, als sich das Gefühl der Entspannung in ihrem Körper ausbreitete. Dann schwang sie sich durch die Öffnung in die höher gelegenen Decks.

Noch bevor sie auf einer der drei schwenkbaren Konturenliegen richtig Platz genommen hatte, lösten sich Boden, Wände und Decke der Kommandokuppel auf, und die unendliche Weite des Weltraums umgab sie. Es waren nur Aufzeichnungen von den langen Reisen, die das Schiff durch das All zurückgelegt hatte, aber Jennifer konnte sich an den Bildern nicht sattsehen.

In dieser Nacht jedoch gestattete sie sich nur einen kurzen Blick auf die großartige Kulisse, ehe sie ihre Aufmerksamkeit den Datenbanken der umfangreichen Bordbibliothek zuwandte. Das war die Entdeckung, die sie bisher vor den anderen geheim gehalten hatte. Sie hatte es vor sich selbst damit gerechtfertigt, dass sie erst mal selbst verstehen musste, wie man am besten auf Informationen zugriff und sie verarbeitete. Sie hatte immer noch vor, diesen gewaltigen Wissensschatz an ihren Bruder und ihre beste Freundin weiterzugeben – aber eben nicht sofort.

Schließlich hatte sie eben erst die Oberfläche gestreift. Aber mit jedem Besuch auf dem Schiff entdeckte sie weitere Teile des Puzzles, die es ihr ermöglichten, tiefer in die Materie einzudringen. Noch nicht tief genug, um große Erkenntnisse zu gewinnen, doch die Fortschritte motivierten sie zum Weitermachen und beflügelten ihren Wissensdrang.

Und während sich Jennifer in das elastische Material der Konturenliege schmiegte und in einem Meer von Daten schwamm, wuchs dieser Drang in ihr ins Uferlose.

KAPITEL 5

Als Jack das letzte Mal arabische Gewänder getragen und eine AK-47 mit sich geführt hatte, befand er sich jenseits des Kunar-Tals, in jenem zerklüfteten Gebirgsstreifen nördlich von Chitral, der zu Afghanistan gehörte und Pakistan von Tadschikistan trennte. Während er nun in der Dunkelheit oberhalb des New Mexico Highway 502 kauerte, nahe der Stelle, wo der Highway 30 in Richtung des verschlafenen Städtchens Española abzweigte, spürte er ein Kribbeln im Nacken, ausgelöst durch das Wispern eines Déjà-vu-Eindrucks.

Die arabische Kleidung, die Kalaschnikow und die sonstigen Waffen, die er für diesen Überfall ausgewählt hatte, stammten alle aus dem Spezialspind, den Jack in dem abgelegenen Versteck von Carlton »Priest« Williams entdeckt hatte. Jack war, einen Tag nachdem er Priest getötet hatte, auf die Hütte und den Schrank mit dem ungewöhnlichen Inhalt gestoßen.

Priest hatte schon immer ein aufgeblähtes Ego besessen. Das war eine von vielen unprofessionellen Eigenschaften, weswegen Jack den ehemaligen Delta-Kommando-Soldaten von Anfang an verachtet hatte. Eine solche Überheblichkeit führte zu Schlamperei, wie sich an dem Versicherungsschein zeigte, den Jack im Handschuhfach von Priests Pick-up gefunden hatte. Er besagte, dass der Wagen einem gewissen Delbert Graves gehörte. Wie eine kurze Anfrage im Staatsarchiv ergab, war Graves ein menschenscheuer Einsiedler, der eine kleine Ranch im Hochland nordöstlich von Los Alamos besaß, dicht an der Grenze zum Santa-Clara-Indianerreservat.

Wie viele Monate es her war, seit Priest Williams Delbert Graves getötet und sich den Besitz des Mannes als Schlupfwinkel angeeignet hatte, konnte Jack nicht genau bestimmen. Nach dem Fäulniszustand der Leichen zu urteilen, die Jack in dem ausgetrockneten Brunnen in der Nähe des Haupthauses gefunden hatte, musste sich Priest seit fast einem Jahr immer wieder mal in dem Versteck aufgehalten haben. Es bestand kaum ein Zweifel daran, dass niemand, auch nicht Priests unbekannter Arbeitgeber, diesen Ort gekannt hatte.

Neben einer Reihe von ermordeten Frauen gab es auch zwei männliche Tote. Einer war vermutlich der bedauernswerte Delbert Graves. Den anderen hatte Jack trotz der fortgeschrittenen Verwesung zweifelsfrei erkannt. Er wusste nun, was aus dem Terroristen Abdul Aziz geworden war, nach dem immer noch zahlreiche Behörden der US-Regierung fahndeten.

Und in dieser Nacht sollte sich Jacks Entschluss auszahlen, sein Wissen um Priests Schlupfwinkel nicht an die NSA-Leute weiterzugeben.

Er warf einen Blick auf das schwach beleuchtete Display seiner Armbanduhr. 1 Uhr 03. Die Fahrt von der Kirtland Air Force Base nach Los Alamos dauerte unter normalen Umständen anderthalb Stunden. Der Kühltransporter mit Priests Leichnam würde auf den um diese Zeit kaum befahrenen Straßen bis ans zulässige Tempolimit gehen. Das hieß, dass er ungefähr jetzt den Highway 84 verlassen und in den Highway 502 einbiegen würde.

Jack nahm eine kleine Infrarot-Stablampe von seinem Gürtel und blinkte zweimal, das Signal für Janet, mit der Handy-Übertragung zu beginnen. Dann streifte er die Nachtsichtbrille über, stellte den Infrarot-Scharfschützen-Laser ein und zog sich noch etwas tiefer in sein Versteck zurück.

Sein Warten war nun bald zu Ende.

KAPITEL 6

Yolanda Martinez kämpfte gegen die Müdigkeit an. Der Bereitschaftsdienst am Notruftelefon war nie leicht, auch nicht in einer Kleinstadt wie Española in New Mexico, aber die Nachtschicht hatte es ganz besonders in sich. An Wochenenden und Zahltagen schnellte die Zahl der Anrufe in die Höhe, sobald sich in den Bars die letzten Gäste auf den Heimweg machten. Meist ging es um Ruhestörung durch Betrunkene, aber häufig waren auch Messer oder gar Schusswaffen im Spiel. Dazu kamen Unfälle durch Alkoholfahrten und häusliche Auseinandersetzungen.

Heute jedoch war Montagnacht oder eigentlich schon Dienstagmorgen und ganz bestimmt kein Zahltag. Es war eine dieser Nächte, in denen selbst die kleinen Angeber mit ihren tiefergelegten Kisten nicht die Energie aufbrachten, nach Mitternacht die Straßen auf und ab zu brettern. Draußen vor der Polizeistation, wo der Los Alamos Highway auf den Paseo de Oñate traf, rumpelte nur hin und wieder ein Wagen durch die Stille. Überall im Kaff herrschte tote Hose.

Das hätte erfreulich sein können, aber an diesem Tag war Yolandas Tochter von der Schule daheim geblieben, weil sie sich nicht gut fühlte, und Yolanda hatte sich um sie gekümmert, bis ihr Mann Roberto von der Arbeit zurückgekommen war. Sie hatte kaum die Zeit gefunden, sich für ihre Schicht fertig zu machen, und auf dem Weg zur Polizeistation nur rasch einen Mikrowellen-Burrito am Schnellimbiss mitgenommen. Der letzte ausgiebige Schlaf war eine vage Erinnerung. Da es nichts zu tun gab, lastete die Müdigkeit schwer auf Yolandas Lidern, während sie sich noch einen Becher des verkokelt schmeckenden Kaffees einschenkte. Dass Sergeant Billy Collins ein paar Meter von ihr entfernt die Füße in gefährlicher Nähe zu einem Stapel unfertiger Polizeiberichte auf den Schreibtisch gelegt hatte und fest schlief, machte die Sache nicht unbedingt besser. Wenigstens schnarchte er nicht.

Es war immer das Gleiche, solange sie zurückdenken konnte. Manche Nächte so unruhig und hektisch, dass sie am liebsten losgeheult hätte, und manche Nächte so trostlos langweilig, dass sie am liebsten selbst etwas angestellt hätte, nur damit jemand anrief.

Als der Notruf losschrillte, zuckte Yolanda erschrocken zusammen. Sie schüttelte den Kopf, um die Benommenheit zu vertreiben, und nahm den Hörer noch vor dem zweiten Läuten ab.

»Polizeistation Española. Was kann ich für Sie tun?«

Der Mann am anderen Ende der Leitung sprach mit einem so starken Akzent, dass sie zunächst Mühe hatte, die Bedeutung seiner Worte zu erfassen.

»Hören Sie genau zu. Unterbrechen Sie mich nicht, denn ich sage nichts zweimal. Und ich werde nicht so lange in der Leitung bleiben, dass Sie diesen Anruf zurückverfolgen können. Mein Name ist Abdul Aziz. Ich bin der Mann, auf den Ihre Regierung seit Langem Jagd macht. Absolut erfolglos. Heute Nacht, in nur wenigen Minuten, werde ich etwas an mich nehmen, das der Große Satan Amerika bis jetzt unter dem Namen Rho-Projekt vor dem Rest der Menschheit verborgen gehalten hat. Hören Sie noch?«

Es entstand eine kleine Pause, weil Yolanda gleichzeitig versuchte, eine Antwort zu formulieren und Sergeant Collins mit einem gezielten Bleistiftwurf zu wecken.

»Ja, ich höre.«

Auch am anderen Ende der Leitung herrschte kurz Stille, ehe der Mann fortfuhr.

»Wenn Sie schnell sind, können Sie mit einigen ihrer Streifenwagen an der Abzweigung Highway 30 von Highway 502 sein, bevor ich mein Werk vollendet und den Tatort verlassen habe, aber ich bezweifle es. Sie werden Leichen finden. Bereiten Sie sich darauf vor. Geben Sie Ihren Beamten den Tipp, den Toten ein paar Blutproben zu entnehmen, diese aber nicht dem Militär auszuhändigen.

Inschallah, selbst ungläubige Schweine können erleuchtet werden. Und jetzt beeilen Sie sich! Handeln Sie schnell!«

»Warten Sie!«

Aber die Leitung war tot, noch bevor Yolanda die Worte ausgesprochen hatte.

»Was war das eben?« Die Stimme von Sergeant Collins hinter ihrer Schulter ließ sie erneut zusammenzucken. Allem Anschein nach war der Mann doch nicht total weggetreten gewesen.

Bis sie die Aufzeichnung zurückgespult und noch einmal abgespielt hatte, holte Billy Collins bereits ein Gewehr vom Kaliber 12 aus dem Waffenregal und rannte zur Tür. »Verständigen Sie Fred und Enrique. Die sind am nächsten dran. Sie sollen sofort da hinfahren. Ich stoße auf schnellstem Weg zu ihnen. Danach trommeln Sie sämtliche Streifenwagen zusammen, die wir im Einsatz haben, und schicken sie ebenfalls raus.«

»Was ist mit der Staatspolizei?«

»Denen geben Sie Bescheid, sobald unsere Leute unterwegs sind. Und rufen Sie den Sheriff an. Ich warte allerdings nicht, bis die alle da sind.«

Die Tür fiel hinter Billy Collins ins Schloss, während Yolanda auf die Taste drückte, die das Funkmikrofon zuschaltete. Als sie zu sprechen begann, ging ihr flüchtig der Gedanke durch den Kopf, dass sie Billy vielleicht nie lebend wiedersehen würde.

KAPITEL 7

Der Schaft der AK-47 an seiner Wange fühlte sich gut an. Die Kalaschnikow hatte etwas Grundsolides an sich, eine Griffigkeit, die verständlich machte, weshalb sie das beliebteste Sturmgewehr auf der Welt war. Die Waffe vermittelte genau die Zuverlässigkeit, die sie besaß.

Jack Gregory schaltete den Infrarot-Laser ein und warf einen Blick durch das Zielfernrohr, das den Leuchtpunkt sichtbar machte. Es handelte sich um eine Scharfschützen-Modifikation, die er eigens für diesen Zweck montiert und erst vor vier Stunden einjustiert hatte.

Jack hatte in Priests Keller eine Ladepresse samt Matrizen gefunden und damit hundert Schuss Munition befüllt. Er befüllte seine Patronen immer von Hand, wenn sich die Gelegenheit dazu bot. Das erhöhte die Präzision der Flugbahn. Sobald nämlich eine Kugel den Gewehrlauf verließ, stieg sie während der ersten hundert Meter etwa eine Handbreit über die Sichtlinie an, ehe sie an Energie verlor und sich wieder senkte. Nur wenn der Schütze identische Patronen benutzte und in jede Hülse exakt die gleiche Pulvermenge presste, konnte er genau vorhersagen, wo das Geschoss einschlagen würde.

Priest hatte sich nie um solche Details gekümmert. Jack schon.

Aus dem kleinen Funkgerät an seinem Gürtel drangen drei kurze Störgeräusche. Das Knistern besagte, dass der Kühltransporter soeben Bronsons Versteck passiert hatte und gleich um die Kurve biegen musste, was ihn in Jacks Visierlinie bringen würde. Jack hatte den Ort des Anschlags so gewählt, dass der erste Schuss den Fahrer außer Gefecht setzte, während sich der Wagen noch in der Kurve befand. Das hatte vermutlich zur Folge, dass er geradeaus weiterfuhr. Der zweite Schuss würde den Beifahrer treffen, sobald er ins Lenkrad griff, um zu verhindern, dass das Fahrzeug von der Straße abkam.

Die hellen Scheinwerferkegel des Transporters schwenkten um die Kurve. Unscharf tauchte das Gesicht des Fahrers im Zielfernrohr auf, schwach erhellt von der Beleuchtung des Armaturenbretts. Jack richtete den Laserpunkt auf den Mund des Fahrers. Bei dieser Entfernung würde die Kugel etwa zehn Zentimeter höher einschlagen. Jacks behandschuhter Finger bewegte den Abzug gleichmäßig und gefühlvoll. Der Rückstoß der Waffe riss seine Schulter nach hinten, während der Schuss durch die Nacht dröhnte.

Der Wagen brach aus und kehrte in die Spur zurück, als der zweite Mann das Steuer von der Seite her packte. Jack wartete, bis sein Körper den Rückstoß abgefedert und der Laserpunkt sich stabilisiert hatte. Dann drückte er erneut ab.

Das Scheppern von Metall vermischte sich mit dem Echo des zweiten Schusses, als der Transporter eine Schneise in die Bäume und Felsbrocken neben der Straße pflügte. Mit einem Ruck kam das Fahrzeug zum Stehen. Der Anhänger knallte gegen die Führerkabine, stellte sich quer und kippte um.

Jack rannte über den Highway, noch bevor der Anhänger zu schaukeln aufgehört hatte. Mit einem raschen Blick nach links vergewisserte er sich, dass Janet mit gezogener Waffe auf der gegenüberliegenden Straßenseite lag und ihm Feuerschutz gab.

Jack erreichte den Ausgang der Kurve und schlitterte die leichte Böschung nach unten. Das Führerhaus des Kühltransporters war gegen den dicken Stamm einer Kiefer geprallt. Ein Scheinwerfer war wie durch ein Wunder heil geblieben und leuchtete nun schräg nach oben in die herabhängenden Äste. Der Gestank von ausgelaufenem Diesel hing in der Luft.

Mit einem Sprung erreichte Jack das Trittbrett auf der Fahrerseite und zerrte an der Klinke. Die Tür war so eingedrückt, dass sie erst beim zweiten Versuch nach außen schwang. In der Kabine herrschte ein Chaos aus Glassplittern, verbogenem Metall und Blut. Der Kopf des Fahrers war zwischen die Speichen des Lenkrads eingeklemmt. Die austretende Kugel hatte einen Teil der hinteren Schädeldecke einfach weggesprengt.

Jack schnitt den Sicherheitsgurt durch, hievte den Toten aus dem Führerhaus und beförderte ihn mit einem Stoß nach draußen. Der Wachtposten auf dem Beifahrersitz hatte ein kreisrundes Loch zwischen den Augenbrauen. Als Jack ihn aus seinem Gurt befreien wollte, sah er, dass die Lider des Mannes zu flattern begannen. Langsam schlug er die Augen auf. Jack durchtrennte den Gurt, packte den Mann unter den Achseln und schleifte ihn zur Tür, um ihn neben seinen Kumpel ins Freie zu befördern. Dann stieß er sich vom Trittbrett ab und landete dicht hinter den beiden Männern auf dem Boden.

Wenn er nicht vor einiger Zeit selbst gesehen hätte, dass die Nanomaschinen im Blut von Priest Williams so etwas wie Wunderheilungen bewirkten, wäre er zutiefst geschockt gewesen beim Anblick dieser beiden Männer, die nach menschlichem Ermessen längst tot sein mussten. Die klaffende Wunde im Hinterkopf des Fahrers begann sich bereits wieder zu schließen, obwohl die Verletzung so schwer war, dass dieser Vorgang bestimmt eine ganze Weile dauern würde – immer vorausgesetzt, dass die Nanomaschinen das zerstörte Hirngewebe überhaupt ersetzen konnten.

Aber die Kugel durch den Kopf des Beifahrers hatte keine sonderlich große Austrittswunde verursacht. Der Mann schien bereits wieder zu sich zu kommen. Zumindest verfolgten seine Augen jede Bewegung von Jack, der jetzt den Körper des Fahrers so arrangierte, dass er in Richtung Westen und mit dem Gesicht nach unten am Boden kniete.

Jack schleifte den Wachtposten neben ihn und wiederholte die Prozedur. Dann zog er das lange arabische Krummschwert aus der Schärpe, die er um seine Taille gewickelt hatte, und stieß dem Posten die scharfe Spitze ins Kreuz. In einer Art Schmerzreflex wölbte sich die Wirbelsäule des Wehrlosen, sein Hals streckte sich und sein Kopf fuhr mit einem Ruck nach oben.

Blitzschnell durchschnitt die Sarazenenklinge die Luft, grub sich tief in den Nacken des Wachtpostens und trennte ihm mit einem einzigen Hieb den Kopf von den Schultern. Ein Blutstrahl schoss aus der Halsschlagader. Dann sackte der Körper endgültig zusammen.

Jack trat neben den Fahrer und stach ihm ebenfalls die Schwertspitze in den unteren Teil des Rückgrats. Doch diesmal reagierte der Körper nicht. Offensichtlich hatten selbst die Heilkräfte der Nanomaschinen ihre Grenzen, zumindest dann, wenn ihnen nur eine kurze Zeit für die Regeneration des beschädigten Zellgewebes zur Verfügung stand. Also stemmte Jack dem tödlich Getroffenen einen Fuß ins Kreuz, riss ihn mit einer Hand an den Haaren hoch und ließ mit der anderen die Klinge niedersausen. Bei dem kurzen Abstand benötigte er drei Schwerthiebe, bis er ihm den Kopf abgeschlagen hatte.

Wenn ein Mensch enthauptet wird, entweicht sein Blut nicht in Strömen, sondern in mehreren, rasch schwächer werdenden Stößen, die durch die Pumpwirkung des Herzmuskels hervorgepresst werden. Und es ist nicht der Hirn- oder Nerventod, der das Herz zum Stillstand bringt, sondern das Ausbleiben der Flüssigkeit, die seine Kammern durchströmen muss.

Jack war acht Jahre alt gewesen, als er zum ersten Mal mit angesehen hatte, wie ein Mann enthauptet wurde. Das war auf dem Marktplatz der saudi-arabischen Hauptstadt Riad gewesen, den Ausländer insgeheim als Hinrichtungsplatz bezeichneten. Man hatte den Mann gezwungen, niederzuknien und sich über den Richtblock zu beugen.

Im letzten Moment hatte ein Saudi dem Knienden mit einem spitzen Messer in den Rücken gestochen. In einer Reflexbewegung hatte der Mann den Nacken angespannt und den Kopf hochzureißen versucht. Und das mächtige Schwert war nach unten gesaust. Ein Korb vor dem Richtblock hatte den abgeschlagenen Kopf aufgefangen. Das Herz des Toten hatte sein Blut in einem dicken und dann einem sehr viel dünneren Strahl aus dem Körper gepumpt, ehe es mit einem letzten schwachen Zucken stillstand.

Jack und seine Mutter hatten das alles aus der ersten Reihe der versammelten Menschenmenge beobachtet. Als Ehrengäste. Der Mann war Jacks Vater gewesen.

Eingehüllt in die langen Schatten der Kiefer, die immer noch von dem schräg nach oben gerichteten Autoscheinwerfer angestrahlt wurde, arrangierte Jack die beiden Toten rasch wieder in die kniende Position, die sie ursprünglich eingenommen hatten. Dann legte er die abgetrennten Köpfe einige Schritte weiter westlich ab und drehte jeden so, dass er den zugehörigen Körper anstarrte.

Aus einer Gürteltasche zog er einen kleinen Plastikbeutel, dem er ein Stück Fingernagel und zwei Haare entnahm.

Nachdem ein Mensch gestorben war, wuchsen seine Haare und Nägel noch geraume Zeit weiter. Jack hatte diese Tatsache genutzt und sich von Abdul Aziz ein paar kleine Beweisstücke besorgt, als er dessen Leichnam früher am Tag aus dem Brunnen geborgen hatte. Sie würden nun einem höheren Zweck dienen, als zusammen mit ihrem Besitzer zu verrotten. Er drückte den

Nagelrest in das rechte Handgelenk des Fahrers. Dann ließ er die zwei Haare auf das blutgetränkte Hemd des Mannes fallen und wartete, bis sie festklebten.

Sobald die falschen Spuren gelegt waren, warf Jack erneut einen Blick auf seine Armbanduhr. 1 Uhr 13. Die blaugrüne Digitalanzeige blinzelte ihm entgegen, als wollte sie ihn zur Eile mahnen.

Mit einigen weit ausholenden Schritten hatte er die Rückseite des umgekippten Anhängers erreicht. Das silberfarbene Metall war verzogen und eingedrückt, aber nicht geborsten.

Wie Jack erwartet hatte, waren die Hecktüren mit einem stabilen Stahlschloss gesichert. Doch das stellte kein Problem für C4-Plastiksprengstoff dar. In diesem Fall flocht Jack ein Stück Sprengschnur durch und um den Schließmechanismus, ehe er den Zünder anbrachte.

Jack zog sich an die Flanke des Anhängers zurück und verband die beiden Enden des Zündkabels mit einem kleinen grünen Gerät, das einen Handgriff besaß. Ein kurzes Drehen daran, und wieder dröhnte eine laute Detonation durch die Nacht. Der Lärm würde Janet signalisieren, dass sie ihren Posten nun verlassen und auf schnellstem Weg zum Helikopter zurückkehren sollte.

Die Explosion hatte die untere Tür des umgekippten Anhängers aufgerissen. Aus der Öffnung quoll eiskalte Luft, die einen breiten Kondensnebelstreifen bildete und langsam davonströmte. Jack schaltete seine Taschenlampe ein und kletterte in den Kühlraum.

Es dauerte nicht lange, bis er gefunden hatte, was er suchte. Man hatte Priests steif gefrorenen Körper in einen Leichensack gehüllt und dann in eine Art Wanne aus dickem Kunststoff gelegt. Durch den Aufprall war der Leichensack aus dem Behälter gekippt und lag auf den Aggregaten einer Seitenwand, die nun den Boden bildete.

Jack öffnete den Sack und überprüfte kurz im Schein der Taschenlampe, ob er tatsächlich den obduzierten Leichnam sowie den abgetrennten Kopf von Carlton »Priest« Williams enthielt. Dann zog er den Reißverschluss wieder zu und hievte den Toten über die Apparate hinweg ins Freie. 1 Uhr 18. Zeit genug, eine letzte Aufgabe zu erledigen.

Jack holte eine Kanüle und zwei Pyrex-Röhrchen aus seiner Tasche, begab sich zu der Stelle, wo er den erschossenen Fahrer und seinen Begleiter zurückgelassen hatte, und entnahm jedem der beiden Toten eine Blutprobe.

Nachdem er sich noch einmal vergewissert hatte, dass alle verdächtigen Spuren beseitigt waren, schob Jack das Schwert in die Schärpe zurück und warf sich den Sack mit Priests Leichnam über die Schulter. Als er die Straße überquerte, um seine AK-47 zu holen, hörte er in der Ferne bereits das Dröhnen des Helikopters.

Hoch droben am mondlosen Nachthimmel wies die Milchstraße den Weg zu der Lichtung, auf der die Maschine warten würde. Jack atmete tief durch, schob noch einmal den Sack mit dem Toten zurecht und lief dann mit weit ausgreifenden Schritten los, den steilen Hang hinauf und in das Dunkel dahinter.

KAPITEL 8

Sergeant Jim »Großer Bär« Pino hatte jedes einzelne seiner siebenundvierzig Lebensjahre im Santa-Clara-Indianerreservat zugebracht – und mehr als die Hälfte davon als Stammespolizist.

Es kam selten vor, dass Polizeistationen außerhalb des Reservats einen Stammes-Cop anriefen, wenn es nicht um Indianerangelegenheiten ging. Aber Yolanda Martinez, die bei der Polizei von Española das Notruftelefon bediente, war durch Heirat seine Cousine dritten Grades, und sie hatte verängstigt geklungen.

Schon als Kind hatte Yolanda immer ihn aufgesucht, wenn sie Trost oder Hilfe brauchte. Er war für sie der große Bruder gewesen, den sie nie gehabt hatte. Auch später, als sich ihre Lebenswege trennten und jeder von ihnen eine eigene Familie gründete, blieben Yolanda und Großer Bär in engem Kontakt. Heute Nacht hatte Yolanda einen Anruf erhalten, der böse Vorahnungen in ihr weckte. Und deshalb hatte sie seine Nummer gewählt und ihm die Aufzeichnung des Anrufs überspielt.

Zwar hatte die Polizei von Española mehrere Streifenwagen losgeschickt, aber Großer Bär war ebenfalls im Dienst, und er befand sich näher an der Abzweigung, die der Mann genannt hatte. Großer Bär fuhr einen Jeep Cherokee, mit dem er Gelände bewältigte, das sich nach Ansicht der meisten Leute nur im Sattel erreichen ließ. Zwar konnte er mit dem Vehikel kaum ein Straßenrennen gewinnen, doch dafür erlaubte es ihm, die Wege quer durch das Reservat zu nutzen, was die Entfernung zu seinem Ziel gewaltig verkürzte.

Die Räder des Cherokee wirbelten eine Staubwolke auf, als er an einem letzten Viehgatter vorbei auf den asphaltierten Highway 30 preschte. Da um diese Zeit kein Verkehr herrschte, verzichtete er darauf, mit Blinklicht zu fahren. Er musste sein Kommen ja nicht unbedingt groß ankündigen.

Als er um die Kurve bog, hinter der sich die Einmündung in den Highway 502 befand, entdeckte Großer Bär den Grund für die wie leer gefegte Fahrbahn. Hinter einer Straßensperre westlich der Zusammenführung hatte sich eine kleine Schlange von Personenwagen und Trucks gebildet.

Großer Bär schaltete die Signalbeleuchtung ein, manövrierte den Cherokee am stehenden Verkehr vorbei in die Y-Kreuzung und fuhr in westlicher Richtung auf dem Highway 502 weiter. Die Barriere bestand aus zwei unbemannten Scherengittern mit orange blinkenden Straßenbaulaternen. An einer Biegung etwa hundert Meter jenseits der Absperrung blinzelte der rote Signalbalken eines Polizeifahrzeugs aus dem Wald.

Komisch. Selbst die ländlichen Polizeistationen stellten niemals solche provisorischen Straßenblockaden auf. Sie hätten zumindest einen Helfer an der Barriere postiert.

Großer Bär steuerte den Cherokee vorsichtig neben den Highway, umfuhr das Absperrgitter und kehrte auf den Asphalt zurück. Im Schritttempo näherte er sich dem Ort des Geschehens.

Wenn ihm seine langen schwarzen Haare nicht bis zur Taille gereicht hätten, wären sie ihm jetzt vermutlich zu Berge gestanden. Er war jetzt nahe genug, um den Signalbalken des Streifenwagens im Wald deutlich zu erkennen. Aber die Scheinwerfer waren ausgeschaltet.

Warum leuchtete die Polizei die Szene nicht mit Fern- und Standlicht aus?

Als er den Cherokee noch näher an den Straßenrand lenkte, erhielt Großer Bär die Antwort auf seine Frage. Es gab gar kein Polizeifahrzeug. Der blinkende Signalbalken war an eine Autobatterie angeschlossen und so an einem Ast befestigt, dass der Eindruck entstand, ein Streifenwagen parke abseits der Straße im Wald.

Plötzlich wirkte die Nachtluft um einige Grad kälter. Der Mann am Telefon hatte von Leichen gesprochen. Großer Bär starrte den immer noch blinkenden Signalbalken an. Er glaubte dem Anrufer aufs Wort.

Großer Bär ließ das Blinklicht seines eigenen Fahrzeugs eingeschaltet, nahm die schwere Taschenlampe aus dem Fußraum, strich kurz über den Griff des .45er-Revolvers, der in seinem Gürtelholster steckte, und verließ das Auto. Binnen Sekunden hatte er sich von den Lichtern entfernt. Er drang westwärts in die Wälder vor, parallel zum Highway, ein Schatten unter den Schatten.

Als kleiner Junge hatte Großer Bär seinen Großvater bewundert und verehrt. Der alte Mann hatte ihm das Jagen und Fischen beigebracht, ohne Gewehr und Angelrute, ganz nach der Art der Vorfahren. Und er hatte ihn gelehrt, Fährten zu lesen, zu verstehen, was die Erde mit einem geknickten Grashalm sagte, mit dem plötzlichen Verstummen der Insekten, mit den schwachen Gerüchen, die der Wind herbeitrug.

Die Jugend kümmerte sich kaum noch um die alten Traditionen. Sie war längst den Dingen erlegen, mit denen die Welt des weißen Mannes sie lockte, eingelullt vom stumpfen TV-Gelaber und nur noch vom Jagdinstinkt an der Spielekonsole erfasst. Großer Bär dagegen hütete das Vermächtnis der Ahnen und gab ihr Wissen an seine Söhne weiter. Hier in den dunklen Wäldern wisperten die Stimmen der Vorväter, während er lautlos von Baum zu Baum huschte.

Die Kurve im Highway verwehrte Großer Bär die Sicht auf die Straßensperre, obwohl sich in den Kronen der höchsten Bäume das Flackern von Polizeilichtern verfing. Er setzte seinen Weg in Richtung Westen fort, doch dann blieb er unvermittelt stehen. Es roch nach Kordit. Jemand hatte hier eine Sprengung durchgeführt. Aber nicht mit Dynamit, wie es die Straßenbautrupps verwendeten, und auch nicht mit Schwarzpulver.

Er war jetzt ganz nahe. Der Gestank von ausgelaufenem Diesel stieg ihm in die Nase. Ein Helikopter dröhnte über die Hügelkette und drehte nach Norden ab.

Großer Bär trat an den Straßenrand und spähte nach oben, aber falls der Hubschrauber noch in der Nähe war, hatte er wohl seine Scheinwerfer ausgeschaltet.

Nun, da er den Waldsaum hinter sich gelassen hatte, konnte Großer Bär auf der anderen Straßenseite einen Lichtstrahl erkennen, der schräg nach oben in die Baumkronen strahlte. Er war keine dreißig Meter von seinem Standort entfernt, und er kam von einem Autoscheinwerfer.

Großer Bär überquerte den Highway und beschleunigte seine Schritte. Er wusste, dass er sich in Gefahr begab, aber da vorne war ein Auto von der Straße abgekommen, und der Gedanke, dass womöglich jemand verletzt in dem Wrack lag, trieb ihn vorwärts.

Als er sich der Unfallstelle näherte, sah er das ganze Ausmaß des Schadens. Ein Transporter war vom Highway abgekommen, vermutlich mit hoher Geschwindigkeit, denn das Führerhaus hatte sich um einen Baum gewickelt, während der Anhänger zur Seite gekippt und mit solchem Schwung an der Kabine vorbeigeschlittert war, dass er sich fast aus seiner Verankerung gelöst hatte.

In der indirekten Beleuchtung des aufwärts gerichteten Scheinwerferkegels sah Großer Bär zwei Gestalten, die etwa fünf Meter vom Anhänger entfernt am Boden knieten. Sie rührten sich nicht.

»Hey, seid ihr verletzt?«, schrie Großer Bär. Er schaltete seine Taschenlampe ein und rannte auf sie zu. Zwei Gesichter starrten ihn an. In ihren Augen spiegelte sich der Strahl der Taschenlampe. Mit einem Ruck blieb Großer Bär stehen und zog die Waffe. Die Köpfe lagen Seite an Seite und etwa anderthalb Meter vor den knienden Körpern.

Die Nachtstille legte sich wie eine schwere Decke um seine Schultern. Großer Bär machte sich nicht die Mühe, die Taschenlampe auszuschalten. Wenn das hier als Falle gedacht war, müsste er längst tot sein. Nein. Keine Falle. Eher eine Botschaft.

Sein Puls hämmerte immer noch vom ersten Schock dieser grauenvollen Szene. Großer Bär musste sehen, dass er sein inneres Gleichgewicht wiederfand. Das hier waren beileibe nicht die ersten Leichen, die er zu Gesicht bekam, aber von diesen Toten ging eine Kälte aus, die irgendwie … anders war.

Großer Bär trat näher und ließ den Lichtkegel seiner Taschenlampe über die leblosen Körper gleiten, ehe er sich wieder den beiden Köpfen zuwandte. Jeder hatte eine Schusswunde in der Stirn. Er wich einer großen Blutlache aus, die sich um die Mordopfer ausgebreitet hatte, aber nicht bis zu den abgetrennten Köpfen reichte.

Allmählich hatte Großer Bär so weit die Fassung zurückgewonnen, dass er Einzelheiten registrierte. Beide Toten trugen Militäruniformen und 9-mm-Berettas, die ebenfalls zur militärischen Standardausrüstung gehörten. Die knienden Torsos waren nach Westen ausgerichtet, wie es dem muslimischen Bestattungsritual entsprach, während die Augen der anderthalb Meter von den Körpern entfernten Köpfe in Richtung Osten starrten.

Die Kugeln hatten bei beiden Männern die Stirn durchschlagen und waren am Hinterkopf wieder ausgetreten. Einer der Toten wies eine klaffende Wunde auf, wo das Geschoss ein Stück der Schädeldecke weggerissen hatte.

Was Großer Bär Rätsel aufgab, hatte jedoch nichts damit zu tun, wie man die Männer getötet und dann ihre Leichen arrangiert hatte. Er fragte sich vielmehr, wo man sie umgebracht hatte. An diesem Schauplatz des Verbrechens passte einfach nichts zusammen.

Großer Bär kehrte zum Führerhaus des Trucks zurück, schwang sich auf das verbeulte Trittbrett und beugte sich in die

Kabine. Die Wucht des Aufpralls hatte die Windschutzscheibe zertrümmert. Als sich der Strahl seiner Taschenlampe durch das Innere tastete, fand Großer Bär, was er suchte. Blut und Gehirnmasse waren auf den Sitzlehnen und der Rückwand der Kabine verspritzt. Binnen Sekunden hatte er die Löcher der Geschosse entdeckt, die nicht nur die Köpfe der Opfer, sondern auch noch das Führerhaus durchdrungen hatten.

Beide Männer waren also hier drinnen getötet worden, getroffen von Gewehrkugeln mit einer so hohen Durchschlagskraft, dass sich ihre Gehirnmasse in der Kabine verteilt hatte. Erst danach war der Transporter von der Straße abgekommen. Aber wie konnte es sein, dass die Opfer immer noch am Leben gewesen waren, als man sie aus dem Führerhaus gezerrt hatte? Dass ihre Herzen noch kräftig genug gepumpt hatten, um einen satten Blutstrahl auszustoßen, als man sie enthauptete?

Das Kribbeln, das Großer Bär im Nacken spürte, und die Gänsehaut auf seinen Armen hatten nichts mit der kühlen Nachtluft zu tun. Was hatte die arabisch klingende Stimme am Notruftelefon gesagt? Dass man den Toten eine Blutprobe entnehmen sollte, bevor die Militärs aufkreuzten?

Das Heulen von Polizeisirenen riss ihn aus seinen Gedanken. Das waren sicher die Jungs von Española. Wenn er dem Rat des Unbekannten folgen wollte, musste er sofort handeln.

Großer Bär sprang aus dem Führerhaus, zog eine kleine runde Blechschachtel mit Copenhagen-Kautabak aus der Tasche und kippte den Inhalt der fast vollen Dose mit leisem Bedauern auf den Boden. Dann eilte er mit langen Schritten zu der Stelle, wo das Blut der Opfer in den Staub gespritzt war. Obwohl Navajos in der Regel davor zurückschreckten, einen Toten zu berühren, schöpfte er etwas von dem Blut in die Dose, verschloss sie mit dem Deckel und schob die Probe in seine Tasche. Als er aufstand und sich auf den Weg zur Straße machte, trat Großer Bär auf den kleinen Fleck, wo er das Blut zusammengescharrt hatte, und hinterließ einen blutigen Stiefelabdruck.

Es störte ihn nicht weiter, dass er auf diese Weise ein winziges Indiz zerstörte. Man würde ihn ohnehin wegschicken, da der

Schauplatz des Verbrechens außerhalb seiner Stammeszuständigkeit lag. Vermutlich empfanden die Polizisten von Española sogar eine gewisse Genugtuung, dass der Indianer-Cop Mist gebaut hatte.

Im gleichen Moment, da er den Highway erreichte, kam der vorderste Streifenwagen mit quietschenden Reifen neben ihm zum Stehen. Großer Bär umklammerte die Tabaksdose in seiner Tasche. Ihn überkam die böse Vorahnung, dass er sich soeben in eine sehr gefährliche Sache eingelassen hatte. Er würde lange die Geister anrufen müssen, um wieder ruhig schlafen zu können.

KAPITEL 9

»Hallo?« Heather warf einen Blick durch die offene Haustür der Smythes.

»Hi, Heather«, begrüßte sie Mrs. Smythe vom Wohnzimmer aus. »Mark und Jennifer sind in der Garage.«

»Danke.«

Als sie die Garage betrat, entdeckte sie Mark und Jennifer in der Werkstattecke. Die beiden steckten die Köpfe zusammen und starrten angespannt auf ihre gemeinsam entwickelte Anlage, die Energie nach dem Prinzip der Kalten Fusion erzeugte.

Mark bemerkte sie als Erster. »Hey, Heather! Komm und schau dir diese Messwerte an!«

»Warum? Stimmt was nicht?« Heathers Stimme klang besorgt, als sie auf die Werkbank mit dem Tank zusteuerte.

Sie warf einen Blick über Jennifers Schulter auf den Laptopschirm und entspannte sich. »Wenn ihr mich fragt, sieht das perfekt aus«, meinte sie.

»Eben.« Jennifers Finger tanzten über die Tastatur und scrollten die aufgezeichneten Daten über den Monitor. »Das Ganze könnte eine Spur zu perfekt sein. Der Abgabetermin für den Forschungswettbewerb ist nächste Woche, und ich fürchte, dieses Projekt wird sich von den anderen Beiträgen wie ein Gipsdaumen abheben. Die Jury könnte zu dem Schluss kommen, dass so etwas niemals auf dem Mist von ein paar Highschoolkids gewachsen sein kann.«

Mark verdrehte die Augen. »Mit anderen Worten – Jennifer ängstigt sich wieder mal wegen einer Lappalie.«

Seit die drei Freunde auf das zweite Sternenschiff gestoßen waren und zum ersten Mal die dort auf einer Konsole bereitliegenden Headsets übergestreift hatten, waren bei ihnen radikale Veränderungen eingetreten. Irgendwie hatten die Metallreife den Kontakt zum Schiffscomputer hergestellt und während dieses Vorgangs bis dahin schlummernde Bereiche ihrer Gehirne aktiviert. Die verstärkte Leistung der neuromuskulären Systeme hatte auch nach dem Absetzen der Headsets angehalten und ihr Denken beflügelt.

Bei Heather hatten sich die Auswirkungen am deutlichsten in einer Art mathematischer Inselbegabung gezeigt. Ein Blick auf einen Kieselstein genügte ihr, um zu wissen, dass er ein Volumen von 4,3583 Kubikzentimeter besaß. Ähnliches galt für ihr Talent, selbst die schwierigsten mathematischen Gleichungen sofort zu durchschauen. Die Lösungen boten sich einfach von selbst an. Das Ganze grenzte an Magie.

Heather schüttelte den Kopf. »Jen, diesmal muss ich Mark recht geben. Ja, dank unserer Regelsysteme liegt die Energieerzeugung des Tanks oberhalb der Norm. Aber wir haben den Ausstoß so gedrosselt, dass er niedriger ist als bei den meisten Forscherteams.«

Jennifer blieb skeptisch. »Ich weiß nicht. Diese Teams bestehen aus Doktoranden oder ausgebildeten Physikern.«

Heather klopfte der Freundin lächelnd auf die Schulter. »Hast du dir mal angesehen, was der letztjährige Sieger ablieferte? Das voll funktionsfähige Modell eines Windkanals, ausgestattet mit allen erdenklichen Instrumenten und so exakt geeicht, dass die Testergebnisse es durchaus mit den Werten wesentlich größerer Profi-Anlagen aufnehmen konnten.«

»Mag sein.«

»Jen, ein ›Mag sein‹ gibt es nicht. Wenn euer Rain Girl sagt, dass es so ist, dann ist es auch so.«

Heather fuhr mit einer Hand über den Tank und fühlte die Wärme, die durch die Abschirmung drang. Bei den ersten Tests der Anlage war das Ding so heiß geworden, dass man sich die Finger daran verbrannte, und der Dampf, der den Generator betrieb, hatte wie ein Teekessel gepfiffen.

Diese technischen Mängel waren zum Glück längst nachgebessert worden, und die Energie, die ihr Tank erzeugte, ließ die Stromrechnung der Smythes mittlerweile gegen null gehen. Das Allerbeste aber war, dass sie ihre Projektbeschreibung endlich fertig hatten und sie nur noch einmal Korrektur lesen mussten.

»Wo warst du übrigens so lange?«, erkundigte sich Mark mit einem breiten Grinsen. »Hast du verschlafen, oder was?«

Heather schlug sich mit der flachen Hand gegen die Stirn. »Oh, Mann, das hätte ich fast vergessen. Habt ihr die Nachrichten gesehen?«

»Welche Nachrichten? Wir sitzen wie vereinbart seit sieben Uhr morgens hier, um diesem verdammten Papierkram den letzten Schliff zu geben. Dir ist doch klar, dass wir die Sache in den Wind schreiben können, wenn wir den Abgabetermin verpassen, oder? Außerdem hat unser Fernseher vorgestern den Geist aufgegeben. Dad will sich den Kasten am Wochenende mal vornehmen. Er vermutet, dass die Stromzuführung defekt ist.«

Als Heather merkte, dass Jennifer sich aus dem Gespräch ausgeklinkt hatte, tippte sie ihr leicht auf die Schulter. »Jen, reiß dich mal kurz von deinem Computer los! Das wird dich auch interessieren.«

Als Jennifer nicht reagierte, verdrehte Mark die Augen und versetzte seiner Zwillingsschwester eine Kopfnuss.

»Aua! Hast du sie nicht mehr alle?«

»Ich versuche dich nur für einen Augenblick in die Wirklichkeit zurückzuholen. Heather müht sich seit fünf Minuten ab, dich zum Zuhören zu bewegen.«

»Mark, nun übertreib mal nicht. Das war höchstens eine halbe Minute.«

»Egal.«

Jennifer deutete mit einem Stirnrunzeln an, dass das für sie kaum eine Rolle spielte. »Also, ich höre. Welche Katastrophe gibt es jetzt schon wieder?«

Mark zog die Augenbrauen hoch. »Wow, nun wirst du aber überspannt.«

»Überspannt? Dir gebe ich gleich überspannt! Du wärst auch sauer, wenn dir mitten in einer wichtigen Arbeit jemand auf dem Kopf herumtrommeln würde.«

Ein wenig genervt, dass sie offenbar die Einzige war, die ab und zu Nachrichten hörte, unterbrach Heather die geschwisterlichen Nettigkeiten.

»Hört endlich auf, euch zu beharken! Das hier ist echt wichtig. Ich bin so spät dran, weil sie in den Morgennachrichten eine irre Meldung brachten. Offenbar gab es letzte Nacht ganz in unserer Nähe einen Terroranschlag – auf dem Highway zwischen Pojoaque und Los Alamos.«

Jennifer sah sie mit erschrockenen Augen an. »Machst du Witze?«

»Nein. Mache ich nicht. Die Regierung verhängte eine achtstündige Totalsperre auf dem Highway 502. Verdammt ärgerlich für all die Leute, die heute Morgen von Santa Fe nach Los Alamos wollten. Es bildeten sich Riesenstaus.«

Mark horchte plötzlich auf und beugte sich vor, damit ihm keines von Heathers Worten entging. »Die *Regierung?* Was ist passiert?«

»Ein Truck geriet auf dem Highway in einen Hinterhalt. Der Anhänger kippte um, und zwei Leute starben. Allem Anschein nach transportierte der Wagen Material, das ein Sicherheitsrisiko darstellt. Jedenfalls schickten die Soldaten die einheimischen Cops weg, übernahmen die Kontrolle und riegelten das ganze Gelände ab.«

»Die Militärs verbannten die hiesige Polizei vom Schauplatz des Verbrechens?«, fragte Jennifer ungläubig.

»Genau.«

»Wetten, dass die Bullen stinksauer waren?« Mark lachte.

»Das sagten sie zwar nicht so direkt, aber der Polizist, den sie interviewten, schien ebenso wenig erfreut wie der FBI-Agent an seiner Seite.«

Mark schüttelte verblüfft den Kopf. »Du willst doch nicht behaupten, dass sie auch dem FBI den Zutritt verwehrt haben? Ich wusste gar nicht, dass das geht.«

Heather zuckte die Achseln. »Zumindest rief es die Reporter auf den Plan. Das Einzige, was sie dem Militärsprecher entlocken konnten, war diese Story mit der geheimen Fracht, die besondere Sicherheitsmaßnahmen erforderte. Aber da war noch etwas anderes.«

Heather machte eine wirkungsvolle kleine Pause, was Mark sofort mit einem wütenden Blick quittierte.

»Was denn? Himmel, Heather, lass dir nicht jedes Wort aus der Nase ziehen, sonst stehen wir morgen immer noch da!«

»Irgendwer aus der Polizeistation von Española ließ den Medien das Band mit den Notrufaufzeichnungen zukommen. Sie spielten es im Rundfunk ab. Es war zum Fürchten. Die Stimme gehörte Abdul Aziz, dem Terroristen, der letzten Herbst in Los Alamos diesen Wissenschaftler und seine ganze Familie umgebracht hat. Auf dem Band erwähnte Abdul Aziz, dass er irgendetwas vom Rho-Projekt stehlen wollte.«

Ein erstickter Aufschrei von Jennifer erinnerte Heather, dass Marks Zwillingsschwester auch noch da war.

»Und«, fuhr Heather fort, »er sagte, die Polizei solle den Toten ein paar Blutproben entnehmen, diese aber auf gar keinen Fall den Regierungsleuten aushändigen.«

Mark, der ihr mit starrer Miene zugehört hatte, klappte den Mund endlich wieder zu. »Ach du heilige Scheiße! Aziz muss über die Nanomaschinen Bescheid gewusst haben. Sagten sie etwas Genaueres über das Blut oder die Fracht des Transporters?«

»Der Regierungssprecher tat den Anruf als typische Terroristenpropaganda ab, als Lügen mit dem Ziel, gläubige Muslime in die Irre zu führen und zu den wildesten Verschwörungstheorien zu verleiten.«

Mark begann, neben dem Fusionstank auf und ab zu marschieren. »Aber woher sollte Aziz wissen, dass im Rahmen des Rho-Projekts die Nanotechnologie der Aliens erforscht wird? Seine Leute können unmöglich eine unserer Botschaften abgefangen haben. Wir haben sie mithilfe unseres Subspace-Transmitters direkt in das SIPRNet der NSA übermittelt.«

»Vielleicht haben sie einen Spion in die NSA eingeschleust«, sagte Heather.

»Oh, das ist einfach klasse!« In Jennifers Stimme schwang Verzweiflung mit. »Der NSA-Direktor und sein bester Computerexperte sind tot, und jetzt vermutet ihr auch noch einen Doppelagenten in der Abteilung?«

Verblüfft stellte Heather fest, dass ihre Hände plötzlich zitterten. Sie presste die Fingerspitzen zusammen und hoffte nur, dass Mark nicht zu genau auf sie achtete.

»Ich weiß nicht.« Die Wahrscheinlichkeitsberechnungen, die sie im Geiste anstellte, erbrachten verschwindend kleine Prozentzahlen. »Irgendetwas passt da nicht zusammen. Aber ich komme nicht dahinter, was es ist.«

Mark blieb unvermittelt stehen und sah Heather prüfend an. »Was ist mit diesem Quantenzwilling, den ich in Janets Laptop geschmuggelt habe? Die beiden müssen etwas wissen. Ich finde, es wird Zeit, dass wir das checken.«

Jennifer sprang so entschieden auf, dass sie um ein Haar ihren Stuhl umgekippt hätte. »Bist du von allen guten Geistern verlassen? Jack und Janet wären zwar niemals in der Lage, eine Datenübertragung zu erkennen, aber das heißt noch lange nicht, dass ihnen eine Schnüffelei in ihren Computer-Files verborgen bliebe.«

Für Heather war und blieb Jennifer ein Rätsel. Manchmal war sie völlig unbekümmert und dann wieder übervorsichtig. Und gerade in letzter Zeit fiel ihre Freundin von einem Extrem ins andere.

Mark seufzte. »Genau für solche Fälle haben wir ein Computergenie wie dich. Überleg doch mal!«

»Schon geschehen. Wir sind auf der sicheren Seite, wenn wir nur überwachen, was sie mit diesem Computer anstellen, aber es gibt keine Möglichkeit, ihre Files per Fernzugriff zu durchstöbern, ohne eine Spur zu hinterlassen. Kapiert?«

Doch so leicht ließ sich Mark nicht entmutigen. »Na schön. Dann merken sie eben, dass jemand in ihrem System unterwegs war, können die Spur aber nicht zurückverfolgen. Wo ist das Problem?«

Zwischen Jennifers Augenbrauen bildete sich eine steile Falte. »Du kapierst echt gar nichts. Wenn sie merken, dass ihr System angezapft wurde, werden sie den Computer zerlegen. Und wenn sie das tun, werden sie den kleinen QZ-Mikrochip finden. Selbst wenn sie nicht herauskriegen, wozu er gut ist, werden sie folgern, dass er nur von einem ihrer Besucher stammen kann. Und sie werden die Leute, die in ihrem Haus waren, genauer unter die Lupe nehmen. Auch dich.«

»Ich bin noch nicht mal mit der Highschool fertig.«

»Yeah. Aber dein Vater gehört zu den Mitarbeitern des Rho-Projekts.« Jennifer schob das Kinn vor wie eine englische Bulldogge.

Heather unterbrach das Streitgespräch. »Mark, in diesem Punkt muss ich Jennifer beipflichten.«

»Warum überrascht mich das nur nicht?«

Marks unfaire Antwort kränkte Heather. »Hey, ich halte auch zu dir, wenn ich finde, dass du recht hast.«

»Ach ja? Und wann war das noch mal zuletzt?«

»Beispielsweise als wir beschlossen, das Innere des zweiten Schiffs zu erforschen.«

»Himmel, das ist fast ein Jahr her!«

Heather, die merkte, dass sie allmählich ebenfalls in Wut geriet, atmete tief durch. »Ich will eigentlich nur sagen, dass mir Jack und Janet Angst machen. Auch wenn sie zu den Guten gehören, sind sie gefährlich. Deshalb sollten wir kein unnötiges Risiko eingehen …«

Jennifer nickte. »Bitte, Mark! Hör wenigstens dieses eine Mal auf uns!«

Marks Blick wanderte von Heather zu Jennifer und verharrte einen Moment bei seiner Zwillingsschwester. »Okay, Jen. Ich füge mich der Mehrheit. Aber da euch beiden meine Idee nicht gefällt, solltet ihr selbst einen Vorschlag machen, wie wir mehr über dieses Attentat in Erfahrung bringen könnten. Bei mir hinterlässt die ganze Sache ein verdammt ungutes Gefühl.«

Damit drehte er sich um und marschierte ein wenig beleidigt aus der Garage. Heather und Jennifer schauten ihm nach. Etwas aus ihren schwer fassbaren Albträumen zerrte an Heathers Bewusstsein, als die Tür hinter ihm zufiel.

Genau wie Mark beschlich Heather ein mehr als ungutes Gefühl.

KAPITEL 10

Von der Diele her schnarrte die Kuckucksuhr, ein Laut, den Mark kaum registrierte. Es war vier Uhr morgens.

Der Durchbruch war abends um 10 Uhr 13 gekommen, und seitdem las er ohne Unterbrechung. Dass Mark sich mal in ein Buch vertiefte, grenzte an ein Wunder. Er hatte eigentlich nie das nötige Interesse aufgebracht, um ein Buch bis ans Ende zu lesen.

Dann, vor zwei Wochen, hatte er einen Werbespot für einen Speedreading-Kurs gesehen und war voll auf die Idee abgefahren. Wenn es ihm gelänge, ebenso schnell zu lesen wie die Leute in diesem Spot, wären seine Schularbeiten im Nu erledigt, und ihm bliebe jede Menge Zeit für die Dinge, die ihm mehr Spaß machten. Außerdem könnte er sich so klammheimlich einen kleinen Vorteil gegenüber Jen und Heather verschaffen, was zur Abwechslung auch mal ganz nett wäre.

Sicher, er hatte bereits das perfekte fotografische Erinnerungsvermögen. Aber das Einscannen von Buchseiten in sein Gedächtnis war irgendwie unbefriedigend. Wenn er an Informationen herankommen wollte, musste er im Geiste zurückblättern und das gespeicherte Material sichten. Das war, als hätte man ein Buch gekauft und ins Regal gestellt, ohne es je gelesen zu haben.

Deshalb hatte er die 350 Dollar Kursgebühr von seinem Ersparten lockergemacht und ungeduldig auf das Unterrichtsmaterial gewartet. Vorgestern nun war es endlich angekommen. Er hatte den UPS-Mann abgefangen und das Paket unbemerkt in sein Zimmer geschleust. Vor allem Jennifer sollte nichts von seinem Kauf erfahren.

Es hatte nur wenige Minuten gedauert, sich sämtliche Arbeitsunterlagen einzuprägen. Danach brauchte er sie nicht mehr und ließ sie unter seinem Bett verschwinden.

Nachdem sich Mark am ersten Abend vier Stunden lang die neuen Übungshefte vorgenommen hatte, war er restlos bedient. Das große Problem hieß Subvokalisierung. Irgendwie kämpfte er vergeblich gegen dieses gedankliche Mitsprechen beim Lesen an. Offenbar konnte er die Gewohnheit, sich den Klang der Worte zu vergegenwärtigen, nicht ohne Weiteres ablegen.

Verstärkt wurde dieses Problem noch durch Marks besondere Fähigkeit, sich eine ganze Seite durch bloßes Hinsehen zu merken. Seltsamerweise machte dieses Talent seinen Geist träge und behinderte ihn bei dem notwendigen Schritt, ganze Sätze eines Textes auf den ersten Blick zu begreifen. Mark war schließlich zögernd zu Bett gegangen, hatte sich aber den Rest der Nacht schlaflos hin und her gewälzt.

Der nächste Tag hatte mit ähnlichen Misserfolgen begonnen, aber Mark ließ nicht locker und widmete jede freie Minute seinen Übungen. Dann, spätabends, als er sich eben sein Scheitern eingestehen wollte, stolperte er über eine Technik, die ihn entscheidend vorwärtsbrachte.

Er begann sich auf kleine Sätze zu konzentrieren und stellte sich im Geiste Bilder vor, während er sie ansah. Nach den ersten Erfolgen nahm er sich größere Passagen vor, verdrängte gezielt den Klang der Worte und ersetzte ihn durch bildhafte Zusammenhänge. Es war, als hätte er an einer Wunderlampe gerieben oder eine Zauberformel geflüstert. Ganz plötzlich verstand er alles. Und je länger er die neue Technik trainierte, desto schneller begriff er die Texte. Morgens um 3 Uhr 30 hatte er sämtliche Bücher in seinem Zimmer gelesen.

Hellauf begeistert schlich Mark hinunter zu den Bücherregalen im Wohnzimmer. Sich in den bequemen Sessel seines Vaters lümmelnd, einen Stapel Bücher neben sich auf dem Couchtisch, machte er sich an die Arbeit. Er konnte jede Seite fast in derselben Geschwindigkeit lesen und verstehen, in der er sie bisher gescannt hatte. Es war, als sähe er im Geiste ungeheuer detaillierte Filme ablaufen. Faszinierend.

Ein Knacken schreckte ihn aus seiner Konzentration. Jennifer kam ins Haus geschlichen, sorgsam darauf bedacht, die Eingangstür lautlos zu schließen. Ihre Klamotten boten die nächste Überraschung. Sie trug Laufschuhe und einen Trainingsanzug. Als sie sich der Treppe zuwandte, erspähte sie Mark im Wohnzimmer und stieß einen kleinen Schrei aus.

»Mark! Hast du mich erschreckt!«

»Ich habe dich erschreckt? Wo kommst du denn um diese Zeit her?«

Jennifer biss sich auf die Unterlippe. »Versprichst du mir, dass du den Mund hältst, wenn ich es dir verrate?«

Mark klappte das Buch zu und stand auf. »Also?«

»Erst dein großes Ehrenwort!«

»Okay. Großes Ehrenwort.« Mark verschränkte erwartungsvoll die Arme.

Jennifer machte eine bedeutungsvolle Pause, bevor sie antwortete. »Ich war joggen.«

»Du?« Mark prustete los, und seine Zwillingsschwester warf ihm einen wütenden Blick zu.

»Jawohl, ich!«, fauchte sie.

»Echt? Du bist noch nie im Leben einen Schritt gelaufen, nicht am Tag und schon gar nicht mitten in der Nacht.«

»Ich mache mir Sorgen um meine Figur.«

»Soll das ein Witz sein, oder was?«

Jennifers Miene verfinsterte sich zusehends. »Mark, hör jetzt bitte auf zu lachen! Ist das denn so lustig?«

»Irgendwie schon. Mal davon abgesehen, dass du noch nie auf deine Figur geachtet hast, bist du auch noch zaundürr.«

»Eben! Ich will nicht zaundürr sein. Ich will, dass meine Beine schlank, aber schön geformt sind. Wie bei Heather.«

Mark stand da, als hätte sie ihm eine Ohrfeige verpasst.

»Wie bei Heather? Seit wann willst du denn wie Heather aussehen?«

»Ich habe nicht gesagt, dass ich wie Heather aussehen will. Ich will einfach nur ein bisschen besser aussehen.«

»Wenn du unbedingt meinst …«

»Und du denkst an dein Versprechen?«

»Ich werde schweigen wie ein Grab. Wäre auch schlimm, wenn herauskäme, dass meine Schwester nur noch halbwegs normal ist!«

Jennifer wirkte erleichtert. »Danke.«

Während sie die Treppe hinaufging, stellte Mark verwundert fest, dass ihr sein nächtlicher Leseeifer überhaupt nicht aufgefallen war. Nun ja, sie verhielten sich seit Kurzem alle ein wenig seltsam. Wenn seine Schwester beschlossen hatte, ein bisschen Sport zu treiben, dann war das kaum abartiger als sein Ehrgeiz, das Speedreading zu erlernen.

Dabei war es eigentlich Heather, um die er sich ernsthaft Sorgen machte. Ihre Behauptung, dass sie sich nicht an ihre Träume erinnern konnte, gab ihm zu denken. Mark glaubte ihr das keine Sekunde lang. Heather *wollte* sich nicht erinnern. Etwas im Zusammenhang mit diesen Träumen ängstigte sie so sehr, dass sie die Erinnerung daran unterdrückte.

Mark schmerzte der Gedanke, was Heather in jüngster Zeit alles durchgemacht hatte. Aber so gern er sie beschützt und ihr ein Gefühl der Geborgenheit gegeben hätte – in diesem Punkt war er machtlos. Seit sie das zweite Schiff entdeckt hatten, waren Heathers Vorahnungen mit geradezu unheimlicher Genauigkeit eingetroffen. Und der Gedanke, dass sich hinter ihren Träumen eine weitere Vorahnung verbergen könnte, ließ ihn Höllenängste ausstehen.

Ohne auf die plötzliche Kälte zu achten, die sich mit Jennifer ins Haus geschlichen hatte, machte er es sich wieder im Sessel seines Vaters bequem. Aber es dauerte lange, bis er zu seiner früheren Konzentration zurückgefunden hatte.

KAPITEL 11

»Sergeant Pino?« Der rothaarige FBI-Mann schlängelte sich zwischen den Metallbeinen der schlichten Tische im Pueblo-Schnellimbiss durch, sorgsam darauf bedacht, nirgends anzustoßen, als befürchtete er, seine dunkle Hose mit Speiseresten zu bekleckern, die Rositas Wischlappen entgangen waren.

Sergeant Jim »Großer Bär« Pino lehnte sich vom Tresen zurück und übersah geflissentlich die ausgestreckte Hand. Stattdessen musterte er den Agenten in einer Weise, die seinen Ärger deutlich zum Ausdruck brachte. Der Mann trug Schuhe aus schwarzem Glanzleder, die am Parkplatz eine dünne Staubschicht abbekommen hatten, und eine dunkle Anzughose, aber kein Jackett. Die Ärmel seines weißen Hemds waren bis an die Ellbogen aufgerollt, wohl zum Zeichen, dass er bereit war, sich die Hände schmutzig zu machen. Großer Bär hatte Typen wie ihn schon öfter gesehen. Ein Arschloch.

»Ich bin Spezialagent Sullivan«, stellte sich der Fremde vor, zog ein wenig linkisch die Hand zurück und schwang sich auf den Barhocker neben Großer Bär.

Großer Bär nahm einen Schluck Kaffee. Es wurde höchste Zeit, dass Rosita eine neue Kanne aufbrühte. Das dunkle Gesöff hatte längst den verbrannten Geschmack angenommen, den die weißen Yuppies in ihren Latte-Schuppen über alles schätzten.

»Schön.«

Agent Sullivan stellte das falsche Lächeln ab. »Ich würde Ihnen gern ein paar Fragen stellen.«

»Schießen Sie los!«

»Können wir irgendwohin gehen, wo wir ungestört sind?«

Großer Bär ließ seinen Blick durch den fast leeren Raum schweifen, zuckte die Achseln und suchte dann in seiner Hosentasche nach Kleingeld. Nachdem er fünfundsiebzig Cent auf den Tresen geworfen hatte, ging er voraus ins Freie. Seine abgeschabten Cowboystiefel hinterließen deutliche Abdrücke im Staub des

Parkplatzes, als er zu seinem seitlich abgestellten Jeep Cherokee schlenderte.

Aus seiner Hüfttasche kramte er eine kleine Dose Copenhagen, klopfte sie zweimal gegen sein Handgelenk, damit sich der Tabak setzen konnte, und schraubte den Deckel ab. Das vertraute scharfe Aroma stieg ihm in die Nase.

Erst als er eine schöne Prise zusammengeballt und in die Backe geschoben hatte, wandte er sich dem FBI-Mann zu. Der schaffte es nicht mehr rechtzeitig, seinen Ekel zu verbergen, was Großer Bär zu seinem ersten erfreulichen Moment an diesem Tag verhalf.

»Das müsste reichen, oder?«, meinte Großer Bär und deutete mit einer knappen Geste an, dass es ungestörter als auf diesem leeren Kiesparkplatz wirklich nicht ging.

Im Blick von Agent Sullivan zeigte sich ein zorniges Glitzern. »Schön. Dann fange ich mal an.«

»Ich höre.«

»Ich würde gern in Erfahrung bringen, was Sie am Schauplatz der Morde auf dem Highway 502 zu suchen hatten, bevor die zuständigen Leute vor Ort waren.«

Großer Bär drückte sich die Hutkrempe in die Stirn und stellte mit einer Spur von Schadenfreude fest, dass die Sonne New Mexicos dem Agenten bereits jetzt die Schweißtropfen aus den Poren trieb. Der Stammespolizist hatte seit der Mordnacht mit einem Besuch vom FBI gerechnet.

Das einzig Merkwürdige war, dass ihn bis jetzt die Staatspolizei von New Mexico in Ruhe gelassen hatte. Wenn die Justizbehörden nämlich etwas richtig auf die Palme brachte, dann war es die Einmischung von Stammespolizisten in Dinge, die auf öffentlichen Straßen passierten – und zwar selbst dann, wenn diese Straßen durch Stammesgebiet führten. Großer Bär spuckte einen dünnen Strahl Kautabak durch die Zähne, der so dicht vor Sullivans Füßen zu Boden klatschte, dass sich der Agent gezwungen sah, einen Blick nach unten zu werfen. Spritzer-Check.

»Es hätte Überlebende geben können, die meine Hilfe benötigten.«

»Sie wissen, dass Sie die Erlaubnis der Behörden einholen müssen, bevor Sie einen Tatort außerhalb Ihrer Zuständigkeit betreten.«

»Ich dachte an einen Unfall und nicht an ein Verbrechen.«

Agent Sullivan runzelte die Stirn und wischte sich mit einem Taschentuch den Schweiß von der Stirn. Feuchte Achselflecken verunzierten sein weißes Hemd.

»Sie riefen nicht an, als Sie die Mordopfer entdeckten?«

»Wie gesagt – ich hielt nach Überlebenden Ausschau.«

»Die Männer waren geköpft.«

»Yeah. Aber es bestand die Möglichkeit, dass jemand das Massaker überlebt hatte.«

»Blödsinn. Als Sie sahen, was da los war, hätten Sie sofort anrufen müssen.«

»Hören Sie, ich bin nur ein Stammes-Cop. Wir kriegen nicht das volle Großstadttraining.«

Agent Sullivans helle irische Haut hatte ein tiefes Rot angenommen, das nicht allein auf die Sonne der Hochwüste zurückzuführen war.

»Machen Sie mich nicht blöd an, Sergeant Pino! Der Fall liegt bei der Bundespolizei, und wenn ich will, kann ich mir einen Durchsuchungsbefehl beschaffen, mit dem ich nicht nur Ihre kleine Stammes-Polizeistation, sondern auch Ihre Wohnhütte auseinandernehme.«

Großer Bär spuckte wieder. Diesmal landete der braune Saft sehr viel näher an den Schuhspitzen des FBI-Agenten. »Meinen Hogan, meinen Sie?«

Agent Sullivan nickte. »Wie auch immer, Sie werden kooperieren.«

Als sich der Agent abwandte und zornig zu seinem Auto stampfte, rief Sergeant Pino ihm nach: »Nehmen Sie am besten einen Geländewagen mit Allradantrieb. Ich wohne ziemlich abgelegen.«

KAPITEL 12

Vizepräsident Gordon mochte Garfield Kromly nicht. Der alte CIA-Ausbilder war ein mehr als unangenehmer Mann, und genau deshalb hatte man ihm die Verantwortung für die neuen Agenten übertragen, anstatt ihn auf der Karriereleiter nach oben zu schicken. Im Gegensatz zum Militär hatte die CIA ihre Stellen für Leute, die sich nicht weiterbefördern ließen. Kromly hatte vielleicht kein Talent zum Schleimer oder Arschkriecher, aber in allen anderen Bereichen war er exzellent.

Neben Kromly saßen dem Vizepräsidenten zwei weitere Experten am Besprechungstisch gegenüber: Bert Paralto und Bridget Dunn, beide erfahrene NSA-Mitarbeiter, die eng mit Jonathan Riles zusammengearbeitet hatten.

George Gordon lehnte sich auf seinem Stuhl zurück. »Okay, Kromly. Lassen Sie sehen, was Sie herausgefunden haben.«

Kromly drückte auf eine Taste der Fernbedienung, und auf dem Flachbildschirm am Ende des Tisches erschien eine Namensliste.

»Sir, das hier ist die angeforderte Liste aller Agenten, die dazu fähig wären, einen Coup wie diese Highway-Morde bei Los Alamos durchzuziehen. Links sehen Sie eine Aufstellung der Kontraktoren, die Jonathan Riles vor seinem bedauerlichen Ableben beschäftigt haben könnte.«

»Mit anderen Worten, Sie konnten nichts über die jüngsten Aktivitäten dieser Leute herausfinden?«, fragte Gordon.

»Richtig.«

»Und die rechte Spalte?«

»Das ist eine Liste von Agenten, die angeblich in den letzten fünf Jahren zu Tode gekommen sind, deren Leichen jedoch nie gefunden wurden.«

»Fangen Sie an!«

Kromly drückte erneut auf die Fernbedienung, und das Foto eines Mannes ersetzte einen der Namen. Während der nächsten anderthalb Stunden präsentierte er Foto um Foto, begleitet von einer Kurzbiografie der abgebildeten Leute. Und nach jeder Aufnahme schüttelten die beiden NSA-Leute den Kopf. Sie kannten niemanden auf der Liste der Lebenden.

Die Aufstellung der Toten bereitete gewisse Probleme. Die Akten mehrerer Leute enthielten keine Fotos.

Der Vizepräsident entließ die NSA-Mitarbeiter, nachdem sie nichts weiter zur Aufklärung des Falls beigetragen hatten, und wandte sich Kromly zu.

»Ich will Bilder von allen.«

»Meine Leute arbeiten daran.«

George Gordon stand auf und wandte sich zum Gehen, drehte sich aber noch einmal zu Kromly um.

»Jonathan Riles hatte immer ein unvergleichliches Gespür für die tüchtigsten Leute. Nehmen wir mal den schlimmsten Fall überhaupt an. Wer auf dieser Liste würde uns wohl die meisten Schwierigkeiten bereiten?«

Kromly zögerte kurz, warf aber keinen Blick mehr auf den Bildschirm. »Keine Frage. Das wäre der Ripper.«

»Ich entsinne mich nicht, den Namen auf dem Bildschirm gelesen zu haben.«

»Eigentlich heißt er Jack Gregory. Kam vor drei Jahren in Kalkutta um.«

»Das wissen Sie sicher?«

»Wir haben keinen Leichnam.«

»Beschaffen Sie mir ein Bild von ihm.«

Als sich der Vizepräsident erneut in Bewegung setzte, hielt ihn Kromlys Stimme zurück.

»Sir, ich hoffe, Ihre Intuition erweist sich als falsch.«

»Weshalb das?«

»Weil man böse Geister am besten ruhen lässt.«

KAPITEL 13

Freddy Hagerman starrte aus dem Fenster des kleinen Gästezimmers im Dachgeschoss, das jetzt sein Homeoffice beherbergte, und beobachtete, wie drunten in der Auffahrt die ersten Tropfen der Gewitterfront auf den Asphalt klatschten. Herrgott, was für ein elendes Loch! Aber was konnte ein sechsundvierzigjähriger, dreifach geschiedener Exreporter der *New York Times* mehr erwarten? Der Klatsch, den er für den *Kansas City Star* ans Licht zerrte, reichte kaum für Alimente, Unterhaltszahlungen und Miete. Komisch, wie seine Jugendträume zerronnen waren. Und sosehr er New York liebte, die Lebenshaltungskosten dort hatten ihn in den Mittelwesten getrieben.

Weshalb sie diese Gegend den Mittelwesten nannten, blieb ihm ein Rätsel. Toter Westen hätte weitaus besser gepasst, denn das exakte Zentrum des Landes lag bei Salina, Kansas, gut zwei Fahrtstunden westlich von hier. War aber auch egal. Er steckte nun mal hier fest, in diesem beschissenen Mittleren oder Nichtmittleren Westen.

Als der UPS-Lieferwagen in der Auffahrt hielt, überlegte Freddy einen Moment, ob er überhaupt aufmachen sollte. Wann immer irgendwer eine Sache für wichtig genug hielt, um sie ihm per Boten zu schicken, bedeutete das Ärger. Wahrscheinlich hatte einer der Anwälte, die ihm seine Exfrauen regelmäßig auf den Hals schickten, eine Möglichkeit gefunden, ihm noch tiefer in die Taschen zu greifen. So wie die Dinge lagen, erwartete er von Versanddiensten eigentlich nur Gerichtsbeschlüsse.

Aber es hatte keinen Sinn, sich tot zu stellen. Wenn er heute nicht aufmachte, kamen sie morgen und übermorgen wieder und ließen die Sendung schließlich von einem Amtsvertreter zustellen. Besser war es, er brachte die Sache gleich hinter sich.

Als er die Tür öffnete, überreichte ihm der UPS-Mann ein Paket von der Größe eines Schuhkartons und ließ ihn den Erhalt auf dem elektronischen Unterschriftenpad bestätigen, das den Lieferstatus sofort an das World Wide Web weitermeldete. Die verdammten Anwälte würden vermutlich grinsen, noch bevor der Lieferwagen die Auffahrt verlassen hatte. Wunderwelt der Technik!

Freddy warf den Karton auf den Couchtisch, um sich wieder nach oben zu begeben, doch er verfehlte sein Ziel. Das Paket schlug gegen die Tischkante und fiel zu Boden. Freddy blieb stehen. Das klappernde Geräusch beim Aufprall machte ihn stutzig. So klangen keine Ordner mit amtlichen Formularen und Dokumenten. Und obwohl man ihn zu einem Klatschkolumnisten am Arsch der Welt degradiert hatte, war Freddy einstmals ein Reporter mit einem untrüglichen Instinkt für große Storys gewesen. Das Einzige, was zwischen ihm und dem seiner Ansicht nach hochverdienten Ruhm als Enthüllungsjournalist stand, war sein grottenschlechtes Urteilsvermögen in puncto Frauen. Zwei hübsche Titten oder ein gut geformter Hintern, und schon glaubte er, die Liebe seines Lebens gefunden zu haben.

Als er sich bückte, um den Karton aufzuheben, merkte Freddy, dass der Inhalt hin und her rutschte. Definitiv nicht von Amts wegen verpackt. Freddy trug die Schachtel zum Küchentisch, wo er besseres Licht hatte. Sie war in schlichtes braunes Packpapier eingeschlagen. Der Absender auf dem Lieferschein war so schlampig gedruckt, dass er ihn nicht entziffern konnte, ganz im Gegensatz zu seinem Namen und der gut lesbaren Anschrift im Adressfeld.

Freddy drehte die Box mehrmals um und untersuchte jeden Knick und jede Falte im Packpapier. Er konnte absolut nichts Ungewöhnliches entdecken. Warum also war er so verdammt nervös?

Mit seinem Taschenmesser fuhr Freddy unter eine Ecke und schlitzte das Papier entlang der Kante auf. Darunter kam tatsächlich ein Schuhkarton zum Vorschein. Nike. Zwei weitere schnelle Schnitte durchtrennten das Klebeband, mit dem der Deckel an der Schachtel festgemacht war.

Der Grund für das Klappern zeigte sich, als er den Deckel abhob. Die Schachtel enthielt einen versiegelten Umschlag und eine kleine verschlossene Schmuckschatulle. Das spärliche Füllmaterial konnte nicht verhindern, dass das Kästchen in der Schachtel umherschlitterte, zumindest wenn man sie auf den Boden warf.

Freddy Hagerman rieb sich das Kinn. Verdammt komisch. Der Umschlag bestand aus weißem Pergament mittlerer Qualität, in etwa die Sorte, die man für Dankschreiben verwendete. Über dem Siegel befanden sich zwei Prägebuchstaben: *AA*. Freddy schlitzte die Hülle am oberen Rand auf und zog mit zwei Fingern eine gefaltete Karte heraus. Auf der Vorderseite stand nichts außer einem vorgedruckten *Herzlichen Dank*.

Als er jedoch die Karte aufklappte, hätte er sie vor Schreck beinahe fallen gelassen. Das Schreiben war kurz:

> Sehr geehrter Mr. Hagerman! Mein Name ist Abdul Aziz. Wenn Sie dieses Paket erhalten haben, bin ich bereits tot.
>
> Das bedeutet, dass es mir nicht gelungen ist, meine Botschaft in der Welt zu verbreiten, und dass ich mich post mortem darauf verlassen muss, dass Sie dies für mich tun. Ich habe Sie ausgewählt, weil Sie bei Ihren Recherchen auch ungewöhnliche Wege gehen und viel zu talentiert sind, um da zu sein, wo Sie heute sind. Ich brauche Ihre Verzweiflung.
>
> Es geht, wie Ihnen sicher klar ist, um das Rho-Projekt. Leider kann ich Ihnen nicht genau verraten, was ich in Erfahrung gebracht habe, da es sich um streng geheimes Material handelt, das Sie nach Erhalt sofort an Ihre Regierung weiterleiten müssten. Stattdessen will ich Ihnen Hinweise geben, die es Ihnen ermöglichen werden, die Geschichte selbst aufzudecken.
>
> Die kleine Schmuckschatulle enthält zwei Gegenstände und eine Adresse. Einer dieser Gegenstände ist ein Objektträger. Lassen Sie ihn von einem Mediziner Ihres Vertrauens untersuchen.
>
> Der zweite Gegenstand befand sich im Besitz eines Mannes, der sich selbst Priest Williams nannte und zu den Versuchspersonen des Rho-Projekts gehörte. Wie Sie unschwer

erkennen werden, hatten die Experimente verheerende Auswirkungen auf seinen Geisteszustand. Begeben Sie sich zu der genannten Adresse. Dort werden Sie die Antworten auf all Ihre Fragen finden. Dort werden Sie das Material für Ihren Pulitzerpreis finden. Inschallah.

Unter die Botschaft war ein kleiner Schlüssel geklebt. Freddy starrte ihn an. Dann wanderte sein Blick zu der verschlossenen Schatulle, die nun auf dem Küchentisch stand. Das Ganze war aller Wahrscheinlichkeit nach ein Unfug, ein grober Scherz auf seine Kosten. Vielleicht war jemand, den er sich mit seiner Klatschspalte zum Feind gemacht hatte, auf eine raffinierte Idee gekommen, ihn dumm dastehen zu lassen. Natürlich konnte er das erst mit Gewissheit sagen, wenn er einen Blick in das Kästchen geworfen hatte, oder?

Freddy entfernte das Klebeband von dem Schlüssel, schob ihn in das Miniaturschloss und drehte ihn herum. Mit einem Klicken sprang es auf. Einen Moment lang zog er die Möglichkeit in Betracht, dass die Schatulle eine Bombe enthielt. Aber das ergab keinen Sinn. Wenn es dem Absender darum gegangen wäre, ihn umzubringen, hätte er ihn wohl bereits beim Öffnen des Schuhkartons in die Luft gejagt. Und er hätte sich kaum die Mühe gemacht, noch eine Botschaft zu verfassen.

Trotz dieser logischen Gedankengänge merkte Freddy, dass seine Hände zitterten, als er den Deckel der Schatulle hochklappte. Zuoberst fand er einen mit gelbem Papier und einem roten Gummiband umwickelten Objektträger. Beim Entfernen des Papierstreifens entdeckte er auf dessen Innenseite eine Adresse in New Mexico, ergänzt durch genaue Koordinatenangaben. Da Freddy kein Mikroskop zur Hand hatte, hielt er den Objektträger erst mal ins Licht der Küchenlampe. Zwischen die Glasplättchen war eine dünne Schicht aus einem durchscheinenden roten Material gepresst.

Enttäuscht wandte Freddy seine Aufmerksamkeit dem zweiten Gegenstand in der Schatulle zu, einem mit einem Knoten verschlossenen schwarzen Plastikbeutel. Da der Knoten vorsichtigen Öffnungsversuchen widerstand, riss Freddy den Beutel kurzerhand entzwei und ließ den Inhalt auf den Küchentisch gleiten.

Im nächsten Moment wich Freddy so hastig zurück, dass sein Stuhl umkippte. Dort auf dem weißen Tischtuch lag eine Halskette aus abgehackten Frauenfingern, die Nägel allesamt sorgfältig rot lackiert.

KAPITEL 14

»Herr Vizepräsident, im Fernsehen läuft gerade eine CNN-Sendung, die Sie sich ansehen sollten.«

George Gordon schaute von den Geheimdienst-Berichten auf, als er Carl Palmers Stimme hörte. Sein Stabschef störte ihn selten. Dass er es jetzt tat, hieß vermutlich, dass George der angekündigte Beitrag nicht gefallen würde.

Der Flachbildfernseher erwachte zum Leben. Robert Collins von CNN sprach den Live-Kommentar, aber die Bilder allein hätten gereicht, um die düstere Vorahnung des Vizepräsidenten zu bestätigen. Eine größere Gruppe indianischer Ureinwohner hatte sich um den Eingang eines kleinen Gebäudes geschart. Die Stimmung wirkte aufgeheizt. Agenten in Blousons mit FBI-Aufdruck standen im Eingang und versuchten den wütenden Mob zurückzuhalten. Als Robert Collins weitersprach, wurde der Grund für die Demonstration klar. Die FBI-Leute waren mit einem Durchsuchungsbefehl angerückt und schickten sich an, das Polizeihauptquartier des Santa-Clara-Reservats zu zerlegen.

Im Moment führte Collins gerade ein Interview mit Stammespolizist Pino.

»Sergeant Pino, ist diese Razzia in der Tat darauf zurückzuführen, dass Sie als Erster am Schauplatz des Terroranschlags eintrafen, der sich vor zwei Wochen in der Nähe des Reservats ereignete und für zwei Sicherheitskräfte des Forschungszentrums von Los Alamos tödlich endete?«

Der indianische Cop war eine imposante Erscheinung. Er trug zu seiner Uniform einen breitkrempigen schwarzen Cowboyhut und Cowboystiefel, wie es bei der Ortspolizei der Südweststaaten üblich war. Das glatte schwarze Haar reichte ihm fast bis zur Taille und umrahmte ein kantiges, vom häufigen Aufenthalt im Freien wettergegerbtes Gesicht. Pinos schwarze Augen blitzten vor kaum verhehltem Zorn.

»Es stimmt, dass ich als Erster am Schauplatz des Verbrechens war.«

»Aber gibt es einen Zusammenhang zwischen der heutigen Razzia und dem damaligen Ereignis?«

»Das FBI ist aus einem einzigen Grund hier. Ich bin ein Navajo-Cop.«

»Wollen Sie damit sagen, dass die Durchsuchung nichts mit dem jüngsten Terroranschlag auf dem Los-Alamos-Highway zu tun hat?«

Sergeant Pino deutete auf die Menschenmenge und die FBI-Agenten, die sich vor dem bescheidenen Polizei-Hauptquartier des Reservats versammelt hatten. »Doch, sie hat natürlich mit dem Anschlag zu tun. Aber darum geht es nicht. Die Frage ist, ob die Bundesregierung es gewagt hätte, auf diese Weise mit einem nicht indianischen Polizisten umzuspringen.«

Laute Zustimmung von den umstehenden Stammesangehörigen übertönte einen Moment lang die Bemühungen von Collins, weitere Fragen zu stellen.

»Aber weshalb der Durchsuchungsbefehl? Das FBI muss Sie doch irgendeiner Straftat verdächtigen.«

»Da fragen Sie am besten das FBI.«

»Das habe ich getan. Man verweigerte jegliche Auskunft, um die laufenden Ermittlungen nicht zu gefährden.«

»Ich bin sicher, dass dieses Redeverbot auch für mich gilt. Deshalb will ich mich im Moment nicht näher dazu äußern. Nur so viel sei gesagt: Vor einigen Tagen tauchte ein FBI-Agent hier im Reservat auf und deutete an, ich hätte am Tatort irgendwelche

Spuren verwischt. Da mir sein Tonfall missfiel, schickte ich ihn weg. Der Durchsuchungsbefehl ist eine Botschaft. Entscheiden Sie und Ihre Zuschauer selbst, was er uns sagen will.«

Das Interview nahm seinen Fortgang, und Vizepräsident Gordons Unruhe wuchs. Dieser Stammespolizist legte nicht nur verdammt überzeugend dar, dass das FBI mit seiner plumpen Einschüchterungstaktik weit über Maß und Ziel hinausgeschossen war, sondern er gab außerdem den echten TV-Helden – hoch aufgerichtet, stolz und entrüstet, das lange schwarze Haar im Wind flatternd. Ein Bild, wie geschaffen für die Kamera.

Klasse. Vor der Kulisse der zunehmend erregten Stammesgenossen schien die Situation rasch aus dem Ruder zu laufen.

»Verdammt noch mal, Carl!« Gordons Stimme war so laut, dass sie im Korridor widerhallte. »Holen Sie mir auf der Stelle den FBI-Direktor ans Telefon!«

Carl Palmer verließ Gordons Arbeitszimmer, ohne die Tür hinter sich zu schließen. In weniger als einer Minute kam er zurück. »Ich habe ihn jetzt am Apparat, Sir.«

Der Vizepräsident nahm den Hörer auf. »Bill, was zum Teufel geht da in New Mexico vor?«

»Ich schaue mir den Beitrag eben an, Sir«, entgegnete Bill Hammond.

»Sehen Sie zu, dass Sie die Angelegenheit möglichst schnell in den Griff kriegen. Wenn der Präsident das sieht, reißt er einem von euch den Arsch auf.«

Der FBI-Direktor machte eine längere Pause, bevor er antwortete – ein Indiz dafür, dass er wusste, wessen Arsch George Gordon meinte. »Wie gesagt, ich schaue mir den Beitrag eben an.«

»Schauen reicht nicht, Bill. Wissen Sie, wie das Ganze rüberkommt? Als wollte die Regierung schon wieder eine krumme Sache im Zusammenhang mit dem Rho-Projekt vertuschen. Und das ist genau die Art von Berichterstattung, die der Alte im Moment nicht brauchen kann.«

»Herr Vizepräsident, ich kenne meine Aufgaben.« Hammonds Stimme zitterte vor Entrüstung.

Vizepräsident Gordon lächelte vor sich hin. Jetzt hatte er die volle Aufmerksamkeit des Mannes. »Deshalb habe ich Sie angerufen, Bill. Außerdem wollte ich Sie vorwarnen. Der Präsident könnte sich jeden Moment bei Ihnen melden.«

»Ich danke Ihnen. Wenn Sie gestatten, lege ich jetzt auf. Ich muss die geeigneten Maßnahmen in die Wege leiten, bevor der Präsident Kontakt mit mir aufnimmt.«

Nachdem er das Gespräch beendet hatte, schaute George Gordon zu seinem Stabschef auf, der neben dem Schreibtisch stand und auf seine Anweisungen wartete.

»Carl, verständigen Sie Andy. Der Präsident weiß wahrscheinlich bereits Bescheid, aber sein Stabschef will den Wortlaut der Erklärung, die das Weiße Haus für diesen Zwischenfall ausarbeitet, sicher mit allen zuständigen Stellen abstimmen.«

Kopfschüttelnd sah George Gordon seinem Stabschef nach, bis er im Korridor verschwunden war. Der Vollidiot, der auf die brillante Idee verfallen war, die Indianerpolizei aufzuscheuchen, leitete vermutlich irgendein kleines FBI-Büro in der Provinz. Nun, wer immer das sein mochte, würde sich in Kürze im allerletzten Drecksloch wiederfinden, das Bill Hammond auftreiben konnte. Daran hegte der Vizepräsident nicht den geringsten Zweifel.

KAPITEL 15

Freddy Hagerman wurde auf dem Fahrersitz hin und her geworfen und betete, dass der verrostete Unterboden seines Subaru die tiefen Schlaglöcher der Schotterstraße einigermaßen heil überstand. Es wäre ein verdammt langer Fußmarsch zurück zum Highway. Doch bis jetzt hatte ihn die brave Kiste nicht im Stich gelassen. Deshalb nannte er sie auch *African Queen*, nach dem Dampfboot in einem seiner geliebten alten Bogart-Filme.

Auf eine ganz seltsame Weise fühlte er sich dem guten Bogey verbunden, während er so durch die Landschaft New Mexicos rumpelte und die Sonne dem westlichen Horizont entgegensank. Noch hatte er keine Klapperschlangen gesehen, aber er war sicher, dass sie zusammengerollt unter Büschen und Steinen lauerten, nicht minder bedrohlich als die Blutegel, die sich in jenem afrikanischen Fluss auf Bogey gestürzt hatten. Die Einsamkeit, die er empfand, wurde noch dadurch erhöht, dass Freddy seit Verlassen der Landstraße vor gut einer Stunde kein Haus, kein Fahrzeug und keinen Menschen mehr gesehen hatte. Er sehnte sich geradezu nach einer herrischen, rechthaberischen Katherine Hepburn, die ihm Gesellschaft leistete.

Der Gedanke an herrische, rechthaberische Frauen brachte ihm seine Exfrauen in Erinnerung. Vielleicht war das Alleinsein doch nicht so übel.

Sein Blick streifte die Ledermappe, die auf dem Beifahrersitz stand. Sie enthielt neben seiner Nikon-Kamera, mehreren Filmrollen und dem Tonbandgerät auch den Brief, der ihn nach New Mexico hetzte, so schnell ihn die alte Karre dorthin befördern konnte. Zwei Tage strammer Fahrt hatten ihn nach Taos gebracht. Ab da hatte er mehrere Gerichtsgebäude aufgesucht, um die exakte Position des Hauses zu erfahren, das er suchte. Selbst mit dem GPS, seinem einzigen Zugeständnis an die moderne Digitaltechnologie, war es nicht leicht gewesen, die richtigen Stacheldrahttore zu überwinden, um bis hierher zu gelangen.

Der Brief war per Nachtexpress gekommen. In all den Jahren, die er den pensionierten New Yorker Leichenbeschauer nun kannte, hatte Benny Marucci stets den billigsten Postweg gewählt. Und dann das: ein Schreiben per Nachtexpress, mit dem Stempel von Little Italy.

Benny gehörte zu den wenigen Alteingesessenen, die es im einstigen Italienerviertel von New York City noch gab. Heute war Little Italy praktisch ein Teil von Chinatown. Die meisten der italienischen Familien waren längst weggezogen, einschließlich Bennys Sippe. Nicht aber Benny Marucci.

Sein Vater war ein Mafiaboss gewesen. Seine drei Brüder hatten sich im Familienunternehmen langsam von Handlangern für die Drecksarbeit zu gefürchteten Kriminellen hochgedient. Zwei waren einem Kugelhagel im Morris Park zum Opfer gefallen, der dritte war im Knast gestorben. Nur Benny hatte es irgendwie geschafft, dreißig Jahre als Leichenbeschauer der Stadt New York zu wirken und dennoch die großen Feste mit der Familie zu verbringen. Bis zum Erreichen des vorgeschriebenen Pensionsalters hatten ihm weder die Dienstaufsichtsbehörden noch zwei Attentatsversuche etwas anhaben können.

Und selbst jetzt, Ende der siebzig, war Benny Marucci ein Mann mit einer Bulldoggenmentalität.

Der Brief hatte bestätigt, dass jemand die an einer Kette aufgefädelten Finger den weiblichen Opfern bei lebendigem Leib mit einem Zigarrenschneider in Form einer Miniguillotine abgetrennt hatte. Die Finger gehörten zu fünf verschiedenen Frauen, die alle im vergangenen Jahr im nördlichen New Mexico als vermisst gemeldet worden waren. Benny hatte ihre Fotos und Kurzbiografien beigefügt. Alle waren zwischen zwanzig und dreißig, schön und reich.

Aber es war das Material auf dem Objektträger, das Benny bewogen hatte, die Antwort so dringlich zu machen.

Zwischen den Glasplättchen befand sich die rasiermesserdünne Gewebeprobe eines menschlichen Herzens. Indem er einige Gefallen eingefordert hatte, die ihm Leute in hohen Positionen noch schuldeten, hatte sich Benny Zugang zur DNA-Analyse eines gewissen Carlton »Priest« Williams verschafft und per Abgleich festgestellt, dass die Probe tatsächlich von ihm stammte. Die Unterlagen des Mannes wiesen nach seinem Eintritt beim Militär große Lücken auf, ein Indiz dafür, dass er häufig in geheimer Mission unterwegs gewesen war. Man hatte ihn schließlich unehrenhaft entlassen, aber keine Gründe dafür genannt.

Was die dünne Schicht des Herzgewebes so ungewöhnlich machte, war das Blut. Es enthielt eine hohe Konzentration an mikroskopisch kleinen Maschinen, deren Bauweise und Verwendungszweck Benny völlig unbekannt waren. Er hatte noch nie etwas Derartiges zu Gesicht bekommen und schien anzunehmen, dass auch sonst niemand das Rätsel lösen konnte.

Der Brief endete mit den Worten »Vorsicht, *paesano!*«.

Aber Vorsicht würde Freddy nicht ans Ziel bringen. Die letzten Jahre hatten in ihm das Gefühl verstärkt, dass er machtlos war gegen die Ereignisse, die ihn überrollten und dazu verdammten, irgendwo am Arsch der Welt im Mittelmaß zu versinken. Jetzt bot sich endlich die Möglichkeit, sich wieder aus dieser Durchschnittlichkeit zu befreien, und er dachte nicht im Traum daran, diese Chance durch zu große Zögerlichkeit zu versieben.

Als der Subaru die Kuppe eines steilen Anstiegs erklommen hatte, sah er sein Ziel vor sich: ein windschiefes, sich in eine Senke duckendes Ranchhaus, so verwahrlost, dass sein rostiges Blechdach wie die nasse Krempe eines Cowboyhuts nach unten durchhing. An einer Seite schlossen sich mehrere Holzschuppen an, dazu eine Scheune, deren hinterer Teil in sich zusammengesackt war. Das Tor des Stacheldrahtzauns, der den Besitz umgab, stand weit offen, da der Stützpfosten längst bis zum Boden weggefault war.

Die Sonne verschwand hinter den Hügeln im Westen und färbte den Himmel scharlachrot, als Freddy vor dem Haus anhielt und den Motor abstellte. Ein altes Windrad, bei dem mehrere Schaufeln abgebrochen waren, hob sich schwarz gegen den Abendhimmel ab. Freddy war ziemlich sicher, dass die Dinger nicht *Schaufeln*, sondern irgendwie anders hießen, aber scheißegal. Windräder und sonstiges Farmgerümpel waren nicht unbedingt sein Ding. Dennoch, irgendetwas beim Anblick des hohen Gerüsts und der fehlenden Blätter, Flügel oder Schaufeln vor der Kulisse des roten Horizonts jagte ihm einen Schauer über den Rücken.

Freddy schnappte sich seine Kamera und eine alte Metall-Taschenlampe vom Beifahrersitz, stieg aus und schlug die Tür zu. Er wollte den Wagen zusperren, doch dann besann er sich eines Besseren. Wenn ihm an diesem allerletzten Fleck jemand die Kiste klaute, dann wollte das Schicksal einfach nicht, dass er das verdammte Teil sein Eigen nannte.

Freddy wandte sich dem alten Haus zu und knipste die Taschenlampe an. Anfangs verweigerte sie den Dienst, aber nach ein paar Versuchen bekamen die Batterien Kontakt, und ein gelblicher Kegel tanzte vor ihm her. Eigentlich hätte das Dämmerlicht ausgereicht, um ihm den Weg zu weisen, aber die Schatten, die von dem düsteren Vorbau ausgingen, machten ihn ganz kribbelig.

Drei Betonstufen führten auf die vordere Veranda. Sie war nicht groß, etwa dreieinhalb Meter Gießbeton unter einem knapp zwei Meter breiten Vordach. Ein Schaukelstuhl, fast so alt wie das Haus selbst, stand links von der Eingangstür. Wahrscheinlich hatte man von hier eine ausgezeichnete Sicht auf das kaputte Windrad und die halb verfallene Scheune. Alles, was zum vollkommenen Hinterwäldler-Paradies noch fehlte, war ein räudiger Köter, der eine Pfote nachschleifte.

Die mit Fliegengitter bespannte Tür quietschte nicht, als er sie öffnete. Komisch. Ein rascher Blick auf die Angeln zeigte die ersten Reparaturspuren jüngeren Datums im Umkreis von einem Dutzend Meilen. Die Angeln bestanden aus Messing und waren vor nicht allzu langer Zeit angebracht worden. Also hatte hier jemand gewohnt. Wenngleich Freddy bezweifelte, dass es sich dabei um Old Man Graves gehandelt hatte.

Nach allem, was er über den betagten Sonderling in Erfahrung bringen konnte, suchte Delbert Graves fast nie die Stadt auf, eine Tatsache, die keinem das Herz brach. Er war angeblich ein Aussteiger, hinterhältig wie eine Schlange und beschränkt wie ein Vollpfosten. Der Mann hasste die Menschheit, und die Menschheit erwiderte seine Gefühle, belästigte ihn aber nicht weiter, da er seine Steuern immer zwei Jahre im Voraus bezahlte.

Nach dem heruntergekommenen Zustand des Anwesens zu urteilen, war Delbert nicht der Typ, der seine Eingangstür mit neuen Scharnieren ausstatten würde. Aber einen anderen Bewohner schien das Quietschen so gestört zu haben, dass er die Dinger ausgewechselt hatte.

Freddy erwartete, dass die Tür abgeschlossen war, doch er täuschte sich. Sie schwang nach innen auf, direkt in die Küche. Automatisch betätigte Freddy den Lichtschalter. Nichts. Der Strom im Haus kam aller Voraussicht nach von einem Generator, und er hatte im Moment nicht die geringste Lust auf eine längere Suchaktion. Himmel, selbst wenn er das Scheißding fand, konnte er es vermutlich nicht anwerfen.

Der gelbe Strahl der Taschenlampe tastete umher. Freddy betrat die kleine Küche und schloss die Tür hinter sich. Ein kleiner rechteckiger Tisch und ein einzelner Stuhl standen unter dem Fenster. Ein Spülbecken, ein alter Holzofen und – als einziges Elektrogerät – ein Kühlschrank. Ein kurzer Blick ins Innere verriet Freddy, dass der Generator schon eine ganze Weile abgeschaltet sein musste. Was bis vor wenigen Wochen Lebensmittelvorräte gewesen waren, hatte sich mittlerweile in stinkenden Abfall verwandelt.

Ein schmaler Durchgang führte von der Küche ins Wohnzimmer. Klasse. Ein einzelner, straff gepolsterter Lehnstuhl vor dem Kamin. Wäre er zum Fenster hin gedreht gewesen, hätte man darin Platz nehmen und dem Unkraut beim Wachsen zuschauen können.

Freddy ging hinüber in das Schlafzimmer mit angrenzendem Bad, den letzten Raum in dem kleinen Haus. Hier herrschte nahezu völliges Dunkel. Er blieb auf der Schwelle stehen und ließ den Strahl der Taschenlampe über Wände und Möbel wandern. Verglichen mit der Enge des übrigen Hauses war das Schlafzimmer unverhältnismäßig groß. An der Stirnseite befand sich ein Doppelbett mit hohem Kopfteil. Eine Spiegelkommode und ein kleiner Einbauschrank füllten die Wand rechts von Freddy fast vollständig aus. Seitlich des Doppelbetts stand ein einzelnes Nachtkästchen. Außer der momentan unbrauchbaren Deckenleuchte gab es keine Lampen. Offensichtlich hatten weder Delbert noch der spätere Bewohner die Angewohnheit, im Bett zu lesen.

Eben als Freddy das Bad betreten wollte, entdeckte er den Teppich. Der etwa zwei mal drei Meter große Läufer im indianischen Stil passte überhaupt nicht zu der ansonsten eher kargen Einrichtung. Freddy trat näher und bückte sich, um ihn näher zu begutachten. Er war handgewebt, allem Anschein nach echt und teuer.

Freddy hatte schon immer den ganz besonderen Reporterriecher besessen. Der hatte ihn, zusammen mit der nervigen Angewohnheit, seine Nase grundsätzlich in fremde Angelegenheiten zu stecken, zu einem der Besten auf dem Gebiet des Enthüllungsjournalismus gemacht. Und etwas an diesem Teppich weckte sein Misstrauen.

Ein leises Knarzen ließ ihn herumwirbeln. Er richtete den Strahl der Taschenlampe auf den Eingang. Nichts. Er wollte das Geräusch schon als Einbildung abtun, doch da hörte er es wieder. Es klang, als wäre jemand auf ein loses Brett getreten.

Freddy straffte die Schultern und kehrte zur Wohnzimmertür zurück. Er gab sich keine Mühe, besonders leise zu gehen. Wenn sich jemand in der Nähe befand und nicht völlig blind war, musste er den Schein seiner Taschenlampe gesehen haben. Das Wohnzimmer war leer. Ebenso die Küche. Wieder blieb Freddy stehen und lauschte. Da war das Knarzen erneut, zusammen mit einem anderen Laut – dem Wind.

Freddy schüttelte den Kopf. Mit der Abendkühle war ein stärkerer Wind aufgekommen, der an den Holzbalken des alten Hauses rüttelte. Herrgott noch mal! Seit wann war er so schreckhaft wie ein altes Weib? Wahrscheinlich seit ihm Benny Marucci zur Vorsicht geraten hatte.

Er begab sich wieder ins Schlafzimmer und musterte den indianischen Teppich. Weshalb befand sich der hier?

Freddy nahm die Nikon aus der Lederhülle, überprüfte das Blitzgerät und schoss rasch eine Serie von Bildern aus den unterschiedlichsten Blickwinkeln. Manchmal genügte es, einen Film während des Entwicklungsvorgangs in der Dunkelkammer zu beobachten, um ein winziges Detail zu entdecken, das einem vor Ort entgangen war. Obwohl das Schlafzimmer harmlos genug wirkte, löste dieser Läufer ein unheimliches Gefühl in ihm aus.

Nachdem er den Teppich von allen Seiten fotografiert hatte, kniete Freddy nieder und hob vorsichtig eine Ecke an. Kein Mensch hatte sich die Mühe gemacht, die darunterliegende Falltür groß zu verbergen – wäre da nicht der Teppich gewesen, der wie ein großes Schild an einem kaum befahrenen Highway ins Auge fiel. Ein primitiver Griff mit einem Schubriegel sicherte das Ding. Ein Schloss gab es keines.

Der Riegel ließ sich leicht zurückschieben, ein weiteres gut in Schuss gehaltenes Teil auf diesem ansonsten sehr verwahrlosten Besitz. Nun, von den Leuten am Amtsgericht, mit denen er sich unterhalten hatte, war zu hören gewesen, dass Delbert sich für ein Überleben in der Endzeit gerüstet hatte. Da konnte man natürlich mit einem unterirdischen Atombunker auf seinem Gelände rechnen.

Irgendwie bezweifelte Freddy, dass der gut geölte Riegel auf die gesteigerte Angst vor einem drohenden Atomkrieg zurückzuführen war. Aber er kam der Wahrheit keinen Schritt näher, wenn er hier tatenlos herumstand und die verschlossene Falltür anstarrte. Deshalb atmete er tief durch und zog sie hoch.

Er beugte sich vor und leuchtete in die Öffnung. Eisensprossen waren im Abstand von etwa dreißig Zentimetern in der Betonwand eines schmalen Schachtes verankert, der sich weiter unten zu einem Vorraum öffnete. Was dahinterlag, war im schwachen Strahl der Taschenlampe nicht zu erkennen.

»Ist da jemand?« Das Echo seiner Stimme erschreckte ihn und verstärkte das peinliche Gefühl, das ihn bereits erfasst hatte, als er seine dumme Frage hinabschrie.

Er schlang sich den Kamerariemen über die Schulter, schwang die Beine in die dunkle Öffnung und tastete mit den Zehenspitzen nach der ersten Sprosse. Sie schien fest im Mauerwerk zu sitzen. Den Strahl der Taschenlampe nach unten gerichtet, begann er in die Tiefe zu klettern. Im Nu umgab ihn die Kühle schlecht isolierter Kellerräume. Hierher konnte man sich wohl gut vor der Hitze eines typischen Sommertags in New Mexico flüchten. Aber jetzt, da die Nacht hereinbrach und die Temperaturen rapide sanken, fröstelte er.

Verdammt! Deshalb zitterten wahrscheinlich seine Hände.

Am Ende der Leiter hielt er kurz inne und leuchtete mit der Taschenlampe umher. Der Raum war etwa drei Meter lang und breit und aus unverputzten Betonblöcken errichtet. Die Decke befand sich gut dreieinhalb Meter über seinem Kopf. Während sich der Lichtstrahl die Mauern entlangtastete, hatte Freddy das Gefühl, dass seine Helligkeit allmählich nachließ. Aber das bildete er sich wohl nur ein. Er war ziemlich sicher, dass er die D-Cell-Batterien vor nicht allzu langer Zeit ausgetauscht hatte.

Eine Stahltür an der hinteren Wand war ebenfalls mit einem Schubriegel versehen. Zu seiner Linken ragte ein großer Metallspind in den Raum hinein. Daneben befand sich eine lange Werkbank mit allerlei seltsamen Vorrichtungen. Es dauerte einen Moment, bis Freddy begriffen hatte, was er da vor sich sah: eine Nachladepresse mit Pulverwaage und Matrizen, dazu Werkzeug und Geräte, deren Zweck ihm unbekannt war.

Er öffnete die Türen des Metallspinds.

Heilige Scheiße! Der Bastard hatte für den Dritten Weltkrieg vorgesorgt. Mindestens ein Dutzend Gewehre und Handfeuerwaffen waren in Ständern und Halterungen entlang der Rückwand aufgereiht, und das, obwohl mehrere der Waffenschrank-Gestelle im Moment Lücken aufwiesen.

Freddy schlenderte zu der Stahltür an der hinteren Wand. Als er näher kam, sah er, dass der Bolzen nicht in der Führung steckte und die Tür einen Spalt offen stand. Er legte eine Hand auf den Riegel und horchte. Nichts. In diesem unterirdischen Bunker herrschte nahezu vollkommene Stille. Selbst der Wind und das Knarren des alten Hauses waren verstummt.

Er zerrte an der Klinke. Verdammt, war die Tür schwer! Wohl als Brand- und Explosionsschutz gedacht. Es musste eine irre Arbeit gewesen sein, sie hier nach unten zu schaffen. Wahrscheinlich hatte man sie noch vor dem Einziehen der Decke abgesenkt.

Freddy zwängte sich durch und richtete die Taschenlampe auf den Boden vor seinen Fußspitzen. Der nackte Beton wirkte klamm und kalt. Das Gleiche galt für den übrigen Raum. Nach und nach erfasste der gelbe Lichtkegel ein Waschbecken, eine Toilette und ein Doppelbett. Rote Kerzen säumten die Wände. Es gab keinen zweiten Ausgang und nur einen schmalen Luftschacht in der Decke.

Das Waschbecken sah verdreckt aus. Als Freddy näher kam, erkannte er den Grund dafür. Getrocknetes Blut. Viel Blut, das im Becken und auf dem Boden ringsum verspritzt war.

Freddy ließ den Strahl der Taschenlampe über das Bett gleiten. Die Decken und Laken lagen zusammengeknüllt am Ende der fleckigen Matratze. Ein Paar Handschellen baumelte vom Stahlrahmen am Kopfende. Aber es war der Anblick des rosa Kissenbezugs, der seine Augen feucht werden ließ. Auf dem Kissenbezug waren schwache Tränenspuren zu sehen.

Er kehrte zum Waschbecken zurück und sah sich die Spritzer an der Wand und am Boden genauer an. Seltsam, dass die Blutspuren nur ein paar Schritte weit reichten. Es gab nämlich nirgends einen Hinweis darauf, dass der kranke Scheißkerl, der für das hier verantwortlich war, sich die Mühe gemacht hatte, irgendwelche Spuren zu beseitigen.

Wieder begann Freddy Bilder zu schießen, mehr instinktiv als gezielt, da ihn in der Dunkelheit der Widerschein des grellen Blitzlichts blendete. In der Stille des Kellerraums war außer seinem angestrengten Atmen nur das Surren des automatischen Filmtransports zu hören.

Freddy wechselte zweimal die Filmrollen. Erst als er glaubte, dass er die Szene aus jedem Winkel festgehalten hatte, verließ er den Raum und machte sich daran, die Waffenkammer in allen Details einzufangen. Plötzlich erstarrte er.

Auf der Werkbank neben der Ladepresse lag ein gebundenes Tagebuch, das ein Stück über die Kante der Arbeitsfläche hinausragte. Freddy wusste, dass ihn die Umgebung ein wenig abgelenkt hatte, aber er war Reporter, ein richtig guter Reporter sogar. Und deshalb gab es für ihn nicht den geringsten Zweifel. Das verdammte Tagebuch hatte vor zehn Minuten noch nicht hier gelegen.

KAPITEL 16

Heather schreckte aus dem Schlaf. In der Dunkelheit, die sie umgab, wusste sie nicht so recht, wo sie sich befand. Ein paar Sekunden lang kämpfte sie sich in die Wirklichkeit zurück, immer noch gefangen von den Träumen, die sie nicht loslassen wollten. Das hier war ihr Zimmer. Zwischen den vagen Umrissen von Frisierkommode und Schreibtisch gähnte ein schwarzer Block. Ihr Kleiderschrank.

Da war es wieder – das ferne Summen in ihrem Kopf, vage vertraut, obwohl sie es nicht recht einzuordnen wusste. Je angestrengter sie darüber nachdachte, desto mehr entglitt es ihrer Beobachtung und verschwand schließlich ganz. Zurück blieb nur Stille.

Das allein war sonderbar. Normalerweise gab es immer irgendwelche Geräusche in dem alten Haus, selbst wenn sie mitten in der Nacht die Augen aufschlug. Vielleicht schlief sie noch, und das hier war einer dieser Träume vom Erwachen, die sie in der Vergangenheit oft geplagt hatten. Ein Schwall von Gleichungen überflutete ihre Gedanken und ordnete sich zu einer Wahrscheinlichkeit, die so nahe an null grenzte, dass man sie vernachlässigen konnte. Etwas an der Art und Weise, wie ihr Savant-Gehirn die Zahlen verstand, beruhigte sie inmitten der Fremdartigkeit, die sie umgab.

Als Heather gerade überlegte, ob sie bis ans Ende des Korridors gehen und einen Blick ins Schlafzimmer ihrer Eltern werfen sollte, kehrte das Summen zurück und wurde stärker, während sie sich zu konzentrieren versuchte. Trotz ihres wachsenden Unbehagens folgte Heather ihrem ursprünglichen Gedankengang. Vor ihrem geistigen Auge tauchte das Schlafzimmer ihrer Eltern auf. Und sie stellte sich vor, dass beide tief und fest in ihrem Doppelbett schliefen.

Das Summen steigerte sich zu einer Vibration, die sie an den Moment erinnerte, als sie zum ersten Mal den Stirnreif im

Schiff der Aliens übergestreift hatte. Ein Sturm von Geräuschen, Bildern und Gefühlen brach über sie herein, so schnell und verzerrt, dass sie ein heftiger Schwindel überkam. Dann herrschte mit einem Mal Stille, als wäre das Rufsignal eines Handys verstummt.

Heather wartete, das Bettzeug bis zur Nasenspitze hochgezogen, in wachsender Furcht, dass das Summen erneut einsetzen könnte. Aber die Minuten verstrichen, und alles blieb ruhig. Allmählich verflogen die Angst und der Hauch von Fremdartigkeit, der mit dieser Angst einherging. Zurück blieben Erleichterung und eine leise Scham über ihr mehr als lächerliches Benehmen. Ein klassisches Beispiel von Überreaktion. Einen Moment lang hatte sie sogar daran gedacht, Licht zu machen und einen Blick in den Schrank zu werfen.

Heather drehte sich auf eine Seite und schlüpfte unter die Decken, aber es dauerte lange, bis sie in den Schlaf zurückfand. Da war immer noch das Gefühl, dass irgendetwas nicht stimmte. Böse Dinge geschahen, und sie konnte – zumindest jetzt – nichts dagegen tun.

KAPITEL 17

»Machen Sie die Tür hinter sich zu!«

Vizepräsident Gordon saß am oberen Ende des Tisches im Konferenzraum der National Security Agency und beobachtete den Abzug der NSA-Führungsriege. Die Leute wirkten erschöpft. Herrgott, vor nicht allzu langer Zeit wäre es ihm ganz genauso ergangen. Die Sitzung hatte erst um zehn Uhr abends begonnen. Nicht, dass es ihm leidgetan hätte, sie noch so spät zusammenzutrommeln. Der Gedanke kam ihm überhaupt nicht in den Sinn.

Er hatte sie noch einmal in das klotzige Schwarzglas-Gebäude mit dem Beinamen Crypto City beordert, weil kurz zuvor ein

Foto von Jack Gregory eingetroffen war und er unbedingt in Erfahrung bringen wollte, ob das der gleiche Mann war, den Jonathan Riles ihnen als Anführer seines Geheimteams vorgestellt hatte. Und obwohl die Aufnahme miserabel war, da sie aus dem indischen Missionskrankenhaus stammte, in dem Gregory angeblich gestorben war, hatten die NSA-Leute sein Gesicht doch zweifelsfrei wiedererkannt.

Nachdem er das NSA-Personal weggeschickt hatte, wanderte Gordons Blick zu Garfield Kromly, der am anderen Ende des Tisches Platz genommen hatte. Der ehemalige CIA-Trainer war der Einzige neben dem Fahrer und dem Geheimdienst-Team des Vizepräsidenten, der die nächtliche Tour von D.C. hinauf nach Fort Meade mitgemacht hatte. Kromly saß immer noch so unbewegt wie während des gesamten Treffens da. Sein Gesicht war eine starre Maske. Nur mit dem Blick verfolgte er jede von Gordons Bewegungen und Gesten.

Der Vizepräsident lehnte sich zurück. »Wir haben unseren Mann.«

»Ich würde gern das Team auswählen, das wir auf ihn ansetzen.«

»Quatsch. Das FBI soll das nach gewohntem Muster erledigen.«

»Das halte ich für falsch.«

Gordon lächelte. »Damit kann ich leben. Sie kümmern sich nur darum, dass der Einsatztrupp drüben im FBI-Hauptquartier alles Notwendige erfährt. Ich verlange, dass Gregorys gesamtes Team identifiziert worden ist, bevor die Leute etwas unternehmen. Und ich möchte, dass Sie mir persönlich Bescheid geben, wenn sie bereit sind.«

»Und der Präsident?«

»Wird vom FBI-Direktor informiert. Wie schon gesagt – alles nach gewohntem Muster.«

»Dann machen Sie sich auf einiges Blutvergießen gefasst.«

»Das geht in Ordnung. Ein paar Agenten weniger, die außerhalb des Gesetzes arbeiten – das verkraften wir.«

»Sie missverstehen mich. Ich meinte, dass sich der Pressesprecher der Regierung jetzt schon überlegen sollte, wie er der Öffentlichkeit den gewaltsamen Tod einer ganzen Reihe von FBI-Leuten plausibel machen will.«

Der Vizepräsident beugte sich erneut vor. Es wunderte ihn selbst, wie sehr ihn dieser CIA-Mann reizen konnte. »Das lassen Sie mal unsere Sorge sein. Ich bin sicher, dass die Spezialeinheiten des FBI mit Gregory fertigwerden.« Er wollte sich erheben, nahm dann aber noch einmal Platz. »Weshalb der *Ripper?*«

Kromly zog eine Augenbraue hoch. »Wie bitte?«

»Weshalb trägt Gregory diesen Beinamen?«

»Vor drei Jahren fielen sechs Männer in einer engen Gasse von Kalkutta über Jack her. Er tötete sie alle, erlitt im Kampf jedoch mehrere tiefe Stichwunden. Man brachte ihn in ein katholisches Missionskrankenhaus, aber er hatte bereits so viel Blut verloren, dass er noch auf dem Operationstisch starb. Das zumindest berichtete der Arzt, der den Totenschein ausstellte.«

Kromly zögerte kurz. »Die alte Nonne, die Jack gefunden hatte, blieb noch im Operationsraum, um den Toten zu waschen, bevor sie ihn in die Leichenhalle brachte. Und sie behauptete, dass er die Augen aufschlug, als sie sich über ihn beugte. Offensichtlich war der Schock über das, was sie in seinem Blick las, als er von den Toten zurückkehrte, so groß, dass sie den Verstand verlor. Jedenfalls murmelte sie danach wieder und wieder einen einzigen Satz.«

»Nämlich?«

»Gütiger Gott, der Sensenmann wandelt auf Erden.«

Vizepräsident Gordon lachte. »Und Sie glauben das?«

»Ich stattete ihr einen Besuch ab, kurz bevor sie in einem kleinen Frauenkloster am Rande von London starb. Zu diesem Zeitpunkt befand sich Schwester Mary Judith in einem Zustand völliger Katatonie, aber gelegentlich stieß sie immer noch diesen Satz hervor.«

Wieder lachte Gordon leise. »Der Sensenmann. Der Ripper. Nicht zu fassen.«

Einen Moment lang verengte der alte CIA-Mann die Augen zu schmalen Schlitzen. Dann zuckte er die Achseln und verließ den

Besprechungsraum. Und zu seiner großen Verblüffung glaubte George Gordon im Blick von Garfield Kromly etwas zu lesen, das er dort nie vermutet hätte: Angst.

KAPITEL 18

Freddy Hagerman hielt den Atem an und lauschte angespannt. Nichts. Nicht ein einziger gottverdammter Laut.

Aber jemand war eben hier gewesen, und dieser Jemand hatte sich große Mühe gegeben, Freddy auf das Tagebuch hinzuweisen. Sein Blick fiel erneut auf die Werkbank. Und endlich dachte Freddy daran weiterzuatmen. Schließlich lebte er noch. Und er war sich sicher, dass er jetzt bereits nicht mehr leben würde, wenn dieser Geist es darauf abgesehen hätte, ihn zu Tode zu erschrecken.

Freddy hielt die Kamera ruhig und begann den Raum abzulichten. Er bedauerte, dass er das nicht gleich beim Betreten des Kellers gemacht hatte – nur für den Fall, dass sich mittlerweile noch mehr verändert hatte. Aber das würde er ohnehin merken, wenn er sich erst mal gründlich mit dem Filmmaterial befasste.

Zufrieden nickend begab er sich zur Werkbank, auf der das hellgrau gebundene Tagebuch lag. Um zu verhindern, dass seine Fingerabdrücke irgendwelche wichtigen Spuren überlagerten, kramte er ein Taschentuch hervor. Zum Glück war es noch unbenutzt, da die Pflanzen, die in Kansas seine Allergien auslösten, hier in der Wüste New Mexicos nicht gediehen.

Er fasste das Tagebuch an einer Ecke des Umschlags an und schlug es vorsichtig auf. Auf dem Vorsatzblatt befand sich ein Feld, in das der Besitzer seinen Namen und seine persönlichen Daten eintragen konnte. In kunstvollen Druckbuchstaben, die das gesamte Feld ausfüllten, standen da nur zwei Worte:

THE PRIEST

Freddy hielt die Schrift mit der Kamera fest. In der nächsten Stunde las und fotografierte er Seite um Seite. Was als Faszination begann, wich rasch Abscheu und dann Entsetzen. Nach der Hälfte der Zeit stieg Übelkeit in ihm auf, aber er machte weiter, wechselte Filmrollen, hielt durch, bis er fertig war.

Er richtete sich auf und fuhr mit dem Ärmel über seine vom Schweiß feuchte Stirn. Hätte er nicht zuvor den anderen Raum gesehen und Bennys Bericht erhalten, wäre ihm das alles wie ein makabrer Scherz vorgekommen. Dieser Priest hatte kein normales Tagebuch geführt, sondern wie unter einem Zwang all die Ereignisse aufgeschrieben, die ihn besonders erregten. Begonnen hatten die Aufzeichnungen vor einem knappen Jahr mit einem mehr als seltsamen Eintrag.

Wie es schien, war Priest unfreiwilliger Teilnehmer eines Menschenversuchs gewesen, den Dr. Donald Stephenson, der stellvertretende Direktor des Los Alamos National Laboratory, mit Unterstützung des Projektwissenschaftlers Dr. Ernesto Rodriguez durchgeführt hatte. Eine graue Flüssigkeit, die sie Priest injizierten, hatte so unerträgliche Schmerzen zur Folge, dass er das Ganze für ein quasireligiöses Erlebnis hielt. Aber das klebrige graue Zeug hatte ihm enorme Selbstheilungskräfte verliehen.

Der Rest des Tagebuchs schilderte den Mord an Abdul Aziz und die Gefangennahme, Folter und Tötung von Priests weiblichen »Hausgästen«, deren Leichen er alle in einen nicht allzu tiefen Brunnenschacht auf dem Grundstück geworfen hatte.

Eines war Freddy sonnenklar: Der Menschenversuch, den Dr. Stephenson an Priest durchgeführt hatte, war keinesfalls von der Regierung genehmigt gewesen. Bei den Tests mit einer vielversprechenden Substanz, auf die er offenbar im Zusammenhang mit dem Rho-Projekt gestoßen war, hatten sich verheerende Nebenwirkungen eingestellt. Die gleiche Flüssigkeit, der Priest seine unglaublichen Selbstheilungskräfte verdankte, hatte ihn gewalttätig und wahnsinnig gemacht, hatte die dunkelsten Triebe in seiner Psyche freigesetzt und ihm ein Gefühl der Unbesiegbarkeit verliehen, das ihn darin bestärkte, seine kranken Wünsche in die Tat umzusetzen.

Mit dem Taschentuch nahm Freddy das Tagebuch auf und begab sich zu den Wandsprossen, die nach oben führten. Der Gedanke, dass die Falltür verschlossen sein könnte, löste einen kurzen Anfall von klaustrophobischer Panik in ihm aus. Aber die Luke stand offen. Nichts hatte sich verändert.

Als er oben im Schlafzimmer stand, war nicht mehr zu übersehen, dass die Batterien der Taschenlampe allmählich ihren Geist aufgaben. Er konnte nicht weiter als ein paar Schritte sehen. Nun, das ging in Ordnung. Es blieb noch eine einzige Sache nachzuprüfen. Danach würde er von hier verschwinden.

Freddy verließ das Haus. Er ging zu seinem Wagen, verstaute das Tagebuch zusammen mit den vollen Filmen sorgsam in seiner Mappe und nahm zwei neue Rollen mit. Nun peilte er die verwahrlosten Wirtschaftsgebäude an. Das Licht der schmalen Mondsichel reichte gerade noch aus, um die dunklen Umrisse von zwei Geräteschuppen und einer Scheune sichtbar zu machen. Freddy erinnerte sich, dass er neben einem der offenen Verschläge einen alten Brunnen gesehen hatte.

Beim Näherkommen merkte er, dass er seinen Weg auch blind gefunden hätte. Der Gestank führte ihn an die richtige Stelle. Im erlöschenden Strahl der Taschenlampe konnte Freddy den aus Felsbrocken aufgeschichteten Brunnenrand erkennen. Die Balkenkonstruktion, die früher einmal Winde, Seil und Eimer getragen hatte, lag umgestürzt neben dem kreisrunden Loch. Der immer noch mit dem Seil verbundene Eimer hatte längst keinen Boden mehr.

Freddy beugte sich über die Öffnung und leuchtete mit der Taschenlampe in die Tiefe. Verdammt! Den Verwesungsgeruch hätte man bis Taos wahrnehmen können. Nach etwa vier Metern verlor sich der schwache Lichtkegel vollständig in der Schwärze.

Er nahm einen kleinen Stein und warf ihn in den Schacht. Der Aufprall ließ nicht lange auf sich warten. Der Dauer bis zum Klang nach zu urteilen, war der Brunnen nicht tiefer als etwa zehn Meter und musste schon seit Langem ausgetrocknet sein. Solche Flachbrunnen zapften in der Regel ein Grundwasser-Reservoir an, das bis nahe an die Oberfläche heranreichte. Offensichtlich hatte dieses hier seine Lage geändert oder war irgendwann ausgetrocknet.

In seiner Mappe im Auto hatte Freddy ein Fläschchen mit Teebaumöl. Das Zeug war ein großartiges Naturheilmittel bei Schnittwunden, Kratzern und Insektenstichen, aber es roch, als hätte man seine Nase in einen Tiegel mit Mentholatum getaucht. Freddy kehrte noch einmal um und tropfte sich etwas von der Flüssigkeit in jedes Nasenloch. Herrje, das würde seine Nebenhöhlen ganz schön durchräumen! Aber besser dieser Geruch als das, was ihn in der Tiefe des Brunnenschachts erwartete.

Wieder beim Brunnen angekommen, ging Freddy in die Hocke und begutachtete das alte Seil, das sich als erstaunlich dick und robust erwies. Und während die Stützen des Holzgerüsts gebrochen waren, schien der Querbalken selbst stabil zu sein. Freddy verknotete ein Seilende fest daran und hievte ihn über den Brunnenrand. Dann schnitt er mit seinem Taschenmesser den kaputten Eimer ab und warf das andere Ende des Seils in den Schacht hinunter.

»Wird schon schiefgehen«, murmelte er, als er die Beine über den Brunnenrand schwang und sich Hand über Hand in die Schwärze hinab ließ.

Eigentlich, so überlegte er auf dem Weg nach unten, hatte er schon genug Stoff für seine Story, mehr als genug, um seinen Pulitzerpreis zu gewinnen. Mann, wenn es ihm gelang, mit dieser Story das aus dem Ruder gelaufene Rho-Projekt zu stoppen, dann blieb ihnen gar nichts anderes übrig, als ihn für diesen gottverdammten Nobelpreis zu nominieren. Aber Freddy war Reporter mit Leib und Seele. Er musste sehen und dokumentieren, was dieser alte Brunnenschacht verbarg, selbst wenn ihm die Luft wegblieb und er gegen eine Ohnmacht ankämpfte.

Bis auf eine Schrecksekunde, als der Balken kurz ins Rollen geriet, verlief sein Abstieg in den Brunnen ohne Zwischenfall. Die Dunkelheit lastete ebenso schwer auf ihm wie der Gestank. Er konnte den Fäulnisgeruch im trüben gelben Schein seiner Taschenlampe geradezu sehen. In einer Tiefe von gut sieben Metern hatte er den Boden erreicht. Ein Schauder durchlief ihn, als er mit den Zehenspitzen nach einer Stelle tastete, an der keine Leichen lagen.

Fast wünschte er sich, dass der schwache Lichtstrahl endlich erlosch. Ihm wurde rasch klar, dass die meisten Opfer erst durch den Sturz in diesen Brunnen ums Leben gekommen waren, eine Erkenntnis, die mit den Tagebucheinträgen übereinstimmte. Aber blutige Abdrücke entlang der Wand des Schachts deuteten darauf hin, dass zumindest eine der Frauen noch versucht hatte, ins Freie zu klettern. Freddy musterte das unverputzte Mauerwerk und kam zu dem Schluss, dass sie dazu durchaus in der Lage gewesen wäre – wenn sie noch Finger besessen hätte.

Freddy bückte sich, um die Toten eingehender zu untersuchen. Die frischere der beiden männlichen Leichen musste wohl Abdul Aziz sein, obwohl auch sie bereits bis zur Unkenntlichkeit verwest war. Als er sich den ermordeten Frauen zuwandte, hielt er unvermittelt an. Er hatte sich bereits gewundert, warum die Blutspritzer sich auf die Umgebung des Kellerwaschbeckens beschränkt hatten. Offensichtlich hatte Priest den gefesselten Frauen die Finger in diesem Becken abgetrennt und ihre verstümmelten Hände mit Plastikbeuteln und Gummiringen umwickelt, bevor er sie nach draußen schleppte.

Er hatte genug gesehen, zwang sich jedoch, in dem Brunnenloch auszuharren und das Grauen mit seiner Kamera zu dokumentieren, bis sein Magen rebellierte. Dann erst zog er sich in gekonnter Turnstundenmanier Hand über Hand an dem Seil nach oben. Im Kofferraum seines Wagens wartete bereits die Story, die er im Voraus auf seiner alten mechanischen Schreibmaschine getippt hatte, und spätestens morgen früh würde er in Santa Fe eintreffen. Von dort aus ein paar Faxe an Leute, die seinen Namen noch von der *New York Times* kannten, und er war wieder im Geschäft.

Freddy Hagerman würde sich nie mehr mit Klatsch und Kleinkram aus Kansas abgeben müssen.

KAPITEL 19

Bis der Mitarbeiterstab des Präsidenten in Aktion trat, hatte sich die Story bereits rasend schnell über sämtliche wichtigen Nachrichtenkanäle verbreitet. Die Miene des Präsidenten wirkte alles andere als glücklich, als sein Stabschef eintraf.

»Was zum Teufel geht hier vor, Andy? Ich dachte, das FBI hätte diese Sache unter Kontrolle.«

»Ja, Sir. Das behauptete zumindest der Direktor.«

Präsident Harris deutete auf den Flachbildfernseher. »Sieht das so aus, als wäre alles unter Kontrolle? Holen Sie mir den Mann ans Telefon!«

»Jawohl, Sir.« Der Stabschef machte kehrt und verließ das Arbeitszimmer des Präsidenten.

Noch keine Minute war vergangen, als er zurückkam. »Direktor Hammond ist jetzt am Telefon, Sir.«

Präsident Harris nahm den Hörer auf. »Bill, hatten Sie mir nicht erst gestern Vormittag erklärt, dass es nicht mehr lange dauern würde, bis Sie die Situation in Los Alamos wieder in den Griff bekämen?«

»Ja, Herr Präsident. Wir sind nicht sicher, aber diese Presseenthüllung trägt irgendwie die Handschrift von Jonathan Riles' Spezialteam. Die Leute laufen immer noch frei herum –«

»Verdammte Scheiße! Dieser Gregory zieht seit dem Selbstmord von Admiral Riles im Hintergrund die Fäden. Der Anschlag auf den Kühltransporter geht auf sein Konto. Und jetzt hat er einen Reporter auf eine Sache angesetzt, die uns eine Menge Ärger bereiten kann.«

»Das halte ich für eine vorschnelle Schlussfolgerung.«

In der Stimme des Präsidenten schwang ungewohnte Härte mit. »Bill, Ihnen läuft die Zeit davon. Sehen Sie zu, dass Sie dieses Verbrecherteam ausschalten. Unverzüglich. Haben Sie alle notwendigen Maßnahmen vorbereitet?«

»Jawohl, Sir. Wir konnten letzte Nacht die drei übrigen Mitglieder von Gregorys Spezialtrupp identifizieren. Ein von Antiterror-Kräften unterstütztes FBI-Kommando steht zum Einsatz bereit.«

»Gut. Lassen Sie die Leute möglichst schnell losschlagen. Ich will in den Abendnachrichten eine Erfolgsmeldung sehen. Vielleicht drängt das diese andere Story ein wenig in den Hintergrund.«

»Jawohl, Herr Präsident. Ich werde mich darum kümmern.«

Sobald der FBI-Direktor die Leitung freigegeben hatte, rief Präsident Harris seinen Sekretär an. »James, holen Sie bitte Dr. Stephenson vom Los Alamos National Laboratory ans Telefon. Sagen Sie ihm, dass er sich morgen ab neun Uhr in Rufbereitschaft halten soll, damit ich ihn während meiner Kabinettsbesprechung zuschalten kann. Und ja, ich weiß, wie spät es jetzt in New Mexico ist. Wecken Sie den Mann auf, wenn es nicht anders geht.«

»Jawohl, Sir.«

Der Präsident legte den Hörer auf, griff nach der Fernbedienung und stellte den Ton des TV-Geräts lauter. Er wollte kein Wort versäumen. Die Erfahrung hatte ihn gelehrt, dass das alte Sprichwort noch immer Gültigkeit besaß: Schlechte Nachrichten wurden nicht besser, wenn man sie auszusitzen versuchte.

KAPITEL 20

Jack warf einen Blick in den Rückspiegel. Der Verkehr wirkte normal, aber er hatte ein ungutes Gefühl.

Und als sein Blick die Straßenränder streifte, fielen sie ihm ins Auge, völlig normal aussehende Leute, die sich völlig normal benahmen. Aber sie waren nicht normal. Sie waren Teil eines verdeckten Einsatzes. Er hatte seit Langem auf diesen Tag gewartet. Nun war er gekommen.

Jack drückte auf die Schnellwähltaste seines Handys. Tot. Er versuchte es im Walkie-Talkie-Modus. Ebenfalls tot. Jemand blockierte sein Gerät. Einfallslos. Wenn er nicht bereits gewusst hätte, dass sie ihn jagten, wäre das hier die Bestätigung gewesen.

Jack betätigte eine Sondertaste, die ein Rauschunterdrückungssignal über alle Frequenzen aussandte. Er wartete einen Moment und drückte sie dann in kurzen Abständen noch dreimal. Das Signal hatte keine große Reichweite, aber Janet konnte es empfangen. Der Rest des Teams würde für sich selbst sorgen müssen.

Links vor ihm tauchte der voll besetzte Parkplatz von Fuller Lodge auf. Jack jagte den Motor hoch, riss das Steuer herum und bremste gleich darauf scharf ab. Der Audi brach seitlich aus und stand einen Moment lang quer, bis Jack erneut Gas gab. Der Wagen schoss mit qualmenden Reifen durch eine Lücke im fließenden Verkehr in die Auffahrt des Kunstzentrums.

Wieder zog Jack das Steuer nach links und krachte mit der Fahrzeugfront durch den Haupteingang. Glas- und Metallsplitter regneten auf eine Hochzeitsgesellschaft, die sich im Foyer versammelt hatte. Menschen schrien und rannten aus der Gefahrenzone, während Jack den schleudernden Wagen zum Stehen brachte und die Tür aufstieß.

Eine Handvoll Leute, die sich am schnellsten von ihrem anfänglichen Schock erholt hatten, kamen aufgebracht näher. Drei schnelle Schüsse mit der Beretta über ihre Köpfe hinweg, und sie stoben entsetzt auseinander. Jack wollte keine Toten, aber er brauchte die Panik der Menge.

Mit ein paar Schritten war er am Kofferraum und ließ den Deckel hochschnellen. Er hievte einen langen Kasten heraus, schlang sich die Kalaschnikow über die Schulter und lief zu der Treppe, die zum Loft hinaufführte. Während er die Stufen erklomm, überschlug er im Geiste, wie viel Zeit ihm noch blieb. Falls die Verfolger draußen ein Delta-Kommando waren, dauerte es höchstens eine Minute, bis die Spitzen des Sturmtrupps den Haupteingang erreichten. Vielleicht auch nur halb so lang, wenn sie sehr, sehr gut waren. Sie würden alles tun, um zu verhindern, dass sein zeitlicher Vorsprung allzu groß wurde.

Im Loft angekommen, schob Jack ein Magazin in die AK-47, drückte eines der Fenster einen Spalt auf und befestigte die Waffe mit dem Tragriemen so am Rahmen, dass der Lauf schräg nach unten zum Rand des Parkplatzes wies. Mit ein paar schnellen Handgriffen klappte er den länglichen Kasten auf und holte ein kleines Gerät hervor, das an eine Doppel-Schraubzwinge erinnerte.

Er nahm die zugehörige Fernbedienung und drückte auf eine Taste. Die Enden des kleinen Geräts weiteten sich ein wenig und schnappten dann zusammen. Jack nickte zufrieden und schob das Ding über den Abzug der Kalaschnikow. Dann packte er den Kasten, zog sich bis an die Tür zurück und betätigte erneut die Fernbedienung. Der Schusslärm der AK-47 erschütterte den Raum. Die Waffe war nicht nur zuverlässig, sondern auch enorm laut, und genau darauf kam es ihm im Moment an.

Auf dem Rückweg in den ersten Stock feuerte Jack die AK-47 zwei weitere Male per Fernbedienung ab. Es spielte keine Rolle, dass der Lauf kein bestimmtes Ziel anvisierte. Die Schüsse würden seine Gegner anlocken wie eine Kerzenflamme die Motten.

Noch während er die Treppe hinablief, holte Jack die Teile eines Scharfschützengewehrs aus dem länglichen Kasten und klickte sie rasch ineinander. Unten angelangt, hatte er das Ding fertig zusammengesetzt und warf den leeren Kasten achtlos beiseite.

Wieder kam die Fernbedienung zum Einsatz. Das Echo der Kalaschnikow-Schüsse dröhnte über den Parkplatz. Diesmal antwortete für kurze Zeit das Stakkato von Gewehrfeuer.

Jack schüttelte den Kopf. Das da draußen war kein Delta-Einsatz. Seine Verfolger waren eher darauf bedacht, unbeteiligte Opfer zu vermeiden, als ihn ohne Rücksicht auf Verluste auszuschalten. Nun, sie hatten ihn in Zugzwang gebracht. Nach zwei weiteren per Fernbedienung ausgelösten Schüssen aus der AK-47 wandte er sich den Leuten zu, die sich in der hintersten Ecke der Eingangshalle zusammendrängten.

Seine Stimme donnerte durch das Foyer. »Alle raus hier! Auf den Parkplatz! Sofort!«

Die verängstigten Besucher benötigten keine zusätzliche Aufforderung. In Panik rannten sie zum Hauptausgang, während Jack unbemerkt durch die Hintertür verschwand.

KAPITEL 21

Janet schaltete das blinkende Warnlämpchen aus. Okay. Das war Jacks Signal. Es ging also los. Sie hatten seit Wochen darauf gewartet.

Sie ging in die Küche, öffnete das Gefrierfach und holte zwei Plastikbeutel heraus. Einer war mit kleinen Fleischbällchen gefüllt; der andere enthielt drei Spritzen mit gefrorenem Blut. Dann begab sie sich in das obere Geschoss, zog mit dem Strick am Ende des Korridors die Klapptreppe herunter und stieg zum Dachboden hinauf. Die Computer und die SATCOM-Anlage standen unbenutzt herum, da das Team seit der Ermordung von Admiral Riles keine Unterstützung mehr von außen bekam. Janet hastete von einem Gerät zum anderen, entfernte die Festplatten und Speichermodule und schichtete sie um einen bereits verdrahteten Phosphorsprengsatz. Sie lächelte. Weißer Phosphor. Willy Pete hatten die Soldaten das Zeug in Vietnam genannt, ein gutes Stück vor ihrer Zeit. Er brannte so heiß, dass man ihn fast nicht löschen konnte.

Binnen einer Minute war sie fertig und stieg wieder hinunter in den ersten Stock. Den ultraflachen Laptop aus ihrem Arbeitszimmer verstaute sie zusammen mit den Plastikbeuteln in ihrem Rucksack. Dann holte sie aus ihrem Schrank die kugelsichere Weste und eine M95-Atemschutzmaske und streifte beides über.

Als Nächstes wählte sie ein Paar grüner M57-Clacker, so genannt wegen des Klickens, das man beim Herunterdrücken des Hebels hörte. Diese Dinger würden die elektrischen Signale zum Fernzünden der M18-Claymores erzeugen – Richtminen, die anderthalb Pfund C4-Plastiksprengstoff sowie siebenhundert kleine Stahlkugeln enthielten. Zwei der nach einem berühmten schottischen Breitschwert benannten Claymores im Erdgeschoss sowie vier weitere, in Daisy-Chain-Manier durch den Hinterhof verschaltete Minen würden ihr schon bald den Weg in die Freiheit sprengen.

Zu guter Letzt bewaffnete sie sich noch mit einer israelischen Uzi-9-mm-Maschinenpistole und stopfte mehrere passende Magazine in ihren Rucksack. Die Uzi war nichts für Jack, aber Janet liebte diese Waffe. Sie war leicht, kompakt und hatte eine höllische Durchschlagskraft. Irgendwie fühlte sich das Baby in ihren Armen genau richtig an.

Janet begab sich zur Innenecke des Raums, presste den Rücken gegen die Wand und rutschte tiefer, bis sie mit angezogenen Knien auf dem Boden kauerte. Ihre Finger ertasteten die beiden Doppeldrähte, die sie mit einem Tacker entlang der Bodenleiste befestigt hatten. Ein leichter Ruck löste mehrere der Heftklammern und gab die Drähte so weit frei, dass sie die nicht isolierten Enden mit den Clacker-Kontakten verbinden konnte.

Sie lehnte sich zurück und atmete durch die Schutzmaske ein und aus. Ein Anflug von Klaustrophobie stieg in ihr hoch, aber das kannte sie von früher. Sie musste nur ihre Atemzüge verlangsamen und den Plan, den Jack entwickelt hatte, genau befolgen. Die Killer rechneten vermutlich damit, dass sie die Flucht ergriff, wenn sie gewarnt war. Wenn sie nicht flüchtete, würden sie es wohl mit einem Überraschungsangriff versuchen. Sie musste also nur abwarten, bis sie kamen. Und das würde erst der Fall sein, wenn sie glaubten, Jack unter Kontrolle zu haben.

Und so saß sie da, umklammerte die Clacker und ihre Uzi und wartete auf die Stunde der Abrechnung. Wenn sie glaubten, sie hätten Jack, würden sie eine herbe Enttäuschung erleben. Jane lächelte hinter dem klaren Sichtfenster ihrer Gasmaske.

KAPITEL 22

»Der schnelle Zugriff ist missglückt. Sie sollten den Einsatz jetzt abbrechen.«

Darnell Freeman wirbelte herum und baute sich dicht vor Garfield Kromly auf. »Ich scheiße auf Ihre verdammten Ratschläge! Das hier ist eine FBI-Operation, und alle Entscheidungen hinsichtlich unseres Vorgehens treffe ich!«

Aber Kromly ließ nicht locker. »Hören Sie, Freeman, holen Sie Ihre Leute wenigstens vorübergehend zurück, damit sie sich neu formieren können. Wir wollen Jack, aber nur zu unseren Bedingungen.«

»Er sitzt hier fest, und ich denke nicht daran, ihn laufen zu lassen, nur weil er einen Fluchtversuch unternahm, bevor wir ihn in der geplanten Kill-Zone hatten. Noch ein paar Minuten, dann ist Fuller Lodge umzingelt, auch wenn er von da oben wild um sich ballert.«

Kromlys Augen blitzten. »Nehmen Sie um Himmels willen Vernunft an, Mann! Gregory schießt niemals wild um sich. Da drinnen ist irgendetwas oberfaul.«

Freeman kehrte Kromly den Rücken zu und wandte sich den Übertragungsgeräten zu, die eine Ecke der Kommandozentrale einnahmen. Er schaltete die Funksprechanlage ein.

»Gibson, wie weit seid ihr?«

Die Lautsprecher knisterten. »In etwa zwei Minuten müssten alle Mann in Position sein.«

»Gut. Sobald das Gelände umstellt ist, rückt Team Alpha an der linken Flanke vor und bewacht den hinteren Teil der Lodge. Team Bravo und Team Charlie decken die Front und die rechte Seite.«

Es entstand eine Pause am anderen Ende der Leitung.

Freeman drückte ungeduldig auf die Mikrotaste. »Gibson, bestätigen Sie!«

»Scheiße! Ich habe hier eine völlig neue Situation. Aus dem

Haupteingang strömen an die zweihundert Menschen. Alles Zivilisten.«

»Mist! Er wird sich in der Menge verstecken. Dirigieren Sie die Gruppe dahin, wo man sie in Schach halten kann!«

»Keine Chance. Aus dem Fenster im Loft fallen immer noch Schüsse, und die Leute rennen durch die Gegend wie aufgescheuchte Hühner. Zwei von ihnen scheinen getroffen zu sein.«

Freeman fluchte, ehe er das Mikro wieder einschaltete. »Wenn er schießt, dann ist er noch im Loft. Versucht es mit Gegenfeuer!«

»Und wenn er da droben Geiseln hat?«

»Herrgott, Gibson! Er schießt in eine Menschenmenge! Schüchtert ihn mit Gegenfeuer ein und holt ihn runter, sobald ihr alle Teams in Stellung habt.«

»Roger.«

Freeman knallte das Mikrofon in seine Halterung und starrte auf die Monitore. Die grünen Punkte zeigten die GPS-Positionen aller am Einsatz Beteiligten an. Soeben schloss Team Charlie, das die längste Strecke vom geplanten Zugriffsort nach Fuller Lodge zurückgelegt hatte, die Lücke im Belagerungsring und machte sich für den Angriff fertig.

Die übrigen Funkgeräte zeichneten die taktische Kommunikation der Teams um Fuller Lodge auf und erfüllten den Raum mit einem chaotischen Stimmengewirr. Am Kunstzentrum hatte sich mittlerweile ein neues Problem ergeben. Die Polizei von Los Alamos war mit allen verfügbaren Fahrzeugen angerückt, und Freemans Teams hatten alle Hände voll zu tun, sie aus dem Geschehen herauszuhalten. Obwohl man im Vorfeld den Einsatz mit den örtlichen Behörden abgesprochen hatte, war nie die Rede von einem Umweg nach Fuller Lodge und der massiven Störung einer Hochzeitsfeier gewesen.

Ein rascher Blick auf die Uhr sagte Freeman mehr über den Stand der Dinge, als er wissen wollte. Die Operation lief jetzt seit knapp acht Minuten, und noch war nichts Entscheidendes geschehen. Himmel, was für ein Durcheinander! Kromlys Worte kamen ihm in den Sinn, aber gleich darauf verdrängte er sie, zusammen mit dem Zorn, der in ihm aufstieg. Zu spät jetzt.

Der CIA-Mann stand abseits und schüttelte langsam den Kopf. *Arschloch*, dachte Freeman. Sie hatten immer noch genug Feuerkraft, um den Job zu vollenden, und das Letzte, was er jetzt brauchte, waren gute Ratschläge.

Endlich bewegten sich die kleinen grünen Punkte auf ihre Sturmstellungen zu. Aber mit Team Alpha stimmte etwas nicht. Zwei der vorderen Punkte stoppten noch vor Erreichen der ihnen zugewiesenen Positionen. Plötzlich brach ein solcher Höllenlärm los, dass man sein eigenes Wort nicht mehr verstehen konnte.

»Zwei Offiziere tot. Verdammt! Jemand hat Jonesy und Christopher umgelegt.« Das Rattern von Schnellfeuerwaffen übertönte seine Worte.

Gibsons Stimme durchdrang das Chaos. »Team Bravo! Wo zum Teufel bleibt euer Gegenfeuer?«

Blechern kam die Antwort aus einem anderen Funkgerät. »Zum Henker, wir hämmern rein, was geht! Außerdem haben wir fünf Gasgranaten durch dieses Fenster im Loft geworfen.«

Gibsons erregtes Geschrei verlagerte sich auf den anderen Kanal. »Team Alpha? Woher kommt das Feuer?«

Diesmal antwortete eine andere Stimme. »Scheiße! Wir brauchen dringend Unterstützung. Bei uns hat es schon wieder zwei Mann erwischt. Ich kann nicht erkennen, woher zum Teufel dieses Feuer kommt.«

»Bill, können Sie zu Ihren Verwundeten gelangen?«

Der andere Mann atmete abgehackt und keuchend. »Wir haben keine Verwundeten. Der Mistkerl erledigt die Leute mit Kopfschüssen. Sorgt verdammt noch mal für Verstärkung, bevor er uns alle plattmacht!«

»Bravo, rückt zu Alpha auf!« Einen Moment lang versagte Gibsons Stimme.

Plötzlich spürte Freeman Kromlys Hand wie eine Klammer auf seinem Arm. Er sah den alten CIA-Trainer fragend an.

»Sie haben nicht mehr viel Zeit«, sagte Kromly. Seine Miene verriet keine Gefühlsregung. »Jack ist irgendwo an ihrer Flanke und knallt sie ab wie Rollhasen in einer Schießanlage.«

»Aber wir haben Gas in das Gebäude geleitet.«

»Mann, Freeman, Sie blödes Arschloch! Kapieren Sie denn nicht, dass Jack längst im Freien ist und Jagd auf Ihre Kämpfer macht? Wollen Sie ihm noch mehr Leute opfern, oder was?«

»Kromly, Sie machen mir keine Vorschriften! Weshalb all die Kopfschüsse?«

Plötzlich drang aus den Funkgeräten des Bravo-Teams erregtes Stimmengewirr. Einen der Männer hatte es erwischt, aber niemand konnte genau sagen, woher der Schuss gekommen war.

So ungern er sich seine Niederlage eingestand, Darnell Freeman kannte seine Pflicht. Er trug die Verantwortung für die Männer da draußen, die tagtäglich ihr Leben für das Vaterland aufs Spiel setzten, für die Männer, die in diesem Moment von einem eiskalten Killer niedergemetzelt wurden. Und obwohl er wusste, dass es das Ende seiner Karriere bedeutete, schaltete er das Mikrofon ein.

»Gibson, hier spricht Freeman. Sofortiger Rückzug von Team Bravo!«

»Sir?«

»Sie haben richtig gehört. Gregory scheint dem Belagerungsring entkommen zu sein. Ziehen Sie Ihre Leute in eine geschützte Stellung zurück, bauen Sie einen Abwehrriegel auf und warten Sie auf weitere Anweisungen. Ach ja, und halten Sie diese Cops aus Los Alamos von der Gefahrenzone fern!«

Er unterbrach den Kontakt zu Gibson und schaltete auf eine andere Frequenz. Zwar hatten sie Gregory für den Moment verloren, aber dieser Fehlschlag ließ sich eher verkraften, wenn es ihnen gelang, die übrigen drei Mitglieder seines Teams unschädlich zu machen. Man würde ihn zweifellos morgen feuern, aber dieser Mann hatte mehrere gute Agenten auf dem Gewissen, die Freeman zum Teil persönlich gekannt hatte. Es war jetzt an der Zeit, die anderen beiden Fallen zuschnappen zu lassen und damit dem FBI eine gewisse Genugtuung zu verschaffen.

Er wandte sich der SATCOM-Anlage zu und gab das Stichwort, das die beiden anderen Sturmtrupps des Einsatzkommandos in Bewegung setzen würde. Fünfzig Meilen entfernt in Santa Fe und in Los Alamos traten zwei weitere Spezialeinheiten in Aktion.

KAPITEL 23

Tränengas-Kanister krachten durch die Fenster. Die giftige Wolke breitete sich rasch in sämtlichen Räumen des Hauses aus.

In ihrem Arbeitszimmer im ersten Stock kauerte Janet in der Ecke, hielt die Uzi und die grünen Doppel-Clacker umklammert und atmete durch ihre M95-Schutzmaske langsam ein und aus. Sie wartete. Gleich war es so weit. Nur noch wenige Sekunden.

Das Splittern von Glas im Erdgeschoss verkündete, dass der Sturmtrupp in das Johnson-Haus eingedrungen war. Janet betätigte einen der Clacker und schickte damit per Zündkabel ein elektrisches Signal zu den Claymore-Antipersonenminen, die sich drunten hinter der Couch und in der Speisekammer verbargen. Die Schockwelle hob den Fußboden an, ein sicheres Anzeichen, dass die zahllosen kleinen Stahlkugeln ihr Ziel gefunden und die zerfetzten Angreifer durch die geborstenen Türen und Fenster wieder ins Freie befördert hatten.

Noch bevor der Boden im ersten Stock zur Ruhe gekommen war, schnellte Janet hoch und drückte den zweiten Clacker-Hebel herunter. Diesmal wurde das Haus von außen erschüttert, als eine lange Kette von Claymores einen Pfad von der Hintertür in den Canyon freisprengte und die Thermitgranate im Speicher auslöste.

Sie tastete sich durch den verqualmten Korridor und die Überreste der Treppe ins Erdgeschoss. In der Küche blieb Janet nur lange genug stehen, um sich zum Hinterausgang zu orientieren, ehe sie in vollem Lauf den Pfad entlangpreschte, den die vier in Reihe geschalteten Claymores durch den Belagerungsring des Spezialeinsatzkommandos gepflügt hatten.

Ehe sich die ersten Rauchschleier verzogen hatten, war sie bereits in der Steilwand des bewaldeten Canyons und hielt auf den abgelegenen Treffpunkt zu, den sie mit Jack vereinbart hatte. Das Gewehrfeuer hinter ihr war in das tosende Inferno gerichtet –

ein Beweis dafür, dass die taktische Spezialeinheit noch nicht recht wusste, was sich da eben abgespielt hatte.

Aber das Knattern eines Helikopters, der über den Canyon flog, deutete darauf hin, dass dies nicht lange so bleiben würde. In der Canyonwand weiter oben erklangen Rufe von links und rechts. Der Anführer dieses Sturmtrupps wusste allem Anschein nach, was er tat. Nachdem mehrere seiner Leute den Claymores zum Opfer gefallen waren, hatte er sich schnell von seiner Überraschung erholt und die richtigen Schlüsse gezogen. Obwohl er nicht genau wusste, wo sie sich befand, versuchten seine Männer ihr von zwei Seiten den Fluchtweg abzuschneiden.

Zunächst musste sie einmal den Helikopter abschütteln. Erst danach konnte sie sich darum kümmern, die Verfolger ein wenig aufzuhalten. Janet nahm die Schutzmaske ab und stopfte sie in ihren Rucksack. Dann kniete sie tief in einem Dickicht nieder und brachte die Uzi in Anschlag. Von ihrem Versteck aus konnte sie gut die Richtung abschätzen, aus der sich der Helikopter näherte. Als das Knattern lauter wurde, spannte sich ihr Finger am Abzug allmählich an.

Janet verlagerte ihre Position, um eine freie Visierlinie zum Helikopter zu haben, der sich jetzt fast genau über ihr befand. Sie zielte eine halbe Handbreit vor die Maschine, drückte ab und zog ein lässiges S-Muster in ihre Flugbahn.

Der Pilot flog eine scharfe Rechtskurve, um dem Schwarm von 9-mm-Geschossen auszuweichen, doch das half Janet, denn nun hatte sie den gesamten Rumpf des Hubschraubers im Visier. Die Uzi-Geschosse fraßen sich in das Blech und durchlöcherten den Treibstofftank. Der Helikopter begann zu kreiseln und versuchte an Höhe zu gewinnen, in dem verzweifelten Versuch, oberhalb des Canyons zu landen, bevor der Pilot völlig die Kontrolle über die Maschine verlor.

Janet setzte sich wieder in Bewegung. Der Helikopter hatte sie kostbare Sekunden gekostet, und während dieser Zeit war der Sturmtrupp des FBI nicht untätig geblieben. Davonspringende Steine zu ihrer Rechten verrieten ihr, dass sich dort die vordersten Verfolger fast auf gleicher Höhe mit ihr befanden.

Janet wandte sich ebenfalls nach rechts und lief geduckt durch das Dornengestrüpp, das ihr gute Deckung bot, auch wenn es sich hin und wieder in Stoff und Haut verhakte. Sie erreichte eine Stelle, wo das blanke Gestein zutage trat, warf sich flach zu Boden und robbte in eine schmale Spalte zwischen den Felsvorsprüngen. Von hier aus hatte sie eine gute Sicht bis zur oberen Kante der Canyonwand. Es dauerte nicht lange, bis sie die drei Männer erspäht hatte, die sich den Steilhang hinunterquälten, um ihr den Weg abzuschneiden. Sie schob ein neues Magazin in die Uzi, zielte und feuerte.

Die kurzläufige Waffe hatte auf diese Entfernung nur eine begrenzte Präzision, aber einer der Gegner stolperte vorwärts, während die beiden anderen in Deckung hechteten und das Feuer erwiderten. Eine Geschosssalve prasselte gegen die Felsblöcke. Janet schlich im Schatten der Gesteinsformation zurück zu ihrem ursprünglichen Weg, einer geschützten Rinne, die tief in den Canyon hinabführte. Sie wusste nicht, wie lange ihre Verfolger warten würden, bis sie merkten, dass sie ihr Versteck verlassen hatte, aber diesmal ließen sie vermutlich mehr Vorsicht walten, und das würde ihr die Möglichkeit geben, ihren Vorsprung auszubauen.

Unvermittelt jedoch spürte sie einen heftigen Schlag am linken Oberschenkel, der sie zu Boden schleuderte. Sie rollte ein Stück den Hang hinunter, krachte in das sperrige Geäst eines Wacholderstrauchs. Das Echo des Schusses folgte ihr in die Tiefe. Schmerz explodierte in ihrem Gehirn, und der Schock engte ihre Sicht mehr und mehr ein. Sie kämpfte mühsam gegen die Ohnmacht an. Als sie wieder sehen konnte, verriet ihr ein Blick auf den sich rasch ausbreitenden roten Fleck an ihrem Hosenbein, dass ihr nicht mehr viel Zeit blieb. Aber ehe sie sich mit diesem Problem befassen konnte, musste sie den Abstand zu ihren Verfolgern vergrößern.

Sie zielte mit der Uzi ungefähr in die Richtung, aus der sie den Schuss gehört hatte, und leerte ein ganzes Magazin. Sobald sie nachgeladen hatte, zwang sie sich zum Aufstehen, obwohl der Schmerz sie beinahe aufschreien ließ. Mit einer Hand kramte sie eine Phosphorgranate aus dem Rucksack, zog den Sicherungssplint und warf sie in das dichte, trockene Unterholz weiter oben in der Steilwand.

Während sie sich einen schmalen Hohlweg hangabwärts kämpfte, spürte sie im Rücken den heißen Atem der Flammen. Innerhalb von Sekunden breitete sich das Inferno in dem zundertrockenen Buschwerk aus, angefacht von dem Wind, der durch den Canyon aufstieg. Das Feuer kletterte höher, umgeben von wirbelnder Asche und dichten Rauchwolken.

Janet setzte ihren Weg in die Tiefe bis zu einer lang gestreckten Hecke fort, an der sie nach rechts abbog. Sie fühlte sich schon jetzt durch den Blutverlust geschwächt, aber ihr blieb keine andere Wahl, als zunächst die Sperrlinie der beiden Verfolgergruppen zu durchbrechen. Wenn sie die Blutung im Oberschenkel jedoch nicht stoppen konnte, wäre sie tot, bevor die Gegner sie eingeholt hatten.

Sie ließ sich zu Boden sinken, stützte den Rücken gegen einen Felsensims und schlitzte das linke Hosenbein über dem Knie auf. Die Kugel war außen in den Schenkel eingedrungen und knapp am Knochen vorbei vorne wieder ausgetreten. Janet riss den unteren Teil des Hosenbeins ab und schnitt ihn in lange Streifen. Dann holte sie den kleinen Militärbeutel mit dem Notverbandszeug vom Gürtel und schichtete die Mullquadrate, die sie darin fand, zu zwei dicken Kissen, die sie in die beiden Wundöffnungen presste und mit den Stoffstreifen umwickelte.

Es war nichts Großartiges, aber sie verlor nicht mehr allzu viel Blut. Mehr konnte sie im Moment nicht tun.

Janet zwang sich, aufzustehen und ihren Weg fortzusetzen. Auf dem Steilhang über ihr hatte sich der Buschbrand zu einem orangeroten Feuersturm entwickelt, mit eigenen Aufwinden, die ihn immer höher trieben. Und mit jedem neuen verdorrten Gestrüpp, das ihm zum Opfer fiel, verdichteten sich die Asche- und Rauchwolken. Schon jetzt verschwand der gesamte obere Bereich des Canyons hinter dunklem Qualm.

Sie konzentrierte sich auf die Herausforderung, die vor ihr lag. Der Treffpunkt, den Jack ausgewählt hatte, lag drei Meilen im

Südwesten und war von ihrer jetzigen Position durch extrem unwegsames Gelände getrennt. Aber es brachte nichts, jetzt darüber nachzudenken. Egal, wie stark ihre Schmerzen waren, am Ende lief alles darauf hinaus, einen Fuß vor den anderen zu setzen, immer und immer wieder.

Am Boden des Canyons angelangt, legte sie eine Pause ein.

Im Moment hatte sie das FBI abgehängt, aber das würde nicht so bleiben. Und wenn die Verfolger ihre Spur wieder aufnahmen, würden sie Hunde mitbringen. Janet holte aus ihrem Rucksack den Beutel, in dem sich die mit Strychnin versetzten Hackfleischbällchen befanden. Sie verteilte einige der Köder entlang und zu beiden Seiten ihres Weges. Den Rest packte sie wieder ein, um sie später auf ihrer Fährte auszulegen.

Sie schleppte sich weiter, um eine Kurve im Canyon und in einem ausgetrockneten Bachbett den Gegenhang hinauf, wobei sie meist natürliche Senken und dichtere Vegetationsinseln als Deckung nutzte. Ihre Muskeln verhärteten sich mit jedem Schritt, bis sie schließlich zu humpeln begann und das verletzte linke Bein nachzog.

Ihre Gedanken wanderten zurück nach Dahlonega in Georgia und zu dem dortigen Mountain Ranger Camp. Camp Merrill. Sie hatte als erste Frau überhaupt die Schulung zum Army Ranger erfolgreich abgeschlossen. Obwohl es ein inoffizieller Kurs gewesen war, hatten sie das volle Training unter der Führung von richtigen Ranger-Ausbildern mitgemacht. Neun Wochen Hölle begannen in Fort Benning, führten in die Berge von Georgia und gipfelten schließlich in den Sümpfen an der Nordwestküste von Florida.

Dreiundzwanzig der siebenundneunzig Teilnehmer ihres CIA-Spezialtrainings waren Frauen gewesen. Und von diesen Frauen hatte sie als Einzige die Prüfung bestanden, zusammen mit zweiundvierzig männlichen Kollegen. Der einzige Unterschied bei der Verleihung der Urkunden war ein kaum erkennbares Nicken von einem der Ausbilder gewesen – und dennoch eine Geste, die ihr damals unendlich viel bedeutet hatte. Dieses Nicken hieß so viel wie »Gut gemacht, Ranger!«.

Immer einen Fuß vor den anderen setzen, das war es, was einen Ranger ausmachte. Ranger gaben niemals auf, auch dann nicht, wenn die Lage aussichtslos erschien. Sie hatten weder an der Pointe du Hoc aufgegeben, damals im Zweiten Weltkrieg, noch sehr viel später in Somalia, und sie gaben auch jetzt nicht auf. Und obwohl Janet nie einer richtigen Ranger-Einheit angehört hatte, würde sie sich nicht von Schmerzen und Erschöpfung zur Aufgabe zwingen lassen. Sie würde nie eine Uniform mit dem Ranger-Abzeichen tragen, aber es war wie auf ihre linke Schulter eingebrannt, und es gab ihr Kraft, sich weiterzuquälen, dem Treffpunkt und Jack entgegen.

Als die Nacht hereinbrach, verteilte Janet die restlichen Hackfleischbällchen und ließ den leeren Beutel einfach fallen. Sie konnte nicht mehr abschätzen, wie lange sie noch zu gehen hatte. Die Schwäche hatte ihren ganzen Körper erfasst und sich einen Weg bis in ihre Seele gebahnt. Sie fühlte sich so elend wie ein verlassenes Katzenbaby.

Janet wusste nicht mehr, wann sie begonnen hatte, auf allen vieren zu kriechen. Und mit jedem Vorwärtstaumeln wurde klarer, dass sie es nicht schaffen würde. Aber sie gab nicht auf. Sie hatte den Tod vor Augen, doch sie würde bis zum letzten Atemzug versuchen, zu der Stelle zu gelangen, die sie als Treffpunkt vereinbart hatten.

Es schien, als hätte sie nur kurz geblinzelt, aber dann merkte sie, dass sie in den Sternenhimmel starrte. Irgendwie war sie zur Seite gekippt, auf den Rücken gerollt und ohnmächtig geworden. Ein paar Sekunden lang versuchte sie sich aufzurichten, aber es gelang ihr kaum, den Kopf zu heben, bevor sie wieder zu Boden sackte.

Plötzlich war er da. Das verdeckte Licht seiner Handlampe warf einen rötlichen Schein auf sein Gesicht, während er ihren Körper abtastete. Ein stechender Schmerz durchzuckte ihren Oberschenkel, als Jack den Druckverband löste und erneuerte. Dann war sein Gesicht ganz nahe.

»Bleib wach, bis ich wiederkomme. Du darfst auf keinen Fall einschlafen. Hast du das verstanden?«

Janet rang sich ein Lächeln ab. »Verstanden.«

Und als er auf sie herunterblickte, sah sie es: das rote Flackern, das aus der Tiefe seiner Pupillen aufstieg.

Dann wandte sich Jack ab, um nach ihren Verfolgern Ausschau zu halten. Als er auf dem schmalen Weg verschwand, den sie bis hierher zurückgelegt hatte, stahl sich endlich ein echtes Lächeln über Janets Züge. Ihre Jäger waren in diesem Moment zu Gejagten geworden. Mitten in der Schwärze der Nacht wogte eine alles verschlingende Finsternis auf sie zu – und sie wussten es nicht einmal.

KAPITEL 24

Jim »Großer Bär« Pino war seit ewigen Zeiten nicht mehr hier gewesen. Und als das Bodenblech seines Jeep Cherokee über die Felsen schrammte, fiel ihm auch der Grund dafür wieder ein. Was sich in dieser Ecke des Reservats stolz Straße nannte, wäre in anderen Teilen der Welt bestenfalls als Ziegenpfad durchgegangen. Die letzten Monsunregen hatten alles nur noch schlimmer gemacht. Dass er den Weg dennoch entlangrumpelte, hatte mit dem Traum zu tun.

Letzte Nacht nämlich war ihm seine Großmutter im Traum erschienen, und sie hatte ihn in diese zerklüftete Canyon-Gegend geführt. Stumm war sie vorausgegangen, und als Großer Bär sie in ihrem hirschledernen Zeremonialgewand und mit dem wallenden grauen Haar durch den Canyon schreiten sah, hatte ihn eine tiefe Furcht ergriffen.

Dann war die alte Frau unvermittelt stehen geblieben und hatte mit einer weit ausholenden Armbewegung auf das Land ringsum gedeutet. Und vor ihm lagen, wohin er auch blickte, die Navajos, die er sein Leben lang gekannt hatte. Sie lagen auf riesigen Ameisenhaufen, nackt und mit Pfählen durch Hände und

Füße an den Untergrund gefesselt. Aber die winzigen Dinger, die zu Tausenden über ihre Körper wuselten und in die klaffenden Fleischwunden eindrangen, die man ihnen zugefügt hatte, waren keine Ameisen, sondern etwas anderes. Etwas, das sein Volk dazu brachte, sich die Lunge aus dem Leib zu schreien.

Großer Bär war schweißgebadet aufgewacht. Er hegte wenig Zweifel an der Beschaffenheit der wuselnden Winzlinge, die er im Traum gesehen hatte. Die Dinger waren die gleichen Minimaschinen, die ihm sein Freund Dr. Eddy Oneta unter dem Mikroskop gezeigt hatte, als er ihm die Kautabakdose mit dem Blut der Highway-Mordopfer zur Untersuchung gebracht hatte.

Die meisten Menschen hätten den Traum lediglich als Resultat jener erschütternden Ereignisse sowie der gestrigen Nachrichten von den misslungenen FBI-Einsätzen in Los Alamos gewertet. Nicht jedoch Großer Bär. Über die Jahre hinweg hatte er höchstens ein halbes Dutzend so unglaublich detaillierter Träume erlebt, und jedes Mal hatten diese Träume ein schreckliches Ereignis angekündigt. Deshalb nahm er die Warnung ernst.

In dem Traum hatte seine Großmutter über die schreienden Navajos hinweg auf etwas in weiter Ferne gedeutet. Großer Bär war aufgewacht, bevor er erkennen konnte, was sie meinte, aber die Lösung des Rätsels lag hier draußen in den schroff abfallenden Canyons. Dessen war er sicher.

Jenseits der fernen Hügel im Südwesten des Reservats stieg ein gewaltiger Rauchpilz in den Himmel, eine Folge des Waldbrands, der in den Canyons nahe Los Alamos wütete. Wer immer dem FBI in Los Alamos entwischt war, hatte es diesen Arschlöchern richtig gegeben.

CNN berichtete rund um die Uhr von dem fehlgeschlagenen Einsatz und nannte ihn das schlimmste Desaster in der Geschichte des FBI. Erst gegen Morgen hatte sich das volle Ausmaß der Katastrophe gezeigt: Die FBI- und Antiterror-Spezialkräfte beklagten neben zahlreichen Verwundeten insgesamt zweiundzwanzig Tote. Auch eine Reihe von Zivilisten waren im Laufe der Schießereien verletzt worden, die bei Fuller Lodge begonnen und sich bald in die Canyons außerhalb der Stadt verlagert hatten. Und als wäre das noch nicht genug, hatten die Verfolgten auf ihrer Flucht vorsätzlich einen Waldbrand gelegt.

Schlimmer noch, zumindest aus FBI-Sicht, war das Entkommen der Killer, obwohl es unter ihnen offensichtlich eine Schwerverletzte gab. Jetzt war eine der umfangreichsten Verfolgungsjagden in der Geschichte der USA im Gange, doch sie wurde erheblich durch das Feuer behindert, das sich rasend schnell ausbreitete und zu einer ernsthaften Gefahr für Los Alamos und White Rock entwickelte. Der einzige Lichtblick aufseiten der Bundespolizei war die erfolgreiche Razzia in Santa Fe gewesen, bei der zwei weitere Mitglieder jenes Undercover-Teams starben, das angeblich verdeckt für den früheren NSA-Direktor Admiral Jonathan Riles gearbeitet hatte.

Als sich der Cherokee um eine Windung des steil ansteigenden Weges quälte, stieg Großer Bär auf die Bremse und hielt an. Weiter vorn hatte ein Steinschlag die enge Fahrspur verschüttet. Nun, früher oder später hätte er ohnehin zu Fuß weitergehen müssen, da das Hinterland selbst für einen Geländewagen zu unwegsam war.

Großer Bär zog den Zündschlüssel ab, kletterte ins Freie und wartete einen Moment, bis sich sein Gehör an die Umgebung gewöhnt hatte. Seit er den Motor ausgeschaltet hatte, lag eine nahezu vollkommene Stille über dem Canyon-Gebiet.

Die leichte Morgenbrise würde sich im Laufe des Tages zu einem kräftigen Wind auswachsen und den Feuerwehren rund um Los Alamos mächtig zu schaffen machen. Und es war Hitze angesagt, mit mehr als dreißig Grad Celsius auch oberhalb siebentausend Fuß. Großer Bär griff sich seine .30-30 Winchester und die Feldflasche vom Beifahrersitz, zog die Handbremse an und schlug die Tür hinter sich zu.

Wenn sich seine Intuition bewahrheitete, würde ihm die Waffe nicht viel nützen. Die Winchester war ein Sattelgewehr, das auf größere Entfernungen ziemlich streute. Aber sie war leicht, und sie lag gut in seiner Armbeuge.

Großer Bär verließ den Weg und wählte eine direktere Route durch das unebene Gelände, die ihn schneller zu seinem Ziel bringen würde, als es der Jeep getan hätte, selbst wenn er nicht auf diesen Steinschlag gestoßen wäre. Dennoch musste er etwas mehr als fünf Meilen zurücklegen, um an die Stelle zu gelangen, die er im Traum gesehen hatte. Wie es danach weiterging – wer konnte das schon sagen?

Für einen Mann von seiner Statur erschien es beinahe unnatürlich, wie schnell und lautlos sich Großer Bär über das holprige Terrain bewegen konnte. Es war eine Fähigkeit, die Amerikanern mit indianischen Wurzeln keineswegs angeboren war, denn die meisten Angehörigen seines Volkes machten heutzutage in der freien Natur einen solchen Lärm, dass sie jede Büffelherde in Panik versetzen würden. Aber Großer Bär hatte viel Zeit damit verbracht, die Lebensweise seiner Vorfahren zu pflegen und weiterzugeben, und mittlerweile waren ihm die Traditionen der Ahnen zur zweiten Natur geworden.

Hier draußen fühlte er sich daheim, weit weg von allen Menschen, nur von Pflanzen und Tieren umgeben. Und die Unberührtheit der Landschaft hatte nicht nur damit zu tun, dass er sich auf Navajo-Gebiet befand. Das hier war New Mexico, wo es noch weite Landstriche ohne asphaltierte Highways und menschliche Siedlungen gab. Selbst die ausgedehnte Verfolgungsjagd hatte sich nicht bis in diese Gegend erstreckt, sondern auf das zerklüftete Land des Bandelier-Naturparks südwestlich von Los Alamos und White Rock konzentriert. In diese Richtung war offenbar der Killer, ein gewisser Jack Gregory, geflüchtet, als die FBI-Leute seine Spur verloren.

Großer Bär schüttelte den Kopf. Die Spur verloren. Lachhaft. Wenn nur halbwegs stimmte, was ihm zu Ohren gekommen war, dann hatte dieser Jack Gregory die Nacht damit verbracht, FBI-Agenten zu jagen und in den Kopf zu schießen. Ein Reporter hatte berichtet, die Sache sei so aus dem Ruder gelaufen, dass man die Suche nach Mitternacht abgebrochen und einen Verteidigungsring gebildet habe, um in der Dunkelheit nicht noch mehr Agenten zu verlieren. Da auch Feuerwehrleute keinen Zutritt in das abgeriegelte Gelände bekamen, hatte sich der Waldbrand ungehindert ausbreiten können, bis er völlig außer Kontrolle geraten war.

Die ganze Angelegenheit stank gewaltig nach einer Vertuschungsaktion.

Einem Regierungssprecher zufolge hatte Jack Gregory vor einigen Monaten ein Agententeam in der Umgebung von Los Alamos zusammengestellt, um Informationsmaterial zu sammeln, das gegen die Veröffentlichung der Rho-Schiff-Technologien verwendet werden konnte. Gregory und seine Leute hatten angeblich im Auftrag von Admiral Riles gearbeitet, der der Ansicht gewesen war, die Nutzung der neuen Erkenntnisse sollte ausschließlich dem Militär und den Geheimdiensten der USA vorbehalten sein. Im Laufe der Zeit hatte sich die Gruppe zu einer fanatischen und extrem gewalttätigen Miliz entwickelt, die fest entschlossen schien, einen Regierungsumsturz herbeizuführen. Gestern nun hatte Gregory völlig durchgedreht und in einem Amoklauf eine Reihe von FBI-Agenten durch Kopfschüsse getötet.

Großer Bär dachte zurück an den Truck-Hinterhalt, bei dem er als Erster vor Ort gewesen war. Man hatte Fahrer und Beifahrer ebenfalls in den Kopf geschossen, aus dem Führerhaus geschleift und dann enthauptet. Aber das Blut am Schauplatz des Verbrechens hatte gezeigt, dass die Männer noch gelebt hatten, als man ihnen die Köpfe abschlug, und das, obwohl sich zu der Zeit bereits Teile ihrer Gehirnmasse im Innern der Fahrerkabine befunden hatten.

Außerdem war da das Blut, das er in die Kautabakdose geschöpft hatte, das mit winzigen Maschinen durchsetzte Blut, das er in Dr. Onetas Mikroskop betrachtet hatte. Und es gab noch mehr verdächtige Dinge. Der Anrufer auf dem 911-Band, das Yolanda Martinez ihm vorgespielt hatte, deutete an, dass mit diesem Blut etwas nicht stimmte, etwas, das die Regierung geheim zu halten versuchte.

In Verbindung mit den jüngst bekannt gewordenen Serienmorden war Großer Bär zu einem äußerst beunruhigenden Schluss gelangt. Im Los Alamos National Laboratory geschahen Dinge, die so gefährlich waren, dass sie ein hoch qualifiziertes Agententeam dazu gebracht hatten, Hochverrat zu begehen und sich gegen die Regierung zu stellen, um dem verbotenen Treiben ein Ende zu bereiten. Und nun wurden diese Leute – angefangen bei Admiral Riles – der Reihe nach ausgeschaltet. Konnte er das beweisen? Nein, aber es erschien logisch.

Der Canyon machte einen Knick und fraß sich wie ein langer, schartiger Riss in den westlichen Rand der Hoch-Mesa. In diese gigantische Spalte drang Großer Bär ein. Mit lautlosen Schritten folgte er dem schmalen Pfad, den er letzte Nacht im Traum zurückgelegt hatte, und es hätte ihn nicht gewundert, wenn plötzlich seine Großmutter aufgetaucht wäre, um ihm den Weg zu weisen. Schon hatte die Sonne den Zenit um einiges überschritten. Von den Steilwänden und schroffen Felsnadeln fielen lange Schattenfinger in die Schlucht. Die Kühle wäre willkommen gewesen, aber die Dunkelheit, die nach ihm griff, wirkte tiefer als normale Schatten. Großer Bär suchte die hohen Klippen zu beiden Seiten des Canyons ab und richtete den Blick schließlich auf die Stelle weiter vorn, wo der Felsenpfad verflachte und die Senke breiter wurde. Keine schreienden, mit Pfählen an den Untergrund gefesselten Navajos. Aber irgendwo da draußen, ganz am Rand seiner Wahrnehmung spürte er die Anwesenheit eines anderen Geschöpfs.

Doch Großer Bär hätte den Hinweis um ein Haar übersehen, als er in den breiteren Teil des Canyons hinaustrat. Er war eben im Begriff, einem Wacholderdickicht auszuweichen, als er das Blut entdeckte. Es war nur ein Klecks auf den Nadeln am Ende eines kleinen Zweigs, der so aussah, als hätte jemand einen Pinsel in die Farbe einer Malerpalette gestupst. Und der Blutfleck konnte nicht älter als zwei Stunden sein.

Großer Bär bewegte sich in einer langsamen Spirale nach außen, den Blick auf den Boden geheftet. Die Geschichte, die diese Fährte erzählte, jagte ihm einen Schauer über den Rücken. Ein Mann war hier vorbeigekommen, und er hatte jemanden getragen. Ohne dieses zusätzliche Gewicht hätte Großer Bär seine Spur wohl überhaupt nicht bemerkt. Zwischen den einzelnen Blutspritzern war hier und da ein Stein zur Seite gesprungen oder eine Pflanze geknickt. Sonst nichts. Der Fremde, wer immer es sein mochte, hinterließ so gut wie keine verräterischen Zeichen.

Die Geisterfährte führte ihn von der Talsohle in den unwegsamsten Teil des Canyons. Alles deutete darauf hin, dass der Mann in großer Eile gewesen war. Die Spur verriet den Grund. Die Person, die er trug, war verwundet und verlor viel Blut.

Plötzlich erstarrte Großer Bär und spannte alle seine Sinne an. Obwohl er nichts sah oder hörte, spürte er, dass jemand ganz in seiner Nähe war.

Der Navajo richtete sich hoch auf und sagte mit klarer, lauter Stimme:

»Entweder Sie drücken ab, oder Sie kommen aus Ihrem Versteck und reden mit mir!«

KAPITEL 25

Der Wind fuhr in die Wacholderzweige, schob sie einen Moment lang vor die Sichtlinie und verdeckte die Gestalt, die er ins Fadenkreuz genommen hatte. Der Fremde bewegte sich zielstrebig den Hang entlang. Er folgte der Fährte mit gesenktem Kopf und bückte sich gelegentlich bis zum Boden, um einen Hinweis genauer zu betrachten. Offensichtlich ein Indianer und obendrein, wie es schien, ein Stammespolizist. Wie auch immer, er war gut. Verdammt gut.

Vermutlich hätte ihn nicht einmal Harry im Spurenlesen übertroffen. Aber Harry war tot, ein Opfer dieses Verrückten, der sich der Lumpenmann genannt hatte. Auch die übrigen Leute seines Teams hatte es erwischt, alle bis auf Janet, und wenn das Glück ihn weiterhin im Stich ließ, würde sich die beste aller Partnerinnen bald zu ihnen gesellen.

Jack wandte seine Aufmerksamkeit wieder dem Indianer-Cop zu, der ihm hartnäckig auf den Fersen blieb. Was machte der Mann allein hier draußen? Weshalb rief er nicht die Helikopter und Scharen von Spezialagenten zu Hilfe, wenn er schon seine

Fährte aufgespürt hatte? Nun, Jack blieb keine Zeit für neugierige Fragen. In wenigen Sekunden musste der Mann das Dickicht verlassen, in dem er verschwunden war, und dann würde Jack ihn ins Land seiner Väter schicken.

Der Stammes-Cop trat auf die Lichtung hinaus. Jack nahm die Kehle des Mannes ins Fadenkreuz. Bei dem abwärts gerichteten Schuss aus etwa hundertfünfzig Metern Entfernung würde die Flugbahn der Kugel dreieinhalb Zoll über dem anvisierten Punkt und damit genau zwischen den Augenbrauen des Mannes enden. Eben als er den Zeigefinger an den Abzug legte und die Muskeln anspannte, richtete sich der Indianer auf und schaute genau zu dem Gebüsch, hinter dem Jack in Deckung gegangen war.

»Entweder Sie drücken ab, oder Sie kommen aus Ihrem Versteck und reden mit mir!«

Der Mann stand einfach da, mit seinem glatten, bis auf den Rücken fallenden Haar – groß und unerschrocken. Unglaublich!

Jack erhob sich, trat ins Freie und kam mit langen Schritten auf den Mann zu, der ihn am Fuß des Abhangs erwartete. Als er noch etwa zehn Meter von dem Indianer entfernt war, erkannte er ihn. Es war der Typ, den er in den Nachrichten gesehen hatte, der Stammes-Cop, der als Erster am Schauplatz des Truck-Hinterhalts aufgetaucht war und der den FBI-Leuten beträchtliche Probleme bereitet hatte, als sie versucht hatten, ihn einzuschüchtern und zum Mitspielen zu zwingen.

»Jack Gregory, nehme ich an.« Der Stammespolizist spuckte einen dünnen Strahl Kautabaksaft aus.

»Stimmt«, entgegnete Jack. »Und Sie sind?«

»Sergeant Jim Pino.«

»Ah ja. Ich habe Sie im Fernsehen gesehen.«

»Sie kommen selbst ziemlich groß in den Medien raus.«

»Und Sie hielten es dennoch für eine gute Idee, mir ganz allein zu folgen?«

»Lassen wir den Quatsch. Mir geht es um die Dinge, die ich am Schauplatz der Morde vorfand.«

»Und was haben Sie vorgefunden?«

»Genau das, was jemand dort vorfinden sollte.«

»Deshalb hat das FBI Sie so hart angefasst? Um herauszukriegen, ob Sie den Behörden etwas verschwiegen hatten?«

»Eher nicht. Das haben sie getan, weil ich Navajo bin. Um die Rothaut in ihre Schranken zu weisen.«

»Mit anderen Worten, dass Sie an Verbrechensschauplätzen, für die das FBI zuständig ist, nichts zu suchen haben?«

»So scheint es.«

»Angenommen, ich mag ebenfalls keine Indianer-Cops?«

»Das spielt jetzt keine Rolle. Sie wissen etwas, das Sie in den Augen der Regierung zu einem Todeskandidaten erster Klasse macht. Und nach allem, was sich im Blut dieser toten Sicherheitsleute fand, wüsste ich auch gern, worum es hier geht.«

Jack antwortete nicht gleich. Dem Mann, der vor ihm stand, musste klar sein, dass er so gut wie tot war, und doch hatte er den Nerv, Auskunft von Jack zu fordern.

Pino spuckte erneut Kautabaksaft aus. »Wo ist die Frau? Tot?«

Also hatte der Stammes-Cop die Fährte richtig gelesen. Dreißig Meter oberhalb von Jacks ursprünglichem Versteck lag Janet und kämpfte um ihr Leben. Warum verschwendete er eigentlich seine Zeit für dieses Gespräch? Konnte es sein, dass er nur den Augenblick hinauszögerte, in dem er seine Entscheidung treffen musste, ein Schritt, der ihn härter ankommen würde als jede bisherige Entscheidung?

»Sie wird tot sein, wenn ich noch lange hier herumstehe und mit Ihnen rede.«

»Ich kenne einen sicheren Ort ganz in der Nähe, eine alte Höhle tief in den Klippen. Sie werden ein Versteck brauchen und einen vertrauenswürdigen Helfer, der Sie mit dem Nötigsten versorgt.«

Jack lachte und richtete die Waffe auf Jim Pinos Brust. »Und wenn ich mich einverstanden erkläre, dass Sie uns dorthin bringen, und Sie anschließend gehen lasse, werden Sie sich um uns kümmern?«

Pinos schwarze Augen waren ruhig auf ihn gerichtet. »Tun Sie, was Sie für richtig halten.«

Jacks Stimme bekam einen harten Klang. »Also, Jim –«

»Meine Freunde nennen mich Großer Bär.«

»Also, Jim«, fuhr Jack fort, »es war mutig, mir allein zu folgen, und Sie haben mich mit Ihrer Bemerkung über das Blut der toten Sicherheitsleute neugierig gemacht. Das heißt noch nicht, dass ich Ihnen vertraue.«

»Okay.«

Erneut zögerte Jack einen Moment. Irgendetwas drängte ihn immer noch, Pino zu erschießen. Aber hin und wieder musste man ein Risiko eingehen ...

»Ich mache Ihnen einen Vorschlag. Bringen Sie mir morgen kurz vor Einbruch der Dunkelheit ein paar Vorräte hierher. Ich überlege mir inzwischen Ihr Angebot.«

»Und was ist mit den Informationen, die ich benötige?«

Jack schwenkte den Lauf der Waffe. »Morgen.«

Mit einem Achselzucken wandte sich Jim Pino ab und ging den Weg zurück, ohne sich ein einziges Mal umzudrehen. Jack schaute ihm nach, bis er um eine Biegung im Canyon verschwunden war. Dann kletterte er den Steilhang hinauf bis zu der Stelle, wo er Janet zurückgelassen hatte.

Sie hatte sich nicht bewegt. Jack beugte sich über sie und erschrak. Das schwache, aber gleichmäßige Auf und Ab ihrer Atemzüge war einem Rasseln tief in der Brust gewichen. Als er ihre Wange berührte, hinterließen seine Fingerspitzen blasse Abdrücke, die keine Farbe mehr annahmen.

Jack ging zu Janets Rucksack und suchte darin herum, bis er drei Spritzen und eine Nadel fand. Sein Entschluss stand fest, obwohl er nur ungern über das nachdachte, was er jetzt vorhatte. Vielleicht brachte der Versuch sie um, oder vielleicht musste er sie später umbringen, selbst wenn die Sache funktionierte, aber Jack würde sie nicht hier liegen lassen, bis die eigenen Körperflüssigkeiten sie erstickten.

Die Ampullen waren mit einem blauen Alkoholmarker beschriftet. Priest. Fahrer. Wachtposten. Das massiv mit Nanomaschinen des Rho-Projekts befallene Blut war längst aufgetaut. Drei verschiedene Behälter. Vielleicht drei verschiedene Blutgruppen.

Höchstwahrscheinlich war das Blut längst umgekippt, und

die Nanomaschinen hatten ihre Wirkungskraft verloren. Aber selbst wenn sie noch funktionierten, konnte Janet wie Priest dem Wahnsinn verfallen. Jack atmete tief durch, als er die Nadel auf eine der Ampullen setzte und in Janets Armvene einstach. Egal. Sie sollte diese letzte Chance bekommen.

KAPITEL 26

Die Nacht nach dem Bericht über die massiv fehlgeschlagene FBI-Razzia verbrachte Jennifer wie die meisten ihrer Nächte in der Sternenschiff-Höhle.

Ein dumpfes Pochen pulsierte durch die Kaverne, betont durch die wechselnde Intensität des Magentaschimmers, der von dem Schiff der Aliens ausging. Jennifer, die sich auf einer der Konturenliegen des Kommandodecks ausgestreckt hatte und die Bordcomputersysteme erkundete, war so versunken in die Holobilder, die ihr Geist aufnahm, dass sie die Veränderung nicht bemerkte. Auch als sie sich von der Liege erhob und durch das Loch im Rumpf nach unten kletterte, fiel ihr nichts Besonderes auf.

Sie erreichte den Raum, den sie als Medizinlabor bezeichnete, und ging schnurstracks auf die Tür zu, die den Zugang zum inneren Teil des fremden Schiffs blockierte und sich bisher allen Öffnungsversuchen widersetzt hatte.

Jennifer stoppte mit leerem Blick, die Arme schlaff zu beiden Seiten des Körpers nach unten hängend und den Kopf ein wenig nach links geneigt, als spürte ein Teil ihres Unterbewusstseins, dass diese Tür ein Problem darstellte. Plötzlich setzte sie ihren Weg fort, mitten durch die Wand, die nicht mehr Substanz zu haben schien als das Hologramm, das den Höhleneingang tarnte.

Der Raum dahinter war kleiner als das Medizinlabor und voll von transparenten Röhren unterschiedlicher Dicke, die an die Tentakel einer psychedelischen Seeanemone erinnerten. Jede der Röhren wurde von vielfarbigen pulsierenden Lichttröpfchen durchströmt. Tausende dieser Plasmaperlen schwebten aufwärts und umkreisten einander an den Verbindungsstellen der Röhren, wie ein riesiger Bienenschwarm, der in einem Schwänzeltanz Informationen austauschte.

Inmitten dieses Geflechts aus Plasmaröhren wartete eine größere Kopie des Untersuchungstisches aus dem Medizinlabor. Jennifer nahm darauf Platz, so locker wie in ihrem eigenen Bett. Und als sie sich gegen das glatte Material schmiegte, wuchsen winzige Ausläufer aus den Röhren ringsum und tasteten sich ihren Körper entlang, bis sie die Nervenenden gefunden hatten, mit denen sie eine Verbindung eingehen wollten. Die Ausläufer verzweigten sich, bis es Tausende waren, Millionen. Und sie alle leuchteten von innen heraus.

Als die letzten dieser Tentakel zur Ruhe kamen, begann ein neues Licht durch den Raum zu pulsieren, das um mehrere Größenordnungen intensiver war als zuvor. Und in der Umklammerung der Liege begann sich Jennifers zarter Körper in Krämpfen zu winden.

Zehn Meilen entfernt bäumten sich Heather und Mark so wild in ihren Betten auf, dass die Metallrahmen hart gegen den Boden schlugen. Aber nicht hart genug, um den Traum zu vertreiben.

KAPITEL 27

Dr. Stephenson mochte ein brillanter Wissenschaftler sein, aber seine Talente als Chirurg waren bestenfalls rudimentär. Es war jetzt klar, weshalb er keine direkten Gehirnoperationen vornahm. Obwohl er sich gründlich mit den Technologien der Außerirdischen befasst hatte, benutzte er nur Nervenenden, die er auch ohne komplizierte chirurgische Eingriffe erreichen konnte. Dabei hatte Stephenson von Anfang an auf Schmerz- und Narkosemittel verzichtet, da die Nanomaschinen in Rauls Körper die Wirkung solcher Medikamente weitgehend aufhoben. Entweder das, oder es war ihm schlicht egal, was Raul empfand. Und wenngleich die Nanos dem Jungen die Schmerzen nicht ersparten, so hatten sie ihn doch am Leben erhalten.

Als Raul an sich hinabstarrte auf das Gewirr von Schläuchen und Leitungen, drang die Trauer mit der Wucht eines Vorschlaghammers auf ihn ein. Stephenson hatte seine Beine in Hüfthöhe abgetrennt und ihn so mit dem Kabelgeschirr der Aliens verbunden, dass er sich nur auf dem Bauch liegend mit den Armen vorwärtsschleppen konnte, während das Bündel an elastischen Verbindungen hinter ihm her schleifte.

Nicht, dass es ihn allzu sehr störte. Der »Wurmfortsatz« gab ihm einen Spielraum von zwei Dutzend Metern im Umfeld der zentralen Schiffsmaschinerie, an die er gefesselt war.

Das reichte, um in die Ecke zu gelangen, wo sein Proviant gestapelt war – Kisten mit Militärrationen für mindestens ein Jahr, dazu jede Menge Plastikflaschen mit Wasser. Außerdem gab es in dem Raum den Luxus einer Campingtoilette, die aus einem Klappstuhl mit Brille und Plastikbeuteln zum Auffangen seines jeweiligen Geschäfts bestand. Danach musste man die Beutel nur noch in einen Behälter kippen, den er als *Abfalltonne* bezeichnete, der in Wahrheit jedoch ein raffinierter Materieprozessor war, in dem die Inhaltsstoffe aufbereitet und zur späteren Umwandlung in Energie in den Brennstoffspeicher des Schiffs transferiert wurden. Nichts wurde verschwendet. Alles endete irgendwann als Treibstoff: Müll, Exkremente, alles.

In Anbetracht der physischen Einschränkungen, unter denen Raul litt, war das ein Segen.

Immerhin waren ihm seine Arme und Hände geblieben. Weshalb der gute Doktor darauf verzichtet hatte, auch die oberen Gliedmaßen abzutrennen, konnte er nicht sagen. Aber der bloße Gedanke, seine restliche Beweglichkeit einzubüßen, entsetzte ihn mehr als die erlittenen Schmerzen und die Verstümmelungen, die er zu ertragen hatte.

Raul wusste nicht genau, was sich Dr. Stephenson davon versprach, möglichst viele seiner Nervenenden an die Maschinerie des Sternenschiffs anzuschließen, doch allmählich ahnte er, worum es ging. Stephenson versuchte, sein Gehirn als hoch entwickeltes Interface zu den beschädigten Bordcomputern zu nutzen.

Anfangs hatte Raul, von den Schmerzen abgesehen, keine Reaktion auf die in seine Augenhöhle eingesetzte Verbindung gespürt. Erst Stunden später, nachdem das Schreien in seinem Kopf verstummt war, hatte er die Anomalie bemerkt. Fast hätte er sie für eine Einbildung gehalten, für ein Nebenprodukt des Wahnsinns, in dem er zu versinken drohte.

Es war nur der Schatten einer Bewegung am Rande seines Gesichtsfelds, ein fremdes Etwas, das sich auflöste, als er sich darauf zu konzentrieren versuchte. Dann erschien es von Neuem, kam allmählich näher, als hätte es Zutrauen gefasst, während es durch die dunklen Nischen seines Geistes wuselte, sie erforschte, ohne sich selbst dem Beobachter zu erkennen zu geben.

Aber erst nach der Amputation der Beine hatten die Träume begonnen. Sie als lebhaft zu beschreiben, wurde der Sache bei Weitem nicht gerecht. Sie ergaben keinen Sinn; waren nichts als eine Aneinanderreihung unglaublich klarer Formen in einer farblosen Grauskala. Raul konnte die Szenen spüren, fast wie Erweiterungen seines eigenen Körpers. Manchmal gingen die Träume weiter, wenn er längst wach war, und dann vermischten sich die bizarren Bilder und Gefühle mit der Realität, die ihn umgab.

Vielleicht hatte ihn der Wahnsinn bereits fest im Griff. Aber wenn das der Fall war, weshalb wirkte Dr. Stephenson dann so erfreut über die Fortschritte, die er machte?

Raul schleppte sich bis ans Ende seiner Fessel. Er spürte die Anspannung in den Armen, als er sich vom Boden hochstemmte. Seine Muskeln wurden zunehmend kräftiger. Wenigstens hielt ihn das Stasisfeld nicht mehr fest. Er verharrte ein paar Sekunden, dann machte er kehrt und hievte sich in die Gegenrichtung, wie ein missgestaltetes Raubtier, das in seinem Käfig langsam auf und ab tigerte.

Stasisfeld oder nicht, Raul war gefangen.

KAPITEL 28

Während der Rückfahrt nach New York hatte Freddy die ganze Zeit über in freudiger Erwartung geschwelgt. Und diese Erwartung hatte sich erfüllt. Die Story seines Lebens brachte ihm tatsächlich einen Riesenjob bei der *New York Times* ein.

Und jetzt das!

Freddy Hagerman trat so heftig gegen den Abfalleimer aus Chrom, dass dieser umkippte und seinen Inhalt quer durch die Küche bis ins Wohnzimmer seines schicken East-River-Apartments verteilte. Eigentlich hatte er nicht den Abfalleimer, sondern den Flachbildfernseher treffen wollen. Doch das konnte er sich nicht leisten, obwohl er jetzt wieder zu den Gutverdienern zählte.

Scheiße! Jetzt durfte er das ganze Zeug zusammenklauben.

Sein Blick wanderte zum Fernsehschirm und der Pressekonferenz des Präsidenten zurück. Der Mann hatte seine Argumente Punkt für Punkt vorgebracht und nahm jetzt Fragen entgegen. Unglaublich! Nach dem Presserummel, dem das Weiße Haus in den letzten drei Wochen ausgeliefert gewesen war, hätte man meinen können, dass die Kabinettsmitglieder bereits Pläne für Neuwahlen und ein Leben nach dieser gescheiterten Legislaturperiode machten.

Immerhin hatte Freddys Story von den unausgereiften und illegalen Menschenversuchen mit der Nanotechnologie der Außerirdischen sie allesamt bloßgestellt. Und die verkorkste Razzia in Los Alamos hatte für den schwärzesten Tag in der Geschichte des FBI gesorgt. Obwohl es der Bundespolizei gelungen war, einige der abtrünnigen Agenten zu töten, die für Riles gearbeitet hatten, waren der Anführer der Gruppe und seine Komplizin verschwunden. Der FBI-Direktor hatte sich zwar eine ungewöhnlich scharfe öffentliche Rüge eingehandelt, aber der bereits politisch angeschlagene Präsident hatte dadurch nicht unbedingt an Ansehen gewonnen. Was Freddy nicht das Herz brach. Ganz und gar nicht.

Freddy schüttelte den Kopf. Er hätte wissen müssen, dass da irgendeine Kacke am Dampfen war. Alles war eine Spur zu glatt gegangen. Er stieg mit einem großen Schritt über den Kaffeesatz auf dem Küchenboden hinweg, schnappte sich sein Handy, stellte auf Schnellwahl-Modus und drückte die Fünf.

Die etwas schrille Stimme seiner Chefin hatte einen süffisanten Klang. »Hallo, Freddy. Ich gehe davon aus, dass Sie Ihren Fernseher anhaben.«

»Yeah, Charlotte, ich verfolge alles ganz genau.«

»Wirft die Schlussfolgerung Ihrer Superstory irgendwie über den Haufen, oder?«

»Ganz und gar nicht. Das hier ist eine Vertuschungsaktion. Ein Bockmist, wie er im Buch steht.«

»Echt?«

»Ja, echt. Eine Lügengeschichte, ausgeheckt vom Fußvolk des Präsidenten.«

»Das müssen Sie erst mal beweisen. Viel Glück dabei!«

»Dazu brauche ich eine Reisegenehmigung.« Freddy schluckte den Ärger über das herablassende Lachen der Chefredakteurin hinunter. »Ich breche gleich morgen nach Kalifornien auf. Ich will mich persönlich in dieser Klinik in Santa Barbara umsehen. Danach habe ich noch einiges in Los Alamos zu erledigen.«

Die Stille am anderen Ende der Leitung dehnte sich aus, aber Freddy wartete. Er kannte diese Powertrips. Wer zuerst den Mund aufmacht, hat verloren.

Die Anspannung wich von ihm, als Charlotte das Wort ergriff. »Okay, Freddy. Aber ich habe mich weit aus dem Fenster gelehnt, als ich Ihnen diesen Job gab, auf den ein paar verdammt gute Reporter scharf waren. Bringen Sie mir eine Sensation, sonst brauchen Sie überhaupt nicht zurückzukommen.«

Sie legte auf, bevor er antworten konnte. Blöde Kuh.

Freddy stieg erneut über den Müll hinweg, versetzte dem Abfalleimer einen zweiten heftigen Tritt und ging ins Schlafzimmer, um seinen Koffer zu packen.

KAPITEL 29

Als Heather mit dem Frühstück fertig war und ihr Zimmer so weit aufgeräumt hatte, dass ihre Mutter nichts mehr daran auszusetzen fand, war der halbe Vormittag vorbei. Es war echt absurd, dass sie sich über den Zeitverlust ärgerte. Ihre Mutter arbeitete täglich so viel für die Familie, dass es nur gerecht war, wenn Heather sie ab und zu entlastete und ein wenig mithalf. Aber heute nervte sie die Verzögerung einfach.

Mark sah sie fragend an, als sie endlich bei den Smythes aufkreuzte. »Ich dachte schon, du hättest uns im Stich gelassen.«

Heather zuckte die Achseln. »Hausputz.«

»Du?« Marks Grinsen verbesserte ihre Laune nicht unbedingt. »Wo ist Jen?«

»In der Garage. Wollte nicht länger warten. Sagte was von letzten Systemchecks, bevor wir das Zeug zerlegen und in Kisten verpacken.«

Heather nickte, während sie eilig durch die Küche auf die Tür zusteuerte, die in die Garage der Smythes führte. Sie hatten nur noch dieses Wochenende, um alles für den Transport nach Denver vorzubereiten, wo die Endausscheidung für den Nationalen Highschool-Forschungswettbewerb stattfand. Ihr Beitrag – die praktische Umsetzung der Kalten Fusion zur Energieversorgung eines Haushalts – hatte die regionalen Hürden spielend geschafft. Jetzt ging es darum, auf höchster Ebene zu punkten.

Heather hatte alle Presseberichte über die anderen Finalisten und ihre Projekte gelesen und befriedigt festgestellt, dass niemand ihnen und ihrem Experiment das Wasser reichen konnte. Nicht nur, dass ihr Versuch reibungslos funktionierte, auch ihre Dokumentation würde jeder Kritik standhalten. Nach Heathers fester Überzeugung hatten sie den Sieg bereits in der Tasche. Falls sie nicht zu guter Letzt noch etwas vermasselten.

Wie erwartet saß Jennifer am Terminal. Ihre Finger flogen über die Tastatur, die blinkenden Leuchtdioden warfen bunte Muster auf ihr Gesicht, und sie merkte überhaupt nicht, dass Heather die Garage betreten hatte. Es war verblüffend. Jen achtete nicht auf den Bildschirm ihres Laptops, sondern konzentrierte sich ganz auf ihr maßgeschneidertes LED-Panel. Es war an der seitlichen Bleiverkleidung des Tanks befestigt, in dem die Kalte Fusion ablief, und die wechselnden Farben zeigten an, wie sich die Werte in den jeweiligen Computerregistern veränderten. Jennifer dachte praktisch in einem Hexadezimalsystem.

»Erde an Doc.« Marks laute Stimme ließ Jennifer zusammenzucken. Grimmig zog sie die Mundwinkel nach unten. Gegen ihren Willen lachte Heather auf.

»Was ist?«

Heather zuckte die Achseln. »Jen, tut mir leid, dass Mark dich so rüde unterbrochen hat.«

»M-hm.«

»Und ich wollte mich auch keineswegs über dich lustig machen«, fuhr Heather fort. »Aber Mark schafft es immer wieder, dich zu bösen Grimassen zu provozieren.«

Mark schloss sich mit einem scheinheiligen Grinsen der Entschuldigung an. »Mir tut es natürlich ebenfalls leid.«

Heathers Ellbogen bohrte sich in seine Magengrube, bevor er die Bauchmuskeln anspannen konnte. Er atmete mit einem pfeifenden Geräusch aus, was Jennifer doch noch ein Lächeln entlockte.

»Hört mit dem Quatsch auf und tut endlich was! Kannst du mal einen Blick auf diese Anzeigen werfen, Heather?«

Heather ging um den Versuchsaufbau herum, blieb hinter Jennifers Drehstuhl stehen und überflog die Zahlenkolonnen der Bildschirmtabelle. Auf diesem Gebiet machte ihr niemand etwas vor. Die Anlage funktionierte weit besser, als man es normalerweise erwarten konnte. Ihre leicht abgewandelten theoretischen Gleichungen und Jennifers geradezu magische Computerbeherrschung hatten dem Ganzen den nötigen Feinschliff gegeben.

Heather richtete sich auf. »Sieht großartig aus.«

Erleichtert hob Mark beide Hände zu einer »Halleluja!«-Geste. »Gut. Dann ab in die Kisten mit dem Zeug!«

Jennifer nickte zustimmend.

Der Rest des Tages verlief in hektischer Betriebsamkeit. Jedes Teil musste vor dem Zerlegen der Anlage nummeriert und in die entsprechenden Schaubilder und Schaltpläne eingetragen werden. Dann wurden die einzelnen Komponenten sorgfältig verpackt und in Kisten verstaut. Nachdem sie die allerletzte Kiste mit je einem Exemplar der Diagramme und Inventarlisten ausgestattet und zugenagelt hatten, war Heather total erschöpft.

»Mein Gott«, keuchte sie, »sind wir wirklich fertig?«

»Nein! Oh Mist, wir haben was vergessen!«, stöhnte Mark.

Heather und Jennifer schauten sich entsetzt in der Ecke der Garage um, in der sie ihre Werkstatt errichtet hatten. Ihre Panik ließ erst nach, als sie sahen, dass Mark von einem Ohr zum anderen grinste. »Also, eure Gesichter sind einfach köstlich anzuschauen!«

Diesmal war er vorbereitet und wich Heathers Ellbogen mit einem Schritt zur Seite aus. Zu seinem Pech hatte er nicht auf Jennifer geachtet, die weit ausholte und ihn in den Oberarm boxte.

»Aua! Volltreffer!«

»Geschieht dir recht.« Jennifer funkelte ihn wütend an.

Heather presste die Lippen zusammen. »Mark, manchmal sind deine Witze voll daneben. Der hier war echt gemein.«

Bevor Mark antworten konnte, stürmte Jennifer aus der Garage. Mark schob den Ärmel seines Shirts hoch und musterte ungläubig seinen Oberarm. Heather beugte sich neugierig vor, als sie sein Erstaunen bemerkte.

Tatsächlich hatte Jennifers Faust einen großen blauen Fleck an seinem muskelbepackten Arm hinterlassen. Heather schüttelte verblüfft den Kopf. Offensichtlich war Mark nicht der Einzige, der sich zu einem Kraftpaket entwickelte.

KAPITEL 30

»Peaches! Geht's dir gut, mein kleiner Schatz? Ja, was bist du nur für ein hübsches Vögelchen! Peachy, Peachy, Peachy!«

Freddy Hagerman warf der Frau auf der anderen Seite des Mittelgangs, die verzückt in die quietschbunte Reisetasche auf ihren Knien starrte, wütende Blicke zu. Herrgott noch mal! Als hätte das Gegurre der dämlichen Tante nicht gereicht, fing jetzt auch noch ihr verdammter Piepmatz zu kreischen an. Dabei hatte er so darauf gehofft, auf dem Flug nach L. A. ein wenig Schlaf nachholen zu können.

Er hielt die Ruftaste gedrückt, bis die Chefstewardess, eine ältliche Blondine vom Typ Dragoner, auf ihn zugeschossen kam.

»Sir, es genügt, wenn Sie die Taste einmal kurz betätigen. Was kann ich für Sie tun?«

Genau in diesem Moment kreischte der Vogel wieder los. Mehrere Passagiere in den Nachbarreihen schienen das ohrenbetäubende Gezeter auch noch lustig zu finden. Freddy starrte die Stewardess grimmig an. Seine hochgezogenen Augenbrauen ließen keinen Zweifel daran, worüber er sich zu beschweren gedachte.

Die Stewardess wandte sich der Ruhestörung zu. Die Vogelmutti, eine ältere Dame Ende der sechzig, starrte so verzückt in das Drahtgeflecht der Reisetasche, dass sie weder Freddys Ärger noch das Herannahen der Flugbegleiterin bemerkt hatte.

Die Stewardess beugte sich zu ihr herunter. »Verzeihung, Ma'am, aber ich muss Sie bitten, den Käfig unter den Sitz zu stellen.«

Der Blick der Frau wäre kaum entsetzter gewesen, wenn die Stewardess ihr verkündet hätte, dass man den Vogel in Kürze zum Lunch servieren würde. Es folgte eine hitzige Diskussion, die erst endete, als sich abzeichnete, dass die Flugbegleiterin nicht daran dachte, sich einschüchtern zu lassen. Freddy betrachtete sie nun voller Respekt.

Nachdem die Reisetasche sicher unter dem Sitz verstaut worden war, hörte wie durch ein Wunder auch das Gekreische auf. Doch da entdeckte Freddy, dass er vor einem Notausgang saß und sich die Lehne deshalb nicht nach hinten kippen ließ. Die nächsten vier Stunden schlafloser Hölle verbrachte er vornübergebeugt und mit einem Krampf im Nacken, während die Vogelmutti in Hysterie ausbrach, als Peaches entdeckte, dass man den Reißverschluss der Reisetasche aufziehen konnte. Diesmal ließ sich die alte Dame erst besänftigen, als das Personal nach hektischer Suche genügend Klebeband auftrieb, um das Schlimmste zu verhindern.

Bis zu diesem Tag hatte LAX, der vielleicht unbequemste, überfüllteste Flughafen der USA, nicht zu Freddys Lieblingszielen gezählt. Aber als die Maschine diesmal ausrollte und Freddy sich erhob, um sein Handgepäck aus dem Ablagefach zu holen, hätte er auch die Hölle durchquert, um von hier wegzukommen.

Die Vogelmutti bückte sich und hob die Transporttasche mit einem geflöteten »Peachy, Peachy, Peachy!« auf den Sitz. Etwas in Freddys Blick musste in ihr den Eindruck erweckt haben, dass er unbedingt wissen wollte, weshalb sie so besorgt um den verdammten Vogel war, denn sie begann unvermittelt mit einer ausführlichen Schilderung der Ereignisse, als hätte er die Posse nicht aus nächster Nähe miterlebt.

Während sie redete und redete, geriet der Käfig auf dem Sitz hinter ihr in Schieflage und knallte mit einem dumpfen Ton auf den Boden. Die alte Dame wirbelte herum. »Peaches!«, quiekte sie entsetzt.

Als Freddy sich abwandte und den übrigen Passagieren ins Freie folgte, lag ein breites Grinsen auf seinem Gesicht. Vielleicht gab es doch noch einen Gott.

Seine gute Laune hielt jedoch nicht lange an. Denn am Schalter für Mietwagen stellte sich heraus, dass sein Name nicht auf der Gold-Club-Liste stand. Er musste mindestens eine Stunde warten, während der Angestellte herumtelefonierte und Freddys Reservierung auf die Spur zu kommen suchte. Als Freddy endlich in den Airport Boulevard einbog, war es schon 16 Uhr 30. Hauptverkehrszeit in L.A. Na super! Er konnte nur hoffen, dass seine

Anreise kein böses Omen für die Dinge war, die ihn noch erwarteten.

Um 23 Uhr 15 steuerte Freddy das Motel 6 am Rande des Camino Real in Santa Barbara an. Als er zum Empfang stolperte, um einzuchecken, fiel sein Blick auf ein Schild mit dem Slogan »Willkommen an der amerikanischen Riviera!«.

»Yeah, danke«, murmelte Freddy vor sich hin. Er ließ die Tasche fallen und hieb mit der flachen Hand auf die Klingel.

Auch wenn niemand kam, eines musste man den Leuten lassen: Sie hatten wenigstens das Licht brennen lassen.

Nachdem er die Tasche auf sein Zimmer gebracht hatte, begab er sich schleunigst in Denny's Diner gleich gegenüber, zog sich ein »Grand Slam«-Frühstück rein und spülte es mit einer halben Kanne heißem, starkem Kaffee runter. Es war 23 Uhr 53, aber er brauchte das jetzt – das und noch mehr. Freddy überflog das Cover der *Santa Barbara News Press* und vertiefte sich in die Titelstory, die sich ausführlich mit der gestrigen Pressekonferenz des Präsidenten befasste. Da sich der Präsident zum Großteil auf das Rondham-Institut für Medizinforschung bezogen hatte, das hier in Santa Barbara ansässig war, nahm der Artikel fast die gesamte erste Seite ein.

So ungern Freddy sich das eingestand, es sah ganz danach aus, als wäre seine Pulitzerpreis-verdächtige Story vom außer Kontrolle geratenen Nanomaschinen-Programm der US-Regierung ein Griff in die Kloschüssel gewesen. Wenn er in der Erklärung, die der Präsident zu diesem Thema abgegeben hatte, keinen Fehler entdecken konnte, war er geliefert. Aber das würde nicht so leicht passieren. Freddys Spezialgebiet war es, ein Haar in der Suppe zu finden. Dalia, seine letzte Gemahlin, hatte das in ihrem Scheidungsantrag sogar als seinen herausragenden Wesenszug bezeichnet.

Obwohl er den Ablauf der Dinge mittlerweile auswendig kannte, studierte Freddy die Geschichte noch mal in allen Einzelheiten. In seiner Pressekonferenz hatte der Präsident bestätigt, dass es bei der zweiten Alien-Technologie um eine medizinische Anwendung von Nanomaschinen ging. Er hatte sogar zugegeben, dass ein fehlgeleiteter Forscher des Los Alamos National Laboratory, ein gewisser Dr. Rodriguez, auf eigene Faust Nanoexperimente außerhalb des Labor-Sicherheitsbereiches durchgeführt und dabei gegen sämtliche wissenschaftlichen Vorschriften verstoßen habe. Eine seiner Versuchspersonen sei ein Geistesgestörter gewesen, der sich Priest Williams genannt und durch die Behandlung Allmachtphantasien entwickelt habe, die ihn letztendlich zu einer Serie brutaler Frauenmorde getrieben hätten.

Während ein Eingeständnis auf das andere folgte, wuchs die Spannung der versammelten Presse. Von einer Entschuldigung bis hin zur Abdankung war alles möglich. Aber nichts dergleichen geschah. Unvermittelt schaltete der Mann von oberster Befehlsgewalt auf oberste Fürsorge um, ein Schachzug, der vermutlich Machiavelli noch im Grabe grinsen ließ.

Die Versäumnisse im Fall Rodriguez und ihre schrecklichen Folgen, so der Präsident, hätten eine eingehende Untersuchung nötig gemacht. Deshalb habe er seit den schockierenden Enthüllungen mehr als eine Woche verstreichen lassen, um den Ermittlern genügend Zeit zu geben, sich gründlich mit allen Aspekten der außerirdischen Nanotechnologie auseinanderzusetzen. Nun, da ihr Bericht fertig sei, habe er unverzüglich eine Pressekonferenz einberufen, um die Öffentlichkeit ins Bild zu setzen.

Erste Tierversuche am Los Alamos National Laboratory hätten so eindrucksvolle Resultate gebracht, dass die US-Regierung einige Monate zuvor am Rondham-Institut für Medizinforschung im kalifornischen Santa Barbara eine unabhängige Studie der neuen Technologie in Auftrag gegeben habe.

Das Institut habe krebskranken Kindern, die auf normale Behandlungsmethoden nicht mehr ansprachen und keinerlei Überlebenschancen hatten, ein Serum injiziert, das mikroskopisch kleine Partikel, die sogenannten Nanomaschinen, enthielt.

Diese einfach gebauten Miniaturmaschinen besaßen zwei Funktionen: Sie entschlüsselten die DNA der Person, in deren Blutstrom sie kreisten, und versuchten anschließend Defekte, die sie gefunden hatten, zu korrigieren.

Anfangs, fuhr der Präsident fort, seien die Ergebnisse der Studie so verblüffend gewesen, dass alle Beteiligten angenommen hätten, mit den Daten stimme etwas nicht. Deshalb habe man eine neue Testreihe mit neuen Patienten unter der Aufsicht von Experten aus aller Welt durchgeführt – und die gleichen positiven Resultate erhalten. Sämtliche Versuchspersonen seien wenige Tage nach der Injektion des Serums von ihrem Krebs geheilt gewesen.

Erneut habe man die Studie ausgeweitet, diesmal auf Kinder, die an Aids und an Herz-, Lungen- oder Lebererkrankungen im Endstadium litten. Mit vollem Erfolg. Es habe weder Rückfälle noch schädliche Reaktionen des Immunsystems gegeben. Der von den Nanomaschinen unterstützte Heilungsprozess habe selbst in den hoffnungslosesten Fällen zu vollständiger Genesung geführt.

Die Regierung sei eben im Begriff gewesen, die Testergebnisse zu veröffentlichen und die bahnbrechende Nanotechnologie zur Erprobung rund um den Globus freizugeben, als Freddys Story für einen Riesenwirbel gesorgt und eine mehrwöchige Verzögerung erzwungen habe, weil es nötig geworden sei, das Programm erneut einer gründlichen Prüfung zu unterziehen. Doch nun sei der Schlussbericht fertig. Die ursprünglichen Ergebnisse hätten sich in vollem Umfang bestätigt.

Nach einer kurzen Pause hatte der Präsident noch eine Erklärung verlesen, unterzeichnet von einem ganzen Heer international anerkannter Medizinforscher und Ärzte, darunter sogar einige Nobelpreisträger, die den abschließenden Tests beigewohnt hatten. Ihr Bericht ließ keinen Zweifel zu. Jeder weitere Tag, den diese unglaublich segensreiche Technologie der Allgemeinheit vorenthalten wurde, bedeutete den unnötigen Tod von zahlreichen Menschen in aller Welt.

Freddy schüttelte den Kopf. Dieser aalglatte Bastard hatte ihn ans Messer geliefert. Obwohl es nicht direkt ausgesprochen wurde, schwebte der Vorwurf im Raum, Freddys Angst verbreitende Nanomaschinen-Story habe eine Wartezeit verursacht, der Tausende von unschuldigen Kindern zum Opfer gefallen seien. Kinder! Mist! Warum nicht irgendwelche alten Knacker, die dem Rest der Welt scheißegal waren?

Freddy klemmte sich die Zeitung unter den Arm, stand auf

und nahm einen letzten Schluck von dem mittlerweile lauwarmen Kaffee, ehe er sein Trinkgeld auf den Tisch warf und zur Kasse ging. Es wurde höchste Zeit, dass er dem Rondham-Institut für Medizinforschung einen Besuch abstattete.

KAPITEL 31

Heathers Aufregung über die Reise nach Denver zur Endausscheidung des Nationalen Highschool-Forschungswettbewerbs hätte ihr Entsetzen über die Ankündigung des Präsidenten, die Nanotechnologie der Aliens in Kürze freizugeben, nicht überlagern dürfen. Dennoch war genau das der Fall, als sie nun in der Ausstellungsebene des Colorado Convention Center stand. Heather konnte es nicht ändern, auch wenn es ihr noch so egoistisch und kurzsichtig vorkam. Sie hatten es geschafft. Ihr Projekt zur Kalten Fusion befand sich auf dem nationalen Prüfstand.

Was die andere Sache betraf, so musste sie sich einfach darauf verlassen, dass die amerikanische Regierung wusste, was sie tat.

Sie waren mit zwei Autos nach Denver gefahren, Heather mit Mom und Dad, die nicht weniger aufgeregt zu sein schienen als sie selbst, und die Zwillinge mit ihren eigenen Eltern. In der Stadt angekommen, hatten sie sich im Country Inns and Suites getroffen, wo sie alle übernachteten, und von dort einen kurzen Abstecher zum Kongresszentrum gemacht, um zu sehen, wo sie am nächsten Tag alles für das große Ereignis am Samstag aufbauen würden. Es war Donnerstagabend, und trotz der zahlreichen Studenten, die wie sie nach ihren zugeteilten Flächen für den Versuchsaufbau Ausschau hielten, kam Heather der noch leere Ausstellungssaal wie eine riesige Gruft vor, hohl und von einer dumpfen Stille erfüllt.

»Dad, Mom, ich schnappe mir Mark und Jen und sehe mich hier ein wenig um.«

Gil McFarland lächelte. »Okay, aber in einer halben Stunde treffen wir uns wieder hier. Allmählich bekomme ich Hunger, und morgen haben wir mit dem Aufbau und den Vorbereitungen einen langen Tag vor uns. Ich möchte, dass du rechtzeitig schlafen gehst.«

»Einverstanden.«

Mark und Jennifer kamen Heather vom Eingang an der Fourteenth Street entgegen.

»Du bist wie immer vor uns da«, meinte Mark.

»Tut mir leid. Mein Dad fährt einfach schneller als euer Vater.«

»Was du nicht sagst!«

Jennifer schaute sich um. »Hast du schon entdeckt, wo wir hinmüssen?«

»Ja. Die Flächen sind markiert. Wir sind dort drüben, gleich neben der Trennwand zwischen Ausstellungsraum A und F.« Heather deutete auf den Boden. »Es hieß, wir bekämen bei der morgigen Anmeldung noch genauere Anweisungen.«

Heather warf Jennifer einen prüfenden Blick zu. Ihre Freundin wirkte unruhig. Immer wieder ballte sie die schmalen Hände zu Fäusten und lockerte sie wieder. »Was ist los, Jen?«

Jennifer warf ihr einen erstaunten Blick zu. »Was soll los sein?«

»Ich weiß auch nicht. Du wirkst ein wenig angespannt.«

Mark nickte. »Yeah, so ist sie schon den ganzen Abend.«

»Ich schätze, es macht mich einfach nervös, dass wir plötzlich allein vor so vielen Leuten auftreten sollen.«

Mark lachte. »Nun übertreib mal nicht. Es gibt Hunderte von Finalisten.«

»Genauer gesagt, sind es vierundfünfzig«, korrigierte Heather. »Einer aus jedem Bundesstaat, dazu je einer aus D.C., Puerto Rico, den amerikanischen Jungferninseln und Guam. Nun ja, aber da wir schon zu dritt sind …«

»Kommt, sehen wir uns ein wenig um. Was haltet ihr davon, wenn wir außen beginnen und uns allmählich nach drinnen vorarbeiten?«

Heather nickte und schlenderte an seiner Seite los, während Jennifer ihnen mit ein paar Schritten Abstand folgte. Auch das kam Heather seltsam vor. Sie nahm sich vor, mit ihrer Freundin mal ein paar Takte unter vier Augen zu reden, um herauszufinden, was in ihr vorging.

Der Rundgang um das Gebäude bestätigte ihre ersten Eindrücke. Hochmodern, mit einer raffinierten Geometrie und viel Glas, in dem sich die ganze Schönheit des abendlichen Himmels von Colorado spiegelte.

Fourteenth Street, Champa Street, Speer Boulevard, Welton Street und dann zurück zur Fourteenth Street. Auf jeder Seite des Kongresszentrums gab es eine eigene Eingangshalle, die beiden größten am Speer Boulevard und an der Fourteenth Street und deutlich kleinere an den beiden anderen Straßen, weil man dort riesige Parkplätze angelegt hatte. Der Gesamteindruck auf Besucher aus der Kleinstadt war jedenfalls atemberaubend.

Als sie in die Eingangshalle an der Fourteenth Street zurückkehrten, klatschte Mark in die Hände und rieb sie unternehmungslustig aneinander. »Okay, Leute, auf in den Kampf!«

Heather lachte. »Gut gebrüllt, Löwe. Aber du weißt schon, dass das hier keine Sportarena ist, oder?«

»Wettbewerb bleibt Wettbewerb.«

»Was du nicht sagst! Aber wir machen uns jetzt besser auf die Suche nach unseren Eltern. Ich bin schon eine Viertelstunde über der Zeit, die ich mit Dad vereinbart hatte.«

Mark schüttelte den Kopf. »Dein Vater müsste sich allmählich an dein Zeitgefühl gewöhnt haben. Weibliche Pünktlichkeit eben.«

»Haha. Ich lach mich kaputt.«

Als sie bei ihren Eltern ankamen, blieb Heather ein wenig zurück, um ihren Schnürsenkel fester zu binden. Mark nutzte die Chance und kehrte um.

»Ich muss dich mal unter vier Augen sprechen«, raunte er und deutete mit dem Kinn unauffällig zu seiner Schwester hinüber.

Aber ehe er mehr sagen konnte, unterbrach ihn Anna McFarland. »Kommt endlich! Wir sind am Verhungern, und ihr drei müsst morgen in aller Früh aufstehen. Ab jetzt zum Parkplatz!«

Als sie nach dem Abendessen im Restaurant in ihr Hotel zurückkehrten, war bereits zehn Uhr vorbei. So gern Heather Marks Bitte erfüllt hätte, sie wollte unbedingt zuerst mit Jennifer reden. Und da sie sich das Hotelzimmer mit ihrer Freundin teilte, während Mark ein Einzelzimmer hatte, fiel ihr die Entscheidung leicht. Sie würde das Gespräch mit Mark auf den nächsten Tag verschieben.

Als Heather ihr Zimmer betrat und das Licht anknipste, sah sie Jennifer auf dem Doppelbett sitzen. Sie setzte eben zu einem Hallo an, als ihr das Wort im Hals stecken blieb. Jennifer saß voll bekleidet mitten auf dem Bett, hatte die Arme eng um die Knie geschlungen und schaukelte langsam vor und zurück, ohne Heather überhaupt wahrzunehmen. Geistesabwesend starrte sie in die Ferne, auf irgendetwas, das nur sie sehen konnte.

Heather wollte kehrtmachen und Hilfe holen, aber Jennifer hielt sie zurück.

»Warte, Heather«, sagte sie mit leiser Stimme.

Heather drehte sich um, und als sie der Freundin in die Augen schaute, überkam sie mit einem Mal eine Ruhe, die sie wie eine Decke umhüllte. Sie versank in Jennifers merkwürdig aktiven Pupillen, und ihre Sorgen lösten sich in nichts auf.

KAPITEL 32

»Du siehst heute aber putzmunter aus«, sagte Mark und goss einen Messbecher Flüssigteig auf das Waffeleisen.

Heather lächelte. »Ich habe seit einer Ewigkeit nicht mehr so gut geschlafen.«

Mark schloss das Waffeleisen, klappte den Griff nach unten und stellte die Zeitschaltuhr ein. Dann holte er sich einen Apfel am Frühstücksbüfett, fest entschlossen, alle kostenlosen Annehmlichkeiten des Hotels voll zu nutzen, und nahm an Heathers Tisch Platz. Sie sah gut aus, verdammt gut, dachte er, als er ihr Lächeln erwiderte. Die Kummerfalten, die er in der letzten Zeit immer wieder beobachtet hatte, waren von ihrer Stirn verschwunden, als hätte es sie nie gegeben.

Nun, er wollte ihr die gute Laune an diesem Morgen nicht verderben, indem er sie mit seinen eigenen Sorgen belastete. Das Gespräch über Jennifer würde bis nach diesem Wochenende warten müssen. Ebenso der Vorschlag, den er ihr machen wollte. Wahrscheinlich tat es ihnen gut, wenn sie sich zwei Tage lang voll in den Trubel des Forschungswettbewerbs stürzten.

Das laute Summen des Waffeleisens ließ ihn aufspringen. Im gleichen Augenblick betrat Jennifer die Frühstücksnische, und Mark blieb wie angewurzelt stehen.

Jennifer hatte etwas mit ihren Haaren angestellt, sie ausgebürstet, geföhnt oder was auch immer. Und sie trug ein dezentes Make-up. Zudem hatte Mark sie noch nie in diesem kleinen Strickoberteil und den eng anliegenden Jeans gesehen. Sogar ihre Hornbrille schien abhandengekommen zu sein. Verdammt, das war ganz und gar nicht mehr die Jennifer, die er von Geburt an gekannt hatte.

»Wow, Jen! Du siehst phantastisch aus!« Heathers Ausruf riss ihn aus seiner Trance.

Jennifer strahlte über das ganze Gesicht, als sie sich an Mark vorbeischob und ein Glas Orangensaft vom Tresen nahm.

»Danke. Mom hat mich vor Kurzem durch ein paar Modeläden geschleppt. Ich wollte mal einen neuen Look ausprobieren.«

»Damit hast du einen Volltreffer gelandet.«

»Und was sagst du dazu, Mark?« Jennifers Augen sprühten vor Fröhlichkeit.

»Äh … yeah. Ich meine, du siehst gut aus.«

Diese Augen. Es fiel ihm schwer, sich von Jennifers Blick zu lösen. Noch nie im Leben hatte er dieses Selbstvertrauen in den Augen seiner Schwester gesehen, dieses Leuchten, das ihr ganzes Gesicht zu erhellen schien. Himmel, selbst ihre Haltung drückte Zuversicht aus! Die plötzliche Verwandlung der schüchternen kleinen Jennifer war ihm mehr als unheimlich.

Bevor er jedoch eine Frage über die Lippen brachte, kam Mrs. McFarland um die Ecke geschossen.

»Du liebe Güte, Kinder, habt ihr denn gar kein Zeitgefühl? Wir warten seit zehn Minuten auf dem Parkplatz.«

»Tut mir leid, Mom, wir haben uns verplaudert«, sagte Heather.

»Hmm. Esst schnell fertig, und dann kommt! Wir müssen uns beeilen, wenn wir noch rechtzeitig zur Einweisung im Kongresszentrum sein wollen.« Ohne eine Antwort abzuwarten, hastete Mrs. McFarland wieder nach draußen.

Mark rollte die Waffel zu einer Tüte, träufelte ein wenig Sirup hinein und verschlang sie im Hinausgehen.

»Keine Esskultur!«, lachte Heather.

»Hey, wieso denn? Alles bestens.«

Als sie endlich das Kongresszentrum erreichten und sich in die Eingangshalle begaben, hatte sich bereits eine dichte Menschentraube um die Tische zur Einlasskontrolle und Anmeldung gebildet. Das aufgeregte Stimmengewirr schwoll an, je näher sie dem Ausstellungssaal kamen. Es erinnerte Mark an das Summen in einem Bienenstock, wenn sich alle Arbeiterinnen gleichzeitig um die Gunst ihrer Königin bemühten. Nur ging es hier nicht um ein gemeinsames Ziel, sondern um den Ruhm des Einzelnen. Egal, was die anderen sagen mochten, er spürte deutlich, dass jedes Team diesem Ruhm entgegenfieberte, dass jedes Team als Sieger aus diesem intellektuellen Wettkampf hervorgehen wollte. Genau wie er.

Sein Blick wanderte hinüber zu Heather. Sie stand aufrecht da, das Kinn stolz erhoben und ein Leuchten in den Augen, das ihre Erwartungsfreude widerspiegelte. So schön hatte er sie noch nie gesehen.

Das war es. Das war ihr großer Augenblick. Es spielte keine Rolle, dass ihnen das zweite Schiff einen Vorteil vor den anderen verschafft hatte. Schließlich war durch die neuronale Verstärkung nur das Potential erschlossen worden, das sie schon immer besessen hatten. Heute würden sie die Chance erhalten, die Welt auf sich aufmerksam zu machen. Heute begann ihre Zukunft.

Seine Träumereien wurden unterbrochen, als er den Anmeldetresen erreichte und erst mal ganz prosaisch eine Reihe von Formularen ausfüllen musste. Dann befand er sich wieder im Ausstellungssaal, diesmal als einer von Hunderten Kandidaten, die ihre Standorte bezogen und ihre Experimente für die Jury vorbereiteten. Minuten dehnten sich zu Stunden, während er jede einzelne Komponente des Versuchsaufbaus einstellte und abglich, unterstützt durch die ständigen Rückmeldungen seiner Schwester, die mehr und mehr der computergesteuerten Geräte online schaltete.

Und am Rande seiner Wahrnehmung befand sich immer Heather, die mit ihrer melodischen Stimme hin und wieder einen Optimierungsvorschlag machte, unterwegs in einer Zahlenwelt, die nur sie sehen und verstehen konnte.

Der Abend kam viel zu schnell. Erst als sie das Restaurant neben ihrem Hotel aufsuchten, kam Mark zu Bewusstsein, dass er seit dem Morgen nichts mehr gegessen hatte. Er schaufelte das Abendessen so schnell in sich hinein, dass seine Mutter missbilligend die Augenbrauen hochzog. Aber erst durch Heathers unterdrücktes Lachen merkte er, dass er sich Barbecuesoße von seinen Schälrippchen auf das Hemd gekleckert hatte.

»'tschuldigung. Sieht so aus, als hätte ich das Zeug zu schnell in mich reingeschlungen.«

Jennifer schüttelte den Kopf. »Sieht nicht nur so aus. Schon mal was von einer Serviette gehört?«

Mark wollte eben eine gereizte Antwort geben, als er Heathers Hand auf seinem Arm spürte. Im Nu war sein Ärger verflogen. Die leichte Berührung und der Blick, der ihn in die Tiefe ihrer sanften braunen Augen zu ziehen schien, ließen sein Herz schneller schlagen und raubten ihm den Atem.

Dann kam die Kellnerin mit der Rechnung, und der magische Moment war vorbei. Ehe er wusste, was geschehen war, fand sich Mark im Hotel wieder, allein in seinem Zimmer.

Und erschöpft, wie er war, schlief er auf der Stelle ein.

KAPITEL 33

Das Geschirr schlackerte hinter Raul her, als er die Front der Schiffsanlage erklomm, mit der die Enden seiner Kabel verbunden waren. Seine knotigen Armmuskeln drohten die dünne Haut zu sprengen, die sie umhüllte. Bei seinen konzentrierten Bewegungen fiel ihm kaum auf, dass ihn die Kletterei überhaupt nicht anstrengte.

Dr. Stephenson hatte ihn ermutigt, seine Verbindungen zur Schiffsmaschinerie zu erforschen. Nur hatte der gute Professor keine Ahnung, wie weit diese Erforschung mittlerweile gediehen war. Mit jedem Versuch erweiterte Raul seinen Zugriff auf das neuronale Netz des Rho-Schiffs, trotz der schweren Schäden, welche die Schiffssysteme erlitten hatten. Wie er selbst war das außerirdische Schiff hart im Nehmen.

So primitiv die Verbindungen waren, die Dr. Stephenson zwischen den Maschinen und Rauls durch die Amputation freigelegten Nervenbündeln hergestellt hatte – sie erwiesen sich als äußerst wirksam. Es hatte eine Weile gedauert, bis er die wirren sensorischen Daten verstand, die er durch seinen Sehnerv und die Kabel aufnahm, die er mittlerweile als seinen Schweif bezeichnete. Anfangs hatte er geglaubt, die fremdartigen Empfindungen seien von den Schmerzen ausgelöste Halluzinationen. Wie sehr er sich doch getäuscht hatte!

Die Nanomaschinen in seinem Blut hatten Wunder gewirkt. Sein Körper akzeptierte die künstlichen Anhängsel so problemlos wie ein Baum einige zum Veredeln aufgepropfte Zweige. Und die neuen Verbindungen zu seinem Nervensystem wurden immer besser. Ja, die Nanomaschinen bildeten eine geschäftige kleine Kolonie. Sie analysierten unentwegt seinen Zustand und suchten ständig nach Möglichkeiten, Fehler und Störstellen zu beseitigen. Zwar konnten sie keine Gliedmaßen ersetzen, aber sie verstanden sich hervorragend darauf, ihn am Leben zu erhalten und mit nützlichen neuen Teilen zu versorgen.

Was Raul anfangs für Halluzinationen gehalten hatte, waren seine ersten schwachen Versuche, die Daten auszuwerten, die er von dem beschädigten neuronalen Netz des Schiffs erhielt, einem ungemein leistungsfähigen System, in dem sich sein Bewusstsein mit zunehmender Sicherheit zurechtfand. Es war unglaublich. Wenn er jetzt einen Gedanken fasste, tat er das nicht nur mit den Neuronen seines eigenen Gehirns, sondern mit allen noch funktionsfähigen Nervenbahnen des Rho-Schiffs.

Leider konnte er derzeit nur auf einen kleinen Bereich des ursprünglichen Netzwerks zugreifen. Die molekularen Datenbanken waren am stärksten beschädigt, obwohl er Tag und Nacht daran arbeitete, sie zu reparieren. Sein Gefühl sagte ihm, dass er eine bestimmte kritische Masse erreichen musste, um das System nach und nach mit Energie zu versorgen. Und wenn er erst mehr Energie zur Verfügung hatte, könnte er auch die Hauptcomputer wieder in Betrieb nehmen.

Mittlerweile war ihm bereits ein großartiger Durchbruch gelungen. Er hatte das Internet per Fernzugriff angezapft. Raul begriff immer noch nicht ganz, wie das vor sich gegangen war. Er hatte sich einen Zugang zu Daten der Außenwelt gewünscht, und irgendwie war das Schiff online gegangen. Es war keine technische Leitung per Kabel oder Satelliten-Uplink, aber die Sache funktionierte. Wie auch immer.

Leider war die Verbindung oft gestört und zeitlich begrenzt, eine Folge der Schäden an einer Baugruppe, die Raul gerade zu beheben versuchte. Während er mit einer Hand einen Kabelschacht umklammerte, löste er mit der anderen die Abdeckung und untersuchte die Schaltkreise. Dabei leistete ihm sein künstliches rechtes Auge hervorragende Dienste, da es die Aktivitäten dieser Schaltungen ganz anders und wesentlich besser erfasste als das menschliche Auge. Während er den Datenfluss beobachtete, begriff sein durch das neuronale Bordcomputernetz verstärktes Gehirn genau, was nicht in Ordnung war. Selbst wenn er dieses Schiff vielleicht nie mehr verlassen konnte, hieß das nicht, dass er völlig von der Außenwelt abgeschnitten war.

Ein Lächeln erhellte Rauls Züge. Womöglich war sein Leiden nicht ganz umsonst gewesen. Womöglich hatte Gott ihn doch nicht verlassen.

KAPITEL 34

Das Auswahlverfahren war nervenaufreibend gewesen, und sie hatten eine ganze Menge großartiger Projekte gesehen, aber jetzt war alles vorbei, und der Moment der Entscheidung rückte näher. Alle Teilnehmer hatten sich in der Aula versammelt. Heather hatte das Gefühl, als schnürten Stahlbänder ihre Brust zusammen.

»Meine Damen und Herren, es ist mir eine große Freude und Ehre, die Sieger der diesjährigen National High School Science Competition bekannt zu geben.« Dr. Laura Brannigan, Professorin im Ruhestand der University of California, Berkeley, und Vorsitzende der Jury, machte eine Pause und hielt einen versiegelten Umschlag hoch.

Auch wenn Heather sich immer wieder einzureden versucht hatte, dass es nichts ausmachte, wenn sie leer ausgingen, merkte sie jetzt, während die dritten und zweiten Plätze verkündet wurden, dass sie sich selbst belogen hatte. Es machte ihr etwas aus. Es machte ihr sogar eine ganze Menge aus. Jennifer und Mark waren ganz nahe herangerückt. Sie hielten sich alle drei fest an den Händen.

Dr. Brannigan fuhr mit einem Brieföffner die Kante des letzten Umschlags entlang. Sie überflog den Inhalt mit einem strahlenden Lächeln und las ihn laut vor.

»Sieger der diesjährigen National High School Science Competition ist das Team der Los Alamos High School …«

Heathers Aufschrei folgte der laute Jubel von Jennifer und Mark, vermischt mit dem donnernden Applaus ihrer Eltern und der zahlreichen Anhänger, die den Weg von Los Alamos bis hierher gefunden hatten. Unter Umarmungen und Tränen gelangte Heather irgendwie neben Mark und Jennifer auf das Podium. Als sie einen Blick in die Menschenmenge warf, schaute sie in ein Blitzlichtgewitter, das sie umzuckte wie die Reflexe einer riesigen Discokugel. Sie wischte sich mit dem Handrücken über die Augen, bevor sie gemeinsam mit Jennifer und Mark vortrat und die Plakette zum offiziellen Siegerfoto hochhielt, flankiert von Professor Brannigan und Dr. Zumwalt, dem Direktor der Los Alamos High School.

Als die Gratulationstour endlich vorüber war und Heather sich im Hotel mit einer Umarmung von Mark und Jen und einem Gutenachtkuss von ihren Eltern verabschiedet hatte, fühlte sie sich total erledigt. Sie ließ sich ein heißes Bad ein und tauchte in der Wanne unter, bis sie die Decke nur noch verschwommen sah.

Du liebe Güte, sie hatten es tatsächlich geschafft! Sie schnappte kurz nach Luft, fuhr sich mit den Fingern durch die klatschnassen Haare und versank erneut bis ans Kinn im Wasser.

Ein leises Klopfen an der Badtür ließ sie zusammenzucken. »Heather? Lebst du noch?«

»Entschuldige, Jen, ich komme gleich!« Sie stieg aus der Wanne und wickelte sich in ein Handtuch.

»Schon gut. Ich dachte nur, ich müsste heute ungewaschen schlafen gehen.« Jennifers Lachen klang gut. Es war eine Weile her, seit sie dieses Lachen zuletzt gehört hatte.

Als Heather in das breite Doppelbett schlüpfte und sich die Decke über den Kopf zog, verfolgte sie der Gedanke an das warme Lachen ihrer Freundin bis ins Land der Träume. Dass Jennifer kurz darauf den Platz neben ihr belegte, merkte sie schon nicht mehr.

Der Morgen zog hell und klar herauf, doch das unwirkliche Gefühl blieb und ließ sie wie auf rosa Wolken schweben. Aber der Sieg enthob die drei nicht der Notwendigkeit, ihre Anlage wieder abzubauen und für den Rücktransport zu verpacken. Heather fand, dass die mehrstündige harte Arbeit das beste Mittel war, um sie in die normale Welt zurückzuholen. Als sie schließlich die Kisten an den Spediteur übergeben hatten und die Rückfahrt nach New Mexico antraten, war sie todmüde.

Es war weit nach Mitternacht, als die Smythes und McFarlands in White Rock eintrafen und in ihre jeweiligen Auffahrten rollten. Heather erinnerte sich daran, dass ihr Vater sie früher immer vom Rücksitz gehoben und in ihr Zimmer hinaufgetragen hatte, wenn sie spät heimgekommen waren. Und einen Moment lang sehnte sie sich heftig nach den alten Zeiten zurück. Aber bei aller Müdigkeit spürte sie eine tiefe innere Zufriedenheit. Auch wenn ihr Dad und Mr. Smythe keine akademischen Titel vorweisen konnten, ihre Kids hatten es diesen intellektuellen Snobs in der Hauptstadt mal so richtig gezeigt.

»Heather! Zeit zum Frühstück!« Die Stimme ihrer Mutter war wie ein Leuchtturm, der verschwommen aus dem Nebel auftauchte.

»Mmm. Ja, Mom. Ich komme gleich.«

»Das hast du schon vor zehn Minuten gesagt. Du musst jetzt aufstehen, sonst kommst du zu spät zu diesem Festakt.«

Heather setzte sich kerzengerade in ihrem Bett auf. »Welcher Festakt?«

Anna McFarland lächelte auf sie herunter. »Die Stadt veranstaltet drüben in der Highschool eine große Feier, um euch zu eurem Sieg zu beglückwünschen. Die Bürgermeister von Los Alamos und White Rock werden da sein, dazu die Presse und sogar ein Fernsehteam aus Santa Fe. Ihr drei seid jetzt berühmt.«

Heather streckte sich ausgiebig. »Na, dann will ich meine Fans und Bewunderer nicht länger warten lassen.«

Mrs. McFarlands Lachen folgte ihr, als sie ins Bad ging. »Zumindest solltest du etwas essen, bevor du deinen großen Tag beginnst.«

Die Feier in der Highschool war eine Überraschung. Heather staunte, was die Gemeinde in so kurzer Zeit auf die Beine gestellt hatte. Offenbar hatte Direktor Zumwalt mit einem passablen Ergebnis, wenn auch vermutlich nicht gleich mit dem ersten Platz für ihr Projekt gerechnet. Vielleicht war es der perfekte Ablauf der Zeremonie, der ein Gefühl des Unbehagens in ihr weckte, sehr viel wahrscheinlicher aber der streng dreinblickende Fremde, der an der Rückwand der Turnhalle lehnte und sie zu beobachten schien. Was immer der Grund sein mochte, gegen Ende des Festakts hatte sich eine vage Furcht ihrer bemächtigt, die sich nicht mehr abschütteln ließ.

Nachdem die Gäste gegangen waren, sah Heather, dass der Fremde auf Direktor Zumwalt zuging und ihm etwas ins Ohr flüsterte. Gleich darauf eilten die beiden mit entschlossenen Schritten aus der Turnhalle. Bevor der Direktor durch die Flügeltür verschwand, drehte er sich noch einmal um und schaute sie bohrend an. Etwas in diesem Blick bestätigte ihre schlimmsten Befürchtungen. Gleichungen wirbelten durch ihren Kopf, und alle führten zur gleichen Lösung. Irgendetwas Bedrohliches war geschehen.

Trotz des reichhaltigen Büfetts und all der Leute, die sie umringten, um ihr zu gratulieren, wurde das Gefühl, dass ihr ein Unheil drohte, immer stärker. Bevor sie eine Möglichkeit hatte, mit Mark oder Jennifer über ihre Ängste zu sprechen, kehrte Direktor Zumwalt in die Turnhalle zurück und steuerte direkt auf die Stelle zu, wo Heather mit ihren Eltern stand.

»Mr. und Mrs. McFarland, könnten Sie bitte Heather in mein Büro bringen? Es hat sich eine neue Sachlage ergeben, die dringend geklärt werden muss.«

Gil McFarland stellte sein Selterswasser ab und hob fragend die Augenbrauen. »Worum handelt es sich denn?«

»Tut mir leid, aber ich möchte diese Angelegenheit nur einmal erörtern, und deshalb sollten die Smythes ebenfalls anwesend sein. Bitte warten Sie in meinem Büro, bis ich sie gefunden habe.«

Gil McFarland nickte. »Anna und Heather, kommt. Wir werden gleich erfahren, was los ist.«

Als sie das Büro des Direktors betraten, sah Heather, dass der schlanke Mann mit den strengen Zügen, der ihr schon vorher aufgefallen war, neben dem Schreibtisch des Direktors stand und in einer Aktenmappe kramte. Noch bevor er einen Papierstapel geordnet und auf die Tischkante gelegt hatte, kam Direktor Zumwalt in Begleitung der Smythes herein.

»Ich entschuldige mich für diese ...« Dr. Zumwalt fehlten allem Anschein nach die Worte, was Heather bei ihm noch nie erlebt hatte. »Darf ich Ihnen Dr. Caldwell vorstellen, einen der Preisrichter bei unserem Nationalen Highschool-Forschungswettbewerb. Er hat mir soeben eine Mitteilung überbracht, die mich in größte Bestürzung versetzt. Aber hören Sie selbst, was Dr. Caldwell Ihnen zu sagen hat.«

Dr. Caldwell richtete sich kerzengerade auf, wodurch er übertrieben dünn wirkte. Die messerscharfen Falten seines braunen Anzugs betonten die Runzeln, die sich tief in sein Gesicht eingegraben hatten. Jetzt trat er vor den Schreibtisch und blätterte mit einem knochigen Finger die Seiten seines Papierstapels um.

Seine grauen Augen durchmaßen den Raum. »Leider war Dr. Brannigan bereits nach Kalifornien zurückgeflogen, als wir von dieser Sache Kenntnis erhielten. Deshalb konnte sie sich nicht persönlich um die Angelegenheit kümmern, und ich erhielt den Auftrag, sie zu vertreten.

Wie Sie sicher wissen, setzt die National Science Foundation sehr strenge Maßstäbe an, wenn es um den Diebstahl geistigen Eigentums geht. Ich bedaure, dass wir Ihrem Plagiat nicht früher auf die Spur kamen, weil uns das eine Menge Unannehmlichkeiten erspart hätte, aber unsere Regeln sind auch in diesem Punkt klar. Wir sehen uns gezwungen, Ihrem Team den Preis abzuerkennen.«

»Was?« Gil McFarland fand als Erster die Sprache wieder. »Ich verstehe nicht, wovon Sie reden.«

Dr. Caldwell nahm den Papierstapel und breitete ihn auf dem niedrigen Tisch aus, der zwischen dem Schreibtisch des Direktors und den drei Polstersesseln entlang der Wand stand.

»Das Ganze war ungemein geschickt eingebaut. Wir hätten vermutlich nie genauer nachgeforscht, wenn uns die Gleichungen in diesem Abschnitt der Dokumentation nicht als besonders elegant aufgefallen wären. Aber genau das weckte letztlich unser Misstrauen.« Dr. Caldwell machte eine Wirkungspause.

»Sehen Sie hier!« Er hob ein Blatt des Berichts hoch. »Diese spezielle Ableitung der Quantengleichungen, mit der die Reaktionen der Kalten Fusion erklärt werden, stimmt genau mit den Thesen überein, die ein Team von Physikern am Fermi Laboratory entwickelt und erst vor Kurzem veröffentlicht hat. Wir waren mehr als überrascht, dass eine Gruppe von Highschool-Studenten den tieferen Sinn dieser Gleichungen überhaupt verstanden hatte.«

Wieder machte Dr. Caldwell eine Pause und sah sie der Reihe nach traurig an. »Es ist wirklich ein Jammer. Wenn Sie nur die Quelle dieser Ableitungen angegeben hätten, anstatt sie als Ihre Eigenleistung auszugeben, wären Sie immer noch haushohe Sieger des Wettbewerbs gewesen. Leider bringt der Betrug Sie alle in ein schiefes Licht, und uns bleibt keine andere Wahl, als Ihnen die Auszeichnung abzuerkennen.«

Heather hatte das Gefühl, als müsste ihr Kopf jeden Moment explodieren. Die Visualisierungen, die ihr Gehirn überfluteten, ließen nur einen Ausgang zu. Es gab keine Möglichkeit, das Komitee davon zu überzeugen, dass sie selbst die Gleichungen entwickelt hatte, ohne die Existenz des zweiten Schiffs preiszugeben. Mit einem flauen Gefühl im Magen trat Heather vor.

»Ich bin Heather McFarland. Ich glaube, ich kann das erklären.«

»Ich höre.«

Alle wandten sich ihr zu. Dr. Caldwell, Dr. Zumwalt, Mr. Smythe und sogar ihr eigener Vater starrten sie mit einer Mischung aus Ungläubigkeit und Bestürzung an.

»Es war meine Schuld«, sagte Heather, und es gelang ihr nicht, das Zittern ihrer Hände zu unterdrücken. »Ich war so aufgeregt, als ich die Fermi-Arbeit las, dass ich die Gleichungen in unserer Dokumentation benutzte.«

»Aber das erklärt nicht, warum Sie das nicht in Ihrem Quellenverzeichnis vermerkten.« Caldwells Züge wurden noch strenger.

Ein leises Schluchzen kam Heather über die Lippen, bevor sie es unterdrücken konnte. »Ich weiß, ich war für diesen Teil der Dokumentation verantwortlich. Ich hatte niemals die Absicht zu betrügen. Aber in der Hektik, noch rechtzeitig fertig zu werden, muss sich wohl eine Schlamperei eingeschlichen haben.«

»Eine Schlamperei?« Dr. Caldwell kam einen Schritt auf sie zu.

»Das kann ich einfach nicht glauben. Der ganze Bericht ist erstklassig, Punkt für Punkt akribisch zusammengetragen und belegt. Und nun behaupten Sie, dass Ihnen ausgerechnet bei diesem Beitrag eine Schlamperei unterlaufen ist? Lächerlich. Wenn ich etwas noch weniger toleriere als ein Plagiat, dann ist das eine Lüge. Und Sie, meine Liebe, sind eine Lügnerin.«

»Also, das ist doch ...«, stammelte Gil McFarland.

»Nehmen Sie das zurück!« Etwas an Jennifers Tonfall bewirkte, dass sich alle Augen auf sie richteten. Ihre zarten Gesichtszüge hatten sich zu einer Maske des Zorns verzerrt, eine steile Falte stand auf ihrer Stirn, und in ihren Augen leuchtete etwas, das Heather irgendwie bekannt vorkam.

Jennifer trat näher an den verblüfften Professor heran und schaute ihn ruhig an. »Entschuldigen Sie sich! Auf der Stelle!«

Ein paar Sekunden lang standen alle wie erstarrt da, in Schach gehalten von dieser surrealen Konfrontation. Plötzlich senkte Dr. Caldwell den Kopf und rieb sich mit beiden Händen die Schläfen.

Als er wieder aufschaute, war alle Strenge aus seinen Zügen gewichen.

»Komisch. Im Normalfall lasse ich mich nicht zu derartigen Gefühlsäußerungen hinreißen. Ich entschuldige mich bei Ihnen allen, insbesondere aber bei Ihnen, Heather. Ich hatte nicht das Recht, Ihre Aufrichtigkeit in Zweifel zu ziehen. Leider ändert das nichts an den Sanktionen, die Ihnen die Jury auferlegt hat.

Der erste Preis wird Ihnen aberkannt und geht an die Gewinner des zweiten Platzes. Was Ihre Anlage zur Energieerzeugung mithilfe der Kalten Fusion betrifft, so haben Sie die Wahl.«

Heather spürte, wie sich ihre Kehle zusammenschnürte. »Welche Wahl?«

»Angesichts Ihres jugendlichen Alters hat das Komitee beschlossen, Ihnen die Möglichkeit zu einer teilweisen Wiedergutmachung zu geben. Wenn Sie sich entschließen, Ihre Anlage bei der National Science Foundation zu belassen und ihr alle Rechte an dem genialen Entwurf zu übertragen, werden wir von einem formellen Bericht über Ihre Disqualifikation absehen. Sollten Sie es jedoch vorziehen, die Anlage zu behalten, sehen wir uns gezwungen, einen offiziellen Bericht herauszugeben, der in Ihre Schulunterlagen aufgenommen wird und zweifellos bei Ihren künftigen Zulassungen zur Universität eine Rolle spielt.«

Mr. Smythe unterbrach ihn. »Das sind keine echten Alternativen. Selbst wenn Sie keinen offiziellen Bericht erstellen, wird diese Plagiatsgeschichte durch die Presse gehen, sehr zum Schaden der jungen Leute.«

»Dagegen sind wir leider machtlos. Wir können Ihnen nur anbieten, die langfristigen Auswirkungen dieses Falls ein wenig abzumildern.«

Dr. Caldwell nahm seine Aktenmappe und wandte sich Direktor Zumwalt zu, der die Papiere auf dem Tisch musterte.

»Das ist Ihre Kopie der Dokumentation.«

Auf dem Weg zur Tür blieb Dr. Caldwell noch einmal stehen und musterte die drei geschockten Jugendlichen.

»Überlegen Sie sich die Sache!«

Dann war er weg. Die Niedergeschlagenheit, die er hinterließ, trieb Heather die Tränen in die Augen. Sie konnte Mark und Jennifer kaum erkennen, wusste aber, dass die Zwillinge genau wie sie um Fassung rangen. Es war ein Kampf, den Heather auf keinen Fall verlieren wollte … zumindest nicht vor der langen Heimfahrt im Auto.

KAPITEL 35

Freddy Hagerman war an kalte Spuren gewöhnt, aber die hier war so kalt wie ein Pinguinhintern. Ohne seine Sturheit hätte er schon längst aufgegeben. Natürlich sorgte das Wissen, dass er ohne Job dastehen würde, wenn er mit leeren Händen ankam, für einen zusätzlichen Motivationsschub. Dennoch hätte er den Hinweis bei all den begeisterten Aussagen der Rondham-Belegschaft und den Folgeartikeln mit ehemaligen Krebspatienten des Instituts um ein Haar übersehen.

Von den achtunddreißig Teilnehmern an dem Testprogramm hatte er alle bis auf einen aufgespürt, einen vierzehnjährigen Jungen namens Billy Randall. Allen Berichten zufolge hatte sich Billy von seiner schweren Erkrankung ebenso gut erholt wie die übrigen Patienten. Aber auf der Heimfahrt direkt nach seiner Entlassung aus dem Institut waren er und seine ganze Familie bei einem Autounfall ums Leben gekommen. Das tragische Ereignis hatte ihren Heimatort Wickenburg in Arizona zutiefst erschüttert.

Die Gemeinde hatte zur Begrüßung von Billy Randall einen festlichen Empfang mit Fahnen und Umzug vorbereitet. Stattdessen hatte die Kollision des Familien-Taurus mit einem Sattelschlepper vor Barstow in Kalifornien die Insassen so verstümmelt, dass die Bewohner von Wickenburg nur noch drei versiegelte Särge in Empfang nehmen und bestatten konnten.

Es war der Befund des Leichenbeschauers aus Barstow, der letztlich Freddys Misstrauen geweckt hatte, ein sachlicher Bericht mit einer ausführlichen Auflistung der Verletzungen, die zum Tod jedes einzelnen Familienmitglieds geführt hatten. Freddy musste ihn dreimal lesen, bis er dahinterkam, was ihn daran störte.

Da einige der Rohre, die der Sattelschlepper geladen hatte, die Fahrgastzelle durchbohrten, erlitten alle drei Insassen tödliche Kopfverletzungen. So weit war alles normal.

Dennoch hatte die Sache einen Haken. Einer der Autoinsassen war ein junger Mann gewesen, dem man im Rahmen der Rho-Projekt-Forschung Nanomaschinen injiziert hatte. Freddy hatte das Tagebuch von Priest William gelesen. Er wusste, was diese Nanos bewirken konnten. Selbst wenn die Leute sofort tot gewesen wären, hätten diese mikroskopisch kleinen Maschinen nicht einfach aufgegeben, sondern zumindest versucht, die Verletzungen des Jungen zu heilen. Man hätte Spuren dieses Heilungsprozesses in Billys Körper finden müssen, selbst wenn es den Nanos nicht gelungen wäre, sein Leben zu retten. Aber dem Leichenbeschauer war offenbar nichts Außergewöhnliches an den Wunden des Jungen aufgefallen.

Freddy dehnte seinen schmerzenden Rücken und schaute auf. Es war unglaublich, wie viele Sterne man um zwei Uhr morgens über der Hochwüste von Arizona sehen konnte, insbesondere wenn kein Mond am Himmel stand. Aber die Sterne gaben ihm keine Antwort auf seine Fragen.

Freddy trieb den Spaten tief in das lockere Erdreich. An dieser Knochenarbeit kam er nicht vorbei. Er musste den Leichnam von Billy Randall mit eigenen Augen sehen.

KAPITEL 36

»Du hast dein Frühstück kaum angerührt.«

»Tut mir leid, Mom, ich habe heute Morgen einfach keinen Appetit.« Heather brachte es nicht fertig, ihrer Mutter in die Augen zu schauen. Der Kummer ihrer Eltern war beinahe greifbar, ein Gemisch aus Mitgefühl, Sorge und Enttäuschung. Am meisten quälte sie, dass sie ihnen nicht die Wahrheit sagen konnte – dass ihr Eingeständnis eine Notlüge gewesen war und sie niemals fremdes Material benutzt hatte.

Die sanfte Stimme ihres Vaters brachte sie schließlich dazu, von ihrem Rührei aufzuschauen. »Heather, so schlimm die Situation im Moment auch erscheint, sie wird vergehen. Inzwischen musst du versuchen, ganz normal weiterzuleben.«

»Dazu gehören auch regelmäßige Mahlzeiten«, warf ihre Mutter ein.

»Ich weiß, Mom.«

Als sie dennoch nichts von dem Rührei zu sich nahm, gab ihre Mutter mit einem Achselzucken auf.

»Nun gut, du kannst aufstehen. Vielleicht hilft dir ja ein Gespräch mit Mark und Jennifer mehr als ein Frühstück.«

»Danke.« Heather kippte die Reste ihres Essens in den Abfall und stellte den Teller in die Spülmaschine.

Ihr Problem war, dass sich zu viel gleichzeitig ereignete. Es ging nämlich nicht nur um den Plagiatsvorwurf, obwohl der besonders schmerzte. Denn letzte Nacht hatte sie wieder vom Lumpenmann geträumt. Von der Botschaft, die er mit plumpen Buchstaben an die Außenseite der Fensterscheibe gekritzelt hatte. »Ich weiß, was du bist.« Und als sie zum Fenster gegangen war, hatte sie gesehen, dass die Worte in eine Frostschicht geritzt waren. Der Lumpenmann hatte draußen im verschneiten Hof gestanden, unverwechselbar mit seinen fettigen blonden Strähnen und den braun verfärbten Zähnen, die er mit einem irren Grinsen bleckte. Seine Augen aber – wo waren seine Augen?

Was danach kam, war nur allzu vertraut. Wie damals riss sie ein langes Fleischmesser aus dem Messerblock auf der Anrichte und trat in das Halbdunkel des frühen Morgens hinaus, doch der Lumpenmann war in die Schatten der Bäume zurückgewichen und hatte nichts als eine Fußspur hinterlassen. Sie folgte dieser Fährte und schrie ihm laut nach: »Was willst du von mir?«

Und dann erklang seine Stimme von hinten, er war ihr so nahe, dass sie seinen heißen Atem im Nacken spürte, den Gestank seiner halb verfaulten Zähne roch: »Ich weiß, was aus dir wird.«

Aber selbst dieser schreckliche Traum und weitere, an die sie sich nicht mehr erinnern konnte, erschienen ihr harmlos gegen ihre Halluzinationen im Wachzustand. Die Zahlen, die Heather bisher im Geist gesehen hatte, waren seit drei Wochen intensiven Visionen gewichen. Und wenn sie schon ihr Savant-Talent am Anfang geängstigt hatte, so jagte ihr diese neue Phase nun namenloses Entsetzen ein.

Sie hatte bereits mehrfach für kurze Zeit eine Kette von Zukunftsvisionen erlebt, die jeweils eine Variation von etwas darstellten, das sie in der Realität beobachtet hatte – ähnliche Szenen mit unterschiedlichem Ausgang, die so wirklich wirkten, dass es ihr schwerfiel, wieder in die Gegenwart zurückzufinden. Ausgelöst wurden diese Bilder oft durch läppische Kleinigkeiten.

Als beispielsweise ihre Mutter am Vortag an eine Stuhllehne gestoßen war, hatte das eine Serie von Visionen hervorgerufen: Ihre Mutter stolperte und fing sich an der Tischkante ab, oder sie warf einen Blumentopf um, oder sie schnitt sich an den Scherben einer Vase, die zu Bruch gegangen war. Immer mündeten die Szenen in ein bestimmtes Zukunftsereignis, aber solange Heather unter dem Einfluss ihrer Wachträume stand, war sie wie erstarrt, unfähig zu reagieren oder in den Ablauf einzugreifen.

Sie hatte über Psychiatrie-Patienten mit dissoziativen Störungen gelesen. Diese Menschen erlebten sogenannte Fugues – tranceähnliche Zustände, in denen sie jeden Bezug zur Realität verloren. Und da Heathers Visionen zunahmen, befürchtete sie, dass es nur noch eine Frage der Zeit war, bis ihre Verwirrtheit anderen auffallen musste.

Sie verdrängte diese beunruhigenden Gedanken, als sie die Stufen zur überdachten Veranda der Smythes betrat. Mark öffnete die Tür.

»Hi.«

Sie las Besorgnis in seinen kantigen Zügen, erkannte aber auch so etwas wie einen Beschützerinstinkt, und plötzlich brachen bei ihr alle Dämme. Ohne Vorwarnung schluchzte sie los. Im nächsten Moment war Mark bei ihr, umarmte sie wie mit Stahlklammern, und sie vergrub das Gesicht an seiner Brust und fühlte sich zum ersten Mal seit Tagen ganz und gar sicher.

Als sie sich endlich von ihm löste und aufschaute, sah sie ein seltsames Leuchten in seinen Augen. Sie schüttelte den Kopf. Verdammt, so ging das nicht. Einfach loszuheulen wie ein Baby …

»Tut mir leid.«

»Warum?«

»Hey, was ist denn hier los?«, fragte Jennifer und streckte den Kopf ins Freie. Als sie Heathers rot geweinte Augen sah, wirbelte sie zu Mark herum und boxte ihn in den Oberarm. »Mark! Was hast du nur wieder zu ihr gesagt?«

»Aua! Scheiße, du schlägst ja zu wie ein Kerl!«

Gegen ihren Willen musste Heather lachen. Egal, wie schlimm die Dinge standen, die Smythe-Zwillinge brachten alles wieder ins Lot. Am liebsten hätte sie beide in die Arme geschlossen.

Als sie sah, dass Jennifer sie immer noch fragend ansah, schaffte sie es endlich, ihre Gefühle wieder einigermaßen in den

Griff zu bekommen. »Ist schon okay. Wenn du es genau wissen willst – Mark war sogar richtig nett zu mir.«

»Mark? Echt?«

»Hey, ich kann nett sein.«

»Hmmpf.« Jennifer rümpfte die Nase. »Außerdem war mir natürlich klar, dass dich die Fernsehübertragung aufregen würde.«

Jetzt hob Heather fragend die Augenbrauen. »Welche Fernsehübertragung?«

Mark warf seiner Schwester einen vernichtenden Blick zu. »Du trittst aber auch in jedes Fettnäpfchen.«

»Jetzt jagt ihr mir wirklich Angst ein«, sagte Heather und schob sich an Mark vorbei ins Haus. »Haben die uns immer noch am Wickel?«

Mark folgte ihr auf den Fersen. »Und ob! Die kriegen sich nicht mehr ein. Man könnte meinen, in Los Alamos gäbe es keine wichtigeren Ereignisse.«

Ohne auf die Zwillinge zu warten, stürmte Heather ins Wohnzimmer der Smythes und ließ sich direkt vor dem Fernsehgerät auf die Couch fallen. Zu ihrer Erleichterung war von Mr. und Mrs. Smythe nichts zu sehen.

Groß im Bild war wie immer Maria Sandoval, die Chefmoderatorin von Kanal 7, dem Nachrichtensender von Albuquerque. In ihren Zügen spiegelten sich Befremden und Missbilligung wider, als sie berichtete, dass drei Oberstufenschüler der Los Alamos High School beim Nationalen Highschool-Forschungswettbewerb als Betrüger aufgeflogen waren.

»… und obwohl allem Anschein nach nur ein einziges Mitglied des Los-Alamos-Teams, eine junge Dame namens Heather McFarland, die Schuld an dem Plagiat trifft, brachte ihr Handeln die ganze Gruppe, die Schule, die Städte Los Alamos und White Rock, ja sogar den Staat New Mexico in Misskredit. Leider entdeckte der Prüfungsausschuss den geistigen Diebstahl erst, nachdem man dem Los-Alamos-Team den Sieg zuerkannt hatte.«

Maria machte eine Pause und wandte sich ihrem Ko-Kommentator Barry Jenson zu. Barry schüttelte eitel die blonde Mähne. »Das ist ja unglaublich.«

Die Kamera schwenkte zurück auf Maria. »Doch das ist noch nicht alles. Die Gemeinden Los Alamos und White Rock hatten bereits einen großen Empfang für das Siegerteam vorbereitet, einen Festakt, zu dem neben den Bürgermeistern und Lehrkräften ein Großteil der Bevölkerung erschienen war.«

Wieder kam Barry ins Bild. »Ich kann mir nur zu gut vorstellen, wie hintergangen sich diese Leute jetzt fühlen.«

Die Kamera zoomte ein Stück weg, um beide Sprecher ins Bild zu bringen, und Maria deutete durch ein Hochziehen der linken Augenbraue an, dass sie sich den dicksten Hammer bis zuletzt aufgehoben hatte. »Sie werden es nicht glauben, aber es kommt noch schlimmer. Wie wir inzwischen erfahren haben, war ein weiteres Mitglied des Teams Mark Smythe, der bekannte Basketballstar und ganze Stolz der Los Alamos High School.«

»Maria, ich würde Ihnen kein Wort glauben, wenn ich die Berichte nicht selbst gelesen hätte.«

»Das kann ich gut nachvollziehen.«

Zum letzten Mal schwenkte die Kamera zurück auf den gut aussehenden Ko-Kommentator Barry. »Ganz sicher sind unsere Zuschauer nicht weniger geschockt als Maria und ich. Und ich bin überzeugt davon, dass in dieser Angelegenheit noch nicht das letzte Wort gesprochen ist.« Barry lehnte sich zurück und ordnete die Papiere auf seinem Studio-Schreibtisch. »Damit kommen wir zum Schluss unserer Sendung. Maria und ich wünschen Ihnen einen guten Tag und hoffen, dass Sie morgen um die gleiche Zeit wieder bei uns sind, wenn es heißt: Frühnachrichten auf Kanal 7.«

Heather war von dem eben Gehörten wie betäubt. »Oh Gott, wir sind …«

Mark nickte. »Wir sind erledigt.« Aber Heather vernahm Marks Stimme wie aus weiter Ferne. Einen Moment lang war sie an einem anderen Ort und durchlebte ihre gegenwärtige Situation in einer Reihe von klaren Visionen mit einem jeweils anderen Ausgang. Sie schüttelte den Kopf, um sich von diesen Bildern zu befreien. Wie lange hatte ihr Blackout gedauert? Sie richtete ihre Konzentration wieder auf Mark und dann auf Jennifer. Es sah nicht so aus, als hätten die beiden etwas bemerkt. Aber sie wusste jetzt, was zu tun war. Die Visionen hatten nicht den geringsten Zweifel daran gelassen. Sie mussten handeln, und zwar bald. Heather schaltete den Fernseher aus.

»Wo ist die Handynummer dieses Preisrichters? Schon gut, lasst nur, ich weiß sie auswendig.«

»Dr. Caldwell?«, fragte Jennifer. »Warum?«

»Weil wir den Mann sofort anrufen und ihm einen Deal vorschlagen werden.«

Mark trat einen Schritt auf sie zu. »Hast du den Verstand verloren? Der will, dass wir ihm unsere Anlage überlassen.«

»Das lässt sich nicht ändern. Wir müssen die große Empörung schnellstens dämpfen, sonst kampiert morgen ein Mob vor unseren Haustüren.«

Mark schüttelte den Kopf. »Kommt gar nicht infrage. Ohne die Kalte Fusion können wir unseren Subspace-Transmitter nicht betreiben. Wir werden nicht mehr in der Lage sein, uns in geschützte Netze zu hacken.«

»Mark hat recht«, mischte sich Jennifer ein. »Wir wären total blind. Gerade jetzt hätte ich da ein ganz mulmiges Gefühl.«

»Passt auf«, sagte Heather. »Ich weiß, es ist schlimm, aber ich sehe im Moment keinen anderen Ausweg. Selbst wenn wir den Gedanken an unsere Studiumszulassung zunächst beiseiteschieben, werden wir keinen Schritt mehr ohne Pressebegleitung tun können. Überlegt euch das mal! Man wird uns Tag und Nacht beobachten.«

Ein paar Sekunden lang herrschte vollkommene Stille.

Mark, der stumm seine Hände angestarrt hatte, schaute schließlich auf. »Gut, ich mache mit – aber unter einer Bedingung.«

»Und die wäre?«

»Ihr lasst zu, dass ich über diesen Quantenzwilling-Chip, den ich in Janets Laptop eingebaut habe, Kontakt mit Jack Johnson aufzunehmen versuche.«

»Um Himmels willen, Mark!«, rief Jennifer. »Wie soll das unsere Lage verbessern?«

»Du weißt, dass Jack und Janet entweder auf der Flucht oder tot sind«, fügte Heather hinzu. »Aber selbst wenn sie leben, haben sie den Laptop wahrscheinlich längst irgendwo zurückgelassen.«

»Dann kann ein Versuch erst recht nicht schaden. Mein Angebot steht. Und ihr wisst, dass Dr. Caldwell sich nicht auf den Handel einlassen wird, wenn wir nicht alle drei die Überlassungspapiere unterzeichnen.«

»Aber was soll das Ganze bringen?«, fuhr Jennifer fort. »Dass Jack die Wahrheit über uns herausfindet, wäre das Letzte, was wir jetzt brauchen können. Immerhin ist er ein landesweit gesuchter Terrorist.«

»Wir glauben doch beide nicht, dass Jack ein Terrorist ist. Außerdem geben wir uns natürlich nicht zu erkennen. Wir enthüllen nur, dass wir diejenigen sind, die ursprünglich mit der NSA Kontakt aufgenommen haben. Im Moment ist er bestimmt von seinen normalen Netzwerken völlig abgeschnitten. Also muss er erfahren, dass es eine hervorragende Informationsquelle gibt, an die er sich wenden kann.«

Heather schüttelte den Kopf. »Selbst wenn wir einen Weg finden sollten, ihn zu überzeugen, werden wir nicht mehr in Geheimnetzen herumschnüffeln können, sobald wir auf die Kalte-Fusion-Anlage verzichten.«

»Ich bin sicher, dass ihr beiden Superhirne dafür eine Lösung findet.« Mark nahm das Handy und streckte es Heather entgegen. »Willst du jetzt Caldwell anrufen oder nicht?«

Nach einem kurzen Zögern nahm Heather das Telefon und begann zu wählen.

KAPITEL 37

Es war zwei Nächte her, seit Freddy in Wickenburg Billy Randalls leeren Sarg ausgebuddelt hatte. Kurz nachdem er den Deckel mit einem Brecheisen aufgehebelt und seine Taschenlampe eingeschaltet hatte, war Freddy in das Mietauto gesprungen und in der Manier eines NASCAR-Fahrers zurück nach Barstow gebrettert. Seine Ahnung, dass hier etwas oberfaul war, hatte sich bestätigt. Dafür nahm er gern in Kauf, dass ihn der Friedhofswärter und ein streunender Köter verfolgt hatten und um ein Haar in einen Stacheldrahtzaun getrieben hätten. Obwohl er todmüde war, fühlte er sich beinahe ekstatisch. Ein kurzer Aufenthalt an einem Fernfahrer-Rastplatz, wo er den verdreckten Trainingsanzug samt Tennisschuhen und Spaten in einen Müllcontainer geworfen hatte, war die einzige Verzögerung auf seiner Rückfahrt zum Desert Inn gewesen. Da er nie aus dem Motel bei Barstow ausgecheckt hatte, hängte er einfach das »Bitte nicht stören!«-Schild an den Türknauf, stolperte ins Bett und schlief den Tag durch.

Jetzt beobachtete Freddy über seinen Hamburger hinweg die untergehende Sonne. Sie flimmerte in der Hitze, die vom Asphaltparkplatz des Schnellrestaurants aufstieg. Die Kellnerin war kurz vorbeigekommen und hatte gefragt, ob er Kaffee wolle. Er hatte sie ausgelacht. Was er wollte, war Wasser mit so viel Eis, dass das Glas beschlug. Wann immer die Tür des Restaurants aufging, hatte er das Gefühl, neben einem Hochofen zu sitzen.

Freddy hatte die Absicht, ein Gespräch mit Dr. Bertrand Callow zu führen, dem Leichenbeschauer von Barstow, der den Randall-Report unterzeichnet hatte. Allerdings wollte er das unter vier Augen und erst nach Einbruch der Dunkelheit tun. Nur zwei Dinge konnten einen solchen Mann dazu bringen, einen amtlichen Bericht zu fälschen. Entweder gehörte er zu den Drahtziehern dieser Verschwörung, oder jemand hatte ihm eine Scheißangst eingejagt. Freddy tippte auf Letzteres, aber wenn er sich in diesem Punkt irrte, dann war die Sorge um seinen Job wohl nur noch Nebensache. Genau genommen würde er dann nicht mehr lange genug leben, um sich irgendwelche Sorgen zu machen.

Dr. Callows Haus war nicht schwer zu finden. Man verließ die Old California 58 und fuhr die Camarillo Avenue entlang nach Norden, bis sie in die Palermo Street mündete. Es gehörte zu einer Handvoll hübscher Anwesen am nördlichen Ende der Straße. Gleich dahinter begann die Wüste. Als Freddy zum Haupteingang schlenderte und läutete, hatte sich der Himmel bereits purpurn verfärbt. Nur am Horizont zeigten sich noch ein paar rötliche Streifen. Ein prächtiges Panorama, das diese armen Wüstenratten sicher ein wenig für den Mangel an Grün entschädigte.

Freddy läutete ein zweites Mal. Im Haus war ein Summton zu hören. Durch die Schlitze der Plantagenjalousien konnte er das Flackern eines Fernsehers erkennen. Also war der Doktor daheim. Wahrscheinlich saß er auf dem Klo, weil er nicht reagierte.

Nach einer weiteren Minute klopfte Freddy energisch an die Eingangstür. Zu seiner Verblüffung gab sie nach. Verdammt! Nicht zugesperrt. Nicht einmal richtig geschlossen. Ein plötzliches Unbehagen ließ ihn trotz der Hitze frösteln. Spontan zerrte er das Hemd aus dem Hosenbund und wischte mit einem Zipfel Klingel und Griff ab, bevor er die Tür mit der Zehenspitze öffnete.

Der Fernseher dröhnte aus einem Raum, der von der Diele her nicht einsehbar war. Verstärkt durch einen Subwoofer, hämmerte ihm das ohrenbetäubende Artilleriefeuer eines Kriegsfilms entgegen.

Herrgott noch mal! Wenn der Blödmann auf dem Scheißhaus hockte, konnte er zumindest die Tür zumachen. Im Flur stank es ja wie die Pest.

»Dr. Callow?«

Nichts.

Gegen seinen Willen ging Freddy weiter, auf das flickernde Licht zu, das ihn anzog, als wäre er eine gottverdammte Motte.

Und dann stand er im Wohnzimmer. Auf dem Flachbildfernseher, der die Wand zur Linken ausfüllte, tobte eine brutale Schlacht. Im Ledersessel davor saß ein Mann. Seine Hand baumelte schlaff über die gepolsterte Armlehne, als wollten die geöffneten Finger nach der Pistole greifen, die auf dem Boden neben ihm lag. Ein greller Schein zuckte über den Bildschirm, als die nächste Detonation die Lautsprecherbox erschütterte, und ließ wenig Zweifel an dem Bild, das sich Freddy bot. Rund um die leblose Gestalt von Dr. Callow war eine Menge Blut und Gehirnmasse auf dem Sessel verspritzt.

KAPITEL 38

Heather warf einen Blick auf ihre Uhr. 10 Uhr 43. Ihre Mutter hatte gesagt, sie würde nicht länger als eine Viertelstunde in der Bank brauchen. Aber inzwischen waren gut zwanzig Minuten vergangen. Vielleicht hätte sie mitgehen sollen, aber Banken waren so elend langweilig. Ungefähr so spannend wie ein Lift, in dem Aufzugmusik aus der Konserve dudelte.

Eigentlich liebte sie diese Einkaufstouren nach Santa Fe, aber heute nervte sie einfach alles. Vielleicht hatte jemand eine kräftige Dosis Koffein in ihren Kräutertee gemischt. Was immer es war, sie fühlte sich total überreizt.

Das hatte wahrscheinlich nichts mit ihrer Mutter oder dem heutigen Tag zu tun. Immerhin war Samstag, der wohl beste Tag auf der Welt. Stattdessen ließ sich ihre innere Unruhe eher auf all die Dinge zurückführen, die in der vergangenen Woche geschehen waren.

Dr. Caldwell war noch einmal gekommen und hatte nach der Unterzeichnung der Papiere den Transport ihres Versuchsaufbaus an einen unbekannten Ort in die Wege geleitet. Und die Jury hatte folgende Verlautbarung herausgegeben:

»Nach gründlicher Überprüfung sind die Preisrichter der National High School Science Competition zu dem Ergebnis gelangt, dass die in einem Abschnitt der Dokumentation entdeckten unvollständigen Quellenangaben wohl nicht beabsichtigt waren und deshalb auch nicht als Betrug zu werten sind. Da es sich allerdings um einen Irrtum mit weitreichenden Folgen handelt, bleibt das Team der Los Alamos High School weiterhin disqualifiziert …«

Großartig. Man hatte sie höher gestuft – von Betrügern zu Stümpern. Und obwohl die Preisrichter das Papier an die Presse weitergegeben hatten, war die Korrektur ihrer Einschätzung irgendwo ganz hinten unter Vermischtes gelandet.

Zumindest blieben sie jetzt von der gierigen Reportermeute verschont, und ihre Hauswände wurden nur noch gelegentlich mit Eiern beworfen. Wenn das in diesem Tempo weiterging, würde ihre Popularität in ein paar Hundert Jahren gewaltige neue Höhen erreichen.

Eben als Heather beschlossen hatte, in die Bank zu gehen und ihrer Mutter beim Anstehen Gesellschaft zu leisten, tauchte diese wieder auf.

»Hi, Liebes, tut mir leid, dass es so lange gedauert hat, aber ich brauchte eine Beglaubigung, und an dem Schalter war viel los.«

»Kein Problem, Mom«, sagte Heather so locker wie möglich.

Sie drehte den Kopf zur Seite und ließ ihren Blick über die Kreuzung wandern. Einen Moment lang hätte sie schwören können, dass sie den Lumpenmann gesehen hatte. Sie starrte die Ampel an. Komisch. Da war es wieder, dieses Gefühl, dass gleich etwas passieren würde.

In diesem Augenblick kam ein weißer Impala mit kreischenden Reifen um die Ecke geprescht. Der Fahrer stieg voll in die Eisen und schoss auf die Ampel zu, die gerade von Gelb auf Rot gewechselt hatte. Von der Querstraße näherte sich ein blauer Van. In den Seitenfenstern sah Heather die Gesichter von drei kleinen Kindern. Das Quietschen der Bremsen drang schmerzhaft laut in ihr Bewusstsein. Sie wollte die Augen schließen, aber das schaffte sie nicht. Kurz bevor der Impala in die Seite des Vans krachte, brannten sich die entsetzten Gesichter der drei kleinen Mädchen in ihr Gehirn ein.

Heather schrie.

Es dauerte eine Weile, bis sie spürte, dass jemand sie fest umklammert hielt. Langsam beruhigte sie sich. In den Augen ihrer Mutter spiegelte sich Panik.

»Heather? Was ist denn? Bitte, Kind, sag mir, was los ist.«

Heather warf einen Blick auf die Kreuzung gegenüber dem Bank-Parkplatz. Nichts. Keine Spur des schrecklichen Unfalls, den sie eben beobachtet hatte. Nur normaler Verkehr. Sie schüttelte den Kopf, um die Reste der Vision zu verscheuchen, die ihr so real erschienen war.

Sie setzte eben zu einer Antwort an, als das Quietschen von Bremsen, gefolgt von einem Aufprall, sie unterbrach. Erschrocken wandte sie sich wieder der Kreuzung zu. Ein großer roter Pick-up hatte sich seitlich in einen petrolgrünen Minivan gebohrt. Beide Autos schlitterten gerade in einen Lichtmast und krachten dann in die Schaufensterfront auf der anderen Straßenseite.

Die übrigen Fahrzeuge kamen wie durch ein Wunder ohne weitere Kollisionen zum Stehen.

»Oh mein Gott!«

Heathers Mutter rannte bereits auf die Unfallautos zu. Ihre lauten Schritte auf dem Asphalt rissen die Umstehenden aus ihrer Erstarrung. Heather folgte mit einigem Abstand. Das Déjà-vu-Gefühl in ihr war so stark, dass sie sich abermals wachzurütteln versuchte. Aber diesmal gab es kein Erwachen. Diesmal war alles grauenhafte Wirklichkeit.

Mrs. McFarland erreichte als Erste den Unfallort. Ihr Gesichtsausdruck erstickte Heathers Hoffnung, dass vielleicht alles nicht so schlimm gewesen war, wie es ausgesehen hatte. Ihre Mutter sprach bereits in ihr Handy. Offensichtlich hatte sie den Notruf noch im Laufen gewählt.

Mehrere Männer hatten mittlerweile die Fahrzeuge erreicht und zerrten an den eingedellten Türen, aber es gelang ihnen nicht, zu den Insassen des Vans vorzudringen. Der Fahrer des Pick-ups war durch die Windschutzscheibe geschleudert worden und lag nun halb unter dem umgekippten Dodge Ram.

Heather stoppte zehn Meter vor der Unfallstelle, überwältigt von einer plötzlich aufsteigenden Übelkeit, die sie in die Knie zwang.

»Oh Gott!«

Während sich Heather auf dem Bürgersteig zusammenkrümmte und sich ein ums andere Mal übergab, näherte sich von hinten lautes Sirenengeheul. Aber das Einzige, was sie hörte, war das ferne Gelächter des Lumpenmanns.

KAPITEL 39

Ein Schwächeanfall überkam Raul, etwas, das er seit Langem nicht mehr erlebt hatte. Im Gegenteil, er fühlte sich mit jedem Tag stärker. Dass es ihm gelungen war, das externe Internet anzuzapfen, begeisterte ihn so sehr, dass er seine Arbeit mit neuem Schwung in Angriff nahm. Aber die Besessenheit, mit der er ans Werk ging, forderte trotz der neuronalen Verstärkungen ihren Tribut. Andererseits lenkte sie ihn von seinem blanken Hass gegen Stephenson ab, einem Hass, der so tief saß, dass er ihn in den Wahnsinn zu treiben drohte.

Trotz seiner wachsenden Vertrautheit mit dem neuronalen Netz an Bord des außerirdischen Schiffs musste Raul sich eingestehen, dass er die Technologien der Aliens noch längst nicht verstand. Vielleicht würde er sie nie vollständig begreifen, obwohl er das eigentlich nicht glaubte. Jedes Mal, wenn er wieder einen der Schiffsschaltkreise reparieren konnte, ging ein weiterer Bereich des neuronalen Bordnetzes online. Und mit jeder Verbesserung dieses Netzes nahmen seine mentalen Fähigkeiten zu. Schließlich war es zu diesem Zeitpunkt nichts anderes als eine Erweiterung seines Gehirns.

Was Raul über die Technologien der Außerirdischen in Erfahrung gebracht hatte, faszinierte ihn. Allem Anschein nach hatte das Kasari-Kollektiv – so der Name der Schiffserbauer – technische Verfahren entwickelt, die eine Gruppe anderer Fremdrassen als gefährlich und instabil betrachtete. Während die Altreianer, wie die Gegner der Kasari in den bislang enträtselten Daten genannt wurden, für ihre Raumschiffe Subspace-Technologien verwendeten, hatten die Kasari gelernt, die Gravitationskräfte zu manipulieren.

Genau genommen stimmte das nicht ganz. Sie manipulierten Gravitationswirkungen in völliger Abwesenheit von Materie. Die Kasari hatten sich nämlich auf schwarze Löcher und Wurmlöcher spezialisiert, eine Wissenschaft, in der die klassische Mathematik keine Gültigkeit mehr besaß und die auf der Erde noch in den Kinderschuhen steckte.

Im Gegensatz zu schwarzen Löchern, die alles schluckten, was ihren Ereignishorizont passierte, dehnten Wurmlöcher das Gewebe der Raumzeit. Auf diese Weise entstanden Risse, die Entfernungen aufhoben, weil sie Durchgänge zwischen verschiedenen Bereichen des Universums bildeten. Es war die theoretische Grundlage, die hinter Sterntoren steckte – die Möglichkeit, durch eine Art Tunnel rasch von hier nach dort zu gelangen.

Ein Nebenaspekt der Wurmloch-Technologie hatte es Raul ermöglicht, das Internet anzuzapfen. Es war ihm gelungen, die Schiffssysteme so weit online zu bringen, dass sie eine minimale Verzerrung der Raumzeit bewirkten, weniger ein Wurmloch als eine Art Wurmfaser.

Der Vergleich dieser winzigen Wurmlöcher mit den Glasfasern, die für Standard-Lichtleiter eingesetzt wurden, half ihm, das Ganze zu erfassen. Nur dass die Wurmfasern sich keineswegs auf den Transport von Licht beschränkten, sondern sich für alle Signale durchlässig zeigten.

Das Ausrichten der Wurmfasern war für die Bordsysteme so natürlich wie die Feinabstimmung eines Radiogeräts. Aber es hatte Raul beträchtliche Zeit und Mühe gekostet, die Computernetze auf der Erde anzusteuern, zu überprüfen und anzuzapfen. Er hatte nicht die Möglichkeit, sich richtig in ein Kabelnetz einzuklinken, aber die Wurmfaser stellte eine virtuelle Verbindung zu vorhandenen Leitungen her.

Der Nachteil der Gravitationstechnologie war, dass sie ungeheure Energiemengen verschlang. Nach allem, was Raul in Erfahrung gebracht hatte, war das der Grund für den abgrundtiefen Hass der Altreianer auf das Kasari-Kollektiv. Die Kasari hatten Technologien entwickelt, die Materie in reine Energie umwandelten. Diese Energie wiederum lieferte den Treibstoff, der das Unmögliche möglich gemacht hatte, und die Gier nach immer mehr Materie war gewachsen, je weiter das Kasari-Kollektiv seine Macht und seinen Einflussbereich ausgedehnt hatte.

Selbst die allerwinzigsten Wurmfasern, wie sie Raul erzeugt hatte, ließen die Restenergie der Schiffssysteme so bedrohlich absinken, dass jeder Versuch eine lange Regenerationsphase erforderte. Raul befürchtete, dass er die Reserven vollständig erschöpfen und das Schiff für immer unbrauchbar machen könnte, wenn er zu viele Versuche wagte.

Aber für dieses eine Experiment war gerade noch genug Energie vorhanden gewesen. Raul hatte das Verkehrsleitsystem von Santa Fe angezapft und für kurze Zeit die Kameras und Ampelanlagen einer belebten Kreuzung unter seine Kontrolle gebracht. Im entscheidenden Moment hatte er dann an einer Ampel die Gelbphase verlängert, ohne das Umschalten der Gegenampel auf Grün zu verhindern – und damit höchst bemerkenswerte Resultate erzielt.

Raul bedauerte sehr, dass er die Verbindung nicht wenigstens so lange aufrechterhalten konnte, bis Polizei und Rettungssanitäter eingetroffen waren, aber er hatte das System bereits überlastet. Nachdem er den Wurmfaser-Link unterbrochen und alle unwesentlichen Systeme auf Stand-by geschaltet hatte, gestattete er sich ein breites Grinsen. Ein gelungener Test.

Vielleicht gelang es ihm ja, seine Experimente noch eine Weile vor Dr. Stephenson geheim zu halten …

KAPITEL 40

Dr. Donald Stephenson ging von einem Käfig zum anderen, um die Ratten zu untersuchen. Jeder andere hätte dafür eine Bioschutz-Ausrüstung der Risikostufe 4 getragen. Aber um zwei Uhr morgens war der Professor in der Abteilung für Infektionskrankheiten völlig allein und begnügte sich deshalb mit ganz normalen OP-Klamotten.

Sein Blick glitt über die Käfigschilder hinweg. Ordnung Mononegavirales, Familie Filoviridae, Gattung Ebolavirus. Als er vor einem Käfig mit der Beschriftung »Spezies *Zaïre ebolavirus*« stand, bückte er sich, um das Versuchstier, eine gesunde braune Ratte mit einem weißen Fleck auf dem Kopf, genauer in Augenschein zu nehmen. Stephenson griff in den Käfig, packte den kleinen Burschen im Nacken und hob ihn heraus. Ohne darauf zu achten, dass ihn das Kerlchen in seiner Panik zu beißen versuchte, hielt er es ans Licht.

Vollkommen gesund. Ein vorhersehbares und doch irgendwie verblüffendes Ergebnis. Vor gerade mal zwei Tagen hatte die Ratte gegen den Tod gekämpft, aus Nase, Augen und Anus blutend und geschwächt durch hämorrhagisches Fieber. Dr. Stephenson setzte das Tierchen zurück in seinen Käfig und nickte zufrieden. Die zuletzt entwickelten Nanos funktionierten genauso gut wie das Original, waren jedoch außerhalb des Blutkreislaufs widerstandsfähiger und benötigten keine spezielle Suspensionsflüssigkeit, um bis zur Injektion wirksam zu bleiben. Die mikroskopisch kleinen Maschinen konnten in nahezu jeder Umgebung bis knapp unter zweihundert Grad Celsius überleben. Selbst kochendes Wasser schadete ihnen nicht. Das würde das Transportproblem in all die heißen Länder mit ihrem hohen Bedarf an dem neuen Nanomedikament lösen.

Dr. Stephenson musste an Raul denken, der sich jenseits des offen zugänglichen Arbeitsbereichs an der Westflanke befand, tief in den Eingeweiden des Rho-Schiffs verborgen. An ihm hatte er die neue Nanomaschinen-Generation zuerst getestet. Das war ein wenig riskant gewesen, da er Raul bereits die Original-Nanos gespritzt hatte. Falls sich die beiden Stämme als unverträglich erwiesen hätten, wäre das ein herber Verlust für ihn gewesen. Dennoch, er hatte triftige Gründe, dieses Risiko einzugehen und Raul die verbesserte Version zu injizieren.

Von starken anfänglichen Schmerzen abgesehen, schien Raul die neuen Nanomaschinen sehr gut zu vertragen. Gemessen an dem Tempo, mit dem er die Gerätschaften in der geheimen Schaltzentrale bediente, hatte der junge Mann keine nachteiligen Langzeitschäden erlitten.

Und soweit Dr. Stephenson das über den gut verschlüsselten Videolink zum Schiffsinnern beobachten konnte, war Raul in der Tat sehr beschäftigt. In einem Schiff, in dem es von Kuriositäten nur so wimmelte, schien Raul mittlerweile die größte Kuriosität zu sein, wenn er Hand über Hand an den Regalen hochkletterte oder über den Fußboden wuselte, seine Nabel- oder besser Kabelschnur hinter sich her schleifend. Manchmal hielt er inne und schwenkte den knapp zehn Zentimeter langen wurmähnlichen Fortsatz, der seinen rechten Augapfel ersetzte und optische Signale direkt in seinen Sehnerv leitete.

Der stellvertretende Direktor hatte zwar gehofft, dass Raul nach und nach etwas vom Innenleben der Bordsysteme durchschauen würde, doch bis jetzt hatte Raul seine Erwartungen bei Weitem übertroffen. Viele Gerätschaften der Aliens, die noch Wochen zuvor völlig inaktiv gewesen waren, schickten nun von Zeit zu Zeit Energiestöße durch das Herz des fremden Schiffs und ließen die Anzeigen der Instrumente, die Dr. Stephenson angebracht hatte, um solche Veränderungen zu messen, in die Höhe schnellen. Noch war das Schiff jedes Mal in den Ruhezustand zurückgekehrt, wenn die Energiezufuhr nachließ, aber die Fortschritte waren höchst bemerkenswert.

Obwohl sich kaum übersehen ließ, dass Raul seine Erkenntnisse nicht immer ehrlich preisgab, störte das Stephenson nicht weiter. Er brauchte Raul zur Reparatur der beschädigten Bordsysteme. Und bislang hatte er bestenfalls die Oberfläche angeritzt.

Der Gedanke an das Ausmaß des Schadens, der das Rho-Schiff lahmgelegt hatte, rief bei Dr. Stephenson ein Kopfschütteln hervor. Er hätte zu gern gewusst, welche Waffen so etwas zuwege gebracht hatten, vor allem, weil es nichts auf der Erde gab, das dem Schiffsrumpf auch nur einen Kratzer zufügen konnte. Es war eine Frage, auf die er erst dann eine Antwort erhalten würde, wenn Raul die Rätsel der Schiffscomputer gelöst hatte.

Natürlich bestand die Gefahr, dass Raul etwas echt Verrücktes ausprobieren würde. Schließlich hatte Dr. Stephenson von Anfang an gewusst, dass der Junge wahnsinnig war. Die messianischen Zwänge, unter denen Raul litt, waren durch seine derzeitige Gefangenschaft nur vorübergehend unterdrückt worden. Irgendwann musste sein Gott-Komplex wieder durchbrechen, und wenn das geschähe, würde Raul ihn voll ausleben.

Dr. Stephenson wandte seine Aufmerksamkeit wieder der gesunden Ratte zu. Er zog ein Gerät aus der Tasche, das an eine kleine Stablampe erinnerte. Maschinen hatten etwas absurd Unvollkommenes an sich. Man konnte das schönste und schnellste Auto der Welt besitzen, aber man beherrschte es nur so lange, bis jemand ein paar Radmuttern lockerte. Das galt für alle Maschinen, auch für die Nanos.

Dr. Stephenson betätigte einen Knopf seines kleinen Geräts.

Die Ratte stieß ein schrilles Fiepen aus, das in einem feuchten Gurgelgeräusch endete. Binnen Sekunden sah man auf dem Käfigboden nur noch eine klebrige Pfütze aus Haut-, Fell- und Knochenresten. Es war das zweite Mal, dass er versucht hatte, die neuen Nanomaschinen in einem Lebewesen dynamisch umzuprogrammieren.

Der erste Versuch war eine höchst bedauerliche Notwendigkeit gewesen, die nicht zur vollständigen Zerstörung wie bei dieser Ratte geführt hatte. Dr. Nancy Anatole. So jung. So genial. Ein so vergeudetes Talent. Aber die jüngsten Ereignisse hatten deutlich gemacht, dass es einen Maulwurf im Rho-Projekt geben musste. Nur Dr. Rodriguez und Dr. Anatole hatten über einen umfassenden Zugriff auf die kritischen Daten verfügt. Dr. Rodriguez konnte es nicht gewesen sein, selbst wenn er noch gelebt hätte. Dagegen sprachen Stephensons eigene Forschungsprioritäten. Blieb also nur Nancy.

Der stellvertretende Direktor schüttelte den Kopf. Es war fast undenkbar, dass sie seiner speziellen Konditionierung widerstanden hatte. Dass sie ihn weiterhin hintergangen hatte. Sie war eine starke Frau gewesen. Aber nicht stark genug, um die massive Hirnblutung zu überleben, die sie in Santa Fe niedergestreckt hatte, als sie gerade an den Verkaufsständen mit Indianerschmuck vorbeigeschlendert war.

Ein paar Sekunden lang starrte Stephenson sein letztes Werk an, bevor er sich den Desinfektionsschleusen am Ausgang zuwandte. Kein Zweifel, er wusste, wie man die Muttern an den hochgerüsteten Nanomaschinen lockerte.

Als er die erste der drei Dekontaminationskammern betrat, sich auszog und seine Klinikkleidung in den Abfallschacht für Biogefahrgut warf, grinste Dr. Stephenson plötzlich. Zur gegebenen Zeit würde Raul schon merken, wer von ihnen beiden Gott war.

KAPITEL 41

Heathers Schrei riss Anna McFarland aus dem Schlaf. Sie schoss aus dem Bett hoch und rannte drei Schritte vor ihrem Mann den Korridor entlang. Mit einem Ruck schob sie die Tür zu Heathers Zimmer auf und schaltete das Licht ein. Im ersten Moment blendete sie die Helligkeit so stark, dass sie die Augen schließen musste.

»Was ist los?« Gil McFarland kam ihr mit seiner atemlosen Frage zuvor.

Am anderen Ende des Raumes saß Heather aufrecht mitten in ihrem Bett, die Augen nach hinten gerollt und einen so entsetzten Ausdruck auf ihren jungen Zügen, dass beide Eltern augenblicklich herumwirbelten, um herauszufinden, ob irgendein Schreckgespenst am Ende des Korridors lauerte. Aber der Gang war ebenso leer wie noch Sekunden zuvor, wenn man von den surrealen Schatten absah, die sie selbst in dem grellen Lichtkegel aus Heathers offener Zimmertür warfen.

»Baby?« Anna McFarland trat auf das Bett zu.

Als sie die Hand ausstreckte, um das Gesicht ihrer Tochter zu berühren, hielt sie plötzlich inne. Heathers Augen bewegten sich, als verfolgten sie Ereignisse mit, die niemand außer ihr sehen konnte. Die Empfindungen, die sich dabei in ihren Zügen spiegelten, jagten ein Kribbeln über Annas Kopfhaut und ihre beiden Arme. Heather merkte überhaupt nicht, dass Gil und sie da waren, und ihre weit aufgerissenen Augen nahmen auch keinerlei Notiz von dem hellen Licht, das ihr Zimmer durchflutete.

Anna nahm Heathers Kopf sanft in beide Hände und drehte ihn so, dass sie in die leeren Augen schauen konnte. Anfangs war keine Reaktion zu erkennen, doch dann rollten Heathers Augäpfel ganz langsam nach vorn und richteten sich auf Anna.

»Mom?«

»Ich bin bei dir, Baby.«

Anna schlang beide Arme um Heather und zog sie an sich. Im nächsten Moment spürte sie Gil, der sie beide mit seinen starken Armen umfing. Erinnerungen strömten auf sie ein und raubten ihr fast den Atem. Die Notaufnahme im Saint Joseph's Hospital, die vierjährige Heather vor Fieber glühend in ihren Armen und Gil, der sie beide ganz fest an sich gedrückt hielt.

Auf der Suche nach einem Trost, nach irgendetwas, das sie von ihrer Angst befreien könnte, schaute Anna auf. Aber anstatt einer Beruhigung las sie in Gils Zügen genau das Gleiche, was sie vor dreizehn Jahren dort gefunden hatte – eine namenlose Furcht, die ebenso groß war wie ihre eigene.

KAPITEL 42

Jennifer kam an die Tür und ließ Heather herein. Sie warf ihrer Freundin einen forschenden Blick zu.

»Du siehst müde aus«, meinte sie besorgt.

Heather zuckte die Achseln und nahm Mark gegenüber auf der Couch Platz. »Ich bin völlig kaputt. Mom und Dad fanden mich gegen zwei Uhr morgens aufrecht im Bett sitzend vor, mit weit aufgerissenen Augen, aber nicht ansprechbar. Allem Anschein nach hatte ich eine Art Albtraum. Die flippten total aus, als sie mich so sahen.«

Mark schwenkte seinen Frischkäse-Bagel. »Mann, da wäre ich aber auch ausgeflippt.«

Jennifer bedachte ihren Bruder mit einem bösen Blick, ehe sie sich wieder Heather zuwandte.

»Lass nur, Jen«, sagte Heather mit einem Seufzer. »Genau das dachte ich auch.«

Mark sah aus, als hätte er einen Magenschwinger abgekriegt. »Tut mir leid. Ich wollte dich eher aufmuntern als runterziehen.«

Heather lächelte schwach. »Du kannst doch nichts dafür. Ich habe mich den Rest der Nacht einfach miserabel gefühlt.«

Jennifer setzte sich neben ihre Freundin auf die Couch und legte ihr einen Arm um die Schultern. »Und wie ging die Sache weiter?«

»Gar nicht, zumindest nicht gleich. Aber heute Morgen hörte ich, wie sich Mom und Dad leise unterhielten. Sie wollen einen Arzttermin für mich vereinbaren.« Heathers Züge wirkten angespannt. »Das könnte auf ein EEG oder ein Computertomogramm hinauslaufen.«

Die Worte waren ausgesprochen, bevor Jennifer sie zurückholen konnte: »Aber wenn sie das tun ...«

»Genau«, sagte Heather. »Man wird die Unterschiede in meiner Gehirnaktivität und damit unser Geheimnis entdecken.«

Ein paar Sekunden lang herrschte vollkommenes Schweigen.

Genau in diesem Moment betrat Mrs. Smythe das Wohnzimmer. »Was ist denn mit euch los, Kinder? Warum sagt mir keiner, dass Heather hier ist?«

»Entschuldigung, Mom.« Wie so oft legten Mark und Jennifer gleichzeitig los, als hätten sie sich zu einer Antwort verabredet.

Linda Smythe lachte. »Ist ja nicht das erste Mal. Kann ich euch etwas zu essen machen?«

»Nein, danke.« Diesmal waren drei Stimmen gleichzeitig zu hören.

Für den Bruchteil einer Sekunde wirkte Linda Smythe gekränkt. Dann aber huschte ein Lächeln über ihre Züge. »Sandwiches mit Erdnussbutter?«

Mark, Jen und Heather sahen sich an.

»Klingt gut«, meinte Mark dann.

Mrs. Smythe nickte und verschwand in der Küche. Nach einer Weile, die Jennifer unglaublich kurz vorkam, kam sie mit einer Servierplatte zurück, auf die sie Sandwiches mit Erdnussbutter und Marmelade getürmt hatte.

»Wunderbar, Mom.«

»Vielen Dank, Mrs. Smythe«, sagte Heather.

»Bitte, gern geschehen.« Als sie sah, dass drei Augenpaare sie anstarrten, hob Mrs. Smythe beide Hände und wandte sich ab. »Okay, okay. Ich überlasse euch jetzt eurer Geheimkonferenz.«

Heather wartete, bis Mrs. Smythe gegangen war, ehe sie sich wieder den Zwillingen zuwandte. »Tut mir leid, dass ich euch da mit reinziehe. Aber ich konnte das einfach nicht für mich behalten.«

Mark stand auf. »Was heißt das nun wieder? An wen hättest du dich denn sonst wenden sollen? Waren wir nicht immer füreinander da?«

»Natürlich musstest du uns Bescheid sagen«, ergänzte Jennifer. »Mein Gott, Heather! Wir stecken doch gemeinsam in diesem Schlamassel.«

Heather lächelte. »Danke, Leute. Ihr seid echt super. Aber ich fühle mich total verunsichert. Es geht ja nicht nur um diese Untersuchung. Der Vorfall letzte Nacht war nicht der erste dieser Art. Ich habe öfter solche Phasen, in denen ich völlig weggetreten bin – meist sogar im Wachzustand.«

»Wie meinst du das – im Wachzustand?«, erkundigte sich Jennifer.

Heather seufzte. »Das ist schwer zu erklären. Mitten in einer ganz normalen Tätigkeit überfällt mich plötzlich ein Déjà-vu-Erlebnis, ähnlich wie das Rückspulen eines Films. Nur dass ein Teil davon nicht real ist, sondern so etwas wie ein Wachtraum.«

Jennifers Puls ging schneller. »Und vor diesem Rückspulen, was siehst du da?«

Heather erhob sich und ging vor der Couch auf und ab. »Ich weiß auch nicht.«

»Kannst du dich nicht erinnern?«, fragte Mark.

Heather blieb stehen. »Doch. Sogar sehr genau. Es ist, als könnte ich einen kurzen Blick in die Zukunft werfen, nicht in die ferne Zukunft, sondern auf etwas, das schon sehr bald geschehen wird.«

»Und das geschieht dann auch?« Jennifers Brust war wie mit Ketten umschnürt.

»Ja. Nicht genauso wie in meiner Vision, aber doch so nahe dran, dass ich nach jedem dieser Träume eine Heidenangst empfinde.«

Mark kaute an seiner Unterlippe. »Vielleicht ist das ein weiterer Nebeneffekt unserer Kontakte mit dem zweiten Schiff. Wir haben bereits einige verblüffende Dinge erlebt.«

»Auch Zukunftsvisionen?« Heather schüttelte den Kopf.

»Ich denke, es ist etwas anderes«, meinte Jennifer. »Überlegt doch mal. Das Schiff hat unsere Gehirnaktivitäten auf Maximum geschaltet. Bei dir, Heather, äußerte sich das bisher in einer mathematischen Savant-Begabung. Vielleicht stellen diese Wachträume nichts anderes dar als eine Weiterentwicklung deines analytischen Talents.

Dreidimensionale Computerspiele etwa basieren auf komplexen mathematischen Regeln. Was ist, wenn dein Gehirn nur die Folgen berechnet, die sich aus realen Vorkommnissen ergeben können, und daraus ein 3-D-Bild des wahrscheinlichsten Ausgangs entwirft?«

»Vielleicht hast du recht. Aber was kann ich tun, damit das aufhört?«

Jennifer bedauerte, dass sie ihrer Freundin keine Lösung anbieten konnte. »Ich weiß es nicht, aber das ist im Moment nicht unser größtes Problem. Wir dürfen auf keinen Fall zulassen, dass die Ärzte deine abnormale Gehirnaktivität entdecken.«

In diesem Moment mischte sich Mark ein. »Ich habe eine Idee. Erinnert ihr euch noch an meine Biofeedback-Meditation auf dem Untersuchungstisch des Schiffs?«

»Du meinst, als du um ein Haar einen Herzstillstand provoziert hättest?«, fragte Heather.

»Was soll das schon wieder heißen? Ich hatte meinen Herzschlag lediglich verlangsamt. Mit dem Biofeedback, das ich von diesem Untersuchungstisch erhielt, konnte ich ganz gezielt meine Körperreaktionen verändern.«

Heather setzte sich wieder. »Was willst du damit sagen?«

»Ich will damit sagen, wenn ich das geschafft habe, müsste es dir vielleicht auch gelingen, dich so zu entspannen, dass dein EEG normal erscheint.«

Jennifer ging ein Licht auf. Mit einem verbesserten Biofeedback ließ sich diese Art von Entspannung vielleicht erlernen. Nicht nur vielleicht – sehr wahrscheinlich sogar. »Genial.«

Heather sprang auf und lief zur Tür. »Ich sage Mom Bescheid, dass wir eine Radtour unternehmen. Wir treffen uns in zehn Minuten vor dem Haus.«

Jennifer schüttelte den Kopf. »Besser in zwanzig. Ich möchte mich erst im Internet kundig machen, wie normale EEG-Wellen und CT-Aufnahmen aussehen.«

»Gute Idee.«

Als die Eingangstür zuschlug, trat Jennifer ans Fenster und starrte ihrer Freundin hinterher, bis sie um die Ecke verschwunden war. Sosehr sie es bedauerte, dass sie Geheimnisse vor Mark und Heather hatte, war sie doch ein wenig erleichtert. Vielleicht gab es tatsächlich noch Hoffnung.

KAPITEL 43

Heather hatte fast vergessen, wie gut sich das Headset anfühlte. Sobald sie die Höhle betreten, sich in die zweite Ebene des Schiffs geschwungen und den elastischen Stirnreif übergestreift hatte, umfloss sie eine Wärme, die ihr das Gefühl gab, endlich wieder nach Hause zu kommen.

Sie betrat als Erste den Raum, den sie das Medizinlabor nannten, dicht gefolgt von Jennifer und Mark, die ebenfalls ein Headset trugen. Fast als könnte das Schiff erkennen, was sie empfand, wechselten die Farbmuster im Raum zu sanfteren Nuancen, die sich der fließenden Eleganz der Podeste anpassten. Himmel, war das schön!

»Ich mache den Anfang«, sagte Mark.

Heather sah ihn fragend an. »Warum du?«

»Ich weiß bereits, wie man das Biofeedback manipuliert. Es ist zu schade, dass wir nicht mehr als einen dieser Tentakeltische haben, sonst könnte ich dich durch die einzelnen Übungsstufen führen.«

Als hätte das Schiff seinen Wunsch verstanden, löste sich plötzlich die Tür in der hinteren Wand auf – die Tür, die sich noch nie für sie geöffnet hatte.

Heather keuchte. Dann rannte sie los, als genügte ein Zögern, um den neuen Durchgang wieder zu verschließen, bevor sie sehen konnte, was sich dahinter verbarg. Aber Mark war schneller als sie. Nur Jennifer zögerte. Kein Wunder. Jennifer war schon immer die Einzige des Trios gewesen, die erst nachdachte und dann handelte.

Der Raum war kleiner als das Medizinlabor, mit einer einzigen großen Liege, umgeben von einem ganzen Wald jener durchsichtigen Tentakelröhren, die sie bereits vom Untersuchungstisch im Medizinlabor kannten. Die hier waren allerdings größer und mit Lichtern gefüllt, die sich wie Seifenblasen durch eine zähe Flüssigkeit bewegten. Wenn Heather über die neue Entdeckung nicht so erregt gewesen wäre, hätte sie sich einfach hingesetzt und das Lichterspiel beobachtet.

Mark betrat den Raum und ging auf die Liege zu. Die durchsichtigen Röhren wichen zur Seite und verschwanden, sobald er sich näherte.

Heather versuchte ihn zurückzuhalten. »Mark! Sei vorsichtig!«

»Warum?« Er drehte sich zu ihr um. »Das Schiff hätte uns schon hundertmal umbringen können, wenn das seine Absicht gewesen wäre.«

»Das klingt, als würde es uns bewusst verschonen. Aber vielleicht reicht es, dass wir auf den falschen Knopf drücken oder ein Gerät falsch einsetzen, und wir sind geliefert.«

Mark schüttelte den Kopf. »Möglich, aber dieser Raum vermittelt mir nicht den Eindruck, als würde uns eine Gefahr drohen.«

Heather konzentrierte sich und versuchte über das Headset eine allgemein verständliche Frage an den Schiffscomputer zu senden. Bilder überfluteten ihr Gehirn, aber sie verstand nicht, was sie bedeuteten. In einem Punkt hatte Mark jedoch recht. Dieser neu entdeckte Raum hatte nichts Bedrohliches an sich.

Sie warf einen Blick über die Schulter. Aber wenn sie gehofft hatte, dass ihre Freundin ihren Bruder zur Vernunft mahnen würde, sah sie sich getäuscht. Jennifer war mit erwartungsvoller Miene näher gekommen. Obwohl das natürlich Unsinn war, wurde Heather das Gefühl nicht los, dass Jen diesen Raum nicht zum ersten Mal sah.

Nachdem keine weiteren Einwände gekommen waren, nahm Mark auf der Liege Platz und ließ sich zurücksinken. Die Reaktion des Raumes war verblüffend. Aus den Tentakeln, die über ihn hinwegtasteten, wuchsen Tausende von Ausläufern, jeder mit einer biegsamen Nadelspitze, die sich ihren eigenen Abtastpunkt auf seiner Haut suchte. Heather hätte am liebsten laut aufgeschrien, aber der Stirnreif der Aliens überflutete sie mit beruhigenden Gefühlen. Und auch Marks Züge wirkten völlig entspannt. Dennoch musste sie sich konzentrieren, um ihren Atem zu verlangsamen.

Obwohl Heathers Aufmerksamkeit vor allem auf Mark gerichtet war, entging ihr nicht, dass über Jennifers feines Gesicht ein zufriedenes Lächeln glitt.

KAPITEL 44

Senator Connally starrte über die Mikrofone hinweg, die den hufeisenförmigen Tisch im Ausschussraum säumten. Obwohl der Senatsausschuss für Nachrichtendienste täglich nicht öffentliche Sitzungen in Zimmer 219 des großen, als Hart Building bekannten Kongress-Bürogebäudes abhielt, lag diesmal ein Knistern in der Luft. Es erinnerte ihn an das Heraufziehen der gefährlichen Unwetter, die hin und wieder über den Mittelwesten hinwegtobten.

In den Gesichtern der übrigen Ausschussmitglieder, die ihren Blick auf den Vorsitzenden der Nachrichtendienst-Abteilung im Energieministerium gerichtet hielten, spiegelten sich die unterschiedlichsten Empfindungen.

»Also, Mr. Scott«, begann Senator Connally, »damit wir uns richtig verstehen: Sie sind der Ansicht, dass die Sicherheitsmaßnahmen rund um das Rho-Projekt von Los Alamos völlig ausreichen?«

Der blonde Mann am anderen Ende des Konferenzraumes presste die ohnehin schmalen Lippen zu einem dünnen Strich zusammen, und seine blaugrauen Augen blitzten.

»Das ist absolut korrekt, Senator.«

»Und Sie sind weiter der Ansicht, dass der Plan des Präsidenten, die Details der außerirdischen Nanotechnologie allgemein publik zu machen, keine Gefahr für die nationale Sicherheit darstellt?«

Adam Scott beugte sich über sein Mikrofon. »Senator, Ihnen dürfte bekannt sein, dass der Präsident sich nur für die Freigabe des segensreichen Nanoserums einsetzt, ohne irgendwelche Details preiszugeben. Das würde bedeuten, dass wir das Serum verteilen, den Herstellungsprozess aber geheim halten. Ein Restrisiko bleibt natürlich immer. Aber nach meinem eigenen und dem Ermessen fast aller Experten in meinem Amt würde der Nutzen das Risiko für die nationale Sicherheit bei Weitem überwiegen.«

Senator Connally schnaubte verächtlich. »Tatsächlich? Aber Sie sind sich im Klaren darüber, dass die Militärführung Ihre Einschätzung ganz und gar nicht teilt?«

Scotts Miene blieb ausdruckslos. »Angesichts der engstirnigen Weltsicht im Verteidigungsministerium überrascht mich das nicht weiter, Senator. Ich sollte vielleicht erwähnen, dass auch die Nachrichtendienstgemeinschaft voll hinter dem Antrag des Präsidenten steht. Zu den Unterstützern zählen unter anderem der CIA-Leiter, die Direktoren von FBI und NSA sowie der DNI.«

»Sie vergaßen zu erwähnen, dass der Verteidigungsnachrichtendienst DIA die Initiative entschieden ablehnt. Und Sie verschweigen den Widerstand des vormaligen Verteidigungsministers und des früheren NSA-Direktors.«

Ein schwaches Lächeln zuckte um Scotts Mundwinkel. »Bei allem Respekt, Senator, die DIA und der zurückgetretene Minister sind so eng mit dem Verteidigungsministerium verbunden, dass sie es sich kaum leisten können, einen eigenen Standpunkt zu vertreten. Und meine Einschätzung zur Militärführung kennen Sie bereits. Was den kürzlich verstorbenen NSA-Direktor betrifft, so halte ich es für bedenklich, die Ansichten eines Verbrechers mit in die Waagschale zu werfen.«

Connally spürte, wie die Zornesröte in ihm aufstieg. »Mr. Scott, witzige Sprüche sind hier fehl am Platz. Ich kann Ihnen ganz im Gegenteil versichern, dass dieser Ausschuss Belange der nationalen Sicherheit todernst nimmt. Und obwohl wir in vielen Dingen unterschiedliche Auffassungen vertreten, werden Sie feststellen, dass unsere Toleranz gegenüber flapsigen Antworten gleich null ist. Vielleicht sollten wir uns nächste Woche nach einem Rückruf bei Ihrem Vorgesetzten, dem Energieminister, noch einmal zu einem ausführlichen Gespräch treffen.«

Diesmal lief Mr. Scott rot an. »Senator, ich entschuldige mich, falls ich Sie durch meine Ausdrucksweise gekränkt habe. Und ich versichere Ihnen, dass ich in Zukunft meine Worte sorgfältiger wählen werde.«

»Tun Sie das. Und nun zurück zu meinem ursprünglichen Fragenkatalog. Sie kennen das Thema der UN-Sondersitzung, die für diese Woche anberaumt ist?«

»Ja, Senator.«

»Und Sie finden es nicht alarmierend, dass mehr als neunzig Prozent der Delegierten aus aller Welt eine Resolution verabschiedet haben, die von den USA eine sofortige Veröffentlichung aller Informationen zur Nanotechnologie der Aliens fordert? Darüber hinaus drängen die Vereinten Nationen darauf, das gesamte Forschungsprogramm des Rho-Schiffs einem internationalen Wissenschaftlergremium in Europa zugänglich zu machen.«

»Senator, mit dieser Reaktion hatten wir gerechnet. Aber das heißt noch lange nicht, dass wir uns diesen Forderungen fügen müssen. Ich denke, wenn die internationale Gemeinschaft erst einmal selbst beurteilen kann, wie segensreich das neue Nanoserum ist, wird die Dankbarkeit überwiegen.«

Senator Connally presste die Lippen zusammen. »Das scheint die Regierung ebenso zu sehen. Ich komme auf diesen Punkt der Anhörung später noch einmal zurück. Zunächst aber erteilt der Ausschuss dem Senator von Alabama das Wort.«

Bis Senator Connally die Sitzung geschlossen hatte und sich zu seinem Auto begab, war die Dunkelheit hereingebrochen. Und als er seinen Parkplatz am Watergate-Gebäude ansteuerte, klatschten die ersten Regentropfen auf die Windschutzscheibe, gerade so viele, dass die Wischerblätter die Nässe mit einem unwilligen Quietschen verschmierten.

Während alle anderen Senatoren die Hauptstadt so schnell wie möglich verließen, um das lange Wochenende daheim zu verbringen, war Connally einfach nur froh, dass er sein Apartment im Regierungsviertel aufsuchen und die Tür hinter sich schließen konnte. Seit drei Jahren geschieden, mit zwei erwachsenen

Kindern, die nach L. A. gezogen waren, gab es im Moment nur einen Wunsch in seinem Dasein: einen friedlichen Abend, weit weg von den Redeschlachten in Washington.

Er knipste das Licht an, befreite sich von Mantel und Krawatte und hängte beides ordentlich in den Schrank, bevor er sich dem Weinregal zuwandte. Er nahm mehrere Flaschen in die Hand und studierte die Etiketten, bis er gefunden hatte, was er suchte: einen schönen Alexander Valley Cyrus.

Den Rotwein im Glas schwenkend, ließ er sich in seinem Lesesessel nieder, nahm einen Schluck und wartete, bis sich der Geschmack auf der Zunge entfaltet hatte. So wie die Dinge liefen, wollte er jedes noch so kleine Vergnügen auskosten.

Denn wenn sich Connally die Wahrheit eingestand, dann hatte er eine Scheißangst. Sein Vater war während der Kubakrise Senator gewesen. Connally erinnerte sich, wie sein alter Herr von dem Entsetzen berichtet hatte, das die Hauptstadt zu jener Zeit erfasst hatte. Verdammt, die Aussicht auf einen totalen Atomkrieg gegen die Russen musste jeden in Furcht und Schrecken versetzt haben. Aber schlimmer als die gegenwärtige Situation konnte es damals auch nicht gewesen sein.

Der Präsident der Vereinigten Staaten hatte den Verstand verloren. Er hatte eine Büchse geöffnet, von der selbst Pandora die Finger gelassen hätte.

Connally nahm noch einen Schluck und lehnte sich tiefer in seinen Sessel zurück. Zwei Wochen Anhörungen in zahlreichen Parlaments- und Senatsausschüssen hatten den Lauf der Ereignisse lediglich etwas verlangsamt. Und obwohl zahlreiche Gruppierungen – darunter viele, die zur eigenen Partei des Präsidenten gehörten – vehement gegen die Freigabe der außerirdischen Nanotechnologie kämpften, zeigte sich der Großteil der Öffentlichkeit begeistert von der Vorstellung eines Allheilmittels für alle Leiden der Welt. Connallys eigene Umfragen hatten ergeben, dass 67 Prozent der Bevölkerung die Politik des Präsidenten unterstützten.

Connally musste zugeben, dass es kaum gute Argumente für die Haltung gab, Kranke eher sterben zu lassen, als sie zu retten. Herrgott, wenn er ein todkrankes Kind hätte, würde er ganz vorne in der Schlange stehen, um sich das Zeug zu besorgen.

Das Militär war aus naheliegenden Gründen gegen eine Freigabe. Es wollte amerikanische Soldaten mit dem Supersaft versorgen – und zur Hölle mit allen anderen. Der Gedanke, dass er auf der gleichen Seite stand wie die hochrangigen Militärs, machte Connally körperlich krank. Und wenngleich seine Bedenken völlig anderer Art waren, hatte das zu einem seltsamen Bündnis zwischen ihm, den Antikriegs-Liberalen und der Kriegstreiber-Elite geführt.

Connally erhob sich und warf einen Blick aus dem Fenster. Weit unten wand sich der Potomac dem Atlantik entgegen. Die Lichter mehrerer Boote glitzerten in der Ferne. Schön. Du lieber Gott, würde das alles noch genauso schön sein, wenn niemand mehr starb?

Sein Vater hatte ihm einmal, als er noch klein war, einen *Magic 8 Ball* geschenkt, ein Spielzeug, das einer schwarzen Billardkugel ähnelte. Wenn man der Kugel eine Frage stellte und sie dann umdrehte, fand man in einem Sichtfenster, das der Acht gegenüberlag, die richtige Antwort. Vor seinem geistigen Auge sah er die eigene Antwort vor dem dunklen Hintergrund aufleuchten.

»Garantiert nicht.«

Connally wusste, dass die Nanos einen Menschen nicht unsterblich machten. Sie waren nichts weiter als effiziente kleine Maschinen, die im Blutstrom umherwuselten, Arterien säuberten, beschädigte Zellen reparierten, Infektionen beseitigten und alles aussortierten, was nicht zur jeweiligen DNA-Verschlüsselung passte. Sie machten nicht unsterblich, nur verdammt widerstandsfähig.

Was würde mit der Weltbevölkerung geschehen, wenn man die Nanos den Bewohnern der dritten Welt injizierte, die sich bekanntermaßen rasend schnell vermehrten? Keine Krankheiten mehr. Gut. Aber wie stand es mit Hungerkatastrophen? Und welches Alter würden die Menschen erreichen? Hundertfünfzig Jahre? Zweihundert? Mist! Irgendwann würden sie sich gegenseitig zertreten.

Kriege würden eine neue Brutalität annehmen. Man konnte die Feinde nicht einfach wie früher erschießen. Sie würden wieder aufstehen und weiterkämpfen, außer man zerstückelte, enthauptete oder löste sie in ihre Atome auf.

Im Lauf der vergangenen Woche hatten die Ausschussmitglieder all diese Fragen den Experten des Präsidenten vorgelegt. Und die Antworten, die sie erhalten hatten, boten wenig Trost. Jeder Fortschritt bringe Probleme mit sich. Aber wie stets in der Vergangenheit würde man auch diese Probleme lösen. Außerdem hatte man die Frage in den Raum gestellt, ob die Ablehnung einer Heilmethode, mit deren Hilfe man sämtliche Krankheiten dieser Welt ausrotten und Millionen Menschenleben retten könnte, nicht verbrecherischer sei als alle Schandtaten von Hitler und Stalin zusammen?

So ungern Connally sich das eingestand, ihm fiel kein gutes Gegenargument ein. Zumindest keines, das die andere Seite überzeugt hätte.

Connally trank den letzten Schluck seines Rotweins, dann atmete er tief durch, wandte sich vom Fenster ab und nahm die abgegriffene King-James-Bibel vom Tisch. Er schloss die Augen, murmelte ein kurzes Gebet und bat um Erleuchtung, dann öffnete er das Buch aufs Geratewohl. Als er die Augen wieder aufschlug, sprang ihm ein einziger Vers entgegen.

»Vater, vergib ihnen, denn sie wissen nicht, was sie tun.«

KAPITEL 45

Heather öffnete die Augen und drehte den Kopf zur Seite, um einen Blick auf die Leuchtziffern des Digitalweckers auf ihrem Nachttisch zu werfen, wenngleich das völlig unnötig war. Denn sie wusste genau, wie spät es war: 4 Uhr 47.

Obwohl sie in der Nacht zuvor überhaupt nicht geschlafen

hatte, war sie so frisch und munter wie nie zuvor – eine großartige Sache angesichts der Tatsache, dass sie in letzter Zeit vor lauter Stress kaum zur Ruhe gekommen war. Sie hatte nur die Augen geschlossen, um den meditativen Zustand auf der neu entdeckten Tentakelliege des Raumschiffs zu genießen. Dieses Erlebnis hatte sie in einer Weise verändert, die sie zwar nicht verstand, die sich aber genau richtig anfühlte. Daneben verblassten ihre bisherigen Erfahrungen mit dem Schiff, so intensiv sie auch gewesen sein mochten.

Mark hatte den Anfang gemacht. Er war eine ganze Stunde auf der Liege geblieben, bei vollem Bewusstsein, und hatte Jennifer sogar gebeten, ihm die Bilder der Normal-EEGs zu zeigen, die sie zur Kontrolle mitgebracht hatte. Anders als auf dem Untersuchungstisch im Medizinlabor konnte nur die Person, die sich gerade auf der Liege befand, die vom Schiffssystem ausgesandten mentalen Visionen mitverfolgen. Dennoch schien Mark, als er schließlich aufstand und die Tentakel sich von seinem Körper zurückzogen, zuversichtlich, dass er die gewünschte Technik zum Dämpfen der Gehirnaktivität beherrschte.

Heather war als Nächste an der Reihe gewesen. Obwohl sie Marks Reaktionen genau beobachtet hatte, war sie nicht im Geringsten auf die Empfindungen vorbereitet, die über ihren Körper und Verstand hereinbrachen, als die Millionen Nadelspitzen den Kontakt zum Schiff herstellten. Es war mehr als erhebend, fast als sähe sie plötzlich klar und scharf die Bilder eines Traums vor sich, an den sie sich bis jetzt nur dumpf erinnert hatte.

Im Unterschied zu allen bislang erprobten Meditationsmethoden hatte sie jeden Nerv und jede Zelle in ihrem Körper gleichzeitig gespürt. Ihren Atemrhythmus und Herzschlag bewusst zu verlangsamen, wie sie es damals bei Mark im Medizinlabor beobachtet hatte, war ein Kinderspiel gewesen. Auch die Beschleunigung ihres Stoffwechsels hatte keine besondere Konzentration erfordert. Sie dachte kurz darüber nach, was sie verändern wollte, und es geschah einfach.

Heather hatte sich Jennifers EEG-Aufnahmen angesehen und auf einen Blick eingeprägt, um dann ihre eigene Gehirnaktivität so zu verschieben, dass sie mit den Normalmustern übereinstimmte. Das erforderte mehr Aufmerksamkeit als die anfänglichen Übungen, aber sie hatte bald den Dreh heraus, die neuronale Aktivität in jedem einzelnen Areal ihres Gehirns zu verlangsamen und sich genau zu merken, wie sie das bewerkstelligen konnte. Selbst das hatte sich gut angefühlt, fast als schickte sie einen Teil von sich ganz gezielt in einen Dämmerzustand.

Als sie sich von der Liege erhoben hatte, war Heather überzeugt gewesen, dass sie die Beeinflussung ihrer Gehirntätigkeit nach Belieben wiederholen konnte. Das Erstaunlichste aber erwartete sie, nachdem sie die Tentakelliege Jennifer überlassen hatte: Das Gefühl einer vollkommenen Koppelung von Körper und Geist war unvermindert bestehen geblieben.

Die Schlaflosigkeit der letzten Nacht hatte sie beunruhigt, aber nicht so, wie man es normalerweise von einer schlaflosen Nacht erwarten würde. Denn es war, als benötigte sie keinen Schlaf mehr. Dieser Effekt verlor sich vielleicht wieder, aber er war doch sehr merkwürdig. Zusammen mit den anderen Merkwürdigkeiten ihres gestrigen Ausflugs zum Schiff hinterließ er in ihr ein gewisses Unbehagen.

Was ihr jedoch am meisten zu denken gab, war Jennifers Verhalten. Heather hatte eigentlich erwartet, dass Jen Einspruch erheben würde, als Mark und danach Heather auf der Tentakelliege Platz nahmen. Stattdessen schien sie fast begierig darauf gewartet zu haben, dass beide diesen Versuch unternahmen. Und als Jennifer schließlich selbst die Liegefläche erklomm, fiel Heather auf, dass sie mit dem Ding offenbar sehr vertraut war.

Außerdem quälte es sie, dass sie sich so großartig fühlte. Heather konnte nicht genau sagen, warum ihr das zu schaffen machte, aber sie verstand nun etwas besser, dass sich manche Leute Drogen einwarfen, um diesen Zustand zu erreichen. Das war es auch, was sie quälte – der Gedanke, wie es ihr ergehen würde, wenn sie aus diesem Hochgefühl wieder abstürzte.

Eine Serie leuchtender Bilder durchzuckte ihr Gehirn. Die Wahrscheinlichkeit, dass es sich um einen vorübergehenden Effekt handelte, war nicht sehr groß. Heather war von der ersten

Sekunde an, da sie sich auf diese Liege geschwungen hatte, klar gewesen, dass etwas Besonderes mit ihr geschah, etwas, das weit über alles hinausging, was sie bei früheren Besuchen auf dem Schiff erlebt hatte.

Sie verließ das Bett, schlüpfte in Hausschuhe und Bademantel und überlegte, ob ihre Eltern schon wach waren. Nein, noch schliefen sie.

Heather erstarrte. Die Antwort war ihr einfach so in den Sinn gekommen. Das allein hatte noch nichts Ungewöhnliches an sich. Jeder Mensch kannte solche inneren Dialoge. Und doch fröstelte es sie mit einem Mal. Denn diese mentale Antwort war keine Vermutung gewesen, sondern basierte auf unumstößlichem Wissen.

Eines stand allerdings fest. Das unheimliche Gefühl ließ sich nicht verscheuchen, wenn sie hier in ihrem Zimmer herumhing und darüber nachgrübelte. Ein heißer Tee half vermutlich ebenso wenig, aber schaden konnte er auch nicht.

Bis Heather sich in ihrem Gartenstuhl auf der hinteren Terrasse niedergelassen hatte, die Knie bis ans Kinn hochgezogen und beide Hände um eine große Tasse dampfenden Tee gepresst, hellte sich im Osten allmählich der Horizont auf. In der kühlen, frischen Luft lag wie immer ein Hauch von Kiefernharz, und dennoch wirkte sie an diesem Morgen anders als sonst. Selbst der Kamillentee verbreitete einen zarten neuen Duft.

Ein Rascheln im Gras ganz am Ende des Gartens ließ sie aufschauen. Ein Häschen, das wohl ihren Blick spürte, stellte kurz die Ohren auf, ehe es weiterknabberte.

Das Geräusch von Schritten auf der Treppe riss sie aus ihrer Versunkenheit.

»Guten Morgen, Dad«, rief Heather in die Küche.

Gil McFarland erschien in der Tür. »Woher wusstest du, dass ich es war und nicht deine Mutter?«, fragte er mit einem Lächeln.

»Dad, du kommst doch immer als Erster nach unten.«

»Das heißt, nach dir. Es ist schön, dass du wieder früher aufstehst. Ich dachte schon, du hättest dich für immer unter die Langschläfer begeben.«

Als Heather lachte, klang das selbst in ihren eigenen Ohren gut. »Ich schätze, dass ich den versäumten Schlaf endlich nachgeholt habe.«

Ihr Vater sah sie einen Moment lang prüfend an. Dann stahl sich erneut ein Lächeln über seine Züge. »Du machst Fortschritte. Ich setze jetzt mal den Kaffee auf, und dann leisten Mom und ich dir hier draußen ein wenig Gesellschaft.«

»Klingt gut.«

Eine Bewegung zur Linken ließ Heather ruckartig herumfahren. Dort in den Sträuchern am Waldsaum ...

»Was ist los, Heather?«

Die Besorgnis, die in der Stimme ihres Vaters mitschwang, holte sie in die Wirklichkeit zurück. Irgendwie war sie aufgesprungen und hatte dabei ihre Teetasse fallen gelassen. Stumm starrte sie auf die Scherben zu ihren Füßen. Aus der Ferne wehte kaum hörbar das irre Lachen des Lumpenmanns zu ihr herüber.

KAPITEL 46

Janet Price ließ ihren Blick quer durch den Zentralraum des Hogans schweifen und musterte die geschmeidige Gestalt ihres Partners. Jack saß vor seinem Laptop, an einem Holztisch, der abwechselnd als Schreibtisch, Esstisch und Werkbank diente. Das Spiel seiner Muskeln dicht unter der Haut verriet die Anspannung, unter der er stand. Wie eine eingerollte Kobra, die jeden Moment zustoßen konnte, dachte sie.

Etwas schnürte ihr die Kehle zusammen. Sie war immer unabhängig gewesen, jemand, der an seine Grenzen ging und sich einzig und allein am Adrenalinkick berauschte. Doch jetzt kam eine neue Sucht hinzu. Sie hatte die Liebe immer für einen Mythos gehalten, für eine Illusion, an die sich die Menschen klammerten, um ihrem faden kleinen Leben ein wenig Schwung zu geben.

Janet wusste genau, wann sie über diese mythische Klippe gestürzt war. Es war jener schreckliche Moment gewesen, als Jack sie aufgefunden hatte, als er sie angefleht hatte, wach zu bleiben, und sie sich in der Tiefe seiner Pupillen verloren hatte, jener Moment auf der bewaldeten Kammlinie, als er kehrtgemacht hatte, um ihre Verfolger zu jagen. Vielleicht hatte sie sich in diesem Moment fallen lassen, weil sie sicher gewesen war, dass sie sterben musste.

Aber Jack hatte sie nicht sterben lassen. Selbst die unerträglichen Schmerzen, die er ihr zugemutet hatte, als er ihr das mit Nanomaschinen verseuchte Blut injizierte, hatten sie in ihrer Liebe zu ihm nur bestärkt. Jack war zurückgekommen, um sie zu holen, hatte mit allen Mitteln, die ihm zur Verfügung standen, dafür gekämpft, dass sie bei ihm blieb. Damit hatte er ihr die Unabhängigkeit genommen. Sie hätte ihn dafür hassen sollen, doch das konnte sie nicht.

Und nun hatte Janet einen weiteren Grund, ihre Freiheit aufzugeben. Sie war schwanger. Diese verdammten kleinen Nanomaschinen reparierten einfach alles. Selbst die relativ geringe Dosis, die Jack bei seinem blutigen Kampf mit Priest Williams abbekommen hatte, war wohl ausreichend gewesen, um seine Vasektomie rückgängig zu machen. Die Pille hätte Janet vermutlich auch nicht geschützt, seit sie ebenfalls mit den Nanos infiziert war. In nicht allzu ferner Zeit würde sich die Menschheit wieder auf Kondome als einzig brauchbare Mittel zur Geburtenkontrolle verlassen müssen.

Jack wusste noch nichts davon, und Janet hatte beschlossen, ihm erst Bescheid zu sagen, wenn sich ihr Zustand nicht mehr verbergen ließ. Ihr Killer-Engel hatte so viel am Hals, dass sie die Bombe lieber nicht gleich platzen lassen wollte.

Ganz oben auf seiner To-do-Liste stand im Moment die Nachricht, die sie per Laptop erhalten hatten. Dass es ihnen gelungen war, die Laptop-Batterien zu laden, war an und für sich bereits ein kleines technisches Wunder. Großer Bär half ihnen zwar nach Kräften und unterstützte sie regelmäßig mit Vorräten, aber in diesem abgelegenen Teil des Reservats gab es einfach keine elektrischen Leitungen. Und der Kauf eines Generators hätte mehr Aufmerksamkeit erregt, als Jack riskieren konnte. Also hatten sie sich darangemacht, mit diversen Ersatzteilen, die Großer Bär bei Schrotthändlern aufgetrieben hatte, selbst so ein Ding zu bauen und mit einem Windrad anzutreiben.

Eines musste man dieser Hochebene in New Mexico ja lassen: Es gab Wind im Überfluss. Und ein Dutzend Autobatterien boten genug Kapazität, um die kurzen Phasen zu überbrücken, in denen Flaute herrschte.

All das hatte jedoch viel Zeit und Mühe gekostet, und erst seit zwei Tagen waren sie in der Lage, Strom zu erzeugen, der störungsfrei genug war, um eine Verbindung zum Laptop-Netzteil riskieren zu können. Und obwohl sie jetzt Power hatten, blieb der Internetanschluss ein größeres Problem. Es gab weder Telefonleitungen noch Fernsehkabel, noch die Möglichkeit zum Satellitenempfang.

Dennoch war Jack fest entschlossen gewesen, den Computer in Betrieb zu nehmen. Er beabsichtigte, sämtliche Daten des Systems nach Hinweisen zu durchforsten, wer Jonathan Riles und den Rest des Teams verraten hatte. Jack hatte schon immer ein besonderes Geschick darin besessen, rechtzeitig unterzutauchen, manchmal sogar über Monate hinweg von der Bildfläche zu verschwinden. Diesmal würde er bleiben, das spürte Janet.

Janet war gerade im Begriff gewesen, den Computer hochzufahren, als ihre Finger über der Tastatur erstarrten. Auf der Benutzeroberfläche befand sich eine Datei, die beim letzten Mal noch nicht da gewesen war, eine Datei mit dem ominösen Namen »Das müssen Sie lesen Jack«.

Da keine Verbindung zum Internet bestanden hatte und der Computer nicht einmal eingeschaltet gewesen war, gab es nur eine logische Erklärung für die Erstellung dieser Datei. Eine Art Virus musste sich auf ihrem System installiert und beim Neustart aktiviert haben.

Aber diese Annahme erwies sich als falsch. Janet hatte einen kompletten Satz von Diagnoseprogrammen einschließlich der neuesten Virenscanner durchlaufen lassen und nichts Verdächtiges gefunden. Noch mehr beunruhigte sie das Erstellungsdatum, das mit der ersten Bootsequenz übereinstimmte. Das deutete auf einen bereits eingeschleusten Virus hin, obwohl sie fest davon überzeugt war, dass es den auf ihrem System nicht gegeben hatte.

Jack zuckte schließlich die Achseln. »Dann wird uns wohl nichts anderes übrig bleiben, als uns die Datei anzusehen.«

»Das denke ich auch.« Janet nahm wieder vor der Tastatur Platz.

Sie öffnete das File. Der Verfasser des Textes kam sofort zur Sache.

»Jack. Sie haben es mit dem Urheber der Rho-Projekt-Botschaft an die NSA zu tun. Ich versichere Ihnen, dass keine von Menschen oder Außerirdischen entwickelte Technologie in der Lage ist, unseren Informationsaustausch aufzuspüren. Ich habe einen Chip auf der CPU dieses Computers installiert, der kein Signal aussendet oder empfängt. Er arbeitet mit einem sogenannten Quantenzwilling, für den es nur ein einziges Gegenstück gibt. Die Quantenzustände dieser beiden Geräte sind immer identisch. Steuern Sie einen an, empfängt sein Partner ohne zusätzliche Übertragung zur gleichen Zeit das gleiche Signal. Es handelt sich dabei um eine Technologie der Aliens, die ich mir angeeignet habe und nun für meine Zwecke einsetze. Die Theorie ist bekannt, aber niemand außer mir weiß, dass sie bereits in der Praxis existiert.

Ich teile Ihnen das mit, um zu verhindern, dass Sie diesen Computer zerstören oder den QZ-Chip entfernen. Ich bin nicht in der Lage, Sie mit meiner Erfindung aufzuspüren. Ich habe nicht die geringste Ahnung, wo Sie sich gerade befinden. Alles, was das Gerät im Moment bietet, ist die Möglichkeit einer sofortigen, geschützten Kommunikation.

Ich lasse Sie all das auch deshalb wissen, weil ich Sie brauche und weil ich glaube, dass auch Sie auf meine Unterstützung angewiesen sind. Ihnen ist nun bekannt, dass mir ganz besondere Techniken zur Verfügung stehen, mit denen ich in geschützte Netze eindringen kann. Zweifellos sind Sie von Ihren gewohnten Support- und Kommunikationswegen abgeschnitten. Lassen Sie mich diese Aufgabe übernehmen. Um Kontakt mit mir aufzunehmen, müssen Sie nur den Text in dieser Datei durch Ihre Antwort ersetzen. Ich werde das File regelmäßig abfragen. Überlegen Sie sich mein Angebot.«

Jack warf Janet einen fragenden Blick zu. »Was hältst du davon?«

»Ich denke, wir sollten zunächst einmal den Computer öffnen und einen Blick auf diesen Chip werfen. Möglicherweise verrät er ja doch unser Versteck.«

»Schön, das machen wir, aber die Gefahr, dass sie uns hier finden, ist wohl nicht sehr groß, sonst hätten wir längst unliebsamen Besuch erhalten.«

Janet schaltete den Bildschirm aus, stellte den Laptop auf den Kopf und entfernte die untere Abdeckung mit einem am Gehäuse festgeklemmten Minischraubenzieher. Und da war er, der Chip, direkt an der CPU festgeklebt.

»Also, dieser Teil der Botschaft stimmt schon mal.«

Jack nickte. »Ich habe das Gefühl, dass das meiste davon stimmt, obwohl wir davon ausgehen können, dass der Absender seine eigenen Ziele verfolgt.«

Janet beugte sich tiefer über den Laptop. »Ich sehe keine direkten Anschlüsse zu den Schaltkreisen. Der Chip wurde allem Anschein nach einfach mit Sekundenkleber befestigt. Die Verbindung kommt vielleicht durch eine Art Induktionsschaltung zustande.«

»Das dürfte bei einem so winzigen Chip kaum möglich sein.«

»Vielleicht doch – wenn wir dem Absender diese Quantenzwilling-Geschichte abkaufen.«

Jack lachte. »Da hast du auch wieder recht.«

Janet wandte ihre Aufmerksamkeit wieder der freigelegten Platine zu. »Und wie gehen wir jetzt vor? Versenken wir den Laptop irgendwo? Vielleicht hat unser Informant ja noch andere Änderungen vorgenommen, die nicht auf den ersten Blick erkennbar sind.«

Jack überlegte. »Der Laptop hat keine externen Anschlüsse. Deswegen glaube ich, dass der Absender tatsächlich die geschilderte Kommunikationstechnik einsetzt. Aber zuallererst möchte ich herausfinden, wie nützlich er uns sein kann.«

»Und wie willst du das anstellen?«

»Schraub das Ding wieder zu. Wir werden unseren neuen Freund darum bitten, dass er einen glaubhaften Nachweis für seine Behauptung erbringt.«

KAPITEL 47

Mark hatte sich eine halbe Stunde unruhig an der Tür herumgedrückt und auf Heather gewartet. Eigentlich war er davon ausgegangen, dass Jennifer mit ihm warten würde, aber ihre Mutter hatte sie zum Einkaufen mitgenommen.

»Wie war der Arztbesuch?«, platzte er heraus, als Heather endlich ankam.

Heather runzelte die Stirn. »Völlig umsonst.«

»Völlig umsonst? Was heißt das?«

»Das heißt, dass mich der Doktor überhaupt nicht untersucht hat. Er unterhielt sich eine Weile mit Mom und Dad und stellte mir dann ein paar Fragen. Am Ende überwies er mich an eine Kollegin.«

»Eine Kollegin?«

»Yeah, so eine Psychotante. Es ist einfach nicht zu fassen. Ich habe morgen einen Termin bei ihr.«

Mark sah Heather besorgt an. Sie versuchte zwar, lässig zu klingen, aber irgendwie wirkte sie wütend und verlegen.

Bevor er weiterfragen konnte, wandte sie sich ab. »Wo ist Jen?«

»Mit Mom im Einkaufszentrum. Sie kommen erst abends zurück. Dad arbeitet heute. Bleiben also nur wir beide übrig.«

»Gibt es schon eine Reaktion auf die Botschaft, die wir an Jack geschickt haben?«

»Keine Ahnung. Ich lasse im Moment einfach das automatische Rücksendeprogramm laufen, das Jennifer geschrieben hat. Sobald er oder Janet den Laptop einschaltet, müssten sie unsere Nachricht bekommen.«

»Dann checken wir mal, ob eine Antwort da ist. Und nein, ich möchte nicht über den Arztbesuch reden.«

»Ich hatte auch nicht die Absicht, dich danach auszufragen.« Aber er machte sich Sorgen. Eine Psychotherapeutin schien ihm die ungünstigste Wahl zu sein, vor allem da Heather ihr ja nicht verraten konnte, was wirklich mit ihr los war.

»Gut«, sagte Heather und ging auf die Treppe zu. »Sehen wir nach.«

Mark folgte ihr in das Zimmer seiner Schwester, aber auf der Schwelle blieb er plötzlich stehen. Irgendetwas stimmte hier nicht – etwas, das nichts mit Heathers Problemen zu tun hatte. Er konnte nicht recht sagen, was es war, aber er hatte ein ganz komisches Gefühl. So verschieden er und Jen immer gewesen waren, kannte er seine Zwillingsschwester doch besser als jeder andere. Und er spürte eine Veränderung in ihrem Zimmer. Aber er konnte noch nicht erkennen, wovon sie herrührte – und zudem wartete Heather. Er würde sich später darum kümmern müssen.

Er begab sich zu Heather an den kleinen Schreibtisch, wo Jennifers Laptop stand. Er war eingeschaltet. Heather tippte das Passwort ein, und das Fenster der Sicherheitsabfrage wurde durch eine Ansicht der Benutzeroberfläche ersetzt.

Zwei Programme liefen, beide so minimiert, dass sie nicht zu sehen waren. Heather klickte das Kommunikationsprogramm an, das die Verbindung zwischen den QZ-Chips auf Jennifers und Janets Laptop herstellte.

Im nächsten Moment wäre sie fast vom Stuhl gekippt. »Oh mein Gott! Sie haben unsere Nachricht empfangen und bereits eine Antwort geschickt.«

Sofort hatte Mark die seltsame Aura in Jennifers Zimmer vergessen. Er beugte sich über Heathers Schulter, um die Botschaft zu lesen.

»Also gut. Sie wissen, wer ich bin, aber die Zusicherung, dass ich Ihnen vertrauen kann, genügt mir nicht. Ich brauche Beweise.

Besorgen Sie mir den Namen der Person, die für den Anschlag auf mein Team verantwortlich war. Das ist das Mindeste, was ich verlange. Ich gebe Ihnen eine Woche Zeit, mir diese Auskunft zu liefern, bevor ich den Computer zerstöre. Sollten Sie versuchen, Kontakt mit mir aufzunehmen, ohne die Auskunft zu haben, zerstöre ich den Computer ebenfalls. Das sind meine Bedingungen.«

Mark war fassungslos. Und Heathers Miene verriet ihm, dass es ihr nicht anders erging.

»Das heißt, dass Jack lebt«, sagte Mark leise.

»Mag sein. Aber wir sind nicht in der Lage, seine Bedingungen zu erfüllen.«

Mark zog eine Augenbraue hoch. »Weshalb nicht?«

Heather schaute zu ihm auf. »Nun, erstens kennen wir die Antwort nicht. Zweitens können wir uns nicht in ein Netz hacken, das uns eventuell die richtigen Hinweise liefert, weil wir nicht mehr auf unseren Fusionstank zurückgreifen können. Wir haben zwar den Subspace-Transmitter behalten, aber wie sollen wir die Gammastrahlung erzeugen, mit der er sich betreiben lässt?«

»Wir müssen uns eben eine andere Methode ausdenken, um ihn zum Laufen zu bringen.«

Heather schüttelte den Kopf. »Selbst wenn uns das in der kurzen Zeit irgendwie gelänge, wo sollten wir überhaupt mit der Suche anfangen? Wir benötigen Koordinaten, um ein Netz anzuzapfen, und wir haben keine Ahnung, wer diese Information besitzt oder in welchem Netz sich die Antwort finden lässt. Aber selbst mal angenommen, wir lösen die Probleme – dann halte ich es immer noch für sehr bedenklich, Jack die geforderte Auskunft zu geben.«

»Warum das denn?«

»Jack ist ein Killer, auch wenn er mit uns zusammenarbeitet. Wir würden die Person, die den Angriff auf sein Team befahl, dem sicheren Tod ausliefern.«

Mark ging im Zimmer auf und ab. »Mein Mitleid hält sich in Grenzen. Immerhin haben die Angreifer Jonathan Riles und fast alle von Jacks Leuten auf dem Gewissen. Dahinter steckt garantiert Dr. Stephenson.«

»Das wissen wir nicht.«

»Welche Wahrscheinlichkeit errechnet dein Superhirn?«

Heather presste die Lippen zusammen. »Das spielt keine Rolle. Ich denke nicht daran, Beihilfe zu einem Mord zu leisten.«

Und obwohl Mark sich abmühte, ihr die Zahlen zu entlocken, blieb sie bei ihrer Weigerung. Schließlich warf er frustriert die Arme hoch.

»Okay. Denk wenigstens darüber nach, bis wir eine Gelegenheit finden, die Angelegenheit mit Jennifer zu diskutieren.«

Heather zögerte kurz und zuckte dann die Achseln. »In Ordnung.«

Heather speicherte die Nachricht und minimierte das Fenster auf Jennifers Computer wieder. Dabei klickte sie versehentlich das zweite laufende Programm an. Es war Jennifers Internetbrowser. Allem Anschein nach hatte sie sich mit einem Artikel über die Suche nach Jack und Janet befasst.

Mark überflog die Seite mit einem Blick und griff an Heather vorbei nach der Maus, um den Eintrag nach unten zu scrollen. Ausnahmsweise widersprach sie nicht.

»Mann, das ist das Ende!«, sagte Mark.

»Wovon redest du denn?«

»Von diesem Bericht, den Jennifer gelesen hat. Darin steht, dass sich die Suche nach Jack inzwischen auf die Canyons weiter im Westen der Stadt konzentriert. Ich kenne die Stelle, die sie hier beschreiben. Es ist der Canyon mit unserem Sternenschiff. Wenn da ganze Scharen von Verfolgern herumschnüffeln, müssen sie irgendwann auf unsere Höhle stoßen.«

Heather starrte ihn stumm vor Entsetzen an.

Marks Blick fiel auf Jennifers Bett. Jetzt wusste er, was ihm schon beim Betreten ihres Zimmers komisch vorgekommen war. Jen machte ihr Bett in der Regel sehr akkurat, aber an diesem Morgen war ihr Laken nicht glatt gestrichen und festgesteckt, sondern ein Stück hing unter der Tagesdecke hervor.

Neugierig trat Mark näher und bückte sich. Das Betttuch war gespannt, bis auf eine Stelle am linken Fußende, wo Jen das Laken wohl nachträglich aus der Matratze gezerrt hatte.

Ohne auf Heathers fragenden Blick zu achten, hob Mark die Matratzenecke hoch.

»Hey, Scheiße, Jen, was hast du dir dabei gedacht?«

Dort, unter die Matratze gestopft, lagen die vier Headsets aus dem Schiff der Außerirdischen.

KAPITEL 48

Vor ihnen stürzten die Wände des Canyons wie steinerne Kaskaden in die Tiefe. Wäre da nicht die Angst gewesen, die ihr Herz wild hämmern ließ, hätte sich Heather über ihr erstaunliches neues Durchhaltevermögen gewundert. Sie hatte an Marks Seite die lange Strecke bis zur Mesa im Laufschritt zurückgelegt, ohne ein einziges Mal stehen zu bleiben und zu verschnaufen. Auf dem Steilhang weit unter ihnen lag der Eingang zur Höhle des Sternenschiffs, gut getarnt durch ein Dornendickicht.

Heather und Mark hatten die Headsets der Aliens unter Jennifers Matratze zurückgelassen. Nun, da die Suchtrupps begonnen hatten, das Gelände zu durchkämmen, war die Gefahr einfach zu groß, dass sie Jacks Verfolgern begegneten und man die Dinger in ihrem Besitz fand. Heather wusste nicht, welchen Verdacht Mark genau hegte, aber sie betete, dass sich die Visionen, die sie selbst beim Anblick der Headsets überfallen hatten, nicht bewahrheiteten.

Mark beobachtete die Umgebung sehr genau.

»Ich sehe niemanden. Und du?«

Heather nahm jede Einzelheit des Geländes in sich auf. Eine neue Vision entstand vor ihrem geistigen Auge.

»Ich glaube, die Suchtrupps sind noch etwa eine Stunde von hier entfernt.«

Mark zog eine Augenbraue hoch. »Und wie kommst du darauf?«

»Das weiß ich nicht und will es auch nicht wissen. Warum konntest du diesen Artikel so schnell lesen? Warum konnten wir die weite Strecke von daheim bis hierher in so kurzer Zeit bewältigen? Entweder du glaubst mir, oder du lässt es bleiben!«

»Schon gut. Ich wollte dich nicht verärgern.«

Heather atmete tief durch. Sie musste sich besser in den Griff bekommen. Sie war nicht wütend auf Mark. Im Gegenteil, sie rechnete es ihm hoch an, dass er sie nicht mit Fragen über ihren Arztbesuch bombardiert hatte.

»Werfen wir einfach einen Blick auf das Schiff, bevor die Meute hier eintrifft.«

Mark übernahm die Führung auf dem abschüssigen Trampelpfad. Mit jedem Schritt in die Tiefe lastete die Vorahnung einer Katastrophe schwerer auf Heather.

»O nein!«

Mark stolperte vorwärts, und Heather gewann einen freien Blick nach unten. An der Stelle, wo bis jetzt ein Holovorhang den Höhleneingang getarnt hatte, gähnte nun eine riesige Öffnung.

Heather folgte Mark, so schnell es der halsbrecherische Weg erlaubte, in die totale Schwärze der Kaverne. Nicht nur das Hologramm vor dem Eingang war verschwunden, sondern auch der rötliche Schimmer im Innern der Höhle.

Als sich ihre Augen an die Dunkelheit gewöhnt hatten, konnte sie die gekrümmten Konturen des Raumschiffs erkennen. Zögernd trat sie näher, erneut im Bann der Visionen, die sie auf dem Weg zur Mesa überfallen hatten. Ihre schlimmsten Befürchtungen waren bestätigt worden. Entweder war es Jennifer gelungen, die Systeme abzuschalten, oder das Schiff hatte sie selbst stillgelegt.

Mark rannte los und schwang sich durch die Öffnung ins Innere. Irgendwie brachte Heather nicht die Willenskraft auf, ihm zu folgen. Sie wusste genau, was er vorfinden würde – verschlossene Türen und die wenigen Räume, die er betreten konnte, dunkel und tot.

Nach ein paar Minuten begab sie sich unter das Einstiegsloch.

»Mark!«, rief sie. »Wir müssen von hier verschwinden. Die

ersten Suchtrupps werden in ein paar Minuten den Canyon erreichen.«

Im nächsten Moment tauchte er in der Öffnung auf und sprang nach unten. Er wischte sich mit dem Handrücken über das Gesicht und wandte sich dem Ausgang zu.

»Das war Jennifer.«

»Vermutlich.«

»Ich kann nicht glauben, dass sie uns kein Sterbenswort von ihrer Absicht verraten hat. Sie kam hier heraus und schaltete einfach alles ab, obwohl sie wissen musste, dass man das Schiff ohne den Tarnvorhang finden würde.«

»Die Suchtrupps wären auch so auf die Höhle gestoßen.«

»Aber sie hätte uns einweihen sollen. Sie hätte verdammt noch mal wenigstens mich einweihen sollen.«

Heather wusste nicht, was sie darauf erwidern sollte. Aber so, wie ihr die Tränen über die Wangen strömten, hätte sie ohnehin kaum ein Wort herausgebracht.

Am Höhleneingang blieben Mark und Heather noch einmal stehen und warfen einen letzten Blick auf ihr Schiff. Dann wandten sie sich ab und machten sich auf den langen Heimweg.

KAPITEL 49

»Danke, Billy.«

Billy »Grinsender Wolf« schwenkte eine CD, die er gerade aus dem CD-Laufwerk seines Computers geholt hatte.

»Du weißt, dass du auf mich zählen kannst, wann immer du etwas brauchst. Und umso mehr, wenn es um etwas so Interessantes wie diese Sache hier geht.«

Großer Bär schüttelte seinem Freund die Hand. »Yeah. Es darf nur niemand davon erfahren. Eine heiße Angelegenheit, *comprende?* Ein Wort zu viel könnte für dich und mich tödlich sein.«

Grinsender Wolf zog die Mundwinkel zu einem angedeuteten Lächeln hoch. Nur in seinen schwarzen Augen blitzte der Schalk. »Es gibt ohnehin kaum Leute, die ich so schätze, dass ich mich länger mit ihnen unterhalte.«

»Gut. Dann bist du sicher froh, dass ich wieder mal vorbeigeschaut habe.«

Großer Bär stieg in seinen Jeep Cherokee, schob die CD in den CD-Player und steuerte auf den Feldweg, der in die Siedlung zurückführte.

Manchmal war es zum Lachen, wie dämlich die FBI-Leute sein konnten, obwohl sie sich so viel auf ihren technischen Firlefanz einbildeten. Im Zweiten Weltkrieg waren die USA auf die brillante Idee gekommen, Navajos als Codesprecher zur Übermittlung von Nachrichten einzusetzen, die von den Japanern nicht entschlüsselt werden konnten. Es hatte vor einiger Zeit sogar einen Film – *Windtalkers* – zu diesem Thema gegeben. Aber kein Mensch wäre auf die Idee gekommen, dass er im Internet mit seinem Gewährsmann in D. C. per Soundfiles kommunizierte, die in der Sprache der Navajos aufgezeichnet waren.

Sicher, er war nicht dreist genug gewesen, seinen eigenen Computer zu benutzen. Die Regierung kontrollierte bestimmte Leute mithilfe von Flags, jenen mystischen Merkern, mit denen die besondere Aufmerksamkeit der Computergötter geweckt werden sollte. Da er als Erster am Schauplatz des Truck-Hinterhalts bei Los Alamos gewesen war und sich später medienwirksam gegen eine FBI-Durchsuchung zur Wehr gesetzt hatte, standen hinter seinem Namen garantiert so viele Flags, dass seine Kommunikation überwacht wurde. Und selbst das FBI würde im Lauf der Zeit herausfinden, welche Sprache er verwendete.

Die Stimme auf der CD begann zu sprechen, und Großer Bär spürte, wie sich seine Schultern anspannten. Er wusste nicht, was er erwartet hatte, aber das hier ganz sicher nicht.

Die Lakota-Sioux hatten einen verächtlichen Ausdruck für gierige, intrigante Menschen, die nicht zu den Stämmen der Ureinwohner gehörten. *Wasi'chu*. Großer Bär gefiel es, wie das Wort von seiner Zunge rollte, wenn er wütend war. Und in diesem Moment empfand er eine gewaltige Wut über den Wasi'chu in Washington, D. C. Wut – und eine Höllenangst.

Der Mann namens Jack Gregory hatte ihm einiges über die Vorgänge in Los Alamos verraten, Vorgänge, die dem früheren Direktor der NSA und einem Großteil von Jacks Team zum Verhängnis geworden waren. Großer Bär hatte seine eigenen Quellen benutzt, um Jacks Informationen zu überprüfen, doch diese letzte Aufzeichnung machte ihn sprachlos.

Während die übrigen Weltmächte immer noch heftig stritten, wie und wann die Vereinigten Staaten das Nanoserum freigeben sollten, war ein gigantischer Schwarzmarkt für das Zeug entstanden. Allem Anschein nach wurden für eine einzelne Dosis des Serums zweihundertfünfzig Millionen Dollar geboten. Jeder kranke alte Milliardär und jeder Drogenkartellboss versuchte sich das Wundermittel irgendwie zu beschaffen.

Einige der Familien, deren Kinder an den klinischen Studien zur Wirksamkeit der Nanomaschinen teilgenommen hatten, verkauften bereits das Blut ihrer Sprösslinge für mehrere Millionen Dollar pro halbem Liter. Obwohl das nicht verboten war, vertuschte die Regierung diese Fälle und stellte alle betroffenen Familien unter den Schutz des Geheimdienstes, um Entführungen zu verhindern.

Am meisten jedoch beunruhigten den Stammes-Cop Gerüchte über die engen Kontakte von Dr. Stephenson zu den höchsten Regierungskreisen – Kontakte, die angeblich weit über das beruflich Notwendige hinausgingen. Und während aus der Gerüchteküche in Washington im Allgemeinen nur heiße Luft kam, stammten die Auskünfte in diesem Fall aus einer Quelle, die er als äußerst zuverlässig einstufte. Eingeweihte wisperten zudem von einer dritten Alien-Technologie, die noch weit gefährlicher als alles Bisherige sein sollte.

Großer Bär konnte und wollte sich nicht vorstellen, dass es Dinge gab, die noch gefährlicher waren als dieser Nanomaschinen-Dreck.

Als die Aufnahme zu Ende war, stoppte Großer Bär den Jeep. Er nahm die Scheibe aus dem CD-Player, stieg aus und legte sie genau vor den Hinterreifen des Jeeps in den Kies. Wieder am Steuer, startete er mit durchdrehenden Rädern und zermalmte die CD in zahllose Splitter, die in einer Wolke aus Staub und Geröll in die Wüste flogen.

Trotz der großzügigen Hilfe, die Großer Bär Jack Gregory und dessen Freundin bis jetzt gewährt hatte, war er sich nicht sicher gewesen, was er von den beiden halten sollte. Jetzt aber hatte er seine Entscheidung getroffen. Es wurde Zeit, dem abgelegenen Hogan wieder einen Besuch abzustatten.

KAPITEL 50

»Wo ist mein Helikopter?« Dr. Stephensons Stimme klang so gereizt, dass sie knisterte.

»Tut mir leid, Sir. Er wurde zur Wartung in den Hangar gebracht. Ein Ersatz ist bereits unterwegs.«

»Und wenn ein Rotorblatt fehlt – das ist mir so was von egal! Falls das Ding nicht binnen einer halben Stunde hier eintrifft, können Sie sich einen neuen Job suchen. Haben Sie mich verstanden?«

»Jawohl, Sir.« Die Sekretärin des stellvertretenden Direktors rauschte mit angespannter, leicht verkniffener Miene aus seinem Büro.

Stephenson wandte seine Aufmerksamkeit wieder der Meldung auf seinem Laptop zu. Eine Sensation. Nach all den Jahren hatten sie endlich das zweite Schiff gefunden. Dieser verdammte Admiral Riles hatte ihm letztendlich den größten Gefallen erwiesen, den man sich vorstellen konnte, und das alles wegen dieser Suche nach seinen abtrünnigen Agenten.

Zu seinem Pech hatte die Suchmannschaft, die über das Schiff gestolpert war, aus einer Horde von Dorftrotteln mit einem AP-Reporter im Schlepptau bestanden. Die Leute waren inzwischen sicher überall herumgetrampelt. Nun gut, das Militär hatte bereits damit begonnen, nicht nur die Einschlaghöhle, sondern den gesamten Canyon abzuriegeln. Morgen um diese Zeit würde er das ganze Gebiet unter seiner direkten Befehlsgewalt haben. Eine massive Erweiterung der Rho-Abteilung.

Stephenson nahm sein Handy und gab eine Nummer ein.

»Major Adams.« Die Stimme am anderen Ende klang zackig und sehr effizient.

»Major, hier spricht Dr. Stephenson. Wie ist die derzeitige Lage?«

»Wir haben die Höhle abgesichert und sämtliche Zivilisten aus dem Canyon gebracht. Ein Militärpolizei-Aufgebot ist damit betraut, für die Sicherheit vor Ort zu sorgen, aber solange wir keine Verstärkung bekommen, können wir die Neugierigen lediglich ein paar Hundert Meter zurückdrängen.«

»Das müsste reichen. Ich werde in der nächsten halben Stunde an der Fundstelle eintreffen. Veranlassen Sie, dass am Rand des Canyons ein Landeplatz für meinen Helikopter vorbereitet wird.«

»Das dürfte kein Problem sein, Sir.«

Stephenson klappte das Handy zu und lehnte sich in seinem Schreibtischstuhl zurück. Elizabeth war verdammt tüchtig, auch wenn sie gern die von ihm ausgenutzte Sekretärin spielte. Was immer es kostete, sein Helikopter würde pünktlich bereitstehen. Dann konnte er endlich einen Blick auf das Sternenschiff werfen, das sein Rho-Schiff abgeschossen hatte.

Aber zuerst galt es noch, einen Anruf zu tätigen. Nicht einmal er konnte den Präsidenten ewig warten lassen.

Mitten in dem Gespräch erhielt er ein Zeichen von Elizabeth, dass der Hubschrauber eingetroffen war, aber zu seinem großen Ärger hörte der verdammte Politiker nicht auf, ihn zu belabern. Gab es denn in seinem Stab kein anderes armes Schwein, das er mit seinen Fragen löchern konnte? Genau genommen konnte Stephenson ihm noch nicht viel sagen. Es dauerte jedoch, bis der Mann das endlich kapierte und die Leitung freigab.

Als der Helikopter sich auf den Landfinger oberhalb der Absturzstelle herabsenkte, fiel es Dr. Stephenson schwer, seine sonst so betont coole Haltung weiter zu behaupten. Er fühlte sich wieder jung, so wie damals tief unter dem Groom Lake, als es ihm gelungen war, sich als Erster Zugang zum Rho-Schiff zu verschaffen.

Der Rotor wirbelte Staubwolken auf, als er die Maschine verließ. Major Adams erwartete ihn bereits.

»Folgen Sie mir, Sir.«

Stephenson konnte den Major nicht leiden, aber er bewunderte dessen Tüchtigkeit. Kein Herumscharwenzeln. Keine Fragen, ob er den Flug gut überstanden habe. Adams war total sachlich und nüchtern. Er wusste, was Stephenson wollte, und machte sich unverzüglich daran, seinen Auftrag auszuführen.

Die Mesa hatte sich im Nu in ein Tollhaus verwandelt. Mehrere der Suchtrupps waren mittlerweile auf der Hochebene eingetroffen, sodass die einheimischen Helfer die Zahl der FBI-Agenten übertrafen. Und das FBI schien alles andere als erfreut, dass die Militärs das Kommando übernommen hatten.

Ein Reporter schrie Stephenson hinterher, aber er beachtete den Mann nicht. Über der Mesa kreisten von Nachrichtensendern gecharterte Kleinflugzeuge und ein Verkehrshubschrauber aus Santa Fe. Das Militär benötigte rasch Verstärkung, um die Pressevertreter und die Scharen von Neugierigen in Schach zu halten, die mit allen möglichen Transportmitteln in das Gebiet strömten.

Der Hang, der in den Canyon hinunterführte, war steil und mit Schiefergeröll bedeckt, aber nach einer Viertelstunde stand Dr. Stephenson vor dem gähnenden Loch in der Felsenflanke. Die Militärpolizei hatte einen Generator angeworfen, der Rauchwolken ausspie und mit lautem Gedröhne Strom durch die Kabel schickte, die in die Kaverne führten. Eine Reihe Arbeitsscheinwerfer im Eingangsbereich strahlten ihr grelles Licht bis in die letzten Winkel der rückwärtigen Felswand, von der sich die Konturen des Flugobjekts wie ein Scherenschnitt abhoben.

Das Sternenschiff zog ihn magisch an. Seine Seiten waren glatt und abgerundet, ein Rotationsellipsoid im Gegensatz zur Zigarrenform des Modells, das in der Rho-Abteilung des Forschungslabors von Los Alamos in hohen Wiegenhalterungen ruhte. Die Wände und die Decke der Höhle zeigten noch Spuren der Wucht, mit der das Schiff sich in die Klippe gebohrt hatte, aber sein Rumpf wies keinen einzigen Kratzer auf.

Dr. Stephensons Blick wanderte über den staubigen Höhlenboden. Mist! Die gesamte Fläche war mit frischen Fußspuren bedeckt. Er konnte sich gut vorstellen, wie die Suchmannschaft, die das Schiff entdeckt hatte, mit erstauntem Gejohle und Gebrüll überall herumgetrampelt war, um nur ja ihrem Ruf als Vollidiotentruppe gerecht zu werden.

Stephenson tauchte unter der Stelle durch, wo sich das Raumschiff in der Felswand verkeilt hatte, und trat auf einen Militärpolizisten zu, der neben einer Trittleiter Aufstellung genommen hatte. Er nahm die Stablampe entgegen, die ihm der Posten reichte, und richtete ihren Lichtkegel nach oben.

In den Rumpf war ein zylindrisches Loch gestanzt, das sich von unten nach oben durch sämtliche Decks bohrte. So beeindruckt er von dem Schaden gewesen war, den das Rho-Schiff erlitten hatte, so sah er nun deutlich, welches der beiden Raumfahrzeuge im Kampf siegreich geblieben war. Die Öffnung sah aus, als hätte sich das Material aufgelöst, aber Dr. Stephenson bezweifelte, dass dies der Fall war. Als er die glatten Ränder an der Rumpfunterseite inspizierte, wuchs seine Überzeugung, dass ein anderer physikalischer Vorgang für dieses Loch verantwortlich war.

Auflösung hatte nichts mit den Vorkommnissen an Bord des außerirdischen Schiffs zu tun. Das Ganze sah so aus, als hätte ein Wurmloch das Raumzeitgefüge an dieser Stelle mitgerissen und einen Teil seiner Materie anderswohin transportiert. Es musste sich um eine unmittelbare und stark begrenzte Singularität gehandelt haben; andernfalls wären die Folgen für das Schiff – und übrigens auch für die Erde – katastrophal gewesen.

Dr. Stephenson stieg die Leiter nach oben und wanderte zielstrebig von einem Deck zum nächsten. Im Gegensatz zu dem Rho-Schiff in Los Alamos schien hier die Energieversorgung komplett stillgelegt zu sein, was angesichts des gewaltigen Schadens nicht weiter verwunderte. Und obwohl die Militärs Leitern aufgestellt hatten, um sämtliche Decks zugänglich zu machen, blieben große Bereiche des fremden Schiffs abgeriegelt.

Nachdem der stellvertretende Direktor seinen Rundgang durch das Schiffsinnere beendet hatte, konnte er nur verblüfft den Kopf schütteln. Mit jedem Schritt auf seiner Inspektion hatte sich die Bewunderung verstärkt, die er empfand – aber nicht für dieses Schiff, sondern für die Technologie des Rho-Schiffs. Obwohl es ganz offensichtlich im Kampf zum Absturz gebracht worden war, funktionierte seine Energieversorgung zumindest zum Teil noch, während die Systeme dieses Schiffs völlig tot waren. Das verwunderte ihn auch nicht, denn wohin er nur blickte, sah er elegant fließende Linien, die einen ganz und gar unzweckmäßigen Hang zu Kunst und Ästhetik offenbarten. Es gab hier zwar noch jede Menge zu erkunden, aber diese Arbeit konnte er auch an seine Wasserträger delegieren.

Ein Lächeln umspielte Dr. Stephensons schmale Lippen, als er sich der letzten Leiter zuwandte. Falls hier nicht doch noch unerwartet eine kleine Sensation auftauchte, würde er seine Aufmerksamkeit weiterhin voll und ganz der dritten Alien-Technologie widmen.

Da klingelte erneut sein Mobiltelefon. Der Präsident höchstpersönlich. Was nun? Er murmelte einen Fluch.

Aber dann war es nur der wissenschaftliche Berater des Präsidenten, der aus dem Oval Office anrief und ihn nach Washington beorderte. Als er die Verbindung beendete, fluchte Dr. Donald Stephenson deutlich lauter.

Selbst wenn er noch so angestrengt nachdachte, fiel ihm keine einzige Berufsgruppe der Welt ein, die sich beknackter und egoistischer benahm als diese vermaledeiten Politiker. Dass man ihn für eine Eilkonferenz mit dem Präsidenten von seiner dringlichen Forschungsarbeit wegholte, war einfach der Gipfel an Idiotie.

Hätte der nationale Wissenschaftsrat das endlose Gequatsche nicht auch ohne sein Beisein über die Bühne bringen können?

Dr. Stephensons Laune wurde kein bisschen besser, während er auf dem Weg zu seinem Helikopter war.

KAPITEL 51

Heather wusste, dass ihnen die Zeit davonlief. Sie hatten nur noch drei Tage, bis die Frist, die ihnen Jack gesetzt hatte, abgelaufen war. Und obwohl sie eine Theorie ausgearbeitet hatte, die es ihnen ermöglichen sollte, den Subspace-Transmitter so abzuwandeln, dass er auch ohne die Energie der Gammastrahlung auskam, hatten sie große Schwierigkeiten, das verdammte Ding in die Gänge zu bringen. Aber selbst wenn es ihnen gelingen sollte, die technischen Probleme zu lösen, hatten sie immer noch keine Ahnung, woher sie die Informationen beschaffen könnten, die Jack als Vertrauensbeweis von ihnen gefordert hatte – und ob sie es überhaupt verantworten konnten, sie ihm auszuhändigen.

Das einzig Gute an der Sache war, dass die Arbeit sie von ihren anderen Problemen ablenkte. Heather hatte gehofft, dass ihr die letzte Erfahrung, die sie auf dem zweiten Schiff gemacht hatte, eine bessere Kontrolle über ihre Visionen geben würde, aber dem war nicht so. Sie hatten sich eher verschlimmert, seit sie keinen Schlaf mehr benötigte – und auch die Meditation half nicht immer. Eine zufällig beobachtete Kleinigkeit konnte in ihrem Kopf so intensive Bilder auslösen, dass sie sich in eine andere Zeit und an einen anderen Ort versetzt fühlte. Und all diese beunruhigenden Szenen konfrontierten sie mit Ereignissen, die sich mit mehr oder minder großer Wahrscheinlichkeit in der Zukunft abspielen würden.

Anfangs hatte sie Dinge gesehen, die Sekunden später eintrafen; inzwischen vergingen zwischen ihren Visionen und dem tatsächlichen Geschehen Minuten und manchmal sogar Stunden. Und während diese Bilder auf sie einströmten, bekam sie einen glasigen Blick und verfiel in eine Trance, aus der sie niemand zu wecken vermochte.

Heathers erster Besuch bei der Psychiaterin, einer hochgewachsenen brünetten Mittvierzigerin, hatte sich in einer Reihe scheinbar unverfänglicher Fragen zu ihrem bisherigen Leben erschöpft. Die meiste Zeit hatte sie jedoch im Wartezimmer verbracht, während Dr. Sigmund – »Bitte nennen Sie mich Gertrude!« – ihre Eltern aushorchte.

Dr. Sigmund. Wie hoch war eigentlich die Wahrscheinlichkeit, an eine Psychiaterin mit diesem Namen zu geraten? Obwohl ihr Gehirn die Antwort auf diese rein rhetorische Frage sofort parat hatte, rief Heather sie nicht ab. Wenigstens war sie während des Gesprächs nicht in ihren Zombie-Zustand verfallen. Gott sei Dank! Dennoch hatten ihre Antworten nicht verhindern können, dass sie eine ganze Serie von Folgeterminen aufgebrummt bekam.

Heather wandte ihre Gedanken wieder der Arbeit zu. Jennifer beschäftigte sich gerade intensiv mit dem Aufbau der Computersimulation, die es ihnen ermöglichen sollte, Heathers neue Gleichungen darzustellen, während Mark losgezogen war, um Berichte zu der FBI-Razzia zu studieren, in deren Verlauf man Jacks Team fast vollständig ausgelöscht hatte.

Das Problem bei der Kommunikation per Subspace war der Verlust von Quantenenergie im Grenzbereich zwischen Normalraum und Subspace. Diese Verlustrate ließ sich leicht berechnen, wenn man die Annahme zugrunde legte, dass die durchschnittliche Rotverschiebung bei Sternen in einem gegebenen Erdabstand nicht durch den Doppler-Effekt, sondern in erster Linie durch das Versickern von Energie in den Subspace entstand.

Vereinfacht ausgedrückt hieß das, dass eine Lichtwelle, die von ihrer Quelle nach außen wanderte, Schritt für Schritt winzige Bruchteile ihrer Energie an den Subspace verlor. Da die energiereichsten Lichtwellen die kürzesten Wellenlängen hatten, legten sie für die gleiche Entfernung die meisten Schritte zurück. Und je mehr Schritte sie zurücklegten, desto mehr Energie verloren sie an den Subspace.

In der Vergangenheit hatten die drei jugendlichen Forscher die hohe Energie von Gammastrahlen benötigt, um den Subspace-Transmitter zu betreiben. Die neue Idee war Heather erst nach ihrem Besuch bei Dr. Sigmund gekommen.

Wenn sie die richtigen Gruppen normaler Wellenlängen kombinierten, musste es möglich sein, ein Interferenzmuster zu bilden, das ergiebige Mengen hochenergetischer Wellenpakete erzeugte. Dass sich schwache Wellen addieren konnten, wenn sie zeitlich aufeinander abgestimmt waren, wusste sie durch die Katastrophe der Tacoma-Narrows-Brücke, über die es einen alten Dokumentarfilm gab.

Damals hatte eine Windstärke von 67 Stundenkilometern ausgereicht, um die Hängebrücke einstürzen zu lassen, weil die Böen in Abständen gekommen waren, die das Bauwerk wie eine Schiffschaukel in immer stärkere Schwingungen versetzt hatten.

Jennifer hatte bereits ein Programm geschrieben, um die Hardware zu steuern, die diesen Effekt herbeiführen sollte. Der knifflige Teil daran war, die stehenden Wellenpakete so zu beeinflussen, dass sie ein brauchbares Subspace-Signal erzeugten. Da die Systemuhr des Computers auch nicht annähernd die erforderliche Genauigkeit besaß, hatte Jennifer eine Schaltung mit einem Schwingquarz gebaut, deren Feedbacksignal ihr Programm zur Korrektur der Systemuhr benutzte.

Die Tür, die von der Küche der Smythes direkt in die Garage führte, ging auf. Heather hob den Kopf und erblickte Mark, der mit einem breiten Grinsen in ihre Werkstatt-Ecke geschlendert kam.

»Ich habe mir überlegt, wie wir Jack zu den gewünschten Informationen verhelfen können – allerdings nicht ganz so, wie er sich das vorstellt.«

Jennifer schaute kurz von ihrem Computer auf.

»Okay. Und wie soll das gehen?«

Mark bedachte seine Zwillingsschwester mit einem finsteren Blick, ehe er sich Heather zuwandte. Er hatte Jen ihren Alleingang immer noch nicht ganz verziehen, aber zumindest bildeten sie wieder ein Arbeitsteam.

»Ich habe alle zugänglichen Berichte gelesen, konnte aber keinen Hinweis auf verschlüsselte Netze mit Geheiminformationen zu diesem Fall entdecken. Dann traf es mich wie ein Blitz. Nur jemand mit Jacks Erfahrung wäre in der Lage, sich das nötige Material zu beschaffen.«

Heather nickte langsam. Ihr dämmerte, was Mark meinte. »Also müssen wir Jack einen Link zur Verfügung stellen, über den er sich selbst auf die Suche begeben kann.«

»Richtig. Wir bereiten alles so vor, dass er seine Koordinaten eingeben kann. Dann richten wir von hier aus einen Link ein und senden die Informationen über die QZ-Verbindung an Jacks Computer.«

»Das geht leichter, wenn wir den Subspace-Transmitter rechtzeitig zum Laufen bringen«, warf Jennifer ein. »Denn dann kann ich ein Programm zu Jack rüberschicken, mit dem er sich in unser System einloggt, um die Suche selbst durchzuführen.«

Heather kniff die Augen zusammen. »Ich halte es aber für keine gute Idee, ihm einfach die Kontrolle über unseren Subspace-Transmitter abzutreten.«

»Die Kontrolle bliebe immer noch bei uns«, widersprach Jennifer. »Wir könnten seinen Zugriff auf unser System jederzeit einschränken – auf ein paar Stunden an bestimmten Tagen oder so. Und wir könnten überwachen, was er macht.«

Mark nahm auf einem Hocker auf der anderen Seite der Werkbank Platz. »Aber Jack würde merken, dass wir ihn überwachen.«

»Sicher. Doch das ist sein Problem.«

Heather schüttelte den Kopf. »Es gefällt mir gar nicht, dass wir Jack bei der Suche nach Leuten helfen sollen, die er höchstwahrscheinlich töten will.«

Bevor Mark etwas entgegnen konnte, legte Jennifer ihrer Freundin einen Arm um die Schulter. »Wir haben keinen Einfluss auf Jacks Pläne. Wir können nur hoffen, dass er auf unserer Seite steht.«

Die drei jungen Leute sahen sich einen Moment stumm an. Dann stand Mark auf. »Nun will ich euch nicht länger bei der Arbeit stören. Damit ihr dieses Ding auf die Reihe kriegt, bevor die Frist abläuft.«

»Und was hast du vor?«, fragte Jennifer.

»Für jemanden, der die anderen nie in seine Pläne einweiht, bist du ganz schön neugierig.«

»Ach, vergiss es!«

»Mach ich.«

Die Tür schlug hinter Mark zu, bevor Heather sich einmischen konnte. Jennifer starrte ihrem Bruder einen Moment lang mit gerunzelter Stirn hinterher und wandte sich dann erneut ihrem Computer zu. Als Heather merkte, dass sie nichts tun konnte, um Jens eisiges Schweigen zu brechen, konzentrierte auch sie sich wieder auf die noch ungelösten theoretischen Probleme.

Drei Tage waren nicht viel Zeit, um einen Durchbruch dieser Größenordnung zu schaffen. Aber Jennifer hatte nur dann eine echte Erfolgschance, wenn Heather sie nach Kräften unterstützte. Und wenn sie sich ganz auf diese Aufgabe konzentrierte, konnte sie vielleicht all die anderen Dinge vergessen. Die Psychiaterin etwa und die Möglichkeit, dass sie den Verstand verlieren könnte.

KAPITEL 52

Mark beschleunigte seine Schritte. Er fühlte, wie der Zorn in ihm hochkochte, als die Haustür ins Schloss knallte. Draußen auf der Straße begann er zu laufen, in einem mäßigen Tempo, damit er nicht unnötig auffiel, aber doch schnell genug, um einen Teil der Energie abzubauen, die sich in ihm aufgestaut hatte.

Er spürte, wie sein Herz gegen die Rippen hämmerte und das Blut in kräftigen Stößen durch seinen Körper pumpte, was ihn wiederum in dem Bedürfnis bestärkte, seiner unbändigen Wut ein Ventil zu verschaffen. Mark wusste selbst, dass mit ihm irgendetwas nicht in Ordnung war. Er wusste es seit ihrem letzten Besuch im Schiff der Aliens. Seit jenem Tag war er mit seinen Gefühlen permanent am Anschlag, ständig überreizt, ständig in Gefahr, dass ihm gleich eine Sicherung durchbrannte.

Und das galt nicht nur, wenn er sich ärgerte. Jede Emotion packte ihn derart heftig, als hätte ihm jemand eine Elefantendosis Adrenalin gespritzt. Im Moment bekam er seine Gemütsbewegungen nur dadurch in den Griff, dass er sich von anderen Leuten fernhielt.

Abgesehen davon, dass er sich allmählich zu einem Adrenalinjunkie entwickelte, spürte er noch weitere körperliche Veränderungen. Zum einen benötigte er keinen Schlaf mehr. Das war eine Umstellung, die ihn nicht weiter störte. Obwohl er die Nächte in seinem Zimmer verbringen musste, damit seine Eltern nichts von seiner Schlaflosigkeit bemerkten, hatte er die Zeit genutzt, um sein Speedreading zu trainieren. Das funktionierte mittlerweile so gut, dass es ihm nur noch Probleme bereitete, die Seiten schnell genug umzublättern.

Eine weitere Aktivität, mit der er die Nachtstunden füllte, waren Meditationsübungen. Er hatte sich überlegt, dass er die emotionalen Stürme, die so oft in seinem Geist und Körper tobten, vielleicht besser steuern könnte, wenn er seine ohnehin beachtlichen Meditationsfähigkeiten weiter verbesserte. Aber die Adrenalinwogen schwappten so unvermittelt über ihn hinweg, dass ihm keine Zeit mehr zur inneren Einkehr blieb, und wenn ihn die Attacke erst einmal gepackt hatte, musste er sich meist minutenlang sammeln, um seinen Geist wieder zu beruhigen.

Das Lauftraining half, und er legte mittlerweile Strecken zurück, die selbst einen Olympiateilnehmer an den Rand der Erschöpfung gebracht hätten. Als Mark jetzt von der Straße in einen Radweg durch die Wälder einbog, spürte er das Spiel seiner Muskeln unter der Haut. Doch obwohl er kräftemäßig eine Menge zugelegt hatte, merkte man ihm das nicht an. *Waschbrettbauch.* Das war das Wort, das ihm sofort in den Sinn kam.

Ein scharfer Wind war aufgekommen. Er schob die kalten Luftwirbel vor sich her, die meist ein Unwetter ankündigten. Und als der Pfad in die Kammlinie mündete, sah Mark in der Ferne bereits die Front der Gewitterwolken, die den Horizont mit einem Vorhang aus dunklen Regenstreifen verdeckten.

Gut. Sollte der Regen doch kommen. Vielleicht würde er sein überhitztes Gehirn ein wenig abkühlen.

Mark beschleunigte seine Schritte. Es fühlte sich herrlich an, mal richtig loszurennen. Das wütende Gesicht seiner Schwester tauchte vor seinem geistigen Auge auf. Scheiße! Kein Wunder, dass sie sauer war, so wie er sie behandelt hatte. Mark verstand selbst nicht, warum er so lange an seinem Ärger festhielt. Es war richtig gewesen, die Schiffssysteme abzuschalten, und sie wären vermutlich zur gleichen Entscheidung gelangt, wenn sie die Angelegenheit vorher besprochen hätten. Er hätte ihr längst verzeihen müssen, aber irgendwie schaffte er das nicht.

Der erste Regentropfen klatschte ihm ins Gesicht. Gleichzeitig spalteten zwei wild gezackte Blitze den Himmel jenseits des Canyons. Mark ließ seinen Blick über die Landschaft schweifen. Herrgott noch mal! Jetzt erst kam ihm zu Bewusstsein, wie weit er gelaufen war.

Eine halbe Meile vor ihm verjüngte sich der felsige Landfinger, den sie die Mesa nannten, zu einer Spitze. Ein Stück tiefer hatte sich das zweite Schiff einen Einschlagkrater in die Steilwand gegraben. Aber diese Stelle besaß jetzt keinerlei Ähnlichkeit mehr mit dem Gelände, das sie so gut kannten.

Militärfahrzeuge parkten ordentlich aufgereiht hinter einem neu errichteten Maschendrahtzaun mit einem Abschluss aus Bandstacheldraht-Rollen. Ein Wachbunker grenzte an das Tor, und Mark konnte sich denken, dass dort Posten mit gezogenen Maschinengewehren standen, obwohl die mit dem Unwetter heraufziehende Dunkelheit längst alles verschluckt hatte.

Die nächste Sturmbö brachte einen ganzen Schwall von Tropfen mit, gefolgt von einem heftigen Wolkenbruch, als der Himmel seine Schleusen öffnete. Während ein Blitz nach dem anderen die Finsternis durchzuckte, stand Mark am Waldrand und starrte zu ihrem verlorenen Schiff hinunter. Der Regen prasselte auf ihn nieder und vermischte sich mit den Tränen, die ihm über die Wangen liefen.

KAPITEL 53

Freddy starrte durch den Sucher seiner Nikon. Das Zoomobjektiv holte das Gebäude so dicht heran, dass es zum Greifen nahe erschien. Die herrschaftliche Villa im gotischen Stil wirkte hier in der Pampa von Kalifornien so fehl am Platz wie ein Iglu in Miami.

Errichtet hatte dieses Mittelding aus einer Kathedrale und einem englischen Schloss ein New Yorker namens Winston Archibald, der es während des kalifornischen Goldrausches durch den Verkauf von Textilwaren an die scharenweise über das Land hereinbrechenden Glücksritter zu unerwartetem Reichtum gebracht hatte. Und da Mr. Archibald die Abgeschiedenheit liebte, hatte er für seine Monstrosität ein Grundstück nahe der ländlichen Gemeinde Porterville gewählt.

Irgendwann erhob sich der protzige Herrensitz inmitten von fünfzig Hektar Rasenflächen, Hecken und Gärten, die ein drei Meter hoher schmiedeeiserner Zaun umschloss. Nach dem Tod des Erbauers war der weitläufige Besitz an den Staat Kalifornien gefallen, der die Villa in eine Anstalt für psychisch kranke Straftäter umgewandelt hatte.

Zum Leidwesen von Porterville war am Heiligen Abend des Jahres 1949 ein gewalttätiger Strafgefangener aus dem eingezäunten Gelände entwichen und hatte eine Reihe von entsetzlichen Gräueltaten begangen. Die Empörung war so groß, dass sich der Staat gezwungen sah, Archibald Mansion zu schließen und die Insassen in besser gesicherten Einrichtungen unterzubringen.

In den Jahren danach verfiel Archibald Mansion, bis es 1986 von der Henderson Foundation erworben und in Henderson House umbenannt wurde. Man renovierte die alten Gebäude und Gartenanlagen und richtete auf dem Besitz ein Betreuungszentrum für körperlich und geistig Schwerbehinderte ein.

Als private Stiftung finanzierte sich Henderson House teils durch Spenden und teils durch die Pflegegebühren seiner Schützlinge. Wie Freddy in den drei Wochen seiner Schnüffeleien herausgefunden hatte, waren viele Patienten die retardierten Sprösslinge der Superreichen, die hierher abgeschoben worden waren. Bei anderen Bewohnern der Einrichtung lagen die Familienverhältnisse völlig im Dunkeln. Aber irgendwer musste doch ihren Aufenthalt schließlich bezahlen.

Je tiefer Freddy in die Materie eintauchte, desto mehr Schrecken jagte ihm Henderson House ein. Er schlief in letzter Zeit nur wenig, doch das hatte nichts mit seinen Gruselgefühlen zu tun. Er hatte Tag und Nacht einen mehr als unübersichtlichen Geldfluss verfolgt. Es gab ein paar Leute im Bankgeschäft und im Finanzministerium, die ihm einen Gefallen schuldeten, aber die Daten, die er von diesen Quellen erhielt, waren unsortiert und ungefiltert. Und wie bei allen Daten dieser Art musste jemand die Durchsicht übernehmen. Ein Ermittler hätte hier jede Menge Ungereimtheiten entdeckt, aber Freddys Interesse beschränkte sich auf Personen, die erst in jüngster Zeit in Henderson House Aufnahme gefunden hatten.

Es war ein glücklicher Umstand gewesen, der ihn hierher geführt hatte. Nachdem er den leeren Sarg von Billy Randall und kurz darauf den ermordeten Dr. Callow, den Leichenbeschauer von Barstow, entdeckt hatte, war es Freddy gelungen, Callows Sekretärin ausfindig zu machen. Mary O'Reilly hatte an jenem Tag gearbeitet, als Billy Randall und seine toten Eltern aus dem Leichenschauhaus von Barstow abgeholt worden waren. Ein Abend in der Bingohalle hatte ihm die Beschreibung der beiden Männer eingebracht, die gekommen waren, um die Toten in das LaGrone-Bestattungsinstitut von Wickenburg, Arizona, zu überführen.

Mrs. O'Reilly, einer redseligen Mittvierzigerin mit irischen Wurzeln, war in Erinnerung geblieben, dass die Männer nicht nach Angestellten eines Bestattungsinstituts ausgesehen hatten. Aber auf ihre Bitte nach ihren Ausweisen hatten beide Beglaubigungsschreiben vorgelegt, die Dr. Callow persönlich überprüft und für echt befunden hatte.

Abgesehen von dem Unbehagen, das die Männer bei ihr ausgelöst hatten, war Mary noch eine komische Sache aufgefallen. Als einer der beiden seinen Ausweis hervorgekramt hatte, war eine zweite Legitimation aus seiner Brieftasche gerutscht und auf den Schreibtisch gefallen. Mary hatte danach gegriffen, um sie ihm zurückzugeben, aber der Mann hatte sie sofort an sich gerissen, als wollte er nicht, dass Mary einen Blick darauf warf. Obwohl sie nicht viel gesehen hatte, erinnerte sie sich an ein stilisiertes Logo – die Buchstaben *HH* in verschlungener Goldschrift.

Der automatische Filmtransport seiner Nikon surrte, als Freddy sich vorbeugte und die Kamera auf das massive Tor richtete, das Fremde am Betreten des ehemaligen Archibald Mansion hinderte. Formatfüllend und golden glänzend erschien das verschlungene Doppel-H von Henderson House im Sucher.

KAPITEL 54

Macht. Der Impuls breitete sich wellenförmig durch jede Faser von Rauls erweitertem Sein aus, wanderte von den Nervenenden in der Haut die neuronalen Bahnen entlang zu den Computern und schließlich zu den mechanischen Systemen des fremden Schiffs. Raul hatte noch nie zuvor einen solchen Triumph gespürt.

Obwohl er auf dieses Ergebnis gehofft hatte, überraschte ihn die Energie, die von dieser einen Disrupter-Zelle erzeugt wurde. Sie war nicht mehr als ein Element des Energieversorgungsnetzes, das einst von vielen Milliarden Zellen in Tandem-Anordnung versorgt worden war, aber immerhin handelte es sich um seine erste wichtige Reparatur. Sie schuf die Grundlage dafür, dass er in Zukunft sehr viel mehr erproben konnte, ohne die spärlichen Energiereserven an Bord des fremden Schiffs zu erschöpfen.

Das Disrupter-Prinzip war relativ einfach, ließ aber die von der Menschheit entwickelte Nukleartechnologie geradezu lächerlich erscheinen. Da Raul sich von Zeit zu Zeit ins Internet einklinken konnte, hatte er die Möglichkeit, dort Wissen abzurufen, das ihm in der Highschool nie vermittelt worden war – Wissen, welches das neuronale Netz des Rho-Schiffs mühelos verarbeitete. Und was immer das Bordsystem wusste, wusste auch Raul. Schließlich wurde sein Verstand durch das überlegene, wenn auch stark beschädigte Gehirn des Schiffs erweitert und ergänzt.

Das von der Menschheit entwickelte Konzept der Quantenphysik war im Grunde eher zum Lachen, allem voran die These von der dualen Natur des Lichts. Da die Wissenschaftler nicht eindeutig erklären konnten, wie es möglich war, dass ein Photon gleichzeitig das Verhalten von Wellen und von Teilchen besaß, hatten sie einfach festgelegt, dass es beides zugleich war und zu diesem Zweck zwei völlig unvereinbare Modelle für dieselbe Sache gekoppelt – ein Teilchen, das von Wahrscheinlichkeitswellen bestimmt wurde.

Als ob sich Wahrscheinlichkeitswellen physikalisch überlagern könnten. Typischer Wissenschaftler-Unsinn.

Komplett lächerlich aber war die Art und Weise, wie die terrestrische Technologie die Struktur der Materie zu definieren versuchte. Um den Aufbau von Partikeln besser zu verstehen, bauten die Forscher gigantische Teilchenbeschleuniger, in denen sie Partikel in Fast-Lichtgeschwindigkeit aufeinanderprallen ließen, um herauszufinden, in welche Fragmente sie dabei zerfielen. Das war ungefähr so, als rammte man einer Versuchsperson eine Dynamitstange in den Hintern und zündete sie, um sich ein Bild von den inneren Organen des Menschen zu machen. Was nach der Explosion übrig blieb, war allerdings nicht mehr das Gleiche wie davor.

Materie hatte im Grunde wenig mit dem Teilchenbegriff zu tun. Das Universum bestand in Wahrheit aus einem *Stoff*, einer Äthersubstanz, durch die mit Lichtgeschwindigkeit Energiewellen wanderten.

Dabei bildeten bestimmte Wellenkombinationen stabile Schwingungspakete in der Art von Musikakkorden. Es gab nur eine begrenzte Anzahl dieser stabilen Frequenzpakete; sie erzeugten die Elemente des Periodensystems.

Aber es existierten auch noch andere Wellenkombinationen,

die keine harmonisch stabilen Schwingungen erzeugten. Sie versuchten, die störenden Frequenzen zu eliminieren, um sich den harmonischen Kombinationen anzunähern, und gaben dabei Strahlung ab.

Die meisten Atomreaktoren auf der Erde arbeiteten nach dem Prinzip der Kernspaltung: Sie brachten instabile Elemente unter hohem Druck so dicht zusammen, dass die zerfallenden Pakete in einer Kettenreaktion immer neue Kombinationen eingingen. Bei der selteneren Kernfusion wurden dagegen zwei relativ stabile Wellenpakete zu einem ungleichen Gemisch zusammengepresst, das bei dem Versuch, die unbrauchbaren Frequenzen abzugeben, harte Strahlung aussandte. Beide Prozesse waren extrem unwirtschaftlich, im Gegensatz zur Disrupter-Technik der Außerirdischen, die auf einem anderen Verfahren beruhte. Da jedes Teilchen aus einer ganz spezifischen Gruppe von Schwingungsfrequenzen bestand, musste der Disrupter nur die Zusammensetzung dieser Frequenzen kennen. Dann konnte er einen vollständigen Satz von Gegenfrequenzen aussenden, ein Anti-Paket, das eine sofortige und totale Freisetzung der gesamten Energie bewirkte. Oder er hob bestimmte Frequenzen des Teilchens auf und führte dadurch eine kontrollierte Instabilität herbei, was wiederum eine kontrollierte Energieabgabe zur Folge hatte.

Der Disrupter war für beide Methoden gleich gut geeignet. Er konnte jedes Brennmaterial verwenden, wenngleich sich die Wellenpakete von manchen Elementen leichter handhaben ließen als andere. Seine zweite Funktion bestand darin, die Energie zu sammeln, die das Teilchen freigesetzt hatte, und an die Schiffssysteme weiterzuleiten. Es bestand keine Notwendigkeit, die Energie zu speichern. Die Materie war die gespeicherte Energie.

Genau genommen stimmte das nicht ganz. Sobald man die Disrupter abgeschaltet hatte, benötigten sie Energie, um den Prozess neu zu starten. Das war es, was Raul bei diesem Test Kopfzerbrechen bereitet hatte. Das Schiff besaß gewisse Energiereserven, aber die hatte Raul mit seinen Wurmfaser-Experimenten beinahe erschöpft. Und obwohl ein einzelner Disrupter winzig war, bestand die Gefahr, dass die reparierte Zelle beim Versuch eines Neustarts die gesamte Restenergie verbrauchte.

Zum Glück war das nicht geschehen. Nun stand ihm endlich Strom zur Verfügung. Die Energie würde zwar nicht ausreichen, um alle seine Experimente zu unterstützen, aber zumindest konnte er die Schiffssysteme länger als bisher laufen lassen.

Und die eine Sache, die im Moment Vorrang für ihn hatte, konnte er mit dem Plus an Energie gut bewältigen.

Die diversen Kabel, die von Rauls Beinstümpfen hingen und ihn wie eine Nabelschnur mit dem Schiff verbanden, schlackerten hinter ihm her, als er an der Wand hochkletterte. Aus einer Geheimnische holte er ein Spezialinstrument, kehrte auf den Boden zurück und stützte sich an der nahen Wand ab.

Er holte tief Luft, ehe er das Instrument ansetzte und tief in die Haut rings um die Kabelstränge schnitt. Dr. Stephensons primitive Verbindungen zum Rho-Schiff hatten ihren Zweck erfüllt. Es war nun an der Zeit, einen Anschluss einzurichten, der seinen Anforderungen besser gerecht wurde. Außerdem konnte man einen Schweif wirklich nicht als angemessen für einen Gottessohn bezeichnen.

KAPITEL 55

Neue Szene.

Heather hatte große Mühe, sich in der plötzlich total veränderten Umgebung zurechtzufinden, obwohl sie keinen Zweifel darüber hegte, was geschehen war: eine Fugue. Ihr Zustand war zwar nicht ganz das, was die Medizin unter diesem Begriff verstand, aber sie hatte sich angewöhnt, die unheimlichen Wachträume, in die sie mitunter ohne Vorwarnung glitt, als Fugues zu bezeichnen.

Der Ort, an dem sie sich nun befand, war ihrer Vorstellung völlig fremd. In dem grauen Licht konnte sie kein scharfes Bild gewinnen, fast als würde sie durch einen Nebel treiben. Überall standen fremdartige Maschinen herum, und dazwischen schlängelte sich ein chaotisches Gewirr seltsamer Leitungen und Kabelverbindungen.

Sie hörte etwas, eine Art hastiges Scharren, aber als sie sich dem Geräusch zuwenden wollte, merkte sie, dass sie sich nicht bewegen konnte. Gefangen in einem unsichtbaren Kraftfeld, schwebte sie über dem Boden.

Heather keuchte. Sie hing in der Luft, völlig nackt, das Gesicht nach oben gewandt.

Wieder konzentrierte sich Heather mit aller Kraft auf ihre Umgebung, doch auch diesmal blieben ihre Versuche erfolglos. Etwas befand sich im gleichen Raum wie sie, etwas, das außerhalb ihres Blickfelds die Wände entlangglitt, etwas, das schleichend näher kam.

Eine tief sitzende Furcht verzehrte sie, wurde mit jeder Sekunde, die verstrich, intensiver. Heather erhöhte ihre Konzentration, ging weit über die von ihrem Selbstbild auferlegten Schranken hinaus, die sie im Allgemeinen daran hinderten, ihre neuronale Verstärkung voll zu nutzen. Sie strengte sich an, bis sie das Gefühl hatte, dass sämtliche Muskeln zum Zerreißen gespannt waren. Vergeblich. Es gelang ihr nicht, sich vom Fleck zu rühren. Es gelang ihr nicht einmal, mit den Fingern oder Zehen zu wackeln.

Als kleines Kind war sie einmal in ein Abflussrohr gekrochen und stecken geblieben, mit eng an den Körper gepressten Armen. Die Feuerwehr hatte zwei Stunden gebraucht, um sie zu befreien. Die klaustrophobische Panik, die Heather in jenem Rohr überfallen hatte, schwappte wieder über sie hinweg, verstärkt durch eine Hyperventilation, die ihr die Brust einschnürte.

Das andere Wesen im Raum war jetzt nahe, so nahe, dass sie den schwachen Luftstrom seiner erregten Atemzüge spürte, einen Luftstrom, in dem ein krankes Verlangen mitschwang.

Eine Hand streichelte von hinten zärtlich ihre Wange, wanderte über ihre Kehle, tastete mit zitternden Fingern ihre Brust entlang. Heather kämpfte gegen ein wachsendes Ekelgefühl an, das sich mit der vagen Vorstellung von Vertrautheit mischte. Gleichzeitig fasste ihr Verstand einen Plan. Sie musste das Gesicht sehen, das zu dieser Hand gehörte.

Neue Szene.

Heather rang nach Luft und versuchte sich zu orientieren. Sie lag auf einer Couch. Als sie aufschaute, starrte sie direkt in die tiefblauen Augen von Dr. Getrude Sigmund.

KAPITEL 56

»Schizophrenie!« Gil McFarland war über Dr. Sigmunds Diagnose so geschockt, dass er mit seinem Ausruf eine Fontäne von Spucketröpfchen in ihre Richtung versprühte.

»Nicht unsere Heather!« Anna McFarland schüttelte wütend den Kopf.

»Es tut mir leid«, sagte Dr. Sigmund. »Aber bei Ihrer Tochter zeigen sich die Anfänge einer Psychose, ausgelöst aller Wahrscheinlichkeit nach durch die traumatischen Ereignisse, denen sie in jüngster Zeit ausgesetzt war.«

Gil McFarland brachte kein Wort hervor.

»Aber Sie sagten Schizophrenie!«, warf Anna immer noch erregt ein. »Das ist ausgeschlossen. Heather besitzt doch keine gespaltene Persönlichkeit.«

Dr. Sigmund legte eine Hand auf ihren Arm. »Das ist eine gängige Fehlinterpretation, mit der wir häufig konfrontiert werden. Schizophrenie ist keineswegs gleichbedeutend mit einer Persönlichkeitsspaltung. Ihre Tochter legt einige der klassischen Symptome an den Tag. Sie leidet unter Sinnestäuschungen, Halluzinationen und einem gelegentlichen Realitätsverlust. Sie sieht und hört Dinge, die sich nur in ihrem Kopf abspielen.«

»Aber was bedeutet das?«, erkundigte sich Anna. »Sie sagten, dieser Zustand sei eine Folge ihrer Erlebnisse, eine Art posttraumatischer Stress oder so?«

»Nein. Ich sagte, ihre Psychose könnte von den traumatischen Ereignissen ausgelöst worden sein. Ich fürchte, es handelt sich um eine Geistesstörung, eine Erkrankung, die sich behandeln, aber nicht heilen lässt.«

Anna keuchte und presste die Hände vor den Mund.

Unbändiger Zorn hielt Gil in einem Würgegriff. »Das kann und will ich nicht akzeptieren. Ich würde gern eine zweite Meinung einholen.«

Dr. Sigmund nickte. »Das verstehe ich. Aber ich will Ihnen auch nicht verschweigen, dass ich mich bereits mit zwei der besten Psychiater dieses Landes beraten habe – Dr. Edwards und Dr. Mellon vom Henderson House Hospital in Kalifornien. Nach dem Studium der Fallakte waren beide derselben Ansicht wie ich. Aber selbstverständlich unterstütze ich Ihren Wunsch nach einer weiteren Diagnose durch einen Arzt Ihrer Wahl.«

Anna McFarlands Knie gaben nach, und sie wäre umgekippt, wenn ihr Mann sie nicht mit seinen starken Armen aufgefangen und zu einem Sessel gebracht hätte.

Dr. Sigmund setzte sich dicht neben sie. »Ich weiß, dass meine Worte ein Schock für Sie sind, aber ich halte es für äußerst wichtig, dass Sie die Wahrheit erfahren. Ihre Tochter muss behandelt werden, bevor sich ihr Zustand verschlimmert – und ich gehe davon aus, dass er sich verschlimmern wird, wenn wir nichts dagegen unternehmen. Es ist meine Pflicht, Sie zu warnen. Handeln Sie jetzt, bevor Heather sich zu einer Gefahr für sich selbst und andere entwickelt. Ihre psychotischen Schübe werden an Häufigkeit und Schwere zunehmen.«

»Welche Art von Behandlung schlagen Sie vor?«, fragte Gil McFarland. »Einzelsitzungen? Eine Gruppentherapie?«

Dr. Sigmund zögerte. Ihre Miene drückte Mitgefühl aus. »Ich fürchte, dass diese Methoden in Heathers Fall nicht mehr ausreichen werden, obwohl sie vielleicht Ihnen helfen könnten, mit der Erkrankung ihrer Tochter besser umgehen zu können. Wir werden anfangs nicht um eine Behandlung mit antipsychotischen

Medikamenten herumkommen. Normalerweise empfehle ich Olanzapin, aber bei Heather würde ich Risperidon vorziehen.«

Gil und Anna blieben stumm, und so fuhr Dr. Sigmund nach einer kleinen Pause fort.

»Ich bitte Sie, sich genau einzuprägen, was ich Ihnen jetzt sage. Schizophrenie ist ein Dauerzustand, und Sie werden beide gut darauf achten müssen, dass Ihre Tochter die verordneten Medikamente regelmäßig einnimmt und keine ärztlichen Termine versäumt. Es ist typisch für diese Art von Erkrankung, dass die Patienten sich für gesund halten. Auch Heather wird die Behandlung höchstwahrscheinlich ablehnen.

Ihnen kommt im Moment die schwerste Aufgabe zu. Sie müssen Heather zur Einsicht zwingen, auch wenn sie sich gegen Ihre Einmischung zur Wehr setzt. Aber seien Sie ihr zuliebe stark. Angesichts der Schwere der Symptome, die ich bei Heather beobachtet habe, droht ihr eine Langzeit-Einweisung in eine psychiatrische Einrichtung, wenn sie sich nicht strikt an den Behandlungsplan hält.«

Wieder keuchte Anna. Dann begann sie zu schluchzen und vergrub das Gesicht an der Schulter ihres Mannes.

Gil McFarland schloss sie fest in seine Arme und half ihr auf, nachdem sie sich ein wenig beruhigt hatte. »Frau Doktor, ich danke Ihnen für Ihre offenen Worte. Anna und ich werden dennoch eine zweite Meinung einholen. Falls sich diese Diagnose mit Ihrer Einschätzung decken sollte, werden wir selbstverständlich alles tun, um Heather die bestmögliche Therapie zukommen zu lassen.«

Als sie das Sprechzimmer der Psychiaterin verließen und den Wartebereich passierten, musste Gil McFarland seine immer noch schluchzende Frau stützen. Am liebsten hätte er laut losgeschrien, so weh tat es ihm, sie leiden zu sehen. Wie war es nur dazu gekommen? Er hatte es immer als seine Aufgabe angesehen, seine kleine Familie zu beschützen. Und nun sah die Liebe seines Lebens, das fröhlichste Geschöpf, das er je gekannt hatte, so aus, als könnte sie nie mehr lachen. Und auch wenn er sich daran klammerte, dass eine zweite Meinung noch alles ändern könnte, glaubte er die Geisterfinger einer Todesfee in seinem Nacken zu spüren.

Auf dem Weg über den asphaltierten Parkplatz betete Gil McFarland so inbrünstig wie nie zuvor.

»Lieber Gott, ich flehe dich an, rette mein kleines Mädchen!«

KAPITEL 57

Die Spannung im Konferenzraum des US-Kabinetts hatte sich so verdichtet, dass sie eine eigene Schwerkraft zu haben schien, die den gesamten Westflügel des Weißen Hauses über den Ereignishorizont zu ziehen drohte. Vizepräsident Gordon stützte einen Ellbogen auf den polierten Mahagonitisch und verlagerte sein Gewicht ein wenig, bis sein Kinn bequem in der Handfläche ruhte. Sein Blick wanderte von Präsident Harris zu Doktor Donald Stephenson, dessen scharf geschnittene Züge völlig ausdruckslos blieben, und wieder zurück zu seinem Präsidenten.

Präsident Harris studierte den Bildschirm an der gegenüberliegenden Wand mit zunehmend düsterer Miene. »Wenn ich Sie also recht verstehe, herrscht bei den Mitgliedern des Generalstabs Einmütigkeit darüber, dass wir der Empfehlung der Sonderkommission folgen sollten?«

General Brad Valentine, der Vorsitzende des Generalstabs, fixierte den Präsidenten mit seinen unerschrockenen blauen Augen und nickte langsam. »Jawohl, Sir.«

Nach der eben erst durchgeführten Befragung seines Kabinetts befand sich Präsident Harris in einer Zwickmühle. Er hatte die Sonderkommission, die alle Belange der nationalen und öffentlichen Sicherheit im Zusammenhang mit der bevorstehenden weltweiten Freigabe der Nanomaschinen-Lösung bewerten sollte, selbst ins Leben gerufen. Nach langen und durchaus kontroversen Debatten hatte die Kommission empfohlen, die Freigabe um mindestens zwei Jahre zu verschieben. Diese Zeitspanne würde ausreichen, um die nationalpolitischen Fragen zu lösen und zugleich in unabhängigen wissenschaftlichen Studien festzustellen, ob bei der Behandlung mit dem neuen Mittel eventuell Nebenwirkungen auftraten, die derzeit noch unbekannt waren.

Die einzige abweichende Meinung im Kabinett kam von Conrad Huntingdon, dem Außenminister. Er gab zu bedenken, dass ein Rückzug der amerikanischen Zusage zu diesem Zeitpunkt in der gesamten übrigen Welt eine Woge der Empörung auslösen würde, deren Folgen für die Außenpolitik der USA verheerend sein konnten.

Präsident Harris sah Dr. Stephenson über den Tisch hinweg an. »Der Ball liegt bei Ihnen im Feld, Don. Ich muss sagen, dass ich aufgrund dieses Reports dazu neige, die Freigabe zu verschieben, auch wenn uns durch diese Entscheidung wohl eine Menge politisches Kapital verloren geht.«

Dr. Stephenson lehnte sich noch weiter zurück und zögerte kurz, bevor er antwortete. »Herr Präsident, sosehr ich bestrebt bin, den schrecklichen Krankheiten ein Ende zu bereiten, die unseren Planeten immer wieder heimsuchen und gerade die ärmsten und hilflosesten Erdenbewohner treffen, sehe auch ich mich gezwungen, den Aufschub zu befürworten. Obwohl alle Prognosen für die Freigabe sprechen, sind die potenziellen Gefahren einer so radikalen Neuerung zu groß, als dass man sie schönreden sollte.«

Die Verblüffung, die sich in den Zügen des Präsidenten abzeichnete, passte zu dem überraschten Luftholen der übrigen Anwesenden. Präsident Harris schüttelte den Kopf. »Ich muss gestehen, dass ich diese Worte nicht von Ihnen erwartet hätte, Dr. Stephenson. Und wenngleich mein Entschluss bereits mehr oder weniger feststand, erleichtert mir Ihre geschätzte Meinung die nächsten Schritte.«

Präsident Harris stand auf und wandte sich seinem Stabschef zu. »Andy, wir sehen uns noch in meinem Büro. Und bringen Sie Michelle mit. Jetzt kann sie endlich mal zeigen, wofür sie ihr hohes Gehalt als Pressesprecherin bekommt.«

Vizepräsident Gordon hatte sich ebenfalls erhoben. Er beobachtete, wie Dr. Stephenson zusammen mit den anderen den Konferenzraum verließ, so unberührt, als hätte er eben einer mäßig interessanten Vorlesung beigewohnt.

Interessant. Sehr, sehr interessant.

KAPITEL 58

Mark schnürte es die Kehle zu, als er Heather bei der Arbeit in der Werkstattecke der Garage beobachtete. Sie war so verdammt tapfer. Im Laufe der Woche hatte sie drei verschiedene Psychiater aufsuchen müssen, die alle wild entschlossen schienen, ihren großartigen Verstand mit einer vollen Medikamentendröhnung kaputt zu machen. Aber trotzdem hatte sie es geschafft, sich auf die theoretische Lösung für eine neue und verbesserte Subspace-Übertragung zu konzentrieren.

Und ihre Anstrengungen hatten sich gelohnt. Jennifer musste nur noch den Regler modifizieren, der Jack einen eingeschränkten Fernzugriff auf ihre Ausrüstung ermöglichen würde, und sie waren bereit für einen Testlauf.

»Bingo!« Jennifers Ausruf ließ Mark herumfahren. »Wir sind online.«

Tatsächlich verkündeten die blinkenden bunten Lichter auf dem LED-Panel, dass der Subspace-Transmitter eingeschaltet und betriebsbereit war.

Jennifer sah Mark an. »Hast du die Zielkoordinaten?«

»Alles vorbereitet.« Er schob ihr ein Blatt Papier über die Werkbank zu.

Heather warf einen Blick auf den ausgedruckten Text. »Wieder die NSA?«

»Warum nicht? Das ist ein ebenso gutes Testziel wie jedes andere.« Mark grinste sie an.

Ehe Heather etwas einwenden konnte, begann Jennifer bereits, die Koordinaten in das Steuerprogramm des Subspace-Transmitters einzutippen. Ihre Finger flogen geradezu über die Tastatur. Aber Mark verstand ihre Ungeduld. Schließlich hatte sie den Regler entwickelt, der gegenüber der primitiven Steuerung für den ursprünglichen Subspace-Transmitter eine deutliche Verbesserung darstellte.

Während Mark die blinkenden Leuchtdioden auf dem Panel beobachtete, sprang von Jennifers fieberhafter Erregung der Funke auf ihn über. Das Ding sah einfach klasse aus.

»Ich bin drin«, wisperte Jennifer.

»Kannst du das Netz identifizieren?« Heather beugte sich über ihre Schulter, um einen besseren Blick auf das Display zu erhalten.

»Sekunde.«

Das Klicken der Tasten erinnerte Mark an den schnellen Snare-Trommelwirbel.

»Sieht so aus, als wäre es nur ein Verwaltungs-Subnetz, aber es gehört zum SIPRNet.«

Mark nickte. »Gut. Schick die Testnachricht los. Sobald wir die Bestätigung haben, dass sie eingegeben ist, können wir die Verbindung unterbrechen. Dann nehmen wir Kontakt zu Jack auf.«

Jennifer lachte. »Schon passiert.«

Mark beugte sich vor, um zu sehen, was seine Schwester übermittelt hatte. Auf dem Computerschirm hoben sich zwei kurze Sätze gegen den hellen Hintergrund ab.

»Hallo, Jungs. Da bin ich wieder.«

KAPITEL 59

»Was gibt es Neues?« Jack beugte sich über Janet, die am Laptop arbeitete.

»Sieht so aus, als hätte unser Informant beschlossen, deine Anfrage zu beantworten.«

»Und was schreibt er?«

»Ich lese es dir vor: ›Jack! Selbst wenn ich wollte, könnte ich Ihnen die Namen der Leute, die hinter dem Überfall auf Ihr Team stehen, nicht beschaffen. Ich bin kein Spion, wie Sie sicher längst vermuten, und wüsste nicht einmal, wo ich mit der Suche nach den geforderten Informationen beginnen sollte. Aber ich habe nach reiflicher Überlegung beschlossen, Ihnen ein Interface zu einem einzigartigen System zur Verfügung zu stellen.

Ich habe eine Datei auf Ihren Laptop übertragen. Sie enthält Anweisungen, wie Sie sich per Fernzugriff in meinen Netzwerk-Controller einloggen können. Auf diese Weise erhalten Sie Zugang zu sämtlichen Computersystemen, deren Koordinaten Sie eingeben. Dabei wird Ihr Eindringen zwar kenntlich gemacht, aber die Spur lässt sich auf keinen Fall zu Ihrem Anschluss zurückverfolgen.

Ich werde diese Verbindung nicht ständig offen halten können, aber sobald sie verfügbar ist, wird auf Ihrem Bildschirm eine kleine grüne Anzeige erscheinen. Falls Sie sich entschließen, dieses Angebot anzunehmen, werden Sie feststellen, dass es ungemein nützlich ist.‹«

Janet schaute vom Bildschirm auf. »Das ist die ganze Botschaft.«

Jack setzte sich neben sie. »Interessant.«

»Wenn der Absender nicht lügt.«

»Das müsste leicht zu überprüfen sein«, entgegnete Jack.

»Du bist dir doch im Klaren darüber, dass er wahrscheinlich alles überwachen wird, was über diesen Link läuft.«

»Solange der Typ mir nicht in meine Nachforschungen pfuscht, dürfte das kein Problem sein. Mach diese Datei mit den Anweisungen auf.« Jack neigte sich zu ihr herüber und küsste sie auf die Wange. »Sieht ganz so aus, als hätte sich mein tödlicher kleiner Computerhacker zurückgemeldet.«

Janets Blick folgte Jacks geschmeidiger Gestalt, als er aufstand und ins Freie trat. Trotz ihres wachsenden Unbehagens verließ sie sich auf Jacks Instinkte.

Deshalb wandte sie ihre Aufmerksamkeit wieder dem Laptop zu und öffnete die Instruktionsdatei.

KAPITEL 60

Der trübe rote Schein, der Freddy Hagermans vorgebeugte Schultern umfloss, konnte die Dunkelheit kaum in Schach halten. Eine Reihe feuchter Fotos war mit Klammern an der Wäscheleine befestigt, die sich über der Wanne des Motel-Badezimmers spannte. Freddy rieb sich das Kinn, als er die allmählich trocknenden Aufnahmen in seiner provisorischen Dunkelkammer studierte.

Manchmal zahlte sich sein Beharren auf den alten Methoden aus. Was der modernen Digitalfotografie abging, war der Entwicklungsprozess mit diesem magischen Hervortreten eines Bildes aus dem nebligen Hintergrund. Und jemandem, der mit diesem Vorgang so vertraut war wie Freddy, boten sich Momente, in denen sich ansonsten verborgene Details plötzlich scharf abzeichneten. Einen dieser Momente hatte er jetzt vor sich.

Freddy hatte in den vergangenen sechs Tagen die Außenanlagen von Henderson House aus so vielen Blickwinkeln wie nur möglich fotografiert. Er hatte keine Ahnung gehabt, wonach er eigentlich suchte, aber die ganze Zeit gewusst, dass er das schon noch herausfinden würde, bevor er einen Fuß in das Anwesen setzte. Eins stand jedoch bereits jetzt fest: Je länger er diesen Ort beobachtete, desto mehr bekam er das Gefühl, dass vor ihm einer jener alten, noch in Schwarz-Weiß gedrehten Gruselfilme ablief.

Das war natürlich albern, wohl eine Art Nebeneffekt der bizarren Architektur und der weiß uniformierten Wärter, die auf dem Gelände umherliefen. Dennoch, es fiel Freddy schwer, die irrationale Furcht abzuschütteln, die sich immer tiefer in sein Denken fraß.

Aber im Moment galt seine ganze Aufmerksamkeit der Aufnahme eines Helikopters, der auf der Rückseite des Grundstücks gelandet war. Freddy hatte Glück gehabt, als er diese Szene einfing, da die Stelle nahezu komplett von Nebengebäuden abgeschirmt wurde. Aber er hatte sich, gerade als er den im Anflug befindlichen Helikopter entdeckte, auf einem Hügel gegenüber dem Torhaus befunden, der einen kleinen Durchblick auf den Hubschrauberlandeplatz bot.

Er hatte die Maschine ins Visier genommen und eine Serie von Bildern geschossen, bis sie auf dem Pad stand. Alle bis auf eine Aufnahme hatten sich als unnütz erwiesen. Und selbst die eine wäre wohl zum Ausschuss gewandert, wenn Freddy nicht zufällig hingeguckt hätte, als sie im Entwicklerbad schwamm. Ein paar Sekunden lang hatte sich ein einzelnes Gesicht klar gegen den noch diffusen Hintergrund abgehoben, der es später wohl kaschiert hätte.

Nur einen Moment waren ihm die vertrauten Züge zugewandt, ehe der Mann hinter dem Rumpf des Helikopters verschwand. Freddy beugte sich vor und schüttelte erstaunt den Kopf.

Was zum Henker suchte Dr. Donald Stephenson in Henderson House?

KAPITEL 61

Ein schwaches Summen vibrierte durch das Innere des Rho-Schiffs, aber die Abschirmung war so effektiv, dass die an der Außenhaut befestigten schwachen Messgeräte der Forscher das Geräusch ebenso wenig wahrnahmen wie den plötzlichen Energieanstieg, der es erzeugte. Raul dagegen konnte es spüren.

Sein Kontakt mit dem Schiff hatte sich enorm verbessert, seit er das Verbindungskabel vom unteren Rückenmark entfernt und neu verschaltet hatte. Die Operation hatte viel Zeit gekostet, wobei die diversen Komplikationen nichts mit Dr. Stephensons primitiven Anschlüssen zu tun hatten. Was den Eingriff so schwierig gemacht hatte, war die Notwendigkeit gewesen, mit dem neuronalen Schiffsnetz verbunden zu bleiben, während er die Operation an seiner eigenen Schädelbasis durchführte.

Raul konnte nicht einfach die alten Anschlüsse durchtrennen und die Kabel ein Stück weiter oben anbringen. Das hätte seinen Kontakt zum Schiff gekappt und ihn gezwungen, die Gehirnoperation ohne jede Anleitung durchzuführen. Deshalb hatte er die alten Verbindungen an Ort und Stelle gelassen und einen gesonderten Eingriff an der Schädelbasis vorgenommen.

Mehrere Stunden lang war er damit beschäftigt gewesen, einen sehr viel raffinierteren Anschluss zu implantieren, der am Hinterkopf etwa einen Zentimeter aus der Hirnschale herausragte, gerade so weit, dass er die Vernetzung mit dem Schiffscomputer ohne größere Verrenkungen durchführen konnte. Diese Außenverbindung musste einfach zu handhaben sein. Sobald er nämlich den Kabelstrang, der die Nabelschnur zum Schiff darstellte, von seinen Beinstümpfen löste, war er auf sich allein gestellt, abgeschnitten von der Verstärkung des gigantischen neuronalen Netzes, das sein Denken unterstützte. Der Neuanschluss musste in diesem eingeschränkten Zustand bewerkstelligt werden.

Ein unvorhergesehenes Problem hätte seine Anstrengungen um ein Haar zum Scheitern gebracht. Nachdem er die Verbindungen zum unteren Rückenmark durchtrennt hatte, war Raul minutenlang in schlimme Selbstzweifel verfallen, begleitet von heftigen Verlustängsten. Erinnerungen an Heather hatten ihn überfallen und zu Selbstmordgedanken geführt, was ihm beinahe den Willen geraubt hätte, den Kontakt zum neuronalen Schiffsnetz wiederherzustellen. Doch ein plötzlicher Hoffnungsstrahl hatte ihm frische Willenskraft verliehen, und nachdem die Zusammenschaltung mit dem Bordcomputer abgeschlossen war, hatte sich diese Hoffnung in sein neues Ziel verwandelt.

Es war eine knappe Angelegenheit gewesen, aber das Risiko hatte sich gelohnt. Der Direktanschluss zu seinem Gehirn war seinen Vorläufern einfach turmhoch überlegen.

Dr. Stephensons Reaktion am Tag nach dem Eingriff war aufschlussreich gewesen. Der Physiker hatte ihn mit Interesse gemustert, aber keinerlei Überraschung gezeigt. Eher schien er erfreut zu sein.

Nun, was Stephenson dachte, war Nebensache. Raul hatte den Mann seit zwei Tagen nicht mehr gesehen, und bei der mentalen Verstärkung, die er nun besaß, hatte diese Zeit locker ausgereicht, um das zu tun, was noch zu tun war.

Raul ließ seine Gedanken zu der Anlage schweifen, die das Stasisfeld mit Energie versorgte, jenes Feld, mit dessen Hilfe ihn Dr. Stephenson ruhiggestellt hatte, als er ihm das Auge entfernt und beide Beine amputiert hatte. Mit einer leichten Gedankenverschiebung brachte Raul die Anlage online und manipulierte die Kraftlinien des Stasisfelds so mühelos, als bewegte er seinen kleinen Finger.

Ein kleines Skalpell erhob sich aus seiner Vertiefung, schwebte einen Moment lang ganz ruhig in der Luft und schoss dann quer durch den Raum, bis es einen Zentimeter vor Rauls Gesicht zum Stillstand kam. Dort hing es mit einem schwachen Zittern, als hätte sich seine Spitze soeben in einen Baumstamm gegraben. Wieder veränderte Raul seine Visualisierung, und das Feld übte einen so gewaltigen Druck auf das Metallskalpell aus, dass es in sich zusammenfiel und wie flüssiges Quecksilber in eine schimmernde Metallkugel verformt wurde.

Raul ließ die Kugel zu Boden fallen, während sein Torso in die Luft schwebte und sich quer durch den Raum zu bewegen begann. Die an seinem Hinterkopf befestigte »Kabelschnur« schlängelte sich hinter ihm her.

Nein. Wegen Stephenson würde er nicht mehr in Rage geraten – nie mehr.

KAPITEL 62

Den meisten Leuten kam das Innere von Henderson House noch bizarrer vor als das Äußere. Vor allem die freistehende Wendeltreppe im Zentrum der riesigen offenen Empfangshalle vermittelte einen mehr als exzentrischen Eindruck, denn auf merkwürdige Weise war sie schön und scheußlich zugleich.

Das ganz aus Mahagoni errichtete Gebilde wand sich zu einer Höhe von etwa sechs Metern über dem Marmorboden empor, wo es in einer von drei Bögen getragenen Plattform endete. Schmale Holzstege führten über diese Bögen zu Innenbalkonen, von denen man in die Korridore des Obergeschosses gelangte. Wo die Metallbögen auf die Treppe trafen, waren drei Reliefs in das Holz geschnitzt, die schmerzverzerrten Gesichter eines Mannes und zweier Frauen, die deutlich machten, dass sie die Berührung der Metallbögen als wahre Folter empfanden.

Selbst langjährige Mitarbeiter blieben oft stehen, um diese Treppe zu betrachten. Dr. Stephenson dagegen passierte sie auf seinem Weg in die Bibliothek, ohne ihr auch nur einen zweiten Blick zu schenken.

Ein weiß gekleideter Bediensteter öffnete die schwere Holztür, als er ihn kommen sah. So merkwürdig der Rest des Herrenhauses anmutete, die Bibliothek mit ihrem relativ kleinen Lesebereich und den hohen, über eine Schiebeleiter erreichbaren Bücherregalen entlang der Wände wirkte angenehm normal.

Drei Männer erwarteten ihn an dem runden Tisch in der Mitte des Raumes.

Dr. Anthony Frell, der Vorsitzende der Henderson House Foundation, der ganz rechts Platz genommen hatte, erhob sich und streckte dem Neuankömmling die Hand entgegen. Stephenson ignorierte die Begrüßungsgeste und musterte mit seinem Falkenblick den Mann in der Mitte des Trios.

Der Lateinamerikaner trug sein dunkles Haar schulterlang. Ein schmaler Fu-Manchu-Schnurrbart umrahmte seinen Mund und ging in einen Kinnbart über. Seine Miene verriet nahezu unverhohlen blanke Aggression, die sich zudem in den Zügen des bulligen Mannes zu seiner Rechten widerspiegelte. Jorge Esteban Espeñosa, der Boss des größten kolumbianischen Drogenkartells, wurde überallhin von seinem privaten Leibwächter begleitet.

Dr. Stephenson machte sich nicht die Mühe, Platz zu nehmen. »Dieses Treffen gefällt mir ganz und gar nicht.«

Espeñosa lehnte sich in seinem Sessel zurück und legte die in bestickten Cowboystiefeln steckenden Füße auf den Tisch. »Und das ist mir ganz und gar egal.«

Der Drogenbaron holte eine Zigarre aus der Brusttasche seines Jacketts und schnippte das Ende mit einem kleinen Zigarrenschneider ab. Er entfachte ein Streichholz an seiner Stiefelsohle, nahm ein paar tiefe Züge und blies den Rauch in Dr. Stephensons Richtung.

»Mir scheint, Sie benötigen eine kleine Lektion, damit Ihnen klar wird, mit wem Sie es hier zu tun haben.« Espeñosa lächelte. »Verstehen Sie mich nicht falsch. Ich bin durchaus angetan von diesem Nanomaschinen-Zeug, das Sie mir zukommen ließen. Aber irgendwie scheinen Sie zu glauben, dass Sie mich herumkommandieren können. Das ist ein Irrtum. Jorge Espeñosa nimmt von niemandem Befehle entgegen. *Comprende?*«

Espeñosa blies erneut eine große Rauchwolke in die Luft, nahm die Füße vom Tisch und beugte sich vor. »Außerdem finde ich Ihren Preis für dieses Mittel völlig überzogen. Damit schrumpft mein Profit zu einem lächerlichen Rest zusammen.«

Auf ein Nicken des Kartellbosses hin erhob sich sein Leibwächter, ging um den Tisch herum und nahm links hinter Dr. Stephenson Aufstellung.

»Das ist schlecht für mein Geschäft. Ich hoffe, Sie haben dafür Verständnis.« Espeñosa rollte genießerisch das Ende der Zigarre über seine Zunge. »Deshalb werde ich von jetzt an selbst den Preis festsetzen. Ihnen bleibt ja gar keine andere Wahl. Wenn ich nämlich nur ein Wort von unserer Absprache durchsickern lasse, wird Ihre Regierung Sie aus dem Weg räumen, ohne dass ich mir die Finger schmutzig machen muss. Vergessen Sie lieber nicht, wessen *cojones* im Schraubstock stecken.«

Dr. Stephensons Miene verriet nicht die geringste Gefühlsregung.

Plötzlich schrie der Leibwächter laut auf. Es war ein entsetzliches Gebrüll, das Espeñosa aufspringen und Dr. Frell in die entfernteste Ecke der Bibliothek flüchten ließ.

Der Bodyguard wankte vorwärts, fiel auf die Knie, verkrallte die Finger in seinem Gesicht und begann sich große Hautfetzen aus den Wangen zu reißen. Noch während der Mann mit flehendem Blick zu seinem Boss aufschaute, platzten seine braunen Augen wie Trauben in einer unsichtbaren Presse, schossen in zwei satten Strahlen aus ihren Höhlen und spritzten dem Drogenbaron aufs Hemd.

»*Madre de Dios!*«, keuchte Espeñosa, als er von dem Sterbenden zurückwich.

Der Leibwächter brüllte erneut, ein Aufschrei, der in einem Gurgeln endete, als sich die Knochen unter seiner Haut zu zersetzen begannen. Binnen Sekunden war von dem Mann nur noch eine stinkende Pfütze übrig, ein hässlicher Fleck auf dem schönen Hartholzboden.

Dr. Frell und Jorge Esteban Espeñosa hatten sich bis an die Bücherregale zurückgezogen. Dort standen sie nun wie erstarrt, unfähig, auch nur ein Wort hervorzubringen.

Dr. Stephenson trat einen Schritt vor und sah Espeñosa durchdringend an.

»Ich glaube nicht, dass ich auf Ihre Bedingungen eingehen werde.«

Er wandte sich zum Gehen, drehte sich aber noch einmal um, ehe er den Raum verließ.

»Nebenbei bemerkt, sollten Sie mich verärgern oder gar auszuschalten versuchen, dann wird es Ihnen wie Ihrem Leibwächter ergehen. Allerdings wird es bei Ihnen wesentlich länger dauern.«

Als Dr. Stephenson in die elegante Empfangshalle hinaustrat, blieb er kurz stehen und betrachtete die Wendeltreppe, als sähe er sie jetzt zum ersten Mal.

Sie war wirklich wunderschön.

KAPITEL 63

Vizepräsident Gordon schlug sofort die Augen auf, als er das schwache Klopfen an seiner Schlafzimmertür vernahm. Möglichst lautlos, um seine Frau nicht zu wecken, stahl er sich aus dem Bett, zog den Bademantel an und öffnete die Tür. Im Vorraum erwartete ihn Sam Tally, der Chef seines persönlichen Geheimdienst-Schutztrupps. Sein kantiges Kinn wirkte noch härter als sonst.

Tallys Stimme klang so leise, dass Gordon sich anstrengen musste, um ihn zu verstehen. »Der FBI-Direktor ist tot in seinem Haus aufgefunden worden, Herr Vizepräsident. Er wurde ermordet.«

»Ich verstehe.« Vizepräsident Gordon nahm unverzüglich die entschlossene Haltung an, für die er bekannt war. Er zog sanft die Schlafzimmertür hinter sich zu und deutete mit dem Kinn zum anderen Ende des Korridors. »Sprechen wir in meinem Arbeitszimmer weiter. Gibt es eine Verbindung zu dem Mord in North Dakota, dem letzte Woche ein FBI-Agent namens Freeman zum Opfer fiel?«

»Das lässt sich noch nicht mit letzter Sicherheit sagen, Herr Vizepräsident, aber es war die gleiche Vorgehensweise.« Tallys Stimme klang ungewöhnlich nervös.

»Scheußliche Geschichte.« Gordon geisterte noch immer die Aufnahme vom Tatort durch den Kopf – Freeman, auf dem Küchenboden zusammengesackt, ein Messer in den Eingeweiden, und quer über seine Stirn war mit Magic Marker ein Name geschrieben worden: Raymond Bronson. Einer der Toten aus Jack Gregorys Team.

»Als sie heute Abend den Leichnam des FBI-Direktors fanden, stand auf seiner Stirn ebenfalls ein Name. Bobby Daniels.«

»Auch einer von Gregorys Leuten?«

»Jawohl, Sir.«

»Ich kann es überhaupt noch nicht fassen, dass Bill Hammond tot ist.«

»Es kommt noch schlimmer. Die beiden zu seinem Schutz abgestellten Spezialagenten hatten sich gerade im Freien aufgehalten. Sie wurden ebenfalls getötet. Auch Mrs. Hammond scheint zu den Opfern zu zählen.«

»Marjorie? Mein Gott!«

»Sie muss dem Killer begegnet sein, als er das Haus verließ. Er schnitt ihr die Kehle mit solcher Wucht durch, dass ihr der Kopf praktisch vom Hals getrennt wurde.«

»Mein Fahrer?«

»Er und der Rest des Sicherheitstrupps warten bereits draußen.«

»Okay, Sam. Verständigen Sie das Team des Präsidenten, dass ich mich nur rasch anziehe und dann sofort auf den Weg mache.«

Der Geheimdienstmann nickte und verließ den Raum. Vizepräsident Gordon wartete, bis er weg war. Dann drehte er sich um und nahm den Hörer seines verschlüsselten STU-Telefons auf.

Die Stimme am anderen Ende der geschützten Leitung klang ein wenig verzerrt, mit einem Echo und einer leichten Verzögerung, die auf den hohen Sicherheitsstandard der Chiffrierung zurückzuführen waren.

»Ja?«

Der Vizepräsident sprach leise. »Sind die Zigarren eingetroffen?«

»Aus Kolumbien, wie bestellt.«

Vizepräsident Gordon zögerte kurz, doch die Codeworte, die sein Leben für immer verändern sollten, kamen ihm wie von selbst über die Lippen:

»Dann viel Spaß beim Rauchen.«

KAPITEL 64

Umgeben von den Maschinen, die diesen Teil des Schiffs ausfüllten, schwebte Raul in der Luft, getragen von dem Stasisfeld, das nun seinen mentalen Befehlen so selbstverständlich gehorchte wie früher seine Beine. Seine Verbindung zum Rho-Schiff war jetzt besser, und seine Fähigkeiten machten mit jeder Reparatur, die er an den beschädigten Bordsystemen vornahm, und mit jeder einzelnen Energiezelle, die er wieder online brachte, gewaltige Fortschritte. Anders seine geistigen Fähigkeiten. Diese waren einzig und allein mit dem neuronalen Netz verknüpft, das die Schaltzentrale des Sternenschiffs bildete – sein computerisiertes Gehirn.

Aber mit jedem Energiezuwachs konnte Raul neue Systeme online bringen, und das wiederum ermöglichte ihm eine bessere Kontrolle über die Gravitationstechnologie, mit der er experimentiert hatte. Anfangs hatte eine Wurmfaser nicht mehr als einen winzigen Zugangspunkt zu einem entfernten Standort geboten, so klein, dass er nur bereits vorhandene Kommunikationsnetze anzapfen konnte. Die Energie, die er selbst für diese minimalen Raumzeit-Singularitäten verbrauchte, war monströs, und jeder Versuch barg das Risiko, dass er die Schiffsreserven völlig erschöpfte. Das hätte einen Totalausfall des neuronalen Netzes zur Folge, und er wäre von dem Wissen abgekoppelt, das er zur Reparatur des Systems unbedingt benötigte.

Diese Gefahr hätte ihn von weiteren Experimenten abhalten sollen, solange das Energieproblem nicht gelöst war. Aber ein stärkerer Impuls verzehrte ihn nun: Heather.

In jenem Augenblick der tiefsten Verzweiflung, als er für kurze Zeit von seinem Sternenschiff abgeschnitten gewesen war, hatte ihn ein einziger Gedanke gerettet und beflügelt, den Kontakt wiederherzustellen. Ein neues Ziel setzte sich in seinem Denken fest, ein Ziel, das ihn dazu trieb, das Schiff so weit wie möglich in seiner früheren Macht instand zu setzen.

Wie es danach weitergehen sollte, wusste Raul nicht so recht. Doch darüber zerbrach er sich jetzt noch nicht den Kopf. Das würde sich ergeben. Irgendwie würde er Heather hierher holen und ihr demonstrieren, welche Macht von einer wahren Verbindung ausging. Um ihre schönen Beine nicht opfern zu müssen, würde er die Operation eigenhändig durchführen.

Rauls Blick glitt seinen Torso entlang nach unten. So schlimm sah das gar nicht aus. Er hatte immer noch alles, was er brauchte, um zwischen diese Beine zu gleiten. Dann würde Heather nicht nur spüren, dass er noch lebte, sondern auch herausfinden, wie gut er die Spektralfinger des Stasisfelds manipulieren konnte. Es war ein Jammer, dass er noch keine sexuelle Erfahrung hatte, auf die er zurückgreifen konnte, aber er würde genug Zeit finden, um auch in dieser Hinsicht Perfektion zu erlangen, wenn er seine Seelengefährtin erst bei sich hatte. Sobald sie mit dem Schiff verbunden war, konnte er herausfinden, was ihr gefiel und was nicht. Raul atmete tief durch. Heather würde ihn um mehr und mehr anflehen, ehe sie wusste, was geschah.

Seine Herzfrequenz stieg an, und Raul wandte seine Aufmerksamkeit wieder der Arbeit zu. Seinen Tagträumen konnte er sich später hingeben.

Seit die neue Materieumwandlungszelle funktionierte, war er in der Lage gewesen, die Energiespeicher des Schiffs wieder aufzuladen. Mit dieser Reserve plus dem Ausstoß der beiden anderen betriebsfähigen Materieumwandlungszellen musste es eigentlich möglich sein, eine größere Wurmfaser zu erzeugen, die ihm für kurze Zeit als optisches Guckloch dienen konnte.

Allerdings reichte die Energie nicht aus, um die externen Effekte, die eine solche Wurmfaser hervorrief, völlig zu tarnen. Er musste die Gravitations-Signatur auf ein Minimum zu reduzieren.

Raul brachte die Energiezellen mithilfe seiner neuronalen Verstärkungen auf ihr Maximum, ehe er Schritt für Schritt die Wurmfaser erzeugte. Eine winzige Gravitationswelle pulsierte nach außen, als die Singularität mit ihrem hohen Potenzial entstand, gesteuert und in Schach gehalten durch die Alien-Technologie, die sie ins Dasein gerufen hatte. Und nun schwebte sie vor ihm, wo das Hier und Dort sich berührten, so winzig, dass kein menschliches Auge sie wahrnehmen konnte, mit einem Durchmesser, der nicht größer als ein Molekül war.

Raul war sich seines Körpers nicht länger bewusst. Sein Geist manipulierte die gigantische Rechenleistung des neuronalen Netzwerks, beobachtete und korrigierte die Singularität, um sie zu stabilisieren, entgegen allen Bemühungen der Natur, dieses mikroskopische Monster zu vernichten.

Die neuerliche Verschiebung der Steuerfelder zog große Energiemengen vom Bordsystem ab. Wieder wanderte ein Gravitationsimpuls nach außen, größer als der erste, vielleicht sogar so groß, dass ihn Dr. Stephensons Instrumente registrierten. Der Wurmgang blähte sich auf, erreichte rasch ein Ausmaß, das für das menschliche Auge sichtbar wurde. Um die Kontrolle nicht zu verlieren, musste Raul sämtliche verfügbaren Rechenkapazitäten einsetzen. Ein paar Sekunden lang stand der Ausgang seiner Bemühungen auf der Kippe. Dann, als hätte sie den Kampf aufgegeben, stabilisierte sich die neue, größere Wurmfaser.

Unverzüglich konzentrierte sich Raul auf die winzige Öffnung und veränderte den Zoombereich so lange, bis er zur anderen Seite schauen konnte. Es war das perfekte Guckloch – die eine Seite hier im Schiff, die andere, wohin immer er den Wurmgang steuerte. Raul erkannte die Außenfassade des Gebäudes, in dem die Rho-Abteilung untergebracht war, aber er konnte sich dort nicht lange aufhalten. Durch eine leichte Abwandlung der Grenzwerte versuchte Raul das entgegengesetzte Ende der Wurmfaser zu bewegen. Die erste Verschiebung ging zu weit. Der dichte immergrüne Wald jenseits der Öffnung verwirrte ihn einen Moment lang, während er die Position neu berechnete. British Columbia.

Es dauerte drei weitere Sprünge, bis er seine Ausrüstung richtig geeicht hatte. Danach bereitete es Raul keine Schwierigkeiten mehr, die Faser geschickt und schnell zurück zum Zentrum von Los Alamos zu dirigieren. Der Blick fiel auf ein vertrautes Haus. Vandalen hatten die Fensterscheiben zerbrochen, und die Pflanzen, die so üppig in den Blumenkästen geblüht hatten, waren längst verdorrt.

Einen Moment lang quälten Raul Gewissensbisse bei dem Gedanken an seinen toten Vater. Wo war wohl seine Mutter? Während er noch darüber nachdachte, kam ihm zu Bewusstsein, dass sein Energievorrat rasch zur Neige ging. Er riss sich zusammen und steuerte den Spion schneller als jedes Auto den Highway entlang. Sobald er White Rock erreicht hatte, richtete er die Wurmfaser auf ein anderes vertrautes Haus. Die Eingangstür stellte kein Hindernis für ihn dar.

Das Wohnzimmer war leer, ebenso die Küche. Ein kurzer Blick in die Garage verriet, dass der Familienvan fehlte. Offenbar war Heather mit ihren Eltern weggefahren. Eine Woge der Enttäuschung erfasste Raul, doch sie lenkte ihn nicht lange ab. Die Wurmfaser erreichte das obere Stockwerk und passierte die Tür zu Heathers Zimmer.

Er sah ein Doppelbett. Kissen- und Bettbezug waren mit einem hübschen Blumenmuster bestickt. Das Herz schlug Raul bis zum Hals, als sein Blick auf Heathers Schlafplatz verweilte. Doch seine Energievorräte befanden sich längst im roten Bereich.

Die Wurmfaser fiel in sich zusammen, als er das System abschaltete. Raul lächelte. Es würde ein paar Tage dauern, bis er die verbrauchten Energiereserven wieder aufgefüllt hatte. Aber wenn es so weit war, würde er seine frühere Freundin erneut beobachten. Und das nächste Mal würde er mit seinem Besuch warten, bis sie zu Bett ginge.

KAPITEL 65

Nur das schwache Leuchten der beiden Computer-Flachbildschirme kämpfte gegen die Dunkelheit an, die durch den Raum kroch wie ein Wesen aus Fleisch und Blut, ähnlich dem Nebel, der von Zeit zu Zeit die Golden Gate Bridge verschluckte. An der inneren Grenze des Schlachtfelds, auf dem Licht und Finsternis sich bekämpften, tauchten vage und verschwommen die Umrisse der Mahagoni-Einrichtung auf. Der Geruch von Möbelpolitur hing in der Luft und verbreitete eine Schwere, die das Gefühl der Enge in dem kleinen Raum noch verstärkte.

Dr. Stephenson lehnte sich in seinem Sessel zurück und studierte die Videoaufzeichnung aus dem Allerheiligsten tief im Innern des Schiffs. Raul machte seine Sache gut, womöglich sogar besser, als er gedacht hatte.

Anfangs war Dr. Stephenson enttäuscht gewesen, dass Raul so lange gebraucht hatte, um den Kontakt zum neuronalen Netz des Sternenschiffs herzustellen und mit den Reparaturen zu beginnen. Bis er endlich beschlossen hatte, seine »Nabelschnur« zu modifizieren, war Stephenson längst unschlüssig, ob er mit Raul den richtigen Helfer ausgewählt hatte. Der Junge besaß ganz gewiss eine hohe Intelligenz, die ihm half, mit seinen verstärkten mentalen Fähigkeiten klarzukommen. Aber die Frage blieb, wie tief seine Psychose ging. Sie konnte darüber entscheiden, ob er sich zu ungeahnten Leistungen steigern oder Phobien entwickeln würde, die ihn lähmten und vor denen es kein Entrinnen gab.

Es war völlig unnötig gewesen, Rauls Beine zu amputieren. Mit dieser Operation und dem kruden Anschluss an den Schiffscomputer hatte Dr. Stephenson einzig und allein die Absicht verbunden, den Jungen zum Handeln zu motivieren. Und eigentlich hatte er damit gerechnet, dass Raul seinen Pfusch viel früher nachbessern würde. Doch nun, da das endlich geschehen war, machte Raul umso raschere und höchst erfreuliche Fortschritte.

Der stellvertretende Direktor gab einen Befehl ein, und die Darstellungen auf den Computerbildschirmen wechselten. Auf dem rechten Monitor war Raul in der Luft zu sehen, getragen von dem Stasisfeld, das er nun voll unter seiner Kontrolle hatte. An der Unterkante des Bildschirms zeigte eine per Atomuhr geeichte Zeitleiste an, wann genau jedes Einzelbild entstanden war, bevor es mit verschlüsselter Kennung in die Videoaufzeichnung übernommen wurde.

Der zweite Computerschirm enthielt ganze Listen mit Fernablesungen, denen jeweils ihre eigenen Zeitleisten zugeordnet waren. Rechts oben in der Ecke dieses Monitors befand sich ein besonderer Datensatz, empfangen von der Ulysses-Raumsonde, die am 8. August den sonnennächsten Punkt ihres Orbits erreichen sollte.

Die Synchronisation all dieser Daten war knifflig. Es ging nicht nur darum, die Zeitleisten aufeinander abzustimmen. Zusätzlich mussten die Zeiten entsprechend den Positionen und relativen Geschwindigkeiten der jeweiligen Instrumente aufbereitet werden.

Ein noch größeres Problem bestand darin, dass man hochempfindliche Messgeräte benötigte. Stephenson suchte nach Gravitationswellen, und diese Wellen waren kaum wahrnehmbar. Um ihre Bewegungen zu erfassen, verwendete man Instrumente, die Abstände von weniger als einem Atomkern messen konnten. Und um das Hintergrundrauschen auszublenden, war obendrein ein unglaublicher Aufwand zur Abschirmung und Dämpfung der Vibrationen erforderlich. Außerdem mussten die Geräte fast bis zum absoluten Nullpunkt heruntergekühlt werden.

In den Forschungszentren rund um die Welt wurden nur ganz wenige Gravitationswellen-Experimente durchgeführt, die sich in der Regel mit relativistischen Objekten wie Supernovae oder schwarzen Löchern befassten. Zum Glück hatte Dr. Stephenson aufgrund seiner Stellung Zugang zu allen für die fragliche Zeitspanne verfügbaren Daten.

Raul hatte nämlich etwas wirklich Bemerkenswertes zuwege gebracht. Die Instrumente hatten an einem einzigen Tag zwei

Ausbrüche von Gravitationswellen-Aktivität registriert, der erste davon so unauffällig, dass man ihn kaum bemerkt hätte, wäre da nicht die Doppler-Anomalie der Ulysses-Raumsonde gewesen.

Der zweite dagegen war gewaltig gewesen, um mehrere Zehnerpotenzen größer als jede bis dahin gemessene Gravitationswelle und damit ein klarer Hinweis auf ein relativistisches Ereignis in unmittelbarer Nähe der Erde. Während die Wissenschaftler in aller Welt noch diskutierten, ob die unerwarteten Daten stimmten oder eine Folge fehlerhafter Messungen waren, wusste Dr. Stephenson genau, wo sich der Ausbruch ereignet und was ihn hervorgerufen hatte, da er seinen Ablauf aus nächster Nähe miterlebt hatte.

Im Zusammenhang mit dem plötzlichen Energieanstieg, den seine Instrumente im Rho-Schiff geortet hatten, war es Dr. Stephenson gelungen, einen genauen Zeitablauf für das Ereignis zu erstellen. Und dieser Zeitablauf bestätigte die Gleichungen, die er zur Beschreibung der dritten Alien-Technologie entwickelt hatte. Wenn Raul es nun noch schaffte, das Energieproblem zu lösen, mit dem er derzeit zu kämpfen hatte, würde das Sternenschiff schon bald die Daten liefern, die Stephenson benötigte, um seine endgültigen Lösungen zu formulieren.

Von da an würden ihm die Weltregierungen schon angesichts der umfassenden Erfolge, die er mit den ersten beiden Alien-Technologien erzielt hatte, sicherlich ohne Zögern die Mittel zur Verfügung stellen, die er für den nächsten Schritt brauchte. Und wenn sie sich weigerten … nun, in diesem Fall gab es noch einen anderen Weg. Obwohl ihn der jeden Cent kosten würde, der im Moment auf seine Offshore-Bankkonten floss.

Das Bild des zweiten Sternenschiffs kam ihm in den Sinn. Es war ein Glück für das Forscherteam, das die dortigen Untersuchungen leitete, dass Dr. Stephenson hier im Rho-Labor so viel zu tun hatte. Ansonsten hätte er die Typen allesamt längst in die Wüste geschickt. Er hatte nicht viel erwartet, aber diesen Vollidioten war bis jetzt überhaupt nichts Vernünftiges eingefallen.

Nur das Wissen, dass die Technologie des zweiten Schiffs der des Rho-Schiffs weit unterlegen war, hielt ihn davon ab, die Aufsicht über den Einsatz selbst zu übernehmen. Das und die Tatsache, dass jenes zweite Schiff so tot wie ein Sargnagel war, während sein Schiff lebte und die Reparaturen von Tag zu Tag Fortschritte machten.

Dr. Stephenson starrte die Videoaufzeichnung von Raul an. Der Junge schwebte in der Luft, den Blick konzentriert nach innen gerichtet. Es war jetzt drei Wochen her, dass der stellvertretende Direktor das Allerheiligste des Sternenschiffs das letzte Mal betreten hatte. Vorsicht war angebracht, seit Raul das Stasisfeld voll unter seiner Kontrolle hatte.

Also gab sich der stellvertretende Direktor mit Beobachtungen und Messungen zufrieden und überließ Raul seiner Arbeit.

Ein Lächeln huschte über Dr. Stephensons Züge. Er würde den Jungen am Leben lassen, solange er sich als nützlich erwies.

KAPITEL 66

Drei Wochen, nachdem Heather damit begonnen hatte, Neuroleptika einzunehmen, stellte sie verblüfft eine deutliche Veränderung in ihrem Befinden fest. Und obwohl sie sich anfangs sehr geängstigt und gegen die Medikamente gesträubt hatte, erwies sich die tägliche Dosis nun als wahrer Segen. Sie konnte wieder schlafen. Ihr war überhaupt nicht bewusst gewesen, wie sehr ihr das Gefühl gefehlt hatte, abends die Augen zu schließen und am nächsten Morgen aufzuwachen und einen neuen Tag zu begrüßen.

Es kam sogar noch besser: Die verstörenden Fugues waren verschwunden. Sie erschreckte niemanden mehr mit ihren unvorhergesehenen Ausflügen ins Zombieland. Die Erleichterung ihrer Eltern, dass sie wieder am normalen Leben teilnehmen konnte, war sogar noch größer als ihre eigene Freude.

Es gab ein paar Nebenwirkungen der Medikamente, aber mit

denen kam sie klar. Am unangenehmsten war eine leichte Benommenheit kurz nach Einnahme der Pillen. Außerdem spürte Heather ein schwaches Zittern in der linken Hand, was nach Auskunft von Dr. Sigmund relativ häufig vorkam. Da dieser Tremor jedoch kaum Beschwerden verursachte, hatte die Ärztin beschlossen, die Sache genau zu beobachten und das Mittel nur dann zu wechseln, wenn sich Heathers Zustand verschlechtern sollte.

Heather musste zugeben, dass dieses Vorgehen vernünftig war. Das Einzige, was sie Dr. Sigmund verschwiegen hatte, war die beunruhigende Natur ihrer Träume. Für gewöhnlich konnte sie sich nicht erinnern, was sie geträumt hatte. Aber in den letzten Nächten war sie mehrmals aus dem Schlaf geschreckt, wach gerüttelt von Bruchstücken des immer gleichen Traums. Eine lange schwarze Limousine, auf dem Dach liegend und um einen Baum gewickelt, die zersplitterten Fenster blutverschmiert. Was sie allerdings noch mehr ängstigte als diese Szene, war der abartige Blickwinkel. Sie schien die Limousine durch eine Art Zielfernrohr mit Fadenkreuz und winzigen Skalenstrichen zu betrachten.

Sie gelangte zu dem Schluss, dass die Träume wohl eine Folge der schlimmen Nachrichten waren, die in jüngster Zeit durch sämtliche Fernsehkanäle geisterten. Der FBI-Direktor war einem Attentat zum Opfer gefallen. Ebenso dieser Agent in North Dakota. Sämtliche Berichte machten Jack Gregory für die beiden Morde verantwortlich, doch obwohl es eine ganze Reihe von Anhaltspunkten für diesen Verdacht gab, glaubte Heather nicht, dass er der Täter war. Aus irgendeinem Grund ergab ihre Wahrscheinlichkeitsprognose nicht mehr als 3,754 Prozent. Und nach allem, was Jack auf sich genommen hatte, um ihr Leben zu retten, hätten die Zahlen schon gewaltig höher sein müssen, um sie von seiner Schuld zu überzeugen.

Heather schlüpfte in ihren Bademantel, zog die Hausschuhe an und ging hinunter in die Küche. Sie nahm die Maxwell-Dose vom Vorratsbord, löffelte den Pulverkaffee in den Korbfilter, füllte den Wasserbehälter und schaltete die Maschine ein. Und auch das war im Grunde eine Merkwürdigkeit.

Denn bis vor drei Wochen hatte sie Kaffee nicht sonderlich gemocht und sich morgens immer Tee gemacht. Der Geschmackswandel war am Morgen nach jener Nacht gekommen, in der sie erstmals durchgeschlafen hatte, einen Tag nach der ersten Einnahme von Risperidon, ihres Neuroleptikums. Sie hatte bis halb sieben geschlafen. Schon auf der Treppe nach unten war ihr der kräftige Kaffeeduft so verlockend in die Nase gestiegen, dass sie ihren Vater um eine Tasse gebeten hatte. Es war der erste Morgen seit Langem, an dem sie ihren Eltern am Frühstückstisch wieder Gesellschaft geleistet hatte. Etwas an diesem Moment hatte eine angenehme Assoziation in ihr Gehirn eingebrannt. Morgen plus Kaffee ist gleich Behaglichkeit – oder so ähnlich.

Ohne abzuwarten, bis das ganze Wasser durchgelaufen war, schenkte sich Heather eine Tasse ein und platzierte die Kanne wieder unter dem Trichter. Sie schob die Glastür auf, die zur hinteren Terrasse führte, und warf einen Blick nach Osten. Eben ging die Sonne auf, und ihr goldenes Licht überstrahlte das zarte Morgenrot. Was für ein herrlicher Anblick! Sie nahm ihn als gutes Omen für den ersten Tag des neuen Schuljahrs. Nach dem kaum erträglichen Sommer erfüllte sie der Gedanke an die Rückkehr in ihre Klasse und den Unterricht mit Vorfreude.

Ihre Mutter betrat die Küche und unterbrach ihre Gedankengänge. Nach einem ausgiebigen Frühstück hatte Heather es dann ziemlich eilig, unter die Dusche zu kommen und nach nebenan zu den Smythes zu laufen. Mark und Jennifer erwarteten sie bereits im Wohnzimmer.

»Du siehst heute ja putzmunter aus«, stellte Mark fest. Die Besorgnis, mit der er sie in den letzten Tagen beobachtet hatte, war aus seinen Zügen verschwunden.

»Danke.« Heather ließ sich auf die Couch fallen.

»Hoffen wir, dass das auch dann noch so bleibt, wenn wir unseren ersten Schultag hinter uns gebracht haben«, meinte Jennifer. »Die werden uns wegen des verkorksten Forschungsprojekts ganz schön durch die Mangel drehen.«

Mark zuckte mit den Schultern. »Sagen wir es mal so: Schlimmer, als es war, kann es nicht mehr kommen. Am besten grinsen wir ganz einfach, wenn sie uns blöd anmachen.«

»M-hm.« Seine Zwillingsschwester schnaubte.

»Ist der neu?«, fragte Heather und deutete auf den knallbunten Rucksack neben der Tür.

»Ja. Dad hat ihn ausgesucht. Ich werde ihn ein Mal und nie wieder tragen.«

Jennifer blickte so angewidert drein, dass Heather gegen ihren Willen lachen musste.

»Du mit deiner Streber-Vorliebe für die Schulfarben«, spottete Mark. »Grün und Gold – was anderes kennst du nicht.«

Ohne weiter auf die finstere Miene seiner Schwester zu achten, warf Mark Heather eine Broschüre zu.

»Hast du dir schon mal den Leitfaden für angehende Studenten angesehen?«

»Seit wann liest du so etwas? Wie kommst du überhaupt an dieses Ding?«

»Das hat Mom vom Elternsprechtag mitgebracht. Ich dachte, vielleicht finde ich darin etwas zum Lachen.«

»Und – hast du?«

»Ich denke, die haben seit dem letzten Abschlussball ein paar Regeln geändert.«

»Welche zum Beispiel?«

»Dass den unteren Klassen die Teilnahme am Junior-Senior-Prom in Zukunft nicht mehr gestattet wird.«

Heather lachte. »Die Vorschrift gab es schon immer. Auf die wurde letztes Jahr nur verzichtet, weil unser Junior-Jahrgang nicht genug Geld für den Abschlussball aufbrachte.«

»Ja, aber diesmal erschien sie im Fettdruck. Und noch etwas: Das Pinkeln in den Gängen ist ab jetzt ausdrücklich verboten.«

Heather blätterte die Broschüre hastig durch, bis sie merkte, dass Mark bis zu den Ohren feixte.

»Mark!« Sie holte zu einem Tritt aus, der ihn verfehlte, weil er zur Seite sprang – genau in die Faust, die Jennifer ihm entgegenstreckte.

»Aua!«

»Was steht in dem Büchlein über die öffentliche Zurschaustellung von nackten Hintern?«, erkundigte sich Jennifer.

»Okay, okay.« Mark hob abwehrend beide Hände. »Ich wollte doch nur, dass du den Schulanfang ein wenig locker siehst. Deshalb musst du nicht gleich persönlich werden.«

Heather lächelte, als sie sah, dass er ihr zublinzelte. Gott, war das schön, dass sich ihr Leben wieder normalisierte!

KAPITEL 67

Die Schwärze in Marks Zimmer ließ nach, je weiter sie sich von den Ecken entfernte. Ein Hauch von Rot lag auf allen Gegenständen, der Widerschein der Ziffern des Digitalweckers, deren Leuchtkraft sich eben wieder veränderte, als sie auf die nächste Anzeige umsprangen. 4 Uhr 16.

Um diese Zeit herrschte überall tiefe Stille. Selbst die letzten Nachtschwärmer waren von ihrem späten Treiben heimgekehrt. In Kürze würden sich die Leute von der Frühschicht auf den Weg machen, um ihre müden Kollegen in den rund um die Uhr geöffneten Minimärkten und Schnellrestaurants der Stadt abzulösen. Aber jetzt noch nicht.

Mark saß aufrecht im Bett, im Rücken einen Berg von Kissen, und ließ den Blick frei umherschweifen. Seine Nachtsicht hatte sich wie alles andere stark verbessert.

Dass er keinen Schlaf mehr benötigte, gab ihm viel Zeit zum Nachdenken. Dafür war Mark dankbar. Die Tage waren so mit Aktivitäten ausgefüllt, dass ihm wenig Zeit blieb, sich mit den anhaltenden Veränderungen von Körper und Geist zu befassen.

Er ging die Liste Punkt für Punkt durch: Kraft und Reflexe rekordverdächtig. Perfektes Gedächtnis. Verbessertes Gehör. Verbesserte Sicht. Speedreading. Obwohl seine Verstandesleistungen durch die Bank spitzenmäßig waren, hatte er ein ganz besonderes Gespür für Fremdsprachen entwickelt, das mindestens so erstaunlich war wie Heathers Savant-Talent in Mathematik und

Jennifers Hexerei am Computer. Er war mittlerweile an einem Punkt angelangt, an dem er sich eine Sprache allein dadurch einprägen konnte, dass er sie hörte oder las.

Rein zufällig hatte Mark während eines Online-Sprachkurses eine weitere merkwürdige Begabung entdeckt. Er war gerade dabei gewesen, die Aussprache und Betonung der vorgegebenen Begriffe einzuüben, als Jennifer das Zimmer betreten hatte.

»Du klingst genau wie diese Leute auf den Videos.«

»Danke«, hatte Mark erwidert.

»Ich meine – du klingst ganz genau wie sie. Du imitierst die Männer- *und* die Frauenstimmen.«

»So ein Quatsch.«

»Geh das Ganze noch mal in deiner Erinnerung durch, wenn du mir nicht glauben willst«, hatte Jennifer über die Schulter zurückgerufen, als sie sein Zimmer verließ.

Als er jetzt darüber nachdachte und die Szene im Geiste noch einmal durchspielte, musste er zugeben, dass seine Zwillingsschwester recht hatte. Er hatte sich so darauf konzentriert, den Tonfall der Muttersprachler nachzuahmen, dass er es dabei sogar geschafft hatte, ihre Stimmen perfekt zu kopieren. Man hörte praktisch keinen Unterschied mehr zum Original.

Er wäre begeistert von seinen Fortschritten gewesen, hätte er nicht immer wieder die Kontrolle über seine Gefühle verloren. Sogar seine Mutter hatte er am Vortag so heftig angefaucht, dass sie fast in Tränen ausgebrochen wäre. Er hatte sich zwar sofort entschuldigt, aber sein schlechtes Gewissen war den Rest des Tages nicht mehr zur Ruhe gekommen.

Da Mark die plötzlichen Adrenalinstöße selbst als Gefahr empfand, suchte er intensiv nach einer Möglichkeit, seine Wutausbrüche einzudämmen. Doch bis jetzt hatte er damit nur sporadisch Erfolg. Meditation half, ließ sich in der Praxis aber nur selten anwenden. Meist befand er sich mitten in einer Tätigkeit, wenn er die Selbstbeherrschung verlor, und dann konnte er sich nicht ohne Weiteres hinsetzen, die Beine übereinanderschlagen und einen Zustand tiefer Versenkung herbeiführen.

Obwohl die Meditation ihre Grenzen hatte, verschaffte sie

Mark totale Entspannung. Deshalb hatte er sämtliche Bücher und Artikel über die diversen Meditationstechniken gelesen und nahm jede Gelegenheit wahr, um sie zu praktizieren.

Besonders die Rosenkreuz-Meditation hatte es ihm angetan, da sie ihm das Gefühl vermittelte, dass sich sein Geist vollständig vom Körper trennte und nur noch seinem Willen gehorchte. Mark begann mit einer Folge von tiefen Atemzügen und konzentrierte sich darauf, nur seine Zehen zu spüren, eine nach der anderen. Sobald sein Geist ganz auf eine einzelne Zehe konzentriert war, gestattete er seinem Bewusstsein, sich zur nächsten zu begeben und sich allmählich den Körper hinaufzuarbeiten, bis zu seinem Scheitel. Obwohl diese Technik beträchtliche Zeit in Anspruch nahm, ließ ihn die Euphorie, die er empfand, wenn er den Übungszyklus vollendet hatte, erst mal zögern, wieder in den Alltag zurückzukehren. Mark war überzeugt, dass der Schlüssel zur Selbstkontrolle in einem tieferen Verständnis und einer besseren Beherrschung der Meditationsübungen lag, doch bis jetzt hatte er diesen Schlüssel noch nicht gefunden.

Während er so im Dunkel saß, hatte er unvermittelt das Gefühl, dass ihn jemand beobachtete. Dieser Eindruck war so stark, dass seine Kopfhaut zu kribbeln begann.

Vor dem Fenster hing die Schwärze der Nacht, ohne dass sie von irgendwelchen Schemen unterbrochen wurde. Seine Tür war geschlossen, und dahinter schien sich niemand zu verbergen. Marks Sinne waren so geschärft, dass er die Luft schmecken konnte, die er ein- und ausatmete. Er ließ sie frei durch den Raum wandern, im Vertrauen darauf, dass sie ihn zu dem verborgenen Hinweis führen würden, der den Alarm in seinem Innern ausgelöst hatte.

Am anderen Ende des Korridors hörte er das rhythmische Auf und Ab von Jennifers Atemzügen. Zweifellos war sie wach wie er und hing ihren eigenen Gedanken und Betrachtungen nach.

Was immer ihn aufgeschreckt hatte, fühlte sich näher an als Jennifer. Ziemlich nahe sogar. Die Überzeugung, dass sich etwas in seinem Zimmer befand, wurde mit jeder Sekunde stärker, obwohl er keinerlei Veränderung feststellen konnte.

Die roten Leuchtziffern auf dem Wecker neben seinem Bett

sprangen um. 4 Uhr 24. Vor wenigen Monaten hätte er die leichte Helligkeitsschwankung überhaupt nicht wahrgenommen, doch nun zog das kurze Flackern seinen Blick auf eine Stelle, die sich etwa einen halben Meter hinter dem Fußende seines Betts und knapp unter seiner Augenhöhe befand. Da war nichts, nur das unbestimmte Gefühl, dass ihn irgendetwas an diesem Punkt im Raum störte.

Als Mark seinen Blick auf die Stelle konzentrierte, sprangen die Leuchtziffern erneut um. Es geschah so schnell, dass er zunächst glaubte, er habe sich alles nur eingebildet, aber das stimmte nicht. Mark spulte die Szene im Geist noch einmal zurück. In dem Moment, da die Helligkeit gewechselt hatte, war ihm ein schwaches Glitzern aufgefallen, wie der Reflex eines winzigen Tautropfens an der Spitze eines Grashalms.

Mark schwang die Beine unter der Bettdecke hervor, stand auf, ohne den Blick von dem sonderbaren Punkt abzuwenden, und ging langsam auf ihn zu. Was immer er bedeutete, er war selbst für Marks schnelle Datenverarbeitung entlang der verstärkten neuronalen Bahnen verdammt schwer zu sehen. Knapp einen Meter von dem Phänomen entfernt blieb Mark stehen.

Trotz des gedämpften Lichts konnte er jetzt deutlich eine Art Unschärfe erkennen, einen verschwommenen Punkt, der die Sicht auf das Dahinter versperrte. Aber er fand nicht den geringsten Hinweis auf die Ursache dieser Verzerrung.

Mark ging vorsichtig um den Fleck herum, darauf bedacht, dass er ihn immer zwischen sich und den Leuchtziffern des Weckers auf seinem Nachtkästchen hatte. Da hing er, mitten in der Luft. Ein winziges Nichts, das unmerklich das Licht in seiner Umgebung verzerrte.

Etwas an diesem merkwürdigen Phänomen bewirkte, dass Mark ein Kribbeln über Rücken und Arme lief. Was immer es sein mochte, es handelte sich keinesfalls um eine natürliche Erscheinung. Dessen war er sich sicher.

Mark beugte sich vor, bis er nur noch Zentimeter von der Störung entfernt war, konzentrierte sich und ließ alle seine neuronal verstärkten Sinne über das Ding hinweggleiten. Kein Laut drang daraus hervor, aber die Luft in seiner Umgebung schien verändert, als hätte sie sich die fremde Struktur angeeignet.

Obwohl es so klein war, dass es für die meisten Menschen unsichtbar geblieben wäre, unterschied sich das Zentrum des Punktes vom Rest der Anomalie. Irgendwie erinnerte es an eine Öffnung zu einem anderen Ort. Mark rückte noch näher heran, um zu begreifen, was er da wahrnahm, und plötzlich sah er im Geist einen anderen Raum vor sich. Aus seinem eingeschränkten Blickwinkel konnte er nur einen Bruchteil dieses Ortes sehen, gerade genug, um ein Wirrwarr aus Kabeln und seltsamen Geräten zu erspähen. Ein schattenloses trübgraues Licht erhellte die fremdartige Szene.

Wie in Zeitlupe wanderte Marks Blick um die Öffnung herum, versuchte den Raum aus einer anderen Perspektive zu betrachten. Etwas bewegte sich am Rande seines Sichtfelds, aber als er den Kopf drehte, um es näher heranzuholen, war es verschwunden. Plötzlich blockierte etwas die andere Seite des Minilochs und versperrte ihm die Sicht auf den Raum dahinter. Mark atmete tief durch, um seinen rasenden Herzschlag zu verlangsamen.

Denn von jenseits der Verzerrung starrte ihn ein dunkelbraunes menschliches Auge an.

KAPITEL 68

Dunkelheit hüllte die stille Wohngegend von White Rock ein. Sie presste sich eng an die Häuser, da die Straßenlaterne, die sie normalerweise in Schach hielt, zwei Nächte zuvor ausgebrannt war, schmiegte sich in die verborgenen Ecken, umfing sie zärtlich wie ein Liebhaber.

Raul beobachtete die beiden Häuser, erst das eine zur Rechten, dann das andere. In den letzten Wochen hatte er rund um die Uhr gearbeitet, um zwei weitere der mikroskopisch kleinen Umwandlerzellen online zu bringen. Und eigentlich wäre er schon viel früher am Abend bereit gewesen, die neu gewonnene Energie einzusetzen, um bei Heather einzudringen und sie vielleicht im Bad zu überraschen.

Aber dann hatte Dr. Stephenson ausgerechnet diesen Zeitpunkt gewählt, um Raul einen Besuch abzustatten, einen Besuch, der den ganzen Abend in Anspruch nahm und bis in die frühen Morgenstunden dauerte. Sosehr sich Raul anfangs über die Verschiebung seiner Pläne geärgert hatte, so interessant war das Gespräch mit Stephenson gewesen – so interessant, dass Raul für seine Zukunft plötzlich ganz neue Perspektiven sah.

Nachdem Dr. Stephenson gegangen war, hatte Raul überlegt, ob er noch eine Nacht warten sollte, ehe er bei Heather vorbeischaute. Bei der Energiemenge, die er für die Erzeugung und den Einsatz der Wurmfaser benötigte, würde das Nachladen selbst mit den zusätzlichen Energiezellen mehrere Tage dauern. Es war völlig unlogisch, wie geplant weiterzumachen, aber er hatte sich so lange nach ihr gesehnt, dass er sein Vorhaben nicht länger hinauszögern mochte.

Nun war er also hier, hielt die winzige Wurmfaser auf das Ende ihrer Auffahrt gerichtet und stand im Begriff, die ganze Sache rückgängig zu machen. Selbst wenn es ihm gelang, einen Blick auf die schlafende, in ihre Zudecke gewickelte Heather zu werfen, würde das alles nur schlimmer machen. Einen Albtraum der Frustration in ihm auslösen. Raul lenkte seinen Blick nach links.

Mark Smythe, dieser eingebildete Supersportler, der sich so gern als Heathers Beschützer aufspielte. Der wohnte hier.

Zorn wallte in Raul auf, wanderte durch das neuronale Netz des Rho-Schiffs und kehrte dann rasiermesserscharf geschliffen zu ihm zurück. Dieser Mark war ein alter Feind, einer, der sich in Heathers Umgebung aufhalten durfte. Einer, der ihre physische Nähe genoss, was ihm selbst im Moment versagt blieb.

Sein Blickfeld veränderte sich, als er die Wurmfaser vorwärts zwang, durch die Mauer des Smythe-Hauses, dann die Treppe hinauf in einen Gang. Auf einer Seite befand sich eine einzelne geschlossene Tür, auf der anderen sah er drei Türen, zwei links und eine ganz am Ende des Korridors.

Da der einzelne Raum vermutlich das Elternschlafzimmer war, gab es in dieser Richtung für Raul nichts von Interesse. Er wandte seine Aufmerksamkeit dem Zimmer am anderen Ende des Flurs zu. Das musste das Reich dieser Sportskanone sein. Sicher hatte sich der Typ schon früh gegen seine Schwester durchgesetzt und mit arroganter Selbstverständlichkeit den größeren Raum für sich beansprucht.

Die Wurmfaser bewegte sich langsam vorwärts, passierte die Tür und drang in das fremde Zimmer ein. Raul nahm jedes Detail des schummerigen Raums auf.

Er hielt die Wurmfaser dicht vor dem Fußende des Betts an und verstärkte die Lichtempfindlichkeit seines künstlichen Auges, bis ihm der Raum so hell erschien, als stünde die gleißende Mittagssonne am Himmel. Und anstatt die Szene durch ein winziges Guckloch zu zeigen, schickte ihm das einmalige Computersystem der Außerirdischen Bilder aus jedem Blickwinkel direkt ins Gehirn.

Mark Smythe schlief nicht, sondern saß mit überkreuzten Beinen am Kopfende seines Betts und meditierte. Der Blödian hielt sich wohl für Bruce Lee, oder was?

Dann veränderten sich kaum merklich seine Züge. Die Augenmuskeln spannten sich an, sein Blick glitt suchend durch den Raum. Auch wenn das kaum vorstellbar war, schien dieser Smythe irgendwie zu spüren, dass sich die Wurmfaser in seinem Zimmer befand, und er begann aktiv nach der Anomalie zu suchen.

Doch das war unmöglich. Die Verzerrung selbst war nicht größer als eine Nadelspitze. Kein Mensch hatte so scharfe Augen, dass er sie aus drei Metern Abstand erkennen konnte, nicht einmal dann, wenn es taghell war. Aber aller Logik zum Trotz starrte Smythe genau in die winzige Öffnung.

Er schwang die Beine unter der Bettdecke hervor, stand auf und kam direkt auf die Faser zu. Knapp einen Meter entfernt hielt er an und begann Rauls Wurmloch langsam zu umkreisen, die Augen fest auf sein Ziel gerichtet.

Raul zoomte sein Gesicht näher heran. Erstaunlicherweise versuchte Smythe von der anderen Seite einen Blick durch das Wurmloch zu werfen. Wenn er die Öffnung tatsächlich sehen konnte, dann erspähte er vielleicht auch, was dahinterlag.

Raul setzte sich in Bewegung. Das Stasisfeld trug ihn zu seinem Ende des Wurmtunnels, der sich nahe den Maschinenanlagen befand. Der Bastard wollte ihn also sehen. Schön.

Raul beugte sich vor, bis sein unveränderter Augapfel nur noch Zentimeter von der Wurmfaser entfernt war. Eine heiße Zorneswoge brodelte durch das neuronale Netz des Schiffs.

Da kriegst du was zum Gaffen, du Mistkerl!

Raul behielt seine Pose volle zehn Sekunden bei, bevor er den Befehl zur Auflösung der lokalen Gravitationsverzerrung erteilte. Und noch lange nach ihrem Verschwinden starrte er den Fleck an, wo sie sich gebildet hatte.

Smythe. Irgendwas stimmte nicht mit diesem Kerl. Raul lenkte mithilfe des neuronalen Bordnetzwerks, das jetzt seine Gehirnaktivität verstärkte, all sein Denken auf den Feind.

Jetzt erst kam ihm zu Bewusstsein, dass Mark Smythe immer schon ungewöhnliche Eigenschaften an den Tag gelegt hatte. Seltsam, dass ihm das nicht früher aufgefallen war. Seit er ihn kannte, hatte Smythe Leistungen gezeigt, die selbst bei einem Spitzensportler außerhalb der Norm lagen.

Koordination war eine Sache, aber Raul hatte miterlebt, wie der Typ den Kapitän des Footballteams gegen einen Spind geschleudert und dort mit einer Hand festgehalten hatte. Damals hatte Raul gedacht, dass Doug Brindal stillgehalten hatte, um sich wegen dieser Schlägerei keine Suspendierung einzuhandeln. Aber nachträglich betrachtet bot sich eine andere Schlussfolgerung an: Smythe war derjenige gewesen, der sich zurückgenommen hatte. Seine Kraft hätte ausgereicht, um dem Quarterback das Genick zu brechen. Und Doug hatte das gewusst.

Hatten die Boulevardblätter Smythe nicht mit einem Alien verglichen? Das war natürlich Quatsch. Aber er hatte etwas von einem Freak, und sein Dad gehörte zum Mitarbeiterstab des Rho-Projekts, über das Raul einiges in Erfahrung gebracht hatte.

Aber wie viel wusste er wirklich? Auch wenn Raul jetzt ein Teil des fremden Raumschiffs war und Zugang zum funktionsfähigen Bereich des neuronalen Netzes hatte, bedeutete das nicht, dass er voll in das Rho-Projekt eingeweiht war. Trotz des aufschlussreichen Gesprächs am vergangenen Abend gab es für ihn keinen Zweifel daran, dass Dr. Stephenson viele Dinge vor ihm geheim hielt.

Die Nanomaschinen-Forschung war ein Teil des Puzzles. Sicher hatte es eine ganze Reihe von Versuchspersonen gegeben. Da lag es nahe, dass man auch Smythe einer Modifikation unterzogen hatte.

Eine neue Zorneswoge brandete durch Rauls neuronales Netz. Also hielt Dr. Stephenson seinen zweiten Lieblingsschüler für gut genug, draußen den Supersportler zu geben, während er Raul mit amputierten Beinen im Innern des Sternenschiffs einsperrte.

Zum Henker mit ihm! Zum Henker mit ihm und mit diesem Smythe!

Das Stasisfeld trug Raul zur Decke, an eine Stelle hoch oben, wo er den gesamten Raum überblicken konnte. Ein dünnes Lächeln umspielte seine Lippen.

Wenn er noch weitere Sektionen des fremden Schiffs online bringen musste, um es den beiden richtig zu zeigen, dann würde er genau das tun.

KAPITEL 69

Selbst für Marks verstärkte Synapsen handelte es sich nur um eine subtile, kaum wahrnehmbare Störung. Eben noch war sie keinen Meter von seinem Bett entfernt in der Luft gewesen. Dann hatte sie sich in nichts aufgelöst. Ohne sich umzudrehen, wusste er, dass sie verschwunden war. Und die Fremdartigkeit, die sein Zimmer erfasst hatte, war wieder völliger Normalität gewichen.

Wenn es ihm nicht möglich gewesen wäre, die Ereignisse im Geist zurückzuspulen, hätte Mark wohl an eine Art Wachtraum geglaubt. Aber die Verzerrung war allzu real gewesen, ein winziges Fenster in einen anderen Raum. Mark hatte trotz seines stark eingeschränkten Sichtfelds einen Blick auf die andere Seite geworfen, ganz kurz nur, sodass er nicht sagen konnte, wozu die Geräte dienten, die er erspäht hatte, oder die sonderbaren Kabel, die sich um diese Ausrüstung schlängelten.

Fest stand nur eines. Jemand hatte ihn von dort drüben beobachtet, und er musste annehmen, dass das Sichtfeld dieser Person besser gewesen war als sein eigenes.

Mark trat ans Fenster und ließ seinen Blick über den schmalen Rasenstreifen wandern, der die beiden Nachbarhäuser trennte. Die Morgendämmerung zog herauf, und ein schwacher Lichtstreifen am Horizont ließ den Boden dunkler erscheinen als zuvor.

Draußen schien sich die Schwärze zu verdichten. Wie ein lebendiges Wesen schob sie sich zwischen die Gebäude, umzingelte Heathers Haus und suchte Einlass. Die ausgebrannte Lampe des nächstgelegenen Laternenpfahls bot dem heranschleichenden Dunkel keinen Widerstand.

Mark schüttelte den Kopf, um die Illusion zu verscheuchen. Als er merkte, dass er die morbiden Ängste, die ihn bestürmten, nicht abzuschütteln vermochte, griff er nach seinem Trainingsanzug, der über der Stuhllehne hing, und zog sich rasch um. Er schlich aus seinem Zimmer, tastete sich die Treppe hinunter und öffnete leise die Haustür. In der Auffahrt blieb er stehen.

Der Himmel im Osten war jetzt viel heller und dort, wo er die Bergkämme berührte, von blasslila Streifen durchzogen. Ein Auto fuhr in Richtung Highway die Straße entlang. Die Zwillingskegel seiner Scheinwerfer streiften die Hauswände und drängten für kurze Zeit die Schatten zurück. Dann war es vorbei. Vor dem Stoppschild weiter vorn leuchteten einen Moment lang die Bremslichter des Autos auf, ehe es um die Ecke verschwand.

Das Gefühl, dass die Schwärze ein Lebewesen war, das sich zwischen die Gebäude schob, kehrte nun verstärkt zurück. Mark wandte sich dem Haus der McFarlands und dem Rasenstreifen zu, den er von seinem Fenster aus beobachtet hatte. Anders als in einigen der neueren Wohnviertel gab es in dieser Gegend keine Mauern zwischen den einzelnen Grundstücken.

Ein kaum sichtbarer Rasenmäherrand markierte die inoffizielle Grenze, die sich Woche für Woche hin und her schob, je nachdem, ob Marks oder Heathers Vater als Letzter mit dem Mähtraktor unterwegs gewesen war.

Vor seinen scharfen Augen konnte die Dunkelheit nichts verbergen. Denn die Welt offenbarte sich ihm in einem anderen Spektrum, das aus einer Vielzahl von Graustufen bestand, denen die Wärme des Tageslichts entzogen war. Und während er hier im Gras stand und zu Heathers Haus hinüberschaute, bekam das düstere Gefühl, das ihn erfüllte, einen Namen: Angst. Nicht Angst um sich selbst, sondern Angst um Heather.

Ohne festes Ziel ging er um das Haus der McFarlands herum. Mit jeder Minute wurde der Himmel heller und drängte die Schatten der ersten Dämmerung in den Hintergrund. Die Wiese hinter den beiden Häusern war etwa fünfzehn Meter breit, ehe sie an die schroffe Felsenkante des Canyons stieß. Dort war der Boden durch einen dichten Kiefernnadelteppich so gesäuert, dass kein Gras mehr gedieh.

Damals, als man das Wohngebiet errichtet hatte, waren die Bäume ringsum gefällt worden. Eine einzige Riesenkiefer ganz an der Ecke des Grundstücks hatte überlebt und ragte nun direkt vor Heathers Fenster auf. Während Mark auf diesen Baum zuschlenderte, musste er unwillkürlich an den Lumpenmann denken. Komisch. Vielleicht lag es ja daran, dass der Irre die Kiefer erklommen hatte, um Heather aus ihrem Zimmer zu entführen.

Doch diese Gefahr war längst vorbei. Der Scheißkerl würde nie wieder jemanden bedrohen. Dafür hatte Jack Gregory gesorgt.

Als Mark um die hintere Terrasse der McFarlands herumging, warf er einen Blick zu Heathers Fenster hinauf. Das Licht in ihrem Zimmer war an. Das erstaunte ihn nicht wirklich. Heather war immer eine Frühaufsteherin gewesen, und obwohl sie jetzt wieder schlafen konnte, hatten die Neuroleptika sicher nichts daran geändert.

Mark drehte sich langsam im Kreis, um in seiner Umgebung vielleicht doch eine reale Ursache für seine übersteigerten Ängste auszumachen. Nichts. Absolut nichts Ungewöhnliches.

Yeah, genau – nichts außer einem winzigen Loch im Gewebe des Universums, das sich ausgerechnet in seinem Zimmer manifestiert hatte. Das reichte, verdammt noch mal, um jeden aus den Socken zu stoßen.

Genau genommen war es eigentlich ein Wunder, dass er nicht händeringend durch die Gegend rannte und »Oh mein Gott! Wir sind alle zum Tod verurteilt!« schrie.

Natürlich würde ihm kaum jemand glauben. Außer Heather. Aber ihr würde er nichts von seinem nächtlichen Erlebnis erzählen. Zumindest jetzt noch nicht. Sie hatte in jüngster Zeit so viel Schlimmes durchgemacht, dass er jede neue Aufregung von ihr fernhalten wollte. Außerdem hatte dieses Ding, was immer es auch war, *ihn* angestarrt.

Eine so bizarre Angelegenheit musste irgendwie mit dem Rho-Projekt zusammenhängen. Aber weshalb dieses Interesse an seiner Person? Vielleicht hatte Jennifer ja recht, und er zog zu viel Aufmerksamkeit auf sich. Doch was immer der Grund sein mochte, Mark hatte beschlossen, sich Klarheit zu verschaffen, bevor er diese Sache mit den beiden Mädchen diskutierte.

Mit einem letzten Blick zu Heathers Fenster hinauf machte Mark kehrt und ging heim. Im Moment war das hier sein Problem, und er würde versuchen, es allein zu lösen.

KAPITEL 70

Indian Summer. Janet war im Nordosten aufgewachsen, wo der Begriff eine sehr milde Periode im Spätherbst bezeichnete, in der noch einmal die Sommerwärme zurückzukehren schien. Hier in der Hochwüste von New Mexico hatte er eine völlig neue Bedeutung gewonnen. Spätsommerliche Gewitter waren an der Tagesordnung, angekündigt durch Wolkentürme, die Regenvorhänge hinter sich herschleppten, gezackte Blitze in die Tiefe schleuderten und die Canyons mit dumpfem Donnergrollen erfüllten. Eben rückte aus der Ferne wieder eines dieser bedrohlichen Unwetter heran, die sie jedes Mal um die Standfestigkeit des kleinen Hogans bangen ließen.

Andererseits liebte Janet die Gewitter, weil sie die Einsamkeit vertrieben, unter der sie hier draußen so oft litt. Jack hatte sich seit drei Wochen nicht mehr bei ihr gemeldet. Wie ein großes Krokodil, das lautlos in den Nil glitt, war er untergetaucht und hatte sie allein zurückgelassen. Aber obwohl sie keinen direkten Kontakt zu ihm hatte, wusste sie, dass er irgendwo weiter östlich unterwegs war. Er hatte ihr, bevor er ging, genaue Anweisungen erteilt. Sie sollte hierbleiben und sich darauf konzentrieren, die Teile des Puzzles zu einem sinnvollen Ganzen zusammenzusetzen, indem sie sich durch bestens geschützte Netze rund um den Globus hackte.

Also hatte Janet ausgeharrt und ausgiebig den QZ-Link zum magischen Internetportal ihres Informanten genutzt. Sie hatte immer noch keine Ahnung, welche Technologie es ihr ermöglichte, genaue Koordinaten einzugeben und dann in jedes Netz einzudringen, das sich dort befand. Die Systeme, die ihre Neugier weckten, waren alle streng geheim, ohne jede externe Zugriffsmöglichkeit und durch die besten Abschirmungen gesichert, die man sich nur vorstellen konnte.

Aber trotz ihres mehrfachen Schutzes hätten diese geheimen Netze ebenso gut ein offenes WiFi-Signal aussenden können. Es war, als würde sie ganz einfach ein Cat-6-Kabel in einen Remote Hub stecken. Sobald sie sich eingeklinkt hatte, war der Datenzugriff kinderleicht. Die wenigsten Leute machten sich die Mühe, ihre Daten zusätzlich zu verschlüsseln, sondern sie verließen sich in der Regel auf den Schutz, den das Netz selbst bot. Nur endete hier leider der leichte Teil. Denn es mussten so viele Subnetze angesteuert und so viele Daten durchforstet werden, dass sich die Suche nach den wichtigen Hinweisen als nahezu hoffnungslos erwies.

Wäre Janet nicht wirklich so gut gewesen, wie Jack sie einschätzte, hätte sie wohl längst aufgegeben. Er hatte sie aber auch deshalb hier zurückgelassen, weil dieser Ort größtmögliche Sicherheit bot und keinerlei Ablenkung von ihrer Mammutaufgabe zuließ.

Janet schob ihren Stuhl zurück und warf einen Blick auf ihren Bauch. Allmählich machte sich eine kleine Rundung bemerkbar. Irgendwie war das Jack schon vor ein paar Wochen aufgefallen. Und er schien freudig überrascht, dass sie schwanger war, eine Reaktion, die sie jedoch erst mal zutiefst verstört hatte.

Nicht, dass sie einen Wutausbruch oder etwas in der Art erwartet hatte. Jack verlor nie die Beherrschung. Janet wusste selbst nicht recht, was sie erwartet hatte. Jedenfalls keine Freude. Aber vielleicht hatte sie seinen Ausdruck auch falsch gedeutet.

Sie stand auf und trat vor den kleinen Hogan, der ihr Zuhause geworden war, zumindest für die nächste Zeit. Das Windrad aus Holz drehte sich in der böigen Nachmittagsbrise und erzeugte ein rhythmisches Stampfen durch das Auf und Ab der Pumpenwelle, die zum einen das Reservoir mit Wasser füllte und zum anderen den kleinen elektrischen Generator antrieb, der für das Nachladen der Batterien sorgte.

»*Ya'at'eeh.*«

Als Janet den Navajo-Gruß hörte, wandte sie sich dem Wacholderdickicht zu, das etwa zehn Meter östlich der Hütte verlief. Großer Bär trat mit einem großen Leinensack über der Schulter ins Freie.

»Großer Bär! Wie schön, dich zu sehen.« Janet ging lächelnd

auf ihn zu. Sie bezweifelte, dass sich jemand außer Jack so unbemerkt anschleichen konnte wie Großer Bär.

»Ich dachte mir, dass deine Lebensmittel bald zur Neige gehen müssten.« Er blieb kurz stehen, um ihre Umarmung zu erwidern, ehe er gebückt unter dem niedrigen Eingang durchtauchte und den schweren Sack abstellte. Drinnen richtete er sich wieder auf und nickte anerkennend. »Es gefällt mir, was du aus dieser Hütte gemacht hast.«

Janets Lachen zauberte den Anflug eines Lächelns auf seine Lippen.

Wann immer er hier herauf kam, zeigte er sich angetan von Janets neuem Heim. Es war ein in traditioneller Bauweise errichteter Hogan, achteckig und fensterlos, mit langen Seitenwänden und einem Boden aus gestampfter Erde. Der Eingang zeigte nach Osten, damit man die aufgehende Sonne und den neuen Tag begrüßen konnte. Früher einmal waren Hogans die typischen Holzhäuser der Navajo-Familien gewesen; doch obwohl man sie auch jetzt noch häufig antraf, dienten sie kaum mehr als Wohnstätten. Der alte Bau mit seiner kleinen Schwitzhütte, dem Windrad, dem Wassertrog und dem im Freien aufgestellten Lehmofen lag ganz versteckt am Rande des Reservats und fügte sich so unauffällig in die raue Canyon-Landschaft ein, dass er praktisch unsichtbar war.

Das schlichte Mobiliar bestand aus einem kleinen rechteckigen Tisch, vier Holzstühlen und einem Doppelbett, an dessen Ecken vier Pfosten hochragten. Janet hatte zwei der gegerbten Häute von den Wänden genommen und als Teppiche auf dem Boden ausgebreitet, eine Art Lampenschirm für die nackte Glühbirne gebastelt, die an einem Kabel von der Decke baumelte, und an der Nordwand eine große Keramikschüssel mit dem passenden Krug auf eine Kiste gestellt, das Höchste an Komfort, das der Hogan an »fließendem« Wasser zu bieten hatte.

Ein Kühlschrank kam nicht infrage, denn selbst das kleinste Modell würde zu viel von dem kostbaren Strom des Windrad-Generators verschlingen, den Janet für ihren Laptop, die einsame Glühbirne und ihren einzigen Luxus, einen kleinen oszillierenden Ventilator, benötigte.

»Was für Leckereien hast du mir denn heute mitgebracht?«

»Mal sehen.« Großer Bär verteilte den Inhalt des Leinensacks auf dem Boden.

»Hmmm. Fertiggerichte. Bohnen. Alle möglichen gefriergetrockneten Menüs.«

»Ganz zu schweigen von den Toilettenartikeln. Du weißt, dass meine Vorfahren ohne diese Dinge auskommen mussten.«

Janet zog eine Augenbraue hoch. »Auch wenn ich eine Schwäche für das rustikale Landleben habe – Klopapier steht ganz oben auf meiner Prioritätenliste. Aber wo bleiben meine Manieren? Ich weiß gar nicht, wie ich dir danken soll, dass du wieder mal all diese Vorräte hier heraufgeschleppt hast. Setz dich doch. Ich hole dir Wasser.«

Großer Bär nahm auf einem der Stühle Platz, während Janet nach dem Krug griff, eine Blechtasse füllte und vor ihren Freund auf den Tisch stellte. Ein ungewohnter Gedanke, aber genau das war er inzwischen: ein Freund. Der hochgewachsene Navajo-Cop mit den mehr als schulterlangen schwarzen Haaren hatte sich immer wieder als zuverlässiger Helfer erwiesen. Nicht nur, dass er sie zu diesem abgelegenen Versteck geführt hatte, er besorgte ihnen zudem alle Dinge, die es nur in der Stadt gab. Ernähren hätten sie sich hier draußen notfalls auch allein können, aber ohne die Hilfe von Großer Bär wäre es ihnen nie möglich gewesen, mitten in der Wildnis eine Operationsbasis zu errichten.

Außerdem vertraute Jack dem Mann, und Jack täuschte sich in seinem Urteil so gut wie nie.

»Und was gibt es Neues in der Zivilisation?«, fragte Janet, als sie ihm gegenüber Platz nahm.

»Streikt euer Internet?«

»Du weißt, was ich meine. Den Klatsch und Tratsch da draußen.«

Obwohl sie Zugang zu sämtlichen Nachrichten-Sites hatte, war der Navajo für Janet eine unerschöpfliche Informationsquelle. Zum einen war er ein Bulle und ein verdammt guter Bulle dazu. Wichtiger noch, er war eingebunden in ein Netzwerk, dem sämtliche Stammesgemeinschaften in Nord-, Zentral- und Südamerika angehörten. Obwohl Janet all die Jahre eng mit CIA, DIA und NSA zusammengearbeitet hatte, war sie verblüfft über die Reichweite und die Ressourcen dieses Netzwerks. So verschlossen und verschwiegen die Zellstruktur bei Al-Kaida und den angeschlossenen Gruppierungen auch sein mochte, die der Ureinwohner-Gruppen stellte sie weit in den Schatten. Und unweigerlich gab es in jeder dieser Vereinigungen eine Untergruppe, in der immer noch die alte Sehnsucht nach Unabhängigkeit genährt wurde.

Großer Bär kippte seinen Stuhl so weit nach hinten, dass er gefährlich auf zwei Beinen schaukelte, und wickelte eine seiner langen schwarzen Strähnen um die Finger.

»Schlechte Nachrichten. Dieser Nanomaschinen-Dreck ist das neue Crystal Meth, nur dass die Welt schon süchtig ist, bevor sie das Zeug überhaupt genommen hat. Scheiße! Jeder will es haben.«

Janet nickte. »Wie ich dem Internet entnehmen konnte, drängen die Vereinten Nationen auf eine möglichst rasche Freigabe. Zum Glück scheint sich der Präsident eines Besseren besonnen zu haben und zögert den entscheidenden Schritt hinaus.«

»Nur weil der rechte Flügel seiner Parteibasis den Aufstand probt. Aber lange wird er den Lauf der Dinge nicht mehr aufhalten können. Man munkelt, dass es eine neue Schwarzmarktquelle für das Zeug gibt und dass sich die Drogenkartelle bereits um den Absatz kümmern.«

»Das klingt hässlich.«

»Das ist hässlich. Die Banden sind schon dazu übergegangen, ihre Gegner zu köpfen. Da sie nicht wissen, wer die Nanos bereits im Blut hat, gehen sie kein Risiko ein.«

»Dann stimmt das mit der neuen Quelle wirklich?«

»Schwer zu sagen. Anfangs konnte man den Stoff nur aus dem Blut von Leuten herstellen, die eine Behandlung hinter sich hatten. Aber dafür scheint im Moment einfach zu viel von dem Zeug auf dem Markt zu sein, auch wenn ein Teil davon wahrscheinlich gefälscht ist.«

»Es lässt sich leicht feststellen, ob jemand den echten Stoff erhalten hat oder nicht. Da reicht ein Messerstich.«

»Und genau das macht die Sache verdächtig. Man liest mittlerweile einfach zu viele Berichte über Wunderheilungen, als dass sie alle erfunden sein könnten. Wenn es eine zweite Quelle gibt, hat vielleicht jemand die Formel kopiert.«

»Oder die Sicherheitsmaßnahmen in Los Alamos weisen Lücken auf.«

»Wäre nicht das erste Mal.« Großer Bär runzelte die Stirn. »Aber ich befürchte, dass hier etwas ganz anderes läuft. Noch weiß ich nicht genau, was gespielt wird, doch ich werde das Gefühl nicht los, dass da hohe Regierungsbeamte ihre Finger mit im Spiel haben.«

»Wie kommst du darauf?«

»Nenne es eine böse Ahnung. So wie das FBI und das Ministerium für Innere Sicherheit die Angelegenheit behandeln, scheint mir etwas oberfaul zu sein. Das Ganze sieht mehr nach Vertuschung als nach Untersuchung aus.«

Draußen vor dem Hogan brach sich der Donner an den Canyonwänden. Großer Bär stand auf.

»Wenn ich mich nicht beeile, werde ich noch nass. Ich habe den Jeep zwei Meilen von hier entfernt abgestellt.«

»Du könntest hier abwarten, bis das Unwetter vorbei ist«, bot Janet an.

»Geht nicht. Ich habe ab achtzehn Uhr Dienst und muss vorher noch einiges erledigen.«

Janet begleitete ihn nach draußen und umarmte ihn zum Abschied. »Vielen Dank für die Vorräte und auch für deine Gesellschaft.«

Großer Bär trat einen Schritt zurück und musterte ihren Bauch. »Alles in Ordnung mit euch beiden?«

Janet lächelte. »Sieht ganz danach aus.«

»Keine Schwangerschaftsübelkeit?«

»Bis jetzt nicht.«

Einen Moment lang schien sich ein Schatten auf die Züge von Großer Bär zu legen. Dann lächelte auch er. »Vielleicht gehörst du zu den glücklichen Frauen, denen das erspart bleibt.«

»Ich kann es nur hoffen.«

»Hast du Nachricht von Jack?«

»Seit mehr als einer Woche nicht mehr. Wenn ich ihm etwas Dringendes mitteilen muss, poste ich es verschlüsselt auf einer öffentlichen Internetseite, die wir beide regelmäßig abrufen. Jack macht es genauso.«

»Weiß er, dass du schwanger bist?«

»Ja.«

»Entschuldige. Du kannst jetzt sagen, dass mich das nichts angeht.«

»Keine Sorge. Mich bringst du nicht so leicht in Verlegenheit.«

Großer Bär lachte. »Auf die Idee wäre ich auch nie gekommen«, sagte er und wandte sich zum Gehen.

KAPITEL 71

Jennifer saß rechts von Heather und starrte so angestrengt aus dem Schulbusfenster, dass Heather sich allmählich fragte, ob dem Weg zur Alamos High eine erstaunliche landschaftliche Veränderung widerfahren war. Mark hockte zwei Reihen weiter vorn. Allein. Und das war vermutlich gut so, denn sie verspürte im Moment nicht die geringste Lust, mit ihm zu reden. Es war lange her, dass jemand sie so wütend gemacht hatte, und dass es ausgerechnet Mark war, der das zuwege gebracht hatte, war eine Überraschung, auf die sie gern verzichtet hätte.

Heather war am ersten Schultag mit dieser einzigartigen gespannten Erwartung aufgewacht, die dieses Ereignis seit jeher in ihr auslöste. Was in aller Welt hatte ihn nur dazu bewogen, ihr derart die gute Laune zu verderben?

Heather hatte schon länger gewusst, dass Mark alles andere als begeistert davon war, dass sie auf Drängen ihrer Eltern Neuroleptika nahm. Allerdings hatte er dieses Thema bisher nie direkt angesprochen. Aber als sie heute Morgen auf den Bus warteten, war diese Rücksichtnahme plötzlich zu Ende gewesen. Er hatte doch glatt die Unverschämtheit besessen, zu behaupten, ihre Eltern würden mit diesen Medikamenten nur ihren klaren Verstand kaputt machen, und sie sei verrückt, dass sie sich ihren Wünschen so widerspruchslos beuge.

Sie wäre wahrscheinlich in Tränen ausgebrochen, wenn sie diese unerwartete Attacke ihres besten Freundes nicht so geschockt hätte. Aber den Gefallen zu heulen würde sie ihm bestimmt nicht mehr tun. Was bildete er sich eigentlich ein? Er litt ja schließlich nicht unter diesen grauenhaften mentalen Fugues, die die Wirklichkeit in Stücke rissen und sie vor Angst zittern ließen – vor Angst, dass sie völlig den Verstand verlieren könnte. Er hatte nicht das geringste Recht, über sie oder ihre Eltern zu urteilen. Nicht das geringste!

Ein plötzlicher Stoß, als die Hinterreifen des Busses beim Einbiegen in das Schulgelände über die Bordsteinkante rumpelten, brachte Heather in die Gegenwart zurück. Ein neuer Busfahrer! Heather hoffte nur, dass der holprige Einstand kein böses Omen für den Schulbeginn war. Vor ihrem geistigen Auge tauchte das Bild ihres alten *Magic 8 Ball* auf, und in der blauen Flüssigkeit unter dem Sichtfenster schwamm die Antwort:

»Darauf würde ich nicht wetten.«

Ohne den unangenehmen Gedanken weiterzuverfolgen, erhob sich Heather von ihrem Platz, stieg aus und ließ sich von der aufgeregten Schülerschar auf den Eingang der Highschool zuschieben. Als sie sich in der Vorhalle umschaute, waren Mark und Jennifer verschwunden. Umso besser. Alles, was sie sich im Moment wünschte, war eine gewisse Rückkehr zur Normalität, und die konnte ihr am ehesten das geschäftige Hin und Her in den Schulkorridoren vermitteln.

Im Nu nahmen sie die ersten Schultage voll und ganz in Anspruch. Stundenpläne, neue Lehrer, Bücherausgabe, Spindverteilung, Ansprache in der Aula. Die meisten Klassenkameraden schienen sich zudem ehrlich zu freuen, sie wiederzusehen.

Nur Paulette Carlton und ihre versnobte Clique machten sie schräg an.

»Guckt mal, wen wir da haben«, rief Paulette und warf mit geübtem Schwung ihr langes blondes Haar zurück. »Unsere Möchtegern-Preisträgerin. Ihr Pech, dass sie beim Abkupfern erwischt wurde.«

Die anderen drei Mädels, alles Mitglieder der Cheerleader-Truppe, lachten schallend los, als sie in Paulettes Gefolge an Heather vorbeizogen. Stirnrunzelnd sah sie ihnen nach. Wenn sie die Zicken von hinten betrachtete, begriff sie, weshalb sie bei den Jungs so beliebt waren. Jede Menge wackelnde Hintern und ein kollektiver Wortschatz, in dem *Nein* nicht vorkam.

Heather holte ihr Chemieheft aus dem Spind, verdrängte den Stolz der Cheerleader-Truppe der Los Alamos High School aus ihren Gedanken und machte sich auf den Weg zu ihrem nächsten Kurs.

Eine kleine Gruppe hatte sich bereits vor dem Klassenzimmer versammelt, und zu ihrem Kummer entdeckte Heather auch Paulette und ihre Groupies unter den Wartenden. Sie wollte eben mit gesenktem Kopf an der Gruppe vorbei in den Unterrichtsraum schleichen, als ihr Blick auf das Zentrum der allgemeinen Aufmerksamkeit fiel.

Jennifer Smythe stand lächelnd und angeregt plaudernd im Kreis ihrer Mitschüler, die sie so fasziniert umringten, als wäre sie der von den Toten auferstandene Elvis. Heather blieb wie angewurzelt stehen und starrte Jen an. Selbst die Cheerleader-Zicken schoben sich näher an sie heran, als könnten sie es nicht ertragen, aus Jens Bewundererzirkel ausgeschlossen zu werden.

Heather wollte nicht glauben, was sie hier mit eigenen Augen sah. Niemand beachtete die Schulglocke, die den Stundenbeginn verkündete. Plötzlich schaute Jennifer ihre Freundin mit strahlenden Augen an, und eine sanfte Sehnsucht erfüllte Heathers Gedanken. Während Jennifers Blick von Zuhörer zu Zuhörer wanderte und einen nach dem anderen in seinen Bann schlug, spürte Heather ein Frösteln, das sich über ihren ganzen Körper auszubreiten begann.

Eine Sturzflut von Wahrscheinlichkeitsgleichungen rauschte

durch ihren Kopf, und Heather begriff, dass sich in ihrer schüchternen kleinen Freundin soeben ein Wandel vollzogen hatte. Die Frage war nur … was würde dieser Wandel bewirken?

KAPITEL 72

»Trainer, ich würde wirklich gern in Ihrer Footballmannschaft spielen, aber es geht einfach nicht.«

Noch bevor ihm diese Worte über die Lippen kamen, wusste Mark, dass sie nach einer Ausrede klangen. Trainer Crawford nagelte ihn mit seinem Blick fest.

»Nun hör mir mal genau zu, mein Junge. Ich würde dich nicht so bedrängen, wenn ich nicht bereits ein langes Gespräch mit deinen Eltern geführt hätte. Dein Vater meinte, er hätte dir gut zugeredet, es mit Football zu versuchen. Und du weißt sicher, dass er zu seiner Zeit auf der Highschool von Albuquerque als Defense End im All-State-Team stand.«

Mark nickte. *Scheiße, jetzt hat er mich am Wickel,* dachte er.

»Mir ist bekannt, dass du deine Zukunft eher als College-Basketballer siehst, und ich verstehe auch die Angst von Trainer Dickey, dass du dich beim Football verletzen könntest, aber die Wahrheit ist doch, dass die Highschool dich erst richtig zum Mann macht. Schau dir doch die großen Sportler an! Fast alle haben sich in mehreren Disziplinen hervorgetan. Sie haben sich bei ihren Entscheidungen niemals von Angst leiten lassen. Nicht von der Angst zu versagen. Nicht von der Angst, sich zu verletzen. Und auch nicht von der Angst vor einem harten Trainer, verdammt noch mal!

Sie haben an sich geglaubt. Genau das ist das Merkmal von Siegertypen. Verstehst du, was ich damit sagen will, Mark?«

Mark schluckte schwer. »Ich denke schon, Trainer.«

Trainer Crawford schlug ihm so kräftig auf die Schulter, dass man das Klatschen bis zum Ende des Korridors hörte. »Gut. Ich verlange nicht, dass du mir deinen Entschluss jetzt und hier mitteilst. Eine Art Vorentscheidung hast du ja getroffen. Du warst weder bei den Ferienkursen noch bei den Sommer-Testspielen. Aber deine Kondition beweist mir, dass du eine hohe Trainingsmoral und viel Selbstmotivation besitzt. Wenn du dem Football eine Chance gibst, wird er dich mit dem Selbstvertrauen belohnen, das den wahren Sieger ausmacht.«

Noch einmal klopfte er Mark auf die Schulter. »Überleg dir meine Worte, Junge.«

Ehe Mark etwas erwidern konnte, wandte sich der Trainer ab und marschierte den Korridor entlang auf die Turnhalle zu. Mark stand neben seinem Spind und sah ihn in der Menge der Schüler verschwinden, die nach dem Stundenwechsel zu ihren nächsten Kursen eilten.

Klasse! Irgendeine Anomalie, die vermutlich mit dem Rho-Projekt zu tun hatte, spionierte ihn aus. Heather hatte er so verärgert, dass sie ihn nicht mehr anschaute, geschweige denn mit ihm redete. Und dieser Highschool-Trainer deutete nun auch noch an, dass er ein Feigling war, weil er sich nicht um eine Mitgliedschaft im Footballteam bewarb. Konnte der erste Schultag überhaupt noch besser werden?

Was Mark am meisten nervte, war die Tatsache, dass er liebend gern Football gespielt hätte, sogar viel lieber als Basketball. Er hatte auch nicht die Spur von Angst, sich zu verletzen. Aber er hatte eine Scheißangst davor, dass er sein Adrenalin nicht in den Griff bekam. Und wenn er das nicht schaffte, bestand die Gefahr, dass er andere böse verletzen würde.

Noch vor einem Jahr hätte er einem solchen Angebot begeistert zugestimmt, in dem Wissen, dass ihn seine schnellen Reflexe daran hindern würden, einen Gegner zu hart anzugehen. Und das galt heute mehr denn je. Aber was ihm mittlerweile echt Panik machte, war die Vorstellung, dass er in der Hitze des Gefechts so wütend werden könnte, dass er jemanden verletzen *wollte*. Verdammte Scheiße! Er geriet ja schon in einen Adrenalinrausch, wenn er Heather nur einen anderen Jungen anlächeln sah. Es war ja leider nicht allzu wahrscheinlich, dass ihm die Schiedsrichter nach jedem Einsatz eine kleine Auszeit zum Meditieren zugestehen würden.

»Mark Smythe!«

Der sehr bestimmende Tonfall ließ Marks Kopf herumschnellen.

Direktor Zumwalt stand drei Schritte von ihm entfernt und musterte ihn scharf. »Kommen Sie mal mit, junger Mann!«

Ohne seine Antwort abzuwarten, marschierte der Direktor den Korridor entlang zu seinem Büro, dicht gefolgt von Mark. Die Schülerscharen, die im Gang herumstanden, teilten sich wie einst das Rote Meer vor Moses. Sobald sie das Büro betreten hatten, deutete Direktor Zumwalt auf einen Stuhl und schloss die Tür hinter sich.

Er ging um seinen Schreibtisch herum und nahm ebenfalls Platz. Dann starrte er Mark über seine zusammengepressten Fingerspitzen hinweg an. Als sich die Stille immer mehr in die Länge zog, begann sich Mark zu fragen, ob der Direktor erwartete, dass er das Wort ergriff. Aber da er keine Ahnung hatte, warum er überhaupt hier saß, schwieg er lieber.

»Mark, ich weiß, dass Trainer Crawford Ihnen den Vorschlag unterbreitet hat, das Footballteam unserer Schule zu unterstützen. Das war nicht mit mir abgesprochen, und ich werde ihn deshalb noch zur Rede stellen.«

»Vielen Dank, Sir, aber das ist wirklich nicht nötig.«

»Meiner Ansicht nach schon. Und ich wünschte, das wäre der einzige Grund dafür, dass ich Sie in mein Büro zitiert habe.«

Wieder schwieg Direktor Zumwalt, und mit jeder Sekunde, die er verstreichen ließ, ohne etwas zu sagen, wurde die Stimmung im Raum bedrückender.

»Es gibt Zeiten, in denen ich meinen Auftrag als Leiter dieser Highschool als extreme Last empfinde. Und obwohl das, was ich Ihnen mitzuteilen habe, auch Ihre Schwester und Heather McFarland betrifft, wollte ich Sie zunächst allein sprechen, da Sie am stärksten betroffen sind.

Gestern Abend trat der Schulausschuss von Los Alamos zusammen, um über die Konsequenzen des angeblichen Plagiats zu beraten, das zur Disqualifikation Ihres Teams beim diesjährigen Nationalen Highschool-Forschungswettbewerb geführt hatte.«

Mark atmete tief durch. Oh Gott, nicht schon wieder!

»Obwohl das Preisgericht kein formelles Urteil gefällt hat, fühlte sich der Schulausschuss verpflichtet, die Fakten noch einmal zu überprüfen, um festzustellen, ob Sie gröblich gegen die geltenden Vorschriften und damit gegen die Ehre dieser Institution und der gesamten Schulgemeinschaft verstoßen haben.

Es tut mir leid, Ihnen das sagen zu müssen, aber der Ausschuss hat bestimmt, dass Ihr Team für das gesamte Schuljahr von sämtlichen außerschulischen Aktivitäten ausgeschlossen wird.«

Mark war so fassungslos, dass er kein Wort herausbrachte.

»Das betrifft die diversen Klubs unserer Highschool ebenso wie die Schulband und die Sportmannschaften. Für Sie bedeutet es die Streichung aus dem Basketballteam.«

Mark schluckte schwer und räusperte sich dann. »Aber, Sir, dagegen gibt es doch sicher eine Einspruchsmöglichkeit, ein Berufungsgesuch oder so …«

»Leider nein. Der Schulausschuss ist die letzte Instanz in dieser Angelegenheit, und er hat seine Entscheidung getroffen. Mir sind die Hände gebunden.«

Mark hielt es nicht mehr auf seinem Stuhl. Er sprang auf und starrte Direktor Zumwalt ein paar Sekunden lang verzweifelt an. Ein flaues Gefühl machte sich in seiner Magengegend breit. Unfähig, noch irgendetwas zu sagen, nickte er nur stumm und verließ das Büro. Der Korridor kam ihm so kalt und fremd vor wie nie zuvor.

Eine Wahnsinnswut über die ungerechte Behandlung stieg in ihm auf, bis er am ganzen Körper zitterte. Er musste an die frische Luft, bevor er etwas tat, das er später bereuen würde. Mark stolperte ins Freie und begann nach Hause zu rennen, immer stur den Highway entlang.

Wenn sie ihn nicht in ihrem Basketballteam haben wollten, bitte sehr. Er hatte ohnehin keine Lust, für dieses eingebildete Highschool-Pack zu spielen, das sich für so verdammt clever hielt.

Während er rannte und rannte, hämmerte ein einziger Gedanke in seinem Kopf:

Leckt mich! Leckt mich doch alle!

KAPITEL 73

El Chupacabra. Die blutgierige Bestie der Schatten, ein Geschöpf der südamerikanischen Nacht, selten erspäht und nie gefangen.

Eduardo entfernte den Deckel vom Zielfernrohr und machte es sich in seinem Versteck bequem. Von ihm selbst stammte der Beiname nicht, der mittlerweile in sämtlichen kolumbianischen Kartellen Furcht und Schrecken auslöste, aber er passte zu ihm. Denn er verkörperte den Tod. Das Morden machte ihm nicht nur Spaß. Es ernährte ihn und erhielt ihn am Leben.

Es gab nur zwei Profikiller, die sich mit ihm vergleichen konnten. Der eine war Carlos, der Schakal, den man aber kaum als ebenbürtig bezeichnen konnte. Der andere streifte immer noch frei unter den Schafen umher. Auf der Jagd nach Beute. Genau wie er selbst. Aber Eduardo würde dafür sorgen, dass sich der Ripper auf seine Fährte setzte. Und danach würde man an den dunklen Orten nur noch den Namen El Chupacabra raunen.

Doch zunächst rief die Pflicht. Unter ihm führte der George Washington Parkway in einer gemächlichen Kurve am Westufer des Potomac entlang. Dichtes Laub schützte ihn davor, von unten und ganz speziell vom Highway aus gesehen zu werden. Zwei schmale Ausblicke durch die Bäume boten doppelte Ziellinien in die Tiefe. Das Fadenkreuz erfasste den nächstgelegenen Straßenabschnitt und hörte zu zittern auf.

Einen Präsidenten umzubringen, galt als nicht gerade einfach. Das größte Problem lag darin, dass die Informationen im Vorfeld eines Anschlags eher spärlich flossen. Der amerikanische Geheimdienst war sehr, sehr gut, vor allem, wenn es darum ging, die kritischen Daten, die ein Attentat erleichterten, unter Verschluss zu halten. Eine Fahrt mit motorisierter Eskorte gehörte zu den gefährlichsten Unternehmungen für einen Präsidenten, da sich der Weg, den die Kolonne nahm, niemals so gut absichern ließ wie die Abfahrts- und Ankunftspunkte. Deshalb diente in einem solchen Fall gewöhnlich eine Kombination aus Panzerglas, Falschmeldungen und Irreführung dazu, die Sicherheit des Staatsoberhaupts zu gewährleisten.

In welchem Wagen und an welchem Platz der Präsident saß, die genaue Route der Fahrzeuge, die Startzeit – all das waren streng gehütete Geheimnisse. Aber nicht heute. Eduardos Quelle aus dem engsten Umfeld der Macht hatte unglaubliche Details geliefert, und das letzte Update per verschlüsselter SMS-Nachricht war erst fünf Minuten zuvor eingetroffen. Die Signale standen auf Grün.

Als die Polizeieskorte in seinen Blickwinkel kam und durch das Fadenkreuz fuhr, spürte Eduardo an der Stelle, wo sich der Schaft des AS50-Scharfschützengewehrs an seine Wange schmiegte, ein vertrautes Kribbeln. Es wanderte seinen Arm entlang, in die Hand und schließlich in den Finger, der auf dem Abzug lag. In rascher Folge jagten die Fahrzeuge durch seine Sichtlinie. Er zählte. Jetzt!

Obwohl die Waffe mit einer Schraubzwinge an einem dicken Ast befestigt war und eine unglaublich effektive Rückstoßdämpfung besaß, donnerte ihm die Wucht der drei panzerbrechenden Brandgeschosse vom Kaliber .50 das Gewehr hart gegen die Schulter. Egal. Das Treffermuster war perfekt gewesen – die erste Patrone war durch den vorderen Bereich des gepanzerten Limousinendachs gedrungen und jede der nachfolgenden zehn Zentimeter dahinter.

Ohne die Reaktion des Konvois abzuwarten, packte Eduardo den Griff, der unter seinem Ast baumelte, und ließ sich nach außen fallen. Durch seinen Schwung riss die Schnur, mit der er die Seilrolle gesichert hatte, und er schlitterte nahezu senkrecht das Kabel entlang in ein Dickicht am Flussufer.

Er füllte seine Lungen mit Luft, tauchte in die trüben Fluten ein und tastete sich am Seil entlang zu seinem Atemgerät. Er öffnete das Tankventil, befestigte die Maske und griff nach dem Unterwasserschlitten, der ihn in Sicherheit ziehen sollte.

Als der Propeller losschnurrte, lächelte El Chupacabra hinter seiner Tauchermaske. Es sollte nicht gar so einfach sein, einen Präsidenten umzubringen.

KAPITEL 74

Das Stimmengewirr im Presseraum des Weißen Hauses machte es den Fernsehzuschauern schwer, die einzelnen Kommentare zu unterscheiden. Mitten in dem Gewühl hielt Rolf Larson die Stellung, der Starreporter von CNN, der für das Weiße Haus zuständig war.

»Wie wir seit anderthalb Stunden berichten, wurde heute Vormittag auf den Präsidenten der Vereinigten Staaten ein Attentat verübt, als er sich auf dem Weg zu einer politischen Kundgebung in Rockville, Maryland, befand. Obwohl das Ärzteteam am Walter-Reed-Militärkrankenhaus alles unternahm, um sein Leben zu retten, musste Präsident Harris um 10 Uhr 25 für tot erklärt werden. Die Hauptstadt und das gesamte Land befinden sich in einem Schockzustand.

Obwohl wir noch keine genauen Kenntnisse über die Umstände des Verbrechens haben, war bereits von informierten Kreisen des FBI und des Ministeriums für Innere Sicherheit zu hören, dass es nur eine Frage der Zeit sei, bis der Killer gefasst und zur Rechenschaft gezogen werde. Schon jetzt zieht sich das Netz immer enger um ihn zusammen. Sämtliche Ausfallstraßen in und um die Hauptstadt sind gesperrt. Das Gleiche gilt für die Flughäfen und Wasserwege. Der Attentäter kann nicht entkommen.«

Der Reporter machte eine Pause, als ihn die CNN-Anchorwoman unterbrach. »Rolf, hier spricht Karen Whitcomb. Sie verfügen über zahlreiche Kontakte in Regierungs- und Justizkreisen. Gibt es von dort bereits Vermutungen, wer der Killer sein könnte?«

Rolf nickte in die Kamera. »Karen, obwohl in diesem frühen Stadium der Ermittlungen noch niemand zu verbindlichen Aussagen bereit ist, höre ich von zuverlässigen Quellen, dass hier mit größter Wahrscheinlichkeit der Mann die Finger im Spiel hat, der für eine ganze Reihe der in jüngster Zeit begangenen Morde verantwortlich gemacht wird. Ich spreche natürlich von dem meistgesuchten Verbrecher auf den Fahndungslisten der Strafverfolgungsbehörden unseres Landes: Jack Gregory, besser bekannt unter seinem Beinamen The Ripper.«

»Rolf, das sind ja furchtbare Nachrichten. Herzlichen Dank für Ihre Reportage vor Ort, die uns näher an das entsetzliche Geschehen heranbringt. Aber wie ich gerade höre, ist der neue Präsident, unser bisheriger Vizepräsident Gordon, im Oval Office eingetroffen, um eine Rede an die Nation zu halten. Wir schalten jetzt um zum Präsidenten der Vereinigten Staaten von Amerika.«

Auf dem Bildschirm erschien groß der Präsidenten-Schreibtisch im Oval Office. Der neu ernannte Präsident starrte in die Kamera, eingerahmt von Fenstern, die Augen feucht, das Kinn jedoch entschlossen vorgereckt.

»Meine lieben Amerikanerinnen und Amerikaner! Mit unendlicher Trauer übernehme ich die Würde und Bürde des Präsidentenamtes. Der Schock über den entsetzlichen Verlust, den wir soeben erlitten haben, lähmt eine ganze Nation.«

Präsident Gordon verengte die Augen zu schmalen Schlitzen. »Aber ehe ich von diesem Verlust spreche, möchte ich Ihnen, dem amerikanischen Volk, versichern, dass der elende Mörder, der mit seinem Attentat eine ganze Nation traf, sein eigentliches Ziel verfehlt hat. Mit seiner feigen Tat hat er nichts erreicht, außer dass er einer ganzen Generation das Vorbild raubte, einen tüchtigen Politiker und prächtigen Menschen, den ich mit Stolz meinen Freund nannte. Und ich versichere Ihnen, dass die weisen Gesetze, die unsere Gründerväter einst in der Verfassung verankerten, immer noch ihre Gültigkeit besitzen. Die Regierung ist nicht gestürzt. Sie setzt ihre Arbeit ohne Unterbrechung fort.

Ich möchte mein Wort auch an den Mann richten, der den Mord an unserem Präsidenten verübt hat. Er möge eines wissen: Wohin er auch flieht, wo immer er untertaucht – keine Macht der Welt kann uns daran hindern, ihn aufzuspüren. Das schwöre ich, der Präsident, auf die Verfassung der Vereinigten Staaten von Amerika.«

Präsident Gordon hielt inne, um sich zu räuspern. »Und nun lassen Sie mich meines Freundes gedenken. Präsident Harris war ein Mann mit Weitsicht. Er war ein Mann, der seine Pflichten kannte, ein Mann, dem das Volk dieses Landes sein Vertrauen geschenkt hatte, weil ein Blick in seine Augen verriet, dass er immer tun würde, was er für richtig und gerecht hielt.

Es war mir eine Ehre, unter diesem großartigen Mann zu dienen, der sein Leben aufs Spiel setzte, um genau das zu tun, was er zu tun geschworen hatte. Er lüftete den dunklen Schleier der Geheimniskrämerei, der eine Reihe wunderbarer neuer Technologien vor der Menschheit verbarg. Er ging ein immenses Risiko ein, als er die Erkenntnisse des Rho-Projekts der ganzen Welt zugänglich machte, ein Risiko, das ihm jetzt den Tod brachte.

Noch einmal rufe ich seinem Mörder und all seinen Hintermännern zu: Ihr seid gescheitert! Das Volk der Vereinigten Staaten von Amerika lässt sich niemals entmutigen oder einschüchtern. Das Leid, das über uns gekommen ist, macht uns stark. Wenn ihr glaubt, ihr könntet mit eurer Freveltat die Freigabe der Fremdwelten-Technologien verzögern oder verhindern, dann habt ihr euch gründlich geirrt. Unsere Nation wird ihre Anstrengungen nur verdoppeln.«

Der Präsident ballte eine Hand zur Faust und wischte sich mit den Knöcheln über die Augen.

»Ich verbürge mich als Ihr neuer Präsident dafür, dass ich das Werk meines mutigen Vorgängers fortsetzen werde. Doch dafür benötige ich Ihre Unterstützung und Ihre Gebete. Möge Gott mit Mary Beth Harris und ihrer Familie sein. Möge Gott mit uns allen sein.«

KAPITEL 75

Garfield Kromly blinzelte in das grelle Scheinwerferlicht, als er in den Jefferson Davis Highway einbog. Verdammt, war er müde! Zwei Uhr morgens und erst auf der Heimfahrt. Kaum Zeit genug, um kurz auszuruhen, bevor er zurück nach Langley musste. Einmal links abbiegen auf die Fifteenth Street, dann geradeaus über den Crystal Drive, und er hatte den Wohnturm erreicht, den er seit elf Jahren als sein Zuhause betrachtete.

Water Park Tower South war ein Hochhaus mit Eigentumswohnungen, in Nord-Süd-Richtung angelegt und in einem sanften Bogen vom Fluss weggeneigt, sodass es eine Art versetzte Klammer mit seinem genauen Gegenstück im Norden bildete. Jeder der Zwillingstürme hatte eine Seite mit Blick auf den Potomac oberhalb des Ronald Reagan Washington National Airport.

Kromly fuhr auf seinen Parkplatz, ließ das Fenster herunter und nickte zwei CIA-Agenten zu, die sehr auffällig in der Nähe des Eingangs postiert waren. Daneben gab es noch eine ganze Reihe unsichtbarer Beschützer. Höchst erstaunlich, wenn man genauer darüber nachdachte. Seit dem Anschlag auf Präsident Harris am Vortag hatten alle hochrangigen CIA-Kräfte ihre eigenen Bodyguards, die Besten der Besten, abkommandiert zum Babysitten. Und das zusätzlich zu den Sicherheitsmaßnahmen, die praktisch die gesamte Stadt lahmlegten, sodass er für eine Strecke, die nachts normalerweise eine halbe Stunde dauerte, anderthalb Stunden im Kriechgang benötigte.

Kromly entriegelte die Tür, zwängte sich aus dem roten Mustang-Cabrio, das zu nahe an einem schief eingeparkten schwarzen Caddy stand, und betrat die geräumige Eingangshalle. Die Fahrt in die elfte Etage verlief ohne Zwischenfälle, wenn man davon absah, dass in der siebten Etage die Beleuchtung ausfiel. Kein Wunder. Die Glückszahl sieben wurde in letzter Zeit nicht oft geworfen.

An der Wohnungstür fummelte Kromly eine Zeit lang mit dem

Schlüsselring herum. Verdammt! Er musste mal einiges aussortieren. Bei zwei der kleineren Schlüssel wusste er nicht mal mehr, was sie eigentlich aufsperrten.

Dunkelheit empfing ihn, als die Tür aufschwang, ein wenig gemildert vom Lichtschein des Panoramafensters mit seinem Blick über den Potomac bis hin zum Washington Monument. Ohne die Beleuchtung einzuschalten, trat Kromly an die Scheibe. Gott, wie er diese Stadt liebte! Seit dem Tod von Pam hielten ihn nur seine Arbeit, ein Schlafzimmer, eine kleine Küche, ein Wohnzimmer und diese Aussicht auf Washington davon ab, den Verstand zu verlieren.

Kromly schüttelte traurig den Kopf, als er den Fluss in der Tiefe betrachtete. Wieder ein Präsident während einer Autofahrt ums Leben gekommen, diesmal nur ein paar Meilen von hier entfernt. Der Attentäter hatte den Körper des Präsidenten mit seinen Geschossen fast durchtrennt, war dann über eine Seilrutsche in das trübe Wasser getaucht und auf diese Weise entkommen. Abgesehen von dem an einem Ast festgezurrten Kaliber-.50-Gewehr und einigen Hilfsmitteln hatte er keine Spuren hinterlassen.

Kromly versteifte sich. Hatte er etwas gehört? Seine Hand zuckte zum Schulterholster.

»Das würde ich lieber bleiben lassen.«

Beim Klang der vertrauten Stimme stellten sich die feinen Härchen in seinem Nacken auf. Kromly ließ die Hände sinken und drehte sich langsam um. Im Dunkel am anderen Ende des Raumes räkelte sich ein Schatten in seinem Lesesessel.

»Jack.«

Ein leises Lachen. »Hör mal, Garfield, ist das eine Art, einen alten Freund zu begrüßen?«

Kromly bemühte sich, seine erhöhte Herzfrequenz zu dämpfen, mit den gleichen Techniken, die er dreißig Jahre lang seinen Agenten beigebracht hatte. Auch dem Mann, der ihm jetzt in Dunkel gehüllt gegenübersaß. Seinem besten Schüler.

»Tut mir leid. Ich hatte nicht damit gerechnet, dich hier anzutreffen.«

»Verständlich. Setz dich!«

Kromly ging zur Couch und nahm Platz. Er hielt die Hände deutlich vom Körper abgespreizt, um Jack nur ja keinen Grund zum Abdrücken zu liefern. Obwohl er kaum einen besonderen Grund brauchte, nicht nach der Sache mit seinem Team.

»Warum, Jack?«

»Warum was?«

»Warum der Präsident?«

Jack antwortete nicht sofort. Die Stille im Raum lastete mit jeder Sekunde schwerer auf ihnen. Kromly überlegte, ob er auf den Alarmknopf am Schlüsselring drücken sollte, verwarf den Gedanken aber sofort wieder. Jack würde ihn erschießen, bevor er in die Tasche greifen konnte.

»Wie viele Jahre kennen wir uns jetzt?«

Kromly räusperte sich. »Sieben.«

»Und bis wann hast du dich als mein Freund betrachtet?«

Die Frage überwältigte ihn. Herrgott noch mal, Jack war der beste CIA-Anwärter gewesen, den er je ausgebildet hatte! Da war einfach alles zusammengekommen. Dynamische Persönlichkeit, gute Auffassungsgabe, blitzschnelle Reaktionen. Aber was ihn vor allem von den anderen abgehoben hatte, war sein untrüglicher Instinkt gewesen. Jack besaß allem Anschein nach die Gabe, Ereignisse stets vorauszuahnen, noch bevor sie eintraten.

Kromly hatte sich von Anfang an zu dem jungen Mann hingezogen gefühlt und seinen Einfluss geltend gemacht, um Jack die Aufträge zu vermitteln, an denen ihm besonders gelegen war. Und Pam hatte ihn wie den Sohn geliebt, der ihnen versagt geblieben war. Sie war ihrem Brustkrebs erlegen, kurz nachdem sie die Nachricht von Jacks vermeintlichem Tod in Kalkutta erhalten hatten. Damals schien ihr Wille, weiter gegen die Krankheit anzukämpfen, einfach zu erlahmen, als hätte sie sich gesagt, wenn ein junger Gott wie Jack fallen könne, müsse es auch ihr erlaubt sein loszulassen.

»Ich schätze, bis zu dem Zeitpunkt, da ich dich für tot halten musste.« Kromly spürte den Ärger, der in ihm aufstieg und seine Stimme veränderte. »Du hast dich nicht übermäßig angestrengt, mich wissen zu lassen, dass du noch lebst. Offenbar warst du in den vergangenen zwei Jahren ziemlich beschäftigt. Kannst du es mir also verdenken, dass ich jetzt bei deinem Erscheinen nicht gerade in Jubel ausbreche?«

»Ich weiß, dass die FBI-Einheit, die mein Team ausgelöscht hat, von dir beraten wurde.«

Scheiße! Das war es dann. Ihm blieb wohl nichts anderes übrig, als der Welt ade zu sagen.

»Du kennst mich gut genug, um zu wissen, dass du inzwischen längst tot wärst, wenn ich deshalb gekommen wäre«, sagte Jack.

Kromly nickte. Ein schwacher Hoffnungsschimmer, dass er den nächsten Sonnenaufgang doch noch erleben könnte, schärfte seine Aufmerksamkeit. »Ich höre.«

»Du glaubst, dass ich den Präsidenten erschossen habe.«

»Es gibt nicht viele, die für diesen Anschlag infrage kommen. Du stehst ganz oben auf der Liste.«

»Und doch sitze ich hier in deinem Wohnzimmer.«

Kromly zuckte die Achseln. »Vielleicht hast du ja nur vorbeigeschaut, um einen weiteren Namen von deinem Verzeichnis zu streichen.«

»Aber du lebst noch.«

»Stimmt.«

»Wann hast du zum ersten Mal Kenntnis davon erhalten, dass Admiral Riles ein NSA-Spezialteam damit beauftragt hat, das Rho-Projekt genauer unter die Lupe zu nehmen?«

»Erst kurz vor seinem Selbstmord. Das FBI hielt diese Nachforschungen total unter Verschluss.«

»Was weißt du über das eigentliche Vorhaben von Admiral Riles?«

»Nicht viel mehr als das, was in der Presse stand. Dass er versuchte, das Rho-Projekt in Misskredit zu bringen, um den Präsidenten davon abzuhalten, die neu entdeckten Fremdwelten-Technologien allgemein zugänglich zu machen.«

»Dann hör dir mal meine Version an. Admiral Riles bestellte mich Anfang Januar dieses Jahres zu einem NSA-Meeting ein, in dem es um den sogenannten Neujahrs-Virus ging. Ich stand an der Spitze des Spezialteams, das diesen Computer aus dem Haus in Glen Burnie sicherstellte.«

»Wenn Riles euch da hinschickte, überschritt er seine Kompetenzen.«

»Vielleicht. Er hatte die Zustimmung des Präsidenten. Das reichte mir.«

»Okay.«

»Der NSA gelang es, von diesem Computer Daten herunterzuholen, die nur von dem engsten Mitarbeiterstab des Rho-Projekts stammen konnten. Und unser Informant deutete an, dass bei dem Projekt etwas oberfaul war.«

»Eine ziemlich schwache Rechtfertigung, dich nach Los Alamos zu schicken. Weshalb verständigte Riles nicht die Leute vom FBI? Dafür sind die zuständig.«

Die Lichter von D.C. spiegelten sich kurz auf dem Lauf einer Waffe, als Jack sein Gewicht ein wenig verlagerte.

»Ich weiß nicht, wie er das rechtfertigte. Aber er hatte offensichtlich verdammt gute Gründe dafür, die Rho-Quelle für so seriös zu halten, dass er mich beauftragte, die Sache zu überprüfen. Meine Untersuchung ergab zweifelsfrei, dass in diesem Projekt Korruption im Spiel ist und dass diese Korruption von höchsten Regierungsstellen gedeckt wird. Ich schickte Riles einen vorläufigen Bericht, zusammen mit dem enthaupteten Leichnam von Carlton ›Priest‹ Williams.«

Kromly schüttelte den Kopf. »Jetzt verstehe ich gar nichts mehr. Was außer deiner persönlichen Vendetta hatte Priest mit dieser Sache zu tun?«

»Mal davon abgesehen, dass er schon immer ein total gestörter Mistkerl war, fand sich in seinem Blut der Nachweis, dass die Nanotechnologie der Aliens trotz des Verbotes heimlich an Personen getestet wurde, die nicht den strengen Auflagen des Forschungslabors unterworfen waren.«

»Ja, davon habe ich in den Zeitungen gelesen. Aber Dr. Stephenson klärte diese Geschichte zwei Wochen später auf.«

»Und etwa zur gleichen Zeit begann das FBI, Jagd auf mein Team zu machen.«

»Zufall.«

»Also schön. Sprechen wir über Zufälle. Erstens: Ich schicke meinen Bericht an Riles. Zwei Tage später ist er tot. Zweitens: Ich stehle Priests Leichnam und lasse dem Reporter, der die Nanomaschinen-Story enthüllte, Beweise zukommen. Umgehend danach wird mein Team ausgelöscht. Drittens: Der Präsident nimmt seine Zusage zurück, die Nanotechnologie des Rho-Projekts sofort freizugeben, und fällt einem Attentat zum Opfer.«

Kromly schüttelte den Kopf. »Du hast zwei Tote unerwähnt gelassen: den FBI-Mann in South Dakota und den FBI-Direktor – beides Leute, für deren Ermordung du gute Gründe hattest. Das gilt auch für den Präsidenten.«

»Das stimmt. Aber du gehst immer noch von dem Szenario aus, dass Riles plötzlich den Verstand verloren hat und dass ich der rachsüchtige Killer bin, der sich in der Befehlskette nach oben mordet. Alle hetzen so eifrig dieser Spur hinterher, dass sie andere Möglichkeiten gar nicht erst in Betracht ziehen.«

Jack erhob sich. »Ich bin hergekommen, um dir zu sagen, dass beim Rho-Projekt etwas faul ist, so oberfaul, dass jemand sich gezwungen sieht, den NSA-Direktor, den FBI-Direktor und nun auch noch den Präsidenten der Vereinigten Staaten umzubringen.«

»Jack, was du da sagst, ist der pure Wahnwitz.«

»Pass auf. Ich biete dir einen Deal an.«

»Ich höre.«

»Versprich mir, dass du den Dingen nachgehen wirst, die ich dir erzählt habe, und du darfst noch eine Weile länger leben. Lüg mich an, und du bist tot.«

Kromly starrte den Schatten an, der vor ihm aufragte. Das schwache Licht hatte sich nicht auf einem Pistolenlauf, sondern auf Jacks Messer gespiegelt. Kromly hegte nicht den geringsten Zweifel daran, dass in diesem Moment sein Urteil gefällt wurde.

»Ich – äh –« Kromly schluckte, um seine Kehle anzufeuchten. »Ich werde mich darum kümmern.«

»Das war die richtige Antwort. Schlaf gut, mein alter Exfreund!«

Ein kalter Strahl K.-o.-Gas traf Kromly, als er gerade einatmete, und umnebelte sein Gehirn. Der Fußboden kippte ihm entgegen. Er hatte den Berber nicht mehr an seiner Wange gespürt, seit er Pam auf diesem Teppich geliebt hatte. Bevor ihn völlige Schwärze umgab, kam ihm ein sehnsüchtiger Gedanke in den Sinn.

Du fehlst mir so, Baby.

KAPITEL 76

Heather hatte das Kissen so stark zusammengeknüllt, dass der Saum geplatzt war und die Gänsedaunen durch den Riss quollen, aber das beschäftigte sie nur am Rande. Der Traum, aus dem sie am ganzen Körper zitternd erwacht war, schien zum Greifen nahe zu sein. Hinter ihren Schläfen hämmerte etwas, das nach draußen drängte, und der Druck drohte ihr den Schädel zu sprengen.

»Gott, lass mich sehen, was es ist«, wisperte sie.

Aber ihre Bitte wurde nicht erhört. Je mehr sich Heather auf die einzelnen Handlungsstränge konzentrierte, desto schneller entglitten sie ihr. Mit einem gequälten Stöhnen setzte sie sich auf. Die plötzliche Bewegung ließ vierundfünfzig Federn wie winzige, aus der Heckluke eines Kampfflugzeugs abgesetzte Fallschirmspringer durch die Luft segeln.

Das Zuklappen einer Tür am anderen Ende des Korridors brachte sie in die Gegenwart zurück. War die Nacht vorbei? Das Licht, das in ihr Zimmer drang, deutete darauf hin. Aber welcher Tag war? Schon Samstag?

Heather stand auf, ließ sich jedoch sofort wieder zurücksinken. Alles drehte sich um sie. Das Schwindelgefühl engte ihr Blickfeld ein, verging aber ebenso schnell wieder, wie es gekommen war. Vielleicht hatte sie sich zu schnell aufgerichtet. Sie versuchte es noch einmal, diesmal vorsichtiger, und schaffte es, in ihren Sommerbademantel zu schlüpfen. Ihre Hand zitterte so stark, dass sie mehrere Anläufe brauchte, um den Gürtel zu binden.

Heather streckte beide Hände mit den Innenflächen nach unten vor sich aus. Es bestand kein Zweifel daran, dass der Traum, an den sie sich nicht mehr erinnern konnte, eine Botschaft des Schreckens und der Verzweiflung enthielt. Aber das war nicht die Ursache für ihr Zittern. Der Tremor zeigte sich nur in der linken Hand und hatte sich in den letzten zwei Wochen verschlimmert – eine Nebenwirkung ihres neuen Neuroleptikums Thorazine.

Sie bereute, Dr. Sigmund davon erzählt zu haben, dass sie unter aufwühlenden Träumen litt, an die sie sich später nicht mehr erinnern konnte. Denn die Ärztin hatte daraufhin erst die Dosis erhöht und Heather dann ein anderes Medikament verschrieben, das ihr zu einem ruhigen Schlaf verhelfen sollte. Sie befürchtete, dass die Träume ihre Patientin auch tagsüber verfolgen könnten, wenn sie noch intensiver wurden. Die Nebenwirkungen, so hatte Dr. Sigmund Heather und ihren Eltern versichert, würden abklingen, sobald sie auf die optimale Dosis eingestellt war.

Eine Dusche. Das war es, was sie jetzt brauchte. Negative Gedanken brachten überhaupt nichts in Ordnung.

Als sie in den Korridor hinaustrat, stieß sie fast mit ihrer Mutter zusammen.

»Hoppla! Tut mir leid, Mom, ich hatte nicht die Absicht, dich über den Haufen zu rennen.«

»Ich wollte dich eben zum Frühstück holen«, sagte Mrs. McFarland mit einem Lächeln. Das helle Morgenlicht hob die Linien hervor, die sich in ihr Gesicht gegraben hatten. Heather kam es so vor, als wäre ihre Mutter während der letzten paar Monate um zehn Jahre gealtert.

»Kann ich vorher noch duschen?«

»Sicher, aber beeil dich. Die Smythes werden in einer halben Stunde hier sein.«

»Okay, ich bin gleich unten«, versprach Heather, während sie das Bad betrat und die Tür hinter sich schloss.

Nachdem sie ihre Haare gewaschen und eine Massagedusche

genommen hatte, um ihren Nacken zu entspannen, fühlte sich Heather endlich wieder gesellschaftsfähig. Sie streifte eine Sommerbluse über, stieg in ein Paar verwaschene Jeans und ging hinunter in die Küche.

Obwohl die Pfannkuchen und der Schinkenspeck mit Ei großartig schmeckten, wollte sich die gemütliche Atmosphäre ihrer früheren Wochenendzusammenkünfte nicht so recht einstellen. Das Gespräch ihrer Eltern wandte sich der Ermordung des Präsidenten zu, ein Thema, das wenig Platz für lockere Bemerkungen ließ.

Heather ertappte Mark dabei, wie er ihre linke Hand anstarrte, obwohl er den Blick sofort wieder abwandte. Es war dumm, sich über eine so banale Sache aufzuregen, aber sie reagierte in diesem Punkt eben empfindlich. Nach dem Frühstück konnte es Heather kaum erwarten, vom Tisch aufzustehen.

Als sie ihr Gedeck in die Spülmaschine räumte, gesellte sich Mark zu ihr.

»Kannst du auf einen Sprung zu uns rüberkommen? Wir müssen reden.«

Heather schaute ihm in die Augen, entdeckte aber keine Spur von der Missbilligung oder Besorgnis, mit der sie gerechnet hatte.

»Wenn es nicht zu lange dauert ...«

»In Ordnung. Jen und ich warten auf dich.«

Heather fand die Zwillinge in der Ecke der Garage, die sie seit geraumer Zeit als ihre Werkstatt bezeichneten. Jennifer lehnte mit verschränkten Armen an der Werkbank. An ihrem selbstgefälligen Gesichtsausdruck und den Gewitterwolken, die hinter Marks Stirn lauerten, konnte Heather erkennen, dass sie gerade eine heftige Diskussion unterbrochen hatte.

Marks Miene hellte sich auf, als er sie sah.

»Ich bin ganz bestimmt nicht hergekommen, um gleich wieder in einen Streit verwickelt zu werden«, sagte Heather, als sie auf die beiden zuging.

Mark schluckte. »Ich will doch gar nicht mit dir streiten.«

»Nur mit mir«, warf Jennifer ein.

»Das ist nicht fair, und du weißt das ganz genau.«

»Echt?«

Heather hob beide Hände. »Mir egal. In letzter Zeit scheinen wir alle nur noch zu streiten. Ich habe das so satt.«

Mark atmete tief durch, und Heather merkte, wie sich seine Gesichtsmuskeln entspannten.

»Okay. Verstanden.«

»Also, was wolltet ihr mit mir besprechen?«

Jennifer beugte sich vor. »Er will, dass wir uns in das Rho-Projekt hacken.«

»Was?«

»Das habe ich nicht gesagt.« Mark funkelte seine Schwester wütend an. »Aber wir müssen wissen, was in diesem Labor vorgeht und was wir dagegen unternehmen können.«

Er deutete auf den Laptop, der auf der Werkbank stand. »Seit diesem verdammten Forschungswettbewerb haben wir nichts getan, außer diesen Computer laufen zu lassen, damit Jack und Janet ihn mithilfe des QZ-Links auf ihrem Laptop benutzen können. Wir waren so mit unseren eigenen Problemen beschäftigt, dass wir einfach die Köpfe in den Sand gesteckt haben – in der Hoffnung, Jack und Janet würden irgendwie ein Wunder wirken und das Rho-Projekt stoppen.«

Heather spürte, wie ihre Herzfrequenz eine oder zwei Stufen nach oben kletterte. »Ich wüsste nicht, was wir sonst tun könnten.«

»Mehr als nichts geht immer. Wir könnten wieder selbst in das Spiel einsteigen.«

Jennifer lachte. »Du scheinst zu vergessen, dass wir schon mal mitgemischt haben. Oh, wir waren sehr erfolgreich. Der NSA-Boss tot. Der FBI-Direktor tot. Präsident Harris tot. Jacks Team ausgelöscht. Jack und Janet auf der Flucht. Dr. Stephenson einflussreicher denn je. Gesteh es dir endlich ein, Mark. Wir haben das Spiel verloren.«

»Ganz zu schweigen von der Tatsache, dass wir das zweite Schiff nicht mehr haben«, gab Heather zu bedenken. »Stephenson hat es.«

»Klar ist das alles blöd gelaufen. Das weiß ich auch. Aber mit jeder Sekunde, die verstreicht, kommt Stephenson mit seinem Rho-Projekt ein Stück voran. Und das jagt mir eine Scheißangst ein.«

Heather starrte ihn an. Nie in all den Jahren, die sie ihn kannte, hatte Mark zugegeben, dass er vor irgendetwas Angst hatte. Im Hintergrund ihres Denkens wirbelten Wahrscheinlichkeitsgleichungen. Irgendetwas war geschehen, das er vor ihnen verbarg.

»Und was genau schlägst du vor?«

Ihre Blicke trafen sich. »Ich weiß nicht, warum das geschah – aber wir waren diejenigen, die das zweite Schiff entdeckten. Wir waren diejenigen, die es auserwählte und veränderte.«

»Yeah«, sagte Jennifer. »Wir und der Lumpenmann.«

»Mark«, wandte Heather ein, »das Schiff hätte wahrscheinlich jeden verändert, der eines der Headsets überstreifte.«

»Mag sein. Ist aber auch nicht wichtig. Im Augenblick jedenfalls sind wir die Auserwählten. Und ich glaube, unser Planet geht den Bach runter, wenn wir den Kampf nicht aufnehmen, so wie all die anderen Planeten, die vernichtet wurden, wenn wir die Bilder und die Symbolik auf dem zweiten Schiff richtig gedeutet haben.«

Die Selbstgerechtigkeit schwand aus Jennifers Zügen. Heather konnte sehen, dass Mark auch sie nachdenklich gemacht hatte.

Jetzt trat er so nahe an Heather heran, dass ihr keine andere Wahl blieb, als ihre ganze Aufmerksamkeit auf sein Gesicht zu konzentrieren.

»Nun – was sagen dir deine Wahrscheinlichkeitswerte?«

Heather spürte, wie die Blockade in ihrem Kopf allmählich Risse bekam. Es war keine Vision, die sie erlebte, eher ein Umordnen der Gleichungen in ihrem Kopf, während sie Stufe um Stufe ein vieldimensionales Matrixsystem durchwanderten. Ein paar Sekunden lang stand sie einfach da, so verstrickt in die Komplexität der Zahlen, dass sie die Anwesenheit von Mark und Jennifer fast vergaß. Erneut erfasste sie ein Schwindelgefühl, und sie ließ sich auf den Stuhl neben der Werkbank sinken.

»Heather?«, fragte Mark. »Geht es dir nicht gut?«

Als sie wieder aufschaute, schob sie entschlossen das Kinn vor.
»Ich schlage vor, dass wir sofort anfangen. Wir haben eine Menge Arbeit vor uns.«

KAPITEL 77

Mark hatte über drei Stunden meditiert, mit regelmäßigen Pausen, in denen er mental festhielt, was er fühlte. Der Gedanke war ihm gekommen, kurz nachdem er abends das letzte Stück von Mrs. McFarlands legendärem Apfelkuchen genossen hatte und der köstliche Geschmack auf seiner Zunge nur noch Erinnerung war.

Erinnerung. Dank der neuronalen Verstärkung, die er auf dem zweiten Schiff erhalten hatte, war sein Erinnerungsvermögen in jeder Hinsicht perfekt. Auf der Couch sitzend, hatte er im Geiste seine Empfindungen zurückgespult, hatte die Kruste gespürt, die Süße der frischen Äpfel, das geschmeidige kühle Vanilleeis, das sich im Mund mit der noch warmen Füllung vermischte. Er konnte all das fühlen, schmecken, riechen, als würde er den Kuchen in diesem Moment essen. Erstaunlich.

Aber wenn das bei einem alltäglichen Erlebnis wie dem Essen funktionierte, konnte er vielleicht mit der gleichen Technik seine Emotionen unter Kontrolle bringen. Das Problem bei der Meditation war, dass sie viel Zeit in Anspruch nahm. Aber das Erinnern selbst vollzog sich im Nu. Wenn er das Gefühl im Geiste zurückspulen konnte, jede Einzelheit genauso wie während der Meditation, dann musste es möglich sein, genau den gleichen Gehirnstatus zu erreichen.

Mark zog sich in sein Zimmer zurück, nahm auf dem Bett eine bequeme Sitzposition ein und beschwor die Gefühle herauf, die eine seiner Meditationssitzungen begleitet hatten. Im nächsten Moment war er dort, ruhig, aber vollkommen wach. Er glaubte jedes Härchen auf seiner Haut zu spüren. Für ihn bestand nicht der geringste Zweifel daran, dass sein Gehirn einem Messgerät in diesem Moment das gleiche Wellenmuster gezeigt hätte wie während der vergangenen Meditation.

Begeistert von seiner neuen Entdeckung durchwanderte Mark diverse Abschnitte früherer Meditationen und passte ihnen seinen Gehirnstatus an. Dabei stellte er fest, dass er ein besseres System zum Rückholen exakter Meditationslevel benötigte, je nachdem welchen Zustand er erreichen wollte. Und er griff Jennifers Idee auf, Erinnerungen unter bestimmten Schlagworten in ein Schema einzuordnen, um sie bei Bedarf rasch abrufen zu können. Anstatt jedoch in die Vergangenheit zu gehen und von dort aus Teile alter Meditationen zu kennzeichnen, begann er ganz von vorne, drang mittels der unterschiedlichsten Versenkungstechniken in immer tiefere Schichten vor und setzte unterwegs mentale Tags an Punkten, die er seiner Ansicht nach schnell in sein Gedächtnis zurückholen konnte.

Er vollendete sein Werk mit der Annäherung an die totenähnliche Trance, mit der er Heather und Jen auf dem Sternenschiff erschreckt hatte. Dann verlagerte er seine Gedanken zurück in die Realität.

Er sprang vom Bett auf und reckte eine Faust triumphierend in die Luft. »Yeah!«

Trotz der neuronalen Verstärkung, die ihre Gehirne auf dem zweiten Schiff erhalten hatten, war ein Großteil dieses Potenzials völlig untrainiert und musste erst noch erforscht werden. Mark hatte keine Ahnung, was er auf diesen unerschlossenen neuronalen Bahnen antreffen würde, aber nach dem heutigen Erfolg brannte er darauf, es herauszufinden. Schließlich war ihm an diesem Abend auf Anhieb etwas geglückt, um das er sich seit Wochen vergeblich bemüht hatte: Er hatte sein inneres Gleichgewicht zurückgewonnen.

KAPITEL 78

So dicht davor. Während Jennifers Finger über die Tastatur glitten, konnte Heather spüren, wie die Gleichungen in ihrem Kopf zusammenliefen. Die Software-Näherungen, die Jen am Computer implementiert hatte, waren fast innerhalb der Toleranz, die Heathers mathematische Ableitungen zuließen.

Vor zwei Wochen hatten sich die drei Freunde in das neue Projekt gestürzt, eine Miniaturversion des Subspace-Empfänger-Transmitters zu bauen. Damit er wirklich leicht zu transportieren war, durfte er nicht größer als ein Laptop sein und musste neben einer internen Stromquelle einen Wellenpaket-Generator enthalten. Letzteres stellte die eigentliche Herausforderung dar.

Zur Erzeugung der Wellenpakete, die den geeigneten Frequenzbereich für die winzigen Gamma-Pulse lieferten, musste der Laptop modifiziert werden. Das bedeutete den zusätzlichen Einbau von vier CPU-Chips und vier Gleitkommaprozessoren. Doch selbst diese Aufrüstung erwies sich als unzureichend, bis Heather eine mathematische Näherungsmethode ausarbeitete, die deutlich schnellere Rechenergebnisse lieferte.

Die Nachrichten, die aus aller Welt eintrafen, bestärkten sie in dem Gefühl, dass Eile vonnöten war. Man hatte dem Antrag des neuen Präsidenten stattgegeben, eine UN-Sonderversammlung einzuberufen, und noch nie hatte ein Oberhaupt der Vereinigten Staaten bei den traditionell eher feindseligen UN-Delegierten einen so begeisterten und anhaltenden Beifall ausgelöst. Der US-Präsident hatte nicht nur die Berechtigung der UN-Forderung auf Zugang zur Nanotechnologie des Rho-Projekts anerkannt, sondern obendrein das Versprechen gegeben, dass man ab Montag, dem 5. November, mit der weltweiten Verteilung des Serums beginnen wolle – ein Datum, das genügend Zeit ließ, die Produktion anzukurbeln und die nötige Genehmigung des Kongresses einzuholen.

Letzteres hatte sich als die größere Hürde erwiesen, da sich eine kleine, aber lautstarke Minderheit dem Plan vehement widersetzte. Die Freigabe im Repräsentantenhaus stand fest, aber der Senat schien die Dreifünftel-Mehrheit, die für die sogenannte »Cloture« – den Abbruch der Filbuster-Verzögerungstaktik – nötig war, nicht ganz zu erreichen. Bis zum gestrigen Tag zumindest, als bekannt wurde, dass der Anführer der Opposition, Senator Pete Hornsby aus Maine, auf der Rückfahrt von einem Erholungswochenende in Bar Harbor bei einem Autounfall auf dem Acadia Byway in seinem Wagen verbrannt war.

Heather ließ ihren Blick von dem modifizierten Laptop zu Mark hinüberwandern, der angespannt beobachtete, wie Jennifer noch einmal die – hoffentlich letzten – Software-Korrekturen überprüfte. Ohne Marks unglaublich ruhige Hand beim Feinlöten wären ihnen niemals die erforderlichen Schaltungsänderungen gelungen. Mit ihrer zitternden Linken wäre das einfach nicht möglich gewesen. Und auch Jennifer besaß nicht die absolute Kontrolle über ihre neuromuskulär verstärkte Feinmotorik, die sich in jeder von Marks Bewegungen manifestierte. Seine Hand, unter dem Mikroskop betrachtet, zuckte nicht ein einziges Mal.

»Fertig.« Jennifers Stimme riss Heather aus ihren Gedanken. Sie wandte sich wieder dem Computerschirm zu.

Ein Blick verriet ihr alles, was sie wissen musste. Jennifers Programm arbeitete noch besser, als sie gehofft hatten.

»Schöner geht das gar nicht«, lobte Heather und legte Jennifer einen Arm um die Schultern.

Mark grinste breit. »Das muss man dir lassen, Jen. An den Tasten übertrifft dich keiner.«

Zum ersten Mal seit Wochen schenkte Jennifer ihrem Bruder ein Lächeln, eine Gefühlsregung, die bei Heather einen schwachen Hoffnungsschimmer auslöste. Seit der Entdeckung des zweiten Schiffs hatten die Zwillinge kaum noch ein Wort miteinander gewechselt. Das und die seltsame neue Aura der Selbstsicherheit, die Jennifer seit Kurzem umgab, hatte sie schon befürchten lassen, dass sich die Kluft zwischen den beiden immer mehr vertiefen könnte. Und das hätte sie als eine echte Tragödie empfunden.

Heather verfolgte mit den Augen die Daten, die über den Bildschirm glitten, und gab sie an ihr Savant-Gehirn weiter, das die ausgelesenen Werte mit den Modellgleichungen des Programms verglich. Gut. Besser als gut.

Sie nickte. »Sieht so aus, als könnten wir einen Testlauf starten.«

»Na endlich«, sagte Mark.

Er fieberte seit Wochen vor Ungeduld, weil er unbedingt mehr über Stephensons Pläne herausfinden wollte. Anfangs hatte er sogar vorgeschlagen, den Computer und Subspace-Transmitter einzusetzen, der bereits in Betrieb war, aber Heather hatte ihm das ausgeredet. Der häufige Zugriff auf dieses System bedeutete, dass Jack und Janet einer wichtigen Sache auf der Spur waren. Wenn sie es mitbenutzten, mussten sie die beiden zeitweise abkoppeln, ein Gedanke, der Heather mit einer unerklärlichen Angst erfüllte.

»Hast du die Ortsangaben für mich?«, fragte Jennifer.

Mark diktierte die Koordinaten für den L-förmigen Bau der Rho-Abteilung. »35,833 33 Grad nördliche Breite, 106,303 03 Grad westliche Länge.«

Jennifer startete eine neue Funktion des Programms, das sie eben vollendet hatte, einen Suchlauf, der die Koordinaten in winzigen Schritten änderte und dabei die unmittelbare Umgebung der jeweiligen Örtlichkeit nach Computernetzen abtastete. Über eine Minute konzentrierte sie sich auf die Anzeigen, während der Scan lief.

Schließlich schaute sie auf. »Sieht so aus, als hätten wir einhundertdreizehn separate Subnetze in dem Gebäude.«

Mark zuckte die Achseln. »Such dir irgendeines davon aus.«

»Warum nicht?«, stimmte Heather zu. »Wir werden sie ohnehin alle checken müssen.«

»Okay, aber es kann eine ganze Weile dauern, bis wir aus den Daten all dieser Subnetze schlau werden.«

»Versuch eines herauszufiltern, das Dr. Stephenson benutzt«, schlug Mark vor.

»Das dürfte nicht so leicht sein.«

»Es müsste uns gelingen, Stephensons Aktivitäten durch die

Art, wie andere auf ihn reagieren, zu ermitteln«, meinte Heather. »Dad sagt, dass er seine engsten Mitarbeiter bis aufs Blut schindet.«

Jennifer überlegte einen Moment. »Okay. Das ist einen Versuch wert. Wenn ich auf eine Kommunikationskette stoße, könnte ich die Datenpakete nach der IP-Adresse des Computers durchforsten, den Stephenson benutzt.«

»Er benutzt vielleicht mehr als einen«, warf Heather ein.

»Höchstwahrscheinlich sogar. Uns bleibt nur die Brotkrumen-Navigation.«

Plötzlich beugte sich Jennifer vor und starrte die Scan-Daten an, die über den Bildschirm liefen. »Also, das ist komisch.«

»Was?«, fragten Mark und Heather gleichzeitig.

»Keine Ahnung. Das sieht nach einem weiteren Computersystem in dem Gebäude aus, aber es verwendet keines der üblichen Internetprotokolle, zumindest keines, das ich kenne. Wenn ich den Datenfluss richtig deute, handelt es sich um eines dieser gigantischen neuen Parallelsysteme, die das Labor gerade entwickelt.«

»Wie kommst du darauf?«, erkundigte sich Mark.

»Die Daten schwirren in einem eng begrenzten Bereich hin und her, tauchen an verschiedenen Netzknoten auf und verschwinden wieder.« Auf Jennifers zarten Zügen breitete sich plötzlich Fassungslosigkeit aus. »Himmel, für mich ergibt das überhaupt keinen Sinn mehr!«

»Vielleicht sind die Daten verschlüsselt«, meinte Jennifer und warf einen Blick über Jennifers Schulter.

»Möglich. Aber ich kann mit dem Datenfluss einfach nichts anfangen. Muss ein völlig neuer neuronaler Netztyp sein.«

Mark versteifte sich. »Oder ein ganz alter. Wäre es möglich, dass du dich in die Computer auf dem Rho-Schiff gehackt hast?«

Heather wechselte einen entsetzten Blick mit Jennifer.

»Verdammter Mist!«

KAPITEL 79

Raul spürte die Anomalie als Kribbeln auf der Haut. Er unterbrach seine Reparaturarbeiten und ließ sein Bewusstsein durch das neuronale Netz des Schiffs wandern. Die Störung war winzig, eine Power-Abweichung, die beinahe wahllos zwischen den neuronalen Knoten hin und her sprang und stichprobenartig die Knotenstärke testete, bevor sie weiterwanderte.

Irgendwer schnüffelte hier herum!

Diese Erkenntnis raubte ihm schier die Fassung. Jemand war von außen in die Systeme des Rho-Schiffs eingedrungen, etwas, das den Forschern in all den Jahren, die sie nun schon mit dem Rho-Projekt beschäftigt waren, nicht mal ansatzweise gelungen war. Und bis vor wenigen Momenten hatte Raul selbst das auch für völlig unmöglich gehalten.

Raul begann mit Hochdruck zu arbeiten. Er bezog sämtliche wieder instand gesetzten Teile des ausgedehnten neuronalen Netzes in seine Analyse mit ein. Wenn er nur die Wiederherstellung der Datenspeicher stärker vorangetrieben hätte! Vielleicht enthielten sie den einen oder anderen Hinweis, der Aufschluss über dieses seltsame Phänomen geben konnte. Stattdessen war er so mit der Reparatur der Disrupter-Zellen beschäftigt gewesen, dass er die Arbeit an den Computersystemen des Schiffs sträflich vernachlässigt hatte. Diese Entscheidung kehrte sich jetzt gegen ihn. Nun, das ließ sich nicht mehr ändern. Raul musste sich mit den Tools begnügen, die ihm zur Verfügung standen.

Als er die Eigenschaften und das Muster der Anomalie zu erkunden begann, verschwand sie so unvermittelt, wie sie aufgetaucht war. Seltsam. Hatte man bemerkt, dass er ihr nachspürte? Raul spielte das Ereignis noch einmal durch und achtete dabei auf jedes Detail des Eindringens.

Das schwache Signal war urplötzlich da gewesen und hatte sich in Sprüngen durch sein neuronales Netz bewegt. Das allein fand er schon faszinierend. Es war nirgends eine Spur des Eindringens zu erkennen. Das Signal war an mehreren Punkten wie aus dem Nichts aufgetaucht.

Aus dem Nichts! Fast wie das Phänomen seiner Wurmfasern ...

Raul überprüfte noch einmal alle Daten und verknüpfte sie mit den Gravitationsmesswerten der anderen Instrumente. Bis auf den niedrigen Gravitationsfluss des Rho-Schiffs selbst war nichts Ungewöhnliches zu entdecken – und ganz sicher nichts von der Größenordnung, die eine solche Gravitations-Singularität erzeugt hätte.

Also konnte es sich hier keinesfalls um eine Gravitiations-technologie handeln. Damit wurde eine Subspace-Manipulation sehr viel wahrscheinlicher. Und der Subspace war die technische Spielwiese der Altreianer.

Raul spürte, wie sein Herz schneller schlug. Hatten es die Altreianer am Ende irgendwie geschafft, das Rho-Schiff bis zur Erde zurückzuverfolgen? Mist! In seinem immer noch stark beschädigten Zustand konnte das Schiff einem feindlichen Angriff niemals standhalten. Falls sie es also tatsächlich versuchten, dann saß er hier in der Falle. Es war, als befände er sich in einer Flasche, die jeden Moment vom Zaun geschossen werden konnte.

Andererseits erschien ihm dieses Szenario unwahrscheinlich. Raul untersuchte daraufhin noch einmal jeden einzelnen Messwert, der mit dem Spähversuch in Zusammenhang stand. Das Signal war viel zu schwach für einen Scan der Altreianer. Und es wirkte irgendwie wahllos, als hätte der Schnüffler überhaupt nicht gewusst, worauf er da gestoßen war. Wäre das Signal von den Altreianern gekommen, hätte es genug Energie besessen, um gleichzeitig das gesamte neuronale Netz und alle anderen Bordsysteme zu vernichten.

Raul sah sich um. Getragen von einem Stasisfeld, schwebte er mitten im Raum. Die künstliche Linse, die sein rechtes Auge ersetzte, bewegte sich in der Augenhöhle. Schließlich kam er zu dem Schluss, dass er dieses Rätsel nur lösen konnte, wenn er die Computersysteme verbesserte. Zu lange hatte er den nächsten konsequenten Schritt hinausgezögert, den drastischen Eingriff, der ihn noch enger und effektiver an das Schiff binden würde.

Raul hatte geglaubt, er sei längst über jede dieser banalen Ängste hinausgewachsen, aber nun, da er sich zum Handeln gezwungen sah, bekam er weiche Knie. Ein Blick auf seinen Torso, der an den Hüften endete, ließ ihn schmunzeln. Nun, vielleicht doch nicht ganz.

Mit einem tiefen Atemzug wandte er sich der »Nabelschnur« zu, die ihn mit dem Schiff verband, und ließ das Stasisfeld die benötigten chirurgischen Utensilien herrichten. Der Stiel, auf dem sein künstliches Auge saß, verlängerte sich zu einem dünnen, biegsamen Schlauch, der so weit reichte, dass Raul die Kabelstränge am Hinterkopf im Blickfeld hatte. Er besaß mittlerweile solche Übung im Umgang mit dem Stasisfeld, dass er die Instrumente steuern konnte, ohne seine Hände zu benutzen. Leider würde er die Operation bei vollem Bewusstsein vornehmen müssen. Und die Notwendigkeit, den Eingriff durch das neuronale Schiffsnetz überwachen zu lassen, bedeutete, dass er nicht einmal die Freiheit besaß, schmerzlindernde Maßnahmen zu ergreifen.

Isoliert und eingesponnen in das dämmergraue Licht, das hier im Herzen des Rho-Schiffs herrschte, war ihm nur noch eine einzige nennenswerte Freiheit geblieben: die Freiheit, seine Qual laut hinauszuschreien.

KAPITEL 80

»Scheiße, Mann!«

»Nichts wie weg da!«, keuchte Heather.

Jennifers Finger flogen bereits über die Tastatur und aktivierten blitzartig die Befehle, die den Subspace-Transmitter zu anderen Koordinaten wechseln ließen, zwar immer noch innerhalb des Rho-Gebäudes, aber auf einem konventionellen Computer-Subnetz.

Jennifer lehnte sich zurück. »Geschafft.«

»Gott sei Dank!« Jetzt erst merkte Heather, dass sie die ganze Zeit über den Atem angehalten hatte.

Mark hatte begonnen, vor der Werkbank auf und ab zu tigern. »Wisst ihr, was das bedeutet? Dieser verdammte Stephenson hat es irgendwie geschafft, das Computersystem der Aliens auf dem Rho-Schiff zu aktivieren. Gott weiß, wie lange er schon Zugriff darauf hat.«

Jennifer schüttelte den Kopf. »Nur weil er das Ding zum Laufen gebracht hat, heißt das noch lange nicht, dass er die Daten auch versteht. Sie sind anders als alles, was ich bisher gesehen habe.«

»Also, darauf würde ich aber keine Wette abschließen. Du, Heather?«

»Ich auch nicht. Die Wahrscheinlichkeit, dass er zumindest einen Teil des Systems durchschaut, liegt grob geschätzt bei 84,61538 Prozent.«

»Grob geschätzt?« Ein breites Grinsen ließ Marks Sorgenfalten einen Moment lang verschwinden.

Heather zuckte die Achseln. »Das sind immer noch zwei von dreizehn Möglichkeiten, dass ich mich täusche.«

»Na, dann hoffen wir mal, dass du dich täuschst«, meinte Jennifer. »Aus der Art und Weise, wie sich das fremde Datenmuster verändert hat, schließe ich, dass unser Eindringen bemerkt worden ist. Aber nicht von Dr. Stephenson, wenn ihr mich fragt.«

»Ich möchte lieber nicht darüber nachdenken, wer oder was sonst uns entdeckt haben könnte«, sagte Mark.

»Viel können wir nicht von uns preisgegeben haben«, entgegnete Heather. »Wir waren nur ein paar Sekunden in diesem Netz und haben uns dabei aufs Geratewohl zwischen den neuronalen Knoten hin und her bewegt. Es ist völlig ausgeschlossen, dass jemand das Subspace-Signal bis zu uns zurückverfolgt.«

»Soweit wir das abschätzen können«, schränkte Mark ein.

Heather schloss die Augen. »Worauf willst du hinaus? Dass sich uns Aliens an die Fersen geheftet haben? Auch das halte ich für höchst unwahrscheinlich.«

»Bitte keine Kommazahlen mehr! Wir glauben dir auch so.«

Sie wollte eben eine wütende Antwort vom Stapel lassen, als ihr Mark kurz zublinzelte. Er hatte sie nur ein wenig auf den Arm genommen – und sie wäre beinahe darauf hereingefallen.

Noch während sie ihn ansah, verschwammen plötzlich seine Gesichtszüge. Einen Moment lang schienen seine Augen tief in den Höhlen zu liegen, und fettige blonde Strähnen hingen ihm bis über die Schultern. Dann war die Vision vorbei, ebenso unvermittelt, wie sie Heather heimgesucht hatte.

Wann hatte sie zuletzt ihre Medizin genommen? Vor fünf Stunden und dreizehn Minuten. Die nächste Dosis war seit mehr als einer Stunde fällig.

»Sorry, Leute. Ich muss nach Hause und meine Pillen schlucken, sonst kreuzt Mom noch hier auf und schleppt mich heim.«

Jennifer zog eine Augenbraue hoch. »Und unser Test?«

»Ich weiß auch nicht. Meiner Ansicht nach ist es sicher, wenn ihr weiter nach Stephensons Computer sucht, solange ihr keinen Zugriff auf das Schiff selbst mehr versucht. Ich würde gern bleiben und euch helfen, aber das geht leider nicht. Wir sehen uns dann morgen.«

Als sie sich zum Gehen wandte, spürte Heather, wie sich eine neue Vision in ihrem Innern aufbaute. Ohne sich noch einmal umzudrehen und den Freunden zum Abschied zuzuwinken, schlug sie die Tür hinter sich zu und rannte los.

KAPITEL 81

Nach Mitternacht verdichtete sich die Stille, die in das Gewirr der seltsamen Räume und Korridore von Henderson House kroch, bis man sie fast auf der Haut spüren konnte. Sie kam mit dem Wechsel der Abend- auf die Nachtschicht. Das Personal, das jetzt einrückte, war eine Rumpfbesetzung. Sie bestand hauptsächlich aus Wachleuten, die sich auf ihre Stationen zurückzogen und sich dort, umgeben von Monitoren, die alles wiedergaben, was die schwarzen gläsernen Glotzaugen im Gebäude aufzeichneten, in die phantastischen Welten der K-Zwillinge King und Koontz vertieften. Die Kameras in den Glasgehäusen befanden sich fast überall, gekoppelt mit Bewegungsmeldern und an Computer angeschlossen, deren Auswertungs-Software raffinierte Algorithmen verwendete, um bei ungewöhnlichen Vorkommnissen augenblicklich die Sicherheitskräfte zu alarmieren.

Einer dieser Monitore zeigte einen Wärter neben einem Putzkarren, der ein ganzes Sortiment an Wischmopps, Besen und Eimern enthielt, dazu Chemikalien, die so stark waren, dass sie allein durch ihren Geruch sämtliche Keime abtöteten. Der Mann hatte seine Schicht in einem blütenweißen Coverall begonnen, doch nun tropfte bräunliches Wasser von seinem linken Ärmel, weil er ihn in einen Eimer getaucht hatte, um eine untergegangene Schrubberbürste zu bergen. Sein Kopf mit dem grau melierten, militärisch kurz geschnittenen Haar bewegte sich in einem hypnotischen Rhythmus hin und her, während er mit einem breiten Mopp langsam über den gefliesten Boden wischte und bei jedem Schwung das *Grateful Dead*-Tattoo entblößte, das seinen rechten Unterarm bedeckte.

Nun stellte der Wärter seinen Mopp in den Putzeimer zurück und schob seinen Karren um die Ecke, wo ein schmaler Gang zu den öffentlichen Toiletten und dann nur noch zu einer großen Besenkammer führte. Umständlich holte er einen schweren Schlüsselring hervor, sperrte sie auf, und schob den Karren in die Kammer und schloss die Tür hinter sich.

Die einsame 40-Watt-Funzel zwang ihn, einen Moment lang abzuwarten, bis sich seine Pupillen an das trübe Licht gewöhnt hatten. Ein paar Sekunden lang verbargen die harten Schatten der Doppelspüle die Abflussrohre. Der Putzmann nahm die Brille mit den extrem dicken Gläsern ab, deponierte sie auf einer Ablage und rieb sich mit den Fingern die Augen. Dann tauchte er, ohne erst das Schmutzwasser ins Becken zu kippen, den feuchten linken Arm bis zum Boden in den Eimer und holte einen Plastikbeutel heraus.

Er trocknete ihn mit einem Handtuch ab, öffnete den Druckverschluss und entnahm dem Beutel ein kleines Aufnahmegerät sowie ein Mikrofon, das an einer etwa zehn Meter langen, dünnen Schnur befestigt war. Rasch schob er den winzigen Bananenstecker in die Buchse am Recorder, ging in die Knie und fädelte das Mikro durch die Schlitze des Ablaufgitters, das sich im Boden unter der Spüle befand. Nun verstaute er den Recorder hinter einem der gekrümmten Abflussrohre und stellte einen besonders übel riechenden Laugeneimer so unter das Becken, dass er das Mikro und den Recorder völlig verdeckte.

Nachdem er sich aufgerichtet und kurz sein Kreuz massiert hatte, setzte er die Brille wieder auf und schob den Putzkarren zurück in den Gang. Er machte das Licht aus und sperrte sorgsam die Tür zu, ehe er sein monotones Hin und Her mit dem Wischmopp fortsetzte, das ihn praktisch unsichtbar für die Wächter und ihre Monitore machte.

Er hatte in den vergangenen sechs Wochen einen Großteil seiner Ersparnisse verbraucht und bei diversen Unterwelttypen die Gefallen eingefordert, die sie ihm noch schuldeten, um sich eine falsche Identität zu verschaffen, die allen Sicherheitschecks standgehalten und ihm zu diesem Putzjob verholfen hatte. Und er hegte nicht den geringsten Zweifel daran, dass sich diese Investition mehr als auszahlen würde.

Schon einige Male hatte er in der tiefen Stille, die nach Mitternacht in Henderson House herrschte, Geräusche vernommen, die aus den Tiefen der Behinderteneinrichtung zu ihm heraufdrangen, aus den abgeriegelten Kellergeschossen, zu denen er keinen Zutritt hatte. Manchmal klangen sie wie ferne Schreie. Dann wieder deuteten sie auf noch weitaus schlimmere Dinge hin. Denn bisweilen waren die Laute so abnorm und fremdartig, dass es ihm fast so schien, als wären sie seiner Phantasie entsprungen.

Aber wenn sich seine Exfrauen in einer Sache einig waren, dann darin, dass er nicht die Spur von Phantasie besaß. Während er den Wischmopp gleichförmig hin und her bewegte, umspielte ein schwaches Lächeln Freddy Hagermans Mundwinkel. Phantasie – also wirklich!

KAPITEL 82

Mark schaute allein bei ihr vorbei.

»Wo ist denn Jennifer?«, fragte Heather, als sie die Haustür öffnete.

»Hat beschlossen, sich ins wahre Leben zu stürzen.«

»Jennifer?« Sie konnte es nicht glauben.

»Genau die.«

Ehe Heather ihn genauer ausfragen konnte, betrat ihre Mutter das Wohnzimmer, immer noch im Sonntagsstaat. »Hallo, Mark. Wo ist denn Jennifer?«

»Hi, Mrs. McFarland. Jennifer war schwer beschäftigt. Deshalb müssen Sie heute mit mir vorliebnehmen.«

Mrs. McFarland ging lächelnd in Richtung Garagentür. »Du bist uns ebenfalls herzlich willkommen, Mark. Leider habe ich noch ein paar Sachen in der Stadt zu erledigen. Aber im Kühlschrank sind einige Reste, falls ihr Hunger bekommt.«

Als die Tür hinter ihr ins Schloss gefallen war, ließ sich Heather auf die Couch plumpsen und sah Mark erwartungsvoll an. Endlich konnten sie ungestört miteinander reden. Sie wusste, dass Mark schon länger auf diese Gelegenheit gewartet hatte. »Okay. Spuck es aus. Was ist mit Jen los?«

Mark schüttelte den Kopf. »Du weißt ja selbst, wie komisch sie sich in den vergangenen Wochen benommen hat. Letzte Nacht schlich sie sich aus dem Haus und zog mit einigen dieser Cheerleader-Tussis los.«

Heather klappte das Kinn runter. »Sie hat sich aus dem Haus geschlichen?«

»Ja. Nachdem Mom es ihr ausdrücklich verboten hatte.«

»Das ist nicht dein Ernst!«

»Doch. Ich wollte es selbst nicht glauben. Sie kriegte einen Riesenkrach mit Dad.«

»Kann ich mir denken. Hast du schon mit ihr geredet? Sie muss ja ganz schön durch den Wind sein.«

»Den Eindruck hatte ich ganz und gar nicht. Ich schaute heute Morgen kurz bei ihr vorbei, und da saß sie an ihrem Laptop, als wäre nichts gewesen. Sie lachte nur, als ich sie ausfragen wollte.«

Heather runzelte die Stirn. »Mark, ich mache mir ernsthaft Sorgen um sie.«

»Dann sind wir schon zu zweit.«

»Irgendetwas verschweigt sie uns. Seit diesem Forschungswettbewerb hat sie sich verändert, und zwar auf eine ganz und gar unverständliche Art und Weise.« Sie hatte sich wahrscheinlich in letzter Zeit zu wenig um Jen gekümmert, da sie genug eigene Probleme am Hals hatte.

»Das begann eigentlich schon früher. Ich hätte stutzig werden sollen, als sie anfing, nachts zu joggen.«

»Das klingt so gar nicht nach ihr. Seit wann geht das denn?«

»Mir fiel es erstmals gegen Ende des letzten Schuljahrs auf. Aber ich war so in meine Arbeit vertieft, dass ich nicht weiter in sie drang.«

»Wie oft joggt sie?«

»Jede Nacht, glaube ich.«

Heather spürte, wie sich ihr Magen verkrampfte. »Sie ist zum Schiff gelaufen!«

Mark schlug sich mit der flachen Hand gegen die Stirn. »Verdammt noch mal, jetzt wird mir einiges klar! Das hat sie vor uns geheim gehalten.« Mark schien nicht weiter überrascht, dass Jen etwas vor ihm verborgen hatte, aber schließlich waren sie Zwillinge. Für Heather dagegen war dieses Verhalten völlig neu.

»Es erklärt, wie wir plötzlich in diesen Raum gelangen konnten, der sich vorher nie öffnen ließ«, sagte sie. »Jen muss eine Möglichkeit entdeckt haben, den Zugriff auf die Schiffscomputer zu erweitern. Und irgendwie hat dieses zusätzliche Wissen sie verändert.«

»Sie hat den nächsten Schritt geschafft. Aber was können wir da tun?«

Heather schloss die Augen. Sie hatte das Gefühl, dass in den Tiefen ihres Gehirns eine wichtige Erkenntnis lauerte, zum Greifen nahe und doch noch nicht abrufbar. »Ich weiß es nicht.«

Mark beugte sich vor, und seine tiefbraunen Augen ließen Heather nicht mehr los. »Da ist noch etwas, das ich mit dir besprechen möchte. Aber nur, wenn du nicht wieder wütend auf mich wirst …«

Heather merkte, wie sie sich anspannte. Mann, klasse, dachte sie, jetzt kommt es.

»Nicht nur Jennifer hat sich verändert«, fuhr er fort. »Das Gleiche gilt für uns. Bei ihr ging es nur etwas schneller, höchstwahrscheinlich wegen ihrer häufigen Besuche auf dem Schiff. Aber ich hatte den ganzen Sommer über zu kämpfen, weil ich immer wieder die Selbstbeherrschung verlor. Und bei dir sind es diese Visionen.«

»Fang nicht wieder damit an!«

Mark schluckte, ehe er weitersprach. »Ich habe nicht die Absicht, dir Vorwürfe zu machen. Ich möchte dich nur um einen Gefallen bitten.«

»Schieß los. Aber ich kann dir nichts versprechen.«

»Ich will gar nicht so tun, als könnte ich nachempfinden, wie schwer das alles für dich war. Aber ich musste auch einiges vor euch verbergen. Mir fiel es immer schwerer, meine Gefühle zu kontrollieren. Schon die geringste Kleinigkeit löste so etwas wie einen Wahnsinns-Adrenalinschub aus und brachte mich total zum Ausflippen.«

»Klingt nach PMS«, meinte Heather und bereute schon im nächsten Moment die flapsige Bemerkung.

Mark nickte. »Das habe ich vermutlich verdient. Aber beim Prämenstruellen Syndrom rastest du nicht so aus, dass du am liebsten alles kurz und klein schlagen möchtest. Die Menschen in deiner Umgebung inbegriffen. Letzte Woche hätte ich Jennifer um ein Haar einen Hieb verpasst, und zwar nicht bloß einen freundschaftlichen Rempler. Ich hätte sie umbringen können.«

Heather glaubte ihm, als sie das Entsetzen in seinen Augen las. Du liebe Güte! Wohin sollte das alles nur noch führen?

»Aber dann entdeckte ich etwas. Du weißt, wie intensiv ich meine Meditationstechniken eingeübt habe. Der Nachteil beim

Meditieren ist jedoch, dass es zu viel Zeit kostet. Zumindest war das bisher so.«

»Was meinst du damit?« Mark hatte jetzt Heathers volle Aufmerksamkeit.

»Ich erkannte plötzlich, dass ich mich auf Anhieb in eine bestimmte Meditationsübung versenken kann, weil ich mich genau daran erinnere, was ich fühlte, als ich diesen Zustand zum ersten Mal erreicht habe. Denk mal darüber nach. Wir haben alle drei dieses perfekte Gedächtnis. Erinnern heißt für uns, eine Sache noch einmal zu erleben. Jedenfalls begann ich, sobald mir das klar geworden war, im Geiste eine Reihe von Meditationsstufen zusammenzustellen. Und jetzt kann ich mich praktisch ohne großen Zeitaufwand in jede davon versetzen.«

Ehe sie antworten konnte, wurde Marks Blick unscharf, und seine Brust hob und senkte sich so langsam, dass sie einen Moment befürchtete, er habe zu atmen aufgehört.

Fasziniert stand Heather auf, nahm Marks rechtes Handgelenk und fühlte seinen Puls. Sie wartete, zählte und entspannte sich. Gleichmäßige vierundzwanzig Schläge pro Minute. Dann stieg der Puls innerhalb von Sekunden wieder auf dreiundfünfzig Schläge an, und der wache, konzentrierte Ausdruck kehrte in seine Augen zurück.

»Wow!«, sagte sie nur.

»Und das bringt mich zu dem Gefallen, um den ich dich bitte.« Heather hatte Mark noch nie so ernst gesehen. »Ich glaube nicht, dass das Schiff uns in Aliens verwandelt, sondern dass es, wie wir von Anfang an vermutet hatten, einfach unser gesamtes menschliches Potenzial freisetzt. Das Problem ist, dass wir keine Ahnung haben, was das wirklich bedeutet. In ferner Zukunft werden vielleicht alle Menschen ihre bislang ungenutzten Gehirnregionen voll einsetzen können. Wir dagegen stolpern blind umher und zittern vor dem, was als Nächstes mit uns passiert.

Aber sosehr uns diese Veränderungen auch Angst einjagen, sollten wir die besonderen Talente akzeptieren, die sie freisetzen, und lernen, damit umzugehen. Lass mich versuchen, dir meinen Meditationstrick beizubringen. Und wenn das klappt, möchte ich, dass du die Medikamente absetzt, mit denen sie dich vollpumpen.«

Heather hatte gewusst, was er vorschlagen würde, noch bevor er den Mund aufmachte. Aber seine Demonstration hatte eine Spur von Zuversicht in ihr geweckt.

»Ich weiß nicht, ob ich das kann.«

»Klar. Aber du warst immer ebenso draufgängerisch und selbstsicher wie ich. Erinnerst du dich noch an den Tag, als du mich dazu überredet hast, Ship Rock von der Steilwand her anzugehen? Du hast immer noch dieselbe Persönlichkeit wie damals.«

»Vielleicht.«

»Nein, kein Vielleicht mehr. Du bist nicht drauf und dran, den Verstand zu verlieren. Du hast das Talent, den wahrscheinlichsten Ausgang eines Geschehens vorherzusehen. Du musst nur lernen, diese Gabe nach Belieben ein- oder auszuschalten. Vielleicht ist das ganz einfach dadurch zu lösen, dass du dich daran erinnerst, wann eine Vision sich ankündigt oder wann nicht. Ich weiß es nicht, aber wir müssen es herausfinden. Ich glaube, wir werden lernen müssen, unsere besonderen psychischen und physischen Fähigkeiten voll zu nutzen, wenn es uns gelingen soll, Dr. Stephenson und das Rho-Projekt doch noch zu stoppen. Nach allem, was dieser Bastard uns angetan hat, liegt mir viel daran, ihn auf die Matte zu pinnen.«

Ein paar Sekunden lang schwieg Heather. Sie dachte zurück an jene Klettertour über die Steilklippe von Ship Rock, an den Nervenkitzel, als sie in der Wand hing, und an die wilde Freude, als sie den Gipfel erreichte. Zögernd nickte sie.

»Womit fangen wir an?«

KAPITEL 83

Nachdem er den ganzen Tag mit Heather geübt und ihr einige seiner bevorzugten Meditationstechniken beigebracht hatte, fühlte sich Mark so optimistisch wie seit einem halben Jahr nicht mehr. Heather war schon immer gut darin gewesen, die Dinge, die sie sich vorgenommen hatte, auch durchzuziehen, und als sie erst einmal beschlossen hatte, die Techniken zu erlernen, die er ihr gezeigt hatte, kam sie erstaunlich schnell voran. Irgendwann gegen drei Uhr nachmittags, als die Wirkung des Thorazins nachließ, kündigte sich eine Vision an, und Heather geriet ins Wanken. Aber Mark griff sofort ein und schüttelte sie, bis ihr glasiger Blick verschwand und die Konzentration in ihre Züge zurückkehrte. Dann brachte er sie sanft dazu, sich eine der Meditationsstufen, die sie erreicht hatte, ins Gedächtnis zu rufen.

Die Erinnerung daran, wie sie sich während der Meditation gefühlt hatte, wirkte Wunder. Sie konnte die drohende Vision und den damit verbundenen Kontrollverlust vollständig verdrängen. Heather war so begeistert, dass sie Mark um den Hals fiel und ihn küsste, eine spontane Reaktion, die um ein Haar bei ihm selbst einen Kontrollverlust hervorgerufen hätte. Wenn ihm nicht klar gewesen wäre, dass es sich um eine reine Freundschaftsgeste handelte, hätte er sich wohl von einem Meditationstrainer in einen liebeskranken Vollidioten verwandelt. So aber bekam er gerade noch die Kurve und begnügte sich mit ein paar ermutigenden Worten und einem Lächeln.

Zum Glück ging der heikle Moment folgenlos vorbei, und Mark wandte sich dem nächsten und gefährlichsten Schritt der Sitzung zu, für den er ohnehin seine volle Konzentration benötigte. Um die Visionen abschalten zu können, musste Heather noch lernen, sie bewusst hervorzurufen. Das bedeutete, dass sie sich auf das konzentrieren musste, was sie gefühlt hatte, kurz bevor sie von den Halluzinationen überwältigt worden war.

Im Moment bestand ihr einziges Ziel darin, die Visionen zu

stoppen, sobald sie einsetzten. Mark bat Heather, auf der Couch Platz zu nehmen, wo er sie genau beobachten konnte. Und er versprach, sie aus ihrer Trance zu wecken, wenn sie nicht binnen einer Minute von selbst in die Realität zurückkehrte. Sie nickte zum Zeichen, dass sie bereit war. Dann atmete sie tief ein und ganz langsam wieder aus. Mark bemerkte, dass in ihre Augen ein abwesender Blick trat, als befände sie sich nicht mehr im Wohnzimmer, sondern würde über eine weite Landschaft hinweg in die Ferne starren.

Mark sah kurz auf den Sekundenzeiger seiner Uhr. Als er wieder aufschaute, hatten sich tiefe Angstfurchen in Heathers schönes Gesicht gegraben. Ein zweiter Blick auf die Uhr verriet ihm, dass noch keine fünfzehn Sekunden vergangen waren. Aber er dachte gar nicht daran, sie eine volle Minute den Bildern auszusetzen, die ihr offensichtlich im Moment schlimme Qualen bereiteten.

Mark streckte eben den Arm aus, um sie vorsichtig an der Schulter zu rütteln, als die Veränderung eintrat. Die angstverzerrte Miene wich einem entspannten, glücklichen Ausdruck, und ihr Atem verlangsamte und normalisierte sich. Mit einem sanften Lächeln berührte sie seine Hand.

»Ich bin okay. Es hat gewirkt.«

Mark kam plötzlich zu Bewusstsein, dass er die Luft angehalten hatte. Er atmete mit einem Seufzer der Erleichterung aus. »Wow! Dein Gesichtsausdruck hat mir ganz schön Angst eingejagt. Er war so stark ausgeprägt, dass ich schon befürchtete, ich könnte dich da nicht mehr rausholen.«

Heather setzte sich auf. »Ich hatte ziemliche Mühe, mir klarzumachen, dass das, was ich sah, nicht wirklich stattfand. Sobald ich das jedoch im Griff hatte, fiel es mir leicht, die Meditationsübungen ins Gedächtnis zurückzuholen.«

»Kannst du dich erinnern, was du gesehen hast, ohne noch einmal in die Vision zu schlittern?«

Heather nickte. »Jennifer war da.«

»Wo?«

»Das weiß ich nicht genau. Irgendwie setzte sie ihre Gedanken ein, um etwas oder jemanden zu steuern. Dann schaute sie mich an und grinste. Ihr Blick bereitete mir eine Höllenangst. Im gleichen Moment fiel mir ein, dass ich ja versuchen sollte, mich aus der Vision zu lösen.«

»Nun, das zumindest hat geklappt.«

Heathers Lächeln kehrte zurück. »Ich glaube, es wird einiges an Training erfordern, bis ich das locker hinkriege.«

Als sie aufzustehen versuchte, gaben ihre Knie nach, und sie wäre umgekippt, wenn Mark sie nicht gestützt hätte.

»Alles okay?«

Heather richtete sich auf. »Ich glaube schon. Nur ein kurzer Schwindelanfall. Der Versuch hat mich wohl mehr Kraft gekostet, als ich dachte.«

Er wirkte offenbar sehr besorgt, denn plötzlich lachte sie los. »Mark, mir geht es wirklich wieder gut. Du kannst mich loslassen.«

Mark lockerte den Griff um ihren Arm. »Okay. Ich denke, das war genug Training für heute.«

»Keine Sorge. Ich lasse es langsam angehen, bis ich den Dreh heraushabe.«

Es war zu hören, wie das Garagentor aufschwang, und Heather legte einen Finger auf die Lippen. »Kein Wort zu Mom und Dad. Sie würden das niemals erlauben.«

»Und deine Medikamente?«

»Dr. Sigmund hat meinen Eltern eingeschärft, genau zu überwachen, dass ich die Pillen nehme. Ich werde so tun müssen, als würde ich sie schlucken.«

Ihr Gespräch wurde unterbrochen, als Gil McFarland mit zwei großen Lebensmitteltüten das Haus betrat.

»Hallo, Mark. Seid ihr mit dem Büffeln vorangekommen?«

»Hi, Mr. McFarland. Ich denke, wir haben ziemlich viel von dem Stoff geschafft.«

»Sehr gut«, meinte Mrs. McFarland, die ihrem Mann in die Küche folgte. »In Biologie sind die Prüfungsaufgaben oft ziemlich heftig.«

Mark half ihnen, die restlichen Einkäufe ins Haus zu tragen, und verabschiedete sich dann mit einer flüchtigen Umarmung von Heather. Ausnahmsweise lud ihn Mrs. McFarland nicht zum Abendessen ein.

Seine Eltern saßen im Wohnzimmer vor dem Fernseher und schauten sich eine alte *Bonanza*-Episode an. Mark kannte sie. Es war eine seiner Lieblingsfolgen, in der Hoss und Little Joe grüne Männchen auf der Ponderosa-Ranch entdeckten. Als er sah, wie seine Eltern aus vollem Hals über eine besonders lustige Szene mit den »Leprechauns« lachten, widerstand er dem Drang, nach dem Abendessen zu fragen, und ging gleich nach oben.

Als er an Jennifers geschlossener Zimmertür vorbeikam, überlegte er kurz, ob er anklopfen sollte, beschloss aber, erst nach dem Abendessen mit ihr zu reden. Abgesehen von den letzten beiden Monaten hatte er sich seiner Schwester immer so eng verbunden gefühlt, wie das nur bei Zwillingen der Fall sein konnte. Obwohl sie so zart und zerbrechlich aussah, hatte sie immer etwas Strahlendes in sein Leben gebracht. Er war stets bemüht gewesen, alles Negative von ihr fernzuhalten, und auch wenn es jetzt so schien, als wollte oder brauchte Jennifer seinen Schutz nicht mehr, kämpfte er darum, ihre gute Beziehung von früher wiederherzustellen. Vielleicht gelang ihm das, wenn er etwas weniger redete und dafür sehr viel mehr zuhörte.

Nach dem Abendessen hatte er mehr Ruhe für ein Gespräch mit Jennifer. Außerdem stand sein Training noch aus. Wenn er jetzt eine halbe Stunde mit Gewichten trainierte, blieb ihm noch Zeit für eine Dusche, bevor die *Bonanza*-Folge zu Ende war. Mark betrat sein Zimmer und schloss die Tür hinter sich ab. Er warf einen Blick auf sein ungemachtes Bett und den Stapel Schmutzwäsche vor dem Kleiderschrank, die eigentlich nach unten in die Waschküche im Keller gehörte. Ach was, jetzt hatte es auch keinen Sinn mehr, mit dem Aufräumen anzufangen. In ein paar Stunden ging er ohnehin schlafen.

Mark schob alle verfügbaren Gewichte auf die Langhantelstange. Er hätte gern noch ein paar Scheiben mehr besessen, aber wie hätte er seinem Vater erklären sollen, dass zweihundert Kilogramm noch nicht ausreichten? So wusste er noch immer nicht genau, welche Last er maximal stemmen konnte. Zudem war er nie ungestört genug, um es herauszufinden. Aber eigentlich spielte das auch keine große Rolle. Durch die neuronale Verstärkung, die er auf dem zweiten Schiff erhalten hatte, war seine Muskulatur so gut ausgebildet, dass er praktisch jede körperliche Tätigkeit spielend erledigen konnte.

Mark schlüpfte in seinen Trainingsanzug, legte sich auf die Bank und hob die Langhantel von ihrem Gestell. Die Stange bog sich unter dem Gewicht der Scheiben in der Mitte leicht durch. Er atmete tief ein, senkte sie auf seine Brust, stemmte sie beim Ausatmen wieder in ihre ursprüngliche Position und wiederholte die beiden Bewegungen in einem ruhigen, gleichmäßigen Rhythmus. Dabei wandte er einen seiner neuesten mentalen Tricks an. Er spielte im Geiste eines seiner Lieblingsalben von Evanescence ab, und als hätte er einen Kopfhörer aufgesetzt, vermochte Amy Lees schwermütige Stimme Kraft in seine Arme zu pumpen.

Als Mark sein, wie er es nannte, »Minimaltraining« beendet und geduscht hatte, hörte er, dass seine Mutter aus der Küche nach ihm rief. Du liebe Güte, hoffentlich hatte Dad ein paar Burger auf den Grill gelegt! Sobald er am Fuß der Treppe angekommen war, bestätigte seine Nase ihm die frohe Kunde. An diesem Abend waren Cheeseburger und Hotdogs angesagt.

»Ich dachte schon, du wolltest mir deine Portion überlassen.« Sein Dad grinste, als sich Mark blitzschnell einen Teller schnappte.

»Auf gar keinen Fall! Ich habe mich nur nach dem Training etwas frisch gemacht.«

Mark stapelte zwei Burger und zwei Hotdogs auf den Teller und goss reichlich würzige Soße dazu.

»Vergiss den Kartoffelsalat nicht«, meinte seine Mutter und lachte los, als er einen misstrauischen Blick auf die Schüssel warf. »Keine Sorge! Der ist nicht von mir, sondern aus dem Laden.«

»Super«, sagte Mark und merkte zu spät, dass das nicht gerade ein Kompliment war. »Äh, tut mir leid, Mom. Das war nicht böse gemeint.«

Wieder lachte Linda Smythe. »War es doch, aber damit kannst

du mich nicht kränken. Ich mag eine lausige Köchin sein, aber dafür kenne ich die besten Geschäfte in der Gegend.«

Mark begab sich an den Tisch und warf einen Blick in die Runde. »Wo ist Jen?«

»Ach, die unternimmt etwas mit ein paar Schulfreundinnen.«

Mark hätte um ein Haar seinen Teller fallen lassen. »Wie bitte? Ich dachte, sie hätte Ausgehverbot.«

Mrs. McFarland warf ihrem Mann einen Blick von der Seite zu. »Hat sie auch. Aber wir führten am Nachmittag ein längeres Gespräch mit ihr und kamen überein, dass sie heute Abend ihre Strafe ausnahmsweise unterbrechen darf.«

Mark hatte größte Mühe, Fassung zu bewahren. Wieso denn unterbrechen? Es war gerade mal der erste Tag ihres Hausarrests! Als er Platz nahm, merkte er, dass ihm der Appetit gründlich vergangen war.

»Und wer sind diese Schulfreundinnen, die sie besucht?«

»Jillian Brown und Kristy Jacobs.«

Mark erstickte fast an seinem ersten Bissen.

»Die Mädels aus der Cheerleader-Clique? Waren die nicht der Grund für das Ausgehverbot?«

Sein Vater nickte. »Ich weiß, es klingt komisch, und wahrscheinlich ist es das auch, wenn man es von dieser Seite aus betrachtet. Aber wie deine Mom schon sagte, hatten wir heute ein längeres Gespräch mit Jen. Manchmal muss man eben erkennen, dass die richtige Entscheidung nicht immer die logische ist. Und wir hatten beide das Gefühl, dass es die richtige war.«

»Soll ich dir noch ein Selters mitbringen?«, warf Mrs. Smythe ein, während sie zum Kühlschrank ging.

Mark schüttelte den Kopf. »Nein, danke, Mom. Ich habe bisher kaum etwas getrunken.«

Und schon wandte sich die Unterhaltung der Schule zu, dem raffinierten Elektronikteil, an dem sein Dad gerade im Labor arbeitete, dem neuen Freund von Moms Friseur … Sie redeten über alles, nur nicht über Jennifer. Die Tür hatte sich geschlossen. Das Thema war weggesperrt worden wie ein verrückter Verwandter, den man vor dem Besuch versteckte.

Mark zwang sich, trotz seiner plötzlichen Appetitlosigkeit alles zu essen, was er sich auf den Teller gehäuft hatte. Dann, nachdem er mitgeholfen hatte, die Küche aufzuräumen, zog er sich mit dem Hinweis zurück, dass er noch ein paar Stunden für die Biologieprüfung am nächsten Vormittag lernen müsse.

Er hatte tatsächlich beabsichtigt, noch für den Test zu pauken, aber nun beschäftigte ihn unentwegt die unerklärliche Entscheidung seiner Eltern, Jennifers Ausgehverbot für diesen Abend aufzuheben. Die Theorie, die er zu diesem Thema entwickelte, machte ihn so wütend, dass er seine Meditationstechnik anwenden musste, um sich wieder einigermaßen zu beruhigen und auf Jens Rückkehr zu warten. Er musste sich unbedingt Gewissheit verschaffen, ob er mit seiner Einschätzung richtiglag.

Es war genau 1 Uhr 03, als er vor dem Haus endlich das Zuschlagen einer Autotür hörte. Komischerweise schien ihre Eltern Jens langes Ausbleiben ebenso wenig zu kümmern wie die Aufhebung des Ausgehverbots für diesen Abend. Das bestätigte sich, als Jennifer kurz in ihr Schlafzimmer huschte, um ihnen eine gute Nacht zu wünschen.

Im gleichen Moment, da sich Jennifer in ihr Zimmer zurückzog, war Mark im Korridor und hielt die Klinke fest, um zu verhindern, dass die Tür ins Schloss schnappte. Er trat über die Schwelle.

Jennifer warf ihm einen belustigten Blick zu. »Ziemlich spät für ein Gespräch unter vier Augen, findest du nicht?«

»Was hast du mit Mom und Dad angestellt?«

Jennifer schloss die Tür, ehe sie sich wieder ihm zuwandte. »Ich habe keine Ahnung, wovon du redest.«

»Das nehme ich dir nicht ab.«

»Warum fragst du, wenn du ohnehin schon alles weißt?«

»Ich weiß von deinen kleinen Extratouren zum Schiff. Und ich habe miterlebt, wie du die Leute in deiner Umgebung manipulierst. Du hast einen neuen Trick auf Lager.«

»Bleib locker, Mark! Ich habe mich nicht verändert. Ich bin immer noch die Zwillingsschwester, die du von Geburt an kennst.«

Plötzlich umgab ihn ein Wohlgefühl, eine wunderbare Ruhe,

die an die tiefen Alphawellenmuster in einigen seiner Meditationen erinnerte. Scheiße, das bewirkte Jen! Mark kehrte blitzschnell seine Meditationstechnik um und holte aus seinem Gedächtnis die perfekte Erinnerung an einen heftigen Zornesausbruch.

Dann trat er ganz nahe an Jen heran. »Tut mir leid, aber bei mir kannst du deine Gedankenspielchen vergessen. Es ist mir egal, was du mit deinen unterbelichteten Cheerleader-Tussis anstellst, aber in meinem Kopf hast du verdammt noch mal nichts zu suchen. Ebenso wenig wie in den Köpfen von Mom und Dad.«

Jennifers Lachen jagte ihm einen Schauer über den Rücken und peitschte seinen Zorn noch eine Stufe höher.

»Ich kann nicht glauben, dass du Mom und Dad so hintergehst. Warum mischst du ihnen nicht gleich Drogen ins Essen, wenn es dir schon scheißegal ist, was du ihnen antust?«

Jennifers Gelassenheit war mit einem Schlag verschwunden. Wut verzerrte ihr Gesicht. »Sprich nie wieder in diesem Ton mit mir! Noch besser, sprich überhaupt nicht mehr mit mir! Verschwinde aus meinem Zimmer! Sofort!«

Mark wirbelte herum, trat in den dunklen Korridor hinaus und kehrte mit langen Schritten in sein Zimmer zurück. Er hörte, wie Jennifer hinter ihm die Tür zumachte und abschloss. Schön. Sie wollte es offenbar nicht anders. Zum Henker mit ihr!

Als sein erster Zorn verraucht war, erfasste ihn eine tiefe Niedergeschlagenheit. Mark wusste, dass er sich an seine Meditationstechniken erinnern sollte, um seine Gefühle wieder in den Griff zu bekommen. Aber dazu konnte er sich einfach nicht aufraffen, während er am Fenster stand und in das Dunkel starrte, das zwischen seinem und Heathers Haus lag.

KAPITEL 84

Erpressung war so ein hässliches Wort. Freddy umschrieb seine Tätigkeit lieber mit Überredungskunst, die – zumindest in diesem Fall – auch noch ihre moralische Berechtigung hatte.

Manchmal erfuhr man durch Unterweltkontakte Dinge, die keine noch so gute Hintergrundrecherche ans Licht brachte. Selbst die gut gehüteten Geheimnisse der hohen Tiere aus Wirtschaft und Politik waren deshalb nie völlig sicher. Und Benny Marucci verfügte über ein Netz an Beziehungen, um das ihn die meisten Verbrecherbosse beneidet hätten.

Jeder Mensch hatte etwas zu verbergen, irgendeine Peinlichkeit oder auch Schlimmeres. Bei Sicherheitskräften aber war die Notwendigkeit, solche dunklen Flecken unter Verschluss zu halten, absolut zwingend. Und wenn es darum ging, einen dieser Typen weichzuklopfen, dann gab die Kombination aus Kindern und Porno dem »Überredungskünstler« ein Blatt in die Hand, das einem Royal Flush beim Pokern gleichkam.

Freddy hatte nicht das gesamte Sicherheitspersonal von Henderson House unter die Lupe nehmen lassen. Ein schwaches Glied war genug gewesen, und Benny Marucci hatte es in der Person von Damien Ridick gefunden. Der achtundfünfzigjährige Ridick war glücklich verheiratet, hatte fünf Kinder und acht Enkel und arbeitete beim Betriebsschutz von Henderson House, seit er dreizehn Jahre zuvor seinen Dienst bei der Militärpolizei der Army quittiert hatte. Er war ein Mann, der viel zu verlieren hatte.

Deshalb setzte Freddy bei ihm den Hebel an. Und deshalb war Ridick ein widerstrebender und gefährlicher Verbündeter, einer, den er nur ungern um halb zwei in der Nacht durch das Zellenlabyrinth im Untergeschoss von Henderson House begleitete. Freddy hätte Tausende von Meilen zwischen sich und diesen Ort gebracht, wenn er sich nicht die Aufzeichnung seines heimlich eingeschmuggelten Recorders angehört hätte. Denn Geräusche allein, auch wenn sie noch so grauenhaft waren, reichten nicht aus. Sie hatten ihm keine andere Wahl gelassen, als sich selbst davon zu überzeugen, was in den Kellern von Henderson House vor sich ging.

Als sie an die nächste versperrte Tür kamen, die vierte bis jetzt, drehte sich Ridick zu Freddy um und tippte mit dem Zeigefinger auf seine Uhr.

»Wir müssen in spätestens fünfundzwanzig Minuten wieder draußen sein«, sagte er. »Ich habe die Videoschaltung auf Loopback gesetzt, aber wenn Kane etwas früher von seiner Mittagspause zurückkommt als geplant, sind wir geliefert.«

Freddy nickte nur. Es war schwer, sich mit diesen Nachtschicht-Leuten zu verständigen. Sie frühstückten abends, machten Mittag, wenn die meisten Menschen im tiefsten REM-Schlaf lagen, und verdrückten am Morgen ihr Abendessen. Es war eine verkehrte Welt, und die Laute, die sich ihren Weg durch die versiegelte Stahltür nach draußen bahnten, gaben Freddy auch nicht das Gefühl, dass die Sache von nun an normaler verlaufen würde.

Ridick wischte über seine Ausweiskarte, legte die rechte Hand mit der Innenfläche auf den Scanner und hielt still, während der rote Laserstrahl sie abtastete. Die Tür glitt auf, und Freddy ging durch, im Gleichschritt mit Ridick, direkt in das Brüllen und Heulen des tiefsten Kreises der Hölle.

Es war kein langer Gang, gerade mal lang genug für zwölf Gummizellen, je sechs auf jeder Seite. Plexiglaswände anstelle von Gitterstäben schützten die Außenwelt vor den Insassen. Ohne den Anblick, der sich ihm bot, hätte Freddy niemals geglaubt, dass so wenige Menschen einen solchen Lärm veranstalten konnten. Und er war ziemlich sicher, dass es sich bei diesen Geschöpfen um Menschen handelte – oder zumindest gehandelt hatte.

Ridick musterte Freddy und grinste spöttisch. »Kotzen ist nicht drin, wenn Sie nicht wollen, dass Ihre DNA hier überall rumfliegt.«

Freddy machte sich nicht die Mühe, ihm zu antworten. Er hatte genug damit zu tun, sich auf das Grauen einzustellen, das Frösteln zu verdrängen, das ihn plötzlich erfasst hatte, einfach nicht darauf zu achten, dass sich auf seinen Armen eine Gänsehaut gebildet hatte. Er drückte auf den AUFNAHME-Knopf seines Digitalrecorders, ehe er die Kamera hervorholte, den Objektivdeckel abnahm und langsam die Zellen auf der rechten Seite entlangging. Die Kamera klickte wie ein gedämpftes Maschinengewehr, während sie Szene um Szene einfing. Und Freddy beobachtete fasziniert und entsetzt zugleich, wie sich die Geschöpfe in den Zellen unentwegt veränderten, wie sie Körperteile auflösten und neue bildeten. Münder, Augen, Gliedmaßen ... Freddy hatte das unheimliche Gefühl, dass diese Dinger experimentierten, dass sie durch ein endloses Ausprobieren die perfekte Form suchten. Und ganz offensichtlich war dieser Prozess alles andere als schmerzfrei.

Eines der Geschöpfe schaute ihn an, und die Trauer und Sehnsucht, die in diesem Blick lagen, ließen Freddys Seele fast erstarren. Er hoffte nur, dass die Kamera diesen Ausdruck eingefangen hatte.

»Was halten Sie von der nächsten Nanomaschinen-Generation?« In Ridicks Stimme schwang eine seltsame Mischung aus Spott und Ekel mit. »So wie das aussieht, haben die Docs noch längst nicht alle Macken ausgemerzt.«

Ohne Scheiß, dachte Freddy.

Er erreichte das Ende des Korridors und ging auf der anderen Seite zurück, so auf seine Aufnahmen konzentriert, dass er nicht bemerkte, wie Ridick hinter ihm an einen der Glaskäfige herantrat. Aber das unerwartete Geräusch der aufschwingenden Tür warnte ihn rechtzeitig, und er wirbelte herum.

Freddy war zwar nicht mehr der Allerjüngste, aber er war alles andere als langsam. Besonders dann, wenn er richtig Schiss hatte. Und das dreibeinige Monster, das aus der geöffneten Zelle auf ihn losstürmte, spornte ihn zu neuen Höchstleistungen an. Er überholte Ridick auf dem Weg zum Ausgang. Der Wärter versuchte ihn zu packen, doch Freddy versetzte ihm mit dem Ellbogen einen Hieb auf die Nase, sodass er rückwärtstaumelte.

Ridick, der das Scheusal dicht hinter sich spürte, zog seine Pistole, hielt dem Ding die Mündung an die Stirn und drückte ab.

Obwohl der Schuss den Angreifer ein wenig abbremste, konnte er die Bestie nicht daran hindern, sich auf den Sicherheitsmann zu werfen und ihm die Klauen in den Körper zu hauen.

Ridicks Schreie vermischten sich mit dem Geheul der in den Zellen eingesperrten Bestien.

Freddy hatte irgendwie die Tür erreicht. Die Kamera in seiner Hand klickte noch immer. Er sah das über Ridick gebeugte Ding, sah, wie dessen Schusswunde von selbst heilte, sah, wie sich auch die zerfetzte Haut des Wärters wieder schloss, während der Mann schrie und schrie.

Dann wandte das dreibeinige Monster, das einmal ein Mensch gewesen war, seine Aufmerksamkeit Freddy zu. Der schlug mit der flachen Hand auf den roten SCHLIESSEN-Knopf. Die Tür schnappte zu und errichtete eine Barriere gegen den Wahnsinn, der in dem Korridor dahinter tobte. Sorry, Ridick! Vielleicht hätte er mehr für den Mann empfinden sollen, aber der Wärter hatte immerhin versucht, das Monster auf ihn zu hetzen.

Auf dem Weg zum Aufzug hörte Freddy im Geiste immer noch Ridicks Schreie.

KAPITEL 85

Heather musste nicht erst den Wecker auf ihrem Nachtkästchen zurate ziehen, um zu wissen, dass er eben zwei Uhr morgens angezeigt hatte. Mit dem allmählichen Absinken des Thorazin-Spiegels in ihrem Körper schwand auch ihr Schlafbedürfnis wieder. Dafür drängten nachts die Visionen in ihr Bewusstsein. Das Gute daran war, dass sie jede Menge Übung darin bekam, sie abzuwehren. Im Lauf der letzten Stunden war ihr Selbstvertrauen so gestiegen, dass sie manche dieser Wachträume näher an sich heranließ, nur um ihre Fähigkeit zu testen, sich aus ihnen zu lösen, wann immer sie ihr zu viel wurden.

Aber das tiefere Eindringen erschöpfte sie. Glücklicherweise sorgte eine der Meditationstechniken für eine außerordentlich rasche Regeneration, sodass sie sich nach dreißig Minuten so erholt fühlte, als hätte sie die ganze Nacht durchgeschlafen.

Nach jedem Test hatte Heather die Wahrscheinlichkeiten berechnet, und es gab kaum noch einen Zweifel daran, dass Mark recht hatte. Was sie erlebte, hatte nicht das Geringste mit Irrsinn zu tun. Es war vielmehr eine Nebenwirkung ihres Vorstoßes in völlig neue geistige Bereiche. Ihre neuronale Verbindung mit dem zweiten Schiff hatte zwar das volle Potenzial ihres Verstandes erschlossen, sie jedoch blind durch die weite, unerforschte Gedankenlandschaft stolpern lassen.

Aber für sie ging das in Ordnung. Die Erkundung ihres Potenzials mochte gefährlich sein, aber Heather hatte ein Risiko noch nie gescheut. Zudem verlieh ihr das Wissen, dass sie nicht im Begriff war, den Verstand zu verlieren, neue Kräfte.

So aufregend diese Erkenntnis war – Heathers Gedanken kreisten gegenwärtig um eine neue Entdeckung, die sie rein zufällig gemacht hatte. Sie war gerade dabei gewesen, sich in eine Vision zu versenken, als sie einen Moment lang von einer Motte abgelenkt wurde, die ihr Haar streifte.

Heather spürte, wie sich ihre Perspektive verschob und auf das Insekt fokussierte, bis es schien, als verfolgte sie jede seiner Bewegungen. Die Motte flatterte mit unnatürlich lautem Flügelschlag an einem dunklen Ort hektisch hin und her. Der Anblick von Kleidern, die an Bügeln auf einer Stange hingen, verriet Heather, wo sich das Tierchen befand. In ihrem Einbauschrank.

Plötzlich erlahmte der Schwung der Motte. Sie taumelte umher und kam nicht mehr vom Fleck, obwohl sie schneller flatterte als zuvor. Lange, klebrige Fäden hingen an ihren Flügeln, umwickelten ihre Beine und ihren Leib, und mit jeder Bewegung verstrickte sie sich tiefer in die Falle.

Heather ordnete ihre Gedanken und begann eine Meditationsübung, die sie in die Gegenwart zurückholte. Sie ließ ihren Blick durch das Zimmer wandern, bis sie die Motte auf dem oberen Rand des Lampenschirms entdeckte. Ohne Zögern erhob sie sich von ihrem Bett und ging zu ihrem Schrank. Sie öffnete die Tür und schaltete die Innenbeleuchtung ein.

Da. Hoch oben in der linken Ecke spannte sich das Netz aus ihrer Vision, und über einen der Fäden lief eine fette schwarze Spinne. Interessant.

Heather ergriff einen ihrer Tennisschuhe, holte aus und klatschte die Spinne an die Wand. Das Netz blieb an der Sohle hängen. Sie wischte den Schuh am Teppich ab und stellte ihn wieder an seinen Platz. Nachdenklich blieb sie stehen.

Was war geschehen? Hatte sie gerade die Zukunft der Motte und der Spinne verändert? Ja, ganz sicher, aber sie hatte es getan, um zu verhindern, dass sich eine ihrer Visionen erfüllte. Auch daran bestand kein Zweifel. Ihr Verstand überschlug rechnerisch den wahrscheinlichsten Ausgang einer Situation und zeigte ihr das Ergebnis in Form einer Vision. Aber das bedeutete nicht, dass diese Vision eine unveränderliche Größe war.

Der zweite erstaunliche Aspekt dieser Vision war, dass sie etwas in den Mittelpunkt stellte, was Heather gerade intensiv beschäftigt hatte. Vielleicht fand sie eine Möglichkeit, auch das zu steuern.

Aber das alles bot keine Erklärung für die Visionen, die sie aus dem Nichts überfielen. Möglicherweise fing ihr Unterbewusstsein Signale auf, die ihrem wachen Verstand entgingen. Sie konnte es nicht mit Bestimmtheit sagen, doch ihr war klar, dass noch eine Menge Experimente vonnöten waren, um herauszufinden, wie diese Dinge zusammenhingen.

Als sie zu ihrem Bett zurückging, blieb Heather kurz stehen und blickte zur Motte hinauf. »Jetzt habe ich aber einiges gut bei dir.«

Bei dem Gedanken, dass sie sich soeben zur Superheldin von vom Pech verfolgten Insekten aufgeschwungen hatte, huschte ein Lächeln über ihre Züge.

Heather schüttelte die Kissen auf, lehnte sich gegen das Kopfteil ihres Betts und begann eine neue Runde Tiefenentspannung. Es hatte wenig Sinn, die nächste Meditationsebene anzugehen, solange sie auch nur ein bisschen erschöpft war von den vorangegangenen Übungen, zumindest in dieser frühen Phase, da ihr noch die nötige Selbstsicherheit fehlte.

Der Morgen kam rasch, und mit der ersten Helligkeit beendete sie ihre Sitzung. Heather war so stolz auf das Erreichte, dass sie überlegte, ob sie rasch ungeduscht in ein paar alte Klamotten schlüpfen und zu Mark hinüberlaufen sollte, um ihm von ihren Fortschritten zu berichten. Aber nach einem kurzen Blick in den Spiegel besann sie sich anders. Selbst einem guten Freund mochte sie das nicht zumuten.

Als sie geduscht und sich hergerichtet hatte und die Treppe nach unten ging, hörte sie an der Haustür bereits die Stimmen der Smythes und ihrer Eltern.

»Hi, guten Morgen allerseits …« Heather stockte, als sie die ernsten Mienen der Erwachsenen sah. Mrs. Smythe war deutlich anzumerken, dass sie geweint hatte.

Heathers Mutter kam auf sie zu und legte ihr einen Arm um die Schultern. »Jennifer ist fort.«

»Fort?« Panik schnürte Heather die Kehle zu.

Linda Smythe begann leise zu schluchzen und vergrub das Gesicht an der Schulter ihres Mannes. Es war Mark, der Heathers Frage beantwortete, und seine Stimme zitterte vor Erregung.

»Sie ist irgendwann in der Nacht abgehauen, nachdem sie diese Nachricht geschrieben hat.«

Heather nahm ihm den Zettel aus der Hand, auf dem in Jennifers schöner, sorgfältiger Handschrift die Sätze standen, die jeden Zweifel ausräumten.

»Liebe Mom, lieber Dad. Ich bin so traurig, dass ich euch dieses Leid zufüge, aber ich muss meinen eigenen Platz in dieser Welt finden. Ich liebe euch beide. Grüßt Heather zum Abschied von mir. Jen.«

Mark hatte sie mit keinem Wort erwähnt. Die Erkenntnis traf Heather wie ein Schlag ins Gesicht. Und als sie Mark in die Augen schaute, wusste sie, dass das kein Versehen gewesen war. Jennifer hatte genau gewusst, wie sie ihrem Bruder wehtun konnte, und sein Blick verriet Heather, dass ihr das besser gelungen war, als sie es sich wohl in ihren kühnsten Träumen ausgemalt hatte.

KAPITEL 86

»Und was hat das hier zu bedeuten?« Die Verwirrung, die in Heathers Stimme zum Ausdruck kam, passte zu der Finsternis, die sich in Marks Seele geschlichen hatte.

Mark starrte den leeren Platz auf der Werkbank in der Garage an. Er fühlte sich, als hätte ihm jemand ein paar Faustschläge in die Magengrube versetzt. Der Laptop war weg. Jennifer hatte das eben erst umgebaute Gerät mitgenommen, das die Miniaturversion des Subspace-Empfänger-Transmitters enthielt.

»Verdammt!«

Der zornige Ausruf ließ Mark aufschauen. Heather zerrte eine Trittleiter quer durch die Garage.

Plötzlich verstand Mark was sie vorhatte, und seine Augen weiteten sich erschrocken. Er war mit zwei Schritten neben Heather, half ihr beim Ausklappen und Arretieren der Metallstützen und kletterte nach oben. Mit einer Hand hob er die Deckenverkleidung an und schob sie zur Seite. Im Speicherraum war es dunkel, aber für seine geschärften Sinne stellte das kein Problem dar. Sein Blick glitt über den Holzboden und den gelben Isolierschaum. Dann zog er sich mit einem kräftigen Schwung hoch und kroch auf den Stützlatten bis zum Dachüberstand vor.

Mark fuhr mit den Fingerspitzen unter die Isolierschicht, bis er gegen die lange, flache Box stieß, die sie vor Wochen dort versteckt hatten. Er zerrte sie hervor und robbte rückwärts, bis er aufrecht sitzen konnte. Heather, die sich ebenfalls durch die Luke geschwungen hatte, kauerte dicht neben ihm nieder und starrte auf das verschlossene Kästchen, das jetzt auf seinen Knien lag.

Einen Moment lang zögerte Mark und warf Heather einen unsicheren Blick zu. Im nächsten Moment hatte sie den Arm ausgestreckt und den Deckel ein Stück aufgespreizt. Anfangs dachte er, alles sei wie gewohnt an Ort und Stelle, aber dann klappte der Deckel nach hinten, und die Box stand offen.

Ein leises Stöhnen kam über Heathers Lippen.

Mark starrte ungläubig das Kästchen auf seinen Knien an. Von den vier Headsets aus dem Schiff der Aliens waren nur noch zwei übrig.

»Herrgott noch mal«, wisperte Mark. »Jen! Was hast du dir bloß dabei gedacht?«

Heather sagte nichts. Als Mark den Kopf zur Seite drehte, sah er, dass sie an einem der schrägen Dachbalken lehnte und an ihm vorbeistarrte, verloren in einer Vision, die ihren Blick trübte. Aber ihr Gesichtsausdruck wirkte so entschlossen, dass Mark sie nicht wie bisher schüttelte, um sie in die Wirklichkeit zurückzuholen. Stattdessen rückte er näher und studierte fasziniert ihre Züge.

Das hier war ganz bestimmt keine Fugue, die seine schöne Freundin überfallen hatte und gegen ihren Willen gefangen hielt. Auch wenn es seltsam anmutete, er war sich sicher, dass Heather sich mit ihrem Savant-Talent auf eine Verfolgungsjagd begeben hatte. Und obwohl Mark ein Kribbeln im Nacken spürte, dachte er nicht daran, diese Jagd vorzeitig zu beenden.

KAPITEL 87

Dr. Hanz Jorgen, der die wissenschaftlichen Untersuchungen auf dem jüngst entdeckten Bandelier-Schiff leitete, hatte in der Höhle, die das tote Sternenschiff beherbergte, ein provisorisches Büro errichtet. Den Namen hatte die Presse geprägt, weil sich das zweite Schiff ganz in der Nähe des Bandelier-Naturparks befand. Nun, da die Abendsonne den schroff abfallenden Canyon mit ihren tiefen Schatten füllte, legte sich ein noch dunklerer Schatten auf Jorgens volles Gesicht.

Dr. Stephenson saß auf einem Metall-Klappstuhl direkt gegenüber dem Schreibtisch von Dr. Jorgen und beobachtete, wie der Wissenschaftler um Fassung rang.

»Ich wehre mich entschieden gegen Ihre Einschätzung der Lage.«

Dr. Stephensons Augen wurden schmal. »Nun, Hanz, wie würden Sie eine Lage einschätzen, bei der Sie bislang null Erfolge vorweisen können?«

Jorgen fuhr sich mit seinen Wurstfingern über den glänzenden kahlen Schädel, als suchte er nach ein paar Haaren, die er sich noch raufen könnte. Die Schweißflecken unter den Achseln seines verknitterten weißen Hemds schienen mit jeder Sekunde dunkler zu werden.

»Nur weil wir es nicht geschafft haben, die Türen ins Schiffsinnere zu öffnen oder die Bordsysteme wieder zum Laufen zu bringen, heißt das nicht, dass wir keine Fortschritte gemacht haben. Mein Bericht dokumentiert ausführlich, was wir über den Aufbau und die Anordnung sämtlicher erreichbarer Schiffsteile herausgefunden haben. Im Übrigen glaube ich mich zu erinnern, dass eine große Sektion des Rho-Schiffs, das Ihr Team seit Jahrzehnten untersucht, bis heute nicht zugänglich ist.«

»Ach ja, Ihr Bericht.« Dr. Stephenson lächelte, als er den dicken Packen aus seinem Aktenkoffer holte und die mit reichlich Rotstift versehenen Seiten durchblätterte, bis er auf eine bestimmte Stelle stieß. »Chemische Zusammensetzung des Außenrumpfes … unbekannt. Entnahme einer Materialprobe mit unseren Mitteln und Methoden nicht möglich.«

Stephenson wählte eine andere, durch ein Eselsohr markierte Seite. »Obwohl das Material der Innenflächen, Liegen und Vertäfelungen eine deutlich andere Molekularstruktur aufzuweisen scheint als der Außenrumpf, ist es uns bis jetzt nicht gelungen, Proben für eine chemische Analyse zu entnehmen … Sämtliche Versuche, die Bordsysteme wieder in Gang zu setzen, blieben erfolglos.«

Dr. Stephenson bemerkte, dass Jorgen rot angelaufen war und grinste spöttisch. »*Unbekannt … nicht möglich … erfolglos* … solche Floskeln finden sich überall in diesem Müll, den Sie als zwischenzeitlichen Fortschrittsbericht bezeichnen. Etwas anderes sehe ich nicht. Wohlgemerkt, das sind Ihre Worte, nicht meine.

Lassen Sie mich eines klarstellen, Dr. Jorgen. Sie können Ihren Leistungsmangel nicht als Fortschritt verkaufen. Nennen Sie mir ein konkretes Beispiel, dass Ihr Team mit der Arbeit vorankommt, und ich lasse Sie in Frieden.«

Jorgens rundliches Gesicht hatte inzwischen eine purpurne Färbung angenommen, und seine blauen Augen quollen vor, als wollten sie jeden Moment aus dem Kopf schießen.

»Haben Sie unsere Schlussfolgerung überhaupt gelesen?«, stotterte er.

»Deshalb bin ich hier.« Dr. Stephenson schlug die letzte Seite auf. »Mal sehen ... Da sich keine der Substanzen, aus denen das Schiff besteht, mit den uns zur Verfügung stehenden Analysemethoden bestimmen lässt, stellen wir abschließend fest, dass es sich um Materialien extraterrestrischen Ursprungs handeln muss, die auf einer hoch entwickelten außerirdischen Technologie beruhen.«

Dr. Stephenson erhob sich von seinem Feldstuhl und warf den Report auf Dr. Jorgens Schreibtisch. »Extraterrestrisch. Tolle Erkenntnis! Betrachten Sie das hier als Kündigungsgrund. Wenn Sie mir nicht auf schnellstem Wege etwas Brauchbares liefern, können Sie sich in sechs Wochen einen neuen Job suchen.«

Ohne dem hyperventilierenden Wissenschaftler die Chance zu einer Antwort zu geben, machte der stellvertretende Direktor auf dem Absatz kehrt und verließ die Höhle.

Die Stufen, die man in den Steilhang gehauen hatte, erleichterten den Aufstieg zur oberen Kante des Canyons sehr, aber die meisten Leute kamen immer noch ins Schnaufen, bis sie die Hochebene erreicht hatten. Nicht so Dr. Stephenson. Seine Herzfrequenz betrug unveränderte sechsundvierzig Schläge pro Minute, als er an den Militärposten vorbeimarschierte, ohne sich abzumelden, und in den Helikopter kletterte, der ihn nach einem kurzen Flug zurück zum Forschungslabor und seiner Rho-Abteilung brachte.

Einen Moment lang kamen ihm Zweifel, ob seine Taktik bei Jorgen nicht fehlschlagen könnte. Der Mann hatte immerhin zwei Nobelpreise für seine Grundlagenforschung in Materialkunde erhalten. Sein Intellekt war über jeden Zweifel erhaben, und im Labor gab es kaum einen Wissenschaftler außer Dr. Stephenson selbst, der ihm das Wasser reichen konnte. Außerdem verfügte Dr. Jorgen über ein dichtes Netz politischer Beziehungen, die noch aus seiner Zeit als wissenschaftlicher Berater des Präsidenten stammten. Und diese Verbindungen waren auch nach dem Tod von Präsident Harris bestehen geblieben.

Dennoch war Zorn nach Dr. Stephensons Erfahrung manchmal ein besserer Motivator als Furcht. Dass Jorgen zu den wenigen Leuten in seinem Team gehörte, die keine Angst vor ihm hatten, spornte die Angriffslust des stellvertretenden Direktors nur an. Normalerweise hätte er den Wunsch verspürt, einige interessante Aspekte in dem Report mit Jorgen genauer zu diskutieren, doch an diesem Tag war er durch Raul abgelenkt.

Der Junge hatte erneut einige tiefgreifende Veränderungen an sich vorgenommen, die ihn noch enger in das neuronale Netz des Rho-Schiffs integrieren sollten. Die jüngste Operation war so drastisch und gefährlich gewesen, dass Dr. Stephenson überlegt hatte, ob er Raul Einhalt gebieten sollte. Leider war der Eingriff zu dem Zeitpunkt, als er Rauls Aktivitäten auf einem der Überwachungsbildschirme entdeckte, bereits so weit fortgeschritten, dass ein Abbruch zu riskant gewesen wäre.

Außerdem hätte sich Raul mit Sicherheit jeder Einmischung widersetzt. Der Junge verfügte inzwischen über ein erstaunliches Geschick im Umgang mit dem Stasisfeld der Aliens und führte mit dessen Hilfe die Eigenoperation so exakt durch, wie er es allein auch mit größtem Fingerspitzengefühl niemals hätte schaffen können. Es bestand wenig Zweifel daran, dass Raul das Feld sogar als Waffe einsetzen und nach Belieben jeden in seine Atome auflösen konnte, der es wagte, sein Reich zu betreten – obwohl das vielleicht nicht für Stephenson galt.

Da Dr. Stephenson davon ausging, dass es das Schiff selbst war, das Raul zu dieser gefährlichen Operation anstiftete, hatte er sich gegen ein Eingreifen entschieden. Stattdessen hatte er, die ganze Nacht in seinem privaten Arbeitszimmer eingeschlossen, fasziniert an den Monitoren beobachtet, wie Raul zu Werke ging.

Um drei Uhr morgens hatte Raul seinen Schädelknochen oberhalb der Augenbrauen durchtrennt und entlang einer Linie, die dicht über den Ohren nach hinten zum Nackenansatz verlief, völlig entfernt. Seinen Schreien nach zu schließen, musste er dabei jeden einzelnen Nerv spüren, um die Operation mithilfe des neuronalen Schiffsnetzes ausführen zu können. Offensichtlich lieferte der Schmerz die Daten, die ihn genau anwiesen, wie tief und an welchen Stellen die Schnitte auszuführen waren. Fast so schnell, wie er Sektion um Sektion des Schädels entfernte, stoppten die Nanomaschinen die Blutungen. Nur die Gewebeverluste, die bei der Operation entstanden, konnten sie nicht ersetzen.

Sobald Raul den gesamten oberen und seitlichen Bereich des Gehirns freigelegt hatte, unterbrach er den Eingriff, um eine ganze Reihe winziger kristalliner Chips aus den Schaltkreisen des Rho-Schiffs zu lösen. Genau genommen öffnete das Stasisfeld die Verkleidungen und gab die Chips frei, die sich in großer Zahl von selbst abzukoppeln schienen und Raul zu umschwirren begannen. Zufrieden mit seinen Vorbereitungen, rollte sich Raul herum, bis er mit dem Gesicht nach unten in der Luft schwebte. Im nächsten Moment stürzten sich die Chips wie ein Schwarm angriffslustiger kleiner Insekten auf sein freigelegtes Gehirn und bohrten sich in die Mikroschnitte, die Raul an genau ausgeloteten Stellen angebracht hatte, unterstützt von den rasiermesserscharfen Kraftlinien des Stasisfelds, die wie winzige Skalpelle wirkten.

Rauls Schmerzen hatten sich während dieser Operation so gesteigert, dass seine Schreie in ein schrilles Wimmern übergingen, ein Laut, der nach Dr. Stephensons Ansicht die menschlichen Stimmbänder für immer schädigen musste, wenn er länger als ein paar Sekunden anhielt. Doch die Vibrationen verstärkten sich sogar noch, bis Stephenson fast hören konnte, wie die Stimmbänder rissen – und sich wieder zusammenfügten, als Nanomaschinen den Schaden zu flicken begannen.

Raul schloss den Eingriff im Lauf des Vormittags ab, wobei Stephenson die letzten Schritte am meisten faszinierten. Nachdem Raul die zahllosen Mikrokristalle in seinem Gehirn verankert hatte, entfernte er die »Nabelschnur«, die ihn mit dem Schiff verband. Damit gewann er eine völlig neue Beweglichkeit, die es ihm gestattete, frei umherzuschweben – ohne Beine, das künstliche Auge auf seiner Verlängerung hin und her schwingend, das nackte Gehirn in der unteren Schädelschale ruhend.

Raul bewegte sich quer durch den Raum auf eine Maschine zu, deren Zweck Dr. Stephenson bis jetzt fremd geblieben war. Sie begann zu pulsieren und sonderte ein transparentes Gel ab, das Raul in seine Hände laufen ließ und zu einem etwa faustgroßen Batzen formte. Das Gel stieg nach oben, schwebte dicht über Rauls Kopf, floss nach allen Seiten auseinander und verteilte sich geschmeidig über die gesamte graue Substanz des freigelegten Gehirns.

Plötzlich wusste Dr. Stephenson, weshalb ihm das Gel so vertraut vorkam. Es war das gleiche transparente Zeug, das die Kabelrohre in diesem Bereich des Schiffs umhüllte: elastisch, aber so hart, dass man es nicht einmal mit einem Diamantbohrer zu ritzen vermochte. Obwohl er sich nicht sicher sein konnte, glaubte der stellvertretende Direktor zu verstehen, was es mit der Substanz auf sich hatte. Es handelte sich um ein Nanomaterial, das je nach Befehl sofort aushärtete oder weich und geschmeidig wie Knete wurde.

Der Ruck, der bei der Landung durch den Helikopter ging, riss Dr. Stephenson aus seinen Gedankengängen. Der stellvertretende Direktor des Los Alamos National Laboratory lächelte, als er, umwirbelt vom Abwind der Rotoren, ins Freie trat. Was immer der Grund für Rauls plötzlichen Entschluss gewesen sein mochte, eine so enge Verbindung mit dem Rho-Schiff einzugehen – er hatte Stephensons Zeitplan damit nur ein wenig beschleunigt. Er würde Raul noch eine Weile gestatten, seine Grenzen auszuloten, bevor er dem jungen Mann klarmachte, wer hier den Laden schmiss.

KAPITEL 88

Macht! Der Gefühlssturm in Rauls Gehirn erfasste seinen Körper wie eine Überdosis Crystal Meth.

Er hatte geglaubt, er sei bisher bereits richtig mit dem neuronalen Netz des Rho-Schiffs verbunden gewesen. Doch wie ließ sich dann sein derzeitiger Zustand beschreiben? Gestern noch hatte er das ausgedehnte neuronale Netz der Aliens als einen Bestandteil seines Ichs betrachtet. Heute dagegen wurde er das Gefühl nicht los, dass sein Geist und Körper nur winzige Splitter dessen waren, was sein neues Ich ausmachte.

Als er die Datenspeicher abfragte, tauchten bruchstückhaft Erinnerungen vor ihm auf ... die blitzartige Reise des Rho-Schiffs durch das Wurmloch in dieses Sonnensystem ... der plötzliche Angriff der Altreianer ... der Volltreffer mit dem Gravitationswirbel, der sich in den Rumpf des altreianischen Schiffs gefräst hatte ... das Chaos in den Systemen, als dessen Subspace-Verzerrungsstrahl kurz darauf im Rho-Schiff einschlug ...

Raul versuchte sich weitere Einzelheiten der verwirrenden Bilder ins Gedächtnis zurückzurufen, aber die Datenspeicher waren so stark beschädigt, dass sie nur noch unverständliche Fragmente lieferten. Ohne weitere umfangreiche Reparaturen würde er keinen Zugriff auf die vollständige Vorgeschichte des Schiffs erhalten.

Ein eingehender Systemcheck enthüllte das ganze Ausmaß des Schadens, den die altreianische Subspace-Waffe angerichtet hatte: Energieerzeugungskapazität 0,000 352 Prozent; neuronale Netzaktivität 9,317 Prozent; Online-Datenzugriff 0,123 1 Prozent; Waffensysteme nicht funktionsfähig; Navigationssysteme nicht funktionsfähig; Antriebssysteme nicht funktionsfähig; Kommunikationssysteme kaum betriebsbereit.

Ein Teil der Daten versetzte ihn in helle Aufregung. Eine Untergruppe der Kommunikationssysteme schien den Einschlag mit nur minimalem Schaden überdauert zu haben, ein Beweis für ihre extrem effiziente Gravitationsabschirmung. Die im besonders gut geschützten Zentrum des Rho-Schiffs untergebrachten Geräte zum Sammeln und Auswerten von Informationen pulsierten mit einem kräftigen Herzschlag und warteten nur auf die Zufuhr neuer Energie, um erneut die Arbeit zu verrichten, für die man sie entwickelt hatte.

Eine weitere hochinteressante Tatsache erschloss sich Raul: Das Rho-Schiff hatte seine letzte Mission ohne Besatzung bestritten. Sämtliche Abläufe waren durch die künstliche Intelligenz an Bord gesteuert worden. Leider lag der Zweck jener Mission in den beschädigten Datenbanken verborgen, und Nachforschungen wären der Suche nach einem Körnchen Sand im White Sands National Monument gleichgekommen. Aber alle Fakten waren noch vorhanden, und Raul wusste, dass er sie mit der Zeit ans Licht holen würde.

Er verlagerte seine Gedanken und schuf ein dreidimensionales Diagramm der Schiffssysteme, wobei er die diversen Baugruppen je nach ihrem Betriebszustand einfärbte. Das Modell, das sich vor seinem geistigen Auge drehte, sah aus wie ein blutiges Unfallopfer, nur hier und da von kleinen gelben oder grünen Klecksen für mehr oder weniger unbeschädigte Bereiche aufgelockert. Obwohl der Gesamtstatus entmutigend war, wusste er jetzt, worauf er seine Bemühungen konzentrieren musste, um am schnellsten zu einem Erfolg zu kommen.

Raul schaute zu einer der Kameras hinauf, die Dr. Stephenson installiert hatte, um seine Fortschritte zu überwachen, und verzog die Mundwinkel zu einem breiten Grinsen. Nicht mehr lange, und er würde dem stellvertretenden Direktor zeigen, wer hier über wen die Kontrolle ausübte.

KAPITEL 89

Die Lichter von Las Vegas tauchten die tief hängenden Wolken in einen Rausch von Neonfarben, der alles übertraf, was Jennifer je gesehen hatte. Auf der anderen Straßenseite aktivierte Céline Dions schöne Stimme gerade die Springbrunnen des Bellagio, ein Schauspiel, das ganze Scharen von Touristen, darunter auch Jennifer, magisch anzog. Ein Lächeln stahl sich über ihre Züge, als sie den Text vernahm: »A New Day Has Come.« Ein passender Begrüßungssong.

An den Zuschauermassen vorbei, die vorwärtsdrängten, um die tanzenden Wassersäulen aus der Nähe zu betrachten, schlenderte Jennifer in die luxuriöse Eingangshalle. Sie ignorierte die lange Warteschlange am Empfangsschalter und steuerte direkt auf eine der jungen Damen zu, die gerade einigen neu eingetroffenen Gästen beim Einchecken behilflich war.

Die Angestellte schaute auf, als sich Jennifer hinter dem Paar und seinen beiden Kleinkindern anstellte.

»Wenn Sie nicht zu Mr. und Mrs. Alfonse gehören, muss ich Sie leider bitten, sich wie alle anderen dort drüben anzustellen.«

Jennifer tat, als hätte sie den Hinweis nicht gehört.

»Verzeihung, meine Eltern sind irgendwo im Kasino, und ich habe meinen Schlüssel im Hotelzimmer vergessen. Sie finden die Reservierung unter Wilkinson. Mr. und Mrs. Gerald Wilkinson. Ich bin ihre Tochter Gale.«

Sie schaute der Angestellten tief in die Augen. Deren Blick wurde weicher, und ein mitfühlender Ausdruck huschte über ihre Züge.

Sie wandte sich wieder dem wartenden Paar zu und deutete auf Jennifer. »Gestatten Sie, dass ich der jungen Dame hier kurz den Weg in ihr Zimmer zeige?«

In weniger als einer Minute fand sich Jennifer im Lift wieder, den Zimmerschlüssel in der Hand und auf dem Weg in die neunundzwanzigste Etage, zu einer der Penthouse-Suiten, die man in den obersten sieben Stockwerken des Hotels eingerichtet hatte. Nachdem sie die Tür zum Reich ihrer angeblichen Eltern aufgeschlossen hatte, blieb Jennifer erst mal auf der Schwelle stehen, um einen Laut des Entzückens auszustoßen. Gleich neben dem in Marmor gehaltenen Eingangsteil befand sich eine Gästetoilette. Im Wohnbereich fiel ihr Blick auf eine erhöhte Getränkebar mit einer in die Rückwand integrierten Anrichte.

Jennifer breitete begeistert die Arme aus und wandte sich dem Schlafzimmer zu, blieb jedoch auf dem Weg dorthin kurz stehen, um die großartige Aussicht durch die vom Boden bis zur Decke reichenden Fenster zu bewundern. Dann setzte sie ihre Entdeckungstour fort. Es gab zwei Bäder, eines für die Dame mit Whirlpool-Wanne, Waschtisch, beleuchtetem Schminkspiegel und separater Toilette plus Bidet sowie das eher nüchterne Gegenstück für den Herrn mit Dusche, Bank und Dampfdüsen.

Jennifer kicherte vor sich hin. »Er« würde sich ganz schön einschleimen müssen, wenn er ebenfalls all den Luxus genießen wollte, den die Suite »ihr« zugestand.

Die falschen Identitäten und die Reservierungen für ihre Phantasie-Familie waren ein Kinderspiel gewesen. Das Gleiche galt für die Kreditkarten, Sozialversicherungsnummern und Bankkonten auf den Cayman-Inseln. Es war echt verblüffend, was man erreichen konnte, wenn man sich auf die Manipulation der weltweiten Computersysteme verstand und entschlossen zu Werke ging.

Sie stellte ihren Rucksack auf dem Schreibtisch ab und holte den Laptop heraus. Dabei verhedderte sich das Stromkabel in den beiden Headsets aus dem Raumschiff und zog sie mit heraus. Aus irgendeinem Grund jagte ihr der Anblick der durchscheinenden Reife einen Schauer über den Rücken, vermischt mit einem leisen Schuldgefühl. Vielleicht war es vorschnell gewesen, beide Headsets mitzunehmen. Eines hätte vollkommen genügt.

Als Jennifer über das leichte Material strich, fiel ihr etwas auf. Obwohl die beiden Reife in jeder Hinsicht identisch waren, spürte sie irgendwie, welcher ihr gehörte. Es schien ihr fast so, als hätte der eine sie erkannt, während sie dem anderen fremd blieb. Sie dachte zurück, und tatsächlich – wann immer sie, Heather und Mark zum zweiten Schiff hinausgegangen waren, hatte jeder von ihnen sofort nach dem Headset gegriffen, das er beim ersten Besuch benutzt hatte. Komisch, dass sie das nicht schon früher bemerkt hatte.

Jennifer überlegte, ob sie ihr Headset überstreifen sollte, aber sie widerstand der Versuchung. Irgendwie wusste sie, dass sich das Sternenschiff aktivieren würde, wenn sie das Headset aufsetzte und die Verbindung zum Bordcomputer herstellte, und sie wollte auf gar keinen Fall Dr. Stephensons Aufmerksamkeit auf sich ziehen. Außerdem hatte sie wichtigere Dinge zu erledigen.

Deshalb verstaute sie die beiden Headsets wieder in ihrem Rucksack, nahm dicht vor dem Laptop Platz und loggte sich ein. Unzufrieden mit der Windows-Festplattenverschlüsselung hatte sie ihre eigene Software entwickelt – einen Algorithmus, der mit absoluter Sicherheit verhinderte, dass sich irgendwer in ihr System einloggen oder auf ihre Daten zugreifen konnte. Selbst wenn die Festplatte gestohlen wurde, gab es nur eine Person auf dem Planeten, die sie knacken konnte: Heather.

Jennifer schob den Gedanken an ihre Freundin beiseite. Das war eine Schwäche, die sie sich nicht leisten konnte, zumindest jetzt noch nicht. Sie warf einen kurzen Blick in den Spiegel und zuckte bei dem ungewohnten Anblick zusammen. Ihre langen braunen Haare waren verschwunden, jungenhaft kurz geschnitten, schwarz gefärbt und die Spitzen in einem abgemilderten Goth-Look nach allen Richtungen abstehend. Selbst ohne Piercings – die wollte sie ihrem Körper auf gar keinen Fall antun – erkannte sie sich kaum wieder.

Dennoch würde sie damit niemals eifrige »Kopfgeldjäger« täuschen können, die nach ihr fahndeten, vor allem dann nicht, wenn sie mit Video-Unterstützung arbeiteten. Da ihre Eltern inzwischen zweifellos an sämtliche Medien Vermisstenfotos verteilt und möglicherweise eine Belohnung auf Hinweise ausgesetzt hatten, stellte das ein Problem dar. Und obwohl sich Las Vegas mit seinen Millionen Besuchern bestens zum Untertauchen eignete, gab es so gut wie überall Überwachungskameras.

Das Hotel bot einen Highspeed-WLAN-Internetanschluss,

aber Jennifer benutzte ihn nicht, zumindest nicht direkt. Stattdessen brachte sie den Subspace-Transmitter-Chip online und scannte ihre nähere Umgebung nach Computernetzen ab. Es dauerte nicht mehr als drei Sprünge, bis sie gefunden hatte, was sie suchte: ein Netz mit Links zum Sicherheitssystem des Hotels.

Die Systemadministratoren von Sicherheitsnetzen waren in der Regel paranoid, und die Bellagio-Leute trieben diese Paranoia geradezu auf die Spitze, wie Jennifer bei ihrer Hackerei durch die diversen Netzebenen feststellte.

Jedes Mal, wenn sie glaubte, die letzte Sicherheitsstufe geknackt zu haben, stieß sie auf neue Router, Firewalls, Subnetz-Masken oder Verschlüsselungen. Als sie es endlich geschafft hatte, Zugang zu den Kameras und Videoplaybacksystemen zu erhalten, reckte sie die Faust in die Höhe. »Yeah!«

Kleine Videosichtfenster füllten ihren Bildschirm aus. Jennifer stellte fest, in welcher Reihenfolge die Überwachungsgeräte ihren Weg durch das Hotel aufzeichneten – vom Eingang über die Rezeption und weiter hinauf bis in ihre Suite. Dann spulte sie zu dem Zeitpunkt zurück, an dem die Aufnahmen sie selbst zeigten. Nun machte sie sich daran, die Original-Videodaten zu bearbeiten. Sorgfältig löschte sie alle Pixel von sich und ersetzte sie durch Hintergrunddaten von anderen Bildern.

Obwohl sie schnell war, benötigte sie für diese Aufgabe fast eine Stunde. Das war gar nicht gut. Sie würde einige maßgeschneiderte Hilfsprogramme zur Bearbeitung der Videodaten schreiben müssen, wenn sie nicht täglich ein Viertel ihrer Zeit mit dieser mühsamen Arbeit verplempern wollte.

Jennifer betätigte die Tastenkombination, die ihren Computer abschaltete und sperrte, bevor sie aufstand, sich streckte und den Kopf rollte, bis ihre Halswirbel knackten. Dann schlenderte sie quer durch das Zimmer, setzte sich mitten auf das Doppelbett und ließ die edle Umgebung voll auf sich wirken.

Alles verströmte Eleganz und Luxus, von den Badfliesen bis hin zu dem vornehmen Teppichboden im Schlafzimmer. Eine Penthouse-Suite für sie ganz allein. Wenn Heather und Mark sie nur jetzt sehen könnten!

Jennifer merkte, dass sie aufrecht dasaß und den Oberkörper vor- und zurückschaukelte, als hätte ihre Mutter die Arme um sie geschlungen und wiegte sie sacht. Ein Schluchzen mischte sich in ihre Atemzüge, und sie biss die Zähne zusammen. Das war albern. Schließlich war sie nicht Tom Hanks in *Big*, der sich auf der Pritsche einer Absteige zusammenkauerte. Niemand schrie und ballerte nebenan herum. Sie befand sich in einer Penthouse-Suite des Bellagio, verdammt noch mal! Und sie hatte alles voll im Griff.

Jennifer Smythe flüchtete sich nicht mehr wie ein kleines Mädchen in Moms Arme. Die Zeiten waren vorbei … für immer.

KAPITEL 90

»Also, was haben Sie entdeckt, Fielding?« McKinneys Stimme war so fuchsig wie seine roten Haare.

Bobby McKinney kümmerte sich nun schon so lange im Auftrag von MGM Mirage und seinen Hotels um die Datensicherheit im internen Netz, dass er potenzielle Probleme bereits an den Reaktionen der Systemadministratoren erkannte. Er war berüchtigt dafür, dass er niemals stillsitzen konnte. Ständig drehte er seine Runde durch die Hotels, die sich in Las Vegas unter dem Dach von MGM befanden, und überprüfte sämtliche Aspekte eines Sicherheitssystems, dessen hoher Anspruch nur noch von der NSA übertroffen wurde. An diesem Tag hatte er das Bellagio in der Mangel, und die müden, nervösen Bewegungen des Systemadministrators verrieten den Stress, den die bohrenden Fragen seines Vorgesetzten bei einem Zwanzig-Stunden-Arbeitstag auslösten.

Der junge Computertechniker schaute von seinem Rechnerplatz auf und zuckte die Achseln. »Weiß ich noch nicht. Könnte auch harmlos sein.«

»Was könnte harmlos sein?«

Der Techniker fuhr sich mit einer Hand durch die langen blonden Haare und warf sie zurück wie ein pubertierendes Schulmädchen. Aber auch wenn Larry Fielding ein sexueller Grenzgänger zu sein schien, so war er doch einer der besten jungen Computerspezialisten in der Firma.

»Ich zeig's Ihnen mal.« Fielding wandte sich wieder den Tastaturen zu, die er vor sich gestapelt hatte wie die Klaviatur einer Kirchenorgel in einem Tempel der Mormonen. Seine langen, schlanken Finger glitten so schnell und sanft über die Tasten, als würde er sie streicheln.

Auf den Flachbildschirmen, die ihn umgaben, zeigten sich die Blackjack-Tische. Während er das Video langsam vorwärtsbewegte, deutete er auf einen jungen Asiaten, der an einem einzelnen Tisch einen gerade frei gewordenen Platz einnahm. Die Croupière hatte soeben die Karten aus der Mischmaschine geholt und in den Schlitten gefüllt. Mit einem kleinen Lächeln schob der Mann einen Stapel schwarzer Chips auf das Einsatzfeld. Fielding hielt das Video an.

»Mir fiel dieser Typ auf, als ich die Tischdaten überprüfte. Er spielte an fünf verschiedenen Tischen, platzierte seinen größten Einsatz gleich am Anfang und gewann jede dieser fünf Erstrunden. Danach blieb er noch etwa zwanzig Minuten am gleichen Tisch, setzte aber deutlich weniger.«

McKinney beobachtete, wie das Video dem Mann von Tisch zu Tisch folgte.

»Da – achten Sie mal auf seine Miene, wenn er den ersten Einsatz platziert«, fuhr Fielding fort.

McKinney beugte sich vor. »Angespannt, nicht wahr? Ich schätze, dass sein Herzschlag auf eins zwanzig oder noch mehr ansteigt.«

»Und jedes Mal verändert sich sein Ausdruck im Lauf des Spiels. Ich könnte schwören, dass da zwei verschiedene Leute am Werk sind. Sehen Sie?« Fielding verlangsamte das Video zur Verdeutlichung.

McKinney nickte. »Zu Tode gelangweilt. Als könnte er es nicht erwarten, vom Tisch aufzustehen und endlich zu gehen.«

»Genau mein Eindruck.«

»Und warum entdecken das nur meine Experten für Datensicherheit und nicht die Typen von der Kasino-Aufsicht?«

Fielding lächelte. »Diese Frage müssen Sie dem Pit-Manager stellen, dem die Leute aus dem Spielsaal unterstellt sind.«

»Das werde ich auch, darauf können Sie sich verlassen.« McKinney schaute auf den Computertechniker herunter. »Aber es geht Ihnen doch nicht nur um diesen Kerl, der herausgekriegt hat, wie man die Kartenmischmaschinen manipuliert?«

Der Techniker deutete auf eines der Standbilder auf dem Bildschirm. »Die Sache war so unauffällig, dass ich sie um ein Haar übersehen hätte. Betrachten Sie mal den Hintergrund genauer. Kommt Ihnen da nichts komisch vor?«

McKinney zog sich einen Stuhl heran und nahm dicht neben Fielding Platz. Seine blauen Augen hefteten sich auf das Einzelbild. »Eigentlich nicht.«

Fielding ließ das Display unverändert, lud jedoch auf die anderen Monitore Videomaterial von anderen Saalkameras. Diese Ansichten zeigten nicht den Blackjack-Tisch, sondern den Empfangsbereich, wo die neuen Gäste eincheckten. Jedes Bild war genau zur gleichen Zeit aufgezeichnet worden wie das Standbild vom Blackjack-Tisch.

Anfangs begriff McKinney nicht, was Fielding meinte. Die Vergleichsbilder zeigten die Rezeption, die bei der ersten Aufnahme nur im Hintergrund zu erkennen war. Erst nachdem sein Blick mehrmals hin und her gewandert war, entdeckte er den Unterschied.

Fielding nickte, als er das Aufleuchten in McKinneys Augen sah, und deutete auf einen Punkt hinter der Schulter des Asiaten. Von der Menschenmenge fast völlig abgeschirmt, beugte sich ein dunkel gekleidetes Mädchen über den Empfangsschalter und redete auf eine der Hotelangestellten ein. Es war die einzige Aufnahme, die das Mädchen zeigte.

»Ich habe das gesamte Videomaterial mehrfach abgespielt. Es gibt sonst kein Bild von diesem Mädchen. Keine der Kameras im Hotel hat sie eingefangen.«

»Keine?«

»Keine. Obwohl ich vom Zeitpunkt dieser Aufnahme vorwärts und rückwärts alles abgesucht habe.«

McKinney rieb sich das Kinn. Dann erhob er seine Stimme so laut, dass ihn jeder im Datenzentrum verstehen konnte. »Okay, alle mal herhören! Wir haben einen Störfall. Ich will, dass mit oberster Priorität alle unsere Systeme nach dem Mädchen auf diesem Bild durchsucht werden. Ich möchte alles über die junge Dame erfahren, insbesondere, wer ihre Eltern sind und wie es ihnen gelang, sich in unsere Systeme zu hacken. Fielding wird euch alles Nähere erläutern. Richtet euch nach seinen Anweisungen.«

»Was ist mit dem Asiaten?«, fragte Fielding.

»Das bespreche ich mit der Kasino-Aufsicht. Ihr konzentriert euch voll auf das Fremdeindringen in unsere Daten. Überprüft alle Kameradateien und findet heraus, wann sie zuletzt geändert wurden.« McKinney deutete auf die Dame am Empfang, die mit dem Mädchen sprach. »Und besorgt mir den Namen dieser Hotelangestellten. Ich würde mich gern mit ihr unterhalten.«

McKinney blieb an der Tür stehen und ließ seinen Blick über sein Technikerteam schweifen, das ihn stumm anstarrte. Er räusperte sich und erhob erneut die Stimme. »Noch eines. Ihr sprecht über diese Angelegenheit mit keinem Menschen außer mir. Ist das klar?«

Er unterdrückte ein Lächeln, als er den Chor der Zustimmung vernahm. Das klang wie bei der Grundausbildung, wenn die Truppe mit einem zackigen »Jawohl, Sir!« vor dem Spieß Haltung annahm. Gut so. Selbst die Neuen hatten bereits gelernt, wer hier der Boss war.

KAPITEL 91

In der Washington Union Station liefen alle Schienenstränge von D.C. zusammen. Die prachtvolle Metro-Haupthalle im Stil der Beaux Arts unterstrich die kühne Behauptung, dass nicht alle Regierungsgelder verschwendet waren. Seit der 1988 abgeschlossenen Sanierung und Erneuerung galt sie als Washingtons meistbesuchtes Symbol der Wiedergeburt, ein Phönix, auferstanden aus der Asche des Verfalls. Selbst die belebten Geschäfte und Restaurants fügten sich nahtlos in die elegante Architektur ein. Dieser Ort erinnerte Garfield Kromly an ein pulsierendes Herz, das Menschenströme durch die Venen und Arterien der Hauptstadt pumpte.

Er lehnte gemächlich kauend an der Mauer und ließ sich den Geschmack der frischen, außen knusprigen und innen weichen Butterbrezel auf der Zunge zergehen. Die Schlange vor *Auntie Anne's Pretzels* war heute noch länger als sonst, besonders für einen Freitagnachmittag, an dem die meisten Leute es eilig hatten, ins Wochenende zu starten.

Eine Frau in einem marineblauen Hosenanzug stolperte, als sie den Tresen verließ, verschüttete ihr Selterswasser und ließ ihre Handtasche zu Boden fallen.

Kromly löste sich von der Mauer und bückte sich, um ihr beim Einsammeln des Tascheninhalts zu helfen.

»Das ist heute einfach nicht mein Tag«, murmelte sie, als er ihr die Sachen reichte. »Vielen Dank!«

»Keine Ursache.«

Dann war sie weg, aufgesogen von den Menschenmassen, die zu den Bahnsteigen strömten.

Kromly aß seine Breze auf, leckte sich das Salz von den Fingern und warf die leere Tüte in einen Abfallkorb. Dann machte er kehrt und steuerte auf das mehrstöckige Parkhaus zu. Die DVD-ROM, die er aus der aufgeklappten Handtasche der Frau gezogen hatte, war sicher in der Innentasche seines Sportsakkos verstaut.

KAPITEL 92

»Ich kann es einfach nicht fassen, dass du mir das verschwiegen hast!« Heathers Zorn war nicht zu übersehen.

»Es tut mir leid. Ich …« Mark stockte und suchte nach den richtigen Worten. »Ich fand es so cool, dass ich endlich mal einen Vorsprung vor dir und Jennifer hatte. Okay, das war dämlich.«

»Mehr als dämlich.« Heather wusste, dass sie ihn verletzte, aber sie war so in Fahrt, dass sie sich nicht mehr beruhigen konnte. »Ich habe geschuftet wie eine Irre, um ans Ziel zu kommen, und obwohl du wusstest, dass mir dieses Speedreading die Sache gewaltig erleichtern würde, hast du einfach geschwiegen.«

»Es tut mir leid.«

»Weißt du was? Lass mich einfach in Ruhe! Ich brauche jetzt ein wenig Abstand.«

Mark wich zurück. Ihre Worte hatten ihn voll erwischt. Einen Moment lang stand er einfach da, und seine tiefbraunen Augen glänzten verdächtig feucht. Dann drehte er sich um und verließ ihr Zimmer. Heather blieb allein zurück.

Die Leere, die sie plötzlich umgab, schnürte ihr die Kehle zusammen. Heather war wütend auf Mark, aber nun, da sie Zeit zum Nachdenken fand, wurde ihr klar, dass die Aufdeckung von Marks Geheimniskrämerei mit dem Speedreading nur ein weiterer Stein auf dem Stapel all der Frustrationen war, die sie niederdrückten. Seit sie sich damit abgefunden hatte, dass ihr Savant-Talent für die Visionen der letzten Zeit verantwortlich war, hatte sie alles versucht, um dieses Phänomen in den Griff zu kriegen, aber es entglitt ihr immer wieder, denn es war so schwer zu fassen wie das Ende des Regenbogens. Und das, obwohl sie inzwischen einen weit besseren Einblick in die Mechanismen, nach denen es ablief, gewonnen hatte.

Schach. Heather konnte in Gedanken ganze Partien durchspielen und mit Leichtigkeit jeden Computer schlagen. Sie war überzeugt davon, dass ihr nicht einmal der legendäre Schachrechner Deep Blue Schwierigkeiten bereiten würde. Wie sollte er auch, wenn ihr Verstand auf Anhieb unzählige Spielvariationen abrufen konnte? Aber verglichen mit der Komplexität der realen Welt war Schach eben so harmlos wie eine Runde Tic Tac Toe.

Ihr Gehirn sammelte alle zugänglichen Daten, sogar winzige Details, die nur das Unterbewusstsein auffing, setzte daraus die wahrscheinlichsten Szenarien zusammen und gab sie in Form von so plastischen Visionen wieder, dass es Heather danach oft schwerfiel, wieder in die Wirklichkeit zurückzufinden. Zum Glück hatte Mark ihr die Meditationstechniken beigebracht, die sie so lange in der Gegenwart festhielten, bis sie bewusst entscheiden konnte, ob sie die Halluzinationen an sich heranlassen wollte.

Heather hatte eine ganze Reihe wichtiger Entdeckungen gemacht. Erstens konnte sie das Thema der Visionen zumindest zum Teil steuern, indem sie sich auf eine bestimmte Sache konzentrierte, während sie losließ. Und die Antworten, die sie von ihren Wachträumen erhielt, waren unglaublich akkurat, zumindest wenn es um kurze Zeiträume ging.

Die längerfristigen Vorhersagen dagegen waren von der Qualität und Quantität ihrer Informationen im Hier und Jetzt abhängig und trafen immer seltener ins Schwarze. Genau wie beim Schach konnte der Ausgang von Ereignissen durch die Entscheidungen der anderen Spieler beeinflusst werden, wodurch völlig neue Welten nicht linearer Fraktalmathematik erschlossen wurden. Aber Menschen und Computer spielten ganz unterschiedlich Schach. Ein Mensch konnte den richtigen Zug erahnen, ohne sämtliche denkbaren Möglichkeiten bewusst abzuwägen, wie es der Computer tat. Heather hatte eine Kombination der beiden Methoden entwickelt: Ihr Verstand spielte nur die besonders vielversprechenden Möglichkeiten in allen Einzelheiten durch.

Jedes Mal, wenn sie versucht hatte, tiefer in die Zukunft vorzudringen, war Heather so erschöpft gewesen, dass sie nur mit Mühe die Energie zur Rückkehr in die Gegenwart aufbringen konnte. Aber trotz der entsetzlichen Vorstellung, sie könnte sich für immer im Land der Halluzinationen verlieren, drang sie immer weiter vor. Und mit jedem Versuch, jedem Schritt auf diesem schmalen Grat, von dem der Absturz drohte, fühlte sie sich stärker. Heather warf einen Blick auf das Digitalfoto, das Mark während einer der Visionen von ihr gemacht hatte. Da stand sie in ihrer Küche vor der Edelstahlfront des Kühlschranks, etwas an ihrem Gesichtsausdruck weckte den Anschein, als starrte sie geradeaus, obwohl ihre weit aufgerissenen Augen so stark nach hinten gerollt waren, dass nur das Weiße sichtbar war. Das Ganze sah wirklich nicht besonders schön aus. Kein Wunder, dass sie ihre Eltern zu Tode erschreckt hatte. Du liebe Güte! Wer in diese weißen Augäpfel starrte, kriegte vermutlich voll die Panik und hatte nur noch den Wunsch, sich unter dem Bett zu verkriechen.

Aber diese Furcht war nichts im Vergleich zu dem inneren Zwang, der sie bis an die Grenzen selbst ihres übermäßig starken Durchhaltevermögens trieb. Ganz gleich, wie viele Szenarien sie untersuchte, ihre Wachträume hatten eine Überzeugung in ihr gefestigt: Wenn sie Jennifer nicht fanden, würden grauenhafte Ereignisse von unvorstellbarer Tragweite sie alle vernichten.

Heather hatte so oft den qualvollen Tod ihrer Eltern vorausgesehen, dass sie diese Bilder nicht mehr ertragen konnte. Mark starb. Jennifer starb. Aber immer blieb Heather am Leben, obwohl sie sich so sehr nach dem Tod sehnte. Die Halluzinationen wechselten, je nachdem, was sie und Mark in ihren Visionen unternahmen, aber immer dann, wenn sie sich dagegen entschieden, Jennifer zu suchen, durchlitt Heather schlimme Albträume. Obwohl sie nie das Gesicht eines Feindes sehen konnte, hatte sie die eiskalte Gewissheit, dass er sie holen würde, und wenn sie und Mark nicht bald aufbrachen, würde er, bevor er sich ihr zuwandte, alle töten, die ihr etwas bedeuteten.

Heather warf einen Blick auf das Material des Speedreading-Kurses, das Mark auf ihrem Bett abgelegt hatte. So wütend sie gewesen war, dass er ihr diese Informationen so lange vorenthalten hatte, sie hätte ihn umarmen können, als er sie schließlich doch eingeweiht hatte. Es gab so viel, was sie in Erfahrung bringen musste, aber das hier hatte absoluten Vorrang.

Mit einem Kissenstapel im Rücken lehnte sich Heather gegen das Kopfteil ihres Betts, zog die Bücher zu sich heran und begann sie in ihr Gedächtnis einzuscannen. Was immer draußen ablief, sie würde das Zimmer erst verlassen, wenn sie alles, was den Kurs betraf, verinnerlicht hatte. Während sie das Material Blatt für Blatt aufnahm, spürte sie, wie sich eine neue Zuversicht in ihr aufbaute. Egal, wie schlecht die Karten waren, die das Leben an sie ausgeteilt hatte, sie war nicht ohne Talente, und diese neue Fertigkeit würde sie noch stärker machen als bisher.

Außerdem war sie nicht allein. Sie hatte Mark an ihrer Seite. Zum ersten Mal seit Langem spürte sie, dass sie es schaffen konnte, das Dunkel zu vertreiben, das ihre Seele zu ersticken drohte.

Halte durch, Jen! Wir lieben dich. Wo immer du bist, wir kommen.

KAPITEL 93

15 Uhr 42. Jennifer warf einen Blick auf die Digitalanzeige in der rechten unteren Ecke ihres Laptop-Monitors. Sie hatte nicht mehr als zwei Stunden für diese Arbeit veranschlagt, die dann doch den ganzen Tag in Anspruch genommen hatte. Aber das Resultat übertraf ihre Erwartungen bei Weitem.

Kurz nachdem sie alles für die Bearbeitung des Videos vorbereitet hatte, war ihr nämlich eine glänzende Idee gekommen. Warum sollte sie täglich so viel Zeit damit verschwenden, sich manuell in die Sicherheitssysteme des Hotels zu hacken, um das Videomaterial mühselig nach ihrem Foto zu durchforsten? Sicherlich ließ sich dieser Suchvorgang doch auch automatisieren.

Der erste Teil des Problems betraf die Gesichtserkennung. Weniger talentierten Computerfreaks – und das waren im Grunde sämtliche anderen Bewohner des Planeten – wäre es schwergefallen, die entsprechende Software zu entwickeln. Der Algorithmus, den Jennifer wählte, verwendete eine Kombination von relativen Gesichtsabmessungen auf der Basis eines Matrixvergleichs. Da sie bereits eine dreidimensionale OpenGL-Darstellung ihrer

Gesichtszüge angefertigt hatte, musste sie nur noch die Routine programmieren, die in jedem Einzelbild Schlüsselmerkmale identifizierte und deren Abmessungen mit der gespeicherten Datenmatrix verglich.

Ironischerweise hatte der schwierigste Teil dieser Aufgabe nichts mit der Komplexität der Gesichtserkennung zu tun. Die Kamerabilder enthielten mehr als nur Gesichter. Es hatte wenig Sinn, nur ihren Kopf zu löschen; sie musste das Gesicht finden und dann den Umriss ihres Körpers auflösen, indem sie einen Vergleich mit früheren und späteren Aufnahmen der gleichen Kamera herbeiführte. Das war zwar nicht allzu schwer, aber bereits nach wenigen Algorithmen zeigte sich, dass die Bearbeitung zu viel Rechnerzeit verbrauchte, und obwohl sie das Programm mehrmals verbesserte, um die Berechnungen zu optimieren, kamen die Ergebnisse immer noch viel zu langsam.

Das eigentliche Problem stellte der Laptop dar, weil er einfach nicht so schnell war wie die größeren Systeme. Doch dann kam ihr eine neue Idee. Natürlich, das Hotel war bis unters Dach mit vernetzten High-End-Computersystemen ausgestattet. Warum sollte sie das nicht für ihre Zwecke nutzen? Schließlich hatte sie bereits einen Virus, in den sie den neuen Code einbauen konnte, den gleichen Neujahrs-Virus, den sie ursprünglich benutzt hatten, um Kontakt zur NSA aufzunehmen. Mit wenig Aufwand konnte er so umprogrammiert werden, dass er sich auf die Hotel-Subnetze beschränkte und dort sämtliche Bilddaten nach ihren Gesichtsmerkmalen durchsuchte, um sie dann entweder durch Hintergrunddaten zu ersetzen, die er von anderen Aufnahmen kopierte, oder, falls keine solchen Aufnahmen verfügbar waren, im Hintergrund verschwimmen zu lassen.

Jennifer atmete tief durch. Dann beugte sie sich über den Laptop und gab die Befehle ein, die den Virus starteten. Ein Tastendruck auf dem Bildschirm, und das Programm lief. Einfach so. Ohne großes Tamtam. Und schon verbreitete sich der freigesetzte Virus in bestimmten Subnetzen des Bellagio.

Jennifer schob ihren Stuhl zurück und stand auf. So ein brillanter Schachzug, und keiner in der Nähe, der ihn zu würdigen wusste. Keiner, der ihr sagte, was für eine Wahnsinnsleistung sie soeben vollbracht hatte. Heather und Mark hätten Bauklötze gestaunt und ihr immer wieder versichert, dass sie selbst niemals auf diesen genialen Einfall gekommen wären. Aber das spielte nun keine Rolle mehr. Sie hatte alle Brücken hinter sich abgebrochen.

Von der Straßenschlucht tief unten drang, durch die schalldichten Fenster gerade noch hörbar, das dünne Wimmern einer Sirene zu ihr herauf.

KAPITEL 94

Mark schluckte schwer und wartete, bis seine Hand unter dem Mikroskop völlig ruhig war, bevor er die letzte Lötstelle in Angriff nahm. Diese Platine musste einfach perfekt werden. Beim vorigen Modell hatte er keinen Druck gespürt, nur die Genugtuung, dass er Heather und Jennifer mit seiner unglaublichen Feinmotorik beeindrucken konnte, diesem präzisen Zusammenspiel von Nervenenden und Muskeln. Und die beiden hatten sich von den Änderungen, die er an dem Mini-Subspace-Transmitter vorgenommen hatte, begeistert gezeigt.

Doch das war vor der Zeit gewesen, da Jennifer heimlich das Haus verlassen und den Laptop mit dem abgewandelten Subspace-Transmitter mitgenommen hatte. Diesmal waren er und Heather gezwungen gewesen, die gleichen Modifikationen an ihrem zweiten Laptop vorzunehmen, der an der größeren Stromversorgung hing und eigentlich Jack und Janet den Zugang zum Netz ermöglichen sollte. Natürlich hatte das zur Folge, dass dieses System offline gehen musste, doch das ließ sich nicht ändern. Er und Heather brauchten das Gerät jetzt dringender als Jack und Janet. Davon war zumindest Heather überzeugt.

Mark lötete die letzte Verbindung. Als er aufblickte, sah ihn

Heather gespannt an. Er schickte ein Stoßgebet zum Himmel. Hoffentlich behielt sie recht. Ach was! Heather behielt immer recht. Weshalb glaubte er dann Zweifel in ihren schönen Augen zu lesen? Gott sei Dank war sie nun nicht mehr wütend auf ihn. Ihr Zorn hatte sich verflüchtigt wie ein plötzliches Sommergewitter. Und das war gut so, denn es fiel ihm immer schwerer, ihre Missbilligung oder ihren Ärger zu ertragen.

»Fertig«, sagte Mark, nachdem er die Platine am Gehäuse festgeschraubt und den Laptop mit ein paar schnellen Handgriffen geschlossen hatte.

»Fahr ihn hoch!« Heather holte tief Luft. »Wenn du alles richtig verschaltet hast, müsste das Programm genau wie bei unserem ersten Laptop funktionieren.«

»Ich habe alles richtig verschaltet«, versicherte Mark. Und er betete, dass er sich nicht täuschte. Das hier war die letzte Hürde, die sie nehmen mussten, bevor sie sich auf die Suche nach Jen begeben konnten. So verrückt seine Zwillingsschwester sich auch benommen hatte, er würde alles daransetzen, sie zu finden. Ihr unmögliches Verhalten spielte längst keine Rolle mehr. Es ging einzig und allein darum, sie sicher und unversehrt wieder nach Hause zu holen.

Nachdem der Bootvorgang abgeschlossen war, zog Heather den Laptop zu sich heran. Sie war an der Tastatur vielleicht nicht so schnell wie Jennifer, aber auch sie arbeitete ziemlich flott. Sie aktivierte den Subspace-Transmitter, begann mit der Signalsuche und beobachtete die Anzeigen, während sie die Feinabstimmung der Wellenpaket-Synchronisation vornahm.

»Das Rho-Projekt?«, fragte Mark nach einem Blick auf die Koordinaten, die sie eingegeben hatte.

»Sie werden nichts bemerken. Dafür bleibe ich nicht lange genug.«

Mark nickte. »Okay. Nur mal kurz einklinken und sofort wieder rausgehen.«

»Ich hab's gleich geschafft.« Heather drückte auf die Sendetaste. »Und das war's auch schon. Wir haben die Bestätigung, dass das Wellenpaket eingedrungen ist.«

Sie brach die Übertragung ab und stellte eine zweite Software-Bedienkonsole auf – eine, die sie selbst entwickelt hatte.

»Jetzt wird sich zeigen, ob meine Mathematik hält, was sie verspricht.« Heathers Mundwinkel zuckten nervös, als sie krampfhaft zu lächeln versuchte.

Obwohl Mark dem Ausgang des Tests entgegenfieberte, merkte er, dass es ihm schwerfiel, ihn mitzuverfolgen. Von diesem Versuch hing einfach alles ab. Heather war auf die Idee gekommen, dass die Headsets der Aliens vermutlich auch dann mit dem zweiten Schiff in Kontakt blieben, wenn dessen Energieversorgung abgeschaltet war. Das würde bedeuten, dass sie ihm befehlen konnten, die Systeme wieder online zu bringen. Und wenn sie das schafften, hieß das, dass sich die Subspace-Signale der Headsets aufspüren ließen.

Natürlich war das nicht leicht. Erstens benötigte man einen Subspace-Empfänger, der die Signale auffangen konnte. Zweitens war die Kenntnis des exakten Punktes vonnöten, auf den sie gerichtet waren. Drittens musste man die Wellenpaket-Charakteristika der Headsets kennen, um die Signale vom Hintergrundrauschen unterscheiden zu können. Die ersten beiden Bedingungen waren erfüllt. Und in Kürze würden sie erfahren, ob Heathers Theorie stimmte und die Stirnreife sich tatsächlich in regelmäßigen Abständen beim Schiffscomputer meldeten.

Heather holte den Stirnreif der Aliens aus ihrem Rucksack, legte ihn in Reichweite auf die Werkbank und streckte dann wortlos die Hand aus. Mark übergab ihr seinen Stirnreif, und sie platzierte ihn dicht neben ihrem. Den Test hätte sie notfalls auch mit einem einzigen Headset durchführen können, aber sie benötigte beide, um die Fourier-Transformationen der Subspace-Signale zu analysieren. Selbst wenn alles andere funktionierte, gelang es ihr vermutlich nicht, die beiden Geräte in Jennifers Besitz zu orten, wenn die Signale zu große Unterschiede aufwiesen.

Mark rückte so nahe an den Monitor heran, dass sein Kopf fast Heathers rechte Schulter berührte. Die Daten wanderten über die linke Seite des Displays, ein Gewirr von Ziffern, die eine Kaskade von Zahlen bildeten. Mist! Zum ersten Mal im Leben bereute Mark, dass er im Mathematikunterricht nicht besser aufgepasst hatte. Er verstand nicht, was diese Umformungen bedeuteten, und wartete hilflos darauf, dass Heather endlich etwas sagte.

Stattdessen sprang sie auf, fiel ihm um den Hals und drückte ihn so fest, als wollte sie ihm einen Knutschfleck verpassen.

Dann flüsterte sie ihm ins Ohr: »Sieht ganz danach aus, als könnten wir noch heute Nacht starten. Fang schon mal zu packen an!«

Raul hob den Kopf, bis er direkt auf die an der Decke des Raumes montierten Schaltflächen zu starren schien. Die Anomalie war so kurz aufgetreten, dass er sie fast nicht bemerkt hätte. Ganz sicher wäre sie ihm ohne die neue Verbindung entgangen, aber nun, da er die Daten in seinem neuronalen Netz analysierte, konnte es keinen Zweifel mehr geben.

Ein weiteres Subspace-Signal war in das Rho-Schiff eingedrungen.

KAPITEL 95

Pauly Farentino schob sich durch die Menschenmassen auf den Parkgaragen-Ausgang der Union Station zu, die Rechte tief in der Jackentasche vergraben, während er den Linear Inertial Decoupler, kurz LID, und den Schalldämpfer am Lauf seiner 9-mm-Glock befestigte. Im Gegensatz zur Beretta arbeitete diese Pistole nach dem Browning-Prinzip, bei dem der Lauf nach etwa einem Viertelzoll Rückstoß abwärts schwenkte, damit sich der Schlitten frei nach hinten bewegen und die leere Hülse ausstoßen konnte. Ohne den LID würde das Gewicht des Schalldämpfers diesen Rückstoßausgleich verhindern. Das machte die Handhabung der Waffe etwas komplizierter, aber Pauly hatte die zusätzlich nötigen Griffe schon so oft durchgeführt, dass sie ihm so natürlich von der Hand gingen wie seine tägliche Rasur.

Er beschleunigte seine Schritte ein wenig, ohne sein Ziel auch nur eine Sekunde aus den Augen zu lassen. Die Übergabe war so reibungslos erfolgt, dass sie Pauly völlig entgangen wäre, wenn er nicht den Mann erkannt hätte, der Natalie Simpson beim Einsammeln ihres Tascheninhalts behilflich gewesen war: Garfield Kromly. Das bedeutete, dass jetzt Kromly im Besitz der DVD-ROM war. Es bedeutete aber auch, dass Pauly nun ein neues Ziel hatte.

Obwohl damit der Einsatz die Aufwandsentschädigung um einiges überstieg, blieb ihm nicht die Zeit, Kontakt zum Kolumbianer aufzunehmen. Kromly musste ausgeschaltet werden, bevor er einen Computer organisierte und Zugang zu diesen Daten erhielt. Pauly konnte über die Wende der Ereignisse Bericht erstatten, wenn der Job erledigt war.

Ein Obdachloser blockierte seinen Weg durch die Menge und streckte ihm bittend die schmuddelige Hand entgegen.

»Weg da!«, zischte Pauly und trat auf den Bettler zu, um ihm den Ellbogen in die Magengrube zu rammen.

Zu seiner Verblüffung landete er keinen Treffer. Aus dem Augenwinkel nahm er das Aufblitzen eines Messers wahr, das dreimal kurz zustieß.

Pauly geriet ins Stolpern, als er die Glock auf seinen neuen Gegner zu richten versuchte. Eine scharlachrote Fontäne spritzte aus seiner Kehle auf die Menschen ringsum, die schreiend davonrannten. Er spürte, wie der Boden auf ihn zukam, feucht und glitschig.

Die roten Augen des Penners verfolgten seinen Sturz.

KAPITEL 96

Janet betrachtete sich aufmerksam im Spiegel. Er war eines der kleinen, aber regelmäßigen Geschenke, mit denen Großer Bär sie bedacht hatte. Ihr Gesicht war ebenso tief gebräunt wie ihre Arme und Beine. Sie hatte ihr ohnehin dunkles Haar schwarz gefärbt und sich im Stil moderner Navajo-Frauen gekleidet, den sie gern als avant-arabisch bezeichnete. Die fortschreitende Schwangerschaft hatte ihre Formen gerundet, und selbst Jack hätte sie wohl nicht auf den ersten Blick erkannt.

Sie ließ ihren Blick ein letztes Mal durch den Hogan schweifen, der in den letzten Wochen ihr Zuhause und ihr Arbeitsplatz gewesen war, und überprüfte noch einmal den Inhalt ihres Reiserucksacks. Sie hatte den Laptop, ihre 9-mm-Subcompact und eine Auswahl an gefälschten Papieren eingepackt.

Mist! Sie war so dicht davor gewesen, ihren nächsten Bericht an Jack abzuschicken – alles Informationen, die er unbedingt benötigte –, dass der Verlust ihres Internetzugangs einem Schock gleichgekommen war. Der geheimnisvolle Link war so zuverlässig gewesen, dass sie seine erstaunlichen Möglichkeiten längst als gegeben betrachtet hatte und sich bei ihrer Suche nach den Leuten, von denen Jonathan Riles und sein Team verraten worden war, immer tiefer in das Labyrinth des Netzes vorgewagt hatte. Wäre die Kontaktaufnahme zu Jack nicht so dringend gewesen, hätte sie wohl einfach ein paar Tage abgewartet, um zu sehen, ob die Verbindung wieder zustande kam. Aber das war nun ausgeschlossen.

Obwohl Janet den Namen des Verräters noch immer nicht kannte, war es ihr gelungen, eine Serie verschlüsselter Nachrichten aufzuspüren, die eindeutig aus dem Weißen Haus und vermutlich sogar aus dem engsten Umfeld des neuen Präsidenten stammten. Und was fast noch brisanter war: Die Botschaften waren an Jorge Esteban Espeñosa gerichtet gewesen, den Boss des mächtigsten und brutalsten kolumbianischen Drogenkartells.

Doch trotz aller Fakten, die sie direkt aus CIA- und FBI-Files zusammengetragen hatte, war sie in einer Sackgasse gelandet – bis sie an diesem Morgen endlich einen Durchbruch erzielen konnte. Als sie sich in eines der Interpol-Subnetze einloggte, die sie laufend überprüfte, stieß sie auf den eher unbedeutenden Bericht eines Agenten aus Caracas, der den Auftrag hatte, dem Top-Killer des Espeñosa-Kartells auf den Fersen zu bleiben: Eduardo Montenegro alias El Chupacabra alias der Kolumbianer. Offensichtlich war der Kolumbianer genau zu dem Zeitpunkt untergetaucht, als in den USA die Mordserie begonnen hatte, die man nun Jack in die Schuhe schob, einschließlich der Attentate auf den Präsidenten und den FBI-Direktor.

Janet hatte sich daraufhin ausführlich mit dem Hintergrund von El Chupacabra befasst. CIA, FBI und ATE besaßen jeweils umfangreiche Dossiers über den Mann, aber die besten Auskünfte fand sie in den Unterlagen der französischen Regierung. Der Profikiller war Interpol aufgefallen, weil er sich für alles interessierte, was mit Carlos, dem Schakal zusammenhing. Und als der französische Geheimdienst daraufhin dieser Spur nachging, hatte sich gezeigt, dass der Kolumbianer noch viel stärker auf den amerikanischen Killer mit dem Decknamen Jack the Ripper fixiert war.

Janet trat in die Abenddämmerung hinaus und füllte ihre beiden Feldflaschen am Wassertank. Die ersten Sterne traten aus dem wachsenden Dunkel des Himmels. Janet warf einen kurzen Blick auf ihren Bauch. Aber es hatte wenig Sinn, sich um etwas Sorgen zu machen, das sie doch nicht ändern konnte.

Sie zerrte an den Schulterriemen des Rucksacks und begann den Arroyo hochzuklettern, der zur Kammlinie südlich des Hogan hinaufführte. Schwanger und schwerfällig oder nicht, Jack brauchte sie jetzt, und Janet war fest entschlossen, wieder in das Spiel einzusteigen.

KAPITEL 97

Es klopfte. Jennifer setzte sich kerzengerade in ihrem Bett auf und blinzelte verschlafen in das Sonnenlicht, das durch die raumhohen Fenster hereinströmte. Wie spät war es eigentlich? Sie war in ihren Klamotten eingedöst und hatte geträumt, dass ihre Eltern sich verzweifelt in den Armen lagen, während Mark und Heather im Nebenzimmer fröhlich lachten, als wären ihr Bruder und ihre beste Freundin total froh über ihr Verschwinden.

Die Tür zum benachbarten Raum ging auf, bevor sie protestieren konnte. »Hallo? Zimmerservice?«

Jennifer räusperte sich. »Nein, danke. Könnten Sie etwas später kommen?«

»Sí, señorita.« Die Tür fiel ins Schloss, und Jennifers Herzschlag beruhigte sich allmählich.

Herrje, das war bloß das Zimmermädchen! Man hätte meinen können, dass sie noch nie in einem Hotel gewohnt hatte.

Jennifer stand auf, streckte sich und fuhr mit den Fingern durch ihre Haare. Wie kurz und dünn sie sich anfühlten! Sie hatte von Leuten gehört, die noch nach Jahren ihre verlorenen Gliedmaßen spürten. Aber Phantomhaare? Du liebe Güte!

Das Fenster zog sie magisch an, und sie trat näher, um einen Blick auf die Stadt zu werfen, die sich unter ihr ausbreitete. Der strahlende Sonnenschein passte irgendwie überhaupt nicht zu den Straßen von Las Vegas. Wie Draculas Schloss bei Tageslicht erschienen sie ihr enger und des Glanzes beraubt, den ihnen nur die Dunkelheit verlieh. Sie hatte sich wirklich auf den Luxus der Penthouse-Suite gefreut, aber in der Pracht und dem Überfluss des Bellagio kam sie sich so unbedeutend und fehl am Platze vor, dass sie selbst den Wohnsitz des Fürsten der Vampire vorgezogen hätte. Zumindest hätte er ihre Stimmung besser widergespiegelt.

Vielleicht half eine heiße Dusche. Und die Dampfdüsen für »ihn« weckten ihre Lebensgeister vermutlich schneller als die Massagestrahlen des Brausekopfs in »ihrem« Badezimmer.

Erst als Jennifer ihre Haare trocken rubbelte, wurde ihr bewusst, wie hungrig sie war. Sie hatte auf der Taxifahrt zum Hotel in einer Seitenstraße eine Waffelbäckerei gesehen, aber wenn sie in einem der Bellagio-Restaurants aß, konnte sie die Rechnung auf das Zimmer schreiben lassen. Da sie im Moment über wenig Bargeld verfügte, schien das die bessere Lösung zu sein, selbst wenn es bedeutete, dass sie noch mehr Videomaterial zu sichten hatte als bisher. Doch das beunruhigte sie nicht weiter. Sie hatte ohnehin vor, ihr Video-Editier-Tool zu schreiben, und das gab ihr die Möglichkeit, beides zugleich zu erledigen.

Bis sie sich unten in die Warteschlange vor dem Buffet einreihte, war Jennifer so hungrig, dass sie befürchtete, die anderen Gäste könnten ihren Magen knurren hören. Sie überlegte, ob sie lieber ins Café Bellagio oder ins Pool-Café gehen sollte, aber sie konnte der Versuchung nicht widerstehen, alles durchzuprobieren, was das Buffet zu bieten hatte. Das Warten lohnte sich, obwohl ihr die Berge an Köstlichkeiten, die sie sich auflud, fast ein wenig peinlich waren. Als ob das irgendwen hier gestört hätte!

An dem Tisch zu ihrer Linken hatte sich eine Familie mit sechs Kindern niedergelassen, die Unmengen von Gebäck in sich hineinschaufelten. Und die Schnelligkeit, mit der sie ihre Teller leerten, ließ darauf schließen, dass sie alle fest entschlossen waren, sich einen Nachschlag zu holen.

Jennifer stand von ihrem Tisch auf und schlängelte sich durch die Menge zurück zu den Aufzügen, die sie nach oben in ihre Suite bringen würden. Dabei streifte ihr Blick die schwarzen Glasgehäuse mit den Video-Überwachungskameras. Eines stand fest. Diese Kasinobesitzer in Las Vegas waren ein paranoider Haufen. Sie machten es einem anständigen jungen Mädchen nicht leicht, seine Privatsphäre zu wahren.

Als sie die Tür zu ihrer Suite öffnete, sah sie, dass jemand während ihrer Abwesenheit dort sauber gemacht hatte. In einem Anfall von Panik lief sie ins Schlafzimmer. Sie fand ihren Laptop so auf dem Schreibtisch vor, wie sie ihn verlassen hatte, und überprüfte rasch den Inhalt ihres Rucksacks. Eine Woge der Erleichterung überkam sie, als sie die beiden Headsets aus dem Raumschiff zwischen den paar Anziehsachen hervorkramte, die sie zum Wechseln eingepackt hatte.

Jennifer wusste, dass sie sich in Kürze neu einkleiden musste, vielleicht in einigen der Läden, die sich im Hotel selbst befanden. Aber zunächst musste sie die Dinge erledigen, die sie gezwungen hatten, ihre Familie zu verlassen. Seit ihrem letzten Besuch auf dem zweiten Schiff wusste sie genau, was zu tun war. Es hatte nur eine Weile gedauert, sich mit dem Gedanken vertraut zu machen, dass sie diese Schritte niemals unter dem Dach ihrer Eltern in die Wege leiten konnte. Und obwohl es schön gewesen wäre, von Mark und Heather Unterstützung zu erhalten, war ihr klar, dass die beiden noch nicht bereit waren, ihre Einsichten zu teilen. Vielleicht würden sie das auch nie sein.

Nicht mehr lange, und die Technologien des Rho-Schiffs würden sich rund um den Erdball verbreiten. Wenn der Geist erst einmal aus seiner Flasche befreit worden war, gab es keine Möglichkeit mehr, ihn wieder einzusperren. Und nach allem, was sie in den Datenbanken des zweiten Schiffs gesehen hatte, bedeutete es das Ende für jede Zivilisation, sobald sie der Versuchung erlag, sich seine Dienste nutzbar zu machen.

Heather und Mark glaubten, dass sie sich ungefährdet am Rande dieses Konflikts aufhalten konnten, dass es reichte, hier und da den Regierungsbehörden kleine Hinweise zu geben und zu hoffen, dass sie das Unheil erkennen und ihm Einhalt gebieten würden. Doch Jennifer hatte sich von solchen Illusionen längst verabschiedet. Selbst dem knallharten Jack Johnson oder Gregory oder wie er sonst heißen mochte, war es nicht gelungen, das Rho-Projekt zu stoppen. Und was hatte ihre Einmischung denn bisher bewirkt? Dass der Präsident der Vereinigten Staaten seinen Versuch, sich gegen den Vormarsch des Rho-Projekts zu stemmen, mit dem Leben bezahlt hatte.

Jennifer nahm vor dem Laptop Platz und gab das Passwort ein, das ihr Verschlüsselungsprogramm umging. Außerdem hatte sie es satt, immer nur die zweite Geige zu spielen. Nicht Heather oder Mark, sondern sie hatte den Zugang zu den internen Datenbanken der Aliens entdeckt. Das Schiff hatte sie auserwählt, weil sie, Jennifer, die Beste war, egal was die anderen dachten.

Die Zeit für Halbheiten war nun vorbei! Aber ihre nächsten Aktionen würden Geld kosten, sehr viel Geld. Noch mehr gefälschte Ausweise, noch mehr Offshore-Bankverbindungen. Jennifer lachte in sich hinein. Auch wenn es sich komisch anhörte, in gewisser Weise war sie drauf und dran, sich zum Robin Hood ihrer Zeit zu entwickeln. Sie hatte bereits mehr als ein Dutzend Drogenkartell-Konten entdeckt, die geradezu darum bettelten, dass jemand die illegal erworbenen Gewinne einem guten Zweck zuführte.

Seit sie in den vergangenen Wochen genau untersucht hatte, wie die Kartelle ihr Geld wuschen, fand Jennifer deren Methoden geradezu lachhaft. Ganz sicher hatten die Drogenbosse noch nie so etwas gesehen wie die verschlungenen Geldwege, mit denen Jennifer ihre Konten zu plündern gedachte. Und wenn ihre Transaktionen dazu führten, dass sich die diversen Kartelle gegenseitig verdächtigten – umso besser.

Jennifer machten diese Tricks Spaß, und sie war gut darin. Zu gut.

KAPITEL 98

Bobby McKinney schob sich in den Raum, dicht gefolgt von Danny Norman, dem Sicherheitschef des Bellagio. Unwillkürlich rieb er die Hände aneinander, um sie zu wärmen. Computerzentralen wurden in der Regel immer noch auf Temperaturen heruntergekühlt, bei denen ein Eskimo nach seinem Parka griff, ein Relikt aus den Zeiten, als man unter Computern mächtige Cray-Kolosse verstand oder, noch früher, Vakuumröhren, die nur einen Bruchteil der Arbeit erledigten, die mittlerweile ein winziger Teil eines geätzten Silizium-Wafers leistete.

Larry Fielding stand auf und gab ihm die Hand. »Das werden Sie nicht glauben.«

»Was werde ich nicht glauben?«

Fielding kehrte an seinen Platz vor einer ganzen Serie von Tastaturen und Bildschirmen zurück. »Sie erinnern sich an die Aufnahme von diesem Blackjack-Tisch?«

»Die mit dem Mädchen?«

»Genau.«

»Was ist damit?«

»Sehen Sie selbst!«

McKinney studierte das Bild auf dem hoch auflösenden Display. »Das ist die falsche Aufnahme. Da ist kein Mädchen drauf.«

»Es ist die richtige Aufnahme. Aber das Mädchen ist jetzt verschwunden.«

»Auch auf den Back-ups?«

»Auf jeder unserer Sicherheitskopien.«

»Und auf dem Band?«

»Genau das Gleiche. Mit einer Merkwürdigkeit. Die Zeit für die letzte Änderung des Bands liegt nur ein paar Sekunden hinter meinem Zugriff zurück. Es sieht so aus, als hätte jemand die Daten auf dem Band im gleichen Moment editiert, als ich daran arbeitete.«

»Verdammte Scheiße!«

»Das dachte ich auch. Aber sehen Sie hier.« Fielding zoomte einen Ausschnitt heran, der den Empfangsschalter des Hotels zeigte. »Fallen Ihnen die Farbartefakte hier entlang auf? Der Hintergrund wurde editiert, um diesen Bildausschnitt zu ersetzen.«

»Wie editiert?«

»Ich würde sagen, mit einem Programm wie Photoshop, allerdings ein wenig flüchtig.«

»Mit anderen Worten – das Bild wurde bearbeitet, aber nicht perfekt.«

»Genau. Könnte von einer Art Algorithmus stammen, der automatisch im Hintergrund ablief.«

»Auf unserem System?«

Fielding zuckte die Achseln. »Eine andere Möglichkeit gibt es kaum. Und das ist noch nicht mal das Schlimmste. Ich habe nämlich sämtliche späteren Videodaten auf verdächtige Farbartefakte wie verschwommene Ränder oder Pixelkopien untersucht.«

Die Finger des Computertechnikers tanzten über die Tasten. »Schauen Sie sich diesen kleinen Videoabschnitt an!«

Der Clip zeigte eine Warteschlange vor dem Buffet des Bellagio. Er dauerte gut dreißig Sekunden, und beim ersten Durchlauf konnte McKinney nichts Außergewöhnliches entdecken.

»Ja – und?«

»Jetzt das Ganze noch mal mit Viertelgeschwindigkeit«, sagte Fielding.

Wieder zeigte das Video die Warteschlange vor der Registrierkasse. Dann sah man eine kurze Störung, ein Geisterbild, das sich wie ein schwaches Echo im Display verlief.

»Halten Sie das an«, sagte McKinney. »Und jetzt spielen Sie das Ganze in Einzelbildschaltung ab.«

In den nächsten Minuten studierte er das Material, während ihm Fielding das Video Schritt für Schritt vorführte.

Dann vollführte Fielding eine schnelle Drehung auf seinem Bürostuhl und sah McKinney ruhig an. »Heute Abend habe ich ein paar ähnliche Anomalien in Videos von der Hotelumgebung gefunden. Offenbar werden die Daten unmittelbar nach den Aufnahmen bearbeitet. Wie auf dem Band.«

»Mist!« McKinney richtete sich auf. »Sagen Sie mir bitte, dass irgendwer einen Ausdruck von der Originalaufnahme dieses Mädchens angefertigt hat.«

»Fehlanzeige – leider.«

Als echter Computerfreak hatte Fielding Scheuklappen und realisierte die Gefährlichkeit seiner Antwort nicht einmal. Glücklicherweise bewahrte ihn sein wertvolles Fachwissen vor dem Rauswurf – zumindest für den Augenblick.

McKinney biss die Zähne zusammen und wandte sich Norman zu. »Danny, es ist mir egal, wem Sie auf die Zehen steigen müssen, aber ich will Aufnahmen von jedem einzelnen Gast, der in den nächsten Tagen ein Hotelzimmer betritt oder verlässt. Und ich meine Aufnahmen von Filmkameras.«

Danny Normans Kinn klappte nach unten. »Wie zum Teufel soll ich das hinkriegen?«

»Das ist mir scheißegal. Diese Nuss können Sie und Ihre überbezahlte Mannschaft doch wohl knacken.« McKinney bohrte seinen Zeigefinger in Danny Normans Brustkorb. »Enttäuschen Sie mich lieber nicht.«

Danny versteifte sich, als wäre er drauf und dran, aus der Haut zu fahren, doch dann machte er wortlos auf dem Absatz kehrt und stürmte hinaus.

McKinney holte einen Kaugummi aus seiner Tasche, entfernte Papier und Folie und schob sich den Streifen zusammengeklappt zwischen die Zähne. Er biss darauf herum, bis der Speichelfluss den Gummi weich gemacht hatte. Nach einem Blick in die erschrockenen Gesichter ringsum sagte er mit erhobener Stimme:

»Die Show ist vorbei, Leute. Zurück an die Arbeit.«

Dann marschierte er durch die Tür, die Danny eben hinter sich zugeschlagen hatte.

KAPITEL 99

Die Beleuchtung in diesem Abschnitt der Maury Avenue hatte schon bessere Tage gesehen. Es war weit nach Mitternacht, und um diese Zeit trieben sich mehr Gangster als Normalbürger in den Straßen von Oxon Hill in Maryland herum. Die Gegend hatte einen schlechten Ruf, teils zu Recht, teils zu Unrecht. In dieser Nacht lag einen Straßenblock südöstlich der D.C. Southern Avenue Gefahr in der Luft. Es war genau die Atmosphäre, die El Chupacabra magisch anzog. Morgen würde er in einem Privatjet nach Bogotá zurückfliegen, doch diese Nacht gehörte ihm.

Er schlenderte die dunkle Straße entlang, machte hier und da einen Abstecher in schmale Durchgänge, sog die Furcht ein, die aus den Fenstern der Häuser oder der gelegentlich vorbeirollenden Autos sickerte. Er war in den Barrios von Lima aufgewachsen, und das hier fühlte sich ein wenig nach seiner Heimat an – nicht ganz so schäbig vielleicht. Aber auch hier lauerte der Tod, immer bereit, die Unachtsamen anzuspringen.

Soweit Eduardo sich zurückerinnern konnte, war der Dämon der Furcht sein ständiger Begleiter gewesen. Seine Mutter hatte die Angst als Erste beschworen. Und im Lauf der Jahre war sie in einer profunden Art und Weise, die an die Geister der Inkas erinnerte, seine einzige wahre Geliebte geworden.

Mehrmals fühlte er sich versucht, mit seinem sündhaft teuren Armani-Anzug und dem Spruch »Wassup, my niggas!« aus seinen geliebten Jackie-Chan-Filmen an eine der Gruppen junger Schwarzer heranzutreten, die sich in den Ecken herumdrückten, nur um zu sehen, wie sie außer Rand und Band gerieten, und in ihrem Blut zu baden, wenn sie mit ihren Waffen herumfuchtelten. Aber ihr Hass würde seinen Hunger nicht befriedigen. Was ihn antörnte, war nackte Angst.

Ein Wagen bog in eine Auffahrt an der Nordseite der Straße, drei Häuser von der Gasse entfernt, in der Eduardo stand und seine Ankunft beobachtete. Der Motor stotterte und bockte, als er abgestellt wurde. Die Tür schwang auf, und die Silhouette einer hochgewachsenen Schwarzen hob sich gegen die Frontscheinwerfer ab. Ihr eng anliegendes Kleid und die High Heels sagten einiges über ihre Profession aus. Sie war keine Nutte. Deren Nachtschicht wäre um diese Zeit noch längst nicht um. Sehr viel wahrscheinlicher war, dass sie als exotische Tänzerin in einem der Klubs arbeitete, die sich im Umfeld der nahen Militärstützpunkte angesiedelt hatten.

Die Frau beugte sich noch einmal in das Wageninnere, um vom Beifahrersitz ihre Handtasche zu holen, und nahm dadurch eine Stellung ein, die Eduardos Blut aufheizte. Sie war genau richtig für das, was er bezweckte.

Die Frau schlug die Autotür zu und drückte zweimal den Alarmauslösekontakt an ihrem Schlüsselring. Beim zweiten Mal ertönte vom Wagen her ein kurzer Hupton. Dann ging sie mit raschen Schritten zum Eingang. Sie warf einen kurzen Blick über die Schulter, bevor sie aufsperrte und das Haus betrat. Eduardo blieb in seinem Versteck, während im Flur die Lichter aufflammten, und beobachtete, wie sich ihr Schatten an den Fenstern vorbeibewegte.

Als Nächstes ging im zweiten Stock ein Licht an, der Lage nach zu schließen in einem Kinderzimmer gegenüber dem Schlafzimmer. Nur ein kurzes An und Aus – Mama, die nach den lieben Kleinen sah. Ob es einen Mr. Stripper gab? Eher nicht. Wohngegenden wie diese waren der Grund für den hohen Prozentsatz alleinerziehender Mütter in den amerikanischen Statistiken. Keine Spur von einem zweiten Wagen. Eduardo hegte starke Zweifel, dass er dort droben den Gemahl der Dame antreffen würde. Und wenn doch – umso besser.

Er überquerte die Straße und schlenderte im Schatten der Häuser auf sein Ziel zu, ein zweistöckiger Backsteinbau, unterteilt in Drei- bis Vierzimmerwohnungen mit jeweils eigener Auffahrt und eigenem Vorgarten, viele davon durch Maschendrahtzäune getrennt. Eduardo hielt sich nicht lange im Frontbereich auf, sondern ging seitlich um das Gebäude herum zu einem mit Bäumen bestandenen Streifen, der die Häuser ein wenig gegen die verkehrsreiche Southern Avenue abschirmte.

Als er die ausladenden Baumkronen sah, deren Astwerk bis an die Mauern heranreichte, lächelte Eduardo. Wie einladend! Klettern gehörte zu seinen besonderen Talenten, und eine Klettertour auf einen dieser Bäume würde nicht einmal seinen Anzug verknittern.

Das Licht in der Küche flackerte und erstrahlte dann in seiner ganzen fluoreszierenden Helle. Als die Frau am Fenster vorbeiging und sich streckte, um einen Teller aus einem Hängeschrank zu holen, erlaubte ihm die Beleuchtung einen kurzen Blick auf das Gesicht des Opfers, das er auserkoren hatte. Mit diesem Aussehen und dieser Figur machte sie sicher jede Menge Kohle.

Die Frau ging zum Kühlschrank, und Eduardo wandte sich wieder dem Baum zu. Mühelos kletterte er die Äste hoch, bis er das Schlafzimmerfenster erreichte. Er zerschnitt das Fliegengitter, holte zwei kleine, merkwürdig geformte Werkzeuge aus der

Tasche und schob eines davon an der Stelle durch den Spalt, wo einer der Doppelgriffe das Fenster verriegelte. Er hebelte auf und ab, bis er spürte, dass sich der Griff nach oben bewegte.

Nachdem er in der gleichen Weise auch die zweite Verriegelung gelöst hatte, drückte er das Fenster ganz auf, steckte rasch sein Spezialwerkzeug ein und schwang sich in das unbeleuchtete Schlafzimmer.

Eduardo, der sich im Halbdunkel wohler fühlte als im hellen Tageslicht, inspizierte den Raum. Die Einrichtung machte nicht viel her. Ein französisches Bett, ein einzelnes Nachtkästchen, eine Kommode mit vier Schubladen, ein Kleiderschrank, eine offene Tür in ein kleines Bad und eine zweite, die in den Flur führte.

Ohne zu zögern, trat Eduardo lautlos in den Gang und schlich auf das Kinderzimmer zu, während er aufmerksam jede Bewegung unten in der Küche mitverfolgte. Er drückte die Klinke herunter und schob die Tür einen winzigen Spalt auf. Dann, als nichts quietschte oder knarrte, öffnete er sie gerade so weit, dass er durchschlüpfen konnte. Ein Nachtlicht in der Steckdose nahe dem Eingang warf seinen schwachen Schein auf ein schmales Bett, dessen Kopfteil mit Bildern der Power Rangers beklebt war. Die gleichen Figuren fanden sich auch auf der Kuscheldecke, die bis unters Kinn des Kleinen hochgezogen und straff um die Matratze festgesteckt war.

Gute Mama.

Aus seiner Jackentasche holte Eduardo einen flachen Plastikbeutel mit einer Notfallausrüstung. Dazu gehörten – er selbst hatte sich das ausgedacht – 3M-Bögen mit einem speziellen Kleber, an denen bereits zugeschnittene Streifen Isolierband befestigt waren. Sie ließen sich leicht und geräuschlos abziehen, ohne ihre Wirkung einzubüßen. Daneben enthielt der Beutel eine Reihe jener Plastikfesseln, die sowohl bei den Gesetzeshütern wie bei den Drogenhändlern ungemein beliebt waren.

Mit wenigen Handgriffen, die so schnell und effizient waren, dass der Junge gar nicht richtig wach wurde, stopfte Eduardo ihm eine Mullbinde in den Mund und klebte sie mit einem Streifen Isolierband fest. Dann fesselte er dem Kleinen Hände und Füße hinter den Rücken, warf sich die zappelnde Gestalt über eine Schulter, trat in den Gang hinaus, schloss die Tür hinter sich und kehrte ins Schlafzimmer der Mutter zurück.

Dort setzte er den Jungen auf das Bett, presste ihn mit dem Rücken gegen das Kopfende und zog eine der Plastikfesseln so straff um seinen Hals und einen der Gitterstäbe, dass der Kleine würgen musste, wann immer er sich bewegte, ohne jedoch das Bewusstsein zu verlieren. Der Junge wimmerte und versuchte zu schreien, aber die Laute, die er hervorstieß, klangen so gedämpft, dass selbst Eduardo sie kaum hörte – ein schwaches Schnüffeln wie bei einer Ratte in einer Mülltonne.

Eduardo zog sein Sakko aus, ging zum Schrank, wählte einen leeren Bügel und hängte die Jacke neben einen knielangen schwarzen Rock. Er legte Schulterhalfter und Stilett auf der Frisierkommode ab und entkleidete sich weiter, bis er splitternackt dastand und der Rest seiner Garderobe ordentlich im Schrank verstaut war. Dann nahm er das Messer an sich und begab sich in den Schatten hinter der offenen Tür. Der Griff der Beretta ragte deutlich sichtbar aus dem Halfter auf der Kommode, knapp zwei Meter von dem ans Bett gefesselten Jungen entfernt, der mit weit aufgerissenen Augen auf die Waffe starrte.

Die Vorfreude entlockte Eduardo ein bösartiges Grinsen. Wenn diese Nacht vorbei war, würden die Amerikaner endlich einen Beweis dafür haben, dass El Chupacabra kein Fabelwesen war, sondern tatsächlich existierte.

KAPITEL 100

Mark führte Heather auf dem dunklen Parkplatz die Autoreihen entlang. Ihre blicklosen Augen waren so milchig weiß wie der Vollmond am Nachthimmel über ihnen. Unvermittelt rollten die Augäpfel seiner Freundin in ihre Normalstellung zurück.

»Das hier«, sagte sie und deutete auf das Auto zu seiner Rechten.

»Bist du sicher?«, fragte Mark.

»Absolut. Nun mach schon.«

Mark spreizte den Drahtkleiderbügel am Fenster der Fahrertür zwischen Dichtung und Glas, fuhr schräg nach unten und zog mit einem Ruck den Verriegelungsknopf des alten Ford Pinto hoch. Dann löste er die Plastikabdeckung unter der Lenkradsäule und zerrte ein Gewirr von Drähten heraus. Er fand die Zündkabel, entfernte die Isolation von den Enden und schloss sie kurz.

Heather lief um den Wagen herum, während Mark hinter dem Steuer Platz nahm und die Beifahrertür entriegelte. Sie ließ sich rasch auf den Sitz neben ihm fallen und schlug die Tür zu.

»Die Mühle ist potthässlich, aber wenigstens alt«, sagte Mark mit einem Grinsen, das mehr Draufgängertum vortäuschen sollte, als er wirklich empfand.

Heather rang sich ebenfalls ein Lächeln ab. »Dann nichts wie weg!«

Mark wusste, dass es ihr ebenso unangenehm war wie ihm, ein Auto zu stehlen, aber das hatte sich in ihren Visionen als beste Lösung herauskristallisiert. Keine andere Reisemethode – außer heimlich auf einen Güterzug aufzuspringen – bot eine größere Chance, ans Ziel zu gelangen, ohne unterwegs abgefangen zu werden. Und die Idee mit dem Güterzug scheiterte schon mal daran, dass sie sich nur von Santa Fé aus verwirklichen ließ.

Sie ließen die Stadt hinter sich und Mark bog in den Highway 502 nach Santa Fé ein. Dort wollten sie auf die I-25 wechseln und bis Albuquerque fahren, um anschließend die I-40 in Richtung Westen zu nehmen. »Wie viel Zeit bleibt uns deiner Ansicht nach, bis sie uns die Cops auf den Hals hetzen?«

Heather zog die Schultern hoch. »Unsere Leute werden uns wohl nicht vor morgen früh vermissen.«

Mark war sich dessen nicht so sicher. Er seufzte. Was immer sie derzeit taten, brachte ihren Eltern zusätzlichen Kummer. Aber sosehr er sich auch den Kopf zerbrach, ihm fiel keine bessere Lösung ein.

»Und der Typ, dem wir das Auto geklaut haben?«

»Sitzt in der Kneipe und wird sich aller Voraussicht nach erst zur Sperrstunde auf den Heimweg machen. Bis dahin weiß er vermutlich nicht mehr, ob er mit dem eigenen Wagen oder mit einem Kumpel auf Tour war.«

Mark nickte. »Ich bezweifle, dass er es eilig haben wird, besoffen bei der Polizei aufzukreuzen und seine Kiste als gestohlen zu melden.«

»Ausgeliehen, nicht gestohlen.«

»Wie auch immer. Wie weit fahren wir nach Westen?«

Heather zuckte die Achseln. »Mindestens einige Hundert Meilen. Ich konnte dem Stirnreif nur ein Richtungssignal entlocken. Wir werden ein zweites Signal von einer anderen Stelle benötigen, ehe ich Jens Aufenthaltsort genau bestimmen kann.«

»Verstehe. Triangulation.«

»Zumindest der gleiche Grundgedanke. Aber die Subspace-Geometrie ist nicht euklidisch. Deshalb reicht es nicht, eine Karte auszubreiten und ein paar Linien zu ziehen, die sich an einem bestimmten Punkt schneiden.«

Mark grinste. »Deshalb ist es gut, dass ich dich dabeihabe. Irgendwer muss sich um all diesen Kleinkram kümmern.«

»Das gilt auch umgekehrt.« Heather legte Mark kurz eine Hand auf den Arm. »Ich bin so froh, dass du mitgekommen bist. Allein würde ich das niemals schaffen.«

Mark spürte einen Kloß im Hals. »Ich will immer für dich da sein. Das schwöre ich bei den Augen meiner toten Mutter.«

Heather lachte schallend los, als sie den alten B-Movie-Spruch hörte. »Vielen Dank. Ich glaube, ich schlafe jetzt erst mal ein paar Takte.«

Im nächsten Moment hatte sie den Kopf an Marks Schulter gelehnt und die Augen geschlossen. Lange bevor sie Santa Fé erreichten, schlief sie tief und fest. Marks Schulter und sein rechter Arm schliefen nach einiger Zeit ebenfalls ein, aber das nahm er in Kauf. Das Schwert des heiligen Michael sollte auf ihn niederfahren, wenn er auch nur eine Bewegung machte, die sie aufwecken könnte.

Ihr Kopf ruhte an seiner Schulter. Am liebsten hätte Mark diesen Moment für immer festgehalten. Und so passierten sie Santa Fé, dann Albuquerque und schließlich Gallup, während die Sterne am Himmel höher stiegen und der Mond sich dem Westen entgegensenkte.

Jennifer war irgendwo dort draußen, in Richtung West-Nordwest. Er hatte keine Ahnung, was sie da suchte. Mark wusste nur, dass er seine Schwester zur Rückkehr bewegen wollte, damit sie wieder wie früher zusammenleben konnten. Aber das schien nun kaum noch möglich zu sein. Jennifer war von zu Hause ausgerissen, er und Heather hatten ein Auto gestohlen, und sie alle standen unter dem Einfluss von Kräften, die sie längst nicht mehr beherrschten. Marks Gedanken wanderten zurück zu dem Tag, als er das zweite Schiff gefunden hatte und sie zum ersten Mal die Headsets der Außerirdischen übergestreift hatten. Wenn er damals gewusst hätte, was er jetzt wusste – dass die Stirnreife die Nervenbahnen in ihren Gehirnen verstärken und auf diese Weise ihr Leben drastisch verändern würden –, hätte er das verdammte Ding dann überhaupt ausprobiert? Hätte er sich dann überhaupt in die Nähe des fremden Sternenschiffs gewagt?

Die Antwort zerriss ihm fast das Herz. Ja. Bei Gott, ja. Selbst wenn er alles in Betracht zog, was er inzwischen erfahren hatte, alles, was sie bis jetzt erlitten hatten, er würde genau das Gleiche wieder tun.

Während die mit weißen Linien voneinander abgetrennten Fahrspuren der I-40 unter ihm vorbeihuschten, hob Mark kurz den Blick und betrachtete den sinkenden Vollmond. Am liebsten hätte er in diesem Moment wie ein Werwolf losgeheult.

KAPITEL 101

Es war spät, und Raul war müde, ein Gefühl, das er lange, lange nicht mehr erlebt hatte. Je härter er arbeitete, desto intensiver reagierte das Rho-Schiff auf seine Bemühungen. Selbst Stephenson schien beeindruckt. Obwohl ihm Stephenson scheißegal war. Raul merkte, dass er wieder von Heather träumte. Letztlich drehte sich seine ganze Schiffsreparatur um ein und denselben Gedanken. Er war ohne sie verloren, versuchte sich unentwegt ihr Gesicht ins Gedächtnis zu rufen, sich an den Klang ihrer Stimme zu erinnern.

Jede neue Energiezelle, die online ging, brachte ihn seinem Traum einen Schritt näher, seinem Traum von der Vereinigung mit ihr. Und so wie er sich allmählich in einen Gott verwandelte, würde er sie zu seiner Göttin machen.

Raul blickte an seinem Torso hinunter. Sosehr er den Anblick von Heathers langen Beinen liebte, sosehr er die Vorstellung liebte, von diesen Beinen umklammert zu werden, ihm würde nichts anderes übrig bleiben, als sie zu amputieren. Es war nur folgerichtig, dass sie gemeinsam hier in diesem Raum schwebten, ohne Beine, aber erfüllt von einer Macht, die diese Welt erschüttern würde. Und sobald er ihre wunderschönen Beine abgetrennt hatte, könnte sie nicht mehr von ihm fortlaufen. Nie mehr. Nicht, dass sie diesen Wunsch haben würde. Wie das denn!

Die jüngsten Subspace-Sondierungen beunruhigten ihn. Die Altreianer lauerten noch da draußen im All, und irgendwie hatten sie sein Schiff gefunden. Anfangs hatte Raul geglaubt, das Subspace-Signal müsste von dem zweiten Schiff in der Bandelier-Höhle gekommen sein, aber eine Abfrage aller Rho-Projekt-Daten deutete darauf hin, dass es absolut tot war. Es wies keine Energiefelder auf, nicht die geringsten Spuren irgendeiner Aktivität. Dr. Stephenson überprüfte das in regelmäßigen Abständen, aber er zeigte kein echtes Interesse an dem Schiff oder seiner Technologie. Sosehr Raul diesen Mann hasste, er musste zugeben, dass der stellvertretende Direktor ein brillanter Wissenschaftler war. Wenn da etwas gewesen wäre, das Anlass zur Sorge gab, hätte sich Stephenson sofort gründlich damit befasst.

Aber heute Nacht ging es weder um Stephenson noch um das Subspace-Signal oder das zweite Schiff. Heute war die erste Nacht seit Langem, in der er seine geheimen Sehnsüchte befriedigen wollte. Er vermochte seine Erregung kaum zu bezähmen. Und diese Erregung vertrieb die Müdigkeit, die sein Schuften rund um die Uhr bewirkt hatte.

Nachdem Raul die neu erschlossene Energiequelle des Schiffs mit den bereits vorhandenen funktionsfähigen Zellen verbunden hatte, spürte er, wie ihn das Stasisfeld nach oben trug, bis er mitten im Raum zum Stillstand kam, um dort, genau im Zentrum der Kraftströme, die stärkste und stabilste Wurmfaser aufzubauen, die er je zustande gebracht hatte und die es ihm ermöglichen würde, Heather durch die Abendstunden zu begleiten, vom Ausziehen in ihrem Zimmer ins Bad und wieder zurück. Vielleicht gelang es ihm sogar, einen Atemhauch durch die Öffnung zu schicken, der das dünne Material ihres Nachthemds bauschte, ein sanftes Liebesstreicheln, das sie in Erregung versetzte.

Er lächelte. *Keine Sorge, meine Geliebte. Es geht in Ordnung, dass du Sehnsucht empfindest, auch wenn du noch nicht weißt, wer das Ziel deiner Sehnsucht ist.*

Die Wurmfaser entstand in der Luft vor ihm, eine Gravitationsanomalie, die einen Strudel bildete, als er die unglaubliche Energie des Rho-Schiffs auf sie ansetzte, um sie zu stabilisieren und sie nach seinem Willen zu lenken.

Das Wohnzimmer der McFarlands schwamm in sein Sichtfeld, leer und dunkel bis auf einen schwachen Schein, der aus der Küche kam. Er richtete seinen Blickwinkel auf die Küche und fand sie ebenfalls leer. Der Lichtschein kam von der Zeitanzeige der Mikrowelle. Drei Uhr morgens.

Raul bewegte die Faser nach oben, bis sie die Decke zu Heathers Zimmer passierte. Leer. Das Bett unbenutzt und ordentlich gemacht. Kein Hinweis auf die üblichen Beschäftigungen nach der Schule, kein in die Ecke geworfener Rucksack, keine auf dem

Schreibtisch verstreuten Bücher. Keine herumliegenden Klamotten. Was zum Henker war hier los?

Raul suchte im Flur und im Bad. Nichts. Kein nacktes Mädchen unter der Dusche. Nichts.

Mit einer bösen Vorahnung wandte er sich dem Elternschlafzimmer zu. Auf dem Bett saß, voll angekleidet, Mr. McFarland, einen Arm tröstend um seine Frau gelegt, die an seiner Schulter schluchzte. Sein Gesicht war eine Maske tiefen Kummers, während er ein erregtes Telefongespräch führte. Heathers leeres Zimmer in Verbindung mit der Verzweiflung ihrer Eltern konnte nur eines bedeuten.

Die bittere Erkenntnis traf Raul wie ein Dampfhammer. Heather war verschwunden.

Die Wurmfaser brach in sich zusammen. Raul schwebte in der innersten Kammer des Rho-Schiffs und schrie. Und durch sein Schreien baute sich in der Luft ringsum elektrische Energie auf, die höher und höher kletterte, bis sie sich nach außen entlud, von seinen Fingerspitzen auf die Wände übersprang und ihn in ein Netz von Blitzen hüllte, das den Schock des Verlusts, der seine Seele erstarren ließ, nicht im Geringsten abzumildern vermochte.

KAPITEL 102

Mit einem Gähnen rieb sich Heather den Schlaf aus den Augen. Es war Morgen. Zumindest erhellte ein rosiger Glanz den Himmel, und die Sonne schickte sich gerade an, über den östlichen Horizont zu steigen.

»Guten Morgen.« Marks Stimme ließ sie herumfahren. Er beugte sich durch die offene Fahrertür ins Wageninnere.

Aber er wirkte um mindestens zehn Jahre gealtert. Was zum Henker sollte das nun wieder? War sie im Schlaf in eine ihrer Visionen geschlittert?

Als Mark ihren entsetzten Blick sah, richtete er sich auf. Die Altersfurchen glätteten sich, als hätte er eine Maske abgenommen, und zurück blieb der Junge, den sie so gut kannte.

»Tut mir leid, wenn ich dich erschreckt habe. Ich wollte nur meinen neuen Look ausprobieren.«

Heather öffnete die Beifahrertür und trat in die Morgenkühle hinaus. »Was war das eben?«

Mark zuckte die Achseln. »Ich bin die Nacht durchgefahren und habe nur hier und da angehalten, um zu tanken. Dabei gingen mir eine Menge Dinge durch den Kopf, unter anderem die Frage, wie wir uns durchmogeln könnten, ohne entdeckt zu werden. Ich meine, zwei Halbwüchsige auf großer Fahrt fallen doch ins Auge wie ein Gipsdaumen. Und dann, vor etwa einer Stunde, kam mir die Idee. Unser Alter.«

»Unser Alter? Was meinst du damit?«

»Überleg doch mal. Wodurch sehen Leute älter aus? Doch vor allem durch Linien und Furchen, die sich in ihre Gesichter eingegraben haben.«

In Heathers Kopf machte es *Klick*. Natürlich.

Mark nickte. »Also hielt ich an und begann mit dem Spiegel zu experimentieren. Wenn du dein Gesicht verziehst oder nur die Nase rümpfst, kriegst du massenhaft Runzeln. Dann begann ich hier einen einzelnen Muskel zu entspannen und dort einen locker zu lassen und veränderte auf diese Weise ganz allmählich mein Aussehen, bis es zum Durchschnittsbild dieser Ü-30-Typen passte, die du in allen Hochglanzmagazinen findest. Sobald ich den Look hatte, der mir gefiel, prägte ich mir ein, wie er sich anfühlte. Bei unserer neuromuskulären Kontrolle und unserem Gedächtnis reicht das, um den Erwachsenen-Gesichtsausdruck jederzeit abrufen zu können.«

»Zeig mir, wie du das machst.«

Mark runzelte ein wenig die Stirn, erzeugte Fältchen um die Augen- und Mundwinkel, veränderte unauffällig seine Mimik – und sah plötzlich wie ein völlig neuer Mensch aus.

»Wow!«

Heathers Herz begann schneller zu schlagen. Sie trat neben

den Wagen, verstellte den Außenspiegel und übte die Technik ein, die ihr Mark eben erläutert hatte. Sie spannte die Wangen an und runzelte die Stirn, bis sie spürte, wie sich überall in ihrem Gesicht Falten bildeten. Dann lockerte sie die Muskeln einen nach dem anderen und ließ nur einige angespannt, bis sie einer jungen Frau ähnelte, deren Foto sie vor Kurzem in der Zeitschrift *People* gesehen hatte.

Es dauerte etwa eine halbe Stunde, bis Heather den Ausdruck perfekt beherrschte. Sie war sicher, dass sie von nun an überall als eine Frau Anfang dreißig durchgehen würde.

Als sie Mark das Produkt ihrer Bemühungen vorstellte, klatschte er begeistert Beifall. »Hallo, Mrs. Robinson. Ich weiß nicht, ob sich ein junger Mann wie ich an Ihrer Seite zeigen sollte. Die Leute werden reden.«

»Du weißt, was das bedeutet?«, fragte Heather.

»Nein.«

»Dass wir gefälschte neue Ausweise brauchen werden.«

Mark nahm hinter dem Lenkrad Platz und öffnete Heather die Beifahrertür. »Irgendwie glaube ich nicht, dass das ein großes Problem sein wird.«

Er startete den Wagen und nahm die Zubringerstraße zur Autobahnauffahrt. Im Radio begann Rod Stewart »Maggie May« zu schmachten. Als er an die Stelle von der Morgensonne kam, die ihr wahres Alter zeigte, sahen sich Heather und Mark an und lachten los. Die Sonne ging über den fernen Bergen auf, und sie lachten immer noch, während ihnen die Tränen über die Wangen rollten.

KAPITEL 103

Ohne sich eine Lunchpause zu gönnen, saß Jennifer an der Tastatur und bearbeitete sie mit ihren Zauberfingern. Fünf Millionen Dollar. Das war der Betrag, den sie von drei Schweizer Bankkonten des Espeñosa-Drogenkartells auf eine Handvoll separater Konten auf den Cayman-Inseln transferiert hatte. Wenn es sich um Direktüberweisungen gehandelt hätte, wäre Jennifer längst fertig gewesen, aber so etwas schaffte jeder Schwachkopf. Stattdessen hatte sie das Geld im Lauf der letzten Woche über ein Netz von Transaktionen rund um die Welt verschoben, mithilfe von Deals, zu denen Waffenkäufe im Nahen Osten und Warenterminoptionen an der Chicagoer Terminbörse zählten.

Sie machte waghalsige Zeitsprünge. Zumindest konnte sie ihre Datenspur rückwärts durch die Zeit verfolgen, alle Transaktionsbelege aufspüren und so geschickt neue einfügen, dass sie keinem Buchprüfer auffielen. Wenn sich Zweifel ergaben, ob sie wirklich alle zugehörigen Computeraufzeichnungen erfasst hatte, schickte sie eine Schadsoftware auf die Reise, die ihre Aktivitäten verschleierte und Rückschlüsse auf ihre Person nahezu unmöglich machte.

Das Espeñosa-Kartell war lediglich das erste einer ganzen Reihe von Diebesnestern, die sie auszunehmen gedachte, um ein eigenes Finanzimperium aufzubauen. Eine stetig wachsende Furcht zwang sie zur Eile. Der neue Präsident hatte zugesichert, das Nanoserum am Freitag zur Verteilung in Afrika freizugeben. Seinen Worten nach waren bereits Schiffe der Kriegsflotte mit Millionen Einzeldosen an Bord ausgelaufen. Man habe Afrika vor allen anderen Kontinenten ausgewählt, weil es am meisten unter der Geißel von Krankheiten wie Aids und Ebola litt und die früheren US-Regierungen das Elend seiner Bewohner sträflich vernachlässigt hatten. Nun aber sollte es zum Vorzeigemodell für die humanitäre Hilfe der Amerikaner werden.

Jennifer fröstelte. Die Ärmsten der Armen, die für das nackte

Überleben bereit waren, jedes Risiko auf sich zu nehmen. Aber hatten sie denn eine andere Wahl? In deren Lage hätte sie vermutlich genau das Gleiche getan.

Aber nicht an allen Missständen trugen ausgelaugte Böden und Umweltgifte die Schuld. Wer kam denn heutzutage noch ohne Auto, Klimaanlage, Kühlschrank oder Elektrizität aus? Genau betrachtet war die Menschheit von der Technik abhängig. Was Dr. Stephenson und der Präsident der Vereinigten Staaten anboten, war der nächste logische Schritt in diese Abhängigkeit. Und es war ein Schritt, der in Jennifer namenloses Entsetzen auslöste.

Es klopfte. Jennifer drückte rasch die Tastenfolge, mit der ihr Computer für alle Fremdzugriffe gesperrt war, und ging zur Tür.

»Ja bitte?«, rief sie nach draußen.

»Gratis-Extraservice«, hörte sie eine Frauenstimme auf der anderen Seite der Tür.

»Nein, danke.«

»Hallo?«

»Nein, danke«, wiederholte Jennifer.

Ein Schlüssel drehte sich im Schloss. Die Tür ging auf, und Jennifer stoppte sie mit dem Fuß.

»Ich sagte: Nein, danke!«

»Perdón, señorita.« Das Zimmermädchen senkte den Kopf. Doch als es wieder aufschaute, sprühte es Jennifer eine Nebelwolke ins Gesicht.

Bevor Jennifer begriff, was geschehen war, gaben ihre Knie nach. Das Letzte, was sie bewusst wahrnahm, war ein rothaariger Mann, der über die Schwelle trat und sie auffing.

»Hallo, mein Fräulein. Ich denke, Sie werden uns einiges erklären müssen. Aber zuerst machen wir eine kleine Reise.«

Jennifer spürte, wie sie in das Untergestell des Putzwagens gepresst und in den Gang hinausgerollt wurde. Dann wurde ihr schwarz vor Augen.

KAPITEL 104

Janet schob den Schlüssel ins Zündschloss und drückte den seitlich angebrachten Knopf, um die Sperre zu lösen. Grummelnd sprang der Motor des Ford Explorer an. Gott, wie sie die Zivilisation vermisst hatte! Falls man Santa Fé in New Mexico als Zivilisation bezeichnen konnte. Die Stadt gab ihr das Gefühl, irgendwie im Mittelalter gelandet zu sein. Zumindest waren die engen Straßen von Santas Altstadt nie für den modernen zweispurigen Autoverkehr ausgelegt worden.

Sie war erschöpft, erschöpfter als seit Wochen. Aber Jack brauchte sie, und deshalb musste der Schlaf warten. Ganz oben auf ihrer Prioritätenliste stand die Suche nach einem sicheren Ort mit Internetzugang. Dann konnte sie die Daten aufschalten, die Jack alle wichtigen Informationen übermittelten. Danach – nun, eines nach dem anderen.

Das Baby begann zu strampeln. Ihr Baby. Jacks Baby. Janet strich sich lächelnd über den gewölbten Bauch. Das Leben hielt plötzlich eine Menge spannender Fragen für sie bereit. Wie würde das Baby sein? Und hatte sie überhaupt das Zeug zu einer guten Mutter?

Allerdings waren eine Menge Leute unterwegs, die alles nur Erdenkliche unternahmen, damit diese Fragen unbeantwortet bleiben würden. Ihre Hand tastete nach der Haarnadel. Sie drehte die winzige Waffe zwischen den Fingern und umschloss sie dann so mit ihrer Faust, dass nur die dünne Spitze in der Abendsonne glitzerte.

Schön. Sie war auf alles vorbereitet.

KAPITEL 105

Jennifer hustete und schlug die Augen auf, kniff sie jedoch sofort wieder zusammen, als hinter ihren Schläfen ein wildes Hämmern einsetzte. Die Kopfschmerzen raubten ihr jeden klaren Gedanken. Sie hatte nur noch den Wunsch, sich einzurollen, unter der Bettdecke zu verkriechen und weiterzuschlafen. Dann erinnerte sie sich an alles.

Wieder öffnete sie die Augen, und diesmal widerstand sie dem Reflex, sie zu schließen. Ein paar Sekunden lang war sie so verwirrt, dass sie die Bilder und die Geräusche, die auf sie einströmten, nicht richtig einordnen konnte. Sie befand sich auf einer Art Couch, einer unbequem engen Couch, und ein lautes Dröhnen drang in ihre Ohren, dazu ein Stimmengewirr ganz in der Nähe. Diese Leute unterhielten sich hauptsächlich in Spanisch. Allmählich lichtete sich der Nebel in ihrem Gehirn, und sie begriff.

Sie befand sich an Bord eines Flugzeugs – vermutlich eines kleinen Jets. Nach dem großzügigen Innenraum zu schließen, handelte es sich um eine Art Geschäftsmaschine. Jedenfalls bot sie weit mehr Platz als die engen Kabinen in den Billigfliegern der Southwest Airlines. Herrje! Was war mit ihr passiert?

Jennifer bewegte vorsichtig die Handgelenke und stellte zu ihrer Überraschung fest, dass man sie nicht gefesselt hatte. Eine flüchtige Bestandsaufnahme verriet, dass sie abgesehen von ihren rasenden Kopfschmerzen unversehrt war. Jemand hatte ihr sogar eine dünne Decke übergeworfen.

Sie setzte sich mühsam auf. Als der rothaarige Mann, den sie erblickt hatte, kurz bevor sie das Bewusstsein verlor, entdeckte, dass sie wach war und aufmerksam umherschaute, stand er von seinem Sitz auf und nahm ihr gegenüber Platz. Er musterte Jennifer mit intelligenten blauen Augen, die zugleich Kälte und Neugier ausstrahlten.

»Kann ich etwas zu trinken haben?« Ihre Stimme war nur ein heiseres Krächzen.

»Sicher«, entgegnete der Mann. Er winkte eine junge Frau herbei, die sofort eine Flasche eiskaltes Wasser brachte.

Jennifer trank die Flasche mit einigen tiefen Zügen leer. Als sie wieder aufschaute, hatte sie sich ein wenig gefangen. Sie kämpfte darum, ruhig zu bleiben.

»Wer sind Sie? Wohin bringen Sie mich?«

Der Rotschopf kniff die Augen zu schmalen Schlitzen zusammen. »Mein Name tut nichts zur Sache. Unser nächster Stopp ist Medellín, aber wir werden nicht auf dem internationalen Flughafen José María Córdova landen.«

Jennifer starrte ihn erschrocken an. »Kolumbien?«

Der rothaarige Mann lächelte. »Respekt. Heutzutage haben die meisten jungen Leute keine Ahnung von Geografie. Aber Sie sind auch ein ausnehmend kluges Mädchen, nicht wahr?«

Jennifer versuchte sich zu orientieren, aber ihre Gedanken waren vernebelt und ihre Sinne getrübt.

»Ich verstehe das alles nicht.«

»Im Moment vielleicht nicht, aber das wird sich ergeben. Señor Espeñosa brennt darauf, Sie kennenzulernen.« Der Mann lächelte, aber es war ein kaltes Lächeln.

Jennifer spürte, wie sich ihre Kehle vor Entsetzen zusammenschnürte. Verdammte Scheiße, in was hatte sie sich da nur reingeritten?

KAPITEL 106

Heather und Mark verließen die rund um die Uhr geöffnete Kopierstation der FedEx-Zentrale in Las Vegas mit nagelneuen Ausweisen. Es war erstaunlich, was sich mit dem richtigen Material und einem guten Laserdrucker bewerkstelligen ließ, wenn die richtige Person die digitale Bildbearbeitung vornahm. Und Heather war genau die richtige Person. Eine menschenleere Kopierstation mit einem Angestellten, der um drei Uhr morgens gegen den Schlaf ankämpfte, bot ihr die ideale Umgebung, um wahre Wunder zu wirken.

Sobald sie den Laden verlassen hatten, musterte Mark ihre Führerscheine im Licht des grellen Neonschilds über dem Eingang. Er musste zugeben, dass sie gut genug waren, um jeden zu täuschen, der nicht gerade bei der Kraftfahrzeugzulassungsbehörde von Arizona arbeitete. Robert Foley, neunundzwanzig, und seine Ehefrau Rebecca Foley, achtundzwanzig, aus Tempe in Arizona.

»Nicht schlecht, Mrs. Foley«, grinste Mark und reichte Heather die auf Rebecca Foley ausgestellten Papiere. Sein Gegenüber war, obwohl nicht mehr ganz jung, ziemlich attraktiv – eine Kombination, die er erstaunlich erotisch fand. Nun, so seltsam war das vielleicht gar nicht, wenn er es sich recht überlegte.

»Danke, Robby.« Heather lächelte ihn an, öffnete die Beifahrertür und ließ sich in den Sitz fallen.

Mark stieg auf der Fahrerseite ein und startete den Wagen. Sie hatten vereinbart, dass er das Steuer übernehmen sollte, da sich Heather hin und wieder in ihre Savant-Trance versetzen musste, was sie so erschöpfte, dass sie zudem viel schlafen musste. Für Mark war das ungewohnt, da er seit Langem keine Ruhephasen mehr brauchte und seine Zeit auch nicht damit verschwenden wollte.

»Wie findest du das?« Mark deutete auf das Super-8-Motel am Ende der Straße.

Heather nickte. »Sieht nicht übel aus.«

Mark fuhr unter das Vordach. »Ich melde uns an.«

Obwohl er mehrmals läuten musste, um den schlafenden Rezeptionisten zu wecken, überstand er den Check-in ohne Probleme. Sobald sie geparkt, ihre Taschen ins Haus getragen und das Zimmer aufgeschlossen hatten, blieb Heather unschlüssig auf der Schwelle stehen.

»Ein Doppelbett?«

Mark spürte, wie er rot anlief. »Tut mir leid, für ihn war das offenbar selbstverständlich, und ich dachte, er könnte misstrauisch werden, wenn ich zwei Einzelbetten verlange. Schließlich sind wir ja verheiratet.«

»M-hm.«

»Ich kann aber auf dem Boden liegen, wenn du willst.«

Als Heather nicht gleich antwortete, setzte er hinzu: »Obwohl das verdammt unbequem werden dürfte.«

»Hey, Moment mal. Du schläfst doch überhaupt nicht.«

»Nein, aber ich ruhe aus und meditiere.«

Schließlich zuckte sie die Achseln. »Na schön. Aber pass auf, dass du auf deiner Seite bleibst.«

»Ich bin zutiefst empört, dass du mir etwas anderes überhaupt zutraust.«

»Ist ja schon gut.«

Mark ließ Heather zuerst duschen, ehe er ins Bad ging. Nachdem er frische Sachen angezogen hatte und ins Schlafzimmer zurückkam, schlief sie bereits tief und fest unter ihrer Zudecke. Mark streckte sich auf der anderen Seite des breiten Doppelbetts aus. Obwohl es wichtig gewesen wäre, über die nächsten Schritte ihrer Suche nach Jennifer nachzudenken, lag er einfach nur da und betrachtete die schlafende Heather neben sich. Ihr sanftes, entspanntes Atmen war das schönste Geräusch, das er sich vorstellen konnte, und er beschloss, diesen Moment bis ins letzte Detail in seine Erinnerung aufzunehmen, um ihn dort zu hüten wie einen kostbaren Schatz.

Er hätte sie ewig ansehen können. Aber plötzlich schnellte Heather hoch und setzte sich kerzengerade auf. Erschrocken zuckte er zurück und rollte bis zur Bettkante.

»Mark!«

Noch ehe sie seinen Namen hervorgestoßen hatte, war er aufgesprungen und beugte sich mit geballten Fäusten über sie.

»Was ist los, Heather?«

Sie taumelte aus dem Bett, griff nach ihrem Rucksack und zerrte den Laptop hervor. Dann stellte sie ihn auf den Tisch und klappte ihn auf.

»Wir müssen sofort von hier weg. Jennifer ist in großer Gefahr.«

KAPITEL 107

Garfield Kromly starrte den Bericht auf seinem Schreibtisch an. Das braune Packpapier hatte er achtlos auf den Boden geworfen. Es war nur die äußere Hülle der Geheimsendung, die er eben erhalten hatte. Was er jetzt vor sich sah, war ein weiteres Teil des Puzzles, das mit der Übergabe der DVD-ROM in der Union Station allmählich Gestalt angenommen hatte. Und auch wenn sich alles in ihm sträubte, das zu glauben, was sich hier herauskristallisierte, sah es mehr und mehr danach aus, als sollte Jack Gregory recht behalten.

In diesem Augenblick war Kromly überzeugt davon, dass jemand ganz oben im Weißen Haus an der Ermordung von Präsident Harris mitgewirkt hatte. Er wusste nur noch nicht, wer dieser Jemand war. Und über die Querverbindungen zum Rho-Projekt und zur bevorstehenden Freigabe der Alien-Nanotechnologie hatte er bis jetzt nicht mehr in der Hand als das merkwürdige Zusammentreffen einer ganzen Reihe höchst seltsamer Umstände. Er würde stärkere Beweise brauchen, um diese Dinge ans Licht zu zerren.

In der Nähe des Pakets, das Kromly kurz zuvor in Empfang genommen hatte, lag die DVD-ROM. Sie enthielt neben Unmengen an weniger wichtigem Beweismaterial die digitale Aufzeichnung eines Anrufs aus dem Weißen Haus, der ein paar Minuten vor der Ermordung des Präsidenten erfolgt war. Das war möglicherweise genau der Durchbruch, auf den er gewartet hatte. Leider war die Aufnahme mithilfe hochmoderner, nur der US-Regierung zugänglicher Hard- und Software so raffiniert verschlüsselt worden, dass seine Chancen, den Inhalt ohne den zugehörigen STU-Code zu dechiffrieren, praktisch null waren.

Selbst seine Bemühungen, wenigstens einen Stimmenausdruck der verschlüsselten Daten zu erhalten, hatten sich als vergeblich erwiesen. Vielleicht wäre das den Leuten von der NSA möglich gewesen, aber alle, denen er das zugetraut hätte, waren mittlerweile mausetot. Und obwohl Kromly den Tod nicht gerade fürchtete, hatte er auch nicht vor, mit offenen Armen auf ihn zuzulaufen. Es wäre zudem unverantwortlich gewesen, den Löffel gerade in dem Moment abzugeben, da für sein Land so viel auf dem Spiel stand.

Er hatte bereits jetzt jede Menge Glück gebraucht. Bei dem Mann, der in der Union Station unweit des Parkgaragen-Ausgangs, den Kromly benutzt hatte, einem Mord zum Opfer gefallen war, handelte es sich um einen Auftragskiller namens Pauly Farentino. Eine sorgfältige Überprüfung hatte ergeben, dass er Natalie Simpson zur Union Station gefolgt war. Es gehörte nicht besonders viel Phantasie dazu, sich auszumalen, dass er die Übergabe vor *Auntie Anne's Pretzels* mitbekommen und aus dem Stand sein Ziel geändert hatte.

Die in der Öffentlichkeit verbreitete Geschichte, dass ein aggressiver Penner Farentino erstochen hatte, war lachhaft. Farentino galt zwar nicht gerade als der hellste Kopf, aber er hatte sich einen Ruf als brandgefährliche, gnadenlose Bestie erworben. Zu seinem Pech hatte er im Menschengewühl der Union Station den Weg eines noch gefährlicheren Killers gekreuzt. Für jede andere Erklärung war die Messerattacke viel zu präzise ausgeführt worden. Zwei schnelle Schnitte zu beiden Seiten der Kehle, damit das Blut des Opfers in hohem Bogen hervorspritzte und die Umstehenden derart in Panik versetzte, dass sie nicht mehr auf das Gesicht des Mörders achteten.

Aber es war der dritte Schnitt, der nach Kromlys Überzeugung jeden Zweifel an der Identität des Täters ausräumte. Das lange Messer war durch Kinn und Mund tief in Farentinos Schädel eingedrungen und hatte zusammen mit mehreren Knochensplittern seine Hirnmasse durchbohrt. Der Mörder hatte sichergehen wollen, dass Farentino den Angriff nicht überleben würde, selbst wenn man ihn mit dem Nanoserum behandeln würde.

Kromly schüttelte den Kopf. Also verdankte er dem Ripper sein Leben, eigentlich schon zum zweiten Mal, wenn er bedachte, dass Jack ihn nicht getötet hatte, als es ihm leicht möglich gewesen wäre. Ganz offensichtlich sorgte Jack dafür, dass er so lange am Leben blieb, bis er wie versprochen seinen Auftrag erfüllt hatte.

Vielleicht sollte er ihn doch wieder auf die Liste der Leute setzen, die einen Weihnachtsgruß von ihm bekamen.

KAPITEL 108

Durch das vergitterte Fenster beobachtete Jennifer die Männer drunten im Hof. Einige waren mit Gewehren bewaffnet, die sie lässig in der Armbeuge herumtrugen. Andere lachten und klopften einander gut gelaunt auf die Schultern. So wie es aussah, wurde gerade alles für ein Fest vorbereitet. Schwer bepackte Helfer rannten hin und her, schleppten Lebensmittel an und stellten Tische und Stühle unter einer breiten Markise auf, die zwischen den Seitenflügeln einer Villa im Haziendastil gespannt war. Ein Blick zum Himmel verriet den Grund für ihre Eile. Regen war im Anzug, und nach den dunklen Wolkenmassen zu urteilen, die über die umliegenden Berge näher rückten, drohte ein gewaltiger Schauer.

Sie zog sich von den Gitterstäben zurück. Die feuchten Flecken, die ihre Tränen auf dem Fenstersims aus Stein hinterließen, wirkten wie Vorläufer der kommenden Flut. Einen Moment lang blieb sie auf der schmalen Pritsche stehen, dann sprang sie zu Boden und ließ ihren Blick durch die winzige Zelle wandern, die kaum genug Platz für die Pritsche bot. Ein stinkender Eimer stand in der Ecke am Fußende der Liege, gegenüber einer schweren Holzbohlentür. Jennifer zwängte sich zwischen Pritsche und Wand und rüttelte an der Klinke. Vergeblich.

Sie zog sich in die Ecke zurück, die am weitesten von dem Toiletteneimer entfernt war, kauerte sich auf dem Boden nieder und begann hemmungslos zu schluchzen.

KAPITEL 109

Der WLAN-Internetzugang im Macon Cove Days Inn war das Beste, was Janet bekommen konnte, nachdem sie New Mexico auf der I-40 in östlicher Richtung verlassen hatte. Da sie nicht unbedingt für Elvis schwärmte, hatte sie vor diesem Abend noch nie in Memphis haltgemacht, aber sie war todmüde und verdammt froh, ein Hotelzimmer von innen zu sehen.

Janet starrte die Nachrichtenseite auf ihrem Laptop an und war noch immer wie betäubt von der Erkenntnis, die sie soeben wie ein Keulenschlag getroffen hatte. Sie hatte die jüngsten Ereignisse aus Los Alamos abgerufen, als sie auf einen Artikel über das rätselhafte Verschwinden von drei Highschool-Kids gestoßen war: Mark Smythe, Jennifer Smythe und Heather McFarland. Allem Anschein nach hatte zuerst nur Jennifer ihr Zuhause verlassen, und ein paar Tage später waren Mark und Heather ihr gefolgt, wohl um sich auf die Suche nach der Schwester bzw. Freundin zu machen. Die Eltern waren außer sich vor Sorge und baten die Bevölkerung, Kontakt mit ihnen aufzunehmen, falls jemand Hinweise zum Aufenthalt ihrer Kinder geben könne.

So beunruhigend das Ganze schon an sich klang, es war der Zeitpunkt von Marks und Heathers Verschwinden, der Janet stutzig machte: der dreizehnte November – genau der Tag, an dem ihr geheimer Kontakt in Los Alamos offline gegangen war!

Mit einem Mal fiel es ihr wie Schuppen von den Augen. Sie hatte die ganze Zeit über nach einer Person Ausschau gehalten, die zum Forscherteam des Rho-Projekts gehörte. Stattdessen waren es diese Kids gewesen, eines von ihnen oder alle, die diese Sache direkt vor ihrer Nase durchgezogen hatten. Auch wenn es kaum zu glauben war, dass diese prachtvollen jungen Leute es geschafft haben sollten, sich in die sichersten Computernetze der Welt zu hacken und Zugang zu den geheimsten und brisantesten Informationen des Rho-Projekts zu erhalten. Aber plötzlich passte alles zusammen.

Dass Heather McFarland immer wieder in lebensgefährliche Situationen geriet, war Janet schon von Anfang an seltsam vorgekommen. Und was hatte Jack von diesem Geistesgestörten berichtet, der sich selbst als Lumpenmann bezeichnet hatte? Dass seine Schnelligkeit und Kraft ihm unnatürlich erschienen seien. Dazu kam Heathers enger Kontakt zu Raul Rodriguez, dessen Vater als hoch angesehener Forscher beim Rho-Projekt mitgearbeitet hatte. Dr. Rodriguez war tot, Raul Rodriguez spurlos verschwunden, Rauls Mutter dem Wahnsinn verfallen.

Dann war da noch Mark Smythe, ein hoch talentierter junger Sportler. Mark war an dem Tag in ihrem Haus gewesen, als Priest sie angegriffen hatte. Irgendwie hatte er seinen Kampf mit dem Killer überlebt. Soweit sie wusste, hatte Priest zur Befriedigung seiner kranken Phantasien nur Frauen entführt. Warum hatte er den Jungen nicht umgebracht? Etwas an seiner Begegnung mit Mark musste Priests Neugier geweckt und sein Handeln beeinflusst haben.

Was Janet ebenfalls nie ganz verstanden hatte, war der Plagiatsvorwurf gegen Heather, Mark und Jennifer gewesen. Die Juroren des Nationalen Highschool-Forschungswettbewerbs hatten wohl angenommen, dass drei Halbwüchsige niemals in der Lage sein könnten, ein Experiment zu entwickeln, das die Arbeiten angesehener Wissenschaftler übertraf. Offensichtlich war das ein weiterer Irrtum in einer ganzen Kette von Fehlschlüssen, die Janet und anderen ganz sicher nicht unterlaufen wären, wenn sie Erwachsene beurteilt hätten.

Nein. Es war etwas ganz, ganz Besonderes an diesen Kids, und es war wichtig, dass Jack davon erfuhr. Janet hatte bereits alles, was er über den kolumbianischen Killer El Chupacabra wissen musste, verschlüsselt ins Netz gestellt. Aber die neuen Erkenntnisse über ihren geheimen Kontakt erschienen ihr viel zu sensibel, um sie per Internet weiterzugeben, ganz egal, wie gut ihre Chiffrier- und Datentarnmethoden auch sein mochten. Das war eine Sache, die sie ihrem Partner persönlich mitteilen musste.

Janet warf einen Blick auf das Bett und dachte zurück an eine schmuddelige Jugendherberge vor den Toren von Paris. Damals waren sie und Jack ebenfalls auf der Flucht gewesen, und als sie ihn gefragt hatte, warum sie nicht einfach weiterfuhren, hatte er gelacht und sich so schwungvoll auf das Bett geworfen, dass eine Staubwolke aufflog und der Sprungrahmen quietschte.

»Schlaf ist auch eine Waffe.«

Janet lächelte, als sie mit diesem Bild von Jack im Kopf auf das Bett zuging. Es war eine Waffe, die sie optimal zu nutzen gedachte.

D. C. konnte noch einen Tag warten.

KAPITEL 110

Die Veränderung, die sich drei Tage später durch Jorge Esteban Espeñosas Ankunft auf seinem Besitz ergab, war ebenso krass wie Jennifers unfreiwilliger Abschied aus der Bellagio-Suite. Plötzlich brachte man sie aus ihrer winzigen Zelle in ein geräumiges Quartier im Obergeschoss der Hazienda, und obwohl die Tür immer noch versperrt und bewacht wurde, war das Zimmer mit angeschlossenem Bad sogar noch eleganter ausgestattet als die Suite im Bellagio.

Ein Hausmädchen breitete eine Auswahl von prächtigen Kleidern, zum Teil im schlichten, aber edlen Landhausstil, zum Teil in der Tradition eines längst untergegangenen spanischen Hofes entworfen, auf dem Bett aus und vervollständigte sie durch die passenden Schuhe und Accessoires. Die kritischen Blicke, mit denen sie den Gast immer wieder musterte, verrieten Jennifer, dass ihr Goth-Look hier vermutlich keine Chance hatte.

Die dunkle, matronenhafte Dienerin sprach ein gut verständliches Englisch, wenngleich mit einem starken Akzent.

»*Señorita,* mein Name ist Gloria. Ich bin gekommen, um Ihnen beim Herrichten zu helfen. Don Espeñosa erwartet Sie zum Abendessen. Bitte, folgen Sie mir.«

Jennifer war noch zu überrascht, um Fragen zu stellen, und so ging sie hinter der Dienerin ins Bad, wo aus einer großen freistehenden Badewanne schwacher Dampf aufstieg.

»Ziehen Sie Ihre schmutzigen Sachen aus, werfen Sie alles in den Abfall, und nehmen Sie ein ausgiebiges Bad. Rufen Sie mich, wenn Sie fertig sind, dann helfe ich Ihnen beim Ankleiden und Frisieren.« Gloria runzelte die Stirn, als sie Jennifers kurz geschnittenes schwarzes Haar betrachtete. »Ich bin nebenan.«

Jennifer starrte Gloria ein paar Sekunden einfach nach. Dann warf sie einen Blick auf die Wanne und setzte sich in Bewegung. Sie hatte keine Ahnung, wie viel Zeit ihr noch blieb, aber wenn das die letzte Nacht des Komforts in ihrem kurzen Leben sein sollte, war sie fest entschlossen, das Bad so lange wie möglich zu genießen. Es war erstaunlich, dass sie kaum etwas empfand, als sie ihre verdreckten Sachen in den Abfallkorb warf. Sie fühlte sich so leer, als hätte man sie gründlich ausgewrungen und zum Trocknen über eine Leine geworfen.

Das änderte sich im gleichen Moment, da sie ihren rechten Fuß ins Wasser tauchte. Eine Woge der Ekstase erfasste sie, als ihr nackter Körper in die Wanne glitt. Das Wasser war so heiß, dass es ihre Haut rötete, aber das störte sie nicht. Sie tauchte mit dem Kopf unter, ohne die Augen zu schließen, und betrachtete durch das Wassergekräusel die gut dreieinhalb Meter hohe Balkendecke.

Sie wusste nicht, was der kranke, alte Drogenbaron mit ihr vorhatte, aber zumindest für den Augenblick konnte sie jeden Gedanken daran beiseiteschieben, zusammen mit dem Unbehagen und der Angst, die in den letzten Tagen von ihr Besitz ergriffen hatten. Im Moment war in ihrer Welt nur Platz für dieses herrliche Wannenbad.

Etwa eine halbe Stunde verging, ehe ein Klopfen an der Tür und Glorias Stimme sie in die Wirklichkeit zurückholten.

»*Señorita?* Sind Sie fertig, oder benötigen Sie meine Hilfe auch im Bad?«

»Ich komme gleich.«

Die in den Worten der Dienerin mitschwingende Drohung, dass sie sonst ihr Bad beenden würde, hatte eine unterdrückte

Wut in Jennifer hochkochen lassen, die ihr anzuhören war. Dieses plötzliche Aufwallen von Zorn fühlte sich verdammt gut an. Wie lange war es eigentlich her, dass sie auch nur einen Hauch von Widerspruchsgeist gezeigt hatte? Mein Gott, von einer Sekunde zur anderen hatte sie sich von der genialen Trickserin im Bellagio, die sich allen überlegen fühlte, in ein flennendes, hilfloses Kind verwandelt!

Wenn sie am Leben bleiben wollte, musste sie sich ab jetzt am Riemen reißen und einige der Talente nutzen, die ihr bisher das Dasein erleichtert hatten. Vor allem aber musste sie wieder ihren Verstand einsetzen.

Jennifer stieg aus der Wanne und trocknete sich ab. Ohne sich in das Badetuch zu wickeln, holte sie tief Luft und betrat ihr neues Zimmer.

»Das hat aber gedauert!«

Die Dienerin musterte flüchtig Jennifers Körper, ehe sich ihre Blicke kreuzten. Jennifer konzentrierte sich und versuchte die Regungen hinter den dunklen Augen ihres Gegenübers zu ertasten.

Obwohl sie das nicht zum ersten Mal machte, spürte sie immer noch einen leichten Schwindel, wenn sie in das Innere eines anderen Menschen eindrang. Es war keineswegs so, dass sie die Gedanken der betreffenden Person lesen konnte. Der Vorgang ließ sich am ehesten mit einer verstärkten Zwillingsbindung vergleichen, dem unbewussten Austausch von Wünschen, Sehnsüchten oder Befürchtungen – mit dem Unterschied freilich, dass Jennifer vollauf in der Lage war, diesen Austausch zu steuern.

Wie bei allen von Jennifers »Opfern« stellte auch Glorias Denken und Fühlen ein komplexes Gemisch auf der bewussten und unterbewussten Ebene dar. Diese Frau war eine ausgebrannte Hülle, mit der sie sich ganz bestimmt niemals anfreunden könnte, angefüllt mit Frustrationen, Ängsten, Neid und kleinlicher Eifersucht, die alle tieferen Empfindungen längst erstickt hatten.

Nun ja, wenn sie das Positive nicht hervorheben konnte, dann war da immer noch die Kehrseite der Medaille. Jennifer fokussierte ihre Gedanken, hielt den Blick der Dienerin fest und begann deren Unterwürfigkeit vor den Mächtigen zu verstärken.

Glorias Miene veränderte sich augenblicklich.

»*Perdón, señorita.*«

Die Frau senkte den Kopf, als rechnete sie mit einer Ohrfeige. Nach dem kurzen Blick in ihre Seele konnte Jennifer jedoch keinerlei Mitleid für sie empfinden.

Jennifer wandte sich der Spiegelkommode zu und warf einen Blick über die Schulter. »Helfen Sie mir bei der Frisur! Und dann probieren wir einige der Kleider an.«

Exakt achtundfünfzig Minuten später klopfte die Dienerin an die Tür zu Don Espeñosas privater Terrasse.

»Ja?«

Sie öffnete die Tür und machte einen tiefen Knicks, ein Anblick, der Jennifer beinahe ein Lächeln entlockt hätte, während sie links hinter der massiven, handgeschnitzten Teakholztür wartete.

»Los, bring sie rein!«

Jennifer schritt über die Schwelle, aber dann stockte sie mitten in der Bewegung und hielt überwältigt den Atem an. Die Terrasse bot einen weiten Ausblick über das von Bergen umrahmte Medellín. Das Panorama stellte alles in den Schatten, was Jennifer je gesehen hatte, auch den spanischen Prunk der vor neugierigen Blicken geschützten Speisetafel und den elegant gekleideten Mann, der sich soeben von seinem Stuhl erhoben hatte.

Als sich ihr Blick nach wenigen Sekunden auf den Gastgeber richtete, sah sie zu ihrem Erstaunen ein warmes Lächeln auf seinen Zügen. Mit offensichtlichem Wohlgefallen betrachtete Don Espeñosa ihre schlanke Gestalt in dem fließenden weißen Indiogewand, das von einer farbenfrohen Schärpe um die Taille zusammengehalten wurde. Eine Orchidee über dem rechten Ohr nahm Jennifers kurzem, kohlschwarz gefärbtem Haar die Strenge. Der Blick des Mannes machte sie ein wenig verlegen. Zum ersten Mal spürte sie die tropische Abendbrise, die über ihre nackten Arme und Schultern strich und sich in den Zehenriemen ihrer zierlichen Sandalen verfing.

KAPITEL 111

»Ich heiße Sie willkommen in meinem bescheidenen Heim, Señorita Smythe.«

Die zierliche junge Frau schien etwas sagen zu wollen, war aber so entsetzt, als er sie mit ihrem richtigen Namen begrüßte, dass es ihr die Sprache verschlug.

Don Espeñosa führte ihre Hand lächelnd an die Lippen. Es war sehr, sehr lange her, dass er eine Begegnung mit solcher Spannung erwartet hatte. Und eigentlich verstand er sich selbst nicht so recht. In so gut wie jedem anderen Fall hätte er persönlich dafür gesorgt, dass jemand, der es gewagt hatte, sich an seinen privaten Bankkonten zu vergreifen, qualvoll gefoltert und hingerichtet wurde – und dass eine Videoaufnahme der Bestrafung zur Abschreckung eventueller Nachahmer ins Netz gestellt wurde. Aber seine übliche Vorgehensweise passte diesmal nicht.

Irgendwie hatte sich dieses Mädchen auf so raffinierte Weise in ein Netzwerk von Banken und Kasino-Sicherheitssystemen gehackt, dass seine hoch bezahlten Computerexperten ihre Tricks nicht mal ansatzweise durchschauten. Neben dieser verblüffenden Tatsache sicherte ihr die Entdeckung, dass sie von daheim ausgerissen war und dass ihr Vater in Los Alamos an dem streng geheimen Rho-Projekt von Dr. Donald Stephenson mitarbeitete, Jorges volle Aufmerksamkeit. Das hieß keineswegs, dass er sie zu guter Letzt nicht doch vergewaltigen und töten würde, aber das hatte noch Zeit.

Der Drogenboss verneigte sich kaum merklich. »Ich muss mich für die elende Unterkunft entschuldigen, in der Sie während meiner Abwesenheit festgehalten wurden. Wäre ich in der Nähe gewesen, als meine Leute Sie herbrachten, hätte ich natürlich dafür gesorgt, dass Ihnen diese rüde Behandlung erspart bleibt. Leider sind einige meiner Angestellten ein wenig übereifrig, wenn es darum geht, meine Interessen zu schützen.«

Don Espeñosa führte sie zu dem kleinen Terrassentisch und

rückte ihr einen Stuhl zurecht. »Aber ich schlage vor, dass wir dieses Gespräch bis nach dem Abendessen verschieben.«

Es erstaunte ihn, wie schnell sich das Mädchen fasste. Ein sanftes Lächeln umspielte ihre Lippen, als sie auf dem angebotenen Stuhl Platz nahm.

»Danke, Don Espeñosa.«

Der Don setzte sich ebenfalls. Auf sein Fingerschnippen eilten zwei Bedienstete herbei.

»Was darf ich Ihnen zu trinken anbieten? Ein Glas Wein vielleicht?«

Die junge Dame lachte, und wieder überraschte ihn ihre angenehm offene Art.

»Eine Cola light wäre mir lieber, wenn Sie so etwas haben. Ansonsten gebe ich mich auch mit Wasser zufrieden.«

»Ich denke, das lässt sich machen.«

Jorge gab ein paar Anweisungen in Spanisch, und einer der Diener entfernte sich, während der andere dem Don eine kleine Probe Rotwein einschenkte. Jorge schwenkte sein Glas und roch daran, bevor er einen Schluck trank. Auf sein zustimmendes Nicken füllte der Bedienstete das Glas, stellte die Flasche auf den Tisch und servierte die Vorspeisen.

Als der erste Diener mit der Diät-Cola zurückkam, beugte sich Don Espeñosa vor und stützte die Ellbogen auf den Tisch.

»Also, Jennifer … ich darf Sie doch Jennifer nennen?«

»Meine Freunde nennen mich Jen.«

Da war sie wieder, diese unnatürliche Selbstsicherheit und Reife.

»Gut, Jen. Was halten Sie von meiner Stadt?«

Jennifer betrachtete schweigend das sich in das Tal unterhalb seiner Hazienda schmiegende Medellín. Die sinkende Sonne färbte den Himmel über den westlichen Bergen orangerot und purpurn und bot eine prächtige Kulisse für die Lichter, die nach und nach im Tal aufflammten.

»Sie ist wunderschön.« Jennifers Tonfall unterstrich, dass ihr Lob ehrlich gemeint war.

Während des gemächlichen Abendessens beobachtete Don Espeñosa seinen Gast sehr genau. Jennifers lockerem Plauderton merkte man keine Sekunde lang an, dass man sie mehr als zwei Wochen in einer verdreckten Zelle gefangen gehalten und im Unklaren darüber gelassen hatte, ob und wenn ja, wann sie sterben musste. Jorge kannte viele selbstbewusste Menschen, die unter ähnlichen Bedingungen zusammengebrochen wären.

Aber da war noch etwas anderes an dieser Jennifer aus Los Alamos, etwas, das er nicht recht zu fassen bekam und das seine feinen Nackenhärchen hochstehen ließ, wann immer er seine Aufmerksamkeit auf sie richtete. *Madre de Dios.* Was stellte die Kleine nur mit ihm an?

Nachdem die Bediensteten die Dessertschalen abgeräumt und den Kaffee gebracht hatten, verlieh Don Espeñosa seiner Stimme einen härteren Klang.

»Und nun, nach diesem für uns beide so angenehmen Abendessen, nennen Sie mir bitte einen Grund, weshalb ich Sie nicht auf der Stelle umbringen sollte.«

Zum ersten Mal während dieses Abends suchte Jennifer Smythe den Blickkontakt zu ihm. Und Jorge hatte noch nie in seinem ganzen Leben solche Augen gesehen. Sie schimmerten im Kerzenlicht, und ihn erfasste ein Schwindel, als stünde er am Rande eines gewaltigen Abgrunds und starrte in Tiefen, die noch keine Menschenseele ausgelotet hatte.

Und mit dem Blick in diese Augen beantwortete Don Espeñosa seine eigene Frage.

KAPITEL 112

Von hoch droben an der am weitesten entfernten Nordostwand seines beschädigten Zuhauses, wo er gerade im Stasisfeld schwebte, starrte Raul hinunter auf den Mann, der soeben den Raum betreten hatte. Ungeachtet seines immensen Hasses musste er zugeben, dass Dr. Stephenson Mumm in den Knochen hatte. *Huevos* aus gehärtetem Stahl, denn der Forscher wusste zweifellos, welche Macht Raul inzwischen über die Systeme der Aliens besaß.

Raul ließ seine Gedanken im neuronalen Netz umherwandern und manipulierte die Beleuchtung, bis sie ein virtuelles Sternenfeld bildete, eine Simulation des Sternenschiffs, das aus einem Wurmloch schoss und ins All hinausraste. Raul kam sich vor wie ein Gott, der hoch über der Plattform mit den seltsamen Gerätschaften der Außerirdischen durch die Weiten des Himmels segelte.

»Du scheinst dich zu amüsieren.« Stephensons Stimme war so ausdruckslos und unbeeindruckt, als beobachtete er ein Kind beim Kästchenhüpfen auf dem Gehsteig.

»Allerdings«, entgegnete Raul und verstärkte seine Stimme, bis sie so laut durch den Raum dröhnte, dass sie einige der Instrumente zum Klirren brachte.

»Dann schlage ich vor, dass du jetzt Schluss mit diesen Spielchen machst und zu mir herunterkommst. Ich habe eine ernste Angelegenheit mit dir zu besprechen.«

Der Zorn, der in Raul hochbrodelte, ließ sich nicht unterdrücken. Er wusste, dass er Stephenson brauchte, aber das hieß nicht, dass sich dieser Mann alles erlauben konnte. Er würde ihn ein wenig zurechtstutzen, um ihm zu zeigen, mit wem er es zu tun hatte. Um ihn zu lehren, Raul mit etwas mehr Respekt zu behandeln.

Als wäre es ein Teil seines Körpers, riss Raul die Kontrolle über das Stasisfeld an sich. Er verstärkte die Kraftlinien, bis sie sich zu einem unsichtbaren Netz verfestigten, das er über Dr. Stephenson warf. Und dann begann er ihn einzuschnüren.

Dr. Stephensons Mundwinkel zuckten, was Raul zunächst für eine Schmerzgrimasse hielt, bis er merkte, dass es in Wahrheit ein breites Grinsen war. Der stellvertretende Direktor tat einen Schritt nach vorn und passierte das Kraftfeld so mühelos, als käme er unter der Dusche hervor.

Was zum Henker war da los? Raul holte wütend aus und schleuderte eine leere Metallkiste neben Dr. Stephenson, ehe er seine ganze Willenskraft sammelte, um direkt vor dem Mann eine Wand zu errichten. Wieder überwand Stephenson das Stasisfeld. Den Blick fest auf Raul gerichtet, bewegte er sich über die schmalen Laufbrücken zwischen den Maschinen, die einen Großteil der Bodenfläche einnahmen.

Raul überprüfte das neuronale Netz und unterzog die Energieversorgung des Stasisfeld-Generators, den Generator selbst sowie die Computersysteme des Rho-Schiffs einem vollen Diagnose-Durchlauf. Alles funktionierte ganz normal. Aber wie zum Teufel konnte Stephenson dann durch dieses Kraftfeld marschieren, ohne eine ausgewachsene Fusionsreaktion hervorzurufen?

Der Physiker hielt schräg unter Raul an und schwebte dann langsam höher, bis sie einander direkt in die Augen schauten. Rauls ungläubiges Staunen über das, was er sah, hätte um ein Haar verhindert, dass er die Zusammenhänge richtig einordnete. Aber da waren sie, deutlich ablesbar in den Daten, die durch sein neuronales Netz strömten.

Es lag nicht daran, dass Stephenson unbeeinflusst von dem Stasisfeld blieb. Er schaffte es vielmehr irgendwie, Rauls Kontrolle aufzuheben. Das ganz spezielle Bordsystem reagierte auf sie beide, und dort, wo es zu Interessenkonflikten kam, setzte sich Dr. Stephenson durch. Das Schiff erkannte ihn als die höhere Instanz an.

»Bist du jetzt bereit, dir anzuhören, was ich zu sagen habe?«

Dr. Stephensons Grinsen verschwand, und mit einem Mal wirkten seine Züge so kalt wie die Maschinen hinter und unter ihm. Rauls Ärger und Frust machten Verblüffung Platz, und er begann zu nicken.

»Gut. Sosehr ich zu schätzen weiß, was du bisher geleistet hast, möchte ich dich in Zukunft bei einem anderen Projekt einsetzen.« Dr. Stephenson machte eine Pause. Sein Blick glitt über Raul hinweg wie über eine seiner Laborratten. »Ich glaube, der Auftrag wird sich für dich lohnen.«

Raul hatte sein inneres Gleichgewicht so weit zurückgewonnen, dass er wieder sprechen konnte. »Inwiefern?«

»Sagen wir es so. Falls es dir gelingt, dieses Problem zu lösen, wirst du in der Lage sein, große Entfernungen zu überbrücken und jemanden zu berühren.«

Plötzlich dämmerte Raul, was er meinte. »Großer Gott!«

Stephenson wiederholte seine Frage. »Bist du bereit, dir anzuhören, was ich zu sagen habe?«

Raul bejahte.

KAPITEL 113

Marks Blick wanderte kurz zu Heather, die neben ihm saß, eine vermeintlich Achtundzwanzigjährige mit den ersten feinen Falten im Gesicht, das Haar modisch kurz geschnitten, die schönen braunen Augen hinter einer dunklen Sonnenbrille verborgen, die sie jetzt immer trug, wenn sie sich in der Öffentlichkeit zeigten. Diese Brille, die verhindern sollte, dass jemand sie während einer Fugue-Phase sah, war ihr inzwischen so zur Gewohnheit geworden, dass sie oft vergaß, sie abzunehmen. Mark ließ sie gewähren. Er wusste, dass ihre Augen auch in diesem Moment weiß und blicklos in die Ferne starrten.

Die letzten Tage hatten ihnen beiden viel abverlangt. Dank Heathers besonderem Talent, Dinge vorauszusehen, unterstützt dadurch, dass sie per Speedreading hartnäckig jede Nachricht und jedes Gerücht im Internet verfolgte, wussten sie jetzt, dass sich Jennifer in der kolumbianischen Stadt Medellín aufhielt.

Eine komplizierte Subspace-Triangulation zu den Signalen der Alien-Headsets, die sich in Jens Besitz befanden, hatte diese Annahme bestätigt.

Das Geld für die Reise aufzutreiben, war der einfachste Teil des Unternehmens gewesen. Heather konnte von Poker bis Roulette jedes Glücksspiel gewinnen. Am liebsten suchte sie jedoch die Craps-Tische auf. Sie setzte mit so verblüffendem Geschick auf die richtigen Würfel, dass sie hin und wieder eine Verlustrunde einlegte, um nicht aufzufallen. Selbst die Spielautomaten stellten keine Herausforderung für ihre Savant-Begabung dar. Eine kurze Beobachtungsphase, und sie konnte bei jeder der Slotmaschinen den Algorithmus des Zufallszahlgenerators bestimmen. Game over.

Sie wechselten von Kasino zu Kasino, von Spiel zu Spiel, verloren absichtlich, um kein Misstrauen zu wecken, vermehrten aber unentwegt die Bargeldsummen, die sie in der nächsten Zeit dringend benötigen würden. Heather schien immer genau zu wissen, wann sie ihre jeweilige Glückssträhne beenden musste.

Das größte Problem war die Beschaffung der Pässe und Visa gewesen, die sie benötigten, um nach Kolumbien einzureisen. Solche Dokumente konnte man nicht am nächstbesten FedEx-Kopierer herstellen. Aber in Las Vegas wimmelte es von Leuten, die für den richtigen Preis jedes gefälschte Papier liefern konnten.

Nur noch zwei Häuserblocks, und sie hatten ihr Ziel erreicht. Wenn alles glattging, würden sie ihre fünfundsiebzigtausend Dollar auf den Tisch legen, die Dokumente in Empfang nehmen und verschwinden. Aber wenn ihr Plan nicht klappte – nun, daran arbeitete Heather gerade. Die letzten Daten, die sie brauchte, um ihre Chancen abzuschätzen, würde sie allerdings erst erhalten, wenn sie das Gebäude betraten, in dem ihr Geschäftspartner sie erwartete.

Inzwischen hatten sie die wahrscheinlichsten Abläufe ein Dutzend Mal geprobt. Mark fühlte sich so angespannt wie ein Stahlkabel, das eine weit geschwungene Seilbrücke stabilisiert. Nur dass er keine Brücke stabilisierte, sondern dieses Mädchen, das er inniger liebte, als er es je für möglich gehalten hätte. Es musste schon vor ewigen Zeiten passiert sein, aber richtig zu Bewusstsein waren ihm seine Gefühle erst bei ihrer gemeinsamen Suche nach Jennifer gekommen.

Und er hatte ihr seine Liebe noch nicht einmal gestanden. Wie auch? Bei dem Druck, unter dem sie stand, konnte er sie nicht zusätzlich mit seinen Empfindungen belasten.

Mark bog von Oakleigh nach rechts auf den Evening Dew Drive ab. Das Gebiet östlich der Kammlinien, die zum Frenchman Mountain aufstiegen, war ein Wohnviertel der gehobenen Mittelklasse. Ganz sicher keine Gegend, in der man eine illegale Druckerei vermutet hätte. Mark lenkte den Wagen in die Auffahrt, als die Spätnachmittagssonne hinter den hohen Gipfeln im Westen verschwand.

Mark legte Heather sanft die Hand auf die Schulter. »Heather? Bist du wach?«

Sie wandte sich ihm zu und nickte. »Es kann losgehen.«

»Okay. Bringen wir's hinter uns.«

Mark wollte nach dem Umschlag mit dem Geld greifen, aber Heather stoppte ihn. »Überlass mir das Reden. Aber bleib dicht bei mir und achte auf mein Zeichen.«

Obwohl Mark auf alles vorbereitet war, hörte sich das nicht gut an. Offenbar hatte ihre letzte Vision einen eher unangenehmen Verlauf genommen.

Mark öffnete die Fahrertür, stieg aus und zuckte die Achseln. »Du bist der Boss.«

Während er Heather zum Eingang folgte, zwang er seinen Zügen die coole Maske auf, die er bei einigen der höher bezahlten Bodyguards in den Kasinos der Innenstadt gesehen hatte. Anstatt zu klingeln, klopfte er dreimal und nach einer Pause noch zweimal an die Tür.

Mit seinem feinen Gehör konnte er die Schritte von drei Männern ausmachen. Zwei entfernten sich, während der dritte näher kam. Drei verschiedene Herzschläge passten zu den Bewegungen. Weiter drinnen schloss sich leise eine Tür. Dann wurde ihnen geöffnet.

Der Typ, der in der Eingangstür stand und sie anlächelte, unterschied sich in nichts von einem ganz normalen Haushaltsvorstand, wie ihn Volkszähler in dieser gutbürgerlichen Gegend anzutreffen pflegten – blond, blauäugig, ordentliche beige Freizeithose und ein Michael-Jordan-Polohemd. Sogar die Sandalenriemen passten perfekt zu den gebräunten Füßen.

»Mr. Billings?«, fragte Heather.

»Ja?«

»Amanda Fowler. Mit meinem Partner Jason. Wir hatten vereinbart, uns hier zu treffen.«

»So ist es. Bitte, kommen Sie herein.«

Mark betrat die Wohnung als Erster und sah sich prüfend um, was Mr. Billings keineswegs entging. Sobald sich die Tür hinter Heather geschlossen hatte, erlosch sein liebenswürdiges Lächeln.

»Sie haben das Geld dabei?«

Heather deutete auf den dicken Umschlag. »Ich würde aber gern zuerst unsere Dokumente sehen.«

Billings lächelte, diesmal ein wenig spöttisch, wie es schien. »Folgen Sie mir.«

Heather stolperte ein wenig, und Mark nahm ihren Arm. Zum Glück verbarg die Sonnenbrille ihre Augen.

Billings zögerte einen Moment und sah Mark an. »Hat sie was eingeworfen?«

»Keine Volksreden, Mann. Zeigen Sie uns die Papiere, und Sie bekommen Ihr Geld.«

»Ist ja gut. Kein Grund, deshalb pampig zu werden.«

Billings führte sie in ein kleines Büro gleich neben dem Esszimmer. Ein ausladender Chefschreibtisch stand mitten im Raum. Noch während Billings auf dem Stuhl dahinter Platz nahm, zog er eine Schublade auf.

»Immer schön langsam.« Mark trat neben ihn, damit er einen Blick in die Schublade werfen konnte.

»Wie? Denken Sie etwa, ich würde eine Knarre ziehen? Hier, in dieser feinen Umgebung?« Billings holte einen großen Manila-Umschlag aus einem Aktenordner und leerte seinen Inhalt auf die Schreibtischplatte.

Heather untersuchte rasch die Pässe und Visa, ehe sie Billings das Kuvert mit dem Geld zuschob und beobachtete, wie er die Scheine zählte. »Zufrieden?«

Das Lächeln kehrte in die Züge ihres Gegenübers zurück. »Nun ja, da der Auftrag so schnell erledigt werden musste, fielen einige Extrakosten an, mit denen ich nicht gerechnet hatte. Ich brauche deshalb noch einmal fünfundzwanzig Riesen.«

»Kommt nicht infrage. Wir zahlen den vereinbarten Preis und keinen Cent mehr.«

Billings räusperte sich, und im gleichen Moment deutete Heather mit dem Kinn auf die geschlossene Tür hinter ihm.

Mark handelte blitzschnell. Mit einem mächtigen Side-Kick trat er gegen die Tür, als sie sich eben öffnete. Die Scharniere brachen aus dem Rahmen, das massive Türblatt kippte in die Garage und schleuderte zwei bullige Typen gegen einen kohlschwarzen Suburban.

Der eine Schläger versuchte eine Pistole zu ziehen, aber Mark nutzte seinen Vorwärtsschwung und schmetterte ihm die Faust ans Kinn. Noch während er zu Boden taumelte, hatte Mark den rechten Arm des zweiten Angreifers gepackt. Er spürte, wie der Zweieinhalb-Zentner-Koloss die Muskeln anspannte und ihn zu umklammern versuchte.

Mit einem Siegesschrei zog der Dicke Mark zu sich heran, aber gleich darauf verwandelte sich sein Triumph in ein lautes Schmerzgebrüll. Mark hatte ihm den rechten Unterarm so verdreht, dass der Unterarmknochen splitterte und sich durch die Haut bohrte. Blut spritzte, während dem Koloss jede Farbe aus dem Gesicht wich. Ohne seinen Arm loszulassen, drehte sich Mark und rammte ihm den Ellbogen gegen die Schläfe. Der schwere Körper seines Gegners klatschte zu Boden wie eine Wassermelone. Das Schmerzgebrüll verstummte.

Mr. Billings erstarrte, sichtlich geschockt von dem Gewaltausbruch.

Heather trat dicht an ihn heran und packte die Dokumente in ihre Handtasche. Ohne die Stimme zu erheben, meinte sie: »Wie schon gesagt: Den vereinbarten Preis und keinen Cent mehr.«

»In – in Ordnung.« Billings ließ Mark, der ins Büro zurückgekommen war, keine Sekunde aus den Augen.

Als sie sich zum Gehen wandten, drehte sich Heather ein letztes Mal zu ihm um. »Ich hoffe, dass unser Deal damit abgeschlossen ist. Es täte mir leid, wenn ich meinen Partner noch einmal bemühen müsste, um Ihnen das klarzumachen.«

Billings schluckte. »Wir sind miteinander fertig.«

»Gut.«

Mark führte Heather zurück zum Auto und fuhr rückwärts aus der Auffahrt. Als sie zum dritten Mal abgebogen waren und auf die East Washington Avenue zusteuerten, beugte sich Heather plötzlich nach vorne und entleerte ihren Mageninhalt in einem gewaltigen Schwall auf die Fußmatte.

»Ach du meine Güte«, murmelte sie, als das Würgen endlich nachließ. »Entschuldige, das ist so endkrass.«

»Vergiss es! Ich war ähnlich mies drauf, nachdem ich Priest das Genick gebrochen hatte. Zumindest so lange, bis mich dieses Arschloch mit seinem Betäubungspfeil traf.«

Heather lachte. »Aber du sitzt nicht hier und musst das Zeug riechen.«

»Wenn es dich beruhigt – ich rieche es.«

Ihr Ellbogen traf ihn an der Schulter, und er hörte auf zu grinsen.

Minuten später hatten sie Las Vegas verlassen und waren auf dem Highway 147 in Richtung Westen unterwegs. Um das Wageninnere zu säubern, würden sie bis zu einem Truckstop auf der I-115 warten müssen, irgendwo auf der Strecke nach Salt Lake City.

KAPITEL 114

Freddy Hagerman spürte die raue Rinde durch sein nasses Hemd, als er sich in der Dunkelheit gegen einen Baumstamm lehnte. Seine Kehle war schon ganz wund von den keuchenden Atemstößen. Seine Mutter hatte ihm bei Halsschmerzen immer einen Schuss Jack Daniel's mit Honig verabreicht. Er schwor sich, auf dieses bewährte Hausmittel zurückzugreifen, wenn er diese Nacht überleben sollte. Den Honig konnte er ja weglassen.

Nun, da er angehalten hatte, sickerte die Wärme, die sich bei seiner überstürzten Flucht von Henderson House aufgestaut hatte, in das Eiswasser, das aus seinen Klamotten tropfte. Das Zittern, das in seinen Gliedmaßen begonnen hatte, wanderte nun nach innen und nahm zu, bis seine Zähne hörbar klapperten.

Seine Wärterhose war vom Schritt bis zum Knie aufgerissen, hängen geblieben an einem alten Stück Stacheldraht, das sich im Bachlauf dicht unter der Wasseroberfläche verkeilt hatte. Er konnte nur raten, wie tief die Schramme in seinem Schenkel war. Allzu schlimm konnte sie jedoch nicht sein, sonst hätte er schon längst das Bewusstsein verloren. Andererseits war der Schüttelfrost vielleicht nicht nur auf Unterkühlung zurückzuführen.

Freddy ließ sich zu Boden sinken, umklammerte die kleine feuchte Tasche mit der Kamera und dem Recorder und versuchte einen Plan zu fassen. Aber die flüchtige Betrachtung seiner Lage war alles andere als beruhigend.

Sein verdammter Wagen stand eine halbe Meile entfernt auf dem Gelände von Henderson House. Keine Chance, den zu erreichen. Es war ihm nicht einmal geglückt, seine Jacke mitzunehmen. Zum Glück hatten die Hunde seine Fährte im Bach verloren. Wenn er es bis zum See hinunter schaffte, konnte er irgendwo ein Boot stehlen. Nicht, dass er damit weit kommen würde. Dafür war der See zu klein. Aber der Abstand zu seinen Verfolgern ließ sich vielleicht vergrößern. Und wenn es ihm gelang, die Hochwassersperre zu erreichen, war es von dort nur ein kurzer

Fußmarsch zu einem Auslieferungslager, vor dem er mehrere Laster und Interstate-Transporter gesehen hatte.

Danach ... aber sachte. Immer eines nach dem anderen.

Lake Success besaß einen kleinen Jachthafen nahe der Stelle, wo der Highway 190 vom Success Valley Drive gekreuzt wurde. Für Freddy klang dieser Name wie das Ergebnis einer Expertentagung für Marketingstrategien. Verdammt, wenn er sich bis dorthin durchschlagen konnte, gelangte er vielleicht auch auf die Straße des Erfolgs. Ein wenig Extrapulver konnte schließlich nie schaden. Diese armen Schweine in Henderson House würden jetzt sicher nicht in diesen Kellerlabors dahinvegetieren, wenn sie mehr Kohle besessen hätten.

Freddy schüttelte den Kopf, um seine Gedanken wieder zu ordnen. Hatte ihn jetzt auch schon der Irrsinn gepackt, oder was? Eines stand für ihn jedenfalls fest: Wenn er noch viel länger hier sinnierte, landete er garantiert in dieser unterirdischen Hölle. Dann konnte er sich seinen zweiten Pulitzerpreis in die Haare schmieren. Und jede Hoffnung begraben, diesen grauenvollen Verbrechen je ein Ende zu bereiten.

Freddy strich noch einmal über die Kameratasche, ehe er zurück in das eiskalte Wasser watete. Die Fotos in der Dunkelkammer seines Hotelzimmers waren vielleicht verloren, aber was er in dieser Tasche hatte, reichte aus, um Dr. Stephenson zu Fall zu bringen. Ja sogar, um einen Präsidenten zu stürzen.

KAPITEL 115

Teile der fremden Maschine umschwirrten Raul während seiner Reparaturarbeiten, jedes verfolgt und katalogisiert vom ständig besser funktionierenden neuronalen Netz des Rho-Schiffs, jedes verglichen mit den Spezifikationen, die in seinen umfangreichen Datenbanken gespeichert waren.

Raul hatte schon zuvor geschuftet wie ein Irrer, aber das war nichts gewesen im Vergleich zu den Anstrengungen, die er jetzt unternahm. So geschockt und wütend er auch gewesen war, als er entdeckt hatte, dass Dr. Stephenson seine Befehle an einige der Schiffssysteme aufheben konnte, die Aufgabe, die der stellvertretende Direktor ihm anvertraut hatte, schlug ihn derart in ihren Bann, dass er darüber alles andere vernachlässigte. Dr. Stephensons Interesse galt einer ganz bestimmten Maschine. Leider war sie von der Waffe, die das Rho-Schiff zum Absturz gebracht hatte, schwer beschädigt worden.

Mehr als zwölf Stunden hatte Dr. Stephenson Raul durch eine Unmenge von Gleichungen und Diagrammen geführt, die Schritt für Schritt illustrierten, was er von ihm erwartete. Und er hatte ihm ein so verlockendes Angebot gemacht, dass Raul sofort zusagte. Und während er die verstärkten logischen Fähigkeiten seines vernetzten Verstandes voll einsetzte, um Stephensons Ausführungen zu folgen, wuchs sein Respekt vor der überragenden Intelligenz des Forschers.

Irgendwie hatte der Mann auch ohne den Zugang zu den Computersystemen des Rho-Schiffs den Verwendungszweck der fraglichen Maschine herausgefunden. Mehr noch, er hatte mit erstaunlicher Genauigkeit die Theorie erarbeitet, die ihr zugrunde lag. Ein Blick auf die Gleichungen schien eine Schatzkammer in Rauls Gehirn zu öffnen und die Teile des Puzzles freizugeben, die er dringend benötigte, um das Ding wieder zum Laufen zu bringen.

Zu einer weiteren schockierenden Erkenntnis bei seiner Datensuche führten die Abschnitte, die sich mit der Raumfahrtentwicklung der Aliens befassten. Im Gegensatz zu den Altreianern und ihrer Subspace-Technologie hatten die Kasari gelernt, die Gravitationskräfte zu manipulieren. Ihre Fähigkeit, das Raumzeit-Kontinuum zu verzerren, ging weit über die armseligen Wurmfaser-Versuche hinaus, die Raul bis jetzt geglückt waren. Ihnen gelang die Erzeugung von sehr viel größeren Diskontinuitäten, Löchern im Raum, die Objekte vom Umfang eines Sternenschiffs zu transportieren vermochten.

Je größer das Wurmloch und die überbrückte Entfernung, desto mehr Zeit war nötig, um es offen zu halten, und desto mehr Energie wurde verbraucht, um die Raumzeit-Falte zu erzeugen. Die Maschine, die er gerade zu reparieren versuchte, ermöglichte die großen Verwerfungen des Raumzeit-Gewebes. Und wenngleich die beschädigten Powersysteme des Rho-Schiffs niemals ausreichten, um so etwas wie eine interstellare Falte zu erzeugen, sollte es eigentlich machbar sein, das Prinzip für Transporte auf der Erde zu nutzen. Genau das war der Durchbruch, den sich Stephenson von Rauls Arbeit erhoffte.

Und als Gegenleistung hatte er Raul angeboten, das Wurmloch zu passieren und mit einer Gefährtin seiner Wahl zurückzukehren. Rauls Herz schlug schneller, und er atmete stoßweise, als er diesen Vorschlag in Gedanken durchspielte. Er wollte eine Öffnung erzeugen, die weit genug war, um Heather zu entführen, eine Aktion, die keinerlei Spuren hinterlassen und seine Seelengefährtin hierher auf das Schiff bringen würde. Und sobald Raul sie an dem Ort hatte, wo er ein Gott war, würde er sie in Sinnesfreuden einführen, die alle ihre Fantasien und Träume weit überstiegen.

Raul konzentrierte sich wieder auf seine Arbeit. Wenn er weiterhin so vorankam wie im Moment, konnte er die Reparatur der Maschine in 184 Stunden und 13 Minuten abschließen. Danach musste er seine Bestrebungen wieder der Reparatur zusätzlicher Powerzellen zuwenden. Was er vorhatte, erforderte weit mehr Energie, als er derzeit zur Verfügung hatte, insbesondere da er an Bord größere Reserven benötigte. Es wäre schlecht, wenn er Heather hierher holen, dabei aber sein Rho-Schiff opfern würde. Sobald seine Energiequellen erschöpft wären, gäbe es keine Möglichkeit eines Neustarts mehr.

Raul ließ seinen Verstand spielen. Er spürte die Energie, die durch sein neuronales Netz knisterte, und begann zwei beschädigte Leitungen zu verschweißen.

184 Stunden, 12 Minuten, 23 Sekunden … Der Countdown lief.

KAPITEL 116

Das Landhaus lag knapp außerhalb des Mattaponi-Reservats im Schutz der dichten Wälder von Virginia. Von den über vierhundert Stammesangehörigen lebten nur noch etwa fünfundsiebzig in dem sechzig Hektar großen Reservat, das sich in eine Schleife des Mattaponi-Flusses schmiegte. Sechsundsiebzig, wenn man Janet mitzählte. Die schwangere junge Frau mit dem dunklen Haar und der gebräunten Haut, die sich wie die Einheimischen kleidete, wäre den meisten Außenstehenden nicht weiter aufgefallen.

Janet staunte immer wieder über die weitreichenden Verbindungen von Großer Bär. Sie war mit einer Wärme und Fürsorglichkeit in die kleine Gemeinschaft aufgenommen worden, die alle ihre Erwartungen übertroffen hatte. Und obwohl nicht wenige der Jüngeren sie mit neugierigen Blicken bedachten, erstickten die stoischen Alten des Flussvolkes deren Fragen im Keim. Janet wusste nicht, was Großer Bär ihnen erzählt hatte, aber sie behandelten sie mit der Art von Respekt, die im Allgemeinen den Helden ihrer stolzen Vergangenheit vorbehalten war.

Die Siedlung war genau das Richtige für Janet, eine isolierte Gemeinschaft auf der Nordwestseite von West Point in Virginia, keine drei Autostunden von D. C. entfernt. Man hatte ihr den Zugang zu einer schnellen Internetverbindung zur Verfügung gestellt und sie mit Nahrung, frischer Kleidung und einer sicheren Bleibe versorgt. Die neun Mitglieder des Ältestenrates hatten ihren Dank unwillig abgewehrt. Was immer Janet hier zu tun hatte, verdiente ihrer Ansicht nach volle Unterstützung. Und damit erübrigte sich für sie jede Diskussion.

Während der Stamm also wie gewohnt seinen alltäglichen Beschäftigungen nachging, kehrte Janet zu ihrer Arbeit zurück. Jack war von ihr und ihrem Laptop etwa eine halbe Tagesreise entfernt. Zuallererst musste sie ihm Bescheid geben, was sie über den Kolumbianer in Erfahrung gebracht hatte, den alle Welt nur El Chupacabra nannte. Außerdem wollte sie mit Jack einen Zeit-

und Treffpunkt vereinbaren, um ihm ihren Verdacht bezüglich Heather McFarland und den Smythe-Zwillingen mitzuteilen.

Janet strich über ihren Bauch und lächelte vor sich hin. Jacks Kind. Wie würde er reagieren, wenn er die pralle Rundung sah, die nun ihren zierlichen dunkelbraunen Körper zierte? Sie freute sich jetzt schon auf seinen Gesichtsausdruck. Allein für diesen Anblick lohnte sich die Reise – hoffte sie zumindest.

Janet holte die Heckler & Koch 9 mm Compact aus dem kleinen Holster unter ihrem linken Arm und legte sie auf den Tisch neben ihren Laptop. Selbst nachdem sie ihre chiffrierte Botschaft ins Internet gestellt hatte, würde es vermutlich eine halbe Ewigkeit dauern, bevor Jack zu ihr zurückkam.

Es konnte nicht schaden, wenn sie es sich während der Wartezeit ein wenig bequem machte.

KAPITEL 117

Präsident Gordon spürte die Knopfpolsterung des burgunderroten Leders im Rücken, als er sich in seinem Sessel zurücklehnte. Er stieß sich von seinem Schreibtisch ab und warf einen Blick auf die schmale Standuhr, die ihren Platz zwischen dem Fenster und dem großen Gemälde unmittelbar hinter seinem Schreibtisch hatte. 22 Uhr 36.

Im Treaty Room des Weißen Hauses hatte er sich schon immer am liebsten aufgehalten. Er musste zugeben, dass der Innenarchitekt seines verstorbenen Vorgängers mit der schlichten Eleganz der Einrichtung einen Volltreffer gelandet hatte. Das Cremeweiß von Wänden und Decke bildete einen stilvollen Rahmen für die dunklen Möbel, und selbst der in leuchtenden Farben gehaltene Teppich trug zur Behaglichkeit des Raumes bei. Außerdem machte ihn die vorzügliche Lage im zweiten Stock gleich neben dem Yellow Oval Room zum perfekten Privatbüro.

Ein fernes Donnergrollen ließ Präsident Gordon aufhorchen. Er erhob sich und trat an das Fenster, das über den Truman-Balkon hinweg Ausblick auf die südliche Rasenanlage bot. Als ein Blitz den Himmel zerriss, begann der Präsident die Sekunden zu zählen. Sechs, sieben, acht. Der Donner klang diesmal lauter, nur anderthalb Meilen entfernt. Dicke Regentropfen klatschten gegen das Ostfenster, erreichten jedoch nicht die Scheiben unter dem Mauervorsprung, hinter denen er stand.

Der Präsident entriegelte das Fenster, schob es hoch und sog die feuchte, erdige Luft tief in seine Lungen. Die Leute vom Geheimdienst hassten es, wenn er an einem Fenster stand, und erst recht, wenn er an einem offenen Fenster stand. Egal. Er war der Boss, und er würde wie früher genau das tun, was ihm passte.

Die Hauptstadt erlebte so spät im Jahr selten Gewitter. Im November waren eher kalte, neblige Regentage die Regel. Morgen würde garantiert wieder einer dieser verblödeten Kongressabgeordneten vor die Fernsehkameras treten und behaupten, dies sei der ultimative Beweis für die globale Erwärmung.

Gordon hob den Blick zum Porträt von Präsident Grant, der auf ihn herunterstarrte, als erwartete er etwas von ihm. Idiot. Die ganze beschissene Welt erwartete etwas von ihm.

Dabei hätten die Neuigkeiten aus Afrika nicht besser sein können. Obwohl es anfangs einige Probleme an Verteilungszentren gegeben hatte, denen das Nanoserum ausgegangen war, hatten die Marines die Tumulte rasch und ohne Verluste für die Amerikaner in den Griff bekommen. Und in jeder Region, die mit dem Stoff beliefert worden war, hatten sich die Organisationen, welche die Behandlung überwachten, verblüfft über dessen hohen Wirkungsgrad gezeigt.

Ärzte ohne Grenzen meldete, dass HIV und Aids bei den geimpften Bevölkerungsgruppen praktisch ausgerottet waren. Und nicht nur Aids. Jede einzelne der in Afrika grassierenden Seuchen befand sich auf dem Rückzug. Es gab sogar Berichte, dass man Patienten mit einer Ebola-Infektion im Endstadium geheilt hatte.

Aber solche Erfolge hatten ihren Preis. In Ländern, die nicht auf der Frühverteilungsliste standen, war es zu Unruhen gekommen. Obwohl die Produktion in den USA auf Hochtouren lief, empörten sich die Vereinten Nationen über die momentanen Lieferbeschränkungen des Impfstoffs. Sie wollten das Nanoserum, und sie wollten es sofort. Als die USA sich weigerten, den Herstellungsprozess zu veröffentlichen, leiteten mehrere Länder wissenschaftliche Programme in die Wege, um die Formel aus dem Blut von bereits geimpften Menschen zu gewinnen. Andere versuchten sie illegal durch den Diebstahl des Serums aus den Verteilungszentren zu beschaffen.

Die Russen und Chinesen hatten sogar militärische Aktionen angekündigt, falls die Vereinigten Staaten sie nicht beim Aufbau eigener Produktionsstätten unterstützten, und erst klein beigegeben, als Präsident Gordon drohte, sämtliche Serum-Lieferungen zu stoppen.

Aber nicht alle Nationen waren von der weltweiten Verbreitung des Impfstoffs begeistert. Mehrere muslimische Machthaber hatten eine Fatwa gegen das Nanoserum ausgesprochen. Sie bezeichneten es als Machwerk des Satans, das im nächsten Leben zur Verdammnis führen würde.

Gordon schüttelte den Kopf. Keine Jungfrauen im Jenseits! Eine harte Strafe.

Zahlreiche christliche Gruppierungen in den USA lehnten das Nanoserum ebenfalls ab. Ob religiöse Spinner oder rechte Verschwörungstheoretiker, der Geheimdienst war so damit beschäftigt, ihren Todesdrohungen gegen den Präsidenten hinterherzuhecheln, dass Gordon nicht mal niesen konnte, ohne dass sich fünf Agenten auf ihn stürzten, um sein Leben zu schützen.

Das Klingeln seines abhörsicheren Telefons riss ihn aus seinen Gedankengängen. Er kehrte zu seinem Sessel zurück und nahm den Hörer ab.

»Ja?«

»Bob Adams, Herr Präsident.«

»Okay, Bob, was ist los?« Ein Anruf zu dieser späten Stunde von seinem Berater für Nationale Sicherheit bedeutete nichts Gutes.

»Wir haben ein Problem mit Henderson House.«

»Nun reden Sie schon!«

»Letzte Nacht verschaffte sich ein Wärter ohne die dafür erforderliche Genehmigung Zutritt zu den Kellerräumen und entkam anschließend aus dem Gebäude. Unsere speziellen Sicherheitstrupps machten sich sofort an die Verfolgung, konnten ihn bisher aber nicht fassen.«

»Und warum erfahre ich das erst jetzt?«

»Allem Anschein nach dachte Dr. Frell, er bekäme die Sache in den Griff, bevor er Bericht erstattete.«

»Dieser Vollidiot!«

»Leider ist das noch nicht alles. Der Wärter hatte sich unter einer falschen Identität eingeschlichen.«

»Trotz der strengen Sicherheitskontrollen?«

»Das ist es ja. Wir haben es mit einem absoluten Profi zu tun. Lebenslauf, Familienverhältnisse – Fakes von A bis Z, aber vollkommen schlüssig. Wir wissen noch nicht, wie er das gemacht hat, aber anhand einiger Hinweise, die unser Team in seiner Hotelunterkunft fand, haben wir zumindest herausgefunden, wer er ist.«

»Und wer ist es?«

»Kein Geringerer als Freddy Hagerman. DNA-Proben von den Blutspuren, die wir an einem Stacheldraht nahe Henderson House entdeckten, bestätigen das.«

George Gordon ballte die Rechte so fest zur Faust, dass sich seine Fingernägel in den Handballen gruben, aber die winzigen Wunden heilten, noch bevor er sie bemerkte. Denn dieser Name ließ ihn regelrecht erstarren. Freddy Hagerman. Der Reporter der *New York Times*, der die Priest-Williams-Story ans Licht gebracht hatte.

»Hören Sie mir jetzt genau zu, Bob. Sie wissen ebenso gut wie ich, wie schädlich ein Pressebericht über dieses Forschungsprogramm wäre. Für uns. Für unser ganzes Land.« Präsident Gordon schwieg einen Moment lang. »Ich möchte, dass Sie dieser Angelegenheit höchste Priorität einräumen. Welche Mittel Sie dabei anwenden, spielt keine Rolle. Ich verlange, dass Sie sich diesen

Hurensohn krallen, bevor er mit seinem Wissen an die Öffentlichkeit gehen kann. Haben wir uns verstanden?«

Bob Adams räusperte sich. »Jawohl, Herr Präsident.«

»Und schicken Sie mir Dr. Frell. Er soll seinen Hintern in Bewegung setzen und mit der nächsten Maschine nach D.C. kommen.« Präsident Gordon knallte den Hörer in die Halterung, ohne die Antwort seines Sicherheitsberaters abzuwarten.

Das Donnergrollen ließ den Fensterrahmen erzittern und lenkte den Blick des Präsidenten wieder zum Himmel. Kein Zweifel. Hier zog ein böses Unwetter auf.

KAPITEL 118

Jennifer drehte sich im Bett um und dehnte die Arme, bis sie voll über ihrem Kopf ausgestreckt waren. Der Duft von frisch gewaschenen Laken erinnerte sie daran, wie sehr sich ihre äußeren Lebensumstände in der letzten Woche verbessert hatten.

Die Strahlen der Morgensonne fielen schräg durch die Balkontür ein, die weit offen stand. Ein lautes Kreischen lenkte ihren Blick auf den Vogel, der auf der Kante ihres aufgeklappten Laptops saß. Er hatte etwa die Größe ihrer Hand und war vom Unterbauch bis zur Spitze seiner nach vorn aufgestellten Federhaube leuchtend orangerot gefärbt. Jorge hatte ihr erklärt, dass es sich um einen Purpurkardinal handelte, der nur in Kolumbien und Venezuela heimisch war.

Aber er saß auf ihrem Laptop. Und es dauerte sicher nicht lang, bis er ihn vollgekleckert hatte.

»Hey! Hau ab!« Jennifer warf ein Kissen ungefähr in die Richtung ihres Schreibtisches. Der Vogel flatterte auf und verschwand durch die Balkontür in die tiefer gelegenen Gärten.

Ein leises Lachen ließ sie hochfahren. Erschrocken zog sie die Bettdecke bis ans Kinn.

»Wie ich sehe, hatten Sie einen unerwünschten Besucher.« Jorge Espeñosa lehnte sich in dem Korbsessel am anderen Ende des Zimmers zurück. Ein warmes Lächeln verbreiterte die schmalen Linien seines Fu-Manchu-Bartes.

Jennifer entspannte sich. Ein wenig zumindest. »Don Espeñosa! Sie haben mich aber erschreckt.«

Das stimmte. Da Jennifer keinen Schlaf brauchte, hatte sie sich in eine Meditationsübung versenkt, aber dabei hätte sie eigentlich hören müssen, wie er ihr Zimmer betrat und Platz nahm. Sie hätte ihn am liebsten aus dem Raum gewiesen, aber sie war sich noch nicht sicher, wie weit ihre Kontrolle über ihn reichte.

»Verzeihung. Ich dachte, Sie wären schon auf. Es ist ein herrlicher Morgen. Ich bin heraufgekommen, um Sie zum Frühstück einzuladen. Unten wartet jemand, den ich Ihnen gern vorstellen würde.«

Jennifer ließ ihren Blick über die Gärten wandern, die sich auf der Nordseite des Anwesens befanden. »Lassen Sie im Patio servieren?«

»Genau.«

Jennifer lächelte. »Das klingt gut. Geben Sie mir zwanzig Minuten.«

Don Espeñosa erhob sich aus seinem Korbsessel. »In zwanzig Minuten also.«

Nachdem der Drogenbaron die Tür hinter sich geschlossen hatte, zog Jennifer ihren Schlafanzug aus und eilte ins Bad. Während sie unter der Dusche stand, überlegte sie, mit wem sie der Don wohl bekannt machen wollte. Offensichtlich war es jemand, den er für wichtig hielt, denn seine Stimme hatte ungewohnt eifrig geklungen.

Der Gedanke beschäftigte sie. Nach allem, was sie über Jorge Espeñosa erfahren hatte oder von ihm selbst wusste, war der Kreis seiner Vertrauten nicht eben groß. Er hatte weder Frau noch Kinder. Sein einziger Bruder war vor dreizehn Jahren bei einem Gefecht mit kolumbianischen Regierungstruppen ums Leben gekommen. Sein Misstrauen gegenüber anderen Menschen grenzte an Paranoia und hatte dazu geführt, dass er eine aus einzelnen Zellen bestehende Sicherheitstruppe aufgebaut hatte, deren Anführer sich gegenseitig überwachten und ihm direkt Bericht erstatteten.

Aber unter dieser wahnhaften Persönlichkeit verbarg sich ein sehr einsamer Mann. Ironischerweise hatte Jennifer gerade durch die Manipulation seiner Einsamkeit und Paranoia rasch Aufnahme in den inneren Zirkel des Dons gefunden – ein Aufstieg, der bei seinen engsten Beratern Argwohn und Missgunst ausgelöst hatte. Jorge Espeñosa hörte sich alle Einwände an, ließ sich jedoch nicht von ihnen umstimmen.

Jennifer bemühte sich ihrerseits, sein Vertrauen zu rechtfertigen. Don Espeñosa hatte ihr das beste Highspeed-Netz zur Verfügung gestellt, das man für Geld kaufen konnte, und sie ging sofort daran, sämtliche Kartellkonten zu durchforsten. Innerhalb weniger Stunden hatte sie die Spuren von siebenundzwanzig verschiedenen Transaktionen identifiziert, hinter denen teils die amerikanische und teils die kolumbianische Regierung, aber auch einige Konkurrenzkartelle steckten.

Am Ende des ersten Tages hatte sie nicht nur die verdächtigen Transaktionen eliminiert, sondern sich auch ihren Weg zurück durch die Computernetze gehackt und jede Spur an der Quelle gelöscht.

Die Computerspezialisten, die im Dienst von Espeñosas Kartell standen, beobachteten sie bei ihrer Arbeit und waren sprachlos angesichts der Dinge, die sie zu sehen bekamen. Jennifers schlanke Finger tanzten so rasend schnell über die Tastatur, dass sie gar nicht mitverfolgen konnten, was genau sie gerade machte. Aber sie wussten, dass sie die widerstandsfähigsten Firewalls so leicht beiseiteschob wie ein Bräutigam den Schleier seiner Angetrauten.

Am dritten Tag in ihrem neuen Job gingen bei den Finanzexperten des Kartells Berichte ein, dass in den USA das Bundessteueramt ebenso wie die Rauschgiftbehörde in hellem Aufruhr über die schlimmste Cyber-Attacke aller Zeiten waren. Obwohl sie das volle Ausmaß des Schadens an ihren Computerarchiven geheim hielten, ging das Gerücht, dass gleich für mehrere laufende Ermittlungsverfahren die notwendigen Unterlagen gelöscht worden waren. Schlimmer noch, ihr Bemühen, die Daten mithilfe ausgelagerter Archive wiederherzustellen, wurde durch einen äußerst aggressiven neuen Computervirus verhindert.

Jorge Espeñosa war so begeistert, dass er Jennifer beauftragt hatte, ein neues Computer-Analyse- und Schutzprogramm für alle Kartellkonten einzuführen.

Jennifer überlegte einen Moment, bevor sie zu ihrer weißen Cargohose eine rosa Baumwollbluse und Sandalen anzog. Nach einem letzten prüfenden Blick in den Spiegel ging sie zum Frühstück hinunter.

Der Essbereich im Nord-Patio war der schönste Fleck auf dem ganzen Anwesen. Die üppige Blumenpracht, die ihn umgab, erinnerte sie an die Bauerngärten am bayerischen Chiemsee, wo sie einmal einen Urlaub mit ihrer Familie verbracht hatte. Mehrere Terrassentische unter farbenfrohen Sonnenschirmen schufen eine so einladende Atmosphäre, dass Jennifer sich beim Essen meist sehr viel Zeit ließ.

An diesem Morgen standen Schalen mit frischem Obst, Tabletts mit heißen Pasteten sowie eine große Auswahl an Aufschnitt, Käse und Brot bereit. Don Espeñosa saß allein an einem für drei Personen gedeckten Tisch. Als er Jennifer entdeckte, erhob er sich.

»Kommen Sie, fangen wir schon mal an! Ich fürchte, mein zweiter Gast wird sich ein wenig verspäten.«

Jennifer hatte sich mittlerweile an Don Espeñosas reichhaltiges Frühstücksbuffet gewöhnt. Obwohl er bestellen konnte, worauf immer er gerade Lust hatte, machte es dem Drogenbaron offensichtlich Spaß, sich beim Essen von der hübsch angerichteten Speisenvielfalt inspirieren zu lassen.

Jennifer traf ihre Auswahl, aber Don Espeñosa wirkte geistesabwesend und begnügte sich mit einer halben Grapefruit. Er streute ein wenig Salz auf die Schnittfläche, bevor er mit der Löffelkante ein Stück Fruchtfleisch herausstach.

»Und wen erwarten Sie noch?«, erkundigte sich Jennifer.

»Einen Mann, dessen Urteil ich voll und ganz vertraue.« Jennifer suchte nach einem Lächeln auf Don Espeñosas Zügen, doch er blieb ernst.

»Klingt geheimnisvoll.«

Jorge lehnte sich zurück und nahm einen Schluck schäumenden Cappuccino, bevor er antwortete. »Das war nicht meine Absicht. Tatsächlich bin ich ein wenig nervös.« Als er merkte, was er soeben gesagt hatte, musste der Drogenbaron doch lächeln. »Ich glaube nicht, dass mir schon jemals so ein Bekenntnis über die Lippen gekommen ist. Da haben wir es, Sie verwirren mich. Ich bin ein argwöhnischer Mensch, aber Ihnen vertraue ich. Dabei raten mir alle Leute, auf deren Ansicht ich etwas gebe, zu mehr Abstand. Sie finden, dass ich mich irrational verhalte.«

Ein Anflug von Zorn durchzuckte Jennifer. »Sind das die gleichen Leute, die Ihre Konten absichern sollten? Ich glaube, die nehmen es mir übel, dass sie jetzt ein bisschen dumm dastehen.«

Jorge lachte. »Genau das habe ich ihnen auch gesagt. Natürlich mit vorgehaltener Pistole.«

Jennifers Kinnlade klappte nach unten. »Sie haben doch nicht geschossen?«

»Nein, wo denken Sie hin? Ich wollte ihnen nur klarmachen, dass ich keine Lust hatte, über dieses Thema zu diskutieren.«

»Ich mache Sie nervös?«

»Nervös ist nicht das richtige Wort. In Ihrer Gegenwart fühle ich mich anders. Ungewohnt. Deshalb wollte ich Sie meinem Partner vorstellen. Damit er sich selbst ein Bild von Ihnen machen kann. Ich denke, Sie werden ihn interessant finden.«

Plötzlich schaute Don Espeñosa auf. »Ah, da kommt er ja.«

Er stand auf, und Jennifer drehte sich um. Ein sehr gut aussehender junger Mann in einem Anzug aus Mochaleder hatte den Patio betreten. Mit seinem dunklen Haar, der hellen Haut und der lässigen Eleganz seiner Bewegungen strahlte er große Selbstsicherheit aus.

»Jennifer Smythe, darf ich Ihnen meinen guten Freund Eduardo Montenegro vorstellen?«

Jennifer erhob sich. Eduardo nahm ihre ausgestreckte Hand

und hob sie sanft an die Lippen. Die kühle, leichte Berührung passte zu seinen schönen dunklen Augen.

Das war also der Mann, dessen Urteil Don Espeñosa mehr vertraute als seiner eigenen Menschenkenntnis. Wenn er meinte …

Jennifer atmete tief durch und konzentrierte sich. Dann überschritt sie mit einem angedeuteten Lächeln die Ufer dieser dunklen Teiche und ließ sich tief hinein in seine Seele gleiten.

KAPITEL 119

Von dem Moment an, da El Chupacabra auf Don Espeñosas von üppigem Grün umgebenen Patio hinaustrat, wusste er, was sein Herz höher schlagen ließ. Es waren weder die farbenfroh glasierten einheimischen Kacheln noch die bunten Sonnenschirme oder das erlesene Buffet, das jedem Mirage-Hotel zur Ehre gereicht hätte. Es war auch nicht die verschwenderische Größe der Orchideen oder ihr schwerer Duft. Eduardo hatte den Patio so oft gesehen, dass ihn diese Dinge nicht mehr beeindruckten.

Es war das Mädchen.

Don Espeñosa erhob sich vom Tisch und streckte ihm zur Begrüßung die Hand entgegen.

»Jennifer Smythe, darf ich Ihnen meinen guten Freund Eduardo Montenegro vorstellen?«

Während er den festen Händedruck seines Gastgebers erwiderte, wanderte Eduardos Blick an dem Drogenbaron vorbei zu der jungen Frau, die sich jetzt ebenfalls erhob. Don Espeñosa hatte darauf gebrannt, ihn mit ihr bekannt zu machen. Zierlich, nicht älter als siebzehn, das kohlschwarze Haar sehr kurz und sehr sexy – ein raffinierter Schnitt, der ihren schlanken Hals und die schön geschwungene Nackenlinie unterstrich. Selbst in dieser lässigen Aufmachung wirkte ihr Körper aufreizend, jung und geschmeidig, mit einer Spur von ungewöhnlicher Kraft und Grazie.

Eduardo hatte schon immer nach solchen jungen Frauen gelechzt. Sie wussten noch nicht, dass Schreien Spaß machen konnte. Bei Eduardo schrien sie alle.

Aber die hier war etwas ganz Besonderes. Sie besaß eine Anziehungskraft, die sich nicht allein durch das stolz gereckte Kinn, die schmale Taille, die festen kleinen Titten oder den knackigen Arsch erklären ließ.

Als Jennifer aufstand, schob sich Eduardo an Don Espeñosa vorbei, ergriff sanft ihre ausgestreckte Hand und führte sie an die Lippen. Der Trick dabei war, dass man seinen warmen Atem über die feinen Härchen ihres Handrückens hauchte, während der Mund ihn nur flüchtig berührte. Wenn man das richtig machte, jagte der schnelle Wechsel von Wärme und Kühle jeder Frau einen wohligen Schauer über den Körper.

Eduardo hob langsam den Blick und entdeckte zu seiner Genugtuung die Gänsehaut auf ihren schlanken Armen. Volltreffer. Dann schaute er ihr tief in die Augen.

Einen Moment lang nahmen sie ihn völlig gefangen. Es war, als hätte ihn jemand auf den elektrischen Stuhl geschnallt und fünfzigtausend Watt durch seinen Körper gejagt. Eine fremde Macht tastete in seinem Kopf umher.

Damals in Lima, als er noch ein kleiner Junge war, hatte sich seine Mutter in ihrem Wahn und ihrer Verzweiflung den alten Bräuchen zugewandt und unter den verlorenen Seelen der Armen nach jemandem gesucht, der sie in der schwarzen Magie der Inkas unterweisen konnte. Und auf ihren unsteten Streifzügen durch die Rattenlöcher der Barrios war sie irgendwann auf eine Angehörige der Urbevölkerung gestoßen, die ihr die Rituale der Inkas beibrachte.

Manche Gelehrte behaupteten, das Inka-Reich sei auf dem Fundament des Fortschritts errichtet worden, auf den Pfeilern einer Naturlehre, die es mit dem Wissen der alten Ägypter aufnehmen konnte. Aber in Wirklichkeit hatten die Inkas ihr Reich auf Furcht gegründet. Furcht war für sie etwas Heiliges. Ihre raffiniert ausgeklügelten Rituale erzeugten eine Furcht, die alles in den Schatten stellte, was andere Kulturen jemals ersonnen hatten.

Eduardo kannte diese Furcht. Schließlich mussten die Inka-Rituale eingeübt werden. Und seine Mutter hatte stets über eine kleine Versuchsperson verfügt.

Es hieß oft, dass ein Mensch bei seiner ersten Begegnung mit dem Bösen zutiefst erschrak. War er diesem Bösen jedoch länger ausgesetzt, gewöhnte er sich daran und nahm es irgendwann selbst an. Genau das Gleiche galt, wie Eduardo herausgefunden hatte, für die Angst.

In jenen Jahren ritueller Folter durch seine Mutter hatte Eduardo gelernt, die eigene Angst zu akzeptieren und in der Angst der anderen etwas geradezu Göttliches zu sehen. Die alte Hexe hatte ihn gründlich geschult. Fast bereute er, dass er sie getötet hatte. Aber nur fast.

Eduardo merkte plötzlich, wie ihm kalter Schweiß aus allen Poren brach. Er konnte es kaum glauben, aber dieses Mädchen besaß die Gabe, nach der seine Mutter mit allen Mitteln gestrebt hatte – die Fähigkeit, ihr Denken und Fühlen mit dem Denken und Fühlen eines anderen Menschen zu verschmelzen. Er spürte ihre energische und zugleich sanfte Berührung, als sie sein Inneres erforschte. Aber zu welchem Zweck?

Anstatt ihr Eindringen abzuwehren, öffnete El Chupacabra sein Inneres ganz weit. Sie war so stark, dass er ihr vermutlich ohnehin nicht widerstehen konnte. Warum also sollte er ihr nicht einfach alles offenbaren?

Unvermittelt brach sie ihre Suche ab und zog sich in aller Hast zurück, verzweifelt bemüht, sich wieder von seinen Gedanken zu lösen.

Angst. In herrlicher Reinheit ergoss sie sich von ihrem in sein Inneres, Welle um Welle so intensiver Angst, dass er hier und jetzt gegen einen Höhepunkt ankämpfen musste, inmitten der Rosen und Orchideen auf Don Espeñosas Patio. Zum ersten Mal hatte er diese sexuelle Explosion mit zehn Jahren erlebt, als er das Messer wieder und wieder in die Brust seiner sterbenden Mutter gerammt hatte. Es war wie nach einem schnellen Lauf. Sein Herz hämmerte, und durch seine Adern rollte Donner, der nach Entladung schrie. Er hatte seit seinem ersten Mord nichts Ähnliches mehr gespürt. Aber nun war diese Ekstase wieder da.

So nahe er bei seinen auserwählten Opfern auch dem hohen Ziel gekommen war, sich ganz in das Ritual der Angst zu versenken – all diese Erfahrungen erschienen ihm nun fade und leer. Hier dagegen fand er reines Entsetzen, das so erfrischend in sein Gehirn strömte, wie er es niemals für möglich gehalten hätte.

Dann war es vorbei. Das Mädchen, dessen Hand er immer noch hielt, kippte um.

Eduardo fing sie auf, ehe sie zu Boden stürzte, und bettete sie in ihren Sessel.

»Was soll das denn, verdammt?« Don Espeñosas erstaunter Ausruf brachte Eduardo in die Gegenwart zurück.

»Sie ist ohnmächtig geworden.«

»Das sehe ich selbst. Warum?«

Eduardo wandte sich mit einem Grinsen dem Drogenboss zu. »Was soll ich dazu sagen? Ich wirke nun mal umwerfend auf Frauen.«

Don Jorge Espeñosas Miene verfinsterte sich einen Augenblick, doch dann grinste er noch breiter als sein Gegenüber. »So, so. Dann hör mir mal gut zu. Diesmal bleibt dein Schwanz in der Hose, verstanden? Die Kleine gehört mir. Außerdem habe ich dich nicht hergebeten, damit du sie vernaschst, sondern damit du mir sagst, was du von ihr hältst.«

Eduardo warf einen Blick auf das zusammengesunkene Mädchen und zuckte die Achseln. »Was gibt es da groß zu sagen? Ich mag sie.«

»Das ist mir scheißegal. Ich will wissen, ob ich ihr trauen kann.«

Eduardo musterte eingehend Espeñosas kantige Züge. »Ob du ihr trauen kannst? Warum das denn?«

Don Espeñosa schnippte mit den Fingern, und ein Diener kam aus dem Haus gelaufen. *»Manuel, Señorita Jennifer está enferma. Llévela a su cuarto.«*

»Sí, señor.«

Während der Diener Jennifer aus dem Sessel hob, um sie in ihr Zimmer zurückzutragen, nickte der Kartellboss Eduardo zu.

»Komm, wir gehen ein Stück spazieren.«

Eine Dreiviertelstunde begleitete Eduardo Don Espeñosa auf seinem Spaziergang und ließ sich in allen Einzelheiten beschreiben, wie dieses Mädchen die Aufmerksamkeit des Drogenbarons auf sich gezogen hatte – ein junges Ding, das die Schutzsysteme seiner besten Computerexperten geknackt und sich Zugriff zu seinen Konten verschafft hatte, das sich in das Überwachungsnetz des Bellagio gehackt hatte und zu guter Letzt in seinem Auftrag die amerikanischen Rauschgift- und Steuerbehörden an den Rand der Verzweiflung gebracht hatte.

Es war klar, dass Jorge Espeñosa starke Gefühle für dieses Wunderkind entwickelt hatte. Aber er war und blieb ein paranoider Typ mit schizophrenen Zügen, der sein Misstrauen gegenüber anderen Menschen niemals ganz ablegen konnte. Deshalb hatte er El Chupacabra herbestellt, einen Mann, der für seine Fähigkeit bekannt war, die Fassaden zu durchschauen, hinter denen sich die Menschen versteckten. Er wollte eine Bestätigung für seinen Entschluss, dieses Mädchen zu behalten, für sich arbeiten zu lassen und vielleicht sogar zu seiner ersten Señora Espeñosa zu machen.

Sie hatten die Gärten längst verlassen und folgten nun einem der gewundenen Bergpfade, die zur abgeschiedenen nördlichen Grenze des Besitzes führten. Ein schwarz-gelber Vogel schoss durch das Geäst hoch über ihnen und tat mit einem schrillen Kreischen kund, dass er sich durch die Männer drunten auf dem Weg gestört fühlte.

Eduardo blieb stehen und blickte tief in Jorge Espeñosas dunkelbraune Augen.

»Du willst also hören, was ich von ihr halte?«

»Genau.«

Eduardo überlegte einen Moment. »Du kennst mich und meine ersten Eindrücke.«

»Sie sind immer zutreffend.«

El Chupacabra lächelte. »Ich gebe mein Bestes.«

»Und dein Eindruck von dem Mädchen?« Anspannung schwang in der Stimme von Jorge Espeñosa mit.

»Wie gesagt, ich mag sie. Und ja, ich würde sie gern vögeln. Aber wir können nicht alles kriegen, was wir gerne hätten.«

Don Espeñosa lachte, ein wenig zu laut, als hätte ihn jede andere Einschätzung von Eduardo enttäuscht.

»Ich würde allerdings gern noch ein paar eigene Erkundigungen einziehen. Oder stört es dich, wenn ich mich ein wenig mit ihrer Herkunft und ihrem Werdegang befasse?«

»Nein.«

»Darf ich ihre Sachen durchsuchen?«

»Das haben meine Leute bereits getan.«

»Ich muss mir selbst einen Überblick verschaffen.«

Don Espeñosa trat einen Schritt zurück und sah Eduardo prüfend an. Nach einer kurzen Pause sagte er: »Tu, was immer du für nötig hältst, aber lass deine Finger und sonstigen Körperteile von dem Mädchen. Vergiss nie, die Kleine gehört mir.«

Eduardo setzte ein entwaffnendes Lächeln auf. »Einverstanden.«

Der Don machte kehrt und führte ihn zurück zum allgemein zugänglichen Teil des Anwesens. Hoch in den Baumkronen erspähte El Chupacabra zum dritten Mal zwei Scharfschützen mit Zielfernrohren an den Gewehren.

Wäre der Don tatsächlich so verblendet gewesen, seinen Heckenschützen ein Zeichen zu geben, wenn Eduardo sich abfällig über das Mädchen geäußert hätte? Welchen Zauber übte dieses junge Ding nur auf den Drogenbaron aus?

Eines stand jedenfalls fest. Er freute sich sehr darauf, die Wahrheit über sie herauszufinden.

KAPITEL 120

Ein Windhauch streifte Jennifers Wange so sanft, dass sie erwachte, ohne zu erschrecken. Sie hatte fast vergessen, wie gut es sich anfühlte, den Schlaf langsam abzuschütteln.

Die schweren Düfte, die mit der Brise aus Don Espeñosas Gärten zu ihr heraufwehten, brachten sie in die Gegenwart zurück. Mit einem Ruck setzte sie sich in ihrem Bett auf. Was war geschehen? Wie war sie hierhergekommen?

Sie war zum Frühstück hinuntergegangen. Don Espeñosa hatte sie erwartet und sie diesem Mann vorgestellt …

Ein Schauder erfasste sie. Er begann mit einem Kribbeln im Nacken, verstärkte sich und überzog ihren ganzen Körper, bis sie ihre Hände zu Fäusten ballte, um das Zittern zu unterdrücken. Eduardo Montenegro.

Sie hatte sein Inneres kaum berührt, war längst nicht so tief in seine Gedanken eingedrungen wie bei vielen anderen, mit denen sie dank ihres besonderen Talents Kontakt aufgenommen hatte. Aber was sie dieses Mal erfühlt hatte, war grauenvoll gewesen. Etwas Dunkles hatte sie gestreift und ihren Verstand zurückprallen lassen, sodass er wieder in das Licht ihres eigenen Körpers zu taumeln versuchte. Aber in ihrem Schockzustand war ihr der Faden entglitten, an dem sie sich entlangtasten konnte. Sie hatte nur noch gewusst, dass sie vor dem Horror fliehen musste, auf den sie gestoßen war.

Wann immer das Ding ihre Gedanken berührt hatte, war sie zurückgewichen, dabei aber immer tiefer in das Dunkel gestolpert. Obwohl sie Barrieren um ihre Psyche errichtet hatte, Mauer um Mauer, eine immer höher und dicker als die andere, hatte sie das Ding, das sie beharrlich verfolgte, nicht auszusperren vermocht. Sondern ihre Panik hatte es geradezu genährt und es angezogen wie ein Leuchtturm in der Nacht.

Dann hatte eine Art mentaler Countdown eingesetzt. Er begann bei zehn, und sie wusste, wenn sie bei null nicht in ihren eigenen Kopf zurückgefunden hätte, würde diese Schwärze, die immer näher rückte, sie in einen Wahnsinn zerren, aus dem es kein Entkommen gäbe.

Die Erinnerung daran war so stark, dass bittere Gallenflüssigkeit in ihr hochzusteigen begann. Sie schluckte. Offensichtlich war sie entkommen, allerdings nur äußerst knapp.

Jennifer hatte die Psyche von vielen Menschen erkundet, nicht zuletzt die von Don Espeñosa, dem Anführer des größten und brutalsten Drogenkartells in ganz Südamerika. Aber obwohl sie in seinem Innern Grausamkeit, Gier und Paranoia entdeckt hatte, war sie auch auf Bereiche gestoßen, die das Schöne liebten und sich grundsätzlich nach menschlicher Zuneigung sehnten, und diese Bereiche hatte Jennifer mühelos durchstreifen können. Bei ihrer großen Begabung war es ihr zudem leichtgefallen, seine Gier und Paranoia für ihre Zwecke zu nutzen.

Aber das Eintauchen in Eduardos Geisteswelt würde ihr von nun an stets ein namenloses Entsetzen einflößen. Denn sie bestand aus einer Schwärze, in der sich unaussprechliche Gedanken und Gefühle drehten und wanden, die sie zu packen und tiefer in den Abgrund zu zerren drohten. In dieser Welt hatte sie nicht den kleinsten Schimmer von Licht entdeckt.

Wieder überwältigte sie die Erinnerung, und diesmal gelang es ihr nicht, sie rechtzeitig abzublocken. Ihr halb verdautes Frühstück ergoss sich in einem mächtigen Schwall auf das Laken, das jemand fürsorglich über ihre Beine gebreitet hatte.

»Klasse!«, murmelte Jennifer. Sie knüllte das Laken zu einem Bündel zusammen, das sie auf die Fliesen fallen ließ. Dann wankte sie ins Bad, um sich zu säubern und den säuerlichen Geschmack aus der Mundhöhle zu spülen.

Unter dem Strahl der heißen Dusche versuchte sich Jennifer wieder zu beruhigen. Aber diesmal ließ sie ihre Konzentration im Stich. Sie hatte von Menschen gehört, die so sehr unter Schock standen, dass sie nicht mehr zu zittern aufhören konnten. Bis zu diesem Moment hatte sie sich einen derartigen Zustand kaum vorstellen können, doch nun stand sie da, eingehüllt in Dampfwolken, die jeder türkischen Sauna zur Ehre gereicht hätten, und zitterte wie ein Ahornblatt im kalten Herbstwind, nur durch einen dünnen, brüchigen Stiel mit der Realität verbunden.

In Arizona hatten die Hualapai-Indianer am Rande des Grand Canyon den sogenannten Skywalk errichtet, eine atemberaubende Plattform mit gläsernen Bodenplatten und einer gläsernen Brüstung, die eine Meile über dem Colorado River wie ein langer Balkon zweiundzwanzig Meter in die Schlucht hinausragte. Jennifer war es bisher nicht vergönnt gewesen, diese Touristenattraktion zu besuchen und sich von der Kante aus ins Nichts zu bewegen, nur durch eine transparente Schicht vom Abgrund getrennt. Aber in diesem Moment fühlte sie sich, als stünde sie genau in der Mitte dieser Konstruktion, angstvoll bemüht, nicht nach unten zu schauen, und doch unwiderstehlich von dem schaurigen Anblick der brodelnden Tiefe angezogen.

Jennifer stellte das Wasser ab, verließ die kleine Duschkabine und wickelte sich in ein dickes weißes Handtuch. Ihr Frösteln hatte sich nicht gelegt, sondern eher noch verschlimmert. Und das Zittern ihrer Hände war nach innen gewandert und schickte einen Schauer nach dem anderen in ihre Seele. Sie überlegte kurz, ob sie wieder ins Bett kriechen, sich wie ein Embryo zusammenrollen und bis über den Kopf zudecken sollte, doch dann fiel ihr ein, dass die Laken ja nicht mehr zu gebrauchen waren, und sie ließ den Gedanken fallen.

Was ihr jetzt fehlte, war etwas, das ihr nur das zweite Schiff vermitteln konnte, jenes herrliche Wohlbehagen, das sie auf der Konturenliege der Aliens empfunden hatte. Nur befand sie sich momentan in einem Zustand, in dem jede Erinnerung ein Szenario des Grauens auszulösen drohte. Sie konnte das nicht noch einmal ertragen. Nicht jetzt. Niemals wieder.

Frustriert trat Jennifer durch die Balkontür ins Freie. Die warme Brise, die sie umfächelte, kam ihr klamm und kalt wie Meeresnebel vor. Sie dachte daran, die Tür zu schließen, verwarf die Idee aber gleich darauf wieder. Die Kälte war nicht real, sondern eine Ausgeburt ihrer Phantasie. Sie wusste, was sie brauchte, und es befand sich nicht draußen auf dem Balkon, sondern in ihrem begehbaren Kleiderschrank.

Sie zog die Lamellentüren auf, holte ihren Koffer vom obersten Regalbrett und stellte ihn auf dem Boden ab. Ihre Finger zitterten, als sie den Reißverschluss öffnete, fast wie bei einem Junkie, der auf Entzug war.

In der ebenfalls mit einem Reißverschluss geschützten Seitentasche fand sie die beiden durchscheinenden Stirnreife der Aliens, genau dort, wo sie die Dinger verstaut hatte. Bei Don Espeñosas Schnüfflern hatten sie wohl nicht mehr Interesse ausgelöst als der Haarschmuck eines jungen Mädchens. So konnte man sich täuschen.

Im gleichen Augenblick, da Jennifer den Reif berührte, der ihr allein gehörte, fühlte sie sich besser. Es war eine der Merkwürdigkeiten der Alien-Headsets, dass sie nur für die Person arbeiteten, zu der sie von Anfang an Kontakt aufgenommen hatten. Diese enge Verbindung blieb bestehen, solange der oder die Auserwählte lebte. Was danach geschah, wusste Jennifer nicht. Und sie hatte auch keine gesteigerte Lust, es herauszufinden.

Sie ging zu dem Korbsessel, in dem sie an diesem Morgen nach dem Aufwachen Don Espeñosa entdeckt hatte, legte den überzähligen Bügel auf den niedrigen Beistelltisch und machte es sich mit angezogenen Knien in dem Sessel bequem.

Dann holte sie tief Luft, streifte ihren Reif über und wartete, bis sich die murmelgroßen Kugeln an beiden Enden in ihre Schläfenmulden geschmiegt hatten.

KAPITEL 121

Dreitausend Meilen entfernt überflog Dr. Hanz Jorgen in der provisorischen Unterkunft, die er mittlerweile als sein Zuhause betrachtete, eine Unmenge von Papieren, die jeden Quadratzentimeter seines Schreibtisches bedeckten.

Der Artikel, der im Moment seine Aufmerksamkeit fesselte,

hatte in der Wissenschaftsgemeinde kaum und in der breiten Öffentlichkeit überhaupt keine Beachtung gefunden, aber ihn faszinierte er. Dr. Paul Silas von der Northwestern University befasste sich darin mit einem Asteroiden, der die Bezeichnung 2004XY130 trug. Wenngleich die Wahrscheinlichkeit, dass dieser Asteroid auf der Erde einschlug, geringer als eins zu einer Million war, würde ein Zusammenprall eine Sprengkraft von über zweitausend Megatonnen entwickeln – mehr als das Hunderttausendfache von Little Boy, der Bombe, die im Zweiten Weltkrieg Hiroshima zerstört hatte.

Ein Summen in seiner Hosentasche erinnerte ihn an die Existenz seines Handys. Da er keinen Klingelton gefunden hatte, der auch nur halbwegs erträglich war, hatte Jorgen vor geraumer Zeit für sich und seine Mitarbeiter entschieden, die Apparate auf stumm zu schalten und sich mit dem Vibrationsalarm zu begnügen.

Er klappte das Ding auf und hielt es dicht an sein Ohr. »Jorgen.«

»Hier spricht Bill Franks.«

Die Stimme von Dr. Franks knisterte geradezu vor Erregung.

»Das verrät mir mein schlaues Handy auch. Was gibt es denn?«

»Kommen Sie rasch nach unten, Hanz. Hier geschieht gerade etwas ganz Unglaubliches.«

Ohne viel zu fragen, stemmte Dr. Jorgen seine massige Gestalt vom Stuhl hoch, stürzte zur Tür und klappte im Laufen das Handy zu. Obwohl das bei seiner Erscheinung niemand vermutet hätte, konnte sich Dr. Jorgen mit der Schnelligkeit eines halb so alten und halb so schweren Mannes bewegen, wenn es denn sein musste. Und als er jetzt die in die steile Flanke des Canyons gehauenen Stufen hinunterkletterte, musste es sein.

Dr. Frank erwartete ihn am Ende der Treppe. Sein Gesicht wirkte in der hellen Vormittagssonne noch blasser als sonst.

»Was gibt es denn?«, wiederholte Dr. Jorgen keuchend.

Bill Franks deutete auf die Felsen, wo man die Mesquite-Sträucher der Hochwüste abgeholzt hatte, um einen Weg in die Sternenschiff-Höhle zu öffnen. Doch der Eingang war verschwunden.

Dr. Jorgen stürmte los, auf die Stelle zu, wo er noch zwei Stunden zuvor die Kaverne verlassen hatte. Unvermittelt blieb er stehen, als seine Hand in etwas versank, das er für Geröll und Erde gehalten hatte.

»Was zum Henker …?« Er zog die Hand zurück, ein wenig überrascht, dass sie völlig unversehrt war.

»Es ist zum Leben erwacht.«

Dr. Jorgen war bekannt für seine schnelle Auffassungsgabe. Und er besaß die Fähigkeit, wissenschaftliche Daten rasch zu analysieren. Aber jetzt hatte er das Gefühl, als steckten seine Gedanken in einem zähen Schlamm fest.

»Das Schiff der Außerirdischen!« Franks grinste wie ein kleiner Junge, der soeben das Tagebuch seiner älteren Schwester entdeckt hatte. »Vor ein paar Minuten begann es plötzlich zu arbeiten.«

»Und das da?« Dr. Jorgen deutete auf die trügerische Wand vor dem Höhleneingang.

»Irgendein hoch entwickeltes Hologramm. Es zeigte sich, als das Schiff zu arbeiten begann.«

»Weg da!« Dr. Jorgen brannte darauf, die Höhle zu betreten. So aufgeregt er gewesen war, als er zum ersten Mal einen Blick auf das Schiff von den Sternen geworfen hatte – das hier übertraf alles bisher Erlebte.

Die Dunkelheit hinter dem Hologramm war nicht vollkommen, aber sie kam unerwartet. Sämtliche Scheinwerfer, die sein Team installiert hatte, um den Rumpf des Sternenschiffs zu untersuchen, waren ausgeschaltet. Was blieb, war ein Magentaschimmer, den die Luft selbst zu verströmen schien.

Bill Franks trat neben ihn. »Wir haben das Licht ausgemacht, um das hier besser sehen zu können.«

Am hinteren Ende der Höhle konnte Dr. Jorgen den gekrümmten Rumpf des Sternenschiffs erkennen, ummantelt von dem Metallgerüst mit den Laufplanken, auf denen die Forscher ihre Ausrüstung abstellten und alle möglichen Messungen vornahmen.

Dr. Jorgen wagte sich zwei Schritte vor, ehe er erneut stehen blieb und die unirdische Illumination betrachtete.

»Schön. Einfach schön.«

KAPITEL 122

Die Neugier am Leben zu verlieren, war wie Sterben, und El Chupacabra konnte sich weder mit dem einen noch mit dem anderen anfreunden. Er verstand sich auf das Beobachten, und er verstand sich auf das Warten. Genauso funktionierte alles. Beobachten und warten.

Eduardo hätte sich in Jennifers Zimmer umsehen und ihre persönlichen Sachen mit derselben unübertroffenen Gründlichkeit filzen können, die ihn zum besten Auftragskiller der Welt gemacht hatte. Stattdessen schlenderte er über die Nordgrenze von Don Espeñosas Gärten hinaus, suchte sich einen hohen Baum und kletterte in die Krone hinauf.

Er schwang sich auf einen vom Laub verdeckten Ast, der eine gute Armstütze bot, und zog aus der seitlichen Tasche seiner Cargohose ein Fernglas. Das Swarovski EL 10 × 32 war nach seiner Einschätzung das beste Kompaktgerät der Welt, absolut wasserdicht und mit Stickstoff gefüllt, weshalb die Gläser nie anliefen, nicht einmal in der hohen Luftfeuchtigkeit der Amazonas-Region. Eduardo liebte dieses Fernglas, vor allem jetzt, da der Hersteller die schwach goldene Glaseinfärbung der früheren Modelle geändert hatte.

Er richtete das Fernglas auf Jennifers Balkon und stellte die Bildschärfe ein. Die weiße Flügeltür stand weit offen und bot von innen sicher eine herrliche Aussicht auf die Gärten und Gebirgskämme an der Nordseite des Besitzes. Ein Freisitz mit einem kleinen Rundtisch und zwei Liegestühlen befand sich direkt oberhalb und rechts von dem Patio, wo Eduardo der erstaunlichen jungen Frau zum ersten Mal begegnet war. Von seinem Beobachtungsposten aus konnte Eduardo fast das gesamte Gästezimmer dahinter überblicken.

Jennifer Smythe lag immer noch mit geschlossenen Augen auf dem Bett, nur mit einem Laken zugedeckt. Das wärmere Plumeau hatte wohl der Diener zurückgeschlagen, der die Bewusstlose nach oben getragen hatte. Das Zimmer sah noch genauso aus, wie es Eduardo von einem seiner letzten Aufenthalte hier in Erinnerung hatte. Ein Korbsessel mit Beistelltisch befand sich schräg gegenüber des Schlafbereichs, in der Nähe der Tür, die auf den Korridor im zweiten Stock hinausführte. Neu war lediglich der Eichenschreibtisch mit dem aufgeklappten Laptop. Die bunten Fraktalmuster des Bildschirmschoners durchbrachen das Dunkel des Raumes.

Eduardos Blick wandte sich dem schlafenden Mädchen zu. Jennifers Haltung veränderte sich, als könnte sie seine Nähe spüren. Sie streckte die Arme hoch über den Kopf, und ein Lächeln umspielte ihre Lippen. Dann setzte sie sich mit einem Ruck kerzengerade auf. Eine Weile saß sie völlig reglos da, doch plötzlich kippte ihr Oberkörper nach vorn, und sie übergab sich. Eduardo sah, wie sie aus dem Bett sprang, das verschmutzte Laken zusammenknüllte und auf die Fliesen fallen ließ, ehe sie im Bad verschwand.

Eduardo lächelte, wenn er an die Angst dachte, die er bei ihr gespürt hatte, als sich ihre Gedanken berührten.

Nach erstaunlich kurzer Zeit kam Jennifer aus der Dusche, in einen weißen Bademantel gehüllt. Sie ging kurz auf den Balkon hinaus, doch dann schien ihr etwas einzufallen. Sie durchquerte rasch das Zimmer und öffnete den Kleiderschrank. Und obwohl die Schranktür ihm teilweise die Sicht versperrte, glaubte Eduardo zu erkennen, dass sie etwas aus einem hohen Fach holte, einen Koffer vielleicht oder eine große Reisetasche.

Es dauerte nicht lange, bis sie gefunden hatte, was sie suchte, und ihre Miene sprach Bände, als sie wieder herauskam. Sie war beim Betreten des Schranks mehr als angespannt gewesen, aber jetzt strahlte sie so etwas wie Hoffnung aus.

Jennifer überlegte kurz, warf etwas auf das Tischchen und ließ sich in den Korbsessel fallen. Wieder vergrößerte Eduardo die Ansicht und stellte die Bildschärfe neu ein.

Ein schmaler Dreiviertel-Reif aus Metall oder glänzendem Kunststoff lag auf dem Beistelltisch. Was war das? Ein Haarreif? Eduardo wandte seine Aufmerksamkeit Jennifer zu. Sie hielt einen ähnlichen Reif in Händen und starrte ihn geradezu verzückt an. Dann atmete sie tief durch und setzte ihn auf, aber nicht wie einen Haarschmuck, sondern eher wie ein militärisches Headset. Obwohl dieser Vergleich hinkte, weil der Reif nicht in den Ohren, sondern an den Schläfen endete. Aber immerhin schien es sich um ein technisches Gerät zu handeln.

Erneut ging eine auffallende Veränderung mit Jennifer vor. Ihr sorgenvoller Gesichtsausdruck war plötzlich wie weggewischt. Die braunen Augen schienen in die Ferne zu starren. Dabei wirkte ihr Blick nicht verschwommen, sondern richtete sich ganz gezielt auf einen Punkt, den nur sie sehen konnte.

Die nächsten siebenundvierzig Minuten verbrachte Jennifer Smythe reglos in ihrem Korbsessel, mit entspannter und zugleich aufmerksamer Miene. Dann, als würde sie in einem Kino aufstehen, weil der Film aus war und die Lichter aufflammten, erhob sich Jennifer aus dem Korbsessel, nahm den Reif ab und verstaute ihn zusammen mit seinem Zwilling wieder in dem Versteck im Schrank.

Mit einer Entschlossenheit und Lebhaftigkeit, die Eduardo noch ein paar Minuten zuvor für unmöglich gehalten hätte, zog sich die junge Frau an, verließ gut gelaunt das Zimmer und schloss die Tür hinter sich.

Unverzüglich packte Eduardo sein Fernglas ein und schwang sich von Ast zu Ast in die Tiefe. Er sprintete auf einem schmalen Pfad, der nicht durch die Gärten führte, auf das Haus zu und tauchte zwischen einer freistehenden Garage für sechs Fahrzeuge und dem Dienstboteneingang aus dem Wald auf. Zwei weiß gekleidete Köche zogen fragend die Augenbrauen hoch, als er durch die Küche lief, kümmerten sich aber rasch wieder um ihre Arbeit, als sie sahen, wen sie vor sich hatten.

Er passierte eine Schwingtür in den schmalen Service-Korridor und stieß die erste Tür zu seiner Rechten auf. Immer zwei Stufen auf einmal nehmend, erreichte er den zweiten Stock, wo er einen Moment lang stehen blieb, ehe er in den Gang hinaustrat.

Nachdem er sich vergewissert hatte, dass niemand unterwegs war, huschte er zu Jennifers Zimmer, drehte den Türknauf herum und trat ein. Eduardo schloss die Tür hinter sich und wandte sich dem geräumigen begehbaren Schrank zu. Er zog die Jalousietüren auf, schaltete das Licht ein und musterte kurz die spärliche Garderobe, die an einer von insgesamt vier Kleiderstangen hing.

Dann wanderte sein Blick nach oben. Auf der Hutablage entdeckte er einen einzelnen anthrazitgrauen Koffer. Eduardo hob ihn herunter und stellte ihn vorsichtig auf dem Schrankboden ab. Er besaß zwei große Fächer und mehrere kleine Außentaschen für Schuhe und sonstigen Kleinkram. Die beiden Hauptfächer waren leer, aber in einer der Zusatztaschen fand er, was er gesucht hatte – die geheimnisvollen Stirnreife.

Eduardo ließ sich im Schneidersitz neben dem Koffer nieder, nahm einen der Stirnreife in die Hand und strich mit den Fingern über das Material. Es fühlte sich wie Metall an, wenngleich von einer Sorte, die er nicht näher einordnen konnte, und es brach das Licht in einer ganz besonderen Weise, die ihm einen halb transparenten Schimmer verlieh. Es war biegsam, schien aber zugleich eine hohe Festigkeit und Härte zu besitzen.

Konnte es ein Artefakt sein? Seine Mutter hatte ihr ganzes Erwachsenenleben nach magischen Artefakten der Inka gesucht. Sie hatte Fotos und Skizzen von Kultgegenständen gesammelt und studiert, aber das waren alles weit komplexere Gebilde gewesen. Diese Dinger dagegen wirkten in ihrer Schlichtheit geradezu elegant. Konnte eines davon die Trance hervorgerufen haben, in die Jennifer allem Anschein nach versunken war?

Es gab nur eine Möglichkeit, das herauszufinden.

Eduardo schob den Reif so über die Schläfen, wie er es bei Jennifer gesehen hatte, und zählte dabei langsam von zehn rückwärts.

Nichts geschah.

Enttäuscht verstaute er ihn wieder in der Außentasche des Koffers und wandte sich dem zweiten Exemplar zu. Es schien sich in nichts von seinem Zwilling zu unterscheiden. So viel zu dieser Theorie. Eduardo beschloss, das Ding ebenfalls wegzupacken, doch im letzten Moment zögerte er.

Weshalb sollte er plötzlich mit alten Gewohnheiten brechen?

Auf der Liste seiner Tugenden kam Gründlichkeit gleich nach Gottesfurcht.

Eduardo spreizte den Bügel ein wenig auseinander und setzte ihn auf. Einen Moment lang hatte er das Gefühl, dass die kugelförmigen Enden von selbst in die Vertiefungen oberhalb der Wangenknochen glitten. Und in der Tat setzte ein schwaches Vibrieren ein, das seine Schläfen sanft massierte. Er entspannte sich.

Wieder stieg eine leise Enttäuschung in ihm auf. So einfach war das also. Ein Massagegerät, das sie in irgendeinem Laden für elektronisches Spielzeug erstanden hatte.

Selbst eine Vergangenheit, in der Schmerz eine zentrale Rolle spielte, hatte ihn nicht auf diese Explosion in seinem Kopf vorbereitet. Das fühlte sich plötzlich an, als hätte jemand Millionen Löcher in seinen Schädel gebohrt und durch die Öffnungen Mikro-Taser eingeführt, die nun alle gleichzeitig ihre Fünfzigtausend-Volt-Impulse direkt in sein Gehirn abfeuerten. Er versuchte sich den Bügel vom Kopf zu reißen, stellte aber fest, dass ihm sein Körper nicht mehr gehorchte.

Eine Flut von Gedanken strömte durch Eduardos Gehirn. War es das? Hatte nun doch die ultimative Falle zugeschnappt?

Wechsel.

Der Schrank war verschwunden. Eduardo schwebte in einer durchsichtigen Blase im weiten, leeren Dunkel des Alls. Ein Ringplanet huschte vorüber. Seine zahlreichen Monde rasten vorbei, als sein Schiff so stark in Schräglage ging, dass er befürchtete, es könnte durch den Druck planetarer Gravitation zerstört werden.

Dann sah er es durch sein Blickfeld huschen. Weit vorne zunächst. Dann stark vergrößert, eingefangen von Kreisen und einem Fadenkreuz, als sein Schiff es ins Visier nahm.

Das lange, zigarrenförmige Raumschiff, das von ihm verfolgt wurde, sandte plötzlich einen speerförmigen Wirbel aus, der den Weltraum zerschnitt. Durch diesen engen Schlauch war die Sicht auf die Sterne dahinter stark verzerrt.

Sein Schiff vollführte eine scharfe Drehung nach rechts und sackte ein Stück nach unten ab, wodurch es dem Wirbel um knapp hundert Meter entging. Im Gegenzug schoss sein Schiff einen rot pulsierenden Strahl ab, der das Zigarrenschiff verfehlte, aber einen kleinen Asteroiden zerstäubte, als er sich gerade seinen Weg durch einen dichten Gürtel kreisender Felsbrocken bahnte.

Vor ihnen nahm ein blauer Planet mit einem einzelnen Mond Gestalt an. Der Gegner hielt darauf zu. Beinahe gleichzeitig feuerten die Waffensysteme der beiden Schiffe erneut.

Während der rote Strahl die Außenfläche des zigarrenförmigen Schiffs umspielte, bis Teile des Rumpfes Blasen warfen und sich verzogen, durchschlug der feindliche Wirbel sein eigenes Raumfahrzeug und sog vier kleine Körper in das Vakuum des Weltalls. Manövrierunfähig stürzte sein Schiff weiter, der Oberfläche des blauen Planeten entgegen.

Die Bilderflut kam zum Stillstand. Das Innere des begehbaren Schranks tauchte wieder auf.

Eduardo lehnte im Schneidersitz und mit schlaff herunterhängenden Armen an einem der Schuhregale.

Es fiel ihm schwer, seine Gedanken zu ordnen. Was zum Henker hatte sich da eben abgespielt? Dann begriff er – oder glaubte zumindest zu begreifen, auch wenn er die Symbole nicht verstand, die durch seine Gedanken schwirrten.

Natürlich. Das Headset.

Eduardo zerrte den Bügel von den Schläfen. Im gleichen Moment stoppte die rätselhafte Metaphorik. Aber eine gewisse Fremdartigkeit blieb. Die jahrelangen Misshandlungen und Quälereien durch seine Mutter hatten ihn für jedes einzelne Nervenende in seinem Körper sensibilisiert. Das war mit ein Grund für seine Kraft und seine Schnelligkeit. Er durchschaute Zusammenhänge, lange bevor sie seinen Mitmenschen auch nur zu Bewusstsein kamen. Und diese rasche Auffassungsgabe hatte nun noch einmal einen gewaltigen Sprung nach oben getan. Er kam sich vor wie ein Blinder, der plötzlich sehen, wie ein Tauber, der plötzlich hören kann. Er ballte die freie Hand zur Faust, und auch das fühlte sich anders an.

Sein Blick fiel auf den scheinbar unbedeutenden Metallreif in seiner Hand, und er begriff. Er hatte von Anfang an recht gehabt. Das Ding war ein Artefakt, auch wenn seine Herkunft und seine Kräfte noch viel fremdartiger waren, als er gedacht hatte.

Eduardo stand auf, holte das zweite Artefakt der Aliens aus seinem Versteck und hob den leeren Koffer wieder auf das oberste Regalbrett.

Beide Bügel mit der Linken fest umklammernd, verließ Eduardo Montenegro die Villa auf dem gleichen Weg, auf dem er sie betreten hatte.

Ja, heute wäre seine Mutter stolz auf ihren Sohn gewesen.

KAPITEL 123

Verschwunden!

Der Schock drang mit der Wucht einer Abrissbirne auf Jennifer ein. Sie spielte im Geiste noch einmal durch, wie sie den Koffer auf das oberste Regalbrett gehoben hatte, und verglich die Positionen von vorhin und jetzt. Nicht mehr die gleiche. Als bräuchte sie eine Bestätigung, dass die kostbaren Headsets der Aliens gestohlen waren.

Mit schwachen Knien wankte sie aus dem begehbaren Schrank. Ihr Blick schoss zum Schreibtisch, auf dem sie ihren Laptop zurückgelassen hatte. Da stand er, unberührt.

Das ergab keinen Sinn. Warum sollte ein Dieb den Laptop verschmähen und die scheinbar wertlosen Stirnreife mitnehmen? Wenn die Sache von Don Espeñosa ausgegangen wäre, hätte sie das in seinen Gedanken gelesen. Der Verdacht, der ihr Gehirn durchzuckte, ließ sie vor Zorn und zugleich vor Angst erbeben.

Eduardo. Er musste sie bespitzelt und mitbekommen haben, wie sie nach dem Erwachen über das Headset Verbindung zum zweiten Schiff aufgenommen hatte.

Gott, war sie bescheuert! Am liebsten hätte sie ihre kurzen

Haare gepackt und jedes einzeln ausgerissen. Aber Selbstzerfleischung brachte sie jetzt nicht weiter. Sie musste handeln – und zwar schnell.

Sie würde die Bügel von diesem kranken Mistkerl zurückholen. Eduardo war vielleicht ein Monster, aber er wusste nicht, mit wem er es zu tun hatte.

Jennifer stürmte so wütend aus ihrem Zimmer, dass sie um ein Haar ein Hausmädchen umgerannt hätte.

»Perdón, señora.« Jennifers Stimme verriet, dass sie sich in höchster Eile befand. *»Dónde está Don Espeñosa?«*

Die Frau fand ihr Gleichgewicht wieder und deutete den Korridor entlang. *»El señor está en la biblioteca.«*

Jennifer sprach längst nicht so fließend Spanisch wie Mark, aber sie konnte sich einigermaßen verständigen. Der Don war in seiner Privatbibliothek. Obwohl Don Espeñosa diesen Raum liebte, hatte Jennifer ihn erst ein einziges Mal betreten. Das hohe, fensterlose Zimmer mit seinen beiden Ledersesseln, dem dunklen Hartholz-Fußboden und den bis an die Decke reichenden Bücherregalen gab ihr das Gefühl, auf dem Grund eines Brunnenschachts gefangen zu sein. Der Zigarrenqualm, der die Luft schwer und stickig machte, verstärkte die beklemmende Atmosphäre noch. Eine Büchernärrin wie sie hätte von dieser reich ausgestatteten Bibliothek eigentlich begeistert sein müssen, aber sie empfand den Raum als Furcht einflößend.

Ein kurzes, hartes Klopfen an der Tür, und dann stürmte sie in das Allerheiligste des Drogenbarons, ohne sein »Herein!« abzuwarten. Don Espeñosa hatte es sich in einem der Lesesessel bequem gemacht, eine Havanna zwischen Zeige- und Mittelfinger der Linken, eine Ausgabe von Dean Koontz' *Brandzeichen* aufgeschlagen in der Rechten. Sein ungehaltener Blick wurde freundlicher, als er sah, wer es wagte, ihn in seiner Mußestunde zu stören.

»Ah, Jennifer.« Der Don legte das Buch beiseite. »Haben Sie sich endlich doch entschlossen, meine Bibliothek zu nutzen?«

»Deshalb bin ich nicht gekommen.« Jennifers Tonfall ließ Don Espeñosa aufhorchen. Er zog die linke Augenbraue hoch. »Aus meinem Zimmer sind zwei Schmuckstücke verschwunden, an denen mir sehr viel liegt.«

Der Drogenbaron deutete auf den zweiten Sessel. »Setzen Sie sich doch. Keiner meiner Angestellten würde es wagen, etwas aus diesem Haushalt zu entwenden.«

Widerstrebend kam Jennifer seiner Aufforderung nach. Aber sie war so angespannt, dass sie nur ganz vorne auf der Kante Platz nahm.

»Es war keiner Ihrer Bediensteten.«

»Sie haben den Dieb gesehen?«

»Nicht direkt.« Jennifer zögerte. Don Espeñosa hatte Eduardo als einen guten Freund bezeichnet. Aber es gab keine höfliche Umschreibung für ihre Anschuldigung. »Ich glaube, dass Eduardo sie an sich genommen hat.«

Don Espeñosas Augen wurden schmal. »Sind Sie dessen sicher?«

»Ja. Es handelt sich um zwei Haarreife, Geschenke meiner Mutter. Ich möchte sie wiederhaben.«

Der Drogenbaron lächelte. »Ein streitbarer Geist in einem so kleinen Persönchen.« Er nahm einen tiefen Zug an seiner Zigarre und blies eine dicke Rauchwolke aus, bevor er fortfuhr: »Eduardo ist ein Freund von mir, aber auch ein Mann mit seltsamen Passionen. Ich habe ihm untersagt, sich Ihnen zu nähern, aber ich traue ihm ohne Weiteres zu, dass er sich ein Andenken von einer so außergewöhnlichen jungen Frau, wie Sie es sind, beschaffen möchte.«

Jennifer konnte ihren Zorn nicht länger verbergen. »Dann sorgen Sie dafür, dass er mir mein Eigentum zurückgibt.«

»Leider hat er mein Anwesen vor einer halben Stunde verlassen.« Als er Jennifers Verzweiflung sah, legte er ihr eine Hand auf den Arm. »Grämen Sie sich nicht. Ich werde ihm ausrichten lassen, dass er Ihnen die Sachen aushändigt, sobald er von seiner Geschäftsreise zurück ist.«

Jennifer unternahm keinen Versuch, die Bitterkeit in ihrer Stimme zu unterdrücken. »Warum haben Sie mich überhaupt mit diesem Mann bekannt gemacht, wenn Sie wissen, wie er ist?«

Nach einem weiteren langen Zug an der Zigarre lehnte sich Don Espeñosa in seinem Sessel zurück. »Sie wissen, dass ich eine große Zuneigung zu Ihnen entwickelt habe. In meinem Geschäft können Gefühle allerdings ein Todesurteil sein. Ich kenne Eduardo seit einigen Jahren, und er besitzt eine Reihe ungewöhnlicher Talente. Ich bat ihn hierherzukommen, weil ich von ihm erfahren wollte, ob ich Ihnen vertrauen kann. Bevor er aufbrach, kam er zu mir, um mir seine Einschätzung mitzuteilen.«

Jennifer schnürte es das Herz zusammen. »Und?«

Das glimmende Ende der Havanna war mittlerweile so lang, dass die Asche jeden Moment auf den Hartholzboden zu fallen drohte. »Er sagte, ich sei auf einen echten Schatz gestoßen. Auf ein wahres Wunder. Und er sagte, dass Sie mich auf gar keinen Fall verlassen würden.«

»Und woher nimmt er diese Sicherheit?«

Der Don schaute ihr ruhig in die Augen. »Er weiß, dass Sie Ihre Eltern lieben und unbedingt vermeiden wollen, dass Eduardo ihnen einen Sonderbesuch abstattet.«

Ihre Begabung, die Psyche anderer Menschen zu erkunden, ließ keinen Zweifel daran, dass Don Espeñosa ihr die Wahrheit sagte. Aber selbst wenn es ihr gelänge, Don Espeñosa zu beeinflussen, würde das Eduardo nicht davon abhalten, seine Drohung in die Tat umzusetzen – auch dann nicht, wenn der Don es ihm ausdrücklich untersagte. Das Monster war in ihre Gedanken eingedrungen und würde Bescheid wissen.

Es gab keine Fluchtmöglichkeit mehr für Jennifer Smythe.

KAPITEL 124

Ladedocks gehören nirgendwo zu den Vorzeigegegenden einer Stadt, und Manhattan Island war da keine Ausnahme. Hier herrschte ein raues Klima, in dem viele Leute bei ihrem Job und manche auch bei dunkleren Geschäften was abkriegten. Es war nicht eben Freddys Wunschziel, aber wer sich im hintersten Winkel eines Fernlasters unter Bergen von Frachtgut verstecken musste, konnte den Fahrer nicht unbedingt darum bitten, an einem besseren Ort abgesetzt zu werden. Dazu kam, dass er immer wieder das Bewusstsein verloren hatte und froh sein konnte, dass er überhaupt noch einmal aufgewacht war.

Freddy hatte sich auf den Ladedocks in Kansas City aus zwei Gründen für genau diesen Laster entschieden. Erstens hatte er eine Fracht für New York an Bord. Zweitens besaß der Anhänger Segeltuchplanen, wie das sonst eher in Europa üblich war. Letzteres erwies sich allerdings nicht unbedingt als Vorteil. Zwar fiel es Freddy leichter, unbemerkt ins Innere zu gelangen, aber dem Wind gelang das ebenfalls mühelos, und November war nicht gerade die günstigste Zeit für eine zugige Fahrt von Kansas nach New York. Schon gar nicht mit einem infizierten Bein.

Nun saß Freddy in einem dunklen Durchgang, lehnte sich gegen die Lagerhauswand und versuchte ruhig durchzuatmen. Komische Geschichte. Da hatte er sich eine tiefe Fleischwunde an einem rostigen Stacheldraht zugezogen, aber die verheilte völlig problemlos. Was ihn echt in Lebensgefahr brachte, war sein verdammter Optimismus.

Er hätte wissen müssen, dass die FBI-Leute sein Handy abhören würden. Er hatte es gewusst, Herrgott noch mal! Allerdings hatte er nicht damit gerechnet, dass sie ihn sofort am Wickel haben würden, wenn er das Ding einschaltete. Wer konnte denn ahnen, dass die Typen, die ihn mundtot machen sollten, derart gut waren? Und seine Redakteurin hatte den Anruf nicht einmal entgegengenommen. Feige Sau.

Nur eine Riesenportion Glück und ein vorbeifahrender Zug hatten ihm noch mal den Arsch gerettet. Wenn man eine Kugel in der linken Wade als Glück bezeichnen konnte. Jetzt spielte er den Part eines besoffenen Penners, nachdem er in Kansas einen Wermutbruder namens Phil mithilfe eines Hundertdollarscheins zu einem Klamottentausch überredet hatte. Wahrscheinlich verdankte er den verdreckten Lumpen seine Infektion.

Vielleicht hätte er etwas von diesem neuen Serum mitnehmen sollen, das sie in die armen Kerle im Untergeschoss von Henderson House pumpten. Ein Schauder überlief Freddy. Nein, danke. Dann lieber noch Wundbrand.

Freddy tastete nach seiner Armbanduhr. Weg. Scheiße, die hatte er ebenfalls dem Wermutbruder gegeben. Er schaute sich um. Nach dem Betrieb auf den Docks musste es irgendwo zwischen Mitternacht und vier Uhr morgens sein. Gut. Das gab ihm noch ein wenig Zeit, die Dinge zu erledigen, die noch vor Tagesanbruch getan werden mussten.

Als Kind hatte er sich mit ein paar Kumpels aus der Nachbarschaft oft nach Einbruch der Dunkelheit unten auf den Docks herumgetrieben. Den Streunereien und ein paar Reportagen, die ihn später im Leben hierher geführt hatten, verdankte er eine mehr als flüchtige Vertrautheit mit dieser Gegend. Obwohl Handys längst den Untergang der guten, alten Telefonzellen besiegelt hatten, standen in der Nähe der Docks noch einige der Dinger herum, bei denen sich der Abtransport wohl nicht mehr gelohnt hatte. Zumindest war das vor ein paar Jahren so gewesen. Wenn es sie noch gab, wenn er eine erreichen konnte, wenn sie noch funktionierte … wenn, wenn, wenn …

Dreieinhalb Häuserblocks stolperte und wankte Freddy die dunklen Gebäude entlang, wobei die fast perfekte Imitation eines Säufers eher auf sein verwundetes Bein und das hohe Fieber als auf seine Schauspielkunst zurückzuführen war. Gerade als die Verzweiflung den letzten Funken Hoffnung zu ersticken drohte, entdeckte er, was er gesucht hatte. Während die Kette mit dem Telefonbuch längst abgerissen war, hatten der Hörer und die mit Metall umwickelte Schnur der Zerstörungswut standgehalten.

Freddy hob ab und fluchte. Kein Freizeichen. Er drückte mehrmals auf die Gabel. Als danach der vertraute Ton an sein Ohr drang, keuchte er vor Erleichterung. Er wusste nicht, wie weit es bis zur nächsten Sprechzelle war, aber er bezweifelte, dass er es bis dorthin geschafft hätte.

Er wählte die Null. Im nächsten Moment vernahm er eine helle, klare Stimme.

»Hier Vermittlung. Was kann ich für Sie tun?«

»Ein R-Gespräch bitte. Zu Lasten von Benny Marucci.« Freddy kannte Bennys Nummer auswendig.

»Und wen darf ich melden?«

Freddy zögerte. Nach seiner Erfahrung mit dem Handy ging er davon aus, dass NSA, CIA, FBI und alle sonstigen Drei-Buchstaben-Behörden Unmengen von Computern damit beschäftigten, die Telefonleitungen zu überwachen und bei der bloßen Erwähnung seines Namens Alarm zu schlagen.

Dann kam ihm eine Idee. All die Mafia-Familienserien, die in letzter Zeit im Fernsehen liefen, hatten den italo-amerikanischen Slang in weiten Kreisen populär gemacht. Benny Marucci, der noch ein Typ vom alten Schlag war, hasste den Schrott aus tiefstem Herzen. Natürlich hatte das Freddy dazu verleitet, ihn mit Redewendungen aus diesem Milieu zu ärgern. Es war ihr Spiel.

»Sagen Sie, der Anruf käme von seinem Goombah*.«

Nach ein paar Sekunden hörte er Bennys verschlafene Stimme.

»Hallo?«

»Vermittlung. Ich habe hier ein R-Gespräch von einem Mr. Goombah.«

Wieder eine Pause. »Stellen Sie durch. Ich übernehme die Kosten.«

Die Telefonistin wandte sich an Freddy. »Ich verbinde, Sir.«

»Benny, ich bin's.«

»Du klingst, als ging's dir nicht so gut.«

»War schon mal besser. Ich rufe dich nur ungern an, aber du bist der Einzige, der mir spontan in den Sinn kam.«

* italo-amerik. Slangbegriff für Gangster, Betrüger, Mafioso

»Mann, du verstehst dich drauf, in der Scheiße zu rühren. Wo bist du?«

»Weißt du noch, wo dein Vetter Vito umgelegt wurde?«

Vito Calini war bei der Mafia vor allem als Mann fürs Grobe zuständig gewesen und hatte '88 hier an den Ladedocks die Betonstiefel angepasst bekommen.

»M-hm. Siehst du da, wo du dich befindest, irgendwelche Kräne?«

»Einen rechts vor mir, zwei etwas weiter weg zur Linken.«

»Okay. Sobald du aufgelegt hast, kriechst du zurück ins Dunkel und wartest dort, ohne dich vom Fleck zu rühren. Meine Leute holen dich ab.«

»Wie werde ich sie erkennen?«

»Du wirst sie erkennen. Lauf nicht weg, *cugine.*« Benny unterbrach die Verbindung, bevor sich Freddy darüber beschweren konnte, dass er ihn einen kleinen Möchtegern-Brutalo genannt hatte.

»Könnte ich nicht, selbst wenn ich es wollte«, murmelte Freddy in den toten Hörer, ehe er ihn auflegte. Dann taumelte er zurück in die Schatten der Gebäude.

Als das schwarze Lincoln Town Car neben der Telefonzelle hielt, zog bereits das graue Licht der Morgendämmerung herauf. Freddy humpelte gerade los, als zwei bullige Schlägertypen ins Freie sprangen, ihn nicht sonderlich sanft auf die Rückbank schoben und links und rechts von ihm Platz nahmen.

Der Wagen fuhr los, bevor sie die Türen zugeschlagen hatten.

Freddy schaute automatisch über die Schulter, als der Lincoln die Docks entlangfuhr, aber nichts deutete darauf hin, dass sie verfolgt wurden. Der Chauffeur umkurvte einen Laster und bog in eine Seitenstraße ein. Im nächsten Moment stellte sich der Truck quer und blockierte die Zufahrt.

Die schwarze Limousine bog erneut ab, diesmal in eine sehr viel engere Gasse, und steuerte gleich darauf in eine offene Ladebucht. Der Fahrer betätigte den Schalter einer Fernbedienung. Ein großes Metall-Rolltor rumpelte über eine Gleitschiene und schloss hinter ihnen die Ladebucht ab.

»Hey, pass doch auf!«, rief Freddy, als einer der Kolosse ihn aus dem Auto zerrte und ein heftiger Schmerz durch sein Bein schoss.

Anstatt mehr Vorsicht walten zu lassen, packte ihn der zweite Mann am anderen Arm, und gemeinsam schleiften sie ihn eine Betontreppe nach unten. Freddy hatte noch nie viel von ausländerfeindlichen Schimpfworten gehalten, aber diese beiden Spaghettifresser kotzten ihn allmählich an. Sie zogen ihn in einen Betonkeller, schlugen die schwere Tür hinter sich zu und verriegelten sie.

Freddy gefiel die Sache ganz und gar nicht. Er hatte schon Storys über Orte wie diesen Keller geschrieben, Orte, an denen die Mafia Fischfutter herstellte. Die beiden nackten Leuchtstoffröhren an der Decke verbreiteten ein grelles Licht.

Er rechnete damit, dass sie ihn auf einem Metallstuhl in der Mitte des Raumes festschnallen würden. Stattdessen schleppte ihn der größere der beiden Schläger zu einem Stuhl neben einer Werkbank am anderen Ende des Kellers. Der Mann ließ sich auf einem Knie nieder und riss Freddys blutiges Hosenbein auf.

»Scheiße!«, keuchte Freddy. Der Schmerz trieb ihm Schweißperlen auf die Stirn, die ihm wie das Wasser eines ausgedrückten Schwamms über das Gesicht liefen.

»Scheiße ist da echt geprahlt«, meinte der Koloss. »Franky, guck dir mal dieses Bein an!«

Franky kam näher geschlendert, warf einen Blick auf das Bein und grinste Freddy an. Sein Gebiss hatte einen Zahnarzt dringend nötig. »Hängst du sehr an deinem Bein?«

»Im Moment macht es Ärger«, sagte Freddy mit zusammengebissenen Zähnen. »Aber bis vor Kurzem war ich ganz zufrieden mit dem Ding.«

»Na, mit dem Ärger ist jetzt bald Schluss, stimmt's, Jimmy?«

Freddy überlegte, ob er irgendwas nicht richtig mitbekommen hatte. Wahrscheinlich brachte es das Fieber mit sich, dass er nicht mehr klar denken konnte. Aber was der Typ da sagte, bereitete ihm Unbehagen.

»Hört mal, Jungs. Vielleicht ist es besser, wenn ich von hier verschwinde. Ich will euch auf keinen Fall Scherereien machen.«

»Wer sagt denn was von Scherereien?« Franky ging um den Stuhl herum und stellte sich hinter ihn.

Während der Typ namens Jimmy eine Elektrosäge von der Werkbank nahm, schlang Franky beide Arme um Freddy und presste ihn so hart gegen die Stuhllehne, dass seine Rippen knirschten.

»Was habt ihr vor? Verdammt noch mal, ich bin ein Freund von Benny Marucci!«

Jimmy holte einen Eimer und näherte sich dem Stuhl. Wieder grinste er Freddy an. »Klar, Mann, ist uns bekannt. Benny hat uns aufgetragen, dir beim Verschwinden zu helfen, und genau das werden wir tun.«

Jimmy zog einen Mini-Recorder aus der Tasche, drückte auf die kleine rote AUFNAHME-Taste und stellte das Gerät auf der Werkbank ab. Mit einer blitzschnellen Bewegung, die man dem Hünen kaum zugetraut hätte, schlang er eine Plastikfessel um Freddys gesunden Knöchel und band ihn straff am Metallfuß des Stuhls fest. Dann hob er das infizierte Bein so an, dass er den Eimer darunterschieben konnte, und schaltete die Stichsäge ein.

Als sich die Metallzähne dicht über Freddys Knie durch Haut und Knochen zu fressen begannen, schrie er wild drauflos. Die Schreie hallten in dem Betonkeller wider, bis sie das schrille Kreischen der Säge übertönten. Und obwohl Blut auf das Gehäuse des Recorders spritzte, drehten sich die kleinen Spulen des alten Kassettendecks immer weiter.

KAPITEL 125

Präsident Gordon saß an seinem Schreibtisch im Treaty Room des Weißen Hauses. Die Stimme am anderen Ende des abhörsicheren Telefons erlöste ihn von seinem Warten.

»Also, Bill, was haben Sie für mich?«

»Gute Nachrichten, Herr Präsident. Freddy Hagerman ist tot.«

»Gibt es dafür eine Bestätigung?«

»DNA, jede Menge. Offenbar waren nicht nur unsere Leute hinter Mr. Hagerman her.«

»Wie das?«

»Vor ein paar Jahren brachte er eine Serie über das organisierte Verbrechen in New York. Offenbar nahm ihm das eine der Familien übel. Ein paar Jungs fürs Grobe erwischten ihn an den Docks und drehten ihn durch einen Ladekran. Was von ihm übrig blieb, verschwand zwar größtenteils im Fluss, aber die Polizei fand ein verstümmeltes Bein und jede Menge Blut an der großen Kabelrolle.«

Der Präsident zögerte. »Das war alles?«

»Nein. Das hätte uns keine Sicherheit gegeben, dass er tot ist. Aber die Killer hinterließen auch noch eine blutverschmierte Kassette am Tatort. Sollte vermutlich eine Botschaft sein.«

»Sie haben den Mord aufgezeichnet?«

»Nur als Audioversion. Ist aber heftig genug. Man hört, wie sie Hagerman mit einer Elektrosäge bearbeiten. Haben ihn wohl erst danach durch den Kran gedreht. Das Ganze erinnert mich an einen Vorfall vor ein paar Jahren, als die Mafia einen unserer FBI-Agenten in die Mangel nahm.«

»Und Sie sind ganz sicher, dass es Hagerman ist, den man auf dem Band hört?«

»Der Stimmvergleich lässt keinen Zweifel zu. Und da ist noch etwas, Herr Präsident.«

»Ja?«

»Wenn jemand extrem laut schreit, beginnen nach einiger Zeit die Stimmbänder zu reißen, was zu bleibenden Schäden führt. Die Leute im Labor haben Hagermans Schreie analysiert. Gegen Ende muss seine Kehle nur noch ein blutiger Klumpen gewesen sein.«

»Danke, Bill.«

Der Präsident legte auf und lehnte sich in seinem hohen Ledersessel zurück. Zum ersten Mal seit über einer Woche spürte er, wie eine schwere Last von seinen Schultern abfiel. Er hatte sich selbst nicht eingestanden, wie sehr er unter dem Druck der

Ereignisse stand. Wenn es Hagerman geschafft hätte, mit seinem Wissen über die Vorgänge in den Kellergewölben von Henderson House an die Öffentlichkeit zu gehen, wäre über die Regierung ein Shitstorm von Orkangröße hereingebrochen.

Doch nun hatte sich eine große Gefahr überraschend in Luft aufgelöst. Und mit den Neuigkeiten, die ihm sein CIA-Informant zuspielte, wuchs seine Zuversicht, dass er auch das letzte Problem bald in den Griff bekommen würde. Obwohl sie noch immer keine Ahnung hatten, wo sich Jack Gregory aufhielt, war es nur noch eine Frage der Zeit, bis sie ihn aufspüren würden.

Die CIA hatte einige talentierte Tötungsspezialisten, aber Gregory machte ihn zu nervös. Nach allem, was sich in Los Alamos ereignet hatte, war der Präsident nicht gewillt, diesmal auch nur das geringste Risiko einzugehen. Deshalb hatte er den Kolumbianer wieder ins Land geholt.

Der Präsident schaute aus dem Fenster und lächelte erleichtert. Freddy Hagerman tot!

Heute Abend würde er ein Glas von jenem Chivas trinken, den er eigens für solche Gelegenheiten aufbewahrt hatte. Und sobald der Kolumbianer Gregory zur Strecke gebracht hatte, würde er sich den Rest der Flasche gönnen.

KAPITEL 126

Selbst auf der herrlichen Restaurantterrasse des Hotel Poblada Plaza im Herzen von Medellíns Geschäftszentrum konnte Mark sich keine Sekunde lang entspannen. Seine Konzentration auf der Fahrt von Bogotá nach Medellín war so intensiv gewesen, dass er ganz genau registriert hatte, wie die Soldaten an den Kontrollpunkten die Hände an ihre Waffen legten. Sogar auf ihre Herzfrequenz und Atmung hatte er gehorcht, um jede Spur von Stress im Ansatz zu erkennen.

Aber die Reise war erstaunlich glatt verlaufen. Sie waren nach Bogotá geflogen, weil sie ihr eigentliches Ziel nicht direkt ansteuern wollten. Dort angekommen, hatten sie sich gerade mal lange genug aufgehalten, um gegen Bargeld einen Gebrauchtwagen zu erstehen. Dank Heathers Glücksspieltalent hatten sie mehr als genug zur Verfügung. Ihre Papiere hatten nirgends Argwohn geweckt, und nachdem Mark sich kurz mit der Sprechweise der hiesigen Bevölkerung vertraut gemacht hatte, klang sein Spanisch exakt so wie das der Einheimischen.

In der Vergangenheit wäre eine Fahrt auf der Straße zwischen Bogotá und Medellín einer Einladung zum Kidnapping gleichgekommen. Linke Guerillagruppen und paramilitärische rechte Einheiten, rücksichtslose Banditen und korrupte Soldaten hatten jeden Versuch, Kolumbien zu bereisen, zu einem überaus riskanten Abenteuer gemacht. Aber das hatte sich in den letzten Jahren geändert, und wenngleich die Gefahren nicht völlig ausgeräumt waren, hatten sie sich doch merklich verringert.

Außerdem hatte Heather dem Reiseplan ihren Savant-Segen gegeben.

Mark beobachtete sie über den Tisch hinweg, wie sie hinter einer dunklen Sonnenbrille versteckt ihren Cappuccino trank. Heathers Fähigkeiten nahmen immer mehr zu. Die stete Notwendigkeit, sich mit künftigen Ereignissen zu befassen, hatte ihr Gehirn auf eine Weise trainiert, die für ihn unvorstellbar war. Und obwohl sie sich hin und wieder noch in eine tiefe Trance versetzen musste, erkannte sie nun oft schon während einer ganz normalen Unterhaltung Veränderungen, die sich negativ auf ihren Plan auswirken konnten. Für sie waren das Wirbel oder Strömungen, kleine Ereignisse, die irgendwann später große Folgen haben würden. Wenn etwas nicht stimmte, konnte er sich darauf verlassen, dass Heather es bemerkte. Seine Aufgabe bestand darin, jederzeit vorbereitet zu sein und im Notfall schnell zu handeln.

Sie wussten, wo Jennifer festgehalten wurde: auf dem Anwesen von Jorge Espeñosa, dem meistgefürchteten Drogenbaron in ganz Südamerika. Das hatte die Triangulation der fehlenden Stirnreife bestätigt. Eine wahre Hiobsbotschaft. Selbst ein kolumbianisches Gefängnis wäre für Jen besser gewesen als dieser Ort.

Jetzt saßen sie auf der Terrasse eines der besseren Hotels in Medellín, nachdem sie die letzten beiden Tage damit verbracht hatten, darüber nachzugrübeln, wie sie Jen lebend aus ihrer misslichen Lage befreien könnten. Heute hatten sie eigentlich beabsichtigt, ihr endgültiges Vorgehen abzuwägen. Aber am Morgen war der schöne Plan, den sie ausgeheckt hatten, wie ein Kartenhaus in sich zusammengefallen.

Über Nacht waren die Headsets an einen anderen Ort gebracht worden und befanden sich jetzt in Washington, D. C.

Einerseits war Mark von dieser Entwicklung geradezu überrollt worden, andererseits hatte er sie als glückliche Fügung empfunden. Schließlich würde es wesentlich leichter sein, Jennifer in den USA zu retten, als sie von dem Gelände des Drogenbarons herunterzuholen. Aber Heather hatte ihm seine anfängliche Euphorie gründlich vermiest.

Nun starrte Mark seinen Teller an. Das zur Hälfte gegessene Rührei mit Schinken war mittlerweile ebenso kalt wie der Kaffee, denn der Appetit war ihm gründlich vergangen.

»Du glaubst, dass Jennifer gar nicht in D. C. ist?«

Heather nickte. »Ich spüre sie in meinen Gedanken, Mark. Sie muss ganz in der Nähe sein.«

»Aber wie zum Teufel sind dann diese verdammten Headsets nach Washington gelangt?«

Heather zog missbilligend die Augenbrauen hoch, und Mark legte sofort den Rückwärtsgang ein. »Entschuldige. Aber das, was mir gerade durch den Kopf geht, gefällt mir ganz und gar nicht.«

»Ich weiß. Mir nämlich auch nicht.«

»Was sollen wir jetzt unternehmen, um die Stirnreife zurückzuholen?«

»Nichts. Wir konzentrieren uns weiter auf die Befreiung von Jen.«

»Und unser Plan?«

»Bleibt unverändert.«

Mark lächelte. Es war der vergebliche Versuch, eine Zuversicht vorzutäuschen, die er nicht empfand. Was nützte letzten Endes die perfekte Muskelkontrolle, wenn man sie nicht einsetzen konnte, um seiner besten Freundin was vorzumachen? Er streckte den Arm über den Tisch hinweg aus und nahm Heather sanft die Sonnenbrille ab. Es konnte ja sein, dass der Plan ihre beste Chance war, aber das hieß noch lange nicht, dass sie diesen Tag heil überstehen würden. Und bevor sie aufstanden, das Hotel verließen und zu einem unbekannten Ziel aufbrachen, wollte er noch einmal tief in ihre schönen braunen Augen schauen.

Heather schien seine Gedanken zu spüren. Mist! Womöglich hörte sie sogar, was ihm durch den Kopf ging. Tapfer, wie sie war, rang sie sich ebenfalls ein Lächeln ab. Er hätte sich am liebsten vorgebeugt und sie geküsst, doch dann schluckte er nur und setzte ihr die Sonnenbrille wieder auf.

»Können wir?«, fragte Heather und erhob sich.

»Wir können.«

Mark ließ seine Muskeln spielen, während er sich zu seiner vollen Größe aufrichtete. Und er schwor sich eines, als er nach drinnen ging: Er durfte auf gar keinen Fall sterben, bevor er sich diesen Kuss geholt hatte.

KAPITEL 127

Nachdem sie ihr Bargeld im Hotelsafe deponiert und den Wagen im nahen Barrio stehen gelassen hatten, legten Mark und Heather die letzte Meile der schmalen, gewundenen Straße, die zum Eingangstor von Espeñosas Hacienda führte, zu Fuß zurück. Einige Gaffer warfen ihnen neugierige Blicke zu, aber niemand versuchte sie aufzuhalten.

Mark hatte fast vergessen, wie sich ein Siebzehnjähriger bewegte und benahm. Er fühlte sich älter als Methusalem. Sein Blick fiel auf Heather. Jung oder alt, sie war immer wunderschön.

Zu behaupten, dass dieser Plan an Wahnsinn grenzte, hätte bedeutet, ihn nicht für völlig undurchführbar zu halten. Als sie die ersten Überlegungen angestellt hatten, wie sie Jen retten könnten, hatte sich Mark eine Art Rambo-Attacke ausgemalt, bei der er die Bösen mit einem vernichtenden Kugelhagel in Schach hielt, während Heather Jennifer befreite und in Sicherheit brachte. Ganz sicher hatte er nie an ein Szenario gedacht, in dem zwei Siebzehnjährige einfach auf der Hacienda von Don Espeñosa erschienen und den Drogenbaron baten, seine Gefangene sprechen zu dürfen.

Als Heather zum ersten Mal mit diesem Einfall herausgerückt war, hatte er laut losgelacht, weil er glaubte, sie wolle ihn auf den Arm nehmen. Es erinnerte ihn an den Trick, den sein Basketballtrainer einmal angewandt hatte, um ein Spiel in letzter Sekunde zu drehen. Er hatte den Ball auf Jacob Mahoney spielen lassen, weil das seiner Ansicht nach keiner der Gegner erwartete. Und tatsächlich war Jacob völlig frei zum Wurf gekommen. Leider hatte er statt des Korbs den Jungen mit der Tuba getroffen, der hinter der Bande stand.

Der einzige Vorteil, den Mark in diesem Plan sah, bestand darin, dass sie sich nicht gewaltsam Zutritt auf das Gelände verschaffen mussten. Dazu kam sein fester Glaube an das Savant-Talent von Heather, das schlechte Ideen aussortierte. Außerdem hatten sie seit der Entdeckung des zweiten Schiffs so viel erlebt und so viel erlitten, und immer wenn er glaubte, etwas sei unmöglich, hatte ihn die Realität eines Besseren belehrt.

Als sie die kleine Anhöhe erreichten, auf der sich Don Espeñosas weitläufiges Anwesen erhob, atmete Mark tief durch und warf Heather noch einmal einen prüfenden Blick zu. Keine Sonnenbrille und die Augen völlig normal. Gut. Nichts in ihren Zukunftsvisionen schien momentan auf ein ernsthaftes Problem hinzudeuten, zumindest nichts, das sie gezwungen hätte, sich in Trance zu versenken. Als er seine Aufmerksamkeit den bewaffneten Posten zu beiden Seiten des mächtigen schmiedeeisernen Tores zuwandte, kamen ihm die Worte des X-Flügler-Piloten aus *Krieg der Sterne* in den Sinn: »Stay on target. Stay on target.«

Die Wachtposten schienen über die beiden Jugendlichen, die

auf sie zukamen, nicht sonderlich beunruhigt zu sein und reagierten erst, als Mark das Tor berührte.

»Hey, was soll das, Junge?«, rief der Wächter zur Linken in Spanisch, ohne die Maschinenpistole aus der Armbeuge zu nehmen. »Nimm deine Finger von dem Tor!«

Mark entgegnete in fließendem Spanisch: »Wir würden gern Don Espeñosa sprechen.«

Damit rief er erst einmal schallendes Gelächter hervor. »Und was macht euch so sicher, dass er euch gern sprechen würde?«

Mark atmete noch einmal tief durch. Jetzt wurde es ernst. »Die Tatsache, dass sich meine Schwester hier befindet.«

Ein Ruck ging durch die Posten, und sie rissen gleichzeitig ihre Maschinenpistolen hoch. Mark hatte noch nie in die Mündungen von zwei geladenen Waffen geblickt. Dazu kam, dass die Wächter nervös an den Abzugsbügeln herumfingerten. Er gelangte zu dem Schluss, dass es angenehmere Situationen gab.

Das Tor schwang auf. Einer der Männer packte Mark am Arm und schob ihn gegen das Gitter, während der andere Heather mit einem Wink zu verstehen gab, dass sie sich vor den anderen Torflügel stellen sollte. Von der Waffe seines Partners gedeckt, durchsuchte ihn der dunkle Typ mit der Che-Guevara-Haartracht und fesselte ihm die Hände mit einer Plastikschlaufe hinter dem Rücken. Dann wiederholte er die gleiche Prozedur bei Heather.

Ein rascher Blick zu Heather hinüber zeigte Mark, dass sie angespannt war, aber nicht die Augen nach hinten rollte. Bis jetzt lief also alles nach Plan. Wunderbar. Er fühlte sich gleich bedeutend besser.

Mark und Heather wurden durch das Tor gezerrt, und während einer der Wächter sein Handy nahm und telefonierte, schubste der andere sie die Auffahrt entlang, die an einem weitläufigen zweistöckigen Haus endete. Bogengänge öffneten sich zu einem zentralen Innenhof. Am Fuß der Treppe, die zu einer hohen hölzernen Flügeltür führte, hielt der Posten an.

»Wohin bringen Sie uns?«, erkundigte sich Mark. Statt einer Antwort stieß ihm der Wächter den Lauf seiner Maschinenpistole in den Rücken.

Im gleichen Moment schwang die Flügeltür nach außen auf, und ein elegant gekleideter Mann mit einem Fu-Manchu-Bart und einer dicken Zigarre im Mundwinkel zeigte sich im Eingang. Fünf Bodyguards in kakifarbenen Uniformen, hünenhafte Muskelprotze, die an Profi-Wrestler erinnerten, kamen nach unten, um die Gefangenen in Empfang zu nehmen.

»Danke, Umberto«, sagte der Mann und zog an seiner Zigarre, während er näher an Mark herantrat. »Du kannst dich jetzt wieder am Tor postieren.«

Der Wächter salutierte steif, machte auf dem Absatz kehrt und begab sich fast im Laufschritt zurück zu dem mittlerweile geschlossenen Tor.

Don Espeñosa lächelte. »Sie sind also Mark Smythe. Ihre Schwester hat mir viel von Ihnen erzählt. Und die junge Dame muss Heather McFarland sein.«

Heather reagierte als Erste. »Wo ist Jennifer? Können wir sie sehen? Es ist keinerlei Risiko dabei. Niemand ahnt, dass wir hier sind.«

Das Lächeln des Drogenbarons war unerschütterlich. Allenfalls vertiefte es sich noch. »Oh, ich weiß. Schließlich berichten sämtliche amerikanischen Zeitungen und Fernsehkanäle über Sie beide. Die mental instabile Freundin und der verzweifelte Bruder auf der Suche nach der Ausreißerin. Ein gefundenes Fressen für die Boulevardpresse.«

Plötzlich war das Lächeln aus den Zügen des Dons verschwunden. »Bringt sie in den Fitnessraum und wartet, bis ich komme.«

Die Bodyguards packten Mark und Heather an den Armen und zerrten sie vorwärts, nicht ins Haus, sondern durch die Bogengänge, die in den schönen Innenhof führten. Marks Gedanken überschlugen sich, und er merkte, dass er schneller atmete. Trotz des unangenehmen Tonfalls, der in Espeñosas letztem Befehl mitgeschwungen hatte, hielt er es immer noch für möglich, dass der Don sie an den Ort bringen ließ, wo Jen festgehalten wurde. Oder vielleicht hatte er sich entfernt, um Jennifer zu holen.

Der Fitnessraum erwies sich als eine Art Saal an der Westseite des Patio. Während der Eingangsbereich und der schmale Weg unter dem Vordach gefliest waren, bedeckten innen schwarze Gummimatten den Boden. Zwei Spiegelwände reflektierten Gestelle mit Langhanteln und eine Reihe von Nautilus-Geräten, die sich an der rechten Seite des Übungsraums befanden. Die linke Seite war frei von Übungsgeräten, aber entlang der Wand verlief eine Chromstange, wie sie Balletttänzer für ihr Stretching benutzten. Eine verschlossene Tür ganz am Ende des Raumes verband das Fitnessstudio offenbar mit dem Haupthaus.

Mark spürte, wie eine Handschelle aus Metall über die Plastikschlaufe geschoben wurde und mit einem Klicken zuschnappte. Dann presste ihn einer der Kolosse mit dem Rücken gegen das Hantelgestell, und die zweite Handschelle schloss sich um das Metall. Gleichzeitig fesselte ein zweiter Schläger Heathers Handgelenke an die Ballettstange.

Wie der Rauch eines Lagerfeuers lag eine gespannte Erwartung in der Luft, eine Vorfreude, die etwas sehr Ungutes an sich hatte. Die Bodyguards sahen aus wie Kinder, die es kaum noch erwarten konnten, ihre Weihnachtsgeschenke aufzureißen. Bevor Mark Zeit fand, sich näher damit zu beschäftigen, betrat Don Espeñosa den Raum und schloss die Tür hinter sich.

Keine Jennifer.

Der Drogenbaron steuerte auf Heather zu und blieb dicht vor ihr stehen. »Haben Sie beide tatsächlich geglaubt, Sie könnten einfach so auf mein Anwesen spazieren und ein Gespräch mit Jennifer Smythe fordern? Irgendwer muss Ihnen wohl von meiner sprichwörtlichen Gutmütigkeit erzählt haben.«

Zwei der Bodyguards wieherten los.

Der Don hob Heathers Kinn mit zwei Fingern an. »Was ist mit ihr? Hat sie einen Anfall oder was?«

Mark erspähte das milchige Weiß von Heathers Augen. Scheiße! Sie war in ihren Trancezustand gefallen.

»Was soll's!«, meinte der Don und deutete in Marks Richtung. »Legt den Jungen um, und dann vergnügen wir uns mit der Kleinen hier.«

Ehe die Bodyguards seinem Befehl nachkommen konnten, rollten Heathers braune Augen zurück in ihre Normalposition. Mit einem rasselnden Geräusch zog sie Speichel hoch und spuckte dem Don einen dicken Batzen Schleim ins linke Auge.

Don Espeñosa verzerrte den Mund zu einer bösen Grimasse, während er sich das Gesicht abwischte.

»Warte!« Sein scharfer Befehl galt dem Bodyguard, der auf Mark zusteuerte. Der Mann blieb abrupt stehen.

Der Drogenbaron wandte seine Aufmerksamkeit wieder Heather zu. »Ihnen liegt also etwas an dem Jungen, ja? Dann lassen wir ihn doch zuschauen, bevor wir ihn töten.«

Mit einem höhnischen Grinsen winkte der Don vier seiner Leibwächter vorwärts. »Macht ihr die Fesseln ab und legt sie hier auf den Boden!«

Zu Marks Entsetzen lösten die Männer Heathers Handschellen und zerrten sie auf die Matten, obwohl sie wild um sich schlug. Zwei drückten ihre Arme gegen den Gummiboden, während zwei weitere ihre Beine spreizten. Don Espeñosa kniete zwischen ihren Schenkeln nieder und beugte sich vor, um langsam ihre Bluse aufzuknöpfen.

»Äh, Smythe, ich wette, Sie hatten noch keine Gelegenheit, das zu tun, was ich jetzt vorhabe. Dann passen Sie gut auf, wie man so was macht.«

Für Mark war das gierige Keuchen der Männer, das wilde Aufwallen ihres Blutes, ihre Erektionen und ihr Schweißgeruch, als hätte sich das Tor der Hölle geöffnet. Und aus diesem Höllentor loderte ein Feuersturm des Hasses, der ihn umtoste und mit seiner Hitze jeden klaren Gedanken versengte.

Sein Herz hämmerte in der Brust und jagte einen Schwall von Blut und Adrenalin durch seine Adern.

Mit einem lauten Knall, der Don Espeñosa herumfahren ließ, sprengte Mark Metall und Kunststoff seiner doppelten Fesseln.

KAPITEL 128

Jorge Espeñosa vernahm ein gewaltiges Knirschen und Krachen, während er gerade dabei war, den nächsten Knopf von Heathers Bluse zu öffnen.

Was zum Henker war das? Jorge riss den Kopf nach hinten, aber er begriff nicht, was sich vor seinen Augen abspielte. Der junge Smythe hatte seine Fesseln abgestreift und setzte sich in Bewegung, das Gesicht zu einer Werwolfmaske des Hasses verzerrt. Dann ging alles so schnell, dass seine Züge nur noch undeutlich zu erkennen waren. Der Junge stürmte auf Carlos zu, den einzigen Bodyguard, der nicht am Boden kniete. Seine Faust schoss vor, und der Schädel des Leibwächters explodierte wie eine Melone unter dem Schlag eines Schmiedehammers. Blut, Knochensplitter und Hirnmasse spritzten umher. Der schaurige Regen ging auf die fünf Männer nieder, die sich über Heather McFarland beugten. Dann befand sich Mark Smythe in ihrer Mitte.

Don Espeñosa griff nach seiner Beretta, doch da brach ihm schon ein Tritt den Arm. Der nächste Schlag drückte seinen Brustkorb ein und schleuderte ihn quer durch den Raum. Er prallte mit voller Wucht gegen die Wand und rutschte mit gebrochenem Genick zu Boden, unfähig, auch nur einen Finger zu rühren. Mit schräg verrenktem Kopf beobachtete er das Gemetzel, das sich wenige Meter von ihm entfernt abspielte.

Röchelnde Schreie erfüllten den Raum, und der metallische Geruch von Blut hing in der Luft. Der junge Smythe begnügte sich nicht damit, die Bodyguards zu töten. Er riss sie in Stücke, schlug ihre Köpfe zu Brei, dass auch das Nanoserum in ihrem Blut die Schäden nicht mehr beheben konnte. Unmöglich. Kein Mensch auf der Welt konnte sich derart schnell bewegen und derart hart zuschlagen. Kein Mensch auf der Welt.

Don Espeñosa spürte, wie in seinem Körper der unnatürliche Heilungsprozess einsetzte. Schmerzen durchströmten seinen Leib, während sich die Brüche ebenso wieder zusammenfügten wie die Halswirbel. Eines allerdings stand fest: Wenn sich die Nanomaschinen nicht beeilten, würde dieser junge Teufel die toten Leibwächter liegen lassen und seine Aufmerksamkeit einem unterhaltsameren Ziel zuwenden, einem Opfer, das er sich wohl bis zuletzt aufgehoben hatte.

Jorges Hand zuckte, eine fahrige Geste, die nichts zuwege brachte, ihm aber einen Funken Zuversicht gab. Doch mit der Zuversicht kam die Panik. Nur noch ein paar Sekunden. Das war alles, was er brauchte, um seinen Arm so weit unter Kontrolle zu bringen, dass er die Pistole aus dem Schulterholster ziehen und ein ganzes Magazin auf dieses Smythe-Monster abfeuern konnte. Er hoffte nur, dass der Kerl nicht gegen Kugeln gefeit war.

Mühsam hob Jorge die Hand. Seine Finger verkrampften sich, doch ein schneller Blick zur Mitte des Raumes erstickte jede Hoffnung. Smythe kam bereits auf ihn zu, blutbespritzt und bebend vor Zorn.

In seinen Augen … kein Hauch von Mitleid.

KAPITEL 129

Es regnete Blut, so wie Heather es in ihrem Albtraum gesehen hatte. Obwohl die Vision seit einer guten Minute vorbei war, schien es, als hätte sich die Albtraumwelt mit der Realität vermischt. Sein und Schein waren nur schwer zu trennen. Dicke warme Tropfen klatschten ihr ins Gesicht und verklebten ihr die Haare, als gewaltige Blutfontänen aus Schlagadern schossen und Gestalten, die sich eben noch dicht über sie gebeugt hatten, in alle Richtungen auseinanderstoben.

Schreie gingen in Röcheln über und erstarben, als die Lippen, aus denen sie kamen, zermalmt wurden. Und im Auge dieses Todessturms kauernd, hob Heather den Kopf und erblickte Mark, der sich in einen Racheengel verwandelt hatte.

»Ich weiß, was aus dir wird.« Das Gelächter des Lumpenmanns hallte in Heathers wirren Gedanken wider.

Was aus Mark geworden war, hatte einzig und allein sie zu verantworten. Sie hatte diese Zukunft vorhergesehen, und obwohl sie wusste, was geschehen würde, hatte sie Don Espeñosa ins Gesicht gespuckt. Aber wenn sie es nicht getan hätte, wäre das der sichere Tod für Mark gewesen.

Benommen setzte sich Heather in der glitschigen roten Pfütze auf, die den Boden ringsum bedeckte. Unter ihrer halb zerrissenen Bluse kam der BH zum Vorschein, doch darauf achtete sie jetzt nicht. Ihr Magen rebellierte, und ihre Seele schmerzte. Von der Spiegelwand starrte ihr das Abbild von Stephen Kings *Carrie* entgegen. Nur dass es kein Schweineblut war, das an Heather klebte. Und über Carrie waren nicht all diese winzigen Nanomaschinen hin und her gewuselt, die sich hektisch bemühten, die irreparablen Schäden zu reparieren.

Heather würgte einmal trocken, bevor es ihr gelang, ihre Gedanken auf die Konturenliege des zweiten Schiffs zu verlagern. Aber sie konnte nicht in dieser Erinnerung verharren. Der rote Regen war versiegt, und Mark bewegte sich quer durch den Raum auf die zusammengesunkene Gestalt von Don Espeñosa zu.

»Lass das, Mark!«

Ihre Stimme zerrte an ihm wie ein Jockey, der ein durchgegangenes Pferd zu stoppen versuchte. Er verlangsamte seine Schritte, blieb jedoch nicht stehen.

»Mark! Sieh mich an!«

Mark packte den Don am Kragen und zerrte den zerschmetterten Körper mit einer Hand hoch, als hätte er nur das Gewicht eines Babys. Heather konnte erkennen, dass der Heilungsprozess des Drogenbarons rasche Fortschritte machte, auch wenn seine Arme und Beine bis jetzt nur unkontrolliert zuckten.

»Mark!«, wiederholte sie und richtete sich mühsam auf.

Ganz langsam drehte sich Mark zu ihr um, und der irre Zorn schwand aus seinem Blick.

Heather trat einen Schritt auf ihn zu. »Wir brauchen ihn lebend.«

Espeñosas Hand zuckte nach oben.

»Das würde ich lieber bleiben lassen«, sagte Mark und packte den Drogenbaron so derb am Hals, dass ihm fast die Augen aus den Höhlen quollen. Don Espeñosa ließ die Hand wieder sinken.

Mark zog die Beretta aus Espeñosas Schulterholster und schob sie in seinen eigenen Gürtel.

»Und weshalb sollten wir diesen Mistkerl lebend brauchen?«, fragte er.

»Schon mal, damit er uns zu Jennifer führt.«

Heather merkte, dass Marks Blick zu ihrer zerrissenen Bluse wanderte, und errötete unter den Blutspritzern, die ihre Wangen bedeckten. Entschlossen trat sie an ein Regal mit frischen Handtüchern, schlang sich eines davon um die Schultern und benutzte ein zweites, um sich notdürftig Gesicht und Haare zu säubern.

Mark drückte den Drogenbaron so zu Boden, dass er mit dem Rücken zur Wand saß, und baute sich drohend vor ihm auf. Seine Haltung verriet besser, als es Worte gekonnt hätten, dass Espeñosa nur dann eine Chance hatte, wenn er keinen Ärger machte.

Heather holte noch einen Stapel Handtücher und reichte einige davon Mark, der sich ebenfalls das klebrige Blut abzuwischen begann. Das brachte zwar nicht viel, und ihre Sachen waren wohl für immer ruiniert, aber beide fühlten sich zumindest etwas besser.

»Jemand wird die Schreie gehört haben und nachsehen, was hier passiert ist«, meinte Mark.

Heather beugte sich über Espeñosa und starrte in seine dunklen Augen. »Aus diesem Raum hört man sicher oft Schreie, aber die Bediensteten werden sich hüten, Sie bei Ihren rauen Spielen zu stören, nicht wahr, Señor Espeñosa?«

Die Visionen, die in ihr aufstiegen, bestätigten ihren Verdacht.

Heather musterte den Drogenbaron. Die Geschwindigkeit, mit der ihn die Nanomaschinen in seinem Blut wiederhergestellt hatten, war verblüffend. Schon konnte er die Arme und Beine strecken und den Kopf von einer Seite zur anderen drehen, als hätte er lediglich unter einem steifen Genick gelitten. Die Brustmuskeln hatten die gebrochenen Rippen einigermaßen in ihre ursprüngliche Position geschoben, wo sie nun rasch zusammenwuchsen.

So unglaublich es angesichts dieser Schnellheilung anmutete, aber ein Blick auf das blutige Chaos im Fitnessraum zeigte, dass selbst die Nanomaschinen ihre Grenzen hatten. Und Don Espeñosas Gesichtsausdruck verriet, dass er sich dessen sehr wohl bewusst war.

»Okay, die Erholungspause ist um«, sagte Mark und zerrte Espeñosa hoch. Die Schmerzgrimasse des Mannes war ein sicheres Anzeichen dafür, dass er noch nicht vollständig wiederhergestellt war

Heather trat näher. »Sie bringen uns jetzt auf dem kürzesten Wege zu Jennifer. Und ich versichere Ihnen, wenn Sie auch nur in Erwägung ziehen sollten, uns zu täuschen, werde ich sofort Bescheid wissen.«

Espeñosa sah Mark an und nickte. »Und er wird mich töten?«

»Sie haben gehört, was ich vorhin zu Mark sagte. Wir brauchen Sie lebend. Es liegt an Ihnen, dass es dabei bleibt.«

Don Espeñosa wandte sich der Tür zu, die ins Haus führte. »Kommen Sie. Und lassen Sie sich nicht stören, wenn uns unterwegs Dienstboten begegnen. Die Leute werden sich hüten, Fragen zu stellen.«

Die spanische Pracht des ausladenden Raumes, in den Espeñosa sie führte, weckte in Heather das Gefühl, die Luxussuite eines vornehmen Hotels zu betreten. Edle Bodenkacheln, eine hohe Decke und riesige Fenster verliehen ihm eine Weite, die sie unter anderen Umständen zum Bleiben verlockt hätte. Eine geflieste Treppe führte in den zweiten Stock. Ritterrüstungen und Gemälde von Konquistadoren schmückten einen mit roten Keramikplatten ausgelegten Korridor. Vor der dritten Tür zur Linken blieb Don Espeñosa stehen und klopfte dreimal.

»Ja?« Die vertraute Stimme raubte Heather einen Moment lang den Atem.

»Ich bringe Ihnen Gäste«, sagte Don Espeñosa.

Leichte Schritte näherten sich. Dann schwang die hohe Tür nach innen auf.

»Gäste?« Jennifer stand wie erstarrt vor ihnen. In ihrem schlichten weißen Kleid wirkte sie blass und schmal, aber unglaublich schön.

Mark schubste Don Espeñosa in den Korbsessel. »Rühren Sie sich nicht vom Fleck!«

Als Mark die Tür hinter sich schloss, fiel Jennifer Heather schluchzend um den Hals, ohne auf die Blutflecken zu achten, die ihr schönes Kleid dabei abbekam. Heather drückte sie an sich, als wollte sie sich nie mehr von ihr lösen. Und dann kam Mark dazu und legte seine starken Arme schützend um die beiden weinenden Mädchen.

»Mein Gott, Jen! Ich dachte, wir würden dich nie wiedersehen.« Mark konnte nicht weitersprechen, und auch ihm liefen Tränen über die Wangen.

Eine Weile standen sie einfach so da, hielten einander fest und genossen die längst verloren geglaubte Nähe.

Jennifer trat als Erste einen Schritt zurück. Sie musterte die blutgetränkte Kleidung ihres Bruders und Heathers nur notdürftig mit einem Handtuch bedeckten Oberkörper.

»Du liebe Güte! Was ist euch zugestoßen?«

Während Mark Don Espeñosa im Auge behielt, berichtete Heather in aller Eile von den Ereignissen des Tages. Jennifers anfängliches Entsetzen verwandelte sich in Zorn, der ihre sonst so sanften Züge verzerrte.

Jennifer trat dicht vor Don Espeñosa hin. »Das haben Sie meiner Familie angetan?«

Der Drogenboss zuckte die Achseln. »Sie wissen, was ich bin.«

Espeñosa versteifte sich, als Jennifer ihm tief in die Augen schaute.

»Jen? Was machst du da?« Die Besorgnis in Heathers Stimme ließ Mark einen Schritt näher kommen.

»Jen?«, wiederholte Heather und legte eine Hand auf die Schulter ihrer Freundin.

Erst als Jennifer sich zu ihr umwandte, wagte Heather durchzuatmen. »Alles in Ordnung. Ich musste nur sicherstellen, dass er so etwas nie wieder versucht.«

Auch Mark entspannte sich. »Wie geht es jetzt weiter?«, fragte er. »Hier können wir nicht bleiben.«

Heather zuckte die Achseln, eine Bewegung, die ihr das Handtuch von den Schultern rutschen ließ.

»Im Gegenteil. Ich schlage vor, dass wir erst mal hierbleiben und uns Jennifers Geschichte anhören. Aber zuallererst müssen wir duschen und uns umziehen.«

»Ich habe eine Dusche mit allen Schikanen und jede Menge Kleider, die dir passen müssten«, sagte Jennifer. »Und Mark kann meinen Bademantel benutzen.«

»Und dann?«, fuhr Mark fort.

»Und dann«, sagte Heather nach einem Blick auf Jennifers Laptop, »müssen wir unbedingt Kontakt zu Jack und Janet aufnehmen.«

Mark nickte, aber Heather bemerkte seinen geistesabwesenden Blick, und sie musste keine ihrer Visionen abrufen, um zu wissen, was für ein grauenvoller Film gerade hinter diesen Augen ablief.

KAPITEL 130

Musik dröhnte in Rauls Kopf, nicht dieses kitschige Zeug, das er in seinem früheren Leben ertragen hatte. Das hier war Nickelback pur, mit Chad Kroeger, der seinen Zorn in die Welt hinausröhrte. Warum hatte er nicht früher daran gedacht, Musik in dieses Gefängnis zu leiten, sein Zuhause, seine königliche Zelle, sein ganz privates Reich im Innern des Rho-Schiffs? Schließlich hatte er seit einer halben Ewigkeit Internetzugang. Er konnte sämtliche Satellitenfrequenzen von Radio- und Fernsehsendern empfangen und selbst die geheimsten Nachrichten abhören.

Vielleicht war es genau das. Er hatte sich bei seiner intensiven Suche so tief im Datengestrüpp verfangen, dass er die einfachsten

Dinge übersehen hatte, die ihm das Leben erleichtern konnten. Durchaus verständlich, wenn er bedachte, wie er geschuftet hatte.

Er spürte, dass die Tür aufging, noch bevor er es sah – wieder einer dieser Mechanismen, die fest in seinem neuronalen Netz verankert waren. Und Dr. Stephenson musste er schon gar nicht sehen, um zu wissen, wer da in sein Allerheiligstes eindrang.

»Guten Morgen, Raul.«

Raul ließ die Musik in seinen Gedanken verklingen und wartete, über der Maschine driftend, die in den letzten Wochen all seine Energien in Anspruch genommen hatte. Warum sich Stephenson die Mühe machte, den Raum zu Fuß zu durchqueren, war eines der Geheimnisse, die den Mann umgaben. Schließlich hatte er gezeigt, dass er Rauls Manipulation des Stasisfelds außer Kraft setzen konnte, wann immer er wollte. Aber anstatt mühelos zu schweben, schlängelte er sich an den Rohrleitungen und Maschinen des außerirdischen Schiffs vorbei, bis er das freie Areal im Zentrum erreichte, wo Raul ihn erwartete.

»Weshalb so feierlich?«, fragte Raul. Er hatte Stephenson bisher nur bei Fernsehauftritten im Anzug gesehen, nie jedoch im Labor. Im Moment trug er einen marineblauen Dreiteiler, ein Hemd in hellem Orange, goldene Manschettenknöpfe, eine Krawatte mit Paisley-Muster und rotbraune italienische Schuhe.

Stephenson blieb vor der Maschine stehen. »Der Präsident kommt in einer Stunde zu einem Informationsgespräch hierher.«

»Welche Ehre!«

»Darüber wollte ich mich nicht mit dir unterhalten.«

»Sondern? Spucken Sie's aus!«

Dr. Stephensons Augen blitzten kurz auf. Mit einer gewissen Befriedigung stellte Raul fest, dass es ihm gelungen war, den Mann zu verärgern.

Stephenson wandte sich wieder dem Gerät zu und strich mit der Hand liebevoll über die dicken Spiralen, die in das Ding hinein- und wieder herausführten, Spiralen, in denen Energiewirbel aufblitzten, an Intensität zunahmen und verebbten, unabhängig vom Rhythmus der Impulse. Das seltsame Leuchten sickerte nicht über die Spiralen in das trübe Grau hinaus, das den Raum erfüllte, und bildete keine hellen Flecken auf Dr. Stephensons Händen.

»Du hast deine Sache gut gemacht.«

Das unerwartete Lob überraschte Raul. Stolz erfüllte ihn und durchflutete seinen Körper wie eine warme Woge. Warum zum Teufel war ihm nicht egal, was Stephenson dachte? Schließlich hasste er den Mann.

»Ich bin noch nicht fertig.«

»Ich weiß, aber wir sind unserem Ziel jetzt schon sehr, sehr nahe. Wie steht es mit der Power?«

Raul rieb sich die Hände. So schwierig die Reparaturen selbst gewesen waren, die Bereitstellung der gigantischen Energiemengen, die sie für den Online-Betrieb der Maschine benötigten, hatte ihn vor eine nahezu unlösbare Aufgabe gestellt.

»Dreiundachtzig Prozent.«

»Wir brauchen mindestens fünfundneunzig.«

»Damit erzählen Sie mir nichts Neues.«

»Du musst schneller arbeiten.«

»Warum setzen Sie dann Ihren Arsch nicht in Bewegung und helfen mir ein wenig?«

»Du schaffst das auch allein. Außerdem muss ich mich um andere dringende Angelegenheiten kümmern.«

»Um das Bandelier-Schiff etwa?«

Stephenson zog eine Augenbraue hoch. »Unter anderem.«

Raul hatte in den Nachrichten gehört, dass dieses Bandelier-Schiff, das alle für absolut tot gehalten hatten, vor einigen Tagen plötzlich zum Leben erwacht war.

»Deshalb also der Besuch des Präsidenten.«

»Selbst ich muss hin und wieder Öffentlichkeitsarbeit leisten.« Der Ärger in der Stimme des stellvertretenden Direktors ließ keinen Zweifel daran, wie lästig ihm diese Unterbrechung war.

»Sie sagten, ich hätte meine Sache gut gemacht.« Raul kehrte zum Ausgangspunkt ihres Gesprächs zurück. »Sie wissen, dass ich rund um die Uhr schufte. Warum drängen Sie mich dann, noch schneller zu arbeiten?«

»Es gibt Komplikationen bei der Verteilung des Nanoserums.«

»Sie meinen mit der fernprogrammierbaren Version, die Sie rund um den Globus verhökern?«

Stephenson antwortete nicht gleich, als überlegte er, was er sagen sollte. »Du hast Zugang zu den Ausstrahlungen der Nachrichtennetze und Spionagesatelliten. Dann weißt du über unser Programm in Henderson House Bescheid.«

Obwohl es ihn ärgerte, dass Stephenson ihm hinterhergeschnüffelt hatte, spürte er, dass da etwas ganz Großes im Busch war.

»Läuft nicht ganz nach Plan, stimmt's?«

»Nur ein technisches Problem. Aber gerade jetzt, da wir der Menschheit klarzumachen versuchen, dass sämtliche Krankheiten der Welt heilbar sind, wäre es ungünstig, wenn die Geschichte mit Henderson House ans Licht käme.«

Raul lachte. »Allerdings. Viele Leute stöhnen bereits über den totalen Zusammenbruch der Geburtenkontrolle in der Dritten Welt. Die Pille wirkt nicht mehr. Normale Abtreibungsmethoden versagen. Schwache Spermien erweisen sich als unverwüstlich. Kondome – der große Renner, oder?«

Stephenson zuckte die Achseln. »Was mich zurück zu dieser Panne in Henderson House bringt. Eine undichte Stelle hatten wir bereits. Zum Glück konnten wir das Schlimmste verhindern.«

»Ich verstehe nicht ganz. Was hat meine Arbeit mit diesem Zwischenfall zu tun?«

»Alle Programme haben Schwachstellen, insbesondere die hochsensiblen.«

Allmählich ging Raul ein Licht auf. »Und wenn das der Fall sein sollte, möchten Sie einen sofortigen Zugriff auf die Betroffenen haben. Mithilfe eines Raumzeit-Tunnels.«

»Das heißt, dass du ab sofort aufhörst, im Internet zu surfen, und dich voll und ganz auf die Aufgabe konzentrierst, die ich dir gestellt habe.«

»Sie wissen, was ich will.«

»Ja, und nicht erst seit heute. Du willst die kleine McFarland.«

»Dann wissen Sie auch, weshalb ich die Nachrichtennetze der ganzen Welt durchforste.«

»Sieh zu, dass du die Maschine hier zum Laufen bringst, und ich sage dir, wo du sie finden kannst.«

Raul war wie betäubt. War es möglich, dass Stephenson wusste, wo sich Heather befand? Er konnte es nicht völlig ausschließen. Der Mann hatte ihn mehr als einmal überrascht.

»Und Sie würden zulassen, dass ich sie hierher hole?«

»Sie ist von daheim ausgerissen, und man weiß, dass sie unter Wahnvorstellungen leidet. Niemand würde ernsthaft nachforschen, was aus ihr geworden ist.«

Raul musterte die kalten Augen des stellvertretenden Direktors. Irgendetwas verbarg der Mann vor ihm. Aber würde er ihm dieses Versprechen wirklich geben, wenn er es nicht einlösen konnte?

Raul verlagerte seine Konzentration, und zehntausend winzige Kraftfäden senkten sich in Bedienkonsolen überall im Raum, ein gigantisches neuronales Netz, das die Reparaturarbeiten zur vollen Kapazität hochfuhr.

Dr. Donald Stephenson grinste und wandte sich zum Gehen. Raul bemerkte nicht einmal, dass er den Raum verließ.

KAPITEL 131

Garfield Kromly schlenderte lässig durch die Menschenmenge auf den Rasenflächen der Washington Mall und genoss den ersten wirklich schönen Sonntagvormittag seit Wochen. Pam wäre begeistert gewesen. Fast glaubte er, ihre schmale Hand in seiner zu spüren, während sie eng aneinandergeschmiegt dastanden und die Spitze des Washington Monument betrachteten.

»Ah, mein Mädchen«, flüsterte er kaum hörbar. »Du fehlst mir so sehr.«

Jemand rempelte ihn an, aber als er den Kopf zur Seite drehte, konnte er nicht erkennen, wer ihm den Stoß verpasst hatte. Er sah nur, dass das kleine, in braunes Papier gewickelte Päckchen, das er in der linken Hand gehalten hatte, verschwunden war.

Obwohl Kromly und die wenigen CIA-Leute, denen er noch traute, ihr Bestes gegeben hatten, war es ihnen nicht gelungen, die Codierung der DVD-ROM vollständig zu entschlüsseln. Aber die eine Sache, die er herausgefunden hatte, reichte aus, um ihm einen Schauer über den Rücken zu jagen.

Das Netz der GPS-Satelliten war von einem supergeheimen Programm der US-Regierung missbraucht worden, das irgendwie in Verbindung mit dem Rho-Projekt stand.

Dass es sich ausgerechnet über das GPS-Netz verbreitete, passte irgendwie. Als nämlich die breite Öffentlichkeit erstmals auf die Daten des satellitengestützten Positionierungssystems zugreifen konnte, hatte die US-Regierung die zu den Erdstationen gesendeten Ortsangaben mit einem als Dithering oder Unschärfeverfahren bekannten Prozess teilweise unlesbar gemacht. Hinter dieser künstlichen Signalverschlechterung steckte der Gedanke, die exakten Informationen nur dem Militär und den Geheimdiensten zukommen zu lassen.

Wie so oft in solchen Fällen entwickelten zivile Nutzer jedoch sofort Korrekturmethoden, mit denen sie die gleiche Auflösung erzielten wie die per GPS übermittelten Daten. Somit waren die Unsummen, die man für die Signalverschlechterung ausgegeben hatte, im Wesentlichen verschwendet – ein Griff in die Kloschüssel wie so vieles im amerikanischen Verteidigungshaushalt.

Aber jetzt wurde das GPS-Signal sehr viel raffinierter manipuliert – als Trägersignal für eine weltweite Datenübermittlung. Die Informationen auf der DVD-ROM stammten von der verstorbenen Dr. Nancy Anatole, die sie von Dr. Stephensons privatem Laptop heruntergeladen, gut verwahrt und mit der Anweisung versehen hatte, sie an einen Freund im Senatsausschuss für Nachrichtendienste weiterzugeben, falls ihr etwas zustoßen sollte. Und obwohl die DVD-ROM letztlich ihren Weg zu Kromly gefunden hatte, war er nicht in der Lage gewesen, sie so weit zu entschlüsseln, dass er sagen konnte, welche Bewandtnis es mit diesem in das GPS-Netz eingebetteten Trägersignal hatte.

Eine leichte Brise fuhr Kromly durch das graue Haar, als er seine Aufmerksamkeit wieder dem Washington Monument und dem kleinen Vogelschwarm zuwandte, der sich gerade an dessen Sockel im Gras niederließ.

Nun, die Übergabe war geglückt. Er hoffte nur, dass der Ripper mehr mit der DVD-ROM anfangen konnte als er selbst. Zumindest war sie jetzt sein Problem.

KAPITEL 132

»Du bist die schönste Schwangere, die ich je gesehen habe.«

Beim Klang dieser Stimme federte Janet aus ihrem Stuhl hoch und wirbelte herum. So schnell sie zur Tür stürmte, Jack war schneller. Er schloss sie in die Arme, kraftvoll und sanft zugleich. Stahl und Samt. Dann trafen sich ihre Lippen, und die zarte Berührung seiner Zunge jagte einen elektrischen Schauer durch ihren Körper, der sie atemlos machte.

Lachend löste sie sich von ihm. »Vorsicht. Genau so bin ich in diesen Zustand geraten.«

»Dabei hatte ich Vorsorge getroffen, dass nichts passiert.«

»Wie es scheint, machen diese Nanomaschinen im Nu alles wieder heil, was mal zerschnippelt wurde.«

Jack trat einen Schritt zurück, schob sie auf Armeslänge von sich weg und betrachtete sie von Kopf bis Fuß.

»Und – was denkst du?«, fragte Janet, obwohl ein Teil von ihr die Antwort fürchtete.

»Mir gefällt, was ich sehe.« Dann ging Jack in die Hocke, legte ein Ohr an ihren Bauch und klopfte zweimal mit dem Finger dagegen. »Hey, du da drinnen! Wie heißt du?«

Janet lachte los. »Ich glaube nicht, dass er dir antworten wird.«

»Du bist sicher, dass es ein *Er* ist?« Jack schien immer noch auf eine Reaktion zu warten.

»Absolut.«

»Weibliche Intuition?«

»Großer Bär hat es mir verraten.«

»Und der weiß so etwas?«

»Irgendeine alte Navajo-Gabe. Hat ihm angeblich seine Großmutter vererbt.«

»Hmm«, meinte Jack. Er stand auf und küsste sie erneut. »Dagegen kommen wir mit Argumenten wohl nicht an. Also Jack Junior.«

»Das klingt ja schrecklich.«

»Jack Senior ist schon vergeben.«

»So wie er sich da drinnen aufführt, bin ich echt versucht, ihm einen Indianernamen zu verpassen. Keilender Mustang oder so.«

Ein breites Grinsen lag auf Jacks Zügen, und seine Augen blitzten vergnügt. Jetzt erst merkte Janet, wie sehr er ihr gefehlt hatte.

»Sieht so aus, als müssten Mom und Dad noch eine Weile am Leben bleiben, um das auszudiskutieren.«

»Für manche Leute sicher eine schwere Enttäuschung.«

»Das lässt sich nicht ändern.« Jack überlegte. »Außerdem werden wir jetzt echt heiraten müssen.«

»Können wir denn nicht wie bisher in Sünde leben?«

»Kommt nicht infrage. Oder willst du, dass sie Keilenden Mustang in der Schule verspotten?«

Janet nahm ihn an der Hand und zog ihn nach draußen auf die Hollywoodschaukel. Die warmen Strahlen der Nachmittagssonne straften den November Lügen, aber im Moment fühlte sich Janet so glücklich, dass sie dem Wettermann auf gar keinen Fall widersprechen wollte.

Jacks Miene wurde ernster. »Was gibt es so Wichtiges, dass du Bedenken hattest, es mir in einer verschlüsselten Botschaft mitzuteilen?«

Janet seufzte. Die Wärme des Augenblicks war vorbei.

In der nächsten Dreiviertelstunde schilderte sie ausführlich, wie sie die Teile des Puzzles zu einem völlig neuen Bild zusammengesetzt hatte. Dass die geheimnisvolle Informationsquelle, hinter der sie die ganze Zeit einen Maulwurf im Rho-Projekt vermutet hatten, in Wahrheit die Namen Heather McFarland, Mark Smythe und Jennifer Smythe trug.

Als Janet mit ihrer Geschichte fertig war, sah Jack sie nachdenklich von der Seite an.

»Du sagst, der Kontakt ist seit ihrem Verschwinden abgebrochen?«

»Total.«

»Und du glaubst, dass die Sache irgendwie mit dem zweiten Sternenschiff zusammenhängt, das in diesem Canyon entdeckt wurde?«

»Die Umstände sprechen dafür. So viele Zufälle kann es gar nicht geben. Die Stelle liegt nicht weit von der Höhle entfernt, in die der Lumpenmann Heather verschleppt hat. Du hast selbst gesagt, dass sich dieser Kerl so flink wie sonst kein Mensch auf diesem Planeten bewegte. Auch Mark besitzt eine geradezu unglaubliche Koordination, und wir hatten beide den Verdacht, dass er sein wahres Potenzial zurückhielt, um nicht allzu sehr aufzufallen. Dann dieses Forschungsprojekt, mit dem die Kids beim nationalen Wettbewerb den ersten Preis machten. Irgendwie tauchen ihre Namen ständig im Zusammenhang mit ungewöhnlichen Vorkommnissen auf. Dazu kommt, dass sie untertauchten, kurz nachdem das zweite Schiff entdeckt wurde. Es muss einen Bezug geben. Oder weißt du eine bessere Erklärung?«

»Im Moment nicht. Offenbar sind sie auf irgendetwas gestoßen, das sie in den Untergrund gezwungen hat.«

»Und weil sie auf der Flucht sind, konnten sie uns ihren Hacker-Link nicht länger zur Verfügung stellen.«

Jack schwieg eine Weile und strich sich über das Kinn. »Aber das heißt nicht, dass sie keine Abfrage mehr durchführen. Haben unsere Informanten uns nicht mitgeteilt, dass wir eine Botschaft auf ihrer File hinterlassen können, um Kontakt mit ihnen aufzunehmen?«

Janet setzte sich auf. »Das hatte ich völlig vergessen.«

»Ich bin im Besitz einer DVD-ROM, deren Daten sie unbedingt für mich entschlüsseln müssen.«

»Hast du sie bei dir?«

Jack zog die DVD aus seiner Jackentasche und streckte sie ihr entgegen.

Janet nahm sie, erhob sich und ging nach drinnen zu ihrem Laptop.

»Dann sollten wir unsere Flaschenpost so rasch wie möglich auf den Weg bringen.«

KAPITEL 133

Von Mark bewacht, saß Don Espeñosa gefesselt auf einem Stuhl. Seine Miene war undurchdringlich. Sie hatten in Erwägung gezogen, ihn im Bad anzuketten, aber Heather hatte sie überzeugt, dass es besser war, wenn Mark ihn nicht aus den Augen ließ, selbst wenn das zur Folge hatte, dass der Drogenbaron jedes Wort mithörte. Es spielte keine Rolle mehr. Heather hatte gesehen, dass Espeñosas Zeit abgelaufen war.

Don Espeñosa wusste, dass er nur noch lebte, weil sie ihn brauchten, und er war bereits ein gutes Stück über sich hinausgewachsen, um seine Nützlichkeit zu beweisen. Er hatte einen seiner Säuberungstrupps telefonisch angewiesen, die sterblichen Überreste im Fitnessraum zu beseitigen und alles so gründlich zu reinigen, dass keine DNA-Spuren zurückblieben. Es war eine riskante Angelegenheit, aber immer noch besser, als Fragen wegen des Geruchs beantworten zu müssen. Zudem handelte es sich nicht um die erste Aktion dieser Art, die auf seinem Besitz stattfand.

Jennifer wischte sich mit dem Handrücken über die geschwollenen Augen, als könnte sie so die Erinnerungen loswerden, die sie quälten. In den vergangenen zweieinhalb Stunden hatte sie, zunächst stockend, dann jedoch immer schneller, ihre Geschichte erzählt und Heather damit in einen Strudel von Emotionen gerissen.

Heather fühlte sich noch immer beschmutzt, obwohl sie geduscht und sich umgezogen hatte. Ein Blick auf Mark zeigte ihr, dass er ähnlich empfand. Es ging nicht nur um ihren Überlebenskampf gegen Don Espeñosa und dessen Leibwächter. Und sie konnten durchaus damit leben, dass Jennifer das Kartell bei seinen illegalen Aktivitäten unterstützt hatte. Aber dieser Eduardo ging Heather nicht aus dem Kopf. Jennifers kurzer Blick in seine Seele hatte sie so erschreckt, dass sie ihm hilflos ausgeliefert gewesen war. Und nun befanden sich die Headsets von Jennifer und dem Lumpenmann in seinem Besitz.

Jennifer hatte den Mann noch nicht einmal zur Hälfte beschrieben, als die Visionen, die auf Heather einstürmten, ihre Hände so stark zittern ließen, dass sie sich an der Tischkante festklammern musste, um sich wieder zu beruhigen. Eduardo hatte die Headsets ausprobiert. Der Gedanke, was sie aus ihm machen würden, erfüllte sie mit Grauen. Wenn Eduardo herausfand, dass Jennifer geflohen war, würde er White Rock einen Besuch abstatten und Heathers Eltern ebenso töten wie die von Mark und Jennifer.

»Oh mein Gott!«

Jennifers Stimme versagte, und so nickte sie nur.

Heather wandte sich Don Espeñosa zu. »Wohin hat sich Eduardo begeben?«

Der Drogenbaron zuckte die Achseln. »Das hat er mir nicht gesagt.«

Mark schob das Kinn vor. »Erzählen Sie keinen Schrott! Wir brauchen Sie zwar lebend, aber das heißt nicht, dass ich Ihnen keine Schmerzen zufügen kann.«

Espeñosa versteifte sich. »El Chupacabra hat viele Kunden. Wer immer ihn engagiert hat, benötigte seine Dienste dringender als ich.«

»El Chupacabra?«, unterbrach ihn Heather. »Was ist das?«

»Ein blutsaugender Dämon, mit dem Mütter ihre Kinder erschrecken. Eduardo Montenegro liebt diesen Beinamen, auch wenn er bei den meisten Leuten als der Kolumbianer bekannt ist.«

»Ein Profikiller?«, fragte Mark.

»Der meistgefürchtete Auftragsmörder der Welt.« Espeñosa grinste. »Und der teuerste.«

»Als wir die Headsets zuletzt orteten, befanden sie sich in D. C.«, sagte Mark. »Was macht er in Washington?«

Wieder schüttelte der Drogenboss den Kopf. »Keine Ahnung. Vielleicht solltet ihr das eure Regierung fragen.«

Heather beugte sich vor und drehte den Laptop in Jennifers Richtung. »Wir haben bessere Quellen, nicht wahr, Jen?«

Ein schwacher Hoffnungsschimmer trat in Jennifers Augen. Sie feuchtete ihre Fingerspitzen an, beugte sich vor und schaltete das Gerät ein. Als das Windows-Logo auf dem Monitor erschien, spürte Heather, wie der erste elektrische Impuls die zusätzlich eingebauten Schaltkreise passierte, ein Impuls, der ohne Zeitverzug 2300 Meilen weiter nördlich von seinem Quantenzwilling auf dem Mattaponi-Reservat wiederholt wurde.

Es dauerte nur Minuten, bis sie die neue Nachricht auf Janets Laptop entdeckten.

»An Heather, Mark und Jennifer. Jack und ich wissen inzwischen, dass ihr unsere geheime Rho-Projekt-Quelle seid. Wir wissen auch von euren Veränderungen durch den Kontakt mit dem Bandelier-Schiff. Von uns habt ihr nichts zu befürchten. Wir benötigen eure Hilfe. Ich habe den Inhalt einer verschlüsselten DVD-ROM auf meinem Laufwerk C in einem Verzeichnis namens Rho-Projekt-Daten gespeichert. Die Daten stammen von Dr. Donald Stephensons privatem Laptop, aber wir konnten sie bis jetzt nicht dechiffrieren. Bitte meldet euch.«

»Mann, Scheiße«, murmelte Mark, der sich über Jennifers Schulter beugte und die Botschaft mitlas. »Wir sind geliefert.«

Heather überflog den Text ein zweites Mal. »Das glaube ich nicht. Es ist doch logisch, dass sie alles versuchen, um den Inhalt der DVD-ROM zu knacken. Wenn du mich fragst, brauchen sie unsere Unterstützung ebenso dringend wie wir die ihre.«

Jennifers Finger tanzten so schnell über die Tastatur, dass Heather sich anstrengen musste, um ihre Bewegungen mitzuverfolgen. »Mal sehen, was sich auf dieser Stephenson-DVD-ROM verbirgt.«

Auf dem Monitor erschienen Binärdaten.

»Sieht aus wie ein symmetrischer Sperr-Code«, sagte Heather. »Kannst du auf automatischen Scroll umschalten?«

»Kein Problem.« Jennifer gab eine bestimmte Tastenfolge ein, und die Daten wanderten gleichmäßig von unten nach oben über den Bildschirm.

Da war sie wieder, die gleiche Semirandom-Sequenz, die Heather schon vorhin aufgefallen war. »Schneller bitte.«

»Kannst du haben.«

Die Daten wanderten nicht mehr Zeile für Zeile über den Monitor. Stattdessen leuchtete jede Seite für einen Sekundenbruchteil auf, bevor sie von der nächsten ersetzt wurde. Plötzlich klickte etwas in Heathers Gehirn. Die Verschlüsselung blendete sich aus und gab den Text frei. Sie las, und je weiter sie las, desto klarer wurde seine Bedeutung.

Stephenson hatte einen neuen Nanomaschinen-Typ entwickelt, der per Fernzugriff umprogrammiert werden konnte, wenn das Übertragungssignal das richtige Codierschema enthielt. Dieser neue Typ befand sich bereits in der Massenproduktion und wurde zunächst einmal in den ärmsten Ländern der Welt verbreitet.

Noch schockierender war allerdings die Tatsache, dass man ein kaum nachweisbares Signal in die weltweiten GPS-Satellitensender eingeschleust hatte. Und obwohl das Signal im Moment noch keine Umprogrammierbefehle enthielt, war es eindeutig für eine rasche Neucodierung der Nanos im Blut bestimmter Zielgruppen ausgelegt.

Heather hatte das Gefühl, dass die Zukunft kippte. Entsetzen lähmte sie und sog sie in einen Strudel widerstreitender Realitäten. Etwas griff nach ihrer Schulter und packte ihren Arm so hart, dass er schmerzte. Aber als sie den Kopf zur Seite drehte, war da nichts.

Wechsel.

... Sie würgte bei dem Gestank verrottender Vegetation. Lagerfeuer brannten, während halb nackte Eingeborenentänzer einen harten Rhythmus stampften. In den Bäumen über ihnen hingen lebende Menschen. Mit Armschwüngen, die wie eine exakt einstudierte Choreografie wirkten, fügten sie ihren Opfern kleine Schnittwunden zu, aus denen Blut in die darunter aufgestellten Schalen tropfte.

Wechsel.

... Kreischende Flüchtlinge stießen sie zu Boden, in ihrer Gier, die wenigen Reiskörner aufzusammeln, die bei der Hilfsgüterverteilung aus den Säcken gerieselt waren. Maschinengewehre knatterten.

Wechsel.

... Wolken ballten sich zusammen, als sie durch das vergitterte Fenster einer Gefängniszelle starrte.

Wechsel.

Wechsel.

Wieder packte sie die Geisterhand und zerrte sie tief in ein trübes Gewässer, das sich zäh wie Schlamm anfühlte.

Heather schlug um sich, aber sie hatte nicht die Kraft, sich von dem Ding loszureißen, das sie immer tiefer in die Schwärze zog.

»Heather ...«

Jemand rief ihren Namen, aus so großer Ferne, dass es wie ein Wispern im Wind klang. Fast glaubte sie, sich die Stimme nur eingebildet zu haben.

»Heather! Komm zur Besinnung!«

Ein Lichtblitz begleitete das Brennen einer Ohrfeige. Marks Gesicht tauchte verschwommen vor ihr auf.

Er holte erneut zu einem Schlag aus, aber diesmal fing sie seine Hand ab.

»Aua! Was machst du da?«

Erleichterung machte sich auf Marks Zügen breit. Auch Jennifer beugte sich jetzt über sie. Sie war so bleich, als hätte sie ein Gespenst gesehen.

»Herrgott, du hast uns eine Heidenangst eingejagt!«, stammelte Mark. »Von einer Sekunde zur nächsten hast du mitten im Daten-Scan die Augen nach hinten gerollt und bist ins Traumland gewandert. Das war vor einer Viertelstunde.«

Heather rieb sich die Wange. »Und deshalb musstest du mir unbedingt eine scheuern, ja?«

Mark sah sie gekränkt an. »Wir hatten es lange genug mit Schütteln versucht.«

Heather wollte schon eine bissige Antwort geben, aber die Erinnerung an das, was sie gesehen hatte, brachte sie zurück in die Gegenwart. Sie rückte wieder näher an den Laptop heran und deutete auf den Monitor.

»Ich habe den Code geknackt. Ich weiß jetzt, was Stephenson sich ausgedacht hat.«

»Und das wäre?« Auch Jennifer hatte ihre Stimme wiedergefunden.

»Er überschwemmt die Welt mit einem Trägersignal, das die Nanomaschinen umprogrammieren kann.«

»Welche Nanomaschinen?«

»Alle. Zumindest all jene, die unsere Regierung der Menschheit so eifrig in die Venen pumpt.«

»Dieser Dreckskerl! Er versucht sich die ganze Welt unter den Nagel zu reißen.« Don Espeñosa wollte aufspringen, aber die Stricke hinderten ihn daran.

»Stopp!« Mark packte den Drogenbaron hart am Arm. »Noch eine Bewegung, und ich breche Ihnen die Knochen!«

»Sachte, Mark.« Heather legte ihm besänftigend eine Hand auf den Arm. »Ich verstehe, weshalb er sich so aufregt. Don Espeñosa hat bereits eine Dosis dieser neuen Nanomaschinen im Blut. Das stimmt doch, oder?«

Der Drogenbaron warf ihr nur einen finsteren Blick zu.

»Und was werden wir dagegen unternehmen?«, fragte Jennifer.

»Alles, was man programmieren kann, lässt sich auch wieder löschen.« Heather lächelte die Freundin an. »Wir brauchen nur unser kleines Computergenie, um herauszufinden, welcher Befehl das bewerkstelligt.«

»Das wird uns nicht viel helfen«, warf Mark ein, »solange wir nicht die Möglichkeit haben, ihn rund um den Erdball auszusenden.«

»Ich kann das nicht, aber es gibt jemanden, der dazu in der Lage wäre, wenn wir das Programm liefern.«

»Jack!«

»Und Janet.« Heather warf Jennifer einen fragenden Blick zu. »Glaubst du, dass du das schaffst?«

Jennifer nickte langsam. »Wenn du mir mit dem Dechiffrier-Algorithmus hilfst.«

»Dann nichts wie an die Arbeit.«

Während Jennifer ihre Aufmerksamkeit dem Laptop zuwandte, spürte Heather, wie sich die Schreckensvisionen von vorhin noch einmal in ihr Bewusstsein drängten. Wenn sie überhaupt eine Chance hatten, den Verderben bringenden Geist wieder in seine Flasche zu sperren, mussten sie sich beeilen.

Beeilen. Beeilen.

Heather zwang sich zur Konzentration. Aber tief in ihrem Innern vernahm sie das Echo eines fernen Gelächters.

KAPITEL 134

»Geschafft!« Janet überflog die neuen Files auf ihrem Laptop. Sie war beeindruckt. »Unsere Wunderkinder haben die Verschlüsselung geknackt.«

Jack nickte. »Und wie lautet die schlechte Nachricht?«

»Dr. Stephensons neue Nanomaschinen können per Fernzugriff umprogrammiert werden.«

»Lass mich raten. Es gibt einen Zusammenhang mit diesem unheimlichen Signal, das seit Kurzem im GPS-Netz installiert ist.«

»Die GPS-Satelliten wurden aufgerüstet, um in einer Großaktion alle mit dem neuen Nanoserum geimpften Menschen umzuprogrammieren.«

»Und wie können wir das verhindern?«

»Die Kids haben auf meinen Laptop ihren eigenen Umprogrammier-Algorithmus übertragen, der an alle Nanos einen Shutdown-Befehl erteilt. Sobald sie abgeschaltet sind, können sie nicht mehr neu gestartet werden.«

»Woher wissen sie, dass dieses Verfahren funktioniert?«

»Sie haben es angeblich bereits an einem Betroffenen getestet.«

Jack pfiff leise durch die Zähne. »Das nützt aber alles nichts, solange sie ihr Programm nicht über den GPS-Link verbreiten können.«

Janet nickte. »Richtig. In ihrer Botschaft steht, dass wir eine feste Verbindung zur GPS-Kontrollantenne herstellen müssen, damit sie das Kontrollzentrum täuschen können.«

»Warum können sie nicht einfach per Fernzugriff die Befehle aufheben, die an die Satelliten gehen? So wie sie es bereits getan haben, als sie sich in geschützte Systeme rund um den Planeten gehackt haben.«

»In ihrer Botschaft heißt es, sie kämen praktisch überall rein, könnten verschlüsselte Daten lesen und neue Signale in bereits vorhandene Verbindungen schmuggeln, aber sie könnten keine Signale unterbrechen, die sich bereits in diesen Netzen befinden. Das bedeutet, die neuen und die bereits gesendeten Befehle gehen auf dem gleichen Link raus, und auf dem Downlink kommt eine Statusfehlermeldung an das Kontrollzentrum.«

»Klingt logisch.«

»Also müssen wir die Verbindung räumlich unterbrechen und sie durch meinen Laptop umleiten. Auf diese Weise können unsere jungen Superhacker alle normalen Satellitenresonanzen zurück zum Kontrollzentrum senden, während wir die neuen Befehle uplinken.«

»Wo befindet sich die Hauptantenne?«

»Am Global Positioning System Operations Center auf der Schriever Air Force Base in Colorado.«

Jack erhob sich. »Dann pack deine Sachen zusammen und komm!«

Janet lächelte, als sie den Laptop ausschaltete. Sie hatte fast vergessen, wie sehr sie diese Abenteuer liebte.

»Gib mir fünf Minuten.«

Janet schob den Laptop in seine Tasche und ging ins Schlafzimmer. Es dauerte nicht lang, bis sie ihre Sachen gepackt hatte. Die Schwangerschaft hatte ihre Kleiderauswahl bereits stark eingeschränkt. Sie ergänzte ihr Outfit durch die praktische Heckler & Koch 9 mm Compact und ihre Spezialhaarnadel. Dann schaute sie ein letztes Mal prüfend umher und folgte Jack ins Freie.

Als der private Learjet 35A über West Virginia eine Höhe von fünfunddreißigtausend Fuß erreichte, musste sich Janet eingestehen, dass Jack sie immer noch überraschen konnte. Sie drehte sich in ihrem Kopilotensitz ein wenig zur Seite, um sein Profil besser betrachten zu können. Mit Headset und Mikro über das Instrumentenbord gebeugt, wirkte er wie ein griechischer Gott. Nein, eher noch wie ein spartanischer Krieger. Aber wenn Jack einer der dreihundert Spartaner gewesen wäre, die 480 v. Chr. die Thermopylen verteidigten, hätten die Perser an diesem Pass ihr blaues Wunder erlebt.

Während Janet durch die Kanzel ihr Ziel näher kommen sah, war sie einer Sache gewiss: Wer immer Jack in die Quere kam, würde sein blaues Wunder erleben.

KAPITEL 135

Garfield Kromly kniete neben dem Grab nieder, eine Hand auf den Gedenkstein gestützt, während er vorsichtig ein Dutzend langstielige rote Rosen ablegte.

Eine Inschrift war in den grauen Marmor gemeißelt. Sechs schlichte Zeilen.

Pamela Merideth Kromly
Geliebte Gattin und Herzensfreundin

Vor langer Zeit legte ich meine Seele in deine Hände.
Hüte sie für mich,
bis ich dich wiederfinde.
Garfield

Kromly wischte sich über die Augen und stand langsam auf. Er hatte den Fairfax Memorial Park wegen seiner Kirschbäume als letzte Ruhestätte für Pam gewählt. An jenem Apriltag, als er sie zu Grabe trug, hatten sie in voller weiß-rosa Pracht geblüht. Jetzt dagegen, vom Novemberfrost ihrer Blätter beraubt, erinnerten sie nur noch an Gerippe.

Die Sonne sank hinter den westlichen Horizont und nahm die letzte Wärme und all die Farben des Tages mit sich. Garfield atmete tief durch, ehe er zu seinem Auto zurückging. Sein Weg führte ihn an einem jungen Mann vorbei, der an einem Baumstamm lehnte, das Gesicht in beiden Händen vergraben. Ohne anzuhalten, drückte Kromly auf den Entriegelungsknopf seines Schlüsselanhängers, zu sehr in seine eigene Trauer vertieft, um auf das Leid des Fremden zu achten.

Er öffnete die Wagentür und wollte eben einsteigen, als er im Augenwinkel eine Bewegung wahrnahm und sich rasch umdrehte. Der junge Mann stürzte sich auf Garfield und traf ihn mit der Handkante genau im Nervenzentrum des Nackens. Ein Kaleidoskop von Farben raubte ihm die Sicht …

Ein heftiger Schmerz bohrte sich durch seinen Kopf, eine sich windende Feuerschlange, die in den Schulterblättern begann und den Nacken entlangkroch, zerrte ihn langsam ins Bewusstsein zurück.

Er versuchte sich zu bewegen, aber seine Handgelenke waren straff am Rücken zusammengebunden. Ein Stück höher, etwas unterhalb der Achselhöhlen, waren seine Arme noch brutaler verschnürt.

Eine Erinnerung stieg in ihm auf und stand ihm vor Augen. Die nordvietnamesische Armee hatte diese perfide Methode bei gefangenen US-Soldaten eingesetzt. Erst die Handgelenke am Rücken fesseln, dann mit einem zweiten Strick die Oberarme so weit nach hinten ziehen und überdehnen, bis beide Schultern ausgekugelt werden.

Also stand ihm der Tod durch Folter bevor. Kein Grund zum Jammern. Darauf war er sein Leben lang vorbereitet gewesen.

Schmerz – wer immer ihn entführt hatte, wusste nicht, was das Wort bedeutete.

Das Bild von William Wallace kam ihm in den Sinn. Gestreckt und gevierteilt, ausgeweidet und die entfernten Körperteile vor seinen Augen verbrannt, aber ungebrochen bis zum Ende. Zeit für Kromly, Mel Gibsons Paraderolle zu übertrumpfen. Schreien war keine Schande.

»Ah, Mr. Kromly. Schön, dass Sie wach sind.«

Die Stimme, seidenglatt mit einem schwachen spanischen Akzent, kam ihm irgendwie bekannt vor. Kromly blinzelte, und verschwommen tauchte ein Gesicht vor ihm auf. Erkennen durchzuckte sein Gehirn.

Scheiße! Eduardo Montenegro. Der Kolumbianer. El Chupacabra.

Ein dünnes Lächeln huschte über die ebenmäßigen Züge des Kolumbianers. »Ich sehe, Sie erkennen mich. Dann kann ich mir die Vorstellung ersparen.«

Der Killer wandte sich ab und verschwand aus dem Sichtbereich. Kromly versuchte den Kopf zu drehen und ihm nachzuschauen, aber die Schmerzen in den Schultern ließen es nicht zu.

Er befand sich in einer Holzhütte, die aus einem einzigen Raum bestand. Den rauen Bretterboden bedeckte eine Schmutzschicht, und von den Geweihen an den Wänden hingen Spinnweben. Ein einziges, verdrecktes Fenster ließ einen Streifen Tageslicht herein. Außer dem Stuhl, an den man ihn gefesselt hatte, gab es in seinem Blickfeld nur noch eine an die gegenüberliegende Wand geschobene Holzpritsche.

Kromly war selbst überrascht, wie ruhig seine Stimme klang. »Sie können sich die Mühe sparen und mich gleich umbringen.«

Eduardo tauchte wieder auf und stellte einen zweiten Stuhl vor Kromly hin, auf dem er selbst Platz nahm.

»Wo bliebe da der Spaß? Außerdem sollten Sie mir zuerst ein paar Fragen beantworten.«

»Wenn Sie glauben, dass Schmerz mich zum Reden bringt, verschwenden Sie Ihre Zeit.«

Wieder lächelte der Kolumbianer. »Wenn Sie glauben, dass Schmerz meine Spezialität ist, dann sind Sie falsch informiert.«

Etwas in der Stimme des Profikillers jagte Kromly einen Schauer über den Rücken. Er rief sich alles in Erinnerung, was er über El Chupacabra wusste. Eduardo war einer der meistgefürchteten Auftragsmörder auf der Welt. Er galt als ungemein geschäftstüchtig, wenn er einen Kontrakt abschloss. Aber es waren vor allem die Morde aus eigenem Antrieb, die seine unterschwelligen psychopathischen Neigungen preisgaben. Gewalttätig bis zum Exzess, meist im Zusammenhang mit brutalem Sex, veranstaltete er oft wahre Orgien des Blutvergießens. Und Eduardo nahm sich viel Zeit, um seine Opfer zu quälen.

Wenn seine Beine nicht an den Stuhl gefesselt gewesen wären, hätte sich Kromly selbst einen Tritt versetzt. Weshalb war ihm die Ähnlichkeit des jungen Mannes auf dem Friedhof mit einem der meistgesuchten Killer der Welt nicht aufgefallen? Zugegeben, die Trauer um seine verstorbene Frau hatte ihn abgelenkt, aber diese Trauer war nicht neu.

Vielleicht hatte ihn zusätzlich die Sorge um die Nanoserum-Probleme in Afrika beschäftigt.

Die Bevölkerungsgruppen, die schon zuvor Not gelitten hatten, blieben hungrig, waren nun jedoch gesund und kräftig. Überall südlich der Sahara brachen um die knappen Nahrungsmittel blutige Kriege aus. Umherstreifende Todesschwadronen, die ihre Gegner früher enthauptet hatten, hießen jetzt Torso-Schwadronen, weil sie ihren Opfern nur die Arme und Beine abhackten und den Familien die Bürde der armen, durch das Nanoserum zum Leben verurteilten Krüppel überließen.

Grauenhafte Rituale waren entstanden, neue Kulte, die sich auf die Verehrung der Nanomaschinen gründeten. Da ihre Anhänger glaubten, sie könnten Unsterblichkeit erlangen, wenn sie das von Nanos befallene Blut lebender Menschen tranken, hängten sie ihre Opfer an den Knöcheln auf und ließen ihr Blut in Trinkschalen laufen, die sie dann unter den Gläubigen herumreichten. Unterdessen wirkten die Nanomaschinen, die in den Körpern der Opfer verblieben, ihre Wunder und hielten die Ärmsten so lange am Leben, bis sie am Ende der düsteren Zeremonie für den Festschmaus gebraten wurden.

Dass die Probleme so rasend schnell eskalierten, noch während die Verteilung des Nanoserums in vollem Gange war, hätte zu einem sofortigen Stopp des Programms führen müssen. Aber das war nicht der Fall. Anstatt sie als ernste Warnung zu betrachten, tat man sie als unvermeidliche Anfangsschwierigkeiten ab, wie sie bei der Einführung einer jeden bahnbrechenden Neuerung auftraten – als lästige kleine Unannehmlichkeiten, die angesichts der verblüffenden Heilerfolge nicht weiter ins Gewicht fielen. Die lauten Forderungen der Vereinten Nationen, die Produktion des Nanoserums anzukurbeln, hatten jedenfalls kaum nachgelassen. Gott allein wusste, wie das alles weitergehen sollte, wenn die Nano-Woge auf die anderen Kontinente schwappte und Asien, Europa sowie Nordamerika überschwemmte.

»Was können Sie mir über den Ripper sagen?«

Die Frage überraschte Kromly. Als er sich wieder auf den Kolumbianer konzentrierte, kam ihm ein neuer Gedanke. War es möglich, dass die Mission des Killers etwas mit dem Rho-Projekt zu tun hatte? Allerdings war auch bekannt, dass Jack Gregory eine besondere Faszination auf Eduardo ausübte, die eher persönlicher als beruflicher Natur war.

»Vermutlich nicht mehr, als Sie bereits wissen.«

»Er wurde dabei beobachtet, wie er vorgestern am Washington Monument ein Päckchen von Ihnen in Empfang nahm. Darüber würde ich gern Näheres erfahren.«

Kromly spürte, wie sich sein Inneres verkrampfte. Woher zum Teufel wusste Eduardo das? Wer hatte ihn beobachtet? Das bittere Gefühl von Verrat stieg in ihm auf. Jemand, dem er bei seinen Bemühungen, die Stephenson-DVD-ROM zu knacken, vertraut hatte, musste sich gegen ihn gewandt haben. Einer von seinen eigenen Leuten.

Kromly atmete tief durch. Offenbar hatte seine lebenslange Konditionierung jetzt ihren Härtetest zu bestehen.

»Ich weiß nicht, wovon Sie sprechen. Tut mir leid, ich kann Ihnen nicht helfen.«

Etwas tastete sich durch seinen Kopf. *Was zum Henker war das?* Kein richtiger Gedanke. Fremdartig. Und unheimlich.

Die Stimme des Killers zwang Kromly, El Chupacabra anzuschauen. »Ich sagte Ihnen bereits, dass nicht Schmerz meine Spezialität ist. Ich setze eher auf Angst.«

Da war es wieder, dieses merkwürdige Gefühl, das er nicht so recht einordnen konnte. Aber noch viel mehr verunsicherte ihn, dass er seinen Blick nicht von Eduardo lösen konnte.

»Ein kleiner Trick, den ich vor Kurzem erlernt habe«, fuhr Eduardo fort. »Wenn heute nicht Ihr Todestag wäre, würde ich kein Wort darüber verlieren.«

Kromly kämpfte um Worte, konnte aber nicht einmal die Lippen bewegen.

»Keine Sorge. Ich kann Ihre Gedanken nicht lesen. Es ist eher so, dass ich Ihre Gefühle erspüre und verstärke.« Wieder lächelte Eduardo. »Versuchen wir also herauszufinden, was Garfield Kromly wirklich fürchtet.«

Es gab nur eine Sache, die Kromly wirklich fürchtete, und davon hatte er niemals einem Menschen erzählt.

Nachdem sich Pams Brustkrebs ausgebreitet und überall im Körper Metastasen gebildet hatte, war es zu einem allgemeinen Organversagen gekommen. Am Ende hatten sich ihre Lungen mit Wasser gefüllt und ihr das Atmen so schwer gemacht, dass sie bei jedem Luftholen gegen das Ersticken angekämpft hatte. Garfield hatte an ihrem Bett gesessen, ihre Hand gehalten und sich verflucht, weil er ihr nicht helfen konnte. Er hätte so gern für sie geatmet, ihr seine Luft eingeflößt, aber das ging nicht. Seine schöne Pam hatte tagelang schlimmste Qualen gelitten, ehe sie ihren letzten keuchenden Atemzug tat.

Das Entsetzen, das Garfield in jenen schrecklichen Tagen in ihren Augen gelesen hatte, verfolgte ihn immer noch in seinen Träumen und ließ ihn nach Luft schnappend erwachen, als könnte er ihr nachträglich die Furcht abnehmen und in sich aufsaugen.

Plötzlich veränderte sich Garfields Welt. Er war wieder im Bethesda-Marinekrankenhaus, nur lag er diesmal neben seiner Frau im Bett. Sie schaute ihn flehend an und murmelte die Worte: »Bitte, hilf mir!«

Instinktiv wusste er, dass sein Wunsch erfüllt worden war und dass jeder seiner Atemzüge Pam vor dem Ersticken bewahren würde.

Kromly bemühte sich, seine Lungen mit Luft zu füllen, aber er schaffte es nicht. Seine Frau lag neben ihm, schaute ihn an, zählte auf ihn – und er bekam keine Luft.

Panik stieg in ihm auf. Er bearbeitete seinen Brustkorb. Nichts. Es war, als hätte er den Kopf in eine Vakuumkammer gesteckt. Sosehr er sich auch anstrengte, seine Lungen blieben leer. Die Hoffnung, die sich eben noch in Pams Augen gezeigt hatte, erlosch. Zurück blieb nur Entsetzen, das sie beide erfasste. Entsetzen, das sich in seine Seele sog.

Garfield Kromly schrie. Der Schrei erfüllte die Jagdhütte und sickerte ins Freie, durch die Fensterscheiben, durch den Spalt unter der Tür.

»Was hat der Ripper von Ihnen bekommen?«

Verwirrung erfasste Kromly, erzeugte ein Schwindelgefühl. »Sie können mich mal!«

Er war wieder im Krankenhaus, doch diesmal wimmerte Pam. Garfield griff nach ihrer Hand, aber etwas hielt ihn fest. Wenn er nur atmen könnte, würde auch Pam Luft bekommen. Er versuchte die Lungen zu weiten. Etwas bedeckte sein Gesicht. Jemand hatte ihm einen durchsichtigen Plastikbeutel über den Kopf gestülpt. Eduardos verschwommenes Gesicht starrte ihn durch die Hülle an. Ein dünnes Lächeln kräuselte seine Lippen.

Kann nicht atmen. Herrgott, lass mich nicht im Stich. Kann nicht atmen.

Wenn Garfield nach links schaute, konnte er Pam sehen. Ihr Kopf steckte ebenfalls in einem Plastikbeutel, und sie starrte ihn mit weit aufgerissenen Augen an. Angst sickerte in seine Seele.

»Was war in dem Päckchen?«

»Fressen Sie Dreck, und verrecken Sie dran!«, keuchte Kromly und versuchte sich trotz der höllischen Schmerzen in seinen Armen aufzurichten. *Verdammt, was für ein Dämon war dieser Eduardo Montenegro?*

Zurück im Traumland. Wieder und wieder. Jedes Mal wurden

die Halluzinationen schlimmer, und jedes Mal verstärkte sich seine Angst, bis er pausenlos zitterte und nicht mehr damit aufhören konnte. Die Visionen hatten sich in eine unheimliche Mischung aus Albtraum und Realität verwandelt. Pam war hier in der Hütte, lag auf der Pritsche gegenüber dem Stuhl, auf dem er saß, so brutal gefesselt, dass er sich nicht rühren konnte.

Und in der aufsteigenden Flut der Angst, die ihn zu ertränken drohte, stand Eduardo und stellte seine Fragen.

Als Garfield Kromly endlich zu reden begann, erzählte er alles, was er über die DVD-ROM wusste. Woher sie kam. Was für ein seltsamer Code in das GPS-Satellitensignal eingebettet war. Wie er die Übergabe der DVD-ROM auf der Washington Mall arrangiert hatte. Alles.

Pam verschwand, und Kromly merkte, dass er wieder atmen konnte, obwohl Tränen nasse Spuren auf seinen Wangen und seinem Hemdkragen hinterlassen hatten.

Eduardo beugte sich dicht über ihn. »Noch eine Frage. Dann erlöse ich Sie von allen Albträumen.«

Kromly war völlig betäubt. »Schießen Sie los.«

»Sie kennen den Ripper. Was ist sein nächstes Ziel?«

Wenn er dazu in der Lage gewesen wäre, hätte Kromly gelächelt. Er würde dieses Treffen auf gar keinen Fall verhindern. Verdammt, er wäre zu gern dabei gewesen, wenn Eduardo dem Ripper begegnete.

»Er wird aller Voraussicht nach den Ort aufsuchen, an dem der Uplink des neuen Codes stattfindet. Das wäre die GPS-Hauptkontrollstation auf der Schriever Air Force Base in Colorado.«

Eduardo nickte. Dann erhob er sich und verschwand aus Kromlys Blickfeld.

Hinter sich hörte Garfield ein vertrautes Geräusch. Plastikfolie, die von einer Rolle abgewickelt wurde. Dann, als Eduardo den Kopf des CIA-Ausbilders systematisch mit dem durchsichtigen Material zu umwickeln begann, stiegen neue grauenerregende Bilder in Kromly auf.

Nur blieb es diesmal seiner geliebten Pam erspart, langsam mit ihm zu ersticken.

KAPITEL 136

Phil Rabin öffnete die Haustür und starrte auf das DHL-Paket, das an den Eingangsstufen lehnte. Er hatte die Klingel gehört, den Wagen aber nicht gesehen. Komisch. Normalerweise entging ihm nichts. Und dass sie am Thanksgiving Day Sendungen zustellten, hatte er auch nicht gewusst.

Auf dem Weg in sein Arbeitszimmer untersuchte er das Expresspaket in seiner Hand. Etwa so groß wie ein Lexikon. Aber für ein Buch wog das Ding zu wenig. Die Tinte des handgeschriebenen Absenders war bis zur Unleserlichkeit verwischt. Nun gut. Wenn er herausfinden wollte, wer das verdammte Paket geschickt hatte, würde er es wohl oder übel öffnen müssen. Phil betätigte den Aufreißfaden und kippte den Inhalt des Kartons auf seinen Schreibtisch – einen versiegelten braunen Umschlag und eine Polaroid-Aufnahme. Gab es diese Kameras überhaupt noch?

Phil nahm das Foto und setzte sich erst mal. Als Herausgeber der *New York Post* pflegte er keine Kontakte zu den Leuten der *Times*. Aber natürlich erkannte er ihren Pulitzerpreisträger, selbst wenn der Mann tot war. Freddy Hagerman.

Er hielt die Aufnahme ins Licht und betrachtete sie genauer.

Es war Freddy Hagerman. Er saß aufrecht im Bett, nur mit einem Flügelhemd bekleidet, und hatte die Zudecke so weit zurückgeschlagen, dass man seine nackten Beine sah. Das linke Bein endete in einem bandagierten Stumpf knapp oberhalb der Stelle, wo früher mal das Knie gewesen war.

Auf die Rückseite des Fotos war mit schwarzem Filzstift eine schlichte Botschaft gekritzelt.

»Ich kann meiner Redakteurin nicht mehr trauen. Vielleicht interessieren Sie sich für eine Story, die mich ein Bein gekostet hat. F. H.«

Nun weckte der braune Umschlag sein Interesse. Er schlitzte ihn mit einem Brieföffner auf und entdeckte eine unbeschriftete CD. Sonst nichts.

Phil schob die CD-ROM in seinen Computer und warf einen kurzen Blick auf den Inhalt. Ein Textdokument mit der Bezeichnung »Story«, dazu eine Ton- und eine Bilddatei.

Inzwischen platzte Phil fast vor Neugier. Er öffnete zunächst die Soundfile und glaubte schon, dass mit der Aufnahme etwas nicht stimmte, da er nur ein paar Hintergrundgeräusche von schlechter Qualität hörte. Doch gleich darauf setzte das Schreien ein. Erst war es nur eine Stimme, gleich darauf ein ganzer Chor. Das grauenvolle Geheul wurde lauter, war kaum noch als menschenähnlich zu erkennen, ehe es ins Wanken geriet und verstummte. Etwa eine Minute verging in relativer Stille, bevor eine neue Runde markerschütternden Gebrülls ertönte.

Auch wenn die Datei keinerlei Erklärung für das Geschehen bereithielt, hatte Phil am Ende der unheimlichen Aufnahme eine Gänsehaut, die nicht vergehen wollte, und seine feinen Nackenhärchen standen senkrecht ab.

Dann öffnete Phil die »Story«-Datei und begann zu lesen.

Es war ein vollständiger Bericht, abgerundet durch Freddy Hagermans Kommentar und bereits wie eine Druckvorlage formatiert. Noch ehe er die ersten fünf Absätze gelesen hatte, schaltete Phil zwischen der Schilderung und den Fotos in dem Bildverzeichnis hin und her.

Irgendwie war Freddy Hagerman auf eine Galerie der Horrorgestalten gestoßen, die dem Gehirn eines Geisteskranken entsprungen zu sein schienen. Aber die grauenvollen Menschenversuche mit Nanomaschinen wurden unter strengster Geheimhaltung von der US-Regierung finanziert und durchgeführt. Und obwohl Phil davon überzeugt war, dass es Dinge gab, die nicht an die Öffentlichkeit gehörten, hatte für ihn der Erste Zusatzartikel der amerikanischen Verfassung, in dem die Meinungs- und Pressefreiheit festgeschrieben war, den höchsten Stellenwert.

Die in dem Bericht aufgedeckten Menschenexperimente ließen sich wahrlich nicht mit dem edlen Bestreben erklären, hoffnungslos kranke Kinder zu retten – das Argument, das man benutzt hatte, um Freddys mit dem Pulitzerpreis ausgezeichnete Story zu unterhöhlen.

In den tunnelartigen Kellergewölben von Henderson House hatte man Testpersonen versammelt, die am Rande der Gesellschaft lebten. Schwerbehinderte, Ausgestoßene, Obdachlose. Den Bodensatz der Bevölkerung. Leute, deren Verschwinden ebenso wenig auffiel, wie ihre armselige Existenz aufgefallen war. Die einzige zusätzliche Anforderung für das Versuchsprogramm war, dass die Teilnehmer keine zu starken Verstümmelungen oder Amputationen aufweisen durften, weil die derzeitigen Nanomaschinen damit noch überfordert waren.

Freddy hatte nicht nur Aufnahmen von den Testpersonen gemacht. Es war ihm darüber hinaus geglückt, streng geheime Dokumente abzulichten, aus denen die Ziele des Programms klar hervorgingen.

Es war die erklärte Absicht der Versuchsreihe, eine verbesserte Version der Nanomaschinen zu entwickeln, die Fehler in der menschlichen DNA erkannte und alles reparierte, was vom »idealen« Bauplan abwich. Allein der Gedanke an einen solchen Bauplan verursachte Phil Übelkeit. Und die bisherigen Resultate der Experimente übertrafen seine schlimmsten Vorstellungen.

Die neuen Nanos konnten umprogrammiert werden, ein Fakt, der schon allein für Schlagzeilen gesorgt hätte. Nun war so ein Miniroboter relativ einfach aufgebaut und hatte auf gar keinen Fall die Voraussetzungen zum Verständnis der hoch entwickelten menschlichen DNA. Die enorme Leistung der Nanos beruhte vielmehr auf dem Schwarmprinzip, bei dem die Einzelmaschinen ihr Wissen austauschten und verglichen, ganz ähnlich wie das bei Ameisenkolonien oder Bienenvölkern der Fall war. Auf diese Weise entstand eine Art Schwarmintelligenz oder gemeinsame Klugheit, welche die Rechenkapazität der Einzelmaschine bei Weitem übertraf.

In den Gewölben von Henderson House hatte man nun versucht, Nanoschwärme auf die menschliche DNA anzusetzen, dabei bis jetzt allerdings nur desaströse Ergebnisse erhalten. Die Nanos hatten zwar gelernt, neue Gliedmaßen und Organe zu bilden, aber ihr Lernprozess war komplexer als der eines neuronalen Netzes. Das Ziel der Forscher bestand darin, den Nanomaschinen ihre Aufgabe klarzumachen und sie dann selbstständig arbeiten zu lassen.

Zu diesem Selbstlernprozess gehörte ein komplexes Verfahren nach dem Prinzip von Versuch und Irrtum mit dem entsprechenden Feedback nach jedem Durchlauf. Aber trotz zahlreicher Neustarts, bei denen der Nanoschwarm nach seinem Gutdünken Körperteile hinzugefügt oder ersetzt hatte, waren keine Verbesserungen erreicht, sondern lediglich Geschöpfe produziert worden, die kaum noch Ähnlichkeit mit Menschen hatten.

Experiment um Experiment hatte die Testpersonen in Albtraumkreaturen verwandelt, mit zusätzlichen inneren und äußeren Organen, mit Gliedmaßen an Stellen, wo keine Gliedmaßen hingehörten, mit Extra-Mundöffnungen oder Augen auf Stielen, die wie Finger aussahen.

Schlimmer noch, die Nanoschwärme setzten ihre Selbstlernprozesse fort und veränderten laufend ihre Entwürfe vom idealen Menschen. Die Wirkung auf die armen Opfer war verheerend. Die endlosen, mit entsetzlichen Schmerzen verbundenen Umformungen brachten die meisten von ihnen um den Verstand.

Phil riss sich von den Bildern los und beugte sich über den Abfalleimer zu seinen Füßen, in den er seinen Mageninhalt entleerte. Er unterdrückte den Wunsch nach einer doppelten Dosis Alka-Seltzer, griff stattdessen nach seinem Handy und drückte auf die erste Nummer der Schnellwähltaste.

»Hallo?«

»John, ich bin es. Phil. Sehen Sie zu, dass Sie alle Leute zusammentrommeln, die irgendwie erreichbar sind – für eine Sonderausgabe, die noch heute erscheinen soll.«

»Am Thanksgiving Day?« Die Stimme seines Herstellungsleiters klang ungehalten.

»Keine Einwände bitte. Tun Sie einfach, was ich sage. Und zwar so schnell wie möglich.« Phil unterbrach die Verbindung, ohne die Antwort abzuwarten.

Als Phil die CD aus seinem Computer holte, überkam ihn ein Gefühl, das Zeitungsmenschen nur selten erleben – das Gefühl, auf eine Story gestoßen zu sein, die von der Aufmacherseite seines Blattes auf sämtliche Medien des Landes überspringen würde. Ach was – auf sämtliche Medien der Welt.

Er wollte seinen Laptop gerade ausschalten, als sein Blick auf das letzte Foto fiel, das er betrachtet hatte. Auf einem Landeplatz nahe dem Haupteingang von Henderson House entstieg Dr. Donald Stephenson soeben einem Regierungshelikopter.

Phil Rabin schob die CD in seine Jackentasche und deutete mit einem Lächeln auf den Bildschirm.

»Erwischt!«

KAPITEL 137

Janet wusste, dass das unbefugte Betreten von Militärstützpunkten auf dem Festland der USA nie einfach gewesen war, aber durch die vielen Einsätze des Militärs hatte man sich gezwungen gesehen, die Wachtruppen auszudünnen. Die Kriege im Irak und in Afghanistan hatten ihren Tribut gefordert. Unter Ronald Reagan war die große Freiwilligen-Armee immer eine mächtige Streitaxt gewesen, die in kürzester Zeit den Widerstand der Gegner brach und dann wieder ins Depot gebracht wurde, wo man sie schärfte und für den nächsten Einsatz an die Wand hängte.

Doch in jüngerer Zeit hatte man die kampfstarken Truppen eher wie ein kleines Handbeil benutzt. Tausende kleiner Hiebe, die nach und nach die Schneide stumpf machten und keine Atempause zum Nachschärfen ließen. In Washington hatte sich ein neuer politischer Trend zum Einsatz des amerikanischen Militärs entwickelt, eine Verletzung der Powell-Doktrin, eine Strategie, die Jack als »Unterhöhlung der Kampfkraft« bezeichnete.

Die Schriever Air Force Base hatte diesen Abbau ebenfalls zu spüren bekommen. Obwohl die Tore schwer bewacht waren, mit Ausweiskontrollen und Stichproben-Untersuchungen der Fahrzeuge, patrouillierten kaum Posten entlang des Maschendrahtzauns, der das riesige Gelände umschloss. Dafür war Janet durchaus dankbar, denn es hielt einige tapfere junge Soldaten von ihrem Jack fern und gab ihnen so die Möglichkeit, noch etwas länger für ihr Vaterland zu kämpfen. Zudem war Thanksgiving Day ein ungewöhnlich warmer Tag, den sie sicher gern mit dem Besuch von Verwandten oder Freunden verbrachten.

Jack schnitt eine gut einen halben Meter hohe Öffnung in den Zaun, klappte den Maschendraht nach oben und schlüpfte mit Janet durch, bevor er das Loch wieder schloss. Die hochgebogenen Spitzen der dünnen Mondsichel erinnerten an das selbstgefällige Grinsen einer dicken Katze. Ihr Licht war gerade so hell, dass Janet ohne das kompakte Nachtsichtgerät auskam, das sie in ihrem Rucksack verstaut hatte.

Dicht vor ihr hielt Jack an, um das Gelände zu studieren. Gleich darauf setzte er sich wieder in Bewegung, durch eine Senke auf eine ferne Baumreihe zu.

Das Baby in ihrem Bauch begann zu strampeln, aber Janet ignorierte es. Jack brauchte jetzt ihre volle Aufmerksamkeit. Da konnte sie nicht auf den ungestümen Kleinen achten, und wenn sie ihn noch so wunderbar fand.

Jede Militärbasis hatte ihre Besonderheiten, und die ließen sich ausnutzen. Kommando- und Kontrollzentren waren immer schwer bewacht. Aber auf die Antennen, mit deren Hilfe die Satelliten-Uplinks durchgeführt wurden, achtete kaum jemand. Bemannte Einrichtungen mussten geschützt werden, unbemannte Anlagen nicht. So lautete das heimliche Mantra.

Die GPS-Hauptantenne war dafür ein Paradebeispiel. Ein Kabel, das von ihrem Sockel zweihundert Meter neben einer Geräte- oder Wartungshalle aus Stahlblech verlief, verband sie mit dem GPS-Kontrollzentrum.

Jack und Janet huschten tief im Schatten auf die Rückseite des Gebäudes und hielten vor einem Tor, das nur mit einem Vorhängeschloss gesichert war. Jack stemmte den Bügel mit einem Montiereisen auf und schob das Rolltor auf seiner Schiene zur Seite. Die Strahlen ihrer beiden LED-Taschenlampen zerschnitten das Dunkel und beleuchteten einen etwa zwölf mal neun Meter großen Raum, in dem sich nichts außer vier großen Kabeltrommeln, einem Sortiment von Werkzeug und Ersatzteilen sowie einem kleinen Gabelstapler befand. Gleich links vom Eingang war ein Metallschreibtisch an die Wand geschoben, davor, etwas seitlich versetzt, befand sich ein Bürostuhl, der ein wenig schief stand, da eine der vier Rollen fehlte.

Janet sah sich um und entdeckte gleich den Stromverteilerkasten an der linken Wand. Während Jack das Rolltor schloss, entriegelte Janet die Frontplatte und warf einen Blick auf die Sicherungen.

Die Halle besaß abgesicherte Stromversorgungen für 220 und 110 Volt. Sie lächelte. Sie hatten eine kluge Wahl getroffen. Das hier war der perfekte Ort zur Einrichtung ihres WLAN-Zugangs. Die Starkstrom-Schaltkreise trieben die Motoren an, die die massive GPS-Antenne ausrichteten. Mit einer Tür gegenüber der GPS-Antenne eignete sich das Gebäude geradezu ideal für ihre besonderen Anforderungen. Von hier aus konnte Janet eine geschützte Verbindung zu Heather McFarland und den Smythe-Zwillingen aufbauen, während Jack sich um die Schwerarbeit an der Antenne selbst kümmerte.

Janet riss ein Stück eines Pappkartons ab, faltete es mehrfach und deponierte es unter dem verkürzten Stuhlbein. Dann schob sie den Netzstecker ihres Laptops in einen der 110-Volt-Anschlüsse, stellte das Gerät auf den Schreibtisch und nahm Platz. Während der Laptop langsam hochfuhr, warf sie einen Blick zu Jack hinüber. Er beugte sich über einen Rucksack, der einen zweiten Laptop enthielt. Sie hatten das Gerät unterwegs in einem RadioShack-Laden von Colorado Springs gekauft, zusammen mit einem ganzen Sortiment von elektronischem Zubehör, das sie in Kürze brauchen würden, um das GPS-Steuerkabel anzuzapfen.

Jack kramte sein Walkie-Talkie aus dem Rucksack. »Sprechprobe!«

Janet holte ihr eigenes Funkgerät aus der Laptoptasche. Es war erstaunlich, was diese RadioShack-Läden alles anboten – zum Beispiel ein Paar 900-Megahertz-Walkie-Talkies mit über zehn

Milliarden Frequenzen für sage und schreibe zweihundert Dollar. Garantiert ausreichend für eine geschützte Kommunikation in der Zeit, da sie und Jack getrennt arbeiten mussten.

Sie drückte auf die seitliche Einschalttaste und hob das Minigerät an die Lippen. »Bodenstation an Major Tom.«

»Sehr witzig«, entgegnete Jack. Seine Worte kamen laut und deutlich durch den Lautsprecher.

»Höchste Zeit, unseren Kontakt zur Zentrale zu testen.«

Janet tippte ihr Passwort ins Log-in-Feld ein und wartete, bis der Laptop seine Startprogramme geladen hatte. Das Wunderkinder-Trio Heather, Jennifer und Mark hatte ein neues Programm samt genauen Anweisungen für dessen Benutzung auf ihren Computer geladen. Es handelte sich um ein Chat-Programm, das große Ähnlichkeit mit dem Voice-over-Internet-Protokoll oder VoIP hatte, einer Technologie, die sich zunehmend auf dem Markt durchsetzte. Nur ging es in diesem Fall um eine Voice-over-QZ-Verbindung, deren Quantenzwilling-Komponenten perfekt geschützte, verzögerungsfreie Gespräche ermöglichten, ganz gleich, welche Entfernungen zu überbrücken waren.

Sie startete die Anwendung und sah zu, wie die Aufnahme eines wirbelnden Mahlstroms allmählich in das Bedienfeld überging. Janet musste zugeben, dass die Kids selbst unter dem extremen Druck, dem sie ausgesetzt waren, Stil bewiesen.

Die Benutzeroberfläche war elegant in ihrer Schlichtheit, ein Lautsprecher und ein Mikrofon über einer einzelnen großen Taste mit der Bezeichnung SPRECHEN. Janet betätigte die Taste, deren Symbol nach unten sank und in dieser Position blieb.

»Heather, Mark, Jennifer? Hier spricht Janet Johnson.« Sie benutzte den Namen, unter dem die drei sie kannten. »Könnt ihr mich hören?«

Nach einer kurzen Pause kam Heather McFarlands Stimme durch den Computerlautsprecher. »Wir sind alle hier.«

»Darf ich fragen, wo *hier* ist?«

Wieder eine Pause und ein schwach vernehmbares Gemurmel im Hintergrund. »Also gut. Wir sind in Kolumbien, auf der Hazienda von Don Espeñosa.«

Janet wechselte einen Blick mit Jack, der die linke Augenbraue hochgezogen hatte und nun die Stirn runzelte.

»Sie sprechen nicht etwa von dem Drogenbaron?«

»Doch. Im Moment ist er an einen Stuhl gefesselt, und Mark bewacht ihn. Er war unsere Versuchsperson für die Rückprogrammierung der Nanomaschinen.«

Jack hob einen Finger.

»Eine Sekunde, Heather. Jack möchte etwas sagen.«

Jack beugte sich vor, und seine Stimme klang sehr ernst. »Passt jetzt gut auf. Wir haben nicht viel Zeit, aber es ist von entscheidender Bedeutung, dass ihr genau tut, was ich sage. Hört ihr alle zu?«

Einen Moment lang herrschte Stille, dann meldete sich wieder Heather. »Wir hören.«

»Sobald wir hier das erledigt haben, was in der nächsten Stunde zu tun ist, müsst ihr dieses Haus verlassen. Begebt euch unverzüglich zum Hotel Caribe in Cartagena. Dort arbeitet ein Mann namens Juan Perdero an der Rezeption. Wendet euch mit folgenden Worten an ihn: ›Fürchte dich nicht vor dem Sensenmann!‹ Dann wird er euch fragen: ›Agenten des Schicksals?‹ Und ihr antwortet darauf: ›Neunzehn sechsundsiebzig.‹ Habt ihr das?«

»Ja«, erklärte Heather.

»Gut. Er wird mit euch ein Treffen an einem sicheren Ort vereinbaren. Sobald ihr dort seid, richtet ihm von mir aus, dass er euch die nötigen Papiere für eine Ausreise nach Santa Cruz in Bolivien beschaffen soll.«

»Bolivien?«

Jack ignorierte ihre Zwischenfrage. »Nach eurer Ankunft in Santa Cruz nehmt ihr ein Taxi und lasst euch zur Gemeinschaft der Mennoniten von Cuatro Cañadas bringen. Sie befindet sich auf der anderen Seite des Rio Grande, etwa zwei Fahrstunden nordöstlich von Santa Cruz. Fragt nach der Farm der Familie Robertson. Man wird euch dort aufnehmen.«

»Ich verstehe.« In Heathers Stimme schwang ein leises Zittern mit, als fürchtete sie sich vor seinen nächsten Worten.

»Und da ist noch eine Sache. Sie wird euch nicht leichtfallen, aber sie ist absolut notwendig. Bevor ihr das Anwesen verlasst, müsst ihr Don Espeñosa töten. Wenn ihr das nicht tut, habt ihr nicht die geringste Chance, Kolumbien lebend zu verlassen. Mark, begreifen Sie das?«

Mark wirkte angespannt, aber entschlossen. »Ich denke schon.«

»Gut. Also, noch einmal. Ihr sucht die Mennoniten-Farm der Robertsons auf und bleibt dort, bis ich euch abhole. Fügt euch in die Gemeinschaft dieser Leute ein, so gut ihr könnt.« Jack nickte Janet zu und überließ ihr wieder das Mikrofon.

Trotz ihrer brennenden Neugier lenkte Janet das Gespräch sofort wieder auf den Job, den es zu erledigen galt. »So gern ich mich mit euch unterhalten würde – uns läuft die Zeit davon. Jack und ich haben alles besorgt, was wir brauchen, um den Anschluss zum Datenkabel der Antenne herzustellen.

Im Moment befinden wir uns etwa zweihundert Meter von der Antenne entfernt in einem Wartungsgebäude. Es ist unbemannt und ein hervorragender Platz zur Inbetriebnahme meines Laptops. Jack wird sich in wenigen Minuten hinaus zur Antenne begeben, um einen zweiten, mit einer WLAN-Karte ausgerüsteten Laptop anzuschließen, auf den ich von hier aus zugreifen kann. Sobald das geschehen ist, gebe ich euch Bescheid.«

Heathers Stimme zitterte jetzt stärker. »Okay. Bis dahin haben wir per Daten-Link eine vollständige Analyse durchgeführt und wissen genau, welche Signale wir zurück zum Kontrollzentrum senden müssen. Wenn Jack die Leitung unterbricht, müssen wir ihnen den Eindruck vermitteln, dass die Antennen- und Satelliten-Downlinks normal ablaufen.«

»Dann kann es also losgehen.«

»Warten Sie. Wenn ich es recht überlege, müssen Sie uns nicht Bescheid geben, wenn Jack fertig ist. Das merken wir, sobald er die Leitung durchtrennt. Dann ersetzen wir unser Signal durch das QZ-Signal auf Ihrem Laptop, und von da wird es über die WLAN-Karte auf die Antenne übertragen.«

»Sonst noch etwas?«

»Nein.«

»Okay. Bleibt stark. Wir sprechen uns später. Ende.«

Janet schaltete den Lautsprecher aus, erhob sich und trat neben Jack, der gerade die Tür geöffnet hatte. Sie umarmte ihn und küsste ihn leidenschaftlich. »Sei vorsichtig!«

»Bin ich immer.«

Damit entfernte sich Jack im Schatten des Gebäudes, bis er mit der Dunkelheit verschmolzen war. Janet schloss die Tür, legte die Heckler & Koch 9 mm Compact neben ihren Laptop auf den Schreibtisch und nahm wieder Platz.

Sie musste nicht lange warten.

KAPITEL 138

In der Vergangenheit hätte sich Eduardo nur mithilfe eines Nachtsicht-Fernglases in der Dunkelheit dieser unbekannten Landschaft zurechtgefunden. Aber seit er zum ersten Mal dieses Artefakt über die Schläfen gestreift hatte, war alles anders. Neben vielen weiteren Fähigkeiten hatte sich auch seine Sehkraft gesteigert, sodass er nun das nächtliche Spektrum fast wie am hellen Tage wahrnehmen konnte. Und deshalb würde die Schwärze, die heute über der Schriever Air Force Base lag, nicht ausreichen, um ihre Geheimnisse zu verhüllen.

Es war fast, als steckte er im Kopf des Rippers. Der Mann hatte genau das getan, was er auch getan hätte. Er war dem Einfassungszaun des Luftstützpunkts gefolgt, bis er die richtige Stelle gefunden hatte, um ein Loch in den Maschendraht zu schneiden, in direkter Sichtlinie zur GPS-Antenne, die in der Ferne aufragte. Auch wenn es ihm eine besondere Lust bereitete, Soldaten auf Streife umzulegen, so erregten tote Wachtposten doch mehr Aufmerksamkeit als lebende, weil sie sich weder in regelmäßigen Abständen meldeten noch auf Funkanfragen reagierten. Deshalb wich man ihnen am besten aus und ließ sie ahnungslos ihre ineffektiven Patrouillen fortsetzen.

Der Ripper war gut. Aber heute Nacht würde er ihm gehören!

Eduardo schlüpfte durch das Loch im Zaun, das Scharfschützengewehr über die Schultern geworfen. In einigem Abstand konnte er die Silhouette der GPS-Antenne vor einer Reihe beleuchteter Gebäude erkennen. Ein gutes Stück näher, etwa zweihundert Meter von der Antenne entfernt, ragte eine Art Gerätehalle aus Stahlblech auf.

Gerade als Eduardo sich in Bewegung setzte, glitt die Tür des Gebäudes auf, was ihn zwang, sich flach auf den Boden zu werfen. Ein Mann tauchte im Eingang auf und drehte sich kurz um, aufgehalten von einer Frau, die ihn umarmte. Als er sich von ihr löste, blieb er kurz stehen und ließ seinen Blick umherschweifen, fast wie ein Tier, das in die Nachtluft schnüffelte, um Witterung aufzunehmen. Dann entfernte er sich mit schnellen Schritten in Richtung Antenne. Der Ripper.

Eduardos scharfe Augen richteten sich wieder auf die Frau, die im Eingang stand, vor dem Hintergrund eines schwachen Leuchtens, das nur er sehen konnte. Ihr vorgewölbter Bauch verriet ihm alles, was er wissen musste. Sie war schwanger.

Warum in aller Welt nahm Jack Gregory eine schwangere Frau zu dieser Mission mit? Dafür konnte es nur einen Grund geben. Diese Frau war mehr als ein Mitglied seines Teams. Sie war seine Geliebte und trug sein Kind aus. Komisch, dass Garfield Kromly das nicht erwähnt hatte. Hatte er es gewusst? War es möglich, dass er dieses Geheimnis mit ins Grab genommen hatte? Als letzten kleinen Triumph?

Eduardo lächelte. Er konnte sich das nicht vorstellen, aber es spielte auch keine Rolle mehr. Er hatte es schließlich doch erfahren. Und es war einfach perfekt.

Die Frau begab sich wieder in die Halle und zog das Tor hinter sich zu. Im nächsten Moment war El Chupacabra auf den Beinen und sprintete los, immer darauf bedacht, dass sich die Halle zwischen ihm und der Antenne befand. Zwischen ihm und dem Ripper.

Das Gebäude erhob sich aus der Nacht wie eine Sphinx aus dem alten Ägypten, die vergeblich versuchte, ihren Pharao zu schützen. Eduardo blieb dicht vor dem Rolltor stehen und grinste erwartungsvoll. Das hier war unausweichlich. Dagegen gab es keinen Schutz. Nicht hier. Nicht heute.

In der Dunkelheit vor dem Tor wartete Eduardo, bis sich sein Atem beruhigt hatte, und ließ die Geräusche aus dem Innern des Wartungsgebäudes auf sein feines Gehör einwirken. Finger glitten über eine Computertastatur. Er konzentrierte sich auf diesen Bereich. Da war es. Das Pochen eines Herzens. Halt, das Pochen von zwei Herzen. Eines mit gleichmäßigen sechsundfünfzig Schlägen in der Minute, das andere, weit weniger deutlich, mit rasend schnellen hundertzehn Schlägen in der Minute. Und das zweite Herz hatte einen höheren Druck, da das Blut durch eine sehr viel kleinere Aorta pulsierte.

Eine Mutter und ihr ungeborenes Kind.

Die Frau war ganz in der Nähe. Sie saß an einem Computer, der sich nicht weiter als drei Meter vom Eingang entfernt befand. El Chupacabra hätte es nicht besser treffen können. Was bereits als große Nacht begonnen hatte, entwickelte sich noch besser als erwartet. Viel besser.

Ein kräftiger Ruck ließ das Tor die Schiene entlangschießen. Im nächsten Moment stürzte El Chupacabra mit einem großen Satz in den Raum. Obwohl die Frau überrascht war, reagierte sie sofort und griff nach der Pistole, die neben dem Laptop lag. Sie war schnell. Aber längst nicht schnell genug.

Eduardos Hieb bewirkte, dass sie nach hinten aus dem Stuhl kippte und ihre Waffe quer durch den Raum schlitterte. Sie rollte sich ab und kam sofort auf die Beine, war aber durch ihre Schwangerschaft zu langsam, um dem Handkantenschlag auszuweichen, den Eduardo mit ungeheurer Präzision seitlich an ihrem Hals landete.

Sie kippte nach vorn, aber bevor sie mit dem Gesicht auf dem Betonboden aufschlagen konnte, fing Eduardo sie ab und warf sie sich über die linke Schulter, als hätte sie das Gewicht eines Kindes.

Sein Blick wanderte durch den Raum. Das war definitiv nicht der Ort, an dem er es mit dem Ripper aufnehmen wollte. Zu eng. Nur ein Ausgang. Wenn der Ripper draußen wartete, saß Eduardo hier in der Falle. Ohne den Laptop zu beachten, wandte er sich dem Walkie-Talkie auf dem Schreibtisch zu.

Eduardo nahm es an sich, blieb kurz im Eingang stehen, um sich zu vergewissern, dass der Weg frei war, und kehrte zu dem Loch im Maschendrahtzaun zurück, durch das er den Luftstützpunkt betreten hatte. Er schob die bewusstlose Agentin durch die Öffnung, kroch hinterher und warf sie sich wieder über die Schulter. Der Herzschlag des ungeborenen Kindes in ihrem Bauch steigerte seine Vorfreude noch und beschleunigte seinen Puls.

Eine Viertelmeile weiter fand er, was er gesucht hatte – eine Rinne, die sich zu einer perfekten Kill-Zone erweiterte. Er legte die Frau zwischen zwei Bäumen ab, holte sein Vergewaltigungs-Set aus der Tasche, entnahm ihm einen bereits zurechtgeschnittenen Streifen Isolierband und verklebte ihr damit den Mund. Er machte sich jedoch nicht die Mühe, ihr Hände und Füße zu fesseln. Schließlich war er ein neuer Gott, der niemanden fürchten musste. Keinen Mann und erst recht keine Frau.

Eduardo berührte den Bauch der Schwangeren, wandte sich nach dem Luftstützpunkt um und lächelte. In ein paar Minuten würde er das Walkie-Talkie einschalten und Jack Gregory die Schreie seiner Freundin übermitteln.

Ein erwartungsvolles Grinsen breitete sich auf Eduardos Zügen aus. Der Ripper würde kommen, um ihn zu holen. Und dann würde El Chupacabra dem Ripper zeigen, was Angst ist.

KAPITEL 139

Janet hatte Mühe, sich zurechtzufinden. Ihre Lippen waren so trocken, dass sie völlig verklebt wirkten. Dann kehrte die Erinnerung zurück.

Sie öffnete die Augen. Ihr Mund ließ sich nicht öffnen. Das verhinderte ein Streifen reißfestes Isolierband. Auch die Arme konnte sie nicht bewegen. Jemand hockte über ihr und presste sie mit den Knien gegen den Boden.

Ein Gesicht tauchte verschwommen über ihr auf, ein Gesicht mit erstaunlich attraktiven Zügen. Es hatte einen Namen, aber verwirrt, wie sie war, fiel er ihr nicht ein. Die Nachtbrise, die kühl über ihren nackten Körper strich, verursachte ihr eine Gänsehaut und bewirkte, dass sich ihre Brustwarzen zusammenzogen. Sie war völlig nackt. Diese Erkenntnis lüftete den Nebelschleier. Ihr Blick wanderte wieder zu dem Mann, der über ihr kniete. Obwohl er voll bekleidet war, spürte sie seine Erregung.

Janet überlegte, welche Chancen sie hatte. Wieder musterte sie das Gesicht ihres Angreifers. Ihre Blicke trafen sich. Eduardo Montenegro!

Sie versuchte die Beine übereinanderzuschlagen, aber sie gehorchten ihr nicht. Sie war eine Kobra, gebannt vom Blick des Schlangenbeschwörers, der ihren Körper erstarren ließ, sodass sie keine andere Wahl hatte, als in diese seltsam aktiven Augen zu starren.

Eduardo lächelte, während seine Hände sanft über ihre Haut glitten.

»Hallo, Janet. Du bist doch Janet, oder?« Die seidenglatte Latino-Stimme war ihr unheimlicher als die Blockade, die sie erfasst hatte. »Bei diesen Rundungen dauerte es eine Weile, bis ich dich nach den Fotos erkannt habe.«

Eduardo beugte sich nach unten und küsste sie sanft auf die Wange. Die Berührung erfüllte sie mit Ekel. Es war, als hätte sie soeben ihr Leichenbestatter geküsst.

»Keine Angst«, sagte er. »Ich mag Schwangere, besonders wenn sie so hübsch sind wie du. Das verschafft mir einen Kick.«

Sein Atem auf ihrer Wange roch schwach nach Zimt. Red Hots. Himmel, sie war mal während ihrer Highschool-Zeit mit einem Jungen ausgegangen, der ständig Red Hots lutschte. Janet hatte ihn auch nicht gemocht.

»Weißt du, was mich echt anmacht?« Eduardo begann sein Hemd aufzuknöpfen.

»Du kannst mich mal!«, murmelte Janet unter dem Klebestreifen hervor.

Eduardo lächelte. »Das auch. Aber zuerst erzählst du mir, was dich bewegt, mein Mädchen. Zum Beispiel, wovor du dich richtig fürchtest.«

Plötzlich spürte Janet, wie er ihren Blick förmlich ansog, bis sie sich nicht mehr rühren, nicht mehr blinzeln konnte.

Der Nachthimmel zerfloss. Sie saß in einer grünen Parkanlage mit Rasenflächen und einem großen Sandspielplatz. Vom Klettergerüst klang Kinderlachen zu ihr herüber. Es war ein herrlicher Tag. Sie wusste nicht, weshalb sie sich ängstigen sollte, aber sie konnte ein gewisses Unbehagen einfach nicht abschütteln.

Wo war ihr Robby? Eben hatte sie ihn noch auf dem Karussell gesehen, aber jetzt war er verschwunden.

»Robby?«, rief sie. Ihre Stimme kam kaum gegen das Lachen der anderen Kinder an.

»Robby!« Nur eine Mutter konnte das Entsetzen nachempfinden, das in ihr aufstieg. »Wo bist du, mein Schatz?«

Als sie aufstand und den Spielplatz betrat, spürte sie, wie sich plötzlich der Sand unter ihren Füßen bewegte. Winzige Finger umklammerten ihre nackten Zehen. Als sie nach unten schaute, verschwand die vertraute kleine Hand unter dem Sand.

»Nein!«, schrie Janet. »Robby!« Sie ging in die Knie und buddelte mit den Händen verzweifelt im Sand.

Ihre Finger berührten weiches Lockenhaar, dann eine Wange. Sie grub weiter, bis das Gesicht ihres kleinen Jungen auftauchte.

»Mama! Hilf mir!« Robbys angstvolles Rufen wurde erstickt, als Sand nachrieselte und ihn wieder in die Tiefe zog.

Plötzlich spürte sie, wie die winzigen Finger nach ihr fassten. Janet verdoppelte ihre Anstrengungen, buddelte tiefer und warf mit der freien Hand den Sand in hohem Bogen hinter sich.

Robbys Kopf und linke Schulter waren jetzt freigeschaufelt. Noch ein paar Handvoll Sand, und sie konnte ihn herausziehen.

Etwas Metallisches glitzerte vor der Schulter des Kleinen im Sand, schimmerte mit einer magischen Anziehungskraft. Wie hypnotisiert zerrte Robby seine andere Hand frei und griff danach. Seine kleinen Finger schlossen sich mit erstaunlicher Kraft um den glänzenden Gegenstand.

Das Ding verschwand unter dem Sand, und Janet spürte, wie der Sog ihr Kind wieder in die Tiefe zerrte.

»Robby! Lass das los! Gib mir auch deine zweite Hand!«

Aber Robby hörte sie nicht. Sein kleines Gesicht wandte sich von ihr ab, als er wieder nach dem glitzernden Gegenstand griff, der ihm entglitten war. Er ließ Janets Hand los, und mit einem Geräusch, das fast wie ein Schlürfen klang, zog ihn der Sand nach unten.

»Hilfe!«, schrie sie. »Hilft mir denn keiner? Mein Baby versinkt im Treibsand!«

Aber die anderen Eltern saßen nur auf den Bänken ringsum, lachten und deuteten auf sie, als wäre das Ganze ein Spiel.

Da war sie wieder, die Berührung von kleinen Fingern unter dem Sand. Janet griff nach der Kinderhand, bekam aber nur die Finger zu fassen, und die entglitten ihr, in die Tiefe gezerrt von einem Sog, den sie nicht überwinden konnte.

Als die kleine Hand ihr zum letzten Mal aus den Fingern rutschte, presste sie ihren Schrei unter dem Klebeband hervor, das ihre Lippen verschloss, und der Nachtwind, der mittlerweile aufgefrischt hatte, riss ihn mit sich.

Eduardos Gesicht beugte sich wieder über sie, und sein Lächeln hatte sich vertieft. »Braves Mädchen. Ich glaube, wir haben gefunden, was dir Angst macht.«

Der Kolumbianer umfasste ihren gewölbten Bauch mit beiden Händen. Er presste ihn nicht gerade zusammen, drückte die Finger aber tief in ihr Fleisch. Janet hustete in ihren Knebel. Ihre

Augen tränten so stark, dass sie kaum noch etwas sehen konnte. Die Vision ihres ungeborenen Kindes erfüllte ihr Inneres mit einer Klarheit, die kein Ultraschallbild liefern konnte. Und obwohl es eigentlich eine Halluzination sein sollte, *wusste* sie, dass dies hier Realität war.

Irgendwie hatte El Chupacabra eine Dreifachleitung geschaffen und die Gefühle ihres ungeborenen Kindes über sein Gehirn an sie weitergegeben. Ihr Bauch zuckte, als sich das Baby zusammenrollte und mit beiden Füßen ausschlug.

Ein namenloses Entsetzen durchzuckte den Kleinen, und sein kleiner Mund zitterte, als wollte er losschreien. Er rollte in ihrem Bauch umher, wickelte sich die Nabelschnur um den Hals und zog die Schlinge aus Fleisch und Blut mit seinem Gestrampel immer fester zu.

»Ich bringe dich um, du kranker Dreckskerl!«, schrie Janet in das Isolierband, das ihre Worte dämpfte. Er hatte sie zur Weißglut gebracht, und ihr Hass war viel stärker als ihre Angst. »Ich bringe dich um, das schwöre ich bei Gott.«

Das Baby rollte sich erneut herum und zog die Nabelschnur so fest zu, dass die Blutzufuhr völlig abgeschnitten wurde. Schlimmer noch, seine Panik hatte sich so gesteigert, dass seine Bewegungen selbstmörderisch wurden. Aber immer noch verstärkte Eduardo die Furcht ihres ungeborenen Sohnes.

Und als Janet ihre ganze Angst und ihren Frust herausschrie, schaltete Eduardo das Mikrofon ihres Walkie-Talkies ein.

»Hallo, Ripper! Hörst du das dumpfe Gebrüll deiner Freundin? Komm her! Wenn du dich sehr beeilst, sind sie und dein Baby bei deiner Ankunft vielleicht noch am Leben.«

KAPITEL 140

Sein dunkler Anzug und die dunkel schimmernden Mahagonimöbel in seinem Privatbüro bewirkten, dass Dr. Stephensons Gesicht im Schein des Laptop-Schirms körperlos in der Dunkelheit zu schweben schien. Seine normalerweise ausdruckslose Miene war zu einer Maske tödlichen Hasses erstarrt.

Die Nachrichten hätten nicht schlimmer sein können. Die Story war vor einer knappen Stunde an die Öffentlichkeit gelangt, in einer nächtlichen Sonderausgabe der *New York Post*, und hatte sich wie Montezumas Shitstorm in den Medien verbreitet.

Wäre es nicht gerade die Thanksgiving-Nacht gewesen, in der kaum jemand in Regierungskreisen Dienst tat, hätte man Dr. Stephenson längst aus seinem Labor abgeholt und ihm seinen Sonderstatus als Geheimnisträger aberkannt, um ein Ermittlungsverfahren gegen ihn eröffnen zu können.

Da war er auf seinem Computerschirm, ein Abdruck der *Post*-Story mit dem Namen des verhassten Reporters, der die Sache ans Licht gebracht hatte: Freddy Hagerman ... offensichtlich längst nicht so tot, wie sie gedacht hatten. Ein Foto von Dr. Stephenson, der auf dem Gelände von Henderson House aus einem Helikopter stieg, prangte auf der Aufmacherseite. Der Artikel war, wie Stephenson zugeben musste, eine Meisterleistung an investigativem Journalismus. Nun blieb ihm nicht mehr viel Zeit.

Dr. Stephenson drückte die Tastenkombinationen, die einen extrem geschützten Video-Link aktivierten. Rauls abartige Züge erschienen auf dem Bildschirm. Die Stirn unter der plexiglasartigen Gehirnschale war ärgerlich gerunzelt.

Ohne eine Frage abzuwarten, ergriff Dr. Stephenson das Wort.

»Ich schicke dir in wenigen Minuten die Koordinaten deiner Freundin. Wenn du sie hier haben willst, kannst du sie dir holen.«

Die Wandlung, die in Rauls Zügen vor sich ging, war bemerkenswert. Sein widerspenstiger Ausdruck wich einer geradezu irrsinnigen Freude. Stephenson schloss den Link und wartete, bis der Schirm dunkel war.

Fertig ausgearbeitet oder nicht – Plan B war in die Wege geleitet.

KAPITEL 141

»Was ist los?«

Marks Stimme klang genervt, ein Zeichen, dass es ihm nicht passte, den beiden Mädchen tatenlos bei der Arbeit zuschauen zu müssen. Jennifers Finger tanzten über die Tastatur, während Heather sie durch die Satelliten-Downlink-Algorithmen führte.

»Ich weiß nicht«, entgegnete Heather. »Jack hat den Kabelanschluss für den Downlink fertiggestellt, aber die Uplink-Verbindung klappt nicht.«

»Und das heißt?«

»Das heißt, dass wir den Leuten vom Kontrollzentrum weismachen können, sie hätten einen ganz normalen Satellitenkontakt, dass wir aber nicht in der Lage sind, selbst irgendwelche Befehle auszusenden. Mit anderen Worten: Wir können den Code nicht aufschalten.«

»Vielleicht arbeitet Jack noch an diesem Anschluss.«

Heather hatte sich in eine ihrer Trancen versenkt. Nun wurde ihr Blick wieder klar, und sie wandte sich Mark zu. »Ich glaube nicht, dass Jack den Anschluss fertigstellen wird. Wenn ihr mich fragt, ist da etwas gründlich schiefgegangen.«

»Was denn?«

»Keine Ahnung.«

Jennifer hob den Kopf und starrte sie an. »Ich habe den gefakten Downlink gestartet, aber ohne diese letzte Verbindung sind wir geliefert. Die Kontrollstation lässt sich nicht allzu lange täuschen.«

»Scheiße!« Mark begann erregt auf und ab zu gehen. »Wir müssen irgendeine Lösung finden. Können wir uns in ein anderes System hacken?«

Jennifer runzelte die Stirn. »Eben nicht. Jack hat das Kabel auf der Uplink-Seite gekappt. Selbst wenn ich mich in das Kontrollzentrum einschleusen könnte, um ihren Uplink zu übergehen, kämen die Befehle nicht auf dem Satelliten an.«

Heather beugte sich über den Laptop und drückte auf die Lautsprecher-Taste des QZ-Chat-Programms. »Janet! Jack scheint ein Problem zu haben. Sind Sie in seiner Nähe?«

Sie wartete einen Moment. Als alles still blieb, versuchte sie es noch einmal. »Janet. Wir haben einen Notfall. Bitte antworten Sie!«

Stille.

»Scheiße!«, wiederholte Mark. Seine Sorge wuchs mit jeder Sekunde.

»Wie viel Zeit haben wir, bis sie unseren Fake entdecken?«, erkundigte sich Jennifer.

»Zwölf Minuten und vierzehn Sekunden ungefähr«, meinte Heather.

»Ungefähr?«

»Ich habe es nur überschlägig berechnet.«

Mark blieb plötzlich stehen. »Wie wäre es mit einem Subspace-Hack?«

Jennifer zuckte die Achseln. »Wie ich schon sagte – das bringt nichts.«

»Wir müssen uns ja nicht unbedingt in das Kontrollzentrum einklinken. Kommen wir an die Koordinaten der Antenne und ihrer Uplink-Leitung heran?«

Heather sprang auf. »Das ist es. Mark, du bist ein Genie. Dass ich daran nicht gedacht habe!«

Das unerwartete Kompliment entlockte Mark ein Lächeln. Aber noch bevor er antworten konnte, hatten sich Heather und Jennifer bereits dem Laptop zugewandt.

»Da!« Heather deutete auf einige Zahlen, die über Jennifers Display scrollten. »Das sind die Koordinaten von Janets Laptop, und hier haben wir die Triangulation für das WLAN-Signal, das Jack an der Antenne aufgebaut hat.«

»Alles klar.« Jennifers Finger hämmerten noch schneller auf die Tastatur ein. »Jetzt muss ich nur noch nach Signalen in der näheren Umgebung suchen, die mit der Datensignatur des Downlinks übereinstimmen.«

»Neun Minuten, dreiundzwanzig Sekunden.«

Heathers Countdown war nicht dazu angetan, Marks Laune zu verbessern. Er warf einen Blick auf Don Espeñosa, den sie an den Korbsessel gefesselt hatten. Der Mann zeigte nicht die Spur einer Panik, obwohl er Jacks Anweisungen mit angehört hatte.

Grauen stieg in Mark auf, als er in diese Züge starrte, ein Grauen, das bis in seine Seele kroch. Er hegte keinen Zweifel daran, dass er den Drogenbaron noch in dieser Nacht töten musste. Um der eigenen Sicherheit willen. Jack hatte recht. Wenn er Espeñosa nicht tötete, würden sie Kolumbien niemals lebend verlassen.

Ein Blick in das ausdruckslose Gesicht bestärkte Mark in seinem Entschluss. Er hatte einmal eine Arbeit über ein Zitat des israelischen Militärführers Yerucham Amitai geschrieben.

»Letzten Endes müssen wir uns womöglich für eine Handlungsweise entscheiden, die den Tempel der Menschlichkeit einreißt, bevor wir auch nur ein einziges Mitglied unserer Familie den Henkern überlassen.«

Er hatte diese Äußerung immer für übertrieben gehalten. Aber jetzt verstand er sie, auch wenn sie ihm noch immer nicht gefiel.

»Ich bin drin«, sagte Jennifer.

»Wie ist der Link-Status?«, erkundigte sich Heather.

»Gute Wellenpakete auf der Leitung. Der Satelliten-Downlink, den ich empfange, stimmt fast mit unserem manipulierten Signal überein.«

»Versuch mal, ein Testsignal zum Satelliten hochzuschicken.«

»Schon passiert. Positive Rückmeldung.«

»Okay. Starten wir den Programm-Uplink.«

Mark beugte sich über den Laptop. »Und dann?«

»Dann warten wir. Wir müssen lange genug online bleiben,

um uns zu vergewissern, dass die Befehle über die militärischen Nachrichtensatelliten an die gesamte GPS-Flotte weitergeleitet werden. Jetzt heißt es alles oder nichts.«

»Wie lange dauert das?«

»Es wird knapp.«

»Wie knapp?«

Heathers angespannte Miene sagte ihm mehr als jedes Wort.

Während die Minuten verrannen, nahm ihre Anspannung zu, bis sie schließlich wie auf ihrer Fahrt nach Las Vegas um Jahre gealtert wirkte. Etwas in ihrem Blick verriet Mark, dass sie keine zweite Chance bekommen würden, wenn sie jetzt versagten.

Plötzlich überfiel Mark wieder dieses merkwürdige Gefühl, dass ihn jemand beobachtete. Seine Kopfhaut begann zu kribbeln. Er wandte sich von den beiden Mädchen ab und ging im Zimmer auf und ab, während seine scharfen Augen nach der Quelle seines Unbehagens suchten.

Und da war das Ding, mitten in der Luft. Ein winziges Nichts, das kaum merklich das Licht in seiner Umgebung brach. Genau wie damals in seinem Zimmer, vor vielen, vielen Wochen.

»Geschafft!«, wisperte Jennifer.

Heather beugte sich über die Freundin und umarmte sie. »Du bist einfach klasse, Jen!«

Mark konzentrierte sich so stark auf das seltsame Phänomen, dass er die Aufregung von Jennifer und Heather kaum registrierte.

Ein Miniloch, ein Nadelstich aus dem All. Und auf der anderen Seite jemand, der zu ihnen hereinschaute. Doch wer konnte sie verraten haben?

»Du verdammter Mistkerl!«

Mark schnellte so unvermittelt vor, dass die Mädchen sich noch nicht einmal umgedreht hatten, als er den Drogenbaron erreichte. Er legte beide Hände flach gegen Espeñosas Schläfen und riss seinen Kopf mit einem Ruck herum. Ein trockenes Knirschen war im Raum zu hören. Dann kippte Don Espeñosas Oberkörper schlaff nach vorn, und sein Kopf baumelte völlig verrenkt zur Seite.

Aus dem Augenwinkel bemerkte Mark das Entsetzen in den Gesichtern von Jennifer und Heather. Und während er seine Aufmerksamkeit wieder der Anomalie zuwandte, glaubte er noch etwas in Heathers Zügen zu lesen – etwas, das er dort niemals hatte sehen wollen. Abscheu.

KAPITEL 142

Einen Moment lang glaubte Raul zu träumen. Bis er begriffen hatte, dass Dr. Stephensons Aufforderung ernst gemeint war, hatte der stellvertretende Direktor des Los Alamos National Laboratory die Audio-Video-Verbindung bereits unterbrochen. Aber kurz darauf waren die Koordinaten mit einer Abweichung von nicht einmal zehn Metern in seinem neuronalen Netz.

Medellín, Kolumbien?

Was zum Teufel hatte Heather dorthin geführt?

Nicht, dass es eine Rolle spielte. In wenigen Sekunden würde er wissen, ob sie tatsächlich dort war. Und wenn … nun, darüber wollte er erst nachdenken, wenn er die Bestätigung hatte, dass sie sich dort aufhielt.

Der Aufbau einer Sucher-Wurmfaser war für Raul mittlerweile ein Kinderspiel. In den letzten Wochen hatte er rund um die Uhr gearbeitet, um so viele Energiezellen wie möglich zu reparieren. Und je mehr Energie das Rho-Schiff erhielt, desto schneller kam er mit den Reparaturen voran. Doch obwohl er bisher nur die Oberfläche geritzt hatte, reichte seinen Berechnungen zufolge die Power aus, um einen kleinen Durchgang zu jedem Ort auf dem Planeten zu öffnen. Klein, aber groß genug, um eine Person durchzuschleusen.

Aber Stephenson hatte darauf bestanden, dass er mehr Energie brauchte, einen Überschuss für den Fall eines Versagens, etwa falls sich das Tor vorzeitig schloss. Also hatte sich Raul trotz seiner grenzenlosen Sehnsucht, schnellstmöglich in Heathers Nähe zu gelangen, zur Weiterarbeit bereit erklärt und ein Vielfaches der Power, die er für sein Ziel benötigte, online gebracht.

Offensichtlich hatte sich sein Bestreben, den stellvertretenden Direktor zufriedenzustellen, endlich ausgezahlt. Heute war die Nacht der Nächte.

Raul beobachtete, wie sich die Wurmfaser-Öffnung stabilisierte. Er erhielt einen klaren Blick auf einen Patio im spanischen Stil, der nur durch den Abendhimmel und Licht aus dem Innern des weitläufigen Hauses erhellt wurde.

Abgesehen von zwei Wachtposten, die in der Nähe eines Torbogens herumlungerten, war der Innenhof menschenleer.

Raul manipulierte die Bildschärfe und schickte die Wurmfaser durch das Haupthaus, von Stockwerk zu Stockwerk und von Zimmer zu Zimmer. Mit jedem leeren Raum wuchs seine Enttäuschung. Dass ihm hin und wieder eine Putzfrau über den Weg lief, trug nicht gerade dazu bei, diesen Frust abzubauen.

Die Faser wanderte einen breiten Korridor entlang, passierte eine Wand und befand sich in einem weiteren großen Gästezimmer.

Raul spannte sich an. Da war Heather, noch viel schöner, als er sie in Erinnerung hatte, in ein aufgeregtes Gespräch mit Jennifer Smythe vertieft. Am anderen Ende des Zimmers entdeckte er einen Mann in einem Korbsessel. Er war gefesselt, und ein spöttisches Lächeln umspielte seine Mundwinkel. Was ging hier vor?

Eben als Raul seine Aufmerksamkeit wieder Heather zuwenden wollte, sah er, dass sich noch jemand im Raum befand. Mark Smythe. Und genau wie beim letzten Mal, als Raul einen Blick auf den Kerl geworfen hatte, spürte Smythe irgendwie die Nähe der Wurmfaser. Er schlenderte heran, bis er nur noch Zentimeter von der Öffnung entfernt war.

»Du verdammter Mistkerl!«

Smythe hatte die Worte kaum ausgesprochen, als er schon herumwirbelte und auf den gefesselten Mann losstürmte. Schnell. So schnell. Raul hatte noch nie eine derartige Blitzreaktion gesehen.

Mark nahm den Kopf des Wehrlosen zwischen die Handflächen und drehte ihn mit einem kräftigen Ruck zur Seite.

Knirsch.

Die unvermittelte Attacke und das laute Knirschen der Halswirbel überraschten Raul.

Ein Blick in Heathers entsetzte Augen verriet ihm alles, was er wissen musste. Mark Smythe hatte sie entführt und nach Kolumbien gebracht, wahrscheinlich im Zusammenhang mit irgendwelchen Drogen, die er einwarf, um seine unglaubliche Fitness zu unterstützen. Nun, sie würde sich nicht länger vor ihm ängstigen müssen. Denn jetzt war Raul da, um sie zu retten. Und falls dieser Smythe ihn aufzuhalten versuchte, sollte er zu spüren bekommen, was es hieß, in zentimeterkleine Gallertwürfel zerteilt zu werden.

Rauls neuronales Netz dehnte sich aus, ordnete die eben erst wiederhergestellten Powerzellen neu an und leitete ihre Energie so um, dass sie voll in die Gravitationsverzerrung floss. Zunächst fühlte sich das kaum anders an als die Entstehung einer neuen Wurmfaser. Dann schlugen die Energiepulse immer höher aus, als eine Gravitationswelle auf die nächste einwirkte, bis sie ein stehendes Wellenpaket der nächsten Größenordnung bildeten. Wieder ein Puls. Dann wieder einer, als mehr und mehr Energiezellen online kamen.

Jetzt summte das ganze Schiff mit der Energie der sich ausdehnenden Verzerrung. Jedem Sprung in die nächste Größenordnung folgte eine kurze Pause, bis die Stabilität wiederhergestellt war. Raul überwachte den Anstieg. Kaskaden von Energiegleichungen wanderten durch sein Gehirn. Gleich war es so weit, noch ein paar Sekunden, dann konnte er den Powerausstoß dämpfen und das Wurmloch aktivieren. Danach würde es ein Klacks sein, das Stasisfeld durch dieses Loch zu erweitern, Heather zu ergreifen und sie ins Schiff zu ziehen. Und wenn Smythe sich einzumischen versuchte, würde Raul sie vor diesem mordgierigen Typen beschützen.

Ein mentaler Countdown spulte sich in Rauls Gedanken ab.

Zehn …

Neun …

Acht …

Ein neuer Energiepuls erschütterte das Schiff, der weitaus stärker war als alle seine Vorgänger. Was zum Henker war das?

Raul konzentrierte sich auf das neue Problem, setzte alles ein, was er an Parallelverarbeitung aufbieten konnte, um den Ursprung des plötzlichen Power-Spikes zu entdecken.

Da – der nächste Spike. Jede der reparierten Zellen schlug bis zum Maximum aus. Verdammt! Wenn er nicht bald herausfand, was diese Ausschläge verursachte, war er geliefert.

Und schon forderte das nächste Problem seine volle Aufmerksamkeit. Die auf Heathers Position abgestimmten Koordinaten des Wurmlochs hatten sich verschoben. Verdammt noch mal! Ein neuer dreidimensionaler Hintergrund war zu sehen, irgendwo in der Schweiz, wenn er sich nicht täuschte.

Der nächste Puls dröhnte durch das Gerät, das die Gravitationsverzerrung erzeugte. Er ließ seine Instrumente erzittern und dämpfte das gleichförmig graue Licht im Raum. Zu Rauls Entsetzen wurde das Wurmloch enger, anstatt sich auf Menschengröße auszudehnen, und lenkte all die Energie durch eine Öffnung, die kleiner und immer kleiner wurde.

Raul versuchte die volle Leistung des neuronalen Netzes abzurufen, um die Kontrolle über die Schiffsinstrumente wiederzuerlangen, doch mit einem Mal gab es auch hier Schwierigkeiten. Ein Großteil des neuronalen Netzes hatte seinen Zugriff eingeschränkt und weigerte sich, seine Anfragen zu beantworten. Und die neuronale Aktivität in diesem Bereich stimmte perfekt mit der rasch wachsenden Gravitationsverzerrung überein.

Er bemühte sich verzweifelt, die Blockade aufzuheben. Aber er hatte keinen Erfolg. Ein zweiter Versuch blieb ebenfalls vergeblich. Plötzlich ging ihm ein Licht auf.

Stephenson! Was hatte dieser Bastard angestellt?

Eine neue Analyse der Messwerte lieferte ihm die aktualisierten Schätzungen zur Größenordnung des gerade entstehenden Wurmlochs. Das hier war kein interplanetarer Durchgang. Stephenson versuchte ein Sternentor zu öffnen.

Scheiße! Scheiße! Scheiße!

Das Schiff besaß nicht annähernd genug Stromreserven für ein derartiges Experiment. Die ersten Zellen hatten bereits ihren Geist aufgegeben. Und bei der Geschwindigkeit, mit der die Energie der noch intakten Zellen aufgesogen wurde, war das Schiff in Kürze nicht mehr in der Lage, das neuronale Netz mit Power zu versorgen. Das aber würde seinen vollständigen und irreparablen Zusammenbruch bedeuten.

Der nächste, diesmal schwächere Puls rumpelte durch die Gravitationsmaschine.

Raul verdoppelte seine Anstrengungen. Wenn er den Code des geschützten Bereichs nicht knacken konnte, fand er vielleicht einen anderen Weg, in das neuronale Netz einzudringen. Das Subnetz war ganz darauf eingestellt, die Verzerrung zu kontrollieren und alle verfügbare Energie abzuziehen, um diesen Vorgang zu unterstützen. Aber wie sah es aus, wenn er die Energiezellen in den Wartungsmodus herunterschaltete?

Wieder ließ ein Puls das sterbende Schiff erzittern.

Da. Wie er es erhofft hatte, wurde das Wartungssystem nicht von der Aufhebung des Sicherheitssystems erfasst.

In höchster Eile gab Raul die Befehlsfolge ein, alle Energiezellen abzuschalten, die nicht bereits ausgebrannt waren. Ein kurzer Blick auf die Messwerte schockte ihn. Achtundneunzig Prozent Ausfall. Tendenz steigend.

Plötzlich fiel das Stasisfeld aus, und er stürzte auf die Apparaturen in der Tiefe. Der Aufprall war so hart, dass ihm die Luft wegblieb. Aus einer Wunde über der linken Augenbraue tropfte Blut, rasch gestillt von den Nanomaschinen, die den Riss fast so schnell heilten, wie er entstanden war. Als Raul sich mühsam gegen eine der Maschinen zu stützen versuchte, erlosch das trübe graue Licht, das den Raum immer erhellt hatte. Gleichzeitig brach sein Kontakt zum neuronalen Netzwerk ab.

Raul erstarrte. Er war absolut allein. Gefangen in seinem Schloss. Nur dass sich dieses Schloss nun in eine schwarze, tote Höhle verwandelt hatte.

»Stephenson!« Rauls gellender Schrei hallte von den Wänden

wider. »Hören Sie mich? Für diese Todsünde werde ich Sie bestrafen! Im Namen meines Vaters, ich werde einen Weg finden!«

Dann, als das Gewicht der Dunkelheit sich schwer auf ihn legte, schleppte Raul seinen verstümmelten Körper in eine Ecke, rollte sich zusammen und weinte.

KAPITEL 143

Eduardo drehte Janet auf die Seite und vergewisserte sich, dass ihre Hand- und Fußgelenke straff hinter dem Rücken zusammengebunden waren. Dann streckte er den Arm aus und strich ihr sanft über den nackten Bauch. In ihren mondbeschienenen Augen brannte immer noch das Feuer des Hasses. Gut. Er würde erst von ihr ablassen, wenn er alle Spuren dieses enormen Kampfgeistes ausgelöscht hatte. Und sollte das eine Weile dauern – umso besser.

»Tut mir leid, dass du nicht selbst miterleben kannst, was ich deinem Liebsten antue, aber ich muss ihm ein Stück entgegengehen. Und ich will vermeiden, dass du ihn durch irgendwelche Geräusche warnst. Das wäre unfair, oder?«

Eduardo nahm das Scharfschützengewehr in die Armbeuge und kehrte auf dem gleichen Weg zurück, den sie gekommen waren, dem Versteck entgegen, das er für seinen Angriff ausgewählt hatte.

Die Nacht war klar und ungewöhnlich mild für diese Jahreszeit, ganz besonders hier in Colorado. Der Mond schien gerade so hell, dass der Ripper Eduardos Spur folgen konnte, aber nicht hell genug, um den Killer im Unterholz zu entdecken. Dieser glitt in Position, schmiegte den Gewehrschaft an die Wange und stellte das Zielfernrohr der Scharfschützenwaffe nach, während sein Blick die kleine Rinne entlangwanderte, die zu seinem Versteck heraufführte. Diesen Weg würde der Ripper nehmen.

Der Anstieg war sanft, und der Ripper konnte die Lichtung in der Senke nicht vermeiden, es sei denn, er verließ den Pfad und ging außen herum. Eduardo glaubte aber nicht, dass der Ripper die Lichtung umrunden würde. Das kostete Zeit, und die hatte er nicht.

In der Ferne nahm er eine Bewegung wahr. Er richtete das Zielfernrohr auf den Punkt aus. Da war es wieder, ein kurzes Aufblitzen im Schutz der Sträucher. Eduardo verfolgte mit dem Fadenkreuz die Störung. Bald würde der Ripper die Lichtung betreten. Sehr bald schon.

Der Kerl war verdammt unvorsichtig. Er erweckte fast den Eindruck, als wollte er gesehen werden. Eduardo hätte erwartet, dass er urplötzlich auftauchte und über das freie Gelände sprintete, im Zickzack vermutlich, um ihm das Zielen zu erschweren. Wenn er jedoch in diesem Tempo aus dem Unterholz kam, konnte Eduardo ihn abknallen wie ein Reh an der Futterkrippe.

Die nächste Aktion des Rippers war noch unverständlicher. Er trat auf die Lichtung hinaus, blieb stehen und hob den Kopf wie ein Wild, das Witterung aufnimmt.

Das Fadenkreuz wanderte über das Gesicht des Rippers und verharrte über der Nasenwurzel. Genau zwischen den Augen.

Ein rötliches Glitzern erregte Eduardos Aufmerksamkeit. Unheimlich. Er hatte das Gefühl, als starrte ihn der Ripper direkt an. Und in seinem Blick lag dieses rote Flackern. Fast wie das Leuchten reflektierender Augen, das man von manchen Raubkatzen kannte. Eduardo hatte es bei den schwarzen Panthern des Amazonasgebiets gesehen. Aber es rief ihm noch etwas anderes in Erinnerung, etwas, an das er seit Jahren nicht mehr gedacht hatte.

In jenen schrecklichen Kindertagen, die er in den Slums von Lima verbringen musste, hatte ihn diese Hexe von einer Mutter in einen dunklen Rübenkeller eingesperrt, wann immer sie weggegangen war. Um ihn vom Schreien abzuhalten, hatte sie seinen Kopf mit grausigen Geschichten gefüllt, von einem Dämon, der an solchen Orten auf die Jagd ging, von einem Dämon, aus dessen Augenhöhlen Flammen loderten, von einem Dämon, den alle lauten Geräusche anlockten. Das Wesen hatte einen Namen.

Anchanchu. Der Seelenfänger.

Eduardo konzentrierte sich wieder auf das Fadenkreuz.

»Das gibt es nicht, verdammt noch mal!«

Der Ripper befand sich nicht mehr in seinem Visier. Eduardos Blick suchte die Lichtung ab. Nichts. Wie zum Teufel war das zugegangen? Wie lange war er abgelenkt gewesen? Bestimmt nicht mehr als ein paar Sekunden.

Eduardo richtete sich auf und wechselte seine Position. Obwohl er sich nicht vorstellen konnte, dass der Ripper ihn tatsächlich gesehen hatte, wäre es unsinnig gewesen, ausgerechnet jetzt ein Risiko einzugehen. Er glaubte auch nicht, dass er mit dem Schuss zu lange gewartet hatte. Das war ihm noch nie passiert. Nie.

Nicht, dass es eine Rolle spielte. Es war ihm ohnehin lieber, dem Ripper im Nahkampf gegenüberzutreten. Vermutlich hatte ihn der unbewusste Wunsch zögern lassen, den Ripper von Angesicht zu Angesicht niederzumetzeln. Nur das würde ihm echte Befriedigung verschaffen.

Da teilte sich das Gestrüpp zu seiner Linken, und der Ripper tauchte wieder auf, diesmal mit einem langen Messer in der Rechten. Ein Lächeln breitete sich auf Eduardos Zügen aus, als er sich dem anderen Killer zuwandte. Der Ripper versuchte abzuschätzen, was Eduardo als Nächstes vorhatte.

Perfekt. Eduardo ließ das Gewehr fallen und zog ein Stilett aus der Tasche. Das metallische Schnappen war im Halbdunkel laut zu vernehmen.

Dann ging Eduardo zum Angriff über. Mit seiner neu gewonnenen Kraft und Schnelligkeit hatte er die drei Meter, die ihn von seinem Gegner trennten, im Nu überwunden. Er hob den Arm, um dem Ripper die spitze Klinge tief in die Kehle zu rammen.

Aber irgendwie schlug die Attacke fehl. Sein Gegner hatte die Bewegung genau vorausgesehen, blockierte sein Handgelenk und drehte es nach außen. Der durch seinen eigenen Vorwärtsschwung verstärkte Druck riss ihm den Arm zur Seite und brachte ihn ins Stolpern.

Die Klinge des Rippers streifte seine Flanke. Eduardo hechtete vorwärts und entging gerade noch dem tödlichen Stoß. Als er sich wieder aufrappelte, kam ihm der Gedanke, dass er jetzt mehr als tot wäre, wenn ihm das Artefakt nicht eine ungeheure Wendigkeit verliehen hätte.

Aber er war wendig, und er sann auf Rache für den gescheiterten Angriff. Eduardo bewegte sich jetzt vorsichtiger. Er umkreiste seinen Gegner und lauerte auf eine Gelegenheit, dessen Deckung zu durchbrechen. Wieder wagte er einen blitzschnellen Vorstoß. Und wieder wich der Ripper aus. Die Hand, die das Messer umklammert hielt, bewegte sich kaum merklich, doch im nächsten Moment klaffte ein Schnitt in Eduardos Unterarm.

Die Wunde war nicht tief, aber sie überraschte ihn. Eduardo spielte die Attacke noch einmal in Gedanken durch. Er bewegte sich viel schneller als der Ripper, aber irgendwie ahnte der Mann jeden seiner Angriffszüge voraus. War es möglich, dass er selbst seine Absichten ungewollt kundtat?

El Chupacabra täuschte links an und holte von unten her zu einem Stoß in Jacks Magengrube aus. Wieder erwartete ihn die Waffe seines Feindes, traf ihn quer über den Daumen und lenkte seine Klinge harmlos zur Seite ab. Blut lief Eduardo über die Hand. Der Griff des Stiletts fühlte sich glitschig an.

Er nahm den Dolch in die Linke und drang wieder und wieder auf den Ripper ein. Der letzte Versuch durchbrach Jacks Verteidigung zumindest teilweise. Eduardo landete einen Treffer in der Halsbiegung, verfehlte jedoch die Kehle. Ermutigt durch seinen Erfolg, stach er noch einmal mit aller Kraft zu, doch dieses Mal rannte er mit der Innenhand voll in die Klinge des Rippers. Der drehte die Waffe mit einem Ruck, als Eduardo zurückwich. Knochen splitterten, und das Stilett fiel klirrend zu Boden.

Das rötliche Leuchten in Jacks Augen hatte sich verstärkt und lenkte Eduardo zusätzlich ab. Was er für unmöglich gehalten hatte, nahm unaufhaltsam seinen Lauf. Er stand vor einer Niederlage. Wenn er den Mann nur zu fassen bekommen könnte, würde er ihn zerquetschen wie eine reife Melone. Aber danach sah es im Moment nicht aus.

Nun gut, er hatte noch ein paar Überraschungstricks auf Lager.

Er hob den Blick und richtete ihn fest auf die flammenden Augen des Rippers.

»So, Ripper, nun lass mich sehen, was du am meisten fürchtest.«

Eduardo drang in das Dunkel vor, das hinter diesen roten Augen lag. Die Schwärze umschloss ihn so dicht, dass sie alle Geräusche dämpfte. Er glaubte, ein schwaches Wimmern zu hören, aber er konnte es nicht einordnen. Etwas presste von hinten gegen seine Waden. Die rauen Kanten von bröckligen Betonstufen. Seine Hand tastete umher, aber in dieser Schwärze konnte er nichts erkennen. Wo war er?

Der Geruch von Feuchtigkeit und Schimmel kam ihm irgendwie vertraut vor, ebenso das Wimmern, das jetzt lauter an seine Ohren drang. Seine Hand berührte die Wand zu seiner Linken. Modriger Schlick.

Lima! Er war wieder in diesem Keller. Aber diesmal war er nicht allein. Dort aus dem Dunkel starrten ihn zwei flammende Augen an, mit einem dämonischen Hunger, der ihm die letzte Kraft raubte und seine Beine in Gummi verwandelte. Und diese Augen kamen näher.

Eduardo wusste plötzlich, was es mit dem Wimmern auf sich hatte. Es drang aus seiner eigenen Kehle.

Er wich zurück, die Arme abwehrend ausgestreckt, aber ein Fuß verfing sich an der Stufenkante, und er stürzte die Treppe hinab auf den feuchten Steinboden. Während er herumrollte und sich mühsam aufrichtete, durchforschte Eduardo angstvoll die Schwärze. Etwas berührte seine Schulter.

»Anchanchu!«

Der Schrei entrang sich seinen Lippen, als er rückwärtsstolperte, um der Berührung auszuweichen.

KAPITEL 144

Mit dem Gesicht nach unten liegend, spürte Janet, wie das Baby in ihrem Bauch strampelte, und dieses Strampeln schürte ihren Zorn. Dieses *Ding* war in ihren Geist eingedrungen, hatte den Geist ihres Babys ertastet. Jetzt ging der Mistkerl Jack entgegen … und Jack würde ihn töten. Janet konnte das nicht zulassen, würde das nicht zulassen. Der Bastard gehörte ihr und keinem außer ihr.

Vorsichtig bewegte sie die Finger und testete die Knoten. Sie wirkten straff, ließen sich jedoch mit etwas Geduld vermutlich aufdröseln. Was sie zögern ließ, war der Strick, der ihre Oberarme hinter dem Rücken zusammenpresste, eine äußerst schmerzhafte Methode, die während des Vietnamkriegs bei den Verhören des Vietcongs sehr beliebt gewesen war.

Janet holte tief Atem und hielt etwa zehn Sekunden die Luft an, um ihre Kräfte zu sammeln. Beim Ausatmen verdrehte sie mit einem harten Ruck den Oberkörper, wobei sie eine Schulter senkte und die andere gleichzeitig nach vorne und nach oben zog. Der Schmerz, der in ihrem ausgekugelten linken Schultergelenk explodierte, hätte sie wohl in Ohnmacht fallen lassen, wenn sie nicht so unglaublich wütend gewesen wäre.

Aber jetzt war der Strick gelockert. Es dauerte drei qualvolle Minuten, ihre Hände freizubekommen, doch die restlichen Knoten hatte sie im Nu gelöst. Als das letzte Seilende zu Boden fiel, stand sie auf – eine nackte Rachegöttin. Janet ging auf den nächsten Baum zu, umfasste ihn mit beiden Armen, packte mit der Rechten das linke Handgelenk und warf sich nach hinten. Der Oberarmknochen sprang zurück in die Gelenkpfanne. Im ersten Moment war sie so vom Schmerz überwältigt, dass sie auf die Knie sank. Aber sie blieb nicht lange in dieser Position.

Keine Zeit, sich etwas anzuziehen, nicht jetzt, da dieses Monster durch die Dunkelheit schlich. Janet drehte sich um und folgte lautlos Eduardos Spur. Schon nach kurzer Zeit weitete sich der Waldweg zu einer Lichtung, und in dieser Lichtung entdeckte sie

Jack, bereit zum Angriff, ein Messer in der Hand. Ihm gegenüber stand El Chupacabra, bewegungslos, den Blick starr auf Jacks Gesicht gerichtet.

Janet fauchte wie eine Raubkatze und setzte zum Sprung an.

Bei dem Fauchen schnellte Eduardos Kopf herum. Ein langes, spitzes Ding glitzerte im Mondlicht. Im nächsten Moment stieß Janet die Haarnadel aus gehärtetem Stahl durch sein linkes Auge.

Eduardo kippte nach vorn. Janet umfing ihn mit dem freien Arm und grub ihm die tödliche Nadel immer tiefer ins Gehirn. Dann ließ sie ihn langsam zu Boden gleiten.

Als sich Eduardo ein letztes Mal aufbäumte, legte sie die Lippen an sein Ohr und raunte: »Wie gesagt … du gehörst mir!«

Janet zog die Haarnadel aus der blutigen Augenhöhle und wischte sie an Eduardos Hemd ab, bevor sie die winzige Waffe wieder in ihrem Haar feststeckte. Dann umfasste Jack sie mit seinen starken Armen und presste ihren nackten Körper so fest an sich, dass ihr die Luft wegblieb. Als er sie endlich losließ, beugte er sich zu El Chupacabra hinab und untersuchte dessen Leichnam.

»Sehr gute Arbeit, junge Frau!«

»Er hätte mehr Zeit damit verbringen sollen, seine Knoten zu üben.«

Jack begann die Kleidung des Toten zu filzen. Er zog eine Beretta aus dem Futteral, das Eduardo hinten am Gürtel getragen hatte, und fand in einer seiner Taschen zwei hufeisenförmige Objekte aus einem glänzenden Metall, die Janet an Haarschmuck für junge Mädchen erinnerten. So wie sie im Mondlicht schimmerten, lösten sie bei ihr eine *Déjà-vu*-Reaktion aus, aber der Eindruck verflüchtigte sich, bevor sie ihn irgendwo unterbringen konnte.

»Was ist das?«, fragte Janet.

»Keine Ahnung. Aber er trug die Dinger bestimmt nicht bei sich, um seiner Frisur einen guten Halt zu geben. Wir nehmen sie später genauer in Augenschein. Jetzt müssen wir allerdings erst mal deine Klamotten suchen – so gern ich dich in diesem Outfit sehe – und verdammt schnell von hier verschwinden.«

»Was ist mit den Satelliten?«

Jack zuckte die Achseln. »Ich hatte den Link unterbrochen, kam aber nicht mehr dazu, den Kontakt herzustellen. Deshalb weiß ich nicht, ob sich die Kids auf Umwegen dennoch aufschalten konnten. Aber was soll's? Jetzt ist es zu spät, sich darüber den Kopf zu zerbrechen.«

Bis Janet ihre Kleidung gefunden und sich angezogen hatte, heulten sämtliche Sirenen auf dem Luftstützpunkt. Es wäre ein Unding gewesen, jetzt umzukehren und ihren Laptop zu holen.

Nach einem letzten Blick in Richtung der Sirenen atmete Janet tief durch, drehte sich um und folgte Jack in die Dunkelheit.

KAPITEL 145

Dr. Hanz Jorgen starrte die auf seinem Schreibtisch ausgebreitete Zeitung an. Ihre Ecken raschelten im Wind, der durch die Türritzen seines provisorischen Büros drang, hoch droben auf der Klippe über der Kaverne des Bandelier-Schiffs. An den letzten beiden Tagen hatten sich die Neuigkeiten überschlagen.

Zuerst war die Bombe von Freddy Hagerman geplatzt, die Enthüllung der geheimen und aller Voraussicht nach illegalen Menschenversuche, die in den Kellergewölben von Henderson House stattgefunden hatten. Das wiederum hatte zur Festnahme von Dr. Donald Stephenson geführt, der bis zum Ergebnis der laufenden Ermittlungen von sämtlichen Aufgaben entbunden worden war.

Die nächste Sensationsmeldung hatte gelautet, dass es einer Terroristenzelle gelungen war, per Satellitennetz Befehle in alle Welt zu senden, die sämtliche von den USA im Lauf der letzten Monate ausgelieferten Nanomaschinen stillgelegt hatten. Nun, das stimmte nicht ganz. Einige Leute an abgeschirmten Orten hatte der Satellitencode, der die Nanos unwirksam machte, nicht erreicht, aber ihre Zahl war im Vergleich zu den Betroffenen verschwindend gering.

Und nun dies. Kurz nachdem das Repräsentantenhaus ein Amtsenthebungsverfahren gegen Präsident Gordon in die Wege geleitet hatte, war er tot in seinen Räumen in Camp David aufgefunden worden. Allem Anschein nach hatte er sich mit einer Flinte Kaliber 12 erschossen, die ihm Jonathan Riles, sein einstiger Stubengenosse an der Marineakademie, geschenkt hatte.

Hanz stand auf, ging zur Tür und trat ins Freie. So ungewöhnlich mild das Wetter um den Thanksgiving Day gewesen war, es war in eine brutale Kälte umgeschlagen. Von den Osthängen der Continental Divide herab heulte der Sturm über die Canyon-Hochebene von New Mexico, als versuchte er die Erdoberfläche blank zu scheuern. Er riss Jorgen den Atem buchstäblich von den Lippen und verwehte auf der Stelle seinen Wunsch, sich ein wenig die Füße zu vertreten. Seine Beine hätten ihm die Bewegung ohnehin übel genommen.

Als er wieder nach drinnen floh, riss ihm ein kräftiger Windstoß beinahe die Klinke aus der Hand. Dr. Jorgen stemmte sein beachtliches Gewicht gegen die Naturgewalten, schlug die Tür zu und durchquerte den Raum, um sich eine Tasse Kaffee einzuschenken.

Tom Karuzo, der Wetterfrosch auf Kanal 7 – Hanz musste immer grinsen, wenn er den Namen hörte –, verkündete, dass der erste Blizzard des Jahres keine sechs Stunden mehr entfernt war. Ein Gutes hatte die Aussicht. Die Schneewehen würden die Ritzen unter der Tür zustopfen und seinen Heizapparat bei seiner mühsamen Arbeit unterstützen.

Und selbst wenn er hier oben ein paar Tage eingeschneit wurde – kein Problem. Seine Arbeit ersetzte ihm die Familie, und er hatte einen ganzen Stapel wissenschaftlicher Abhandlungen durchzusehen, ganz zu schweigen von dem Bericht, den er für den Kongress vorbereitete. Er hatte Kaffee, gebackene Bohnen mit Würstchen und Kräcker bis zum Abwinken, drei seiner vielen Schwächen. Es war schon komisch, wie viele davon mit Essen und Trinken zu tun hatten.

Dr. Jorgen ließ sich vorsichtig auf seinem Stuhl nieder, um nichts mit dem heißen Kaffee zu verkleckern, und blätterte aufmerksam Seite um Seite des *Albuquerque Journal* um. Eine Story auf Seite achtzehn sprang ihm ins Auge.

Zu all den kuriosen Ereignissen am Thanksgiving Day kam eine Nachricht vom CERN, der Europäischen Organisation für Kernforschung. Dort hatte eine Forschergruppe soeben die neuesten Ergebnisse ihrer Tests am Large Hadron Collider oder Großen Hadronen-Speicherring miteinander verglichen. Der allgemein als LHC bekannte Teilchenbeschleuniger bildete das Zentrum eines gigantischen Tunnels mit einem Umfang von siebenundzwanzig Kilometern, der an mehreren Stellen die Grenze zwischen der Schweiz und Frankreich überschritt. Physiker aus aller Welt bauten darauf, dass der LHC in der Lage war, Protonen bis auf Fast-Lichtgeschwindigkeit zu beschleunigen. Die Energien, die bei ihrem Zusammenprall entstünden, würden theoretisch an die Kräfte des Urknalls heranreichen und zur Entstehung von Partikeln führen, wie man sie noch nie beobachtet hatte. Der Urgroßvater aller Home Runs wäre dann ein definitiver Beweis für die Gültigkeit des Standard-Weltmodells.

Bedauerlicherweise hatte es am LHC eine Reihe von Ausfällen und Verzögerungen gegeben. Und die jüngste dieser Pannen war aufgetreten, als in Los Alamos die Thanksgiving-Nacht in den frühen Morgen überging.

Dem Artikel zufolge waren die Versuche am LHC störungsfrei verlaufen, bis plötzlich eine ganze Reihe von Instrumenten Werte weit außerhalb der zu erwartenden Norm angezeigt hatten. Daraufhin hatten die am Projekt beteiligten Wissenschaftler den LHC abgeschaltet und beschlossen, ihn so lange nicht mehr hochzufahren, bis die Ursachen der Fehlfunktion erforscht waren.

Was den Artikel besonders interessant für Hanz machte, war der Abschnitt über eine Gruppe von unabhängigen Wissenschaftlern, die mit Unverständnis darauf reagierten, dass man die Öffentlichkeit nicht über den neuen Störfall unterrichten wollte. Trotz lautstarker Proteste hatten die CERN-Betreiber alle Forderungen nach externen Untersuchungen zurückgewiesen und erklärt, dass sich bereits alle Spitzenforscher auf diesem Sektor mit dem Problem befassten.

Obwohl Hanz keinerlei Beweise für seinen Verdacht hatte, fand er, dass diese Angelegenheit schon sehr nach Vertuschung roch. Nicht, dass es wirklich eine Rolle spielte, was er dachte. Es gab Tausende namhafter Wissenschaftler, die am CERN arbeiteten. Irgendwie würde man das Rätsel schon während der Winterschließung des LHC lösen.

Hanz nahm einen großen Schluck Kaffee. Scheiße! Die Brühe hatte sich inzwischen auf Raumtemperatur abgekühlt. Und in diesem Moment war es hier im Raum nicht sonderlich warm.

Dr. Jorgen erhob sich, schüttete das Zeug in den Ausguss und holte sich Nachschub am Automaten. Diesmal würde er stehen bleiben, bis er leer getrunken hatte. Bei seiner Neigung, sich in Gedanken zu verlieren, war das die einzige Möglichkeit, das erneute Abkühlen seines Kaffees zu verhindern.

Die Schlagzeilen der Zeitung kamen ihm wieder in den Sinn. Obwohl es immer schlimm für eine Nation war, ihren Präsidenten zu verlieren, schien Gordons Tod eine Ausnahme von der Regel zu sein. Und was die Verhaftung dieses aufgeblasenen Mistkerls von einem stellvertretenden Direktor betraf, nun ja.

Dr. Jorgen hob seine Tasse zu einem spöttischen Toast.

»Auf Ihr Wohl, Dr. Stephenson!«

Er nahm einen tiefen Schluck von der heißen Flüssigkeit und ließ sie langsam durch seine Kehle rinnen. Die Wärme breitete sich in seinem Körper aus und hinterließ ein herrliches Wohlgefühl, wenngleich er sich eingestehen musste, dass dafür nicht nur der Kaffee verantwortlich war.

KAPITEL 146

Heather McFarland ließ ihren Blick mit einem Lächeln über die in ordentlichen Reihen gepflanzten Sojabohnen schweifen, die sich fast bis an den Horizont erstreckten. Sie war so müde. Und das fühlte sich so gut an.

Die Farm der Robertsons war zu ihrem zweiten Zuhause geworden, nachdem die Mennoniten-Familie sie auf Jacks Bitte hin ohne jeden Vorbehalt aufgenommen hatte. Sie wusste nicht, was der geheimnisvolle Killer für die Leute getan hatte, aber es war klar zu erkennen, dass sie ihn bedingungslos und von ganzem Herzen liebten. Und Heather fühlte sich ebenfalls zu ihnen hingezogen. Norma und Colin behandelten sie mit der gleichen Wärme wie die eigene Familie.

Die Kanadier waren vor mehr als dreißig Jahren nach Bolivien ausgewandert, zusammen mit einer größeren Mennonitengemeinde. Und in stillschweigender Übereinkunft mit der bolivianischen Regierung hatten sie ein großes Stück Land nordöstlich von Santa Cruz erworben, nicht weit entfernt von Cuatro Cañadas, wo sie und andere Mennoniten landwirtschaftliche Kommunen aufgebaut hatten. Heute verkauften sie ihre Sojabohnen an ConAgra und unterstützten MEDA, ein weltweites Netzwerk mennonitischer Unternehmer, das ärmeren Mitgliedern ihrer Sekte Kredite zum Landkauf gewährte.

Das Leben, das die drei Flüchtlinge seit sechs Wochen auf der Robertson-Farm führten, erschien ihnen wie ein Zeitsprung, der sie etwa hundertfünfzig Jahre zurück in die Vergangenheit versetzt hatte. Obwohl Mennoniten die moderne Technik ablehnten, benutzten doch viele Familien in der Gegend Traktoren für die Feldarbeit. Nicht so die Robertsons. Deren Traditionsbewusstsein war so stark, dass sie ihr Land mit Ochsengespannen pflügten, Pferdekutschen benutzten, um in die Stadt zu fahren, und von früh bis spät harte körperliche Arbeit verrichteten.

Abends jedoch verwandelte sich die Farm auf geradezu magische Weise. Alt und Jung versammelte sich um den von Kerzen erhellten Esstisch, dankte dem Herrn für die Gaben, die er ihnen bescherte, und das Glück, eine vielköpfige Familie zu besitzen, und speiste dann in einem Geist gegenseitigen Respekts, der Heather Bewunderung abnötigte. Das Heimkommen nach einem Tag schwerer Arbeit machte die gemeinsame Mahlzeit zu etwas ganz Besonderem. Irgendwie erinnerten die Robertsons sie an ihre eigene Familie, und das machte sie glücklich und traurig zugleich.

Heather schaute zu Jennifer und Mark hinüber, die auf der anderen Seite des Feldes Unkraut jäteten. Ihre Flucht nach Cartagena und von dort nach Santa Cruz hatte zwei weitere Menschenleben gekostet, Wachtposten, die versucht hatten, sie am Verlassen des Espeñosa-Besitzes zu hindern. Beide waren von Mark ausgeschaltet worden.

Als Heather den Freund musterte, spürte sie einen Kloß im Hals. Sie konnte nicht sagen, wann genau sie sich in ihn verliebt hatte. Vielleicht war das schon immer so gewesen. Manchmal dachte sie, sie sollte ihm gestehen, was sie für ihn empfand. Schließlich waren seine Gefühle für sie so deutlich zu erkennen, als wären sie auf seine Stirn gestempelt.

Aber irgendwie schaffte Heather diesen Schritt nicht. Mark war überzeugt davon, dass sie ihm die Schuld daran gab, dass er drei Menschen umgebracht hatte, doch in Wahrheit machte sie sich selbst Vorwürfe. Alles, was Mark getan hatte, war eine Folge ihrer Visionen gewesen. Sie hatte den Weg gewählt, den sie alle gegangen waren. Und obwohl sie am Ende alle drei überlebt hatten, trug sie allein die Schuld an dem Leid, das ihnen widerfahren war. Sie hätte anders wählen können. Sie hätte besser wählen können.

Wäre ihre Mission, die Schadprogramme der Nanomaschinen zu löschen, kein so gigantischer Erfolg gewesen, dann wäre Heather vielleicht noch strenger mit sich ins Gericht gegangen. Denn trotz des glücklichen Ausgangs ihrer Operation nagten Zweifel an ihr. Hatte sie ihre Savant-Entscheidungen dergestalt getroffen, dass sie das Wohl der Allgemeinheit über das Wohl ihrer Freunde und ihrer Familie gestellt hatte? Sie glaubte das zwar nicht, aber solange sie nicht sicher sein konnte, ob sie unterbewusst die Rolle einer Jeanne d'Arc spielte, musste sie ihre Gefühle für Mark geheim halten.

Plötzlich entdeckte sie auf der Schotterstraße, die zur Farm führte, eine Staubfahne. Ein schwarzer Ford Explorer hielt vor dem Haupthaus an. Der Fahrer stellte den Motor ab und öffnete die Wagentür. Es war sechs Wochen her, seit Heather auch nur aus der Ferne ein Auto gesehen hatte, und so ging sie mehr als neugierig auf die Farmgebäude zu.

Ein schlanker, gut aussehender Mann in einer Bomberjacke aus braunem Leder und einer Kakihose stieg aus dem SUV und nahm die Sonnenbrille ab. Jack!

»Onkel Jack! Onkel Jack!« Die aufgeregten Stimmen der beiden Robertson-Enkelinnen drifteten wie ein Echo von Heathers Gefühlen über die Felder. Jack bückte sich lachend, hob sie hoch und ließ es sich gefallen, dass sie seine Wangen mit Küssen bedeckten.

»Was hast du uns mitgebracht?«

Die altbekannte Frage entlockte Heather ein Lächeln. Kinder blieben Kinder, selbst bei den Mennoniten, die Selbstdisziplin und einen äußerst bescheidenen Lebensstil predigten. Als sie näher kam, konnte sie sehen, dass Jack aus seiner Jacke zwei Päckchen mit Süßigkeiten hervorholte, die er den Mädchen mit einem verschwörerischen Blinzeln überreichte. Die Leckereien verschwanden sofort in den Taschen der Kinder. Dann rannten sie los, winkten dem Besucher noch einmal kurz zu und zogen sich in den Schatten der größten Scheune zurück, wo sie die verbotenen Schätze ungestört genießen konnten.

Jack erspähte Heather, als sie die Kies-Auffahrt betrat, und sein warmes Lächeln beruhigte sie in einer Weise, die sie selbst überraschte. Wiedersehen brachten im Allgemeinen ein gewisses Unbehagen mit sich, aber die kräftige Umarmung, mit der er sie empfing, fühlte sich genau richtig an. Nicht so sehr nach Familie, sondern eher nach dem Freudenausbruch der Teamgefährten, wenn man das Siegtor errungen hatte.

Er trat einen Schritt zurück und musterte sie anerkennend.

»Mal sehen. Braun gebrannt, kräftige Arme – das Landleben scheint Ihnen gutzutun.«

Heather nickte. »Die Robertsons waren echt spitzenmäßig. Sie haben uns aufgenommen, als gehörten wir zur Familie.«

Jack lachte. »Mit anderen Worten – ihr musstet mit anpacken.«

»Genau«, sagte Mark, der mit Jennifer um die Ecke kam.

»Ah, ich wollte mich eben erkundigen, was aus den beiden anderen Amigos geworden ist.« Jack umarmte Jennifer und versuchte sich mit Mark im Kräftemessen wie in einem der alten Wikingerfilme, die Heather gesehen hatte.

»Soll ich Ihr Gepäck reintragen?«, bot Mark an.

»Nicht nötig. Im Gegenteil, fangt ihr mal zu packen an. Ich schaue nur kurz bei Norma und Colin rein, und dann nehme ich euch alle drei mit.«

Heather stellte die Frage, bevor Mark und Jennifer den Mund aufbekamen. »Sie nehmen uns mit? Wohin?«

Wieder setzte Jack sein charmantes Lächeln auf. Heather hatte plötzlich das Bild ihrer ersten Begegnung mit Jack und Janet Johnson vor Augen. Und obwohl die Erinnerung an den Abend daheim sie ein wenig traurig stimmte, musste sie sich eingestehen, dass die Nähe dieses Mannes ihr ein gutes Gefühl gab.

»Oh, habe ich das nicht gesagt? Wir fahren zu meiner Ranch.«

»Sie haben eine Ranch? In Bolivien?«

»Eine lange Geschichte. Ich erzähle sie Ihnen unterwegs. Wir werden Zeit genug dafür finden, denn unser Weg führt über eine Strecke mit den aberwitzigsten Schlangenlinien der Welt.«

Die Eingangstür des Haupthauses ging auf, und Norma Robertson streckte den Kopf ins Freie. Ein Häubchen bedeckte ihr zurückgekämmtes graues Haar.

»Jack Frazier! Stehst du noch lange hier draußen herum und plauderst mit deinen jungen Freunden, oder kommst du endlich rein und sagst Guten Tag, wie es sich gehört?«

Jack blinzelte Heather zu und eilte mit langen Schritten zum Haus, gefolgt von den drei Jugendlichen.

»Keine Sorge, Nana. Wir waren gerade dabei, dich aufzusuchen.«

»Hmmpf, das habe ich gesehen.« Ihr Tadel war nicht ernst gemeint, denn sie umarmte Jack wie einen verlorenen Sohn. »Los, herein mit euch. Ich habe Johnny losgeschickt, damit er Colin holt. Und du bleibst natürlich zum Abendessen. Keine Widerrede, mein Lieber.«

»Das würde ich niemals wagen«, versicherte Jack, während sie alle ins Haus gingen. Das Essen war viel zu schnell vorbei. Es gab Hammelfleisch, Weißbrot und bolivianische Yuccaknollen, die wie Kartoffeln gebraten wurden und die Heather über alles liebte. Als sich Jack, Colin und Norma zu einem privaten Gespräch ins Wohnzimmer zurückzogen, gingen Heather, Mark und Jennifer auf ihre Zimmer, um zu packen.

Im Nu hatten sie ihre Mennonitentracht mit Jeans, Tennisschuhen und T-Shirts vertauscht und rumpelten über den staubigen Schotterweg der Robertsons zurück auf die Schnellstraße, die nach Nordosten in Richtung San Javier führte. Mark saß neben Jack, während es sich Heather und Jennifer im Fond bequem gemacht hatten und ihr Gepäck im Rückraum verstaut war.

Es dauerte nicht lang, bis sie begriffen, warum Jack von den aberwitzigsten Schlangenlinien der Welt gesprochen hatte. Zwei Stunden lang kurvte er halsbrecherisch hin und her, um den tiefen Schlaglöchern auszuweichen, die sich auf beiden Fahrspuren der eigentlich geraden Strecke verteilten. Und er war nicht der Einzige mit dieser Fahrweise. Wie in einem gigantischen Schlangenpaarungsritual kurvten die Autos hin und her, um einander erst im letzten Moment vor dem Zusammenstoß auszuweichen.

»Haben Sie das mit der eigenen Ranch ernst gemeint?«, erkundigte sich Mark.

Jack nickte. »Sie gehört mir seit acht Jahren.«

»Und wie kam sie in Ihren Besitz?«

»Ein Bekannter hat sie mir übereignet.«

»Übereignet?«, unterbrach ihn Jennifer.

»Nun, man könnte auch sagen, er schuldete mir etwas. Er war ein einflussreicher Politiker, und als ein älterer Deutscher mit einer nicht ganz sauberen Vergangenheit plötzlich starb, fand mein Freund heraus, dass ich der Alleinerbe war. Hier in der Gegend kennen mich die Leute unter dem Namen Jack Frazier.«

»Wow! Das sind Bekannte! Was schuldete er Ihnen denn?«

»Sein Leben.«

Mark musste lachen. »Nun ja, das erklärt eine Menge.«

Jack grinste.

Der gerade Teil der Strecke endete, als die Straße in das hügelige Rinderland um San Javier führte. Den alten Boden in diesem Teil Boliviens bedeckten weite Grasflächen, durchsetzt von verschiedenen Palmensorten und hohen, schlanken Bäumen, die Heather an die Hochland-Pappeln in New Mexico erinnerten, aber die Erde hier war kaum für den Ackerbau geeignet. Es war das Land, dessen Ruf Butch Cassidy und Sundance Kid gefolgt waren, ein Land der magischen Weite und der gigantischen Haziendas.

Heather beugte sich nach vorn. »Ist Ihre Ranch hier in der Nähe?«

»Sie befindet sich in einer ähnlichen Umgebung, liegt aber etwa eine Stunde nordöstlich von San Javier. Ich wollte, ich könnte euch die Stadt zeigen, aber dafür reicht unsere Zeit nicht. Irgendwann jedoch werden Janet und ich mit euch dorthin fahren und euch in unser deutsches Lieblingsrestaurant einladen.«

Kurz vor San Javier bog Jack auf eine unbefestigte Holperstraße ab, auf der sie die letzte Stunde der Fahrt verbrachten. Als der Explorer endlich vor dem Haupthaus der Frazier-Hacienda hielt, hatte Heather das Gefühl, ihr Hinterteil müsse mit blauen Flecken übersät sein.

Sie kletterten aus dem SUV, und Marks tiefes Atemholen ließ die Mädchen aufschauen. Vor ihnen erhob sich das einstöckige Haupthaus mit einem spitzgiebeligen, strohgedeckten Dach im Stil der Ureinwohner. Nach Westen hin erstreckten sich eine Reihe kleinerer, ebenfalls strohgedeckter Hütten bis zu den Weidezäunen. Dahinter breitete sich, so weit das Auge reichte, eine sanfte Hügellandschaft aus. Und über diesem Panorama tauchte ein grandioser Sonnenuntergang den westlichen Himmel in Feuer.

In diesem Moment betrat eine hochschwangere Frau die vordere Veranda. Es dauerte ein paar Sekunden, bis Heather sie erkannte.

Janets Begrüßung fiel zwar nicht ganz so überschäumend aus wie die von Jack, ließ aber nichts von dem Selbstvertrauen und der Wärme vermissen, die so typisch für dieses Paar war.

»Janet! Oh mein Gott, sind Sie schwanger!« Jennifers Ausruf rief bei Mark ein ungehaltenes Stirnrunzeln hervor.

Janet lachte. »Finden Sie?«

Als sie merkte, wie sie das gesagt hatte, lief Jennifer rot an. Aber Janet legte ihr einen Arm um die Schultern, und die Verlegenheit schwand im Nu.

»Kommt, Leute«, rief Jack. »Sortiert euer Gepäck, und ich zeige euch, wo ihr wohnen werdet.«

Er machte eine Pause und schaute sie der Reihe nach an. »Ich wünschte, ich könnte euch sagen, dass ihr bald daheim sein werdet, aber das wäre gelogen. Jennifer wird wegen einer Vielzahl von illegalen Aktionen für das Espeñosa-Kartell gesucht, und ihr alle steht auf der Todesliste von Espeñosas Verbrechersyndikat. Euch jetzt heimzuschicken, hieße, euch und eure Familien unzumutbaren Gefahren auszusetzen.«

Obwohl Heather genau dieses Thema bereits mit Mark und Jen diskutiert hatte, trafen sie Jacks offene Worte wie ein Keulenschlag. Und sie konnte sehen, dass Mark und Jennifer ebenfalls betroffen waren.

»Jack«, sagte Janet und zog die beiden Mädchen an sich. »Über diese Dinge können wir uns morgen unterhalten. Bei Tageslicht sieht das alles längst nicht so düster aus. Außerdem habe ich Steaks im Kühlschrank, die nur darauf warten, auf den Grill gelegt zu werden. Ich stelle mir ein loderndes Feuer vor, dazu ein paar Marshmallows auf Spießen und eine gute Flasche Taquiña, die unsere großartigen jungen Freunde probieren sollten. Schließlich kommt das beste Bier der Welt aus Bolivien.«

Heather schüttelte die Niedergeschlagenheit ab, die sich wie ein nasses Tuch auf ihre Schultern gelegt hatte. Sie nahm ihren Koffer und folgte Jack ins Haus, begleitet von Mark und Jennifer.

Eine halbe Stunde später stand sie, die Arme um Mark und Jennifer gelegt, auf dem Hang hinter dem Haus und spähte in die zunehmende Abenddämmerung. Worte waren überflüssig. Jeder von ihnen hatte einen erschreckend hohen Preis gezahlt, aber als Entschädigung vereinte sie nun eine Freundschaft, die stärker war als ein Band aus Stahl.

Als Heather die Zwillinge an sich zog, konnte sie es spüren. Ein Band, das niemand aufzulösen vermochte.

Janet schmiegte sich an Jack, als er das erste Steak wendete, und fuhr mit den Fingerspitzen sanft seinen Arm entlang. Ihr Blick wanderte den Hang hinunter zu ihren neuen Schützlingen.

»Drei ganz gefährliche junge Leute«, sagte sie leise.

»Ja«, entgegnete Jack und drückte ihr die Hand. »Das sind sie in der Tat.«

ENTDECKE
NEUE WELTEN
MIT PIPER FANTASY
Mach mit und gestalte deine eigene Welt!
PIPER
www.piper-fantasy.de